Das Echo der Flüsterer

Ralf Isau

Das Echo der Flüsterer

Thienemann fantasy

»Zum Mut bedarf es … keiner außerordentlichen Fähigkeiten, keines Zauberwortes, keiner besonderen Verbindung von Zeit, Ort und Umständen. Die Gelegenheit bietet sich früher oder später für jeden von uns.«

Zivilcourage, John F. Kennedy

Gewidmet allen Kindern dieser Welt,
die noch zu jung sind,
um von den Großen, die über ihr Leben entscheiden,
gefragt zu werden.

ERSTE FACETTE

DIE NACHRICHT

hatten leichten autounfall – stop –
jonas zur beobachtung ins krankenhaus eingeliefert – stop –
er schien nicht schwer verletzt zu sein – stop –
doch heute frueh erhielten wir nachricht von seinem tod – stop –
es tut uns so unendlich leid – stop –
kommt bitte so schnell wie moeglich nach hause – stop –

in liebe, tom und rose

Das Starten der Motoren kam einem mittleren Erdbeben gleich. So jedenfalls empfand es Sarah. Für einige Augenblicke verdrängte ihr Misstrauen gegen dieses in allen Teilen zitternde Flugzeug sogar die Sorge um Jonas. Der Text des Telegramms verschwamm vor ihrem geistigen Auge und sie umklammerte Roberts Hand noch fester. Als sie zu ihrem Mann aufblickte, lächelte er ihr zu. Seine Zuversicht war nur gespielt. Sie wusste, wie sehr auch er unter der schrecklichen Nachricht litt.

Die B-24 rollte an das Ende der Startbahn, blieb dort noch einige Sekunden lang mit brummenden Triebwerken stehen, dann brüllten ihre Motoren wie vier angriffslustige Bestien auf und zerrten das schwere Flugzeug vorwärts.

Natürlich war dies nicht Sarahs erster Flug, aber sie hatte von Anfang an das Gefühl gehabt, er werde anders verlaufen als alle früheren.

Die Maschine gewann schnell an Geschwindigkeit und hob unter – wie Sarah glaubte – ungewöhnlich heftigen Vibrationen vom Boden ab. Ihr ganzer Körper zitterte mit dem Flugzeug. Robert sagte etwas zu ihr, was in dem Lärm unterging, aber an seiner ausgestreckten Hand war zu erkennen, dass sie aus dem Fenster sehen sollte.

Widerwillig tat sie es. Die Maschine beschrieb gerade eine weite Linkskurve, dann schwenkte sie auf südwestlichen Kurs ein, um der Küstenlinie von St. George zu folgen. Die Bermudainseln waren ein Paradies, doch Sarah konnte sich an dem türkis schimmernden Meer, den bunten Fassaden der jetzt winzig wirkenden Häuser und der aus der Höhe nur noch zu erahnenden Blütenpracht von Oleander, Hibiskus, Bougainvillea und Rosen nicht erfreuen. Weniger weil ihr das Fliegen an sich zuwider war, sondern vielmehr wegen der schrecklichen Gedanken und Selbstvorwürfe, die nun wieder in ihr aufstiegen. Nördlich der Hauptstadt Hamilton drehte die B-24 auf westlichen Kurs ab und passierte bald darauf Sommerset Island. Erst nach mehr als fünfhundertsechzig Meilen würde Sarah wieder Land sehen können. Das Meer erschien ihr an diesem Tag wie eine schier endlose Wasserwüste.

»Geht's dir gut, Schatz?« Das Dröhnen der Motoren war wie ein dicker Vorhang, der Roberts Stimme fast verschluckte.

Sarah blickte in das besorgte Gesicht ihres Mannes. »Wie könnte es? Warum sind wir nur zu diesem gottverlassenen Flecken geflogen, mitten im Meer, wo unser Sohn uns doch zu Hause braucht? Kannst du mir das sagen, Bob?«

Robert fühlte ihre innere Zerrissenheit. Er hatte seiner Frau schon über so manches seelische Tief hinweggeholfen. Doch seine sonst so unerschütterliche Ruhe war ins Wanken geraten. Er erzählte irgendetwas von seinem Auftrag, den Stützpunkten bei Kindley Field und am Little Sound, erging sich sogar eine Zeit lang über die Bedeutung der Bermudainseln als Parkett diplomatischer Aktivitäten zwischen den Vereinigten Staaten und Großbritannien. »Erst vor zwei Jahren haben unsere Länder bei einer Konferenz auf den Bermudas die Prinzipien der ›Luftfreiheit‹ und der ›Ordnung in der Luft‹ vereinheitlicht, ein epochaler Schritt im internationalen Verkehrsrecht, und …« Er stockte, wurde sich bewusst, was für einen Unsinn er da redete, und stieß hervor: »Vielleicht wird ja noch alles gut, Schatz. Vater hat doch geschrieben, dass auch er nur ›Nachricht‹ von Jonas' Tod erhalten hat. Es *muss* ein schrecklicher Irrtum sein …«

Roberts Stimme versickerte wie eine Meereswoge am Strand. Sarah hörte ihn nicht mehr. Sie blickte an ihm vorbei durch die zerkratzte Scheibe des Bullauges auf das Meer hinab und versuchte zu begreifen, was geschehen war. Eine Zeit lang konnte sie keinen klaren Gedanken fassen. Erst als sie sich dazu zwang, die vergangene Stunde noch einmal vor ihrem geistigen Auge Revue passieren zu lassen, vermochte sie den Faden ihrer Überlegungen wieder dort anzuknüpfen, wo ihn die Rotorblätter dieser Höllenmaschine durchtrennt hatten.

Die Betonpiste war ein riesiges glühendes Backblech, auf dem sich Sarahs Gedanken in einen zähen Strom verwandelt hatten. Träge wie Lava, aber auch ebenso unaufhaltsam, wälzten sie sich auf den tiefsten Punkt im Tal ihres Bewusstseins zu, dorthin, wo eine grausame Erkenntnis lag: Sie war an allem schuld. Und sie konnte nichts mehr tun, um es ungeschehen zu machen. Von Anfang an hatte sie gewusst, dass die Reise ein Fehler war. Während die Sonne von St. George auf sie niederbrannte, stellte sie sich immer wieder die gleiche Frage: Was hatte sie hier nur verloren, mitten im Nordatlantik, in der sengenden Hitze eines Flugplatzes der amerikanischen Navy? Mit den Augen verfolgte sie eine Transportmaschine, die ganz in der Nähe vom Boden abhob. Das Donnern der Motoren war ohrenbetäubend. Die Luft flimmerte über dem heißen Rollfeld und verwandelte das Propellerflugzeug in eine flirrende Fata Morgana.

Sarah wartete im Schatten einer bulligen B-24, die ihre silbernen Flügel über sie ausbreitete wie eine Glucke über dem Küken. Sie machte sich Vorwürfe, führte eine stille Selbstanklage, der sie sich nicht entziehen konnte. Nein, sie hatte sich als Rabenmutter erwiesen, hatte ihren Sohn im Stich gelassen. Wäre es denn wirklich so schlimm gewesen, ein paar Tage lang von ihrem Ehemann getrennt zu sein? Robert hätte diese Reise ganz gut auch ohne sie unternehmen können. Alles wäre anders gekommen. Alles!

Sie biss sich auf die Unterlippe, um die Tränen zurückzuhalten. Eigentlich hatte sie es sogar verdient, sich so elend zu fühlen. Und dennoch – tief in ihrem Innern sträubte sich etwas, die schreckliche Nachricht zu akzeptieren. Eine tröstende Stimme flüsterte ihr zu, sie müsse nur endlich diesen Ort verlassen und nach Hause zurückkehren, dann werde alles wieder gut werden …

Sarah schüttelte stumm den Kopf. Auch wenn ihr Herz ihr etwas anderes sagte, musste sie sich wohl der unvermeidlichen Wahrheit stellen: Jonas war tot; ihr gerade elf Monate alter Sohn lebte nicht mehr.

Sie konnte nicht sagen, wie viele Minuten verstrichen waren, als der Pilot wieder aus der großen Luke kletterte, die sich seitlich am Rumpf der Transportmaschine befand. Der große, kantige Mann nickte ihr unbeholfen zu.

»Besser so, dass Sie hier draußen warten, Mrs. McKenelley. Da drinnen ist es heiß wie in einem Backofen.«

Sarah erwiderte das Nicken. Zu mehr war sie nicht imstande.

»Ihr Mann wird bestimmt gleich zurück sein. In etwa fünfzehn Minuten starten wir.«

Der Captain gab sich alle Mühe beruhigend zu klingen, doch Sarah hörte ihn nicht mehr. Ihre Gedanken wanderten zurück in die Vergangenheit, zu den Tagen, da sie die Bedeutung des Wortes »Furcht« nicht gekannt hatte.

Ihr ganzes Leben lang hatte sie sich nach Geborgenheit gesehnt. Sie konnte sich nur noch undeutlich an die Zeit erinnern, als ihre Eltern mit ihr und den beiden jüngeren Brüdern gespielt, mit ihnen unbekümmert gelacht oder sie, wenn nötig, verständnisvoll getröstet hatten. Diese Vergangenheit erschien ihr wie ein langer warmer Sommer, den man selbst Jahre später noch mit angenehmen Gefühlen verbindet, obwohl man die Einzelheiten längst vergessen hat.

Die Jahre danach waren ein Alptraum gewesen. Sie hatten Sarah schwere Wunden zugefügt, ihr Vertrauen zutiefst erschüttert. Sie fühlte sich von den Eltern im Stich gelassen. Natürlich wusste sie, wie ungerecht dieser Vorwurf war. Aber der Verstand ist ein sehr unzulänglicher Advokat, wenn die eigenen Gefühle die Anklage führen. Warum nur hatten ihre

Erfahrungen sie nicht davor bewahrt, gerade in diesem Punkt zu versagen? Weshalb hatte sie Jonas allein gelassen?

Sarah zwang ihre Gedanken in eine andere Bahn. Sie blickte zur Sonne hinauf, musste ihre Augen aber gleich wieder mit der Hand beschirmen. Für einen Moment huschte sogar ein Lächeln über ihre Lippen.

Damals, kurz nach Kriegsende, war Robert McKenelley am dunklen Horizont ihres Lebens fast ebenso glanzvoll aufgestiegen wie an diesem Morgen die Sonne über den Bermudainseln. Robert war Nachrichtenoffizier bei der US-Army gewesen. Was ihn für Sarah so anziehend machte, war jedoch etwas anderes: Er gab ihr Geborgenheit wie niemand sonst. An Roberts Seite hatte sie ein zweites Mal gelernt, was es bedeutete, einem anderen Menschen zu vertrauen. Selbst das Lachen hatte er ihr wieder beigebracht. Wenn er nur schmunzelte, konnte sie unmöglich ernst bleiben.

Anfang Juli 1945 hatte die Trauung stattgefunden. Aus Frau Sarah Goldschmidt war Mrs. Sarah McKenelley geworden.

Kaum verheiratet, wurde Robert nach Berlin abkommandiert. Er sollte über die Potsdamer Konferenz berichten, die für den 17. Juli anberaumt war. Als ein besonderes Zugeständnis an die Jungvermählten durfte Sarah ihn begleiten – aber sie hätte ihn sowieso nicht allein gehen lassen.

Einige Monate nach Verabschiedung des Potsdamer Abkommens reichte Robert dann seinen Abschied von der Army ein. Die Rückkehr in die Heimat stand nun auf dem Programm – Roberts Heimat, um genau zu sein.

Sie bezogen ein nettes kleines Holzhaus, nur eine halbe Meile vom Meer entfernt, südlich von Miami. Roberts Eltern wohnten am Rande der Everglades, mit dem Auto schnell zu erreichen. Tom und Rose McKenelley nahmen die Schwiegertochter, die ihr Sohn aus dem Krieg mit heimgebracht hatte, herzlich auf. Und als dann Sarah im Dezember 1946 feierlich verkündete, dass sie ein Kind erwarte, konnte sie nicht sagen, wer sich mehr darüber freute: die Großeltern oder sie selbst.

Jonas wurde am 3. Juli 1947 geboren. Er war kein sehr großes

Baby, aber er hatte eine kräftige Stimme. Endlich konnte Sarah jenes Gefühl der Geborgenheit, nach dem sie sich ein Leben lang gesehnt hatte, an ihr eigenes Kind weitergeben.

Manchmal tadelte Robert sie ein wenig, weil sie den Jungen kaum eine Minute aus den Augen ließ. Er liebte den kleinen Jonas ja genauso wie Sarah und er wusste natürlich längst, was Geborgenheit für sie bedeutete.

Als er Sarah Ende Mai von dem Angebot seines Arbeitgebers erzählte, den Militärbasen an der Bahía de Guantánamo auf Kuba und anschließend auf den Bermudainseln einen Besuch abzustatten, reagierte sie zunächst entsetzt. Robert arbeitete inzwischen als Redakteur der *Washington Post* in Miami. Wegen seiner immer noch guten Kontakte zur Army hatte er den Auftrag erhalten einen Artikel über die Luftwaffen- und Flottenstützpunkte in der Karibik und im Nordatlantik zu schreiben. Sarah war hin und her gerissen. Seit ihrer Heirat war sie nie länger als vierundzwanzig Stunden von Robert getrennt gewesen. Andererseits konnte sie Jonas nicht mit auf die Reise nehmen. Was sollte sie nur tun?

Nur mühsam konnte Robert ihr das Zugeständnis abringen den kleinen Jonas für acht oder zehn Tage in die Obhut der Großeltern zu geben. Als dann die Stunde des Abschieds gekommen war, wollte die Liste von Sarahs Anweisungen kein Ende nehmen.

»Du tust ja gerade so, als müssten wir unseren Enkel für sein ganzes restliches Leben versorgen«, fiel Tom ihr schließlich ins Wort.

»Vielleicht ist es ja so!«, antwortete Sarah. Dem ehemaligen General verschlug es die Sprache.

»Der Mann, den du so liebst, dass du keinen Tag ohne ihn leben kannst, war auch einmal so klein wie unser Jonas«, merkte Großmutter Rose mit sanfter Stimme an. »Glaubst du denn nicht, dass ich ebenso gut für deinen Sohn sorgen werde, wie ich es damals für meinen eigenen getan habe? Immerhin ist er ja auch mein Enkel!«

Sarah blickte einige Sekunden lang unschlüssig in das Gesicht ihrer Schwiegermutter. Dann gab sie lächelnd nach.

»Natürlich wirst du das, Rose. Bitte entschuldige, ich wollte dich nicht verletzen.«

Von diesem Tag an hatte Sarah keine ruhige Minute mehr.

Ganz entgegen ihren düsteren Vorahnungen verlief die Reise zunächst ohne Schwierigkeiten. Die Abende auf Kuba gehörten ihnen beiden ganz allein. Insgeheim genoss sie es, mit Robert am Strand zu liegen oder in einem Restaurant unter Palmen zu sitzen und ungestört zu plaudern. Doch immer wieder stellte sie ihm dieselbe Frage: »Glaubst du, Jonas geht es gut?«

Der Weiterflug nach St. George auf den Bermudas war alles andere als angenehm. Starke Windböen schüttelten die zweimotorige Propellermaschine unbarmherzig durch und Sarahs Abneigung gegen diese Art der Fortbewegung wurde einmal mehr bestätigt. Zum ersten Mal kam ihr der Gedanke, was wohl mit Jonas geschehen würde, sollte ihr und Bob – wie sie Robert nannte – etwas zustoßen. Bisher hatte sie sich nur um das Wohlergehen ihres Sohnes gesorgt, aber was würde aus ihm werden, wenn er als Waise aufwachsen musste? Sie selbst wusste, was das bedeutete. Hitlers »tausendjähriges Reich« hatte es sie gelehrt. Den Gedanken, ihr Sohn müsse ohne die Geborgenheit einer Familie groß werden, empfand sie als unerträglich.

Dann kam ein Fernschreiben von Roberts Eltern. Die Kürze des Textes ließ die Nachricht noch grausamer erscheinen. Vor allem dieser *eine* Satz:

> *heute frueh erhielten wir nachricht von seinem tod*
> *– stop –*

Sarah reagierte merkwürdig auf diese Botschaft. Zunächst schüttelte sie nur den Kopf, starr vor sich hin blickend. Minutenlang. Sie konnte nicht glauben, was Robert ihr da vorgelesen hatte. Erst als er sie in den Arm nahm und fest an sich drückte, war sie imstande zu weinen. Der Arzt bot ihr ein Beruhigungsmittel an, aber Sarah lehnte ab. Sie *war* ruhig – auf eine schreckliche, schwer nachvollziehbare Weise. Nur Robert, der

Sarahs Lebensgeschichte kannte, vermochte in groben Zügen zu erfassen, was in seiner Frau vor sich ging. Sie hatte einfach zu viel erlebt, um noch wie andere Menschen trauern zu können.

Aber selbst er hatte keine Vorstellung davon, wie wenig Sarah bereit war die furchtbare Nachricht zu akzeptieren. Sie musste nur nach Hause, dann würde sie ihren Sohn wieder in die Arme schließen können. Daran glaubte sie fest. Weshalb sie so sehr davon überzeugt war, sollte sie erst viel später herausfinden.

Der Befehlshaber des Flotten- und Luftstützpunktes bei Kindley Field schuldete Robert noch einen Gefallen. Doch wahrscheinlich hätte er auch so alles Menschenmögliche getan, um den jungen Eltern in ihrer Notlage beizustehen. Sarah und Robert durften in einer Transportmaschine mitfliegen, welche die Insel St. George noch am Nachmittag desselben Tages in Richtung Cape Hatteras, North Carolina, verlassen würde. Von dort konnten sie dann am nächsten Morgen mit einem anderen Militärflugzeug direkt nach Florida weiterfliegen.

Morgen Mittag, dachte Sarah, morgen Mittag wird sich alles aufklären. Der Text des Telegramms ging ihr wieder durch den Kopf: *»heute frueh erhielten wir nachricht von seinem tod«*. Warum hatten sich Tom und Rose nur auf diese »Nachricht« verlassen? Warum hatten sie sich nicht selbst vom Zustand ihres Enkels überzeugt? Es musste ein Irrtum sein. Jonas war nicht gestorben. Sie, Sarah, hatte ihn allein gelassen, das stand außer Frage. Aber Jonas war nicht tot. Er lebte. Er *musste* leben!

Ein Geräusch in ihrem Rücken riss sie aus den quälenden Gedanken.

»Verzeihung, Ma'am, ich muss das Fahrwerk kontrollieren.«

Es war wohl der Kopilot, ein kleiner rundlicher Mann, irgendwie erinnerte er Sarah an einen Bullterrier. Sie nickte mit einem gezwungenen Lächeln und trat zwei Schritte zur Seite. Wo Robert nur blieb?

»Alles in Ordnung, Jack?« Der Kommandant des Transportflugzeugs tauchte mit gesenktem Kopf unter dem Heck hindurch und kam auf seinen Kopiloten zu.

»Soweit ich sehen kann, scheint's unserer Roly-Poly gut zu

gehen. Für sechshundert Meilen sollte sie ihren dicken Hintern schon noch mal vom Boden kriegen.«

»Jack! Wir haben eine Dame unter uns, reiß dich ein bisschen zusammen!«

»Hab ich doch!«, protestierte der Angesprochene. »Meinst du, ich hätte ›Hintern‹ gesagt, wenn …«

»Sei endlich still!«, fiel der Captain ihm schnell ins Wort. Er zog den etwas zu kurz geratenen Kopiloten auf die Seite und redete leise auf ihn ein – Sarah sollte die Auseinandersetzung nicht mitbekommen.

»Willst du, dass ich heute, nachdem wir sechs Jahre gemeinsam Löcher in die Wolken gestanzt haben, noch einmal förmlich zu dir werde? Ich bin immerhin dein Vorgesetzter, vergiss das nicht. Es gibt überhaupt keinen Grund, Mrs. McKenelley mit deiner Schwarzseherei zu verstören.«

»Trotzdem bin ich froh, dass dies mein letzter Flug auf der RY-3 ist. Das Biest ist launisch wie ein Sack Flöhe.«

»Red keinen Unsinn, Jack. Unsere Roly-Poly hat uns bisher immer sicher ans Ziel gebracht. Seit 1939 sind fast zwanzigtausend von diesen Dingern gebaut worden. Hätte man das etwa getan, wenn sie so ›launisch‹ wären, wie du behauptest? Die B-24 hat dem Feind im Krieg mächtig eingeheizt.«

»Nicht nur dem Feind, Dan. Lass uns mal eines klarstellen: Du redest von Bombern, aber das hier ist rein zufällig eine RY-3 Privateer Transport, ein fliegender *Packesel*. Manche Jungs sagen, das Ding sei eine glatte Fehlkonstruktion. Bei der Royal Air Force haben sie die Schwestern von unserem Dickerchen schon vor zwei Jahren ausgemustert.«

Dan, der Kommandant, bemerkte das besorgte Gesicht der jungen Dame unter der Tragfläche. Der Disput über die Qualitäten der unterschiedlichen B-24-Varianten war ihr offensichtlich nicht entgangen. Mit ein paar schnellen Schritten war er bei Sarah.

»Jack ist ein alter Wichtigtuer. Er zieht nur über unsere Roly-Poly her, weil er seinen Abschied von der Navy längst bereut hat. Jetzt würde er am liebsten wieder zurück, aber man lässt ihn nicht mehr.«

Sarah hörte ein kurzes Auflachen im Rücken des Piloten. »Ich weiß nicht«, sagte sie unsicher zum Kommandanten. »Ist denn etwas dran an dem, was Ihr Erster Offizier sagt?«

Der Captain räusperte sich. »Nun, Mrs. McKenelley, in Wirklichkeit haben die Briten gar nicht *alle* Transportmaschinen dieses Typs außer Dienst gestellt. Es gibt noch eine ... eine geringe Anzahl von ihnen, die ...«

Die Stimme des hoch gewachsenen Mannes war unter Sarahs argwöhnischem Blick immer mehr ins Stocken geraten. »Was genau verstehen Sie unter einer ›geringen Anzahl‹, Captain?«

»Nun, genau genommen handelt es sich nur um *eine* Maschine, eine Liberator C. Mk. IX, wie die Briten den Typ nennen. Sie dreht unter der Schirmherrschaft des National Research Council ihre Runden ...«

»Ha!«, ertönte es trocken hinter dem Kommandanten.

Der ignorierte den Spott seines Kopiloten und erklärte weiter: »Man nennt sie Rockcliffe Icewagon. Sie unternimmt regelmäßig Erkundungsflüge im Norden Kanadas. Glauben Sie, man würde eine solche Aufgabe einem Flugzeug anvertrauen, das ›launisch wie ein Sack Flöhe‹ ist, Mrs. McKenelley?«

Sarah dachte über die Erklärung des Captains nach. Sie misstraute Unternehmungen, bei denen man buchstäblich »den Boden unter den Füßen verlieren« konnte. Die etwas verwirrende Auseinandersetzung der beiden Männer hatte sie argwöhnisch gemacht. Daran konnten auch die Argumente des Kommandanten nichts ändern.

Ehe Sarah nachhaken konnte, legte sich von hinten eine Hand auf ihre Schulter.

»Ist alles in Ordnung, Schatz?«

Sie drehte sich um und blinzelte in die Sonne. Vor ihr stand die dunkle Silhouette ihres Mannes. Erleichtert lächelte sie. Schon die Berührung seiner Hand hatte ihr mehr Zuversicht eingeflößt als alle gut gemeinten Worte des Captains.

»Bob, ich dachte schon, du würdest überhaupt nicht mehr kommen!« Sie spürte den leicht gereizten Ton in ihrer Stimme und atmete tief durch. Ruhiger fügte sie dann hinzu: »Du weißt, dass mir diese fliegenden Röhren noch nie geheuer waren.«

»Captain Woolbridge verfügt über eine gehörige Portion Flugerfahrung. Er wird uns sicher nach North Carolina bringen, Schatz.«

Sarah entdeckte zwei weitere Männer, die sich im gleißenden Sonnenlicht der Roly-Poly näherten. Aus den Fliegerjacken der beiden schloss sie, dass sie ebenfalls zur Besatzung der Transportmaschine gehörten. Als sie sich wieder ihrem Ehemann zuwandte, reichte Robert dem Piloten gerade einen Papierumschlag.

»Diese Unterlagen soll ich Ihnen noch geben, Captain. Der Dienst habende Offizier meinte, Sie wüssten, schon Bescheid.«

Captain Daniel Woolbridge nahm das Kuvert entgegen und nickte. Dann warf er den beiden Neuankömmlingen einen fragenden Blick zu. Als einer der Männer ihm einen nach oben gereckten Daumen zeigte, wandte er sich wieder den Passagieren zu. »Dann darf ich Sie bitten einzusteigen. Wenn die Starterlaubnis aus dem Tower rechtzeitig erteilt wird, heben wir genau um sechzehnhundert vom Rollfeld ab. Bitte entschuldigen Sie mich jetzt. Ich muss unser Dickerchen noch auf Touren bringen.«

Sarah zuckte zusammen, als sie spürte, wie Roberts linke Hand der rechten folgte, sodass beide ihre zierlichen Finger wie eine Burg umschlossen. Die Berührung hatte sie aus ihren Erinnerungen gerissen. Sie wandte sich vom Fenster ab und lächelte ihrem Mann zu, so als müsse sie sich für ihre Schreckhaftigkeit entschuldigen.

Robert erwiderte das Lächeln, sagte aber nichts. Er wusste, dass sie im Augenblick nichts dringender brauchte als seine schützende Nähe. Die Zeit für tröstende Worte war noch nicht gekommen. In einem fernen Winkel seines Bewusstseins nahm er verwundert wahr, wie trocken und kühl sich Sarahs Haut anfühlte.

So saßen sie weitere Minuten schweigend nebeneinander. Da war nur noch das Dröhnen der Motoren. Captain Daniel Woolbridge hatte von ihnen geschwärmt: vier Pratt & Whitney R-1830-94, jedes Triebwerk mit vierzehn Zylindern, jedes mit eintausendreihundertfünfzig Pferdestärken, scheinbar durch nichts aus ihrer ohrenbetäubenden Ruhe zu bringen ...

Sarah zuckte erneut zusammen. »Was war das?«

Robert sah sie fragend an. »Ich weiß nicht, was du meinst.«

Sarah lauschte. Irgendetwas stimmte nicht. Lag es an den Propellertriebwerken? Oder an der Art, wie die Maschine flog ...? Die Veränderung war so geringfügig gewesen, dass wohl nur sie es gespürt hatte. Jedenfalls ließ keiner der vier Männer im Cockpit sich etwas anmerken. Auch Robert nicht. Sarah saß jetzt kerzengerade. »Vielleicht sind es die Motoren«, murmelte sie und wusste zugleich, dass es nicht so war.

Robert lauschte. »Ich kann nichts Ungewöhnliches feststellen«, meinte er dann. Er lächelte, um Sarah zu beruhigen. »Bestimmt spielen dir deine Nerven einen Streich, Schatz. Kein Wunder ...«

»Still!« Wieder fühlte Sarah die merkwürdige Veränderung – als hätte jemand die Welt um ein winziges Stück von der Stelle gerückt.

»Sind sie gut angeschnallt?«, tönte plötzlich die Stimme von Captain Woolbridge nach hinten.

»Ja! ... Wieso?«, antwortete Robert, nun doch besorgt.

»Kann ich noch nicht sagen. Vielleicht Turbulenzen.«

»Hab noch nie Turbulenzen erlebt, die eine B-24 wie an der Schnur in eine Kreisbahn ziehen.« Die knurrige Bemerkung kam von Jack, dem Kopiloten.

»Wie kommst du ...?«

»Hast du schon einmal einen Blick auf den Kompass geworfen?«

Der Ton im Cockpit des Flugzeugs hatte sich verändert – es gab keine Anzeichen von Panik, aber eine gewisse Anspannung schwang in jedem Wort der Männer mit.

Robert brannten ein Dutzend Fragen auf der Zunge, aber im

Augenblick würde ihm wohl sowieso niemand von der Crew zuhören.

»Der Kopilot hat Recht«, sagte Sarah plötzlich. Sie klang merkwürdig gelassen, fast so, als hätte sie mit diesem Verlauf der Ereignisse gerechnet. Neugierig beugte sie sich zu Robert hinüber, um besser aus dem Fenster sehen zu können. »Jack sagt die Wahrheit«, wiederholte sie jetzt noch einmal. »An den Wellenkämmen kann man es deutlich erkennen: Wir fliegen im Kreis. Und wie es scheint, in immer enger werdenden Kurven.«

»Aber das Flugzeug hat doch überhaupt keine Schräglage!«, rief Robert, von seiner Gelassenheit war nichts mehr geblieben. »Das ist physikalisch überhaupt nicht möglich! Das Flugzeug müsste doch ...«

»Vergessen Sie die Physik!«, blaffte Jack nach hinten, wohl um Robert endlich zum Schweigen zu bringen. »Das hier ist nicht normal. So was hab ich noch nie erlebt! Das Seitenruder sitzt fest wie angefroren. Unsere Roly-Poly tanzt mit uns im Kreis und wir können rein gar nichts dagegen tun.«

Sarah kamen die Geschichten vom Bermudadreieck in den Sinn. Seit mindestens einhundert Jahren hatte es immer wieder rätselhafte Vorfälle in den Gewässern zwischen den Bermudainseln, Puerto Rico und Melbourne in Florida gegeben. Etliche Schiffe waren spurlos verschwunden, einige davon leer und verlassen wieder aufgetaucht. In neuerer Zeit kamen Berichte von Flugzeugen hinzu, denen offenbar das gleiche Schicksal widerfahren ...

»Jack, schau da, auf zwei Uhr!«

Etwas an der Stimme von Captain Woolbridge ließ Sarah nach vorn zum Cockpit blicken, mit den Augen dem ausgestreckten Arm des Piloten folgen. Ohne zu zögern, schnallte sie sich los und wechselte über den Mittelgang zum gegenüberliegenden Fenster. Sie spürte, wie Robert sich neben sie setzte und an ihr vorbeizusehen versuchte.

»Unglaublich«, flüsterte sie.

»Was denn?«, fragte Robert. Der Kopf seiner Frau füllte das kleine Kabinenfenster vollständig aus.

»Ein Strudel«, erwiderte Sarah. Sie schien ihre Furcht völlig vergessen zu haben und wirkte wie jemand, der ein seltenes Naturschauspiel bestaunt.

»Was denn für ein Strudel?« Robert konnte noch immer nichts erkennen, doch anstatt in eine der angrenzenden Sitzreihen zu wechseln, fragte er nur: »Etwa ein Hurrikan?« Das, so glaubte er, konnte eine plausible Erklärung für die Kräfte sein, die das Flugzeug in eine Kreisbahn zwangen.

»Nein, kein Wirbelsturm«, antwortete Sarah. »Der Himmel über dem Meer ist völlig ruhig. Aber sieh nur, das sonderbare Leuchten in dem Strudel!« Sie ließ sich jäh in den Sitz zurücksinken, als hätte sie genug gesehen. Auf ihrem Gesicht lag ein merkwürdig friedlicher, fast erwartungsvoller Ausdruck.

Endlich konnte Robert durch das Fenster blicken. Einige Herzschläge später wünschte er fast, er hätte es nicht getan, denn was er da tief unter dem Flugzeug entdeckte, jagte ihm einen gehörigen Schrecken ein. Das Meer drehte sich um ein gewaltiges Loch herum. Zur Mitte hin senkte es sich zunehmend ab, als laufe es in einen riesigen Trichter hinein. Je näher die aufgewühlten Wassermassen dem Zentrum dieser Vertiefung kamen, desto schneller wirbelten sie herum. Der Durchmesser des Mahlstroms musste fünf oder mehr Meilen betragen. Er war gigantisch! Robert hatte noch nie von einem derart großflächigen Meeresstrudel gehört, geschweige denn je einen solchen gesehen.

Jetzt bemerkte er auch das »sonderbare Leuchten«, wie Sarah es genannt hatte. In den äußeren Regionen des Wirbels durchzuckten immer wieder Blitze das Wasser, flackernd wie sommerliches Wetterleuchten. Aber in seinem Zentrum pulsierte langsam und stetig ein blaues Licht.

»Was ist das?«, hauchte Robert.

»Es ist der Weg, den wir gehen müssen«, antwortete Sarah ungewöhnlich ruhig.

Robert bemerkte voller Bestürzung ihre beinahe euphorisch leuchtenden Augen. Was war nur in sie gefahren? Natürlich, Sarah hatte von ihren Selbstvorwürfen gesprochen, davon, dass sie eine schlechte Mutter sei, weil sie ihren Sohn im Stich gelassen habe … Aber dass sie sich nach dem Tod sehnte?

Ein leichter Ruck ging durchs Flugzeug und lenkte Roberts Aufmerksamkeit zurück zum Kabinenfenster. Was er dort sah, schien ihm für einen Augenblick alle Kraft zu rauben. Das äußere Backbordtriebwerk war ausgefallen, der Propeller wurde immer langsamer und blieb schließlich ganz stehen. Gleich darauf versagte auch der zweite seinen Dienst. Robert raffte sich noch einmal auf und eilte zur Steuerbordseite hinüber. Auch da standen alle Motoren still. Kein Rauch war zu sehen, nicht einmal eine leichte Bewegung der Propeller im Flugwind, sie standen einfach still.

Eine furchtbare Erkenntnis senkte sich langsam auf ihn herab: Eine mehr als dreißigtausend Pfund schwere Maschine wie die B-24, ohne ein einziges funktionierendes Triebwerk, konnte in etwa so gut segeln wie eine Tontaube. Die Roly-Poly musste zwangsläufig den Gesetzen der Schwerkraft folgen und in einem weiten Bogen auf dem Meer niedergehen. Er blickte zu Sarah hinüber, die jetzt mit gerecktem Hals aus dem Fenster schaute, fast wie ein neugieriges kleines Mädchen, als könne sie sich nicht satt sehen an dem so bodenlos anmutenden Loch mit dem pulsierenden Licht darin.

Robert wurde mit einem Mal sehr ruhig. Er hatte nur noch einen Wunsch: Wenn sein Herz aufhörte zu schlagen, wollte er bei seiner Frau sein, wollte ihr die Geborgenheit geben, nach der sie sich immer so gesehnt hatte.

Er kreuzte erneut den Mittelgang. Für einen Augenblick fiel sein Blick dabei auf das Cockpit: Die Besatzung, die im letzten Krieg so viele kritische Situationen durchgestanden hatte, kämpfte noch immer um die Kontrolle über das Flugzeug, hoch konzentriert, die Nerven bis aufs Äußerste angespannt, aber dennoch ohne jede Hektik handelnd. Die Piloten betätigten Hebel und Schieber, zerrten am Höhenruder. Der Funker versuchte ununterbrochen die Basis zu erreichen. Doch keinem der Männer schien ein Erfolg beschieden zu sein.

Dann war er wieder bei Sarah und drückte sie eng an sich. Als sie sich seiner Nähe bewusst wurde, drehte sie den Kopf und lächelte ihn an. Nein, nicht ein Funken Furcht lag in ihrem Gesicht, nur ruhige Erwartung.

»Alle Triebwerke sind ausgefallen. Es wird nicht mehr lange dauern und das Flugzeug zerschellt auf dem Wasser.« Auch Roberts Stimme klang jetzt ruhig. Aber bei ihm war es mehr das Akzeptieren des Unabwendbaren als jene sonderbare Apathie, die anscheinend von Sarah Besitz ergriffen hatte. Sein Herz verkrampfte sich. Erst die Nachricht von Jonas' Tod und nun ...

»Warum stürzt sie nicht ab?«

Die Stimme aus dem Cockpit drang wie durch einen dichten Schleier in Roberts Bewusstsein vor. Benommen zwang er sich wieder aus dem Fenster zu sehen. Tatsächlich! Die Roly-Poly war schneller geworden. Sie flog jetzt immer engere Kreise. Aber sie flog!

Das gewaltige Loch im Zentrum des Strudels füllte jetzt fast vollständig das kleine Kabinenfenster aus. Robert konnte nun geradewegs in den bodenlosen Schlund hinabblicken, weil das Flugzeug sich inzwischen doch stark zum Mittelpunkt des Mahlstroms hin neigte. Was er dort sah, war einfach unglaublich. Es erfüllte ihn gleichermaßen mit Entsetzen wie mit Erstaunen.

Nun, da man in das Herz des Strudels blicken konnte, gab er mehr von seiner Natur preis. Tief unten konnte man ein lebendiges Glitzern erkennen, in unzähligen Schattierungen von Blau. Das Leuchten wirkte auf eine schwer zu beschreibende Weise beseelt, aber im Gegensatz zum Glühen eines Vulkans ging keine Bedrohung von ihm aus; in dem blauen Licht lag auch keine tödliche Kälte wie in dem eisigen Schimmer eines Gletschers.

Vielmehr schien es Robert – und so ging es in diesem Augenblick jedem Einzelnen an Bord der Roly-Poly –, als würde ein Ruf von diesem Leuchten ausgehen, oder ein lockendes Flüstern, das ihm alle Angst nahm. Sarah musste es früher als die anderen gespürt haben, wohl weil sie in mancherlei Hinsicht empfindsamer als die meisten ihrer Mitmenschen war.

Eine Woge unterschiedlichster Gefühle rollte über Robert

hinweg. Doch tief in ihm arbeitete noch immer sein klarer, analytischer Verstand. Während die B-24 auf das Auge des Mahlstroms zuraste, sagte ihm dieser Rest seines Urteilsvermögens, dass nun gleich alles vorbei sein würde.

Das Bild des kleinen Jonas erschien noch einmal vor seinem geistigen Auge, er hörte sein vergnügtes Quietschen, nahm seinen angenehmen Geruch wahr. Robert drückte Sarah fest an sich und blickte in ihr Gesicht. Sie schaute zu ihm auf und lächelte. Er war froh sie so ohne Todesangst zu sehen, zu spüren, wie ihr Herz schlug. Wie sehr er sie liebte! Er wäre gern länger mit ihr durchs Leben gegangen.

Und dennoch war er glücklich gerade jetzt, gerade in diesem Augenblick bei ihr zu sein …

Aus der Ferne sah das winzige Flugzeug wie ein zur Erde gefallener Stern aus, als ein letzter Sonnenstrahl seine silberne Hülle streifte. Dann sackte die B-24 unter das Niveau des Meeresspiegels und verlor jeden Auftrieb. Zuerst neigte sich ihr Bug nach vorn und bald trudelte sie nur noch wie ein welkes Blatt immer tiefer in das Herz des Mahlstroms hinab. Unnatürlich langsam sank sie in die Tiefe, wurde immer kleiner, bis ihr Bild in einem blauen Glühen verging.

ZWEITE FACETTE

DIE FLUCHT

◇ DAS MEER AUS GRAS

Das Zirpen der Grillen erstarb so plötzlich, dass Jonas erschrak. Er blieb sofort stehen, lauschte in die fast greifbare Stille hinein. Alle seine Sinne waren angespannt.

Jonas kannte die Bewohner des Sumpfes wie nur wenige in den Everglades. Wenn der Herzschlag dieses geheimnisvollen Landes für einen Moment aussetzte, dann bedeutete das nichts Gutes. Es gab da eine Gefahr, eine lautlose Bedrohung, welche selbst die Grillenmännchen, die sonst so schnell nichts aus der Ruhe bringen konnte, hatte innehalten lassen.

Die Stille schien vollkommen. Der Himmel schimmerte grau durch die Pinien – bald würde die Sonne aufgehen. Dann hörte er es. Ein Schauer lief ihm über den Rücken. Für einen Moment hatte Jonas geglaubt wieder das Flüstern zu vernehmen, jenes Rufen, das ihn erst dazu getrieben hatte, seinen langsam gereiften Entschluss endlich in die Tat umzusetzen und von zu Hause wegzulaufen. Aber *dieses* Flüstern war anders.

Jemand, der nicht so vertraut mit den Everglades gewesen wäre – ein x-beliebiger Tourist vielleicht –, hätte das Geräusch möglicherweise für das Rascheln von Zweigen in einer auffrischenden Brise gehalten, aber Jonas wusste es besser. Er war hier aufgewachsen. In einem Umkreis von fünf Meilen kannte er jeden Baum, jede der schwimmenden Inseln, wusste, wohin man noch den Fuß setzen konnte, ohne einzusinken, und wo sogar die flachen Airboats sich so gründlich festfuhren, dass auch ihre großen Flugzeugpropeller ihnen nichts mehr nutzten. Das Flüstern passte nicht hierher. Es war fremd – und feindselig.

Die Grillen nahmen ihren Balzgesang wieder auf, doch Jonas bewegte sich noch immer nicht. Sein Geist begann das Flüstern zu analysieren und mit einem Mal verstand er dessen Zweck. Es hatte wie ein Befehl geklungen, das Kommando eines Jägers, der seine Treiber in eine bestimmte Richtung dirigiert, damit sie ihm das Wild zuscheuchen.

In diesem Moment hörte er ein Krachen, das ihn erneut

zusammenfahren ließ. Dann waren auch Stimmen zu vernehmen. Wilddiebe! Ja, so musste es sein. Alligatorenjäger, die sich in der Zeit vor dem Morgengrauen in die Sümpfe schlichen, um die Panzerechsen ihrer kostbaren Haut zu berauben.

Jonas' Verstand begann angestrengt zu arbeiten. Diese plötzliche Wendung der Dinge konnte für ihn unangenehme Folgen haben. Er war von zu Hause ausgerückt – aber er hatte Großvater einen Brief hinterlassen. Vielleicht hatte der ihm die Männer nachgeschickt? Nein, Jonas verwarf diesen Gedanken wieder. Großvater würde in seinen Pick-up steigen und die Straße nach Florida City absuchen (deshalb hatte Jonas ja den Weg durch die Sümpfe gewählt). Den Sumpfbesuchern, die sich bisher nur durch ihren Lärm bemerkbar gemacht hatten, stand der Sinn mit Sicherheit nach etwas anderem als nach einer Verfolgungsjagd auf einen fünfzehnjährigen Jungen: Sie waren unterwegs, weil sie etwas Verbotenes im Schilde führten. Sie kamen des Geldes wegen, waren hier, um zu töten.

Plötzlich erkannte Jonas, in welcher Gefahr er schwebte. Der alte Tom McKenelley, sein Großvater, betrieb die eigene Alligatorenfarm ja nicht, um die Haut der Echsen an Handtaschen- und Cowboystiefelhersteller zu verscherbeln. Er hatte sich dem Schutz dieser bedrohten und in freier Wildbahn nur noch selten vorkommenden Tiere verschrieben. Bei einigen in der Gegend war Tom deshalb nicht sehr beliebt. Wenn die Wilddiebe dem Enkel dieses »Alligatorenfreundes« hier begegneten, mussten sie damit rechnen, angezeigt zu werden. Sollte dieser Zeuge aber spurlos in den Sümpfen verschwinden, dann …

Das Vernünftigste in einer solchen Situation wäre es nun zweifellos gewesen, sich in die Schatten zu verdrücken und die Wilddiebe ihre blutige Arbeit erledigen zu lassen. So hätte wahrscheinlich die Mehrzahl seiner Altersgenossen gehandelt. Aber Jonas tat selten, was die Mehrheit für vernünftig hielt.

Schnell ließ er seinen Rucksack zu Boden gleiten, zog Schuhe, Hemd und Hose aus und versteckte alles unter den vielfingrigen Blättern der großen Farne, die an dieser Stelle üppig wucherten. Dann schlich er auf die Jäger zu. Die knickten immer noch Schilfrohre ab und spritzten Wasser auf, als wollten sie – vielleicht um Munition zu sparen? – ihre Beute zu Tode erschrecken.

Jonas verließ nun den festen und sicheren Pfad am Rande des Sumpfgraslandes. Schon nach wenigen Schritten wurde der Grund unsicher. Er watete über federnden, nassen Boden. Der Lärm aus der Richtung der Wilddiebe überdeckte die schmatzenden Geräusche, die er jedes Mal verursachte, wenn er wieder einen Fuß dem feuchten Griff der Erde entzog. Dann erreichte er das Wasser. Ohne zu zögern stieg er hinein, direkt zu den stillen Herren der Everglades: den Alligatoren.

Bald ging ihm das Wasser bis zur Hüfte. Das Ufer des Tümpels war größtenteils mit Schilf bewachsen, sodass er ausreichend Deckung fand. Jonas kannte diese Stelle nur zu genau. Vor vier Jahren hatte er hier einige dramatische Augenblicke erlebt; danach war sein Leben nicht mehr gewesen wie zuvor. Doch das lag lange zurück. Jetzt musste er sich auf seine Umgebung konzentrieren, völlig mit ihr verschmelzen, wollte er nicht entdeckt werden. Es gab viele wachsame Augen in diesem Teich.

Er bewegte sich langsam und in geduckter Haltung vorwärts, nur sein Kopf ragte noch aus dem Wasser. Das Gesicht hatte er sich mit Schlamm eingeschmiert. So war er praktisch unsichtbar. Diese »Kriegsbemalung« galt den Wilddieben, sie durften ihn auf keinen Fall entdecken. Sein vorsichtiges Vorgehen hatte dagegen eine andere Ursache: Die Hausherren dieses flachen Tümpels waren leicht zu erschrecken und Jonas wollte alles vermeiden, was ihren Unmut heraufbeschwören konnte.

Am Ufer hatte er nach einem abgebrochenen, stabil wirkenden Schilfrohr gegriffen. Es war ungefähr fünf Fuß lang und sollte ihm helfen neugierige Alligatoren auf Distanz zu halten. Vorsichtig arbeitete er sich zu den Wilddieben vor, ständig nach Deckung suchend. Sie hatten einen starken, batteriegespeisten Scheinwerfer mitgebracht, mit dem sie das Wasser ableuchteten. Jonas glaubte in dem andauernden Grölen und Fluchen die Stimmen dreier Männer auszumachen. Anscheinend hatten sie sich vorher Mut angetrunken, denn der Lärm, den sie veranstalteten, passte so gar nicht zu professionellen Jägern.

»He, weck mir nicht *Old Big Shadow* auf, Bill! Sonst verspeist er dich zum Frühstück«, rief gerade einer und dekorierte seinen Scherz mit einem hustenden Lachen.

»Halt lieber dein Maul, Walt, und erspar mir deine Monstergeschichten. Wenn du weiter so einen Radau machst, kriegen wir nie eins von den Biestern vor den Lauf«, antwortete eine andere Stimme.

Jonas fiel auf, dass der zweite Sprecher deutlich weniger selbstsicher klang. Ein Lächeln huschte über sein mit Schlamm bedecktes Gesicht. Die meisten Bewohner Muddy Creeks sprachen den Namen Old Big Shadows immer nur mit einem seltsamen Unterton in der Stimme aus: furchtsam, ahnungsvoll oder auch beschwörend und drohend, gerade so, als redeten sie von einem Geist oder einem anderen dunklen Wesen, das herbeizurufen man tunlichst vermeiden sollte. Angeblich hatte im vorigen Jahrhundert ein Indianer den riesenhaften Alligator zum ersten Mal gesehen. Wie er verstört berichtete, hatte die Echse seinen Stammesbruder gepackt, ihn ins Wasser gezogen und dann in einem Stück hinuntergeschlungen.

Jonas glaubte nicht recht an dieses Schauermärchen. Nicht etwa, weil die Geschichte schon so lange zurücklag. Er hatte von einem mehr als sechzigjährigen Mississippi-Alligator gehört, der noch immer in Gefangenschaft lebte. Manche behaupteten sogar, diese Reptilien könnten achtzig oder gar neunzig Jahre alt werden. Auch die Art, wie Old Big Shadow den Indianer »erbeutet« hatte, entsprach in etwa dem Verhalten, das Jonas schon oft beobachten konnte: Die großen Echsen fraßen nur im (allerdings nie *unter)* Wasser. Aber einen ausgewachsenen Mann in einem Stück zu verschlucken – dieses Detail war wohl der ausschmückenden Überlieferung zuzuschreiben. Die Zähne von Krokodilen und Alligatoren sind zum Kauen ungeeignet, deshalb zerreißen die Tiere ihre Beute, nachdem sie ihr mit ruckhaften Bewegungen des Kopfes das Genick gebrochen oder sie unter Wasser erstickt haben.

Doch die kleinen Ungenauigkeiten waren nicht die Hauptursache für Jonas' Zweifel an der Legende von dem angeblich vierzig Fuß langen Riesenalligator. Sein Wissen über die große dunkle Echse stammte aus einer anderen Quelle. Er kannte Old Big Shadow persönlich.

In diesem Moment nahm Jonas zu seiner Linken eine Bewegung wahr. Er warf den Kopf herum und seine Nackenmuskeln verhärteten sich. Deutlich sah er einen dunklen Schatten durchs Wasser gleiten: ein Alligator! Die Echse war fünfzehn, vielleicht auch siebzehn Fuß lang – kein »Geisteralligator« also, aber noch immer eines der größeren Exemplare. Das Reptil kam direkt auf ihn zu.

Alligatoren haben eine deutliche Körpersprache, die einem viel über ihre augenblickliche Stimmung verraten kann – sofern man diese Sprache versteht. Jonas konnte an der Art, wie die Echse ihren Körper bewegte, und daran, wie weit sie ihn aus dem Wasser hob, erkennen, dass diese Annäherung nicht unbedingt feindlicher Natur war. Trotzdem erschien es ihm klüger, den wahrscheinlich nur neugierigen Sumpfbewohner nicht allzu nahe herankommen zu lassen. Vorsichtig setzte er daher sein Schilfrohr ein, um das schwere Tier auf Abstand zu halten. Er drängte es sogar noch in eine andere Richtung, weg von den Jägern im Flachboot.

Der Alligator schien denn auch das Interesse an dem zweibeinigen Gast in seinem Teich verloren zu haben und glitt lautlos davon. Jonas atmete erleichtert auf. Er hatte nicht wirklich Angst verspürt, aber jede Begegnung mit den großen Panzerechsen erforderte seine ganze Konzentration. Ihre »Sprache« musste man vor allem optisch erfassen; er musste sich also jedes Mal völlig umstellen, damit er sie begriff und – was noch viel wichtiger war – sich selbst verständlich machen konnte. Im Notfall hätte er sich abrupt zu seiner vollen Größe aufrichten und der Echse Wasser in die Augen spritzen können – beides hätte sie gehörig erschreckt und ziemlich sicher vertrieben. Aber dann wäre er mit Gewissheit von den Wilddieben entdeckt worden.

Jonas sah sich zu den Männern um. Sie hatten von der lautlosen »Unterhaltung« nichts mitbekommen. Er konnte mit seinem Plan also weitermachen. Kein Alligator oder sonst ein Sumpfbewohner sollte sein Leben lassen, nur weil diesen betrunkenen Großmäulern gerade der Sinn danach stand, mit ihren Flinten durch die Gegend zu ballern. Jonas schlich sich näher an das Boot heran. Der Kegel des Scheinwerfers huschte über das dunkle Wasser.

»Hat sich da nicht eben was bewegt?«, lallte eine Stimme, die bisher kaum zu hören gewesen war (der dritte Wilddieb schien sich besonders viel Mut eingeflößt zu haben).

»Man könnte es vielleicht feststellen, wenn ihr nicht solchen Radau machen würdet«, antwortete derjenige, der wohl noch am klarsten war.

Jonas konnte die Männer im Boot jetzt ganz deutlich erkennen. Sein Plan war eigentlich genauso simpel wie verrückt, aber angesichts des benebelten Zustands der Wilddiebe konnte er funktionieren. Er hatte sich unterwegs ein großes Blatt abgerissen, das er nun auf seinen Handteller legte und dicht vor den Mund hob. Gerade als er Luft holen wollte, sah er aus den Augenwinkeln einen neuen Schatten.

Die dunkle Gestalt hätte leicht als dahintreibender Baumstamm durchgehen können, sie war unwahrscheinlich breit und mindestens fünfundzwanzig Fuß lang. Doch bei dem, was oben aus dem Wasser ragte, handelte es sich nicht um knorrige Rinde, sondern um kräftige Hornplatten. Jonas erkannte den riesigen Alligator sofort wieder, obwohl ihr letztes Zusammentreffen nun schon vier Jahre zurücklag. Und was das Sonderbare war, das gewaltige Reptil schien sich auch an ihn zu erinnern. Später konnte Jonas nie erklären, woher er in jenem Augenblick diese Gewissheit genommen hatte. Aus den schmalen, senkrecht stehenden Pupillen eines Alligators irgendwelche Regungen abzulesen war so gut wie unmöglich. Und doch hatte Jonas das sichere Gefühl, die Panzerechse richtig einzuschätzen. Da war dasselbe ruhige Interesse, dieselbe majestätische Gelassenheit. Ein abgeklärter Herrscher des Sumpfes, sich seiner Macht voll bewusst. Old Big Shadow glitt lautlos an Jonas vorbei. Direkt auf das Airboat zu.

In diesem Moment streifte der Lichtfinger des Scheinwerfers die große Echse. Er glitt darüber hinweg, verharrte kurz und schnellte wieder zurück.

»Da!«, brüllte der Mann am Scheinwerfer. »Da ist einer.« Er fuchtelte wie wild mit dem Strahler herum. »Nun ziel doch endlich, Walt!«

Aber Walt zielte nicht. Er stand im Boot und starrte nur wie versteinert auf das gewaltige Reptil. Dafür wurde nun der dritte Wilddieb aktiv: Er begann wie am Spieß zu brüllen.

»*Old Big Shadow!*«, schrie er, während er gleichzeitig aufsprang und wie von Sinnen an seinem Jagdgesellen zerrte. »Ich sage dir, das ist ein Geist, Walt!« Er packte den anderen Kumpan. »Bill! Er ist gekommen, um uns alle zu holen. Schnell doch, starte den Motor! Nur weg hier, ehe er das Boot frisst.«

Bill – der mit dem Scheinwerfer – wurde so wild von dem verängstigten Komplizen durchgeschüttelt, dass er, im zunehmend stärker schwankenden Boot verzweifelt um sein Gleichgewicht kämpfend, die Lampe losließ. Sie beschrieb einen perfekten Bogen durch die Luft und landete klatschend im Wasser. Während sie langsam auf den flachen Grund sank, ging sie erstaunlicherweise nicht aus, sondern beleuchtete die Szene nun von unten mit einem wabernden grünen Licht. Dadurch hob sich die riesige Silhouette Old Big Shadows auf gespenstische Weise vom Sumpfwasser ab.

Der Tumult im Flachboot hielt weiter an: Der wilde Schreier versuchte immer noch seine Kumpanen aus dem Gleichgewicht zu bringen; ein anderer Wilddieb mühte sich mit dem Motor ab, den er in seiner Hektik aber nicht anzuwerfen vermochte; der dritte gab sich alle Mühe seinen hysterischen Kameraden besinnungslos zu schlagen, traf jedoch stets daneben.

Während all dies geschah, erlangte Jonas die Fassung zurück. Seine Augen wanderten über die Szene. Im Propellerboot herrschte das Chaos und Old Big Shadow war sich offenbar unschlüssig, wem er den Vorzug geben sollte: dem leuchtenden Kasten unter Wasser oder den lebhaft zappelnden Happen darüber. Jonas musste sofort handeln, dessen war er sich bewusst. Wenn der riesige Alligator sich am Ende doch noch für die Männer entschied, würde die Legende nicht nur in einer Hinsicht neue Nahrung erhalten. Man würde mit Gewehren kommen und eine Treibjagd auf ihn veranstalten.

Das Abschlachten jeglicher Alligatoren war Jonas ein Gräuel. Um es zu verhindern, hatte er sich ja entschlossen diesen Trunkenbolden eine Lektion zu erteilen. Deshalb hob er nun wieder die Hand mit dem nassen Blatt zum Mund und sprach so laut und tief wie möglich. Dabei vibrierte das große Blatt wie eine Membran zwischen seiner Handfläche und den Lippen, wodurch seine Stimme seltsam verzerrt erklang.

»Ihr seid gekommen, um meine Ruhe zu stören!«, rief er.

Keiner der Männer reagierte.

Er wiederholte seine Worte, bemühte sich um einen besonders drohenden Unterton.

»Still!«, sagte plötzlich einer der Wilddiebe. »Hast du das eben auch gehört, Walt?«

Schlagartig verharrten die drei, jeder in seiner augenblicklichen Position. Die ganze Szene sah aus wie ein Schnappschuss von einer bizarren Wassersportart. Jonas lächelte grimmig und fuhr mit seiner kleinen »Ansprache« fort.

»Wusstet ihr nicht, dass dies das Reich von Old Big Shadow ist? Ihr habt meinen Frieden gestört.«

»Wir hatten keine Ahnung«, stotterte derjenige, der vorher so hektisch um sich geschlagen hatte.

Jonas sah im grünlichen Leuchten des Tümpels, wie der Sprecher von einem seiner »Kollegen« griesgrämig angeblickt wurde. Aber auch dieser wagte kein Wort zu sagen.

Mit seiner dunklen vibrierenden Stimme gab Jonas den drei Wilddieben nun den Rest. »Euer Vergehen schreit nach Bestrafung. Niemand darf den König der Sümpfe stören oder seine geliebten Untertanen jagen und dann straffrei ausgehen.« Er legte eine effektvolle Pause ein. »Ich sollte euch mitsamt dem

Boot auf der Stelle verschlingen!« Und nach einem nachdenklichen Atemzug: »Nein, vermutlich ist es besser, euch und eure Familien mit dem ewigen Alligatorfluch zu belegen.«

Die drei Wilddiebe sahen sich verängstigt an. Sie hatten zwar keine Ahnung, was so ein »ewiger Alligatorfluch« genau bewirkte, aber ein Fluch war allemal nichts Gutes. Verzweifelt wurde noch einmal am Zündschlüssel gedreht – und diesmal sprang der Motor an. Der große Propeller, der in einem Drahtkäfig senkrecht auf dem Heck des Airboats montiert war, setzte sich dröhnend in Bewegung. Das Gefährt kam zunächst nur langsam in Bewegung, dann aber entwickelte der Motor seine ganze Kraft, wirbelte das flache Boot herum und trieb es in die grauen Schatten der Morgendämmerung hinein.

Jonas blickte den drei fliehenden Helden hinterher und lachte sich die Anspannung von der Seele. Die Legende von Old Big Shadow war wieder um ein Kapitel länger geworden: ein sprechender Alligator, das war wirklich mal was Neues! Mit Tränen in den Augen drehte er sich zu der Stelle um, wo noch immer der Scheinwerfer im Wasser leuchtete. Der »Alte große Schatten« war verschwunden. Zurück blieb nur das grün schimmernde Wabern im sich langsam beruhigenden See.

Den Tagesanbruch in den Everglades zu erleben war, anders als in den besiedelten Gebieten außerhalb der Sümpfe, eine ganz eigene Erfahrung. Vor allem sonntags glich Muddy Creek zu dieser Zeit noch einer Geisterstadt, so still war es.

Wohl nicht nur seiner überwältigenden Weite wegen hieß das Sumpfland in der Sprache der Indianer *Pay-hay-okee,* was so viel wie »Meer aus Gras« bedeutete. Wie im richtigen Ozean, so quoll auch das Reich der Alligatoren vor Leben geradezu über. In der Morgendämmerung waren zahlreiche Tiere noch äußerst rege. Zu ihnen gehörte auch der Mississippi-Alligator. Andere dagegen erwachten gerade erst, verkündeten dies aber so lautstark, als müsse die ganze Welt es erfahren. In wenigen Wochen würde die Sommerhitze restlos verschwunden sein und mit ihr die Hurrikans, die heftigen Regenschauer und die größten Moskitoschwärme. Dies war die Zeit der Morgennebel. Jonas liebte diese Stunde, wenn die Nacht noch mit dem Tag rang und alles in einem weichen unwirklichen Licht fremd und geheimnisvoll wirkte, wenn man statt Luft Leben atmete und glaubte alles erreichen zu können.

An solch einem Morgen vor drei Tagen hatte er gewusst, dass er nicht mehr länger warten durfte. Es war der 30. September 1962 gewesen und so schnell würde er diesen Sonntag nicht vergessen. Gegen vier Uhr war er aufgewacht und hatte geglaubt ein fremdartiges Geräusch zu hören. Es passte nicht zu den üblichen Stimmen der Nacht. Mehrere Minuten lang lauschte er am Fenster, aber zunächst klang alles ganz normal: Die Grillen zirpten im Garten, aus der Ferne klang hin und wieder das heisere Krächzen eines Fischreihers herüber, nichts Besonderes also.

Jonas fühlte sich erstaunlich frisch und ausgeruht. Deshalb beschloss er, nun, da er schon einmal wach war, den Sonnenaufgang in den Sümpfen zu erwarten, wie er es schon so oft getan hatte. Als er sich vom Fenster abwenden wollte, hörte er wieder das Geräusch.

Ein Kribbeln arbeitete sich Jonas' Rücken hinauf, überlief seinen Nacken und verlor sich schließlich in den Haarspitzen am Hinterkopf. Er suchte angestrengt nach einer Erklärung für diesen Laut, aber er fand nichts, das ihn beruhigen konnte. Es war kein Wispern des Windes gewesen, kein Ruf irgendeines ihm bekannten Tieres.

Er hatte seinen Namen gehört, geflüstert von einer angenehmen, freundlichen Stimme.

Nicht zum ersten Mal hatte er dieses Raunen vernommen – aber noch nie zuvor war es so deutlich gewesen. Deutlich? Jeder andere hätte das Flüstern wahrscheinlich doch nur für das Rascheln des Windes in den Baumkronen gehalten. Es klang ja nicht gerade so, als riefe jemand von der anderen Straßenseite her: »Jonas, komm doch mal rüber!«

Aber dennoch hatte er das untrügliche Gefühl, dass dieses Raunen ihm etwas Ähnliches mitteilen wollte.

In dieser Nacht also war er in den Sumpf hinausgelaufen,

hatte sich an seiner Lieblingsstelle auf den Stamm einer umgestürzten Eibe gesetzt und zugehört, wie sich das Geflüster mit dem Atem des Lebens im erwachenden Morgen mischte. Er hatte über seine Eltern nachgedacht wie schon oft zuvor. Nein, nicht wie früher. An diesem Morgen war es nicht nur ein Sichtreibenlassen, ein sehnsüchtiges Sinnieren ohne Ziel und Zweck gewesen. Im Grunde bewegte ihn schon seit Jahren die Frage, was wirklich mit seinen Eltern geschehen war. Er konnte auch nicht mehr sagen, wann er sich zum ersten Mal geschworen hatte irgendwann aufzubrechen und die Wahrheit herauszufinden. Doch das Flüstern machte seinem Zaudern ein Ende.

Jonas glaubte nicht wirklich, er höre Stimmen, schon gar nicht diejenigen seiner Eltern. Little Weasel, ein alter Mikasuki-Indianer, der Großvater auf der Alligatorenfarm half, hatte ihm früher des Öfteren Schauergeschichten von den rastlosen Seelen jener erzählt, die im Laufe der Jahrhunderte in den Sümpfen ums Leben gekommen waren. Angeblich machten sie sich einen Spaß daraus, den Lebenden nächtliche Besuche abzustatten und sie durch ihr Flüstern aus der Fassung zu bringen.

Der Indianer verstand es wie kein Zweiter, Jonas in einen ehrfürchtig lauschenden Zuhörer zu verwandeln, was aber nicht heißen soll, dass der ihm auch alles glaubte. Tom McKenelley hielt nämlich wenig von allzu lebendigen Toten und Jonas hatte dessen diesbezügliche Skepsis geerbt. Nach Ansicht der Priester schmorten die Verstorbenen entweder in der Hölle oder sie vergnügten sich im Paradies, hatte Großvater ihm einmal erklärt. Er dagegen glaube lieber, was er selbst in der Heiligen Schrift gelesen habe. Im Buche Kohelet stünde: Die Toten erkennen überhaupt nichts mehr. Die Erinnerung an sie sei in der Vergessenheit versunken. »Das ist mir allemal lieber als ein Haufen unterbeschäftigter Gespenster, die nichts Besseres zu tun haben, als unsereinem im Weg zu stehen.«

Großvater konnte selbst komplizierte Sachverhalte einfach und zudem recht plastisch darstellen. Sein Wort wog für Jonas schwerer als das irgendeines anderen Menschen (vielleicht

Großmutter Rose ausgenommen). Die Schlüsse, die Toms Enkel aus der Geisterlektion zog, waren allerdings weit reichend: Jonas *wusste,* dass er seine Eltern suchen musste. Er zweifelte nicht im Geringsten daran. Sie lebten! Wenn jede Erinnerung an die Toten vergangen war, dann *mussten* sie einfach leben – denn er erinnerte sich an sie.

Großmutter Rose war ein sehr geduldiger Mensch. Wie oft hatte sie auf ihn eingeredet! »Sieh, mein Herz, dieses Empfinden ist nicht ungewöhnlich. Aber es kann doch nicht gut auf wirklichen Erfahrungen beruhen, oder? Viele Menschen glauben sich an Ereignisse zu erinnern, wenn man sie ihnen nur oft genug vorher geschildert hat. Tom und ich haben dir so viel von deinen verschollenen Eltern erzählt, dass es nur zu natürlich ist, wenn du dich an sie zu entsinnen glaubst. Du meinst doch nicht wirklich noch zu wissen, was du als elf Monate altes Kind erlebt hast?«

Mit dieser Frage pflegte Großmutter Rose ihre Erklärungen für gewöhnlich abzuschließen. Sie lächelte dann immer warmherzig und erwartete, dass Jonas »Nein« sagte. Er hatte nie auf diese Weise geantwortet. Meistens – nur, um Großmutter nicht zu verletzen – hatte er zurückgelächelt und das Thema gewechselt; manchmal war er auch einfach in die Sümpfe gelaufen und hatte geweint.

Die Erinnerung an sie ist in der Vergessenheit versunken. Er hatte seine Eltern nicht vergessen. Sie waren in ihm. Also lebten sie. Daran glaubte Jonas solange er zurückdenken konnte. Auch wenn alle anderen in Muddy Creek etwas anderes für die Wahrheit hielten.

»Robert und Sarah sind mit dem Flugzeug abgestürzt. Verschollen im Bermudadreieck.« Großvaters Gesicht war von tiefem Schmerz gezeichnet, als er die Geschichte zum ersten Mal erzählte. Auch daran konnte Jonas sich noch gut entsinnen. Für ihn hatte der letzte Satz des alten McKenelley wie der Titel eines Sciencefictionromans geklungen.

Das Bermudadreieck war kein Fremdwort für ihn, den »Bücherfresser«, wie Großmutter Rose ihn gerne zu nennen pflegte. Was er nicht wusste und auch anderen Leuten durch

Fragen nicht entlocken konnte, das holte er sich aus Büchern heraus. Er verschlang sie regelrecht, die Werke über Tiere, Pflanzen, die Everglades, die Sterne, den Wind, das Meer – und das Bermudadreieck.

Dieses riesige Meeresgebiet, dessen nördlichsten Punkt die Bermudainseln bildeten, war schon seit Mitte des neunzehnten Jahrhunderts immer wieder Gegenstand mysteriöser Geschichten gewesen. Angeblich waren dort mehr als fünfzig Schiffe und über zwanzig Flugzeuge verschwunden. Im Jahr 1945 hatten fünf Militärbomber Fort Lauderdale zu einem Routineflug bei gutem Wetter verlassen. Keiner von ihnen war je zurückgekehrt. Ein hinterhergeschicktes Wasserflugzeug verschwand ebenfalls. Kein Wunder, dass man im Laufe von über hundert Jahren die wildesten Theorien aufgestellt hatte, was die Ursache dieser geheimnisvollen Vorgänge sein könnte: riesige Ungetüme, außerirdische Wesen, ungewöhnlich starke Meeresströmungen, riesige Methangaswolken, die unerwartet aufstiegen und Schiffen wie Flugzeugen den Auftrieb entzogen, sodass sie jäh in die Tiefe sackten ...

Irgendwann hatte Jonas herausgefunden, dass die Theorien über das Bermudadreieck und die Legenden von Old Big Shadow erstaunliche Parallelen aufwiesen: Hier wie da gab es eine Bestie, riesig groß, mysteriös, uralt und überaus gefräßig ... Aber Jonas hatte Old Big Shadow kennen gelernt, einen »Indianergeist«, damit schied für ihn alles Mysteriöse von vornherein aus.

So reifte in ihm der Entschluss selbst herauszufinden, was mit seinen Eltern geschehen war. Die Suche musste in Washington beginnen, so viel stand fest. Die Stadt war das Machtzentrum der Vereinigten Staaten von Amerika. Irgendwo in ihren zahllosen Archiven musste die Wahrheit über den letzten Flug der Roly-Poly begraben liegen. »Im Pentagon ein Geheimnis zu finden ist unmöglich«, hatte Großvater einmal gesagt, als Jonas ihn nach den Umständen des Verschwindens der Transportmaschine fragte. Großvater hatte im Zweiten Weltkrieg den Rang eines Generals bekleidet und kannte die Gebäude des Verteidigungsministeriums in Arlington daher nicht nur von außen. Seine dann folgende Erklärung hatte Jonas aber eher neugierig gemacht als entmutigt: »Es gibt dort so viele Flure, dass man bald nur noch damit beschäftigt ist, wieder herauszufinden, und darüber ganz vergisst, aus welchem Grund man eigentlich herkam.«

Wenn Jonas nur ein wenig mehr über die Welt außerhalb der Sümpfe und Wälder gewusst hätte, dann wäre er wohl in Muddy Creek geblieben. In gewisser Weise hatte die tiefe Verbundenheit mit der Natur ihn gegenüber den alltäglichen Problemen des menschlichen Zusammenlebens ziemlich kurzsichtig gemacht. Wie unüberwindlich die Mauern sein konnten, die Männer und Frauen von ihren Schreibtischen aus errichteten, ohne sich dabei auch nur ein einziges Mal aus den Bürosesseln zu erheben, das entzog sich völlig seiner Vorstellungskraft. Auch darin spiegelte sich das Vermächtnis seiner Mutter wider, das Großvater an ihn weitergereicht hatte: »Der Junge soll lernen selbst zu entscheiden. Weder Beamter noch Nachbar, weder Gesetz noch Gerücht, weder Staat noch irgendeine graue Masse sollen ihm sagen, welche Farbe der Himmel hat, welcher Gott sein Herz öffnet, welches Lied das schönste ist oder wen er zu lieben und wen er zu hassen hat.«

Auch ohne genaue Kenntnis dessen, was ihn erwartete, fragte sich Jonas inzwischen, ob die Idee, einfach von zu Hause fortzulaufen und auf eigene Faust das Rätsel um seine verschwundenen Eltern zu ergründen, wirklich so gut gewesen war. Vielleicht kamen diese Zweifel daher, weil er drauf und dran war, jene Welt zu verlassen, die ihm bisher festen Halt gegeben hatte. Mit jedem Schritt entfernte er sich weiter von Muddy Creek, den Everglades, der Geborgenheit seines Zuhauses. Noch konnte er umkehren. Vielleicht hatten die Großeltern den Brief auf seinem Schreibtisch noch gar nicht entdeckt. Er blieb unschlüssig stehen und sah zum Himmel empor. Es würde ein heißer Oktobertag werden. Nicht gerade die beste Voraussetzung für einen ausgedehnten Marsch.

Er nahm den Rucksack ab und trank einen Schluck Wasser aus der Aluminiumflasche. Sein rotes T-Shirt war auf dem

Rücken ganz durchgeschwitzt, an den Hosenbeinen der blauen Jeans klebten Schlammspritzer und seine braunen Boots waren von einer dicken Dreckkruste überzogen. Er sah aus wie ein Waldläufer, der nach Monaten in der Wildnis erstmals wieder unter Menschen kommt. Nachdenklich strich er sich über das Kinn. Na ja, vielleicht hinkte dieser Vergleich etwas. Zu einem echten Einsiedler gehörte ein Vollbart. Daran haperte es bei Jonas noch. Er war mit seinen fünfzehn Jahren zwar ziemlich groß, aber seine schlaksige Figur passte nicht recht zum Klischee des mit allen Wassern gewaschenen Naturburschen. Mit seinen kurz geschnittenen, glatten braunen Haaren wirkte er denn doch mehr wie ein großer linkischer Junge.

Sein Blick wanderte den Pfad zurück. Vielleicht war sein ganzer Plan genauso verrückt wie die Idee, Old Big Shadow eine Stimme zu verleihen. Aber schließlich – hatte es nicht funktioniert?

Er warf sich den Rucksack wieder über die Schulter und setzte seinen Weg fort. So schnell wollte er nicht aufgeben. Nicht er. Nicht Jonas McKenelley!

Während die Sonne am Himmel immer höher stieg und Jonas fast mechanisch einen Fuß vor den anderen setzte, wanderten seine Gedanken zu jenem Tag vor fast genau vier Jahren zurück, als er dem riesenhaften Alligator zum ersten Mal begegnet war. Und von da aus bewegten sie sich noch einige weitere Monate in der Zeit stromaufwärts, an den Anfang des schönsten Sommers, den er je erlebt hatte.

In der Schule hatte er ein Mädchen kennen gelernt. Sie hieß Lydia Gustavson und stammte aus Schweden. Lydia war zart wie eine Elfe, besaß langes goldenes Haar und war im Übrigen gerade elf geworden, auf den Tag genau zwei Monate vor Jonas' Geburtstag. Die zwei wurden dicke Freunde. Sie hatten keine Geheimnisse voreinander. Jonas zeigte ihr sogar seine Lieblingsplätze in den Sümpfen, führte sie zu den Schlupfwinkeln seltener Tiere, saß stundenlang mit ihr auf dem blauen Stein, den die Indianer für eine erstarrte Träne Manitus hielten. Das stille Mädchen und der naturverbundene Junge wurden ein unzertrennliches Gespann. Bis zu jenem unseligen 28. September 1958.

Lydia war in die Sümpfe gelaufen. Ohne Jonas' Beharrlichkeit wäre sie dort wohl auch geblieben, für immer. An diesem Tag war er zum ersten Mal zu Old Big Shadow ins Wasser gestiegen – eine verzweifelte Tat! Schon seltsam, dass er gerade dadurch sein Ziel erreicht hatte: Lydia wurde gerettet.

Doch seine Freude darüber verwandelte sich schnell in Entsetzen. Das Mädchen, das er gekannt hatte, gab es nicht mehr. Es kam Jonas fast so vor, als sei von ihr nur eine leere Hülle geblieben, die eigentliche Lydia Gustavson aber schien verschwunden. Seitdem waren Jahre vergangen und die Gustavsons wohnten schon lange nicht mehr in Muddy Creek. Jeder Versuch Lydia noch einmal wieder zu sehen war fehlgeschlagen. Warum nur hatte alles so kommen müssen? Nie hatte Jonas verstanden, weshalb sie so jäh und ohne irgendeine Spur zu hinterlassen aus seinem Leben verschwunden war.

Er versuchte die schmerzhaften Erinnerungen zu vertreiben und konzentrierte sich wieder auf seine Umgebung. Lange musste er in tiefer Versunkenheit dahinmarschiert sein. Die Sonne stand inzwischen hoch am Himmel. Er hatte mit Absicht einen Umweg gewählt, um möglichst ein Zusammentreffen mit seinem Großvater zu vermeiden. Zuerst hatte er sich in westlicher Richtung von Muddy Creek entfernt, war also direkt in das Gebiet des Everglades National Park vorgedrungen und von dort hatte er sich dann nach Norden bewegt. Jetzt befand er sich auf der Höhe des Besucherzentrums.

Es war ungefähr zehn Uhr. Die Ranger beschäftigten sich vermutlich gerade mit ihrem zweiten Frühstück. Auch Jonas spürte seinen Magen knurren. Vorsichtig spähte er zu dem Gebäude hinüber, in dem die Parkbesucher sich gewöhnlich mit Karten und anderem Informationsmaterial eindeckten, bevor sie mit ihren Kameras auf Alligatorenjagd gingen oder der State Road 9336 weiter nach Westen folgten, an Zypressenwäldern vorbei, und dann nach Süden, zuerst durch Sumpfgrasland, dann Mangrovenwälder streifend und später über weite Grasflächen hinab nach Flamingo. Jonas kannte den ganzen Nationalpark, selbst die weiter entfernten Gebiete hatte er zusammen mit Großvater erforscht. Er fühlte sich nicht wohl bei dem Gedanken, nun vor dem Menschen davonzulaufen, den er doch eigentlich so liebte.

Am Besucherzentrum war alles still. Lautlos wie ein Puma huschte Jonas über die Straße. Er würde einen großen Bogen um das Main Visitor Center machen und sich anschließend parallel zur State Road nach Osten bewegen. Der Gedanke, den Nationalpark zu verlassen, behagte ihm wenig. Das »Meer aus Gras« hatte ihm immer ein Gefühl der Sicherheit vermittelt. Jetzt musste er ihm den Rücken kehren.

Unentdeckt passierte er das Besucherzentrum und wanderte nun direkt auf Florida City zu. Die Straße war von Pinien gesäumt, die sich auf der anderen Seite noch ein ganzes Stück nach Süden erstreckten und im Osten fast bis an die Küste reichten.

Allmählich lullte Jonas wieder der Gleichklang der Schritte ein. Seine Gedanken begannen erneut davonzutreiben. Die Baumkronen zogen wie grüne Wolken über ihn hinweg. Pinien und Klapperschlangen, beide liebten die Sonne. Jonas war jedoch erfahren genug, um zwischen einer Wurzel und einem Reptil unterscheiden zu können. Fast automatisch achtete er auf den Weg.

Schon seit frühester Kindheit war er auf besondere Weise mit der Natur hier draußen verbunden gewesen. Vor allem mit den Tieren. Sie hatten als Erste bemerkt, was dieses Menschenkind auszeichnete: Jonas besaß eine Art natürliche Glaubwürdigkeit, eine Anziehungskraft, der man sich schwer entziehen konnte. »Das hat der Junge von seinem Vater geerbt«, pflegte Großvater anzumerken, wenn er sich mit Großmutter Rose über den stillen Jungen unterhielt. Sie nickte dann immer, schüttelte anschließend den Kopf und erwiderte: »Aber Robert war nicht so mit der Natur verwachsen wie Jonas.« Bei solchen Gelegenheiten erzählte sie dann gerne die Geschichte, die im Frühling »nach dem Absturz der Kinder« spielte.

Jonas hatte in einem Babystuhl draußen auf der schattigen

Veranda gesessen, als plötzlich ein helles Schreien ins Haus gedrungen war. Rose hatte ihr Geschirrtuch fallen lassen und war besorgt ins Freie gestürzt, in der Annahme, irgendein Tier hätte den Jungen erschreckt. Wie verwundert war sie dann jedoch, als sie Jonas in bester Laune vorfand, umgeben von einer Schar Kolibris. Die Summvögel umschwärmten ihn wie sonst nur die Tränken mit Zuckerwasser, die eigens für sie im Garten aufgehängt waren. Klein Jonas quietschte vor Vergnügen, strampelte mit den Beinchen und wedelte mit den Ärmchen. Ab und zu versuchte er eines der vor ihm in der Luft schwebenden Vögelchen zu greifen, aber obwohl sie das nicht zuließen, konnte seine Begeisterung sie auch nicht verscheuchen. Erst als Großvater sich der seltsamen Szene näherte, schwirrten die Vögel davon.

Seit diesem Tage bewahrte Großmutter Rose die Erkenntnis im Herzen, dass ihr Enkel eine angeborene Gabe besaß, deren äußeres Merkmal sein enges Verhältnis zur Natur darstellte. Sie begriff nicht völlig, worin diese Begabung wirklich bestand, aber sie war überzeugt, dass jene Eigenschaft einen bestimmten wichtigen Grund haben musste. Je älter Jonas wurde, desto deutlicher zeigte sich, dass die Tiere ihm Vertrauen entgegenbrachten. Er schien ihnen das Gefühl zu vermitteln, einer der ihren zu sein. Allmählich lernte er auch deren »Sprache« zu sprechen. Großvater erklärte Besuchern seiner Alligatorenfarm gerne: »Niemand begreift so schnell, was ein Tier fühlt oder was es ausdrücken will, wie mein Enkel.«

Jonas besaß eine schwer zu beschreibende Gelassenheit, eine innere Ruhe, die ihn – abgesehen von der Sehnsucht nach den verschwundenen Eltern – vollkommen ausfüllte. Sie machte ihn fähig zuzuhören, wo andere sich von ihren Bedürfnissen und Sorgen ablenken ließen. Wenn zwei sich stritten, musste er bisweilen nur in deren Nähe kommen, sie ansehen, und schon erstarb die Auseinandersetzung. Oder wenn jemand von innerer Unruhe geplagt wurde, ohne recht zu wissen warum, dann reichte es, dass Jonas einfach nur stumm dasaß und zuhörte, und schon ging es dem anderen wieder besser.

Wäre Jonas nicht so viel allein in den Sümpfen herumgestreift (was ihn für manchen zum Eigenbrötler machte), hätten sicher viel mehr Menschen diese für sein Alter ungewöhnlich ausgeglichene Wesensart bemerkt und sich zu ihm hingezogen gefühlt. So wie Lydia, als sie noch bei ihm war ...

◊ DER SPRECHENDE KAKTUS

Jonas stand plötzlich vor der asphaltierten Straße, unsicher und verwirrt. Die Erinnerung an jene dramatischen Ereignisse vor vier Jahren ließen ihn nur langsam wieder los. Er sah auf die Uhr. Schon elf! Seit über sieben Stunden kämpfte er sich jetzt bereits abseits der bequemen Pfade durch die Sumpflandschaft. Er beschloss, seinen Marsch direkt auf der State Road 9336 fortzusetzen. Nur wenige Fahrzeuge befuhren die kleine Straße, die meisten von ihnen in Richtung Westen, wo sich das Besucherzentrum des Everglades National Park befand. Es war Mittwoch, der 3. Oktober. Die Monate, in denen die Moskitoschwärme ab-, die der Touristen dafür zunahmen, begannen also gerade erst.

Die Gefahr, dem General vor die Kühlerhaube zu laufen, war noch nicht gebannt, aber Jonas' Füße verlangten einfach nach besseren Marschbedingungen. Sie brannten wie Feuer. Großvater würde auf seiner Suche wohl nicht gerade jetzt hier vorbeikommen.

Hinter der Straßenbiegung ertönte ein viel versprechendes Röhren, das rasch lauter wurde. Jonas streckte den Arm aus, der Daumen zeigte in die Höhe. Als das Auto hinter den Pinien auftauchte, erstarrte er.

Ein graublauer Ford Pick-up kam heran, vierundfünfziger Baujahr – Großvater fuhr genau den gleichen Wagen. Jonas war unfähig sich zu bewegen. Am liebsten hätte er sich unsichtbar gemacht. Bloß wie? Sich in die Büsche zu schlagen hatte keinen Sinn – der Fahrer musste ihn schon gesehen haben. Wie eine wild gewordene Hornisse schoss der kleine Lastwagen laut brummend heran. Erste Einzelheiten waren nun zu erkennen. Der Wagen wirkte enorm schmutzig, besaß mehrere großflächige Dellen, und der Kotflügel vorne links war lose, was ihm ein gehöriges Eigenleben verlieh.

Erst als das Fahrzeug an Jonas vorbeidonnerte, erwachte er aus seiner Erstarrung. Die Hand sank herab, der Daumen blieb abgespreizt. Für die Dauer eines Wimpernschlages hatte er im Fahrerhaus einen merkwürdigen Kopf gesehen, einem Kaktus mit borstigen, behaarten Kurztrieben nicht unähnlich. Jonas wollte schon aufatmen, weil er diesem klapprigen Gefährt und seinem seltsamen Fahrer offenbar entronnen war, da hörte er ein lautes Quietschen.

Die Bremsen des Pick-ups schienen also noch zu funktionieren, einigermaßen jedenfalls. Das Fahrzeug schlingerte auf dem Asphalt, geriet mit den Rädern der rechten Seite auf das sandige Bankett und kam in einer gewaltigen Staubwolke zum Stehen.

Entgeistert blickte Jonas auf die ungefähr zwanzig oder dreißig Yards entfernte Stelle, an der sich der fahrbare Schrotthaufen unter einem großen Sandwirbel befinden musste. Nur langsam trug der Wind die gelben Schwaden davon und ein kleines behaartes Männchen kam zum Vorschein, das sich undeutlich von der Fahrerkabine des Pick-ups abhob.

»Willste nu' mitkommen oder nich'?«, knarrte eine ungeduldige Stimme.

Jonas sah sich unsicher um, aber da gab es niemanden außer ihm und diesem sprechenden Kaktus.

»Hast schon richtig gehört, Junge. Ich mein dich. Hab nich den ganzen Tag Zeit. Wennste also mitwillst, dann komm, wenn nich', is' mir auch egal.«

Jonas wog das Für und Wider des Angebots ab. Er musste sich schnell entscheiden. Der Fahrer des Pick-ups wirkte nicht gerade wie der Idealtyp eines vertrauenswürdigen Versicherungsvertreters. Aber Jonas hatte Fremde noch nie nach allgemein gültigen Schönheitskriterien beurteilt. Diese Erscheinung hier erinnerte ihn entfernt an Albert Einstein (für Jonas durchaus ein Pluspunkt): Die Haare waren nicht ganz so grau wie die des genialen Physikers, standen aber genauso eigenwillig in die Höhe; der Bart bedeckte nicht nur die Oberlippe, sondern wucherte zudem im größten Teil des übrigen Gesichts, und die gebogene Nase ragte breit und eindrucksvoll aus diesem wolligen Beet. Das genaue Alter des Mannes war unmöglich zu schätzen, er hätte ebenso gut fünfundvierzig wie auch fünfundneunzig sein können.

Ein letztes Mal ließ Jonas seinen Blick prüfend über die kleine, etwas krumme Gestalt in den blauen Jeanslatzhosen und dem rotschwarz karierten Hemd schweifen, dann hatte er seinen Entschluss gefasst: Der Alte mochte vielleicht etwas verschroben sein, aber gefährlich war er nicht.

»Warten Sie, ich komme mit!«, rief Jonas und nahm die Beine in die Hand, weil sich der Fahrer des Pick-ups schon wieder anschickte in sein Gefährt zu steigen. Er erreichte den Wagen, als der bärtige Chauffeur gerade mit einem Knirschen den ersten Gang einlegte. Als Jonas auf den Sitz rutschte, glaubte er, ihn treffe der Schlag: In der Fahrerkabine war es heiß wie in einem Backofen.

Der Pick-up holperte schon eine ganze Weile in Richtung Florida City, als der Alte endlich das Schweigen brach. »Mat. Mein Name ist Mat Barwinkle. Bist wohl nicht sehr gesprächig?«

Jonas seufzte. Er schüttelte die trüben Gedanken ab, die seine Gehirnwindungen verstopft hatten, und sagte: »Ich heiße Jonas. Jonas McKenelley.«

»Etwa der Sohn vom alten General, der, der '54 in Muddy Creek die Alligatorenfarm aufgemacht hat?«

Jonas' Kopf versank zwischen den Schultern. Vielleicht hätte er besser doch nicht in diesen rasenden Schrotthaufen einsteigen sollen. »Mein Großvater«, antwortete er knapp.

»Ich kenne den alten Tom«, sagte Mat Barwinkle. In seiner Stimme lag Anerkennung. »Das mit der Farm war schon eine verrückte Idee – damals, meine ich.«

»So verrückt nun auch wieder nicht.« Jonas hatte das Gefühl

seinen Großvater verteidigen zu müssen. »Großvater hat in den letzten beiden Kriegsjahren die Einsätze der alliierten Bomberstaffeln über Bangkok geleitet. Nach dem Krieg ist er dann selbst nach Thailand gereist ...« Jonas hielt inne. War es wirklich nötig, das alles zu erzählen? Sein Großvater, der angesehene General Thomas Frederik McKenelley, hatte schon während des Krieges eine immer stärkere Abneigung gegen »das große Schlachten« entwickelt, wie er es später meist nannte. Befehle zu großflächigen Bombardements geben zu müssen, die von vornherein auch den Tod unschuldiger Zivilisten bedeuteten, war ihm ein Gräuel geworden. Und da die McKenelleys schon immer mit ihrer Meinung schwer hinter dem Berg halten konnten, hatte man dem einstigen Kriegshelden bald nahe gelegt seinen Abschied zu nehmen. Vielleicht war es sein schlechtes Gewissen, möglicherweise auch der Wunsch in irgendeiner Form eine Wiedergutmachung zu leisten ... Jonas wusste nicht genau, was seinen Großvater dazu bewogen hatte, Anfang 1946 nach Bangkok zu reisen, und er hatte auch keine Lust mit diesem Mat Barwinkle darüber Mutmaßungen anzustellen. Deshalb erwähnte er nur den einen Punkt, der ihm wichtig erschien, um die Bedeutung von Tom McKenelleys Arbeit hervorzuheben. »Jedenfalls ist er in Bangkok einem gewissen Utai Youngprapakorn begegnet, den Sie natürlich nicht kennen werden ...«

»Du meinst den Gründer der Samut-Prakarn-Farm?«

Jonas sah Mat Barwinkle verblüfft an. »Haben Sie etwa auch mit Krokodilen oder Alligatoren zu tun?«

»Hatt' ich früher mal.«

»Na, jedenfalls ist die thailändische Krokodilfarm von Youngprapakorn schon 1950 gegründet worden, vier Jahre, bevor mein Großvater hier begonnen hat sich mit Alligatoren zu beschäftigen! Die beiden sind übrigens gute Freunde geworden.«

»Ich wollte auch nich' sagen, dass die Idee, eine Alligatorenfarm aufzumachen, an sich verrückt is'. Nur haben damals die meisten ›Farmer‹ eher an Stiefel, Handtaschen und Hosengürtel gedacht, wenn's um die Aufzucht von Alligatoren oder Krokodilen ging, und nich' so sehr an das leibliche Wohlergehen der kantigen Tierchen.«

»Es gibt viel zu viele, die das immer noch tun«, antwortete Jonas schnippisch. »Aber Utai Youngprapakorn und mein Großvater sind anders. Sie züchten die Alligatoren zur Arterhaltung, nicht wegen ihres Leders.«

»Eben, das war ja das Verrückte. Übrigens sind dein edelmütiger Herr Großvater und sein thailändischer Freund nich' die Einzigen, die ein Herz für Krokodile haben. Nur ungefähr zweihundertfünfzig Meilen von hier liegt eine Zuchtstation, die der Samut-Prakarn-Farm an Größe und Bedeutung in nichts nachsteht.«

Dieser Mat Barwinkle schien ein alter Besserwisser zu sein. Eine Farm mit Tausenden von Krokodilen? In Jonas' Kopf arbeitete es fieberhaft. In nur zweihundertfünfzig Meilen Entfernung? Das wäre nördlich von Orlando. Er konnte sich an keine so große Einrichtung in dieser Gegend erinnern. Also gab es dort auch keine.

»Sie wollen sich nur wichtig machen«, sagte er im Brustton der Überzeugung.

Mat Barwinkle hatte irgendwann seinen rechten oberen Eckzahn verloren, sein breites Grinsen enthüllte diesen Makel. »Schon mal was von *Criadero de cocodrilos* gehört?«

Jonas hatte. Die erwähnte Krokodilfarm lag am Rande der Zapatasümpfe, westlich von Cienfuegos. Auf Kuba! Das *war* tatsächlich nur zweihundertfünfzig Meilen von dieser klapprigen Rostlaube entfernt, in der er gerade steckte – allerdings in *südlicher* Richtung. Jonas wäre vor Scham am liebsten im Sitz versunken.

»Das ist übrigens auf Kuba«, fügte Mat Barwinkle freundlich hinzu.

Diese Bemerkung war zu viel für Jonas. Dieser geschwätzige Schlauberger behandelte ihn wie einen Dummkopf! Es gab so viele nette alte Leute ... Warum konnte dieser Wichtigtuer hier nicht sein wie sie? Jonas wünschte sich in diesem Moment nichts sehnlicher, als neben dem echten Albert Einstein zu sitzen und nicht bloß neben seiner bizarren Karikatur. Aber dann wurde er sich schmerzlich bewusst, dass Einstein schon seit über sieben Jahren tot war. Er blickte wütend zu dem Fahrer hinüber, dessen Ähnlichkeit mit dem begnadeten Physiker zweifellos nur rein äußerlich war. Mat Barwinkle schmunzelte aufreizend gut gelaunt. Jonas verschränkte die Arme vor der Brust und ärgerte sich.

Der Ford Pick-up flog klappernd über die State Road nach Osten. Seine Insassen schwiegen nachdrücklich.

Einige Minuten später versuchte Mat Barwinkle erneut, Jonas aus der Reserve zu locken.

»Bist wohl von zu Hause ausgerissen, was?« Die Frage klang eher wie eine Feststellung. Barwinkles Augen konzentrierten sich durch die schmutzige Windschutzscheibe hindurch auf die Straße, die knorrigen Hände umklammerten das große Lenkrad.

Jonas sah den Alten von der Seite an, muckte sich aber nicht. War es denn wirklich so leicht, ihn zu durchschauen? Allmählich ging ihm dieser geschwätzige Kaktus gehörig auf die Nerven. Überdies machten das Klappern des Autos und die unerträgliche Hitze jedes Nachdenken so gut wie unmöglich. Er drehte den Kopf nach rechts und sah aus dem Fenster. »Ich bin unterwegs zu meinen Eltern«, brummte er.

Als keine Antwort kam, sah er wieder zum Alten hin. Der hatte die Augen zusammengekniffen und musterte Jonas misstrauisch von der Seite her. »Und *das* soll ich dir glauben?«

»Wollen Sie nicht lieber auf die Straße sehen?«

»Die läuft mir nicht weg.«

Die Landschaft flog an dem Pick-up vorbei und der Alte starrte Jonas weiterhin an.

»Meine Eltern haben mich gerufen. Deshalb bin ich jetzt auf dem Weg zu ihnen. Das ist die Wahrheit!«

Die dunklen Knopfaugen Mat Barwinkles hefteten sich wieder auf die Fahrbahn. Er kicherte und sagte mit seiner hellen knarrenden Stimme: »Kann mir ja auch egal sein. Besser, einer wie du macht sich auf, die Welt zu erkunden, als zu Hause vor dem Fernseher Wurzeln zu schlagen. In deinem Alter habe ich noch ganz andere Sachen angestellt! Wo willste eigentlich aussteigen, Junge?«

»Werfen Sie mich raus, wo Sie wollen.«

»Hm, aber unterwegs zu den Eltern, was?«

Jonas blickte wütend in das grinsende Gesicht des Alten. »Die Richtung stimmt. Das reicht mir.«

»Ich fahr aber nich' auf den US 1, sondern über die Route 997 nach Norden. Kurz hinter Homestead is' Endstation.«

»Ist mir recht.«

»Ich wünschte, mehr Jungens wären so wie du.«

Jonas blickte den Alten überrascht an.

Mat Barwinkle lächelte, kurbelte nach erfolgreicher Durchquerung eines Schlagloches einen Moment heftig am Lenkrad und bemerkte dann: »Normalerweise sind die Bengels in deinem Alter alle zu satt. Wissen nich', was sie mit sich anfangen sollen. Sitzen vor der Glotze und kaum dass sie sechzehn sind, veranstalten sie Autorennen auf den Ausfallstraßen.«

Jonas sah verschwommen die Bäume an sich vorüberfliegen. Er dachte an seine Eltern, an Großvaters Worte: *Die Toten erkennen überhaupt nichts mehr. Die Erinnerung an sie ist in der Vergessenheit versunken.* Konnte etwas vergessen sein, was so lebendig in ihm war wie das Herz in seiner Brust? Hatte er nicht deshalb seinem inneren Rufen nachgegeben und war von zu Hause fortgelaufen? Leise sagte er: »Vielleicht müssten sie sich ein Ziel setzen.«

»Oh ja! So wie Kennedy gefordert hat.« Barwinkle versuchte den New-England-Akzent des Präsidenten zu imitieren. »›Wo ist dieses große Land von einst? Wo sind unser alter Unternehmungsgeist, die Treue und die Hingabe, die uns zur größten Nation dieses Planeten gemacht haben? Amerika muss sich wieder bewegen! Ich sage euch, noch in diesem Jahrzehnt wird ein Amerikaner seinen Fuß auf den Mond setzen.‹ Auf den Mond! So 'n Quatsch!«

Jonas hörte schon nicht mehr richtig zu. Während seine Gedanken abschweiften, schien die Stimme von Mat Barwinkle immer leiser zu werden. Er musste an seine Großeltern denken. Großmutter Rose würde vielleicht weinen. Und der General …? Im Moment machten wohl alle einen großen Bogen um ihn. Er war immer ungenießbar, wenn er sich um jemanden sorgte. Die niedrigen Straßenfronten von Florida City glitten ebenso unbemerkt an Jonas vorbei wie diejenigen von Homestead. Wieder musste er an Lydia denken. Warum hatte sie nie auf einen seiner Briefe geantwortet, selbst zu der Zeit nicht, als er ihren Wohnort noch kannte? Weshalb hatte sie sich kein einziges Mal gemeldet? Warum …?

»Hier is' Endstation, Junge.«

Jonas schreckte regelrecht zusammen. Mat Barwinkles Stimme war wie ein Messer in sein Bewusstsein gefahren: plötzlich und schmerzhaft. Er blickte in das bärtige Gesicht zu seiner Linken, als sähe er es zum ersten Mal.

»Alles okay, Junge?«

»Ja, ja. Geht schon.« Das war übertrieben. Immer wenn Jonas an Lydia dachte, empfand er erneut den alten Schmerz. Er zwang sich zu einem schiefen Lächeln. Auf alle Fälle wollte er nicht so schnell klein beigeben. Zuerst würde er das Schicksal seiner Eltern klären und dann Lydia finden. Sein Entschluss stand fest.

»Wennste wieder einen finden willst, der dich mitnimmt, dann am besten hier«, sagte Mat Barwinkle. »Ich muss weiter nach Orchid Jungle. Hab da was abzuliefern. Aber hier beim Flughafen kannste am ehesten jemanden auftun.«

Jonas sah an dem Fahrer vorbei durch das Fenster und konnte auf der anderen Seite der Straße eine verrostete Wellblechhalle erkennen, vermutlich ein alter Flugzeughangar. Er nickte stumm. Eine Weile fummelte er vergeblich an dem Türgriff herum. Schließlich schob sich die Hand von Mat Barwinkle an ihm vorbei, packte entschlossen den Griff und zerrte mit einer sonderbaren Drehung nur einmal kurz daran – die Tür schwenkte quietschend auf. Der Alte zeigte grinsend seine Zahnlücke.

Als Jonas sicheren Boden unter den Füßen hatte, fiel ihm das Lächeln schon etwas leichter. »Vielen Dank fürs Mitnehmen, Mr. Barwinkle. Ich werde Großvater Ihren Gruß ausrichten, wenn Sie wollen.«

»Na klar doch«, antwortete der Bärtige, wobei er heftig nickte. »Kannst ihm sagen, dass der alte Mat wieder sein angestammtes Revier bezogen hat und gerne mal mit ihm über die alten Zeiten plaudern würde.«

Jonas blickte den Fahrer fragend an.

»Hab in Kuba geholfen die *Criadero de cocodrilos* aufzubauen und dem General ab und zu 'n Tipp gegeben.« Barwinkle zuckte mit den Schultern. »Wie man sich eben so hilft.«

»Sie haben ...?« Jonas hatte sich zwar über das erstaunliche Wissen des redseligen Alten gewundert, aber dass Barwinkle selbst an der Gründung einer der bedeutendsten Aufzuchtstationen beteiligt gewesen sein sollte, das verschlug ihm denn doch die Sprache.

»Mach dir nichts draus. Die Dinge sind oft anders, als sie scheinen«, tröstete Mat Barwinkle den entgeisterten Jungen. »Bin letztes Jahr im April zurückgekommen. Als Castro den CIA-Marionetten in der Schweinebucht die Fäden abgeschnitten hatte, konnte ich nicht länger bleiben. Ein US-Bürger in Kuba zu sein war plötzlich eine sehr ungesunde Sache. Blieb mir nichts anderes übrig, als meinen Krokodilen Lebewohl zu sagen.« Für einen kurzen Moment flackerte Zorn in den dunklen Augen Barwinkles auf, dann aber bemerkte er lächelnd: »Ach übrigens: Es tut mir sehr Leid um deine Eltern. Aus welchem Grund auch immer du ausgerissen bist, es kann nich' so schlimm sein, um nich' zu deinen Großeltern zurückzukehren. Wie ich den General kenne, bricht es ihm das Herz, wenn du nich' wieder auftauchst. Vielleicht kannste dich ja wenigstens mal bei ihm melden und sagen, dass es dir gut geht.« Mat Barwinkle verzog noch einmal das Gesicht – es war das Grinsen eines alten Fuchses, der am Ende alle anderen an der Nase herumgeführt hatte. »Muss jetzt weiter. Denk mal über meine Worte nach, Jonas.«

Die Tür schlug vor Jonas' Augen zu, und im nächsten Moment war der Pick-up davongeröhrt. Zurück blieb nur eine blaue Benzinwolke und bei Jonas das unbestimmte Gefühl sich soeben grandios blamiert zu haben. Mat Barwinkle hatte sich nicht mal verabschiedet, gerade so, als ginge er davon aus, Jonas sowieso schon bald wieder zu sehen.

Bei der Route 997 handelte es sich nicht unbedingt um eine Nebenstraße, aber im Moment schien sie wie ausgestorben zu sein. Es war kurz nach zwölf. Jonas sah zum Himmel hinauf. Im Vergleich zur Bruthitze der Fahrerkabine war es hier draußen zwar geradezu kühl, aber dennoch brannte die Mittagssonne unbarmherzig. Mehr als acht Stunden waren vergangen, seit er aus dem Fenster seines Zimmers geklettert war und sich in die Sümpfe geschlagen hatte. Acht lange Stunden! In der Nacht hatte er kaum ein Auge zugetan. Er fühlte, wie bleierne Müdigkeit in seine Glieder kroch. Sehnsüchtig blickte er sich nach einem schattigen Plätzchen um. Er brauchte nur einige Minuten Ruhe, dann würde es schon wieder gehen.

Die Straße, die wie mit dem Lineal gezogen nach Norden führte, bot einen trostlosen Anblick: Im Osten war nichts als Riedgras zu sehen, vom heißen Sommer gelblich braun verfärbt, und links neben Jonas befand sich der Flughafen. Sofern man diese Mischung aus Beton, gelben Grasbüscheln und Gestrüpp überhaupt so nennen durfte. Eine Dreiviertelmeile weiter nördlich lag eine Baracke, vermutlich der »Tower« dieses jämmerlichen Airports. Jonas überlegte, ob es dort für ihn eine Cola, ein Sandwich und einen bequemen Sessel zum Ausruhen gab. Er zweifelte daran. Zudem war das Gelände von einem Maschendrahtzaun umgeben – ungeladene Gäste schienen hier also unerwünscht zu sein.

Dann fiel sein Blick erneut auf den Hangar, der ganz in der Nähe stand. Es handelte sich bei ihm um eine eher kleine Halle, so um die dreißig Yards lang und fünfzehn oder zwanzig breit. Das Wellblechdach wölbte sich in einem weiten Bogen über dem rechteckigen Gebäude, die gesamte Fassade war übersät mit Rostflecken.

Jonas dachte nach. In der Blechhalle würde es wahrscheinlich auch nicht viel kühler sein als hier draußen, aber immerhin konnte er dort im Schatten sitzen. Er wollte ja nicht lange bleiben. In einer halben Stunde würde er sich dann auf die

Beine machen und nach Norden marschieren. Irgendwann fand er bestimmt auch wieder einen Wagen, der ihn mitnahm.

Als hätte ihn etwas vom Zaun her gerufen, blickte Jonas sich mit einem Mal um. Seine Augen wanderten am Maschendraht entlang und blieben an einem wilden Brombeerstrauch hängen. Ohne sich dessen bewusst zu sein, setzten sich seine Füße in Bewegung. Erst als die Dornen des Busches schmerzhaft in seine Haut stachen, blieb er stehen. Staunend blickte er auf das Loch, das hinter dem Gesträuch im Zaun klaffte.

Vielleicht war einmal ein Alligator hier durchgeschlüpft (keine Seltenheit in dieser Gegend), jedenfalls hatte man das Drahtgeflecht dicht über dem Boden auseinander gebogen. Einige der Drähte waren sogar gerissen – oder durchgezwickt? Jonas verharrte einen Moment unschlüssig. Warum war er so zielstrebig auf diese Stelle zugegangen? Er hatte doch unmöglich von dem Loch im Zaun wissen können. Noch einmal blickte er sich vorsichtig um. Dann zuckte er die Achseln und nahm schnell seinen Rucksack ab.

Zuerst schob er sein »Reisegepäck« unter dem Zaun hindurch, dann folgte er selbst nach. Erst als er sich auf der anderen Seite des Maschendrahts befand, bemerkte er die lange Schramme an seinem linken Arm. Vermutlich hatte er sich am Zaun verletzt. Oder an dem Brombeerstrauch, dessen stachelige Zweige sogar durch das Drahtgeflecht hindurchwuchsen. Plötzlich hörte er ein Geräusch.

Von Norden her näherte sich auf der Straße ein Fahrzeug. Schnell duckte er sich. Hinter dem Strauch würde man ihn von der Fahrbahn aus nicht sehen können. Er spähte vorsichtig an den Brombeerzweigen vorbei. Die Limousine war noch sehr weit entfernt, mindestens eine Meile, schätzte er. Es musste ein sehr großer Wagen sein, hellblau, mehr konnte er noch nicht erkennen.

Wenig später blieb der Wagen auf Höhe der Flugbaracke stehen. Jonas richtete sich etwas auf und blickte nach Norden. Er vermutete, dass irgendein gut betuchter Geschäftsmann in dem Auto saß. Soweit er wusste, wurde dieser Flugplatz ausschließlich von Sportfliegern und von Geschäftsreisenden benutzt, die sich eine Privatmaschine leisten konnten. Die kleinen, überwiegend einmotorigen Beechcrafts, Cessnas und Pipers standen in zwei Reihen dicht bei dem spartanisch wirkenden Flughafengebäude.

Obwohl Jonas aus einer Dreiviertelmeile hinter seinem Brombeerstrauch wohl nur schwer auszumachen war, hielt er doch den Atem an. Bestimmt würde gleich jemand aus der Baracke kommen, um die Limousine auf das Gelände zu lassen. Und wenn dieser Jemand – falls der Zufall es so wollte – dann genau in seine Richtung blickte ...

Jonas mochte lieber nicht daran denken. Er machte sich so klein wie möglich und beobachtete, dicht an den Zaun gedrängt, das weitere Geschehen. Wie erwartet, kam ein Mann aus dem Gebäude, ging zum Zaun und öffnete das Tor. Der hellblaue Wagen rollte auf das Flughafengelände und blieb neben dem Holzgebäude stehen. Drei Männer stiegen aus und begrüßten denjenigen, der sie eingelassen hatte. Dann verschwanden alle in der Baracke.

Das Flugfeld wirkte nun wieder genauso verlassen wie zuvor. Jonas überlegte, ob er durch das Loch im Zaun zurückkriechen sollte. Auf der anderen Seite des Maschendrahtes würde ihn jeder nur für einen neugierigen Jungen halten, der nach Flugzeugen Ausschau hielt. Die Schramme auf seinem Arm brannte. Er war müde. Was war schon dabei, wenn er sich in dem Hangar eine Weile ausruhte und dann verschwand, wie er gekommen war? Schließlich hatte er sich ja nicht auf die Homestead Air Force Base geschlichen. Bei dem Gelände hier handelte es sich nicht um militärisches Sperrgebiet.

Als sich bei der Baracke nach einer Weile noch immer nichts getan hatte, nahm er allen Mut zusammen und rannte in geduckter Haltung auf den Hangar zu. An dessen Westseite befand sich ein großes, in der Mitte geteiltes Tor und daneben eine kleine Tür. Jonas zauderte nicht lange, sondern riss die Metalltür mit einem Ruck auf. Zum Glück war sie unverschlossen. Kaum drinnen, zog er sie wieder hinter sich zu.

Das Quietschen der Scharniere war erschreckend laut gewesen. Einen Moment lang blieb Jonas mit dem Türknauf in der

Hand stehen und lauschte. Nichts geschah. Warum auch? Die Flugbaracke war viel zu weit entfernt, dort hatte man ihn bestimmt nicht gehört. Erleichtert drehte er sich um.

Im Hangar herrschte ein unwirkliches Zwielicht. Das Fensterband an der Nordseite war hoffnungslos verdreckt, es ließ allenfalls erahnen, wie hell es draußen wirklich war. Nur an dem Rollentor, das nach Westen zeigte, gab es einige Ritzen, durch welche die Sonne ihre Speere hindurchschleuderte. Feine Staubpartikel tanzten in dem gelben Licht.

Mitten in der Halle stand die merkwürdigste Flugmaschine, die Jonas je gesehen hatte. Es dauerte eine Weile, bis ihm klar wurde, dass dies ein Amphibienflugzeug sein musste. Es stand auf einem Fahrwerk, das vollständig in den bootsartigen Rumpf eingezogen werden konnte. Derlei Flugzeuge waren ihm nicht fremd. Die Küstenwache in Florida benutzte für ihre Rettungseinsätze auf hoher See vergleichbare Maschinen. Dieses Ding hier erinnerte allerdings mehr an das hässliche Entlein aus Andersens Märchenbüchern.

Das Flugzeug war ein Oldtimer, bestimmt zwanzig oder mehr Jahre alt. Seine Lackierung in Schwarz und Ockergelb glich derjenigen von teuren Nobellimousinen aus der Vorkriegszeit. Damit hörte aber auch schon die Eleganz auf. Der gedrungene Rumpf der Maschine wirkte eher plump. Jonas schätzte dessen Länge auf weniger als vierzig Fuß, die Flügelspannweite auf höchstens fünfzig. Wie bei Amphibienflugzeugen üblich befanden sich die Tragflächen *über* der Pilotenkanzel. Beiderseits der Kabine prangte je ein voluminöses Propellertriebwerk. Offenbar war dieses pummelige Ding doch ein recht flotter Brummer. Auf der Backbordseite des Hochdeckers entdeckte Jonas hinter einer Reihe von drei quadratischen Fenstern eine ungewöhnlich niedrige Einstiegsluke. Sie befand sich so hoch über dem Boden, dass man schon einen zirkusreifen Spagat machen musste, um den Fuß in diese Tür setzen zu können.

Kurzum: Der ganze komische Vogel erinnerte an ein dickliches Jungtier, das noch nicht recht flügge geworden war.

Nach drei oder vier Umrundungen spürte Jonas wieder die

Mattigkeit, die ihn hierher getrieben hatte. Der Hangar wirkte, abgesehen von den erwähnten Fensterscheiben, sauber wie geleckt. Nichts stand herum. Überhaupt nichts. Vielleicht hätte ihn dieser Umstand misstrauisch machen sollen, aber Jonas war viel zu erschöpft, um sich darüber den Kopf zu zerbrechen. Er war überzeugt, in dem Flugzeug das Spielzeug irgendeines reichen Einwohners von Homestead vor sich zu haben.

Weil es an geeigneten Ruhemöbeln fehlte, stellte er kurzerhand seinen Rucksack an das linke Rad des vorderen Fahrwerks, legte sich davor auf den Boden und lehnte den Kopf gegen die Tasche. Diese Position war einigermaßen bequem und so glitt er bald ohne es recht zu merken in einen federleichten Dämmerzustand. Er pendelte zwischen Wachen und Träumen. Im Hangar herrschte vollkommene Stille. Nur das leise Ticken seiner Armbanduhr war zu hören: Ticktack ...

Warum hatte er sich überhaupt auf diese verrückte Idee eingelassen? Ticktack ...

Seltsamerweise bewegte ihn diese Frage kaum. Es war fast so, als sei er ein Fremder, der sie – ganz sachlich, völlig frei von verwirrenden Gefühlen – einem anderen Jonas McKenelley stellte. Ticktack ...

Weshalb kehrst du nicht einfach um und machst deine Großeltern glücklich? Sie sorgen sich bestimmt schon schrecklich um dich. Warum, Jonas, bist du so, wie du bist? Einerseits ein ganz normaler Junge, wie alle in deiner Schulklasse, aber dann doch wieder ganz anders?

Ticktack, ticktack ...

Ein Geräusch ließ Jonas hochschrecken. Er musste tatsächlich eingenickt sein. Draußen vor dem Hangar waren Stimmen zu hören. Sie wurden lauter, kamen näher. Im Nu war er auf den Beinen, raffte den Rucksack vom Boden auf und blickte um sich. Die Halle war so leer wie schon vor ... Wie lange hatte er eigentlich geschlafen?

Es gab nur ein einziges Versteck: das Flugzeug. Jonas tauchte unter dem Flügel hindurch und öffnete schnell die Einstiegstür auf der Backbordseite. Die Luke befand sich über der Wasserlinie des Amphibienflugzeuges, was hier, an Land, eher hinderlich war. Für Jonas jedenfalls bedeutete dieser Umstand einige bange Sekunden. Dann zog er sich hastig hinauf. Während er noch mit den Beinen in der Luft hing, hörte er von draußen schon ein alarmierendes Klappern. Jemand machte sich an der Kette mit dem Vorhängeschloss zu schaffen.

Endlich war Jonas im Flugzeug. Hastig wirbelte er herum, verriegelte den Einstieg und schloss die Vorhänge am Türfenster bis auf einen schmalen Schlitz, der gerade groß genug war, um den Eingang des Hangars im Auge zu behalten. Er kauerte noch keine drei Herzschläge lang in seinem Versteck, als sich auch schon das schwere Stahltor öffnete. Quietschend wurde zuerst der eine, dann der andere Flügel auf Rollen zur Seite geschoben.

Mit wachsendem Herzklopfen beobachtete Jonas, wie nun vier Männer die Halle betraten. Ihrer Kleidung nach waren es dieselben, die er schon draußen vor der Baracke gesehen hatte. Einer von ihnen trug den Overall eines Mechanikers, die Übrigen sahen aus wie wohlhabende Geschäftsleute. Obwohl – irgendetwas stimmte nicht.

Es dauerte eine Weile, bis Jonas darauf kam, was ihn irritiert hatte: Die ganze Art, wie sich die drei Männer bewegten, wirkte auf ihn steif, fast militärisch. Während zwei von ihnen – sie trugen graue Anzüge – sich wenigstens noch den Anschein einer gewissen Lässigkeit gaben, wirkte der Dritte so hölzern wie eine Vogelscheuche in einem dunkelblauen Geschäftsanzug.

Die Männer näherten sich dem Flugzeug, während sie sich weiter unterhielten. Gedämpft drangen ihre Stimmen zu Jonas in die Kabine.

»… Und Sie haben noch einmal alles überprüft, Tony?« Die Frage klang auffallend energisch. Sie kam von dem Mann in dem dunkelblauen Zwirn. Er war vielleicht Anfang vierzig, mittelgroß, hatte dunkelbraune Haare und ein gutmütiges Gesicht, das überhaupt nicht zu seinem forschen Auftreten passen wollte.

Der mit dem Overall antwortete grinsend: »Die Maschine mag zwar wie eine alte Jungfer aussehen, sie ist aber in einem Topzustand. Wir haben dafür gesorgt, dass sie die tausend Meilen locker schafft, Sir.«

Der andere nickte knapp. Dann wandte er sich einem seiner beiden Begleiter zu und meldete: »Ich denke, es kann losgehen, Dr. Gould.«

Der Mann im grauen Anzug – er war mindestens sechseinhalb Fuß groß, hatte kurz geschnittenes strohblondes Haar und trug eine schwarze Brille mit dickem Rand – antwortete: »Dann sollten wir keine Zeit mehr verlieren, Sam. Wenn ich Sie richtig verstanden habe, werden wir mindestens vier Stunden in der Luft sein?«

»Jawohl, Sir!«, erwiderte der Blaue zackig. Offenbar war er der Pilot dieser Reisegesellschaft.

»Halten Sie sich zurück, Sam. Wir sind drei Finanziers, auf der Suche nach neuen Investitionsmöglichkeiten in der Karibik. Kein Grund, mich wie einen General anzuschreien.«

»Aber Sie sind doch …«

»Machen Sie bitte die Maschine startklar«, unterbrach Dr. Gould den steif dastehenden Mann mit dem Namen Sam. Dann wandte er sich dem Mechaniker zu, reichte ihm die Hand, bedankte und verabschiedete sich. Sein ganzes Betragen wirkte sehr förmlich, fast wie das eines Königs, der einem Untertanen seine Anerkennung zeigen will.

Jonas, der die Abschiedsszene aus seinem Versteck verfolgte, geriet zusehends in Panik. Er saß in der Falle. Die Männer da draußen waren ihm nicht geheuer. Er hegte erhebliche Zweifel an der Geschichte von den drei Investoren, die sich nach einem gemütlichen Plätzchen für ihre Dollars umsehen wollten. Wer waren sie wirklich, ja, *was* waren sie? Vielleicht Mafiabosse? Die Möglichkeit erschien ihm gar nicht so abwegig. Solche Gangster konnten sich ohne weiteres Spielzeuge wie dieses Flugzeug hier leisten. Auch das seltsam untertänige Verhalten von diesem Sam würde dazu passen. Jonas' Herz raste. Mit geweiteten Augen und offenem Mund sah er den Blaugekleideten auf das Flugzeug zukommen. Es gab keinen

Zweifel: Die Männer wollten wirklich diesen altertümlichen Vogel besteigen und mit ihm tausend Meilen weit fliegen!

Was sollte er tun? Wenn er sich zu erkennen gab, dann hatte er mit ernsthaften Schwierigkeiten zu rechnen ...

Der Pilot öffnete die Einstiegsluke und kletterte in die Maschine. Sein Blick schweifte prüfend durch den leeren Passagierraum. Alles schien an Ort und Stelle zu sein. Er durchquerte die Kabine, öffnete die Tür zur Pilotenkanzel und nahm hinter dem Steuer Platz. Hätte er sich in diesem Augenblick umgedreht, wäre ihm wohl die leichte Bewegung des Vorhanges im Heck des Flugzeuges aufgefallen. Dieser Sichtschutz trennte den vorderen Teil der Kabine von dem hinteren Stauraum ab. Das enge Gepäckabteil beherbergte zwei große Pappkartons, drei Koffer, einige fest zusammengeschnürte Stoffpakete (vermutlich Fallschirme) und ... einen blinden Passagier.

Jonas hatte sich blitzartig entscheiden müssen. Der eigentliche Passagierraum war klein und übersichtlich: An der Backbordseite gab es zwei Sessel und dazwischen einen Tisch, steuerbords nur eine lange Bank, die mit der Rückenlehne an der Kabinenwand stand. Der Gang in der Mitte war kaum breiter, als ein *Time*-Magazin hoch war. Die Einzelsitze auf der linken Seite hatte man so angebracht, dass sich die Passagiere über den Tisch hinweg ansehen und miteinander unterhalten konnten. Am Kopfende der Bank befand sich eine kleine Kombüse, im hinteren Bereich der Kabine eine Toilette. Die Versuchung war für Jonas groß gewesen einfach in den winzigen Waschraum zu schlüpfen, aber dort hätte er schnell entdeckt werden können. Dann hatte er den Vorhang des Gepäckabteils gesehen.

Nun, in seinem Versteck, hoffte er inständig, dass der Pilot noch einen letzten Rundgang um die Maschine machen würde oder dass sich sonst wie eine Gelegenheit ergäbe unauffällig zu verschwinden. Jonas ahnte nicht, wie gerne die drei Männer ihm diesen Gefallen getan hätten, wenn sie nur von ihrem blinden Passagier gewusst hätten. Aber so wurden die letzten Startvorbereitungen routinemäßig abgewickelt.

Nachdem Dr. Gould und sein Begleiter in den bequem wirkenden Ledersesseln Platz genommen hatten, setzte sich das Flugzeug fast lautlos in Bewegung. Jonas vermutete, dass der Mechaniker die Maschine mit einem Rangierfahrzeug nach draußen schleppte. Wenig später kehrte Stille ein, die Ruhe vor dem Sturm. Das »hässliche Entlein« stand am Ende der Startbahn, gleich würde es losstürmen. Jonas war vor Schreck wie erstarrt. Schmerzlich wurde er sich bewusst, dass es kein Zurück mehr gab. Natürlich, er hätte noch immer aufstehen und sich zu erkennen geben können. Aber dazu fehlte ihm der Mut.

So harrte er einfach nur der Dinge, die da kamen. Die Motoren wurden angelassen. Leichte Vibrationen ließen das Flugzeug erzittern, ein erwartungsvoller Schauer, bevor es seine ganze Kraft entfalten durfte. Dann schwoll das Geräusch zu einem Dröhnen an, das selbst den Geräuschpegel in Mat Barwinkles Pick-up übertraf. Ein Ruck ging durch den Rumpf. Im nächsten Moment wurde Jonas nach hinten gedrückt.

Der Hochdecker brauchte keinen langen »Anlauf«. Mit schier unbändiger Kraft stürmte er über die Piste und hob schnell vom Boden ab. Jonas kämpfte gegen eine zunehmende Übelkeit an. Er hörte, wie das Fahrwerk einklappte. Die Maschine neigte sich leicht zur Seite. In einem sanften Bogen schwenkte sie auf nordöstlichen Kurs ein.

Als der Steigflug abgeschlossen war, wurde der Lärm in der Kabine erträglicher. Das Dröhnen trat in den Hintergrund, Stimmen waren wieder vernehmbar. Doch sie blieben undeutlich. Vielleicht war es Neugierde, möglicherweise auch der berechtigte Wunsch zu erfahren, mit wem er es wirklich zu tun hatte, jedenfalls beschloss Jonas diesen grauen Anzügen auf den Zahn zu fühlen.

Vorsichtig spähte er am Vorhang vorbei. Die Lehne des in Flugrichtung montierten Sessels versperrte die Sicht nach hinten. Er konnte es also wagen, den Kopf ein wenig weiter vorzustrecken.

Sogleich wurden die Stimmen klarer. Vieles, was die beiden Männer sagten, konnte er nun deutlich verstehen, aber immer wieder gingen auch ganze Satzteile im Brummen der Motoren unter. Er wagte sich noch weiter vor. Auf allen vieren kroch er auf den Gang hinaus. Nun befand er sich auf Höhe der Kabinentür und blickte auf das gelblich braune Leder der breiten Rückenlehne. Nur noch seine Füße befanden sich im Stauraum jenseits des Vorhangs. Endlich konnte er die Unterhaltung der Männer mühelos mitverfolgen.

»Glauben Sie, unser Unternehmen wird Erfolg haben, Sir?«

Diese Stimme kannte er noch nicht. Vermutlich gehörte sie dem bisher akustisch nicht in Erscheinung getretenen Begleiter von Dr. Gould.

Der antwortete mit sonorer Stimme: »Es *muss* gelingen, Frank!«

»Sie meinen, weil der Präsident uns sonst den Kopf abreißt?«

»Nicht deshalb. Kennedy weiß, dass wir alles Menschenmögliche tun werden, um zu retten, was zu retten ist. Aber die Welt steht vor einem Abgrund, Frank, und wenn wir versagen, dann stürzt sie womöglich hinein.«

Jonas schluckte. Wo war er da nur hineingeraten? Jedenfalls nicht unter gewöhnliche Geschäftsleute, so viel stand fest. Aber auch die Mafiatheorie musste er wohl fallen lassen (was er nicht sonderlich bedauerte). Er konnte kaum glauben, was er da gehört hatte: John F. Kennedy – der bewunderte Präsident der Vereinigten Staaten! – hatte diese beiden Männer losgeschickt, um einen offenbar schwierigen Auftrag zu erfüllen. Waren sie vielleicht Geheimagenten? Verwirrt hörte Jonas, wie der Mann, den Dr. Gould Frank genannt hatte, nach kurzem Zögern die gleiche Frage aussprach, die er sich spontan auch selbst gestellt hatte.

»Was für einen ›Abgrund‹ meinen Sie, Sir?«

»Ich rede von einem Atomkrieg.«

Bestürztes Schweigen von der anderen Seite.

Und Jonas teilte Franks Betroffenheit. Ein *Atomkrieg!* Das war die schreckliche Kehrseite des technischen Fortschritts. Einerseits faszinierten Jonas die Entdeckungen der Physiker, Biologen und all der anderen Naturwissenschaftler, aber wenn er darüber nachdachte, welche Folgen die bedenkenlose Anwendung dieses Wissens haben konnte, dann legte sich seine Begeisterung meist schnell wieder. Mit Schrecken hatte er schon vor Jahren die Berichte von den Atombombenabwürfen über Hiroshima und Nagasaki gelesen. In der einen Stadt waren zweihunderttausend Japaner ums Leben gekommen, in der anderen vierundsiebzigtausend. Was für ein bitterer Triumph des amerikanischen Fortschritts! Und wie kurzlebig er zudem gewesen war: Die Vereinigten Staaten hatten ihre militärische Überlegenheit in politischen Druck ummünzen wollen, aber die Sowjets hatten nur darüber gelacht. Schon 1949 war ihre eigene Atombombe einsatzbereit gewesen. Am 1. November 1952 jagten die Amerikaner dann auf den Marshallinseln *Mike* in die Luft, ihre erste Wasserstoffbombe. Aber gerade einmal zehn Monate später zog die Sowjetunion wieder gleich. Größere Bomben folgten. Für Jonas ging von diesen Waffen ein unbeschreibliches Grauen aus. Und jetzt wollte man diese Bestien aufwecken?

»Gehen Sie da nicht ein wenig zu weit, Sir?« Wieder hatte Dr. Goulds Begleiter ausgesprochen, was Jonas dachte. Zur Untermauerung seiner Zweifel fügte Frank hinzu: »Der Präsident hat vor zwei Wochen doch selbst gesagt, dass die Sowjets vermutlich nur neue Verteidigungs- und Kurzstreckenwaffen nach Kuba verschiffen.«

»Sie kennen noch nicht alle Fakten, Frank. Was Jack Kennedy auf der Pressekonferenz am 13. September mitteilte, war das, was er zu diesem Zeitpunkt wusste. Nur zwei Tage später hat unser Geheimdienst im Hafen von Mariel, auf Kuba, einige beunruhigende Beobachtungen gemacht …«

»Was meinen Sie mit ›beunruhigend‹, Sir?«, fragte Frank zögernd.

»Unsere Leute beobachteten ein sowjetisches Frachtschiff, das mit ungewöhnlich geringem Tiefgang in die Docks von Port Mariel einlief …«

»Ein typisches Zeichen für militärische Fracht«, warf Frank ein.

»Ich sehe, Sie haben Ihre Hausaufgaben gemacht. Doch was jetzt kommt, das dürfte neu für Sie sein: Aus den langen Ladeluken der *Poltava* wurden an den nächsten zwei Tagen einige sehr verdächtige Frachtstücke gehievt. Unsere Analytiker gehen davon aus, dass es sich bei diesem Transportgut mit hoher Wahrscheinlichkeit um MRBM-Komponenten handelt.«

»*Medium Range Ballistic Missiles*?«, murmelte Frank ungläubig, um dann laut herauszuplatzen: »Sie glauben wirklich, die Russen haben ... *Mittelstreckenraketen* nach Kuba gebracht? Allmählich begreife ich, was Sie vorhin mit ›beunruhigenden Beobachtungen‹ meinten, Sir.«

»Vielleicht sollte ich noch hinzufügen, dass wenig später ein russischer Militärkonvoi den Hafen von Mariel in Richtung Südwesten verließ. Sein Ziel war San Cristóbal, im Innern der Insel.«

»Nicht auszudenken, wenn es sich bei den Raketen um sowjetische SS-4 mit atomaren Gefechtsköpfen handelt! Die Dinger haben eine Reichweite von sechshundert bis tausendfünfhundert Meilen. Und Kuba befindet sich nicht einmal hundert Meilen von der Küste Floridas entfernt. Würde Ministerpräsident Chruschtschow wirklich so weit gehen und im Hinterhof der Vereinigten Staaten Atomraketen stationieren?«

Franks Vorgesetzter antwortete nicht sogleich. Das Schweigen hing wie eine drückende schwarze Gewitterwolke in der Kabine.

Jonas erinnerte sich mit Schrecken an die Atomhysterie, die sein Land schon seit Monaten in Atem hielt. In der Schule fanden regelmäßig Zivilschutzübungen statt, um das richtige Verhalten während eines Atomschlages einzuüben. Im Keller, unter den Klassenzimmern, wurden Frischwasser- und Lebensmittelvorräte gelagert, an den Wänden stapelten sich Sandsäcke. Und überall, wohin man ging, stieß man auf diese ominöse blaurote Broschüre mit dem Titel *Schutz vor radioaktivem Niederschlag: Was tun bei einem Atomschlag?*. Jonas lief es jedes Mal kalt den Rücken herunter, wenn er in einer Arztpraxis, in einem Drugstore oder sonst irgendwo auf dieses Horrorheft stieß, auf dem das offizielle Siegel mit dem Adler prangte.

Dr. Goulds Stimme brachte ihn in die Wirklichkeit zurück. Er sprach so leise, dass Jonas ihn fast nicht verstehen konnte: »Haben Sie schon einmal etwas von der Operation *Anadyr* gehört, Frank?«

»Anadyr?« Wieder Stille, nur das Brummen der Motoren im Hintergrund. »Nein, der Name sagt mir überhaupt nichts.«

»Die ganze Sache ist so geheim, dass selbst in Chruschtschows engster Umgebung nur wenige davon wissen. Einer unserer Agenten in Moskau hat diesen Codenamen durch einen verrückten Zufall aufgeschnappt. Wie es scheint, planen die Sowjets ein Unternehmen in Kuba. Wir wurden auf die ganze Sache aufmerksam, nachdem Raúl Castro, der Bruder des Ministerpräsidenten, Mitte Juli von einer vierzehntägigen Moskaureise zurückgekehrt war. Als dem Besuch kein offizielles Kommuniqué folgte, dachten wir zuerst, die kubanische Mission sei gescheitert. Aber dann rühmte sich Raúl auf einer Versammlung, dass die Insel nun eine Invasion von Seiten der USA nicht mehr zu befürchten habe. Als Kuba am 26. des Monats den Jahrestag des Juliaufstandes feierte, äußerte sich Fidel Castro in aller Öffentlichkeit ganz ähnlich.«

»Vielleicht war es nichts als Säbelrasseln, um uns einzuschüchtern.«

»Natürlich haben wir diese Möglichkeit in Betracht gezogen, aber unser Verdacht wurde durch einen eigenartigen Zufall bestärkt. Einer unserer Agenten schnappte eine Äußerung des Privatpiloten von Fidel Castro auf. Der Mann hatte in Havanna die Nacht durchgezecht und war in sehr ausgelassener Stimmung. Als ich den Bericht las, ging in meinem Kopf eine rote Lampe an. Der Pilot sagte wörtlich: ›Wir werden bis zum Tode kämpfen und vielleicht können wir gewinnen, weil wir alles haben, einschließlich *Atomwaffen.*‹«

Wieder gab es eine Pause. Frank musste die Neuigkeiten, mit denen Dr. Gould ihn gerade konfrontiert hatte, wohl erst verdauen. Schließlich sagte er: »Ich hatte gleich befürchtet, dass wir nicht nur wegen der verstärkten Militärlieferungen nach Kuba in diesem Flugzeug sitzen.«

»Eigentlich hätte jetzt Kenneth McDonnel an Ihrer Stelle

sein sollen, Frank. Aber dummerweise hat er sich diesen hässlichen Virus eingefangen. Ich habe Sie ausgewählt, weil Sie ein heller Kopf sind. Das ist im Übrigen auch die Meinung des Präsidenten. Sie wissen, er sammelt fähige Männer wie andere Leute Briefmarken. Und Sie verfügen über alle Qualitäten, die er schätzt: eine gute Ausbildung, Sie gehen schwierige Aufgaben unvoreingenommen und kreativ an und Sie scheuen sich nicht die richtigen Fragen zu stellen. Unser kleines Verhandlungsteam wird von Ihren Fähigkeiten gewiss profitieren.«

»Vielen Dank, ich weiß Ihr Lob sehr zu schätzen, Sir. Trotzdem hätte ich mir gewünscht mich etwas besser auf unsere Mission vorbereiten zu können.«

»Machen Sie sich da keine Sorgen, Frank. Sie werden auf unserer Reise noch ausreichend Gelegenheit dazu bekommen. Es war zunächst einmal wichtig, Ihnen die wirklichen Gründe für Kennedys Bedenken klarzumachen – es geht hier um wesentlich mehr als nur um einen Ausbau der kubanischen Landesverteidigung.«

Jonas hatte der Unterhaltung der beiden Diplomaten so gespannt zugehört, dass er zu spät reagierte, als plötzlich ein Blatt Papier auf den Boden segelte. Es musste einem der Männer aus der Hand gerutscht sein. Mit weit aufgerissenen Augen, unfähig sich zu bewegen, starrte er auf den weißen Bogen. Er lag in dem schmalen Gang zwischen dem kleinen Tisch und der längs zur Flugrichtung montierten Bank. Wenn jetzt einer der beiden Männer aufstand, um sich nach dem Dokument zu bücken, war Jonas verloren.

»Warten Sie, Sir. Ich mach das schon.«

Das war Franks Stimme. Jonas stockte der Atem. Jetzt war alles aus.

Doch anstatt in die Augen eines erzürnten Staatsdieners zu blicken, sah Jonas nur einen in graues Tuch gehüllten Arm, der sich weit über die Sessellehne reckte, und einen Teil von Franks Rücken. Eine weiße, feingliedrige Hand fischte nach dem Blatt und beförderte es aus Jonas' Blickfeld auf den Tisch zurück.

Jonas atmete erleichtert auf. Das war mehr als knapp gewesen. Der Assistent von Dr. Gould setzte das Gespräch fort, als wäre nichts passiert.

»Ich hätte nicht gedacht, dass die Situation *so* ernst ist: Bei einem atomaren Erstschlag von kubanischem Territorium aus wäre die Vorwarnzeit für uns praktisch gleich null!«

»Eben deshalb hat Kennedy in der von Ihnen erwähnten Rede auch gesagt, dass die Vereinigten Staaten im Falle des Aufbaus eines offensiven sowjetisch-kubanischen Militärstützpunktes von ›bedeutsamer Kapazität‹ zum Schutz ihrer eigenen Sicherheit tun würden, *›was immer getan werden muss‹*. Wissen Sie, was das bedeutet, Frank? Es ist wohl kein Zufall, dass gerade heute, am Tag unseres Abfluges, der Kongress in seiner *Joint Resolution 230* den Standpunkt des Präsidenten bestätigen wird – jedenfalls gehe ich davon aus.«

»Glauben Sie, Fidel Castro oder sein Bruder werden offenlegen, was sie bisher nur angedeutet haben?«

»Ich weiß es nicht, Frank. Vielleicht würden sie es sogar gerne tun. Manchmal benehmen die beiden sich wie zwei Halbstarke, die jedem unbedingt ihre neuen Klappmesser zeigen müssen. Aber Chruschtschow ist ein ganz anderes Kaliber. Dieser Russe macht mir wirklich Sorgen. Der gute Nikita Sergejewitsch benimmt sich wie eine Primadonna, er ist schwer berechenbar. In letzter Zeit hat er sich uns gegenüber immer mehr Freiheiten herausgenommen. Denken Sie nur daran, wie er Jack Kennedy auf dem Wiener Gipfel, im Juni letzten Jahres, behandelt hat. ›Ich habe gehört, Sie seien ein junger und viel versprechender Mann‹, soll er den Präsidenten begrüßt haben – als sei Jack noch nicht ganz trocken hinter den Ohren! Und dann – nur zwei Monate später – der Bau der Berliner Mauer. Es gibt sogar Belege dafür, dass Chruschtschow eine Besetzung Westberlins in Erwägung zieht, wenn wir auf Kuba unsere Muskeln spielen lassen.«

»Vielleicht gelingt es uns ja wirklich, das Schlimmste zu verhindern.« Frank klang nicht sehr überzeugt.

»Ich schätze, dass wir auf allerlei Überraschungen gefasst sein müssen. Der Präsident hat mich jedenfalls mit allen Vollmachten ausgestattet. Im Übrigen setze ich große Hoffnungen auf unseren britischen Freund. Er ist ein Diplomat von erstem Rang. Bei der Potsdamer Konferenz gehörte er zu Churchills Verhandlungsteam und man sagt, seit dieser Zeit pflege er wertvolle Kontakte zu einigen hochrangigen sowjetischen Politikern und Militärs. In all den Jahren des Kalten Krieges scheinen diese Verbindungen nie ganz abgerissen zu sein.«

»Kennen Sie seinen Namen?«

»Nein, ich habe da nur eine Vermutung, Frank, mehr nicht. Wie Sie wissen, war ich damals ebenfalls in Potsdam mit dabei – natürlich in Trumans Mannschaft, versteht sich. Ich bin genauso gespannt wie Sie, wem wir auf den Bermudas die Hand schütteln werden.«

Der Name der Inselgruppe im Atlantik traf Jonas wie ein Keulenschlag. Ihm war sofort klar, dass seine Suche nach den Eltern eine unverhoffte, ja absolut überraschende Wendung genommen hatte: Er näherte sich geradewegs jener Gegend, in der beide vor über vierzehn Jahren verschwunden waren. Vielleicht hatte dieses Flugzeug schon die Höhe von Melbourne erreicht und bewegte sich bereits über das mysteriöse Meeresgebiet hinweg, das in der ganzen Welt als Bermudadreieck berühmt und berüchtigt war. Völlig verwirrt kroch er in sein Versteck zurück.

»Still, Frank, haben Sie das gehört?«

Jonas hielt den Atem an. Bei seinem aufgeregten Rückzug war er gegen einen Pappkarton gestoßen. Dr. Gould musste das dumpfe Geräusch gehört haben. Jonas schloss die Augen. Er begann zu schwitzen, wünschte unsichtbar zu sein.

»Nein, mir ist nichts aufgefallen«, antwortete Frank.

Ja, ja!, schrie Jonas (natürlich nur in Gedanken). Es war nur ein Luftloch. Du hast dich verhört, Doktor. Unterhaltet euch weiter!

»Schauen Sie doch bitte im Stauraum nach, Frank. Möglich, dass ein Gepäckstück verrutscht ist. Bei der Gelegenheit können Sie gleich aus dem obersten Karton das Dossier mitbringen, das für unseren britischen Freund erstellt wurde. Es kann nicht schaden, wenn wir es noch einmal gemeinsam durchgehen.«

Jonas sah sich verzweifelt um. Aus dem Passagierraum drang nur wenig Licht durch den Vorhang. Der Gepäckraum war in etwa so groß wie die Toilettenverschläge in der Schule, nur wesentlich niedriger. Jonas erkannte, dass er verloren war.

Als Frank Holloway den Vorhang zum Gepäckabteil zur Seite schob, kamen ihm Dr. Goulds Worte wieder in den Sinn, sie müssten »auf allerlei Überraschungen gefasst sein«. Mit einem kreidebleichen Jungen zwischen den Geheimunterlagen hatte er allerdings nicht gerechnet.

»Wer bist *du* denn?«

Jonas blickte mit großen Augen in ein sommersprossiges Gesicht. Franks ganze Erscheinung passte hervorragend zu dem Klischee eines Beamten, der nur selten sein Büro verließ: Er war blass, nur gut fünfeinhalb Fuß groß, schmächtig und trug eine Brille mit dickem, schwarzem Gestell. Obwohl er noch nicht sehr alt sein konnte, befand sich sein rotes Haar oberhalb der Stirn schon auf dem Rückzug – mit vierzig würde er vermutlich eine Glatze haben. Der zwar überraschte, aber dennoch ziemlich grimmig wirkende Gesichtsausdruck von Frank Holloway veranlasste Jonas durch ein umfassendes Geständnis gleich von Anfang auf mildernde Umstände hinzuarbeiten.

»Mein Name ist Jonas McKenelley. Ich kann alles erklären, Sir.«

In diesem Moment tauchte der kurz geschorene Kopf von Dr. Gould hinter Franks Schulter auf. Der Leiter der Geheimmission sah alles andere als erbaut aus, als er den Jungen sah. Vielleicht war es das Alter des blinden Passagiers, das ihn nicht sogleich seine Dienstwaffe ziehen ließ (die Idee, dass der Diplomat unbewaffnet sein könnte, kam Jonas gar nicht erst). Stattdessen fragte Gould nur: »Wer ist *das* denn?«

»Er sagt, er heiße Jonas McKenelley«, antwortete Frank Holloway.

Dr. Gould runzelte nachdenklich die Stirn. Seine Stimme klang streng, aber erstaunlich beherrscht, als er Frank zur Seite schob und sich direkt an Jonas wandte. »Für einen Spion bist du ziemlich jung.«

»Ich ... ich bin kein Spion«, stotterte Jonas aufgeregt. »Ich wollte gar nicht mitfliegen, ich ...«

»Heißt du wirklich Jonas *McKenelley?«*, unterbrach ihn Dr. Gould.

Jonas nickte.

»Bist du rein zufällig mit einem Thomas Frederik McKenelley verwandt?«

Jonas nickte abermals.

»Dem General, der '54 von McCarthy vor dem Senatsausschuss ...?«

»Tom McKenelley ist mein Großvater«, fiel Jonas dem ernst dreinblickenden Diplomaten ins Wort. Er hatte endlich seine Stimme wieder gefunden, weil ihm dieser Dr. Gould gar nicht so unfreundlich erschien, wie es die Situation wohl gerechtfertigt hätte.

Zunächst jedoch zeigten alle Anzeichen auf Sturm. Durch die offen stehende Tür der Pilotenkanzel ertönte unvermittelt eine laute Stimme.

»Was ist eigentlich dahinten los?«

»Hier gibt es einen blinden Passagier«, rief Frank über die Schulter, ohne Jonas auch nur einen einzigen Moment aus den Augen zu lassen. Er musste hierzu umständlich an Dr. Gould vorbeischielen, weil sein Vorgesetzter mindestens einen Kopf größer war als er.

»Was ...? Da stecken bestimmt die Russen dahinter!«

»Er ist höchstens sechzehn Jahre alt«, fügte Frank hinzu.

»Die werden auch immer raffinierter, diese roten Teufel! Gut, dass Sie ihn noch rechtzeitig entdeckt haben. Ich kann das Steuer nicht allein lassen, sonst würde ich mich selbst um den Kerl kümmern.«

Jonas war sich ziemlich sicher, dass nun sein letztes Stündlein geschlagen hatte. Die Männer hielten ihn für einen Spion, und wie man mit solchen verfuhr, war ja hinlänglich bekannt. Der Pilot wollte sich sogar persönlich »um ihn kümmern«. Bestimmt war das irgendein militärischer Fachausdruck für »aus dem Fenster werfen«, »erwürgen« oder etwas in der Art.

»Lassen Sie es mal gut sein, Sam!«, rief Dr. Gould nach vorne. »Ich denke, wir kommen auch so zurecht.«

Die Stimme des Diplomaten klang amüsiert, und ein kleines Lächeln umspielte seine Lippen. Jonas atmete innerlich auf, machte schon wieder erste Zukunftspläne.

»Lassen Sie mich einfach irgendwo raus. Ich werde niemandem etwas erzählen.«

Der hoch gewachsene Doktor setzte jetzt seine dickrandige Brille auf, damit er Jonas genauer in Augenschein nehmen konnte, beugte sich vor und stützte dabei die Hände auf die Knie. »Weißt du, dass du uns in große Schwierigkeiten bringst, Jonas?«

Der Gefragte schwieg. Was hätte er auch sagen sollen?

»Wir können dich nicht so einfach irgendwo absetzen«, fügte Dr. Gould mit einem freundlichen Lächeln hinzu. »Zum einen deshalb nicht, weil wir uns über dem offenen Meer befinden – amerikanische Regierungsbeamte sind keine Killer –, andererseits könntest du tatsächlich etwas über unsere geheime Mission ausplaudern, ganz aus Versehen, versteht sich. Du dürftest so einiges von dem Gespräch zwischen Frank und mir mitbekommen haben, stimmt's?«

»Fast gar nichts«, untertrieb Jonas.

»Und warum hast du dann vorhin versprochen nichts weiterzuerzählen?«

Jonas biss sich auf die Unterlippe. Besser, er sagte nichts mehr. Dieser Dr. Gould war ziemlich gerissen.

»Nun komm erst einmal da raus.« Dr. Gould streckte Jonas die Hand entgegen und half ihm aus seiner etwas unbequemen Position im Frachtraum. Anschließend bot er Jonas den Passagiersitz an, dessen Rückenlehne in Flugrichtung zeigte. Er selbst nahm auf dem Sessel gegenüber Platz. Frank Holloway hatte sich daneben auf der Bank niedergelassen.

In den folgenden Minuten musste sich Jonas eine Strafpredigt über die Verwerflichkeit des »Schwarzfliegens« im Allgemeinen und die außerordentliche Schändlichkeit eines solchen Vergehens während geheimer Regierungsmissionen im Besonderen anhören. Als das erledigt war, wurde Dr. Gould wieder freundlicher. Zunächst machte er Jonas mit Frank Holloway bekannt. Anschließend stellte er sich selbst mit seinem vollständigen Namen, Malcolm Jeremiah Gould, vor und wies darauf hin, dass er gelernter Jurist und nicht etwa Mediziner sei, wie viele aufgrund seines Doktortitels annähmen. Dann kam er auf Jonas' ungelegenes Erscheinen an Bord der Regierungsmaschine zurück.

»Ich wollte ja gar nicht mit dem Flugzeug fliegen«, setzte Jonas seine Verteidigung da fort, wo er zuvor unterbrochen worden war. »Ich war nur müde und suchte nach einem schattigen Platz, um mich für ein paar Minuten auszuruhen. Außerdem konnte ich ja nicht ahnen, dass Sie in einer Geheimsache unterwegs sind – bei dieser Klapperkiste von Flugzeug. Wenn Sie schon die Kubaner beeindrucken wollen, warum dann nicht mit einer Phantom?«

»Wir scheinen uns ja bestens bei der Air Force auszukennen«, erwiderte Dr. Gould ein wenig spöttisch. »Es gibt viele Gründe, warum wir nicht gerade mit unserem modernsten Mehrzweckjäger in Castros Vorgarten aufkreuzen. Hast du dir einmal überlegt, wie gerne die Kubaner und ihre russischen Militärberater so ein Flugzeug auseinander nehmen würden? Außerdem würde der ehrwürdige Lord, den abzuholen wir gerade unterwegs sind, sich wohl kaum mit Sam, Frank und mir in eine zweisitzige Kampfmaschine zwängen. Zudem soll unser Erscheinen auf Kuba einen friedlichen Eindruck machen. Eine F-4 Phantom II würde diesem Anspruch nicht gerecht werden, selbst wenn man sie rosarot anstriche. Und zu guter Letzt«, Dr. Gould lächelte geheimnisvoll, »kommt es vielleicht nicht von ungefähr, dass wir uns gerade ein Amphibienflugzeug für unsere Mission ausgesucht haben.«

»Sir!«, zischte Mr. Holloway, als hätte sein Vorgesetzter gerade ein großes Staatsgeheimnis ausgeplaudert.

Dr. Gould schenkte ihm ein nachsichtiges Lächeln. »Der Junge hat doch Augen im Kopf, Frank. Er hat längst bemerkt, dass unsere Grumman Goose ein Wasserflugzeug ist!«

»Und was wollen Sie jetzt mit mir anfangen?«, brachte Jonas das Gespräch auf den Punkt.

Der Geheimdiplomat blickte ihn offen an. Sein Gesicht war jetzt ganz ernst. »Du wirst mitbekommen haben, dass ich ein persönlicher Beauftragter des Präsidenten der Vereinigten Staaten bin, der sich auf dem Weg nach Kuba befindet. Frank Holloway ist mein Assistent. Zusammen mit dem britischen Kollegen, von dem du zweifellos auch gehört hast, wollen wir Fidel Castro eine einfache Botschaft Kennedys überbringen: Entweder schickt er die Russen mit ihren Raketen wieder nach Hause oder er bekommt ernsthafte Schwierigkeiten.« Die versteinerte Miene des hohen Regierungsbeamten entspannte sich etwas. »Natürlich sind wir Diplomaten und wir werden erst so deutlich werden, wenn alle höflichen Floskeln nichts mehr nützen.« Gould atmete tief durch. »Jedenfalls wirst du verstehen, Jonas, dass wir dich schlecht mitnehmen können. Die Kubaner erwarten genau *vier* Unterhändler und keinen mehr – nicht einmal einen halben.« Jetzt lächelte Gould wieder. »Aber keine Angst. Du wirst ein paar Tage lang auf St. George in einer muffigen Stube sitzen, vier oder fünf von unseren Marines werden dich bewachen, während du eine Cola nach der anderen trinkst, und anschließend rufen wir deinen Großvater an und sagen ihm, dass es dir gut geht.«

»Werden Sie mich abholen und nach Hause fliegen, wenn alles vorbei ist?« Die Frage war noch nicht richtig heraus, da merkte Jonas auch schon, wie albern sie klang.

Doch Dr. Gould schien eine Menge Geduld zu besitzen. »Es gehen täglich Maschinen von Kindley Field ab. In einer wird schon noch ein Plätzchen für dich sein.«

Kindley Field! Mit einem Mal fiel Jonas alles wieder ein. »Vom Stützpunkt bei Kindley Field sind meine Eltern vor vierzehn Jahren auch gestartet. Ihr Flugzeug ist nie mehr aufgetaucht.«

Dr. Gould runzelte die Stirn. »Ich habe davon gehört. Du musst wissen, ich kannte deinen Vater recht gut. Wir gehörten '45 während der Potsdamer Konferenz beide zu Trumans Team. Mich hatte man als Strategieexperten hinzugezogen – ich stand damals noch im Sold der Army –, dein Vater dagegen war eigentlich nur als Berichterstatter eingeladen. Das änderte sich allerdings schnell. Er hatte eine ganz außergewöhnliche Art auf die Menschen zuzugehen. Selbst wenn er ihnen nur Fragen stellte, hinterließ er schon einen positiven Eindruck. Bald schien er in Stalins Verhandlungsmannschaft mehr Vertrauen zu genießen als jeder andere von uns. Ich bin sicher, wenn Bob heute noch lebte, dann müssten wir jetzt nicht auf die Bermudas fliegen und unseren britischen Kollegen abholen. Bedauerlicher Fall, das Ganze. Als ich damals von dem Verschwinden der Maschine hörte, in der dein Vater saß, war ich sehr betroffen.« Ein Anflug von Schwermut zog über Dr. Goulds Gesicht. Doch er war zu sehr Diplomat, um sich von diesem Gefühl übermannen zu lassen. Schnell kehrte das alte Lächeln zurück und er versicherte: »Nun, das Bermudadreieck ist nicht so gefräßig, wie manche Leute uns glauben machen wollen. Sorge dich nicht zu sehr, Jonas. Du wirst wieder nach Hause kommen. Und zwar in einem Stück.«

In den folgenden drei Stunden ereignete sich wenig. Der Pilot erwies sich als gar nicht so gefährlich, wie es anfangs den Anschein gehabt hatte. Als erst einmal feststand, dass Jonas kein russischer Spion, sondern der Enkel eines hochdekorierten amerikanischen Generals war, durfte er sich sogar auf den Sessel des Kopiloten setzen. Während Gould und Holloway über ihren Dokumenten brüteten und leise miteinander sprachen, hörte Jonas den Geschichten von Sam Chalk zu.

Eigentlich hieß der dunkelhaarige Mann Samuel Arthur Chalk. Den zweiten Vornamen hatte er von seinem Vater.

»Allerdings nennen ihn alle nur ›Pappy Chalk‹«, plauderte Sam jetzt völlig ungezwungen. »Mir liegt die Fliegerei genauso im Blut wie ihm. Mein alter Herr hat das Fliegen in Kentucky gelernt, im Jahre des Herrn 1911. Sein Flugdienst, den er 1919 in Miami begründete, ist einer der ältesten im ganzen Land.«

Sams Worte sprudelten wie ein Wasserfall hervor. Wenn alles stimmte, was der Captain erzählte (Jonas hatte da so seine Zweifel), dann konnte er so gut wie alles fliegen, was Flügel hatte.

»Ist ’ne zuverlässige Maschine, die Grumman G-21 Goose«,

vertraute er seinem jungen Kopiloten an. »Bei *Chalk's Flying Service* fliegen wir damit Urlauber von Miami zu den Bahamas rüber. Die Goose wurde ursprünglich als Zivilflugzeug entwickelt, aber sie hat sich auch im Krieg bewährt. Die hier haben wir *Wild Goose* getauft, ›Wildgans‹. Der Name passt doch, findest du nicht auch?«

Jonas nickte abwesend. Seine Gedanken schweiften immer wieder ab. All die verschiedenen Zufälle des Tages gingen ihm durch den Sinn: das plötzliche Wiedersehen mit Old Big Shadow; die Begegnung mit Mat Barwinkle (Großvater und er waren beide Reptilienkenner und wahrscheinlich sogar miteinander befreundet), das Zusammentreffen mit Dr. Gould, der sogar Vater gekannt hatte, und nicht zuletzt dieses seltsame Flugzeug, das genau dorthin flog, wo einst Jonas' Eltern verloren gegangen waren. Es schien fast, als sei er einem Ruf gefolgt, der ihn mit sorgfältig ausgewählten Begleitern an einen vorbestimmten Ort führen sollte …

Eine hastige Bewegung Sams holte Jonas aus seiner Versunkenheit zurück. Der Pilot hatte die Sonnenbrille von den Augen gerissen und spähte nun angestrengt durch die Scheibe des Cockpits.

»Was ist denn?«, fragte Jonas.

»Weiß nicht. Dachte, ich hätte was gesehen.«

Jonas blickte nun ebenfalls durch die Frontscheibe. Er bemerkte sofort, was Sam gemeint hatte. In Flugrichtung, noch etliche Meilen voraus, schien etwas Dunkles auf dem Wasser zu schwimmen. »Vielleicht ein Wal«, murmelte Jonas, aber er fühlte, dass es etwas anderes war.

»Jetzt kann ich's auch wieder sehen. Nein. Das ist kein Wal. Es sei denn, das Tier ist vier, fünf oder sogar sechs Meilen lang.«

Jonas schenkte dem Piloten einen nachdenklichen Blick, dann wandte er sich erneut dem länglichen dunklen Fleck auf dem Wasser zu. Die *Wild Goose* näherte sich der seltsamen Erscheinung mit über einhundertsiebzig Meilen pro Stunde. Es dauerte deshalb nicht lange, bis Jonas deutlicher erkennen konnte, was da vor ihnen lag.

»Wahnsinn!«

Sam Chalk stimmte ihm mit einem Nicken zu und rief nach hinten: »Dr. Gould, Mister Holloway, kommen Sie doch bitte mal nach vorne.«

Die Stimme des Piloten klang so eindringlich, dass die beiden Diplomaten nicht lange zögerten.

»Ein Strudel«, flüsterte Frank Holloway, nachdem er das Phänomen einige Zeit lang staunend betrachtet hatte.

»Er muss einen Durchmesser von mindestens fünf Meilen besitzen«, fügte Dr. Gould hinzu. Seine Stimme war nur ein Flüstern. »Haben Sie die blauen Blitze bemerkt? Sieht fast aus wie ein Hurrikan auf dem Meer.«

»Kein Hurrikan«, widersprach Jonas ruhig. »Wirbelstürme drehen sich auf der nördlichen Erdhalbkugel links herum, der Strudel da unten aber kreist im Uhrzeigersinn.«

Für einen kurzen Moment blickten ihn die drei Männer verwundert an. Derlei naturwissenschaftliche Kenntnisse hatten sie ihm wohl nicht zugetraut.

»Der Junge hat Recht«, brach endlich Sam das Schweigen. »Was immer das da unten sein mag, es ist auf keinen Fall normal. Ich schlage vor, wir ändern sofort den Kurs, Sir.«

»Tun Sie, was immer Sie für nötig halten. Wir können uns keine Schwierigkeiten leisten«, stimmte Dr. Gould zu.

Die *Wild Goose* hatte sich dem äußeren Rand des Strudels inzwischen bis auf zwei oder drei Meilen genähert. Sam Chalk versuchte es zunächst mit einer vorsichtigen Kurskorrektur. Aber das Seitenruder reagierte nicht. Er probierte es noch einmal, setzte mehr Kraft ein – aber die Maschine gehorchte einfach nicht.

»Ich fürchte, unsere Wildgans hat ihren eigenen Kopf.«

In Dr. Goulds Augen spiegelte sich zum ersten Mal so etwas wie Angst. »Was wollen Sie damit sagen, Sam?«

»Ist Ihnen nicht aufgefallen, dass unser Vogel genau der Kreisbahn des Strudels folgt? Ich habe keinen Finger gerührt. Mir gefällt das alles überhaupt nicht. Ich kann machen, was ich will. Das Seitenruder steckt fest. Wahrscheinlich kaputt. Was weiß ich! Ich kann jedenfalls weder nach backbord noch nach steuerbord abdrehen.«

»Wenn es so ernst ist, sollten wir über Funk einen Notruf absetzen.«

»Aber, Sir, wir haben strikten Befehl Funkstille zu wahren!«

»Tun Sie schon, was ich Ihnen sage, Sam. Benutzen Sie den vereinbarten Code.«

Samuel Chalk hantierte kurz an dem Funkgerät herum, sprach in das Mikrofon, drehte am Frequenzregler und gab erneut einen Notruf durch. Dann sah er zu Dr. Gould auf und schüttelte den Kopf. »Die Anlage ist wie tot. Ich habe zwar Saft, aber ich kann nicht sagen, ob uns jemand hört. Rein kommt jedenfalls nichts.«

»Versuchen Sie es weiter.«

Frank Holloway hatte eine Zeit lang stumm zugesehen, wie die *Wild Goose* um das Zentrum des Wirbels kreiste. Seltsamerweise hielt sich das Flugzeug dabei ganz gerade, schien allerdings immer weiter nach innen zu treiben. Besorgt fragte er: »Können wir nicht wenigstens aufsteigen und dem Sog des Strudels vielleicht dadurch entkommen?«

»Habe ich schon versucht. Das Höhenruder funktioniert auch nicht mehr.« Wie zur Bestätigung seiner Worte schnallte sich Sam Chalk von seinem Sitz los und erhob sich.

»Wo wollen Sie denn hin?«, fragte Holloway. Die Panik in seiner Stimme war unüberhörbar.

»Nach hinten. Wenn es auch nicht so aussieht: Dies ist ein Marineflugzeug, das heißt, wir haben Fallschirme dabei.«

»Sie denken doch nicht etwa daran auszusteigen?«

»*Ich* werde es nicht tun. Sie wissen ja: Der Kapitän verlässt immer als Letzter das Schiff …«

»Machen Sie keine Witze, Sam«, fuhr Dr. Gould dazwischen. »Wenn wir rausgehen, dann alle.«

Jonas hatte das Gespräch bis zu diesem Punkt mit einer seltsamen Gelassenheit verfolgt, fast so, als sitze er im Kino und verfolge einen Film, der ihn nur mäßig interessierte. Von dem Augenblick an, da er das seltsame Phänomen als Strudel erkannt hatte, war in ihm ein sonderbares Gefühl erwacht. Anfangs erschien es ihm völlig fremd, aber dann wurde es immer lebendiger, greifbarer. Er verspürte eine innere Wärme, wie er sie früher als kleiner Junge empfunden hatte, wenn er, von irgendetwas aufgeschreckt, in Großmutters Arme geflüchtet war.

Wie damals wurde er nun ruhiger, während sich um ihn herum zunehmend Angst und Verwirrung ausbreiteten. So musste es sein, wenn man von einer lange Reise nach Hause zurückkehrte oder aus stürmischer See kommend in einen sicheren Hafen einlief.

»Der Captain meint, es gibt nur *drei* Fallschirme«, brach Jonas das entsetzte Schweigen. »Es hat ja keiner mit einem blinden Passagier – mit mir – gerechnet. Sam ist so nett und will mir seinen eigenen Fallschirm anbieten.« Er wandte sich Sam Chalk zu und lächelte ihn an. »Aber das müssen Sie nicht, Captain. Wir können alle an Bord bleiben. Uns wird nichts passieren.«

»Der Junge fantasiert!«, stieß Frank hervor.

»Kein Wunder, der Arme denkt wahrscheinlich daran, was mit seinen Eltern passiert ist.« Zu spät merkte Dr. Gould, was ihm da herausgerutscht war. »Ich glaube, Sam, wir sind wirklich in großer Gefahr.«

Wie zur Bestätigung kehrte plötzlich eine schmerzliche Stille ein.

»Was ist das?«, keuchte Frank.

»Beide Motoren sind ausgefallen«, antwortete der Pilot grimmig.

»Feuer?«

»Nein. Das sind Wasp Juniors, zuverlässige Maschinen. Die fangen nicht gleich an zu brennen, und schon gar nicht gleichzeitig.«

»Und warum bleiben sie dann trotzdem stehen? Nicht einmal die Propeller drehen sich im Flugwind!«

Dr. Gould schien sich inzwischen der Pflichten eines wahren Gentleman zu entsinnen. Ohne weiter auf die ausgefallenen Triebwerke einzugehen, verkündete er: »Natürlich werde *ich* auf meinen Fallschirm verzichten. Sie, Sam, und der Junge gehen von Bord.«

»Reden Sie …« Ein beängstigendes Heulen und Knistern ließ Sams Erwiderung abreißen. Die *Wild Goose* neigte sich nun doch leicht zur Seite. Sie war nur für eine Geschwindigkeit von gut zweihundert Meilen konstruiert. »Unsere Gans kann jeden Moment entzweibrechen!«, rief Sam Chalk. »Sie müssen endlich raus! Keine Widerrede, Sir. *Ich* bleibe an Bord und *Sie* steigen aus.«

Dr. Gould begriff, dass er gegen diesen entschlossenen Mann nichts ausrichten konnte. Es blieb auch keine Zeit mehr, um über den Ehrenkodex von Staatsdienern zu diskutieren.

Obwohl Jonas sich sträubte und immer wieder beteuerte, dass es besser wäre, wenn alle im Flugzeug blieben, wurde ihm ein Fallschirm umgeschnallt.

Dr. Gould und Frank Holloway waren kurz darauf ebenfalls für den Absprung bereit.

Ein starkes Zittern ging durch das Flugzeug. Das Heulen hatte schon fast die frühere Lautstärke der Motoren erreicht. Irgendwo klapperte etwas. Aber die *Wild Goose* hielt sich noch immer tapfer in der Luft.

Sam öffnete die Verriegelung der Kabinentür und stieß sie mit dem Fuß nach außen. »Bei diesem Wahnsinnstempo rauszugehen ist nicht ganz ungefährlich«, brüllte er gegen den Flugwind an. »Lassen Sie sich einfach wie ein Stein fallen. Wenn Sie die Arme fest an den Körper pressen und die Reißleine erst nach drei Sekunden ziehen, kann eigentlich nichts schief gehen.«

»Eigentlich?«, schrie Dr. Gould.

Sams einzige Antwort war ein Deuten mit dem Daumen nach unten: Raus jetzt!

Dr. Gould nickte. Sein letzter Fallschirmabsprung lag schon zwanzig Jahre zurück.

Frank Holloway sollte als Erster aussteigen. Doch er war außer Stande sich zu rühren. Schreckensbleich starrte er in die Tiefe.

Die *Wild Goose* focht ihren Todeskampf unter ohrenbetäubendem Heulen und Klappern. Sam stieß den Assistenten des Sonderbeauftragten einfach unsanft in die Tiefe.

»Jetzt Sie«, rief er in Dr. Goulds Richtung.

Der nickte entschlossen und näherte sich dem Ausstieg. Sein

grauer Anzug flatterte im Flugwind. »Am besten, ich nehme mir den Jungen zur Brust, bis wir draußen sind.«

Ehe Jonas wusste, wie ihm geschah, hatte Dr. Gould ihn an sich gezogen, rief noch ein letztes »Viel Glück, Sam« und ließ sich nach vorne kippen.

Es ist ein unangenehmes Gefühl, wenn einem der Boden unter den Füßen weggezogen und man mit buchstäblich atemberaubender Geschwindigkeit nach unten gerissen wird. Die drei langen Sekunden, während deren Jonas mit Dr. Gould dem Meer entgegenstürzte, erschienen ihm absolut grauenhaft. Sie kamen ihm wie drei Stunden vor. Als der Flugwind sie gepackt hatte, waren sie wie Stoffpuppen in einem Orkan herumgewirbelt worden. Einen Herzschlag lang hatte Jonas geglaubt, sein Körper würde auseinander brechen. Die beiden tauchten nur knapp unter dem Heckruder hindurch. Dann gelang es dem ehemaligen Soldaten, den »Sturzflug« einigermaßen zu stabilisieren. Die *Wild Goose* hatte zuletzt erheblich an Höhe verloren und so blieb nicht viel Zeit den Fallschirm zu öffnen.

Ein gewaltiger Ruck zerrte Jonas jäh nach oben – seine Reißleine war von Dr. Gould geöffnet worden. Als das runde Seidentuch den Wind einfing und seinen Sturz abbremste, sackte ihm das Kinn auf die Brust. Etwas weiter unten öffnete sich nun auch der Fallschirm des Diplomaten. Dann wurde sich Jonas des Abgrundes bewusst, der unter Dr. Gould gähnte.

Es war noch immer nicht Furcht, was ihm den Atem raubte, obwohl das nur allzu verständlich gewesen wäre. Jonas staunte einfach, war geradezu hingerissen von der gewaltigen Ausdehnung des Loches, das inmitten des Mahlstromes klaffte. Im Auge des Hurrikans, heißt es, herrscht beinahe Windstille. So war es auch hier. Jonas glitt sanft in die Tiefe, der er fast erwartungsvoll entgegenblickte.

Weit unten entdeckte er ein lebhaftes blaues Glitzern. Er musste an den Organismus eines Wechseltierchens unter dem Mikroskop denken. Wenn man den durchscheinenden Körper nur genügend vergrößerte und von unten her beleuchtete, dann mochte man ein ähnliches Funkeln sehen wie hier. Während er tiefer und tiefer schwebte, machte er sich klar, dass ein Einzeller kaum die Erklärung für dieses pulsierende Leuchten sein konnte. Sank er vielleicht in den Schlund irgendeines Meeresbewohners hinab, der sich auf diese ausgefallene Weise seine Nahrung verschaffte?

Jonas verwarf diese Theorie. Gleich würde er das Niveau des Meeresspiegels erreichen. Er befand sich jetzt genau über dem Zentrum des Wirbels. Und er hatte noch immer keine Angst. Es gab ja auch Jäger, die ihre Beute betäubten, bevor sie sie verschlangen. Womöglich konnte auch dieses riesige Ding hier seinen Opfern ein trügerisches Gefühl von Sicherheit eingeben.

Nein. So war es nicht. Fast teilnahmslos registrierte Jonas, wie die *Wild Goose* mit Sam Chalk an Bord ihn passierte. Während das Flugzeug wie an einem Faden gezogen in die Tiefe sackte – zu langsam für einen Sturz, aber zu schnell für einen Segelflug –, zerrte der Captain noch immer verbissen am Steuerruder. Gerne hätte Jonas ihm zugerufen, dass er keine Angst zu haben brauche. Aber Sam Chalk war schon vorbeigerauscht.

Innerhalb des Strudels wurde es dann doch etwas unheimlich. Der Himmel über ihm schien zu schrumpfen. Jonas hatte das Gefühl in einen Brunnenschacht zu fallen. Immer kleiner wurde der kreisrunde blaue Ausschnitt der ihm bekannten Welt. Um ihn herum gab es nur noch Wasser, eine weißgraue Masse, die von blauen Blitzen durchzuckt wurde. Seltsamerweise war kaum ein Geräusch zu vernehmen.

Jonas sah wieder nach unten. Er konnte den Fallschirm von Dr. Gould erkennen, eine pastellblaue Scheibe, die sich deutlich von dem ultramarin schimmernden Untergrund abhob. Er holte tief Atem und fragte sich gerade, was ihn wohl am Grunde dieses Wirbels erwarten würde, als etwas Sonderbares geschah.

Der Fallschirm von Dr. Gould fiel jäh in sich zusammen. Eben noch war er von Luft gefüllt gewesen, im nächsten Augenblick flatterte er schon schlaff nach unten. Der hagere

Körper des Diplomaten wurde sichtbar. Ganz offensichtlich stimmte etwas nicht. Der Doktor wand sich wie unter Schmerzen, strampelte mit den Beinen, wirbelte herum. Wie schon das Flugzeug zuvor, sackte er nun schnell nach unten. Aber auch dies war kein freier Fall.

Jonas wäre jetzt am liebsten an den Schnüren des eigenen Fallschirmes emporgeklettert, um nicht das Schicksal des Doktors teilen zu müssen. Doch selbst wenn dies möglich gewesen wäre, hätte er dadurch allenfalls einen kleinen Aufschub erwirkt. Noch während er diesem absurden Gedanken nachhing, ging ein Ruck durch seinen Fallschirm. Er blickte nach oben und sah die Seide wie ein welkes Blatt auf sich niedersinken. Im nächsten Augenbick spürte er ein Ziehen im Rücken.

Das glitzernde Blau näherte sich nun schneller. Jonas wirbelte herum und begann sich in den Schnüren des Fallschirms zu verwickeln. Sein Körper schien dem Zerreißen nahe. Doch es war ein anderer Schmerz als der, den er beim Ausstieg aus dem Flugzeug empfunden hatte. Dieses Gefühl erschien ihm vollkommen fremd. Er glaubte, sein Leib würde in die Länge gezogen, mindestens um das Dreifache seines tatsächlichen Maßes. Dann wieder meinte er auf die Größe einer Erbse zu schrumpfen. Manchmal arbeitete sein Verstand ganz klar und er fragte sich, wie seine Organe eine derartige Tortur überhaupt durchstehen konnten. Dann wieder sah er bunte Sterne vor seinen Augen tanzen und fühlte nun doch so etwas wie Furcht, nicht wirkliche Todesangst, aber doch eine nagende Ungewissheit, wie das hier alles enden würde.

Jonas drehte sich immer schneller … Sollte er Teil dieses Strudels werden, zuletzt ganz mit ihm verschmelzen? Das Reißen und Ziehen glich nun mehr einem krampfhaften Zucken, kaum schmerzhafter als zuvor, aber so unangenehm wie ein Zahnarztbohrer bei der Arbeit. In seinem Kopf tobte ein Feuerwerk. Seine Gedanken explodierten. Er selbst schien in den sprühenden Funken zu vergehen. Jonas schrie. Aber er hörte seine eigene Stimme nicht.

Für einen winzigen Augenblick kehrte sein Verstand zu ihm zurück. Seltsam klar sah er das unendlich vielgestaltige blaue Funkeln auf sich zustürzen. Dann raste es durch ihn hindurch. Er hatte das Gefühl mit dem Licht zu verschmelzen, selbst ein Teil des blauen Lichts zu werden. Und mit einem Mal spürte er eine große Ruhe und er wusste: Er war das Licht.

DRITTE FACETTE

DIE SUCHE

Am Anfang war das Licht. Durch die geschlossenen Augenlider glich es dem Schein der Morgensonne – nur dass *diese* Sonne blau war.

Schlagartig öffnete Jonas die Augen. Er lag auf dem Rücken, halb verdeckt von dem Fallschirm. Was er über sich sah, ließ ihn erschrocken in die Seitenlage herumfahren. Ungläubig registrierte er, wie sein Körper bei dieser unvermittelten Bewegung träge vom Boden aufstieg, um gleich darauf langsam wieder zurückzusinken. Lag er etwa auf dem Grund des Meeres? Sein seltsames Auf- und Abwärtstreiben jedenfalls legte diese Vermutung nahe. Nein, Unsinn! Jonas verscheuchte diesen absurden Gedanken. Dann hätte er ja tot sein müssen, und »die Toten erkennen überhaupt nichts mehr«, wie Großvater immer zu sagen pflegte.

Aber Jonas nahm seine Umgebung sehr wohl wahr. Benommen drückte er seinen Körper hoch. Dabei schwebte er um zehn oder fünfzehn Zoll vom Untergrund auf, glitt aber sogleich wieder zurück. Auf Hände und Knie gestützt, wagte er einen weiteren Blick.

Um ihn herum herrschte das Chaos. Blitze zuckten. Überall schienen Kristallflächen zu schweben … Oder war es nur der Schwindel, der ihm die Bewegungen dieser seltsamen durchscheinenden Tafeln vorgaukelte? Er kniff die Augen zusammen und schüttelte den Kopf wie ein nasser Hund.

Als er wieder aufsah, erlitt er einen erneuten Schock. Wie aus dem Nichts tauchte ein Nashorn vor ihm auf. Es schien geradewegs aus einer der glatten blauen Kristallflächen zu springen und rollte wie ein wild gewordener Bulldozer auf ihn zu. Eine schreckliche Sekunde lang waren Jonas' Muskeln und Sehnen steif wie die Wurzelstränge einer alten Eiche. Das Tier raste immer näher heran. Nur mühsam ballten sich seine Hände zu Fäusten, die Rechte bekam dabei etwas Rundes, Glattes zu fassen. Er achtete kaum darauf, denn selbst wenn er einen Stein oder eine andere Waffe gegen diesen gepanzerten Koloss besessen hätte, so wäre ihm doch nicht im Traum eingefallen dieses aufgeschreckte Geschöpf damit zu verletzen.

Das Rhinozeros hatte ihn fast erreicht. Obwohl das Tier außerhalb seines Kristalls zusehends träger wurde, würde es ihn dennoch zu Brei zerstampfen, wenn er nicht sofort reagierte. Endlich gelang es Jonas, seine Erstarrung abzuschütteln. Mit aller Kraft stieß er sich vom Boden ab und konnte sich im letzten Moment durch eine schnelle Seitwärtsdrehung in Sicherheit bringen. Um ein Haar hätte ihn noch das spitze Horn des Dickhäuters erwischt.

Es dauerte einen Moment, bis Jonas den Schwung seiner Bewegung bremsen konnte. Dabei verhedderte er sich noch mehr in den Schnüren des Fallschirmes. Nicht auszudenken, was geschehen wäre, wenn das Nashorn sich darin verfangen und ihn mit sich gerissen hätte! Endlich bekam er festen Boden unter den Füßen und erlangte einen einigermaßen sicheren Stand. Er atmete tief durch und versuchte klar zu denken.

Das Nashorn hatte ihn nicht wirklich angreifen wollen. Bestimmt war es genauso verwirrt gewesen wie er. Jonas blickte sich um, aber er konnte das Tier nicht mehr sehen. Staunend betrachtete er die bizarre Landschaft. Überall ragten aus dem sandigen Boden die manchmal schroffen, manchmal spiegelglatten Kristalle auf. Einige der bläulichen Steine schwebten mehrere Fuß hoch in der Luft und schienen sich langsam zu drehen. Alles war so unwirklich wie in einem Traum. Wo war er da nur hineingeraten?

Langsam erinnerte er sich wieder an die zurückliegenden Ereignisse: die *Wild Goose,* der Meeresstrudel, das Stehenbleiben der Motoren, der Absprung mit dem Fallschirm. Wo waren Dr. Gould, Frank Holloway und Sam Chalk? Er konnte sie nirgends entdecken.

Es war allerdings auch gar nicht möglich, besonders weit zu sehen. Das Gebiet, in dem er gelandet war, glich einem abstrusen Schrottplatz mit übertrieben effektvoller Beleuchtung. Ringsherum lagen oder standen Schiffe und Flugzeuge verschiedenster Bauart. Erst jetzt fiel ihm auf, dass nur wenige Einzelteile vertreut waren – einige Tragflächen, Propeller, Masten und Schiffsglocken –, die meisten Wracks befanden sich in erstaunlich gutem Zustand. Dazwischen schossen gleich ganze Sträuße schlanker, säulengleicher Gebilde auf, die aussahen wie die sechseckigen Quarzkristalle an der Wand einer Druse. Manche dieser durchscheinenden Felsnadeln waren so hoch wie Jonas, einige kleiner, die meisten aber sehr viel größer. In einigen schien es Einschlüsse zu geben wie in Bernsteinen: Pflanzen, Tiere … Menschen?

Mit Beklemmung stellte Jonas fest, dass sich die Körper in den Kristallen bewegten – als schwebten sie in dem Mineral. Ein Schauer lief ihm über den Rücken. Einzelne Körper schienen zu leben: Arme hoben sich, Hände ballten sich zu Fäusten …

Er wollte weg von diesem Ort. Verzweifelt zerrte er an den Leinen des Fallschirms, in dem er noch immer gefangen war. Schließlich gelang es ihm, das Schloss auf der Brust zu öffnen und sich aus den Schnüren zu befreien. Taumelnd kämpfte er um sein Gleichgewicht. Zu der ungewöhnlich geringen Schwerkraft dieses Ortes gesellte sich ein unangenehmes Schwindelgefühl in seinem Kopf.

Erneut sah Jonas sich um. Er musste sich orientieren. Über seinem Kopf erblickte er ein millionenfaches Glitzern, das ihn benommen taumeln ließ. Unendlich viele plane Flächen bombardierten ihn mit allen nur denkbaren Schattierungen der Farbe Blau. Das Bild des Strudels kehrte in seine Erinnerung zurück. Hatte er nicht an dessen Grund dasselbe blaue Funkeln entdeckt?

Nach einer Weile konnte er größere Konturen in dem blitzenden Licht ausmachen. Da gab es steile Berge, sanfte Hänge, schroffe Grate – aber alles stand auf dem Kopf! Jonas musste daran denken, was er vor längerer Zeit in einem Buch über die Carlsbadhöhle im Süden von New Mexico gelesen hatte. Der *Big Room* dort hatte eine Höhe von zweihundertfünfundachtzig Fuß und war damit der größte Höhlenraum Nordamerikas. Konnte es sein, dass er sich hier ebenfalls in einer Grotte befand – tief unter dem Meer und unvorstellbar groß –, an deren Decke ein ganzes Gebirge von Kristallen hing wie die Stalaktiten am Gewölbe einer Tropfsteinhöhle?

Vorsichtig setzte sich Jonas in Bewegung. Er wusste nicht, wohin er gehen sollte, also suchte er sich einfach einen Pfad, der in möglichst großem Abstand zwischen den beunruhigend lebendigen Kristallen hindurchführte. Doch so sehr er auch den Hals reckte und nach allen Seiten Ausschau hielt, von der *Wild Goose* und ihrer Besatzung fehlte weiterhin jede Spur.

Er versuchte den schmerzhaften Gedanken zu ignorieren die Suche nach seinen Eltern sei in eine Sackgasse geraten. Wie sollte er jemals das Pentagon in Arlington erreichen, wenn er sich schon am ersten Tag seiner Reise im Nirgendwo verirrte? *Die Erinnerung an sie ist in der Vergessenheit versunken.* Diese Worte wollten ihm nicht aus dem Sinn gehen. Nein, er hatte seine Eltern nicht vergessen. Sie lebten! Das fühlte er. Doch wie sollte man jemand anderen finden, wenn man sich selbst verloren hatte?

Jonas kam nur langsam voran. Immer wieder musste er um sein Gleichgewicht kämpfen. Er fühlte sich wie ein Taucher, der behäbig über den Grund eines tiefen Sees spazierte. Nach einiger Zeit wurden seine Schritte fester – oder konnte es sein, dass er schwerer wurde? Die neue Sicherheit gab ihm Spielraum für weitere Wahrnehmungen. So bemerkte er auf einmal ein sonderbares Drücken in der Hosentasche.

Ihm fiel der runde Gegenstand ein, den seine Finger im Sand gefunden hatten, als das Nashorn auf ihn losgegangen war. Während er dann an dem Verschluss des Fallschirmgurtes herumnestelte, hatte er den Stein einfach in die Hosentasche gleiten lassen. Ja, es war ein Stein, zu ungewöhnlich, um ihn einfach fortzuwerfen, nur so viel wusste Jonas noch. Im Weitergehen griff er in die Tasche, um seinen Fund eingehender zu betrachten.

Als er den Gegenstand vor die Augen hob und gerade von allen Seiten studieren wollte, blieb Jonas wie angewurzelt stehen. Staunend bewunderte er den Kiesel – oder war es ein Kristall? Er besaß eine ungewöhnliche Form, glich beinahe einer in der Mitte durchgeschnittenen Kugel, auf der flachen Seite befand sich ein sechseckiges Loch, das nach innen spitz zulief. Der ultramarinblaue Stein war ungewöhnlich glatt, die ganze Oberfläche wirkte wie poliert. Nur wenn man ganz genau hinsah, konnte man auf der Halbkugel hunderte winziger Facetten erkennen.

Nicht größer als eine dicke Pflaume ruhte das Wunder in Jonas' Handfläche und glitzerte, als tobte ein Sturm winziger Eiskristalle in ihm. Jonas musste an die kitschigen Briefbeschwerer denken, diese Glaskugeln mit einer Winterlandschaft darin, die man durch heftiges Schütteln in einen künstlichen Schneesturm tauchen konnte. Das hier war tausendmal schöner als jener Tinnef. Das Innere des Kristalls befand sich in ständiger Bewegung. Die metallisch funkelnden Flöckchen brauchten keinen Anstoß von außen. Mal fielen sie träge wie leise rieselnder Schnee, dann wieder begannen sie wild herumzuwirbeln. Jeder der kleinen Punkte glitzerte, als wäre er selbst ein Kristall, der wiederum unzählige kleinere seiner Art enthielt. Ein ganzes Universum lag in Jonas Hand – da spürte er plötzlich einen brennenden Schmerz im linken Unterarm.

Erschrocken ließ er den Kristall fallen und starrte fassungslos auf den Vogel, der wie aus dem Nichts aufgetaucht war und nun an seinem Arm klebte, als wäre er ein Teil von ihm. Das gefiederte Geschöpf war kaum größer als einer der Kolibris, die daheim manchmal das Haus umschwirrten. Er glitzerte in allen Farben des Regenbogens und piepste und flatterte voller Verzweiflung. Kein Wunder, er konnte sicher ebenso wenig begreifen, warum ein Teil des Flügels in Jonas feststeckte, wie dieser selbst.

Der hatte sich inzwischen wieder so weit im Griff, dass er besonnen reagieren konnte. Anstatt das Vögelchen mit der freien Hand wegzuwischen und es dabei womöglich ernstlich zu verletzen, sprach er beruhigend auf das zitternde Federknäuel ein. Solange Jonas zurückdenken konnte, hatte er ein Verständnis für Tiere besessen, das jedem gelernten Zoologen oder Verhaltensforscher Rätsel aufgegeben hätte. Doch in diesem Moment war selbst er überrascht.

»Du musst keine Angst haben.« Dieser einfache Satz beruhigte den kleinen Vogel fast augenblicklich. Jonas bemühte sich so sanft wie möglich zu sprechen, obwohl der Schmerz in seinem Arm heftiger wurde. Ungläubig betrachtete er die Stelle, an der er regelrecht mit dem Tier verwachsen schien: Die äußerste Spitze des Flügels steckte tief in Jonas' Unterarm. Keine Wunde war zu sehen und auch kein Blut. Verdutzt hob er den Blick und bemerkte erst jetzt, dass er sich in unmittelbarer Nähe eines Kristalls befand, der wie eine sechseckige Nadel steil vor ihm aufragte. Er musste ihm wohl beim Betrachten seines blauen Kiesels zu nahe gekommen sein. Mit einem Schaudern wurde ihm bewusst, was hätte geschehen können, wenn er mit einem größeren Wesen – etwa einem Nashorn – auf diese Weise verschmolzen wäre.

Vorsichtig bückte sich Jonas, hob seinen runden Stein vom Boden auf und entfernte sich einige Schritte weit von der durchscheinenden Kristallnadel. Dann widmete er sich wieder dem Vögelchen in seinem Arm. Offenbar handelte es sich noch um ein Jungtier.

»Du siehst ja wie ein Blaukrönchen aus«, flüsterte er ihm zärtlich zu. Sein Großvater hatte ihm einmal Fotos von diesen kleinen Papageien gezeigt. Bei einem Besuch der Samut-Prakarn-Farm, südöstlich von Bangkok, war der General auf sie gestoßen. Diese Vögelchen hatten ihn damals so stark beeindruckt, weil sie am liebsten kopfunter an Bäumen hingen. »Für sie ist die Welt am normalsten, wenn sie auf dem Kopf steht«, hatte Großvater gesagt, eine Äußerung, an die Jonas jetzt seltsamerweise zurückdenken musste.

Der kleine Papagei beäugte Jonas neugierig.

»Ich werde jetzt versuchen uns beide zu trennen«, sprach Jonas beruhigend auf den Vogel ein. Gleichzeitig packte er den Flügel mit Daumen und Zeigefinger dicht bei der Stelle, wo die Federn in seinen Arm übergingen. Vorsichtig zog er an der Schwinge. Sofort spürte er einen brennenden Schmerz aufbranden und ließ den Vogel los.

Dieser blieb noch immer völlig ruhig. Jonas glaubte, das Blaukrönchen würde ihn geradezu mitleidsvoll ansehen.

»Wenigstens scheint es *dir* nicht wehzutun«, sagte er mit einem säuerlichen Lächeln und griff erneut nach dem Flügel. »Lass es uns noch einmal versuchen«, bat er. »Und krieg keinen Schreck. Ich muss, glaube ich, etwas fester zupacken.«

Der Papagei stieß ein leises Schnarren aus, das wie eine vertrauensvolle Aufmunterung klang.

»Also gut«, sagte Jonas, biss die Zähne zusammen und riss mit einem Ruck an den Federn. Der Schmerz presste ihm alle Luft aus den Lungen, aber er vermied einen lauten Aufschrei, um seinen Leidensgenossen nicht zu erschrecken. Mit Erleichterung blickte Jonas dann auf seinen blutenden Arm.

»Wir haben es geschafft«, sagte er. Das Blaukrönchen stimmte mit einem leisen Gurgeln zu, sein Flügel war unverletzt geblieben. Schnell ließ sich Jonas in den Sand sinken, setzte den Papagei auf seinem linken Knie ab und förderte ein Taschentuch zutage, mit dem er die Wunde verband. Wie gut, dass Großmutter ihm stets ein sauberes Schnupftuch einsteckte!

»So, das wär's«, sagte er, als die Verletzung versorgt war. Die Wunde schien nicht allzu tief zu sein, und jetzt, da kein Fremdkörper mehr drinsteckte, brannte sie auch schon viel weniger. Jonas ließ das Blaukrönchen auf seinen Zeigefinger steigen und hob es vor das Gesicht. »Zeit, dass wir von hier wegkommen. Diese Gegend gefällt mir nicht.«

Der Vogel piepste zustimmend.

»Am besten machst du dich gleich aus dem Staub. Mit deinen Flügeln kommst du schneller voran. Ich wünsch dir viel Glück, mein Kleiner.«

Das Blaukrönchen legte den Kopf schräg und betrachtete Jonas intensiv. Für einen kurzen Augenblick streckte es sogar die Flügel aus, legte sie aber gleich wieder am Körper an.

»Nun mach schon«, ermunterte Jonas den Papagei noch einmal. »Du musst nicht auf mich aufpassen. Ich komme schon zurecht. Und nun flieg los, damit dich kein Nashorn verschluckt.« Mit diesen Worten warf er den Vogel in die Höhe.

Das Blaukrönchen protestierte zunächst noch lautstark, beruhigte sich dann aber sehr schnell. Es umflatterte ein-, zweimal Jonas' Kopf, zwitscherte ihm noch einen Abschiedsgruß zu und schwirrte mit schnellem Flügelschlag davon. Kurz bevor es zwischen zwei Kristallen verschwand, glaubte Jonas noch ein helles »Dankeschön« zu vernehmen, aber er nannte sich selbst einen Narren, jetzt schon zu denken, die Vögel würden *wirklich* mit ihm sprechen. Kein Wunder, dass seine Sinne ihm in dieser fremdartigen Umgebung einen Streich spielten. Höchste Zeit, dass er von hier fortkam.

Mit schweren Gliedern und dennoch leichten Schritten machte er sich wieder auf den Weg.

Wie viel Zeit verstrichen war, konnte Jonas nicht sagen. Seit er zu Bewusstsein gekommen war, mochte vielleicht eine Stunde vergangen sein oder auch ein halber Tag, er wusste es einfach nicht. Den einzig sicheren Anhaltspunkt lieferten ihm seine schmerzenden Füße. Er wurde immer müder, nicht erstaunlich, wenn er daran dachte, welche Strapazen hinter ihm lagen, seit er aus dem Fenster seines Zimmers in Muddy Creek gestiegen war. Und jetzt wurde ihm auch noch schlecht.

Das Gefühl der Übelkeit hatte just in dem Moment eingesetzt, als er freudig zu dem Schluss gekommen war, dass die Schwerkraft tatsächlich zunahm. Anfangs hatten seine Füße nicht recht am Boden haften wollen, doch nun kam er gut voran. Wenn ihm dabei nur nicht so schlecht gewesen wäre! Dazu dann noch dieses furchtbare Schwindelgefühl. Ab und zu musste er stehen bleiben, weil sich alles um ihn herum drehte.

Immer dann, wenn seine Schwäche ihn schier zu übermannen drohte, schienen auch die Gefahren aus den spiegelnden Kristallflächen besonders bedrohlich zu werden. Einmal wäre er fast in einen fünfzehn Fuß hohen Kaktus gelaufen, der sich jäh vor ihm materialisierte. Ein andermal entkam er nur knapp einem aufgeschreckten Riesenkänguru, das wie wild um sich boxte. Am schlimmsten jedoch war die pelzige Schlange. Normalerweise fürchtete sich Jonas vor keinem Tier, aber als unvermittelt dieses beinlose, behaarte, mindestens dreißig Fuß lange Etwas auf ihn zugeschossen kam, erschrak er doch fast zu Tode. Zum Glück wirkte die Fellschlange genauso orientierungslos wie all die anderen Kreaturen, die seinen Weg kreuzten. Das Tier glitt um Haaresbreite an ihm vorbei und würdigte ihn keines Blickes.

Kurz nach diesem Vorfall stieß er auf einen Fluss. Zu diesem Zeitpunkt hatte er schon längst keine Kraft mehr, um das reißende Gewässer zu durchwaten oder gar zu durchschwimmen. Er brachte gerade genug Energie auf, um etwas Wasser aus dem Fluss zu schöpfen und es in der hohlen Hand zum Mund zu führen. Das kühle Nass munterte ihn vorübergehend ein wenig auf. Etwas zuversichtlicher setzte er seinen Weg fort.

Während Jonas an reißenden Stromschnellen entlangwanderte, kam ihm wieder sein Höhlenbuch in den Sinn. Er hatte darin auch von der *Mammoth Cave* in Kentucky gelesen. Die Mammuthöhle gehörte zu den größten Höhlensystemen der Erde. Sie erstreckte sich über fünf Ebenen und man hatte schon ganze dreihundert Meilen ihrer Gänge vermessen, ohne bisher an ein Ende gestoßen zu sein. Was Jonas jedoch jetzt an dieses Naturwunder denken ließ, war eine andere außergewöhnliche Entdeckung: Tief unter der Erde gab es ebenfalls einen Fluss, den *Echo River,* der eine Dreiviertelmeile lang und an seiner weitesten Stelle fünfundsechzig Yards breit war. Er blickte zu dem blau funkelnden Gewölbe empor und fragte sich erneut, ob er sich hier vielleicht in einer noch viel größeren Höhle befand.

Dieser Gedanke beschäftigte ihn für einige Zeit so stark, dass er zunächst gar nicht bemerkte, wie sich die Landschaft veränderte. Die »Drusendecke« über seinem Kopf wich immer weiter zurück, die schwebenden Kristalle waren schon vor einer ganzen Weile verschwunden und nun traten auch die Glitzerpfeiler am Boden mehr und mehr auseinander. Nur noch selten konnte er Flugzeug- oder Schiffswracks entdecken. Und dann erblickte er das Tal. Sanfte grüne Hügel erstreckten sich zu seinen Füßen so weit das Auge reichte. Hier und da ragten Bäume aus dem hohen Gras auf, manche von ihnen in voller Blüte.

Der Anblick war so überwältigend, dass Jonas noch einmal seine letzten Kräfte mobilisierte und wie in Trance vorwärts stolperte. Taumelnd erreichte er eine Wiese. Er fühlte sich so grenzenlos elend! Der Blutstrom in seinen Ohren zischte wie ein offener Straßenhydrant, ein Hammerwerk arbeitete hinter seinen Schläfen und in seinen Eingeweiden brannte die Übelkeit. Und trotzdem war er glücklich.

Später wusste er nicht mehr zu sagen, wie lange er dann noch durch das kniehohe Gras gestapft war, froh, endlich dieser verfluchten Region mit den plötzlich auftauchenden Kreaturen entkommen zu sein. Er erinnerte sich nur daran, dass er glücklich die Rückkehr der Farben begrüßt hatte. Zu dem strahlenden Blau, das in den vergangenen Stunden seine Sinne überflutet hatte, waren allmählich andere Farben getreten: Grün, Gelb, Rot, in den unterschiedlichsten Nuancen. Und doch – in allem schien ein Rest der Farbe zu stecken, die auch den Kristall erfüllte, jenen Stein, den er noch immer in der Tasche trug. Als wäre ein blaustichiges Dia zur Welt erstarrt.

Gerade hatte er einen Baum erreicht, eine allein stehende Rotbuche, die stolz aus der sanft abfallenden Wiese aufragte, als das Schwindelgefühl seinen Höhepunkt erreichte. Jonas sah noch weit voraus einen dunklen Schatten, der den Horizont versiegelte wie blaugraues Wachs. Konnte das ein Gewässer sein? Womöglich ein Ozean? Dann stieg in ihm eine merkwürdig warme Woge hoch, schien bis an seine Augäpfel zu schwappen. Wankend tastete er nach dem Stamm der Buche, aber er konnte ihn nicht erreichen. Er drehte sich um, zum ersten Mal, seit er die Region der Kristalle verlassen hatte, blickte zurück. Und was er dort sah, raubte ihm endgültig die Sinne.

Vor seinen Augen erstreckte sich ein Gebirge, so weit man sehen konnte. Das Ungewöhnliche an diesem Bergmassiv war, dass es vom Himmel herabwuchs, nur einige seiner Gipfel reichten bis an den Boden. Jonas' Kopf kippte immer weiter in den Nacken, während er im blauen Dunst des Himmels ein Ende dieses gewaltigen Gebirgszuges suchte. Doch die Berge wollten nicht aufhören. Sein ganzer Körper neigte sich nun nach hinten. Dann wurde ihm schwarz vor Augen und er verlor das Gleichgewicht. Das Aufschlagen auf dem Boden spürte er schon nicht mehr.

◇ DER RABE

Ein leises Scharren war das Erste, was Jonas vernahm. Es kam ganz aus der Nähe. Stöhnend drehte er sich auf die Seite. Da! Wieder dieses Kratzen – zwei-, dreimal hintereinander, dann war es erneut ruhig. Er schaffte es, sich auf den Bauch zu drehen. Mit Verwunderung stellte er fest, dass seine Übelkeit verschwunden war. Nur in seinem Schädel brummte noch ein Schwarm Hornissen. Am Hinterkopf fühlte er eine Beule.

Jonas' Augen suchten im näheren Umkreis den Boden ab, aber er konnte den Ursprung des seltsamen Kratzens nicht ausmachen. Unter dem Blätterdach der Buche war es ziemlich dunkel, offenbar hatte die Dämmerung schon eingesetzt. Er sah zum makellosen Himmel empor und stutzte. Nicht eine einzige Wolke war dort zu entdecken, aber was ihm viel merkwürdiger vorkam: Auch von der Sonne fehlte jede Spur. Allmählich kehrte Jonas' Erinnerung zurück. Vorsichtig blickte er wieder in dieselbe Richtung wie vor seiner Ohnmacht. Und fast wäre ihm erneut übel geworden: Das gewaltige Gebirge hing immer noch am Himmel. Das war doch unmöglich! Diese Bergkette besaß alles, was ein ordentliches Gebirge ausmachte: Wiesen, Bäume, Flüsse, nackte Felswände und Schnee.

Aber mit dem Schnee stimmte etwas nicht. Er lag nicht, wie es hätte sein müssen, auf den Gipfeln, also unten, sondern am Fuß des Gebirgsmassivs, demnach oben. Eigentlich ist es ja doch richtig, dachte Jonas und er spürte, wie sich in seinem Kopf schon wieder alles zu drehen begann. Schnell wandte er sich ab.

In diesem Moment hörte er wieder das Scharren. Es kam von der Buche oder vielmehr vom Boden *hinter* dem Baum her. Ehe Jonas sich aufraffen konnte, um den Urheber dieses lästigen Geräuschs zu entlarven, watschelte ein Rabe hinter dem Stamm hervor.

Für einen Augenblick standen sich Mensch und Vogel bewegungslos gegenüber, dann sagte der Rabe: »Oh! Du bist endlich wach geworden. Ich dachte schon, du willst ewig hier liegen bleiben.«

Jonas starrte das rabenschwarze Tier entgeistert an.

»Du bist auf den Kopf gefallen, nicht wahr?« In der rauen Stimme des Raben schwang Spott mit.

Jonas öffnete den Mund, versuchte etwas zu sagen, aber es gelang ihm nicht.

»Na ja, ist auch egal. Ob Bonkas, Malkits oder Menschen – irgendwie seid ihr alle gleich. Es wird bald dunkel und ich will mir noch ein paar Bucheckern suchen. Entschuldige mich also bitte ...«

Mit diesen Worten drehte sich der Rabe um und machte sich wieder auf die Futtersuche. Er verschwand hinter der Buche und erst jetzt konnte Jonas seine Erstarrung abschütteln. Schnell stand er vom Boden auf und folgte dem schwarzen Vogel vorsichtig um den halben Stamm herum. Schließlich blieb er stehen und beugte den Oberkörper vor, gerade so weit, dass er den Raben sehen konnte.

Der Vogel würdigte ihn keines Blickes. Mit seinen starken Krallen kratzte er hier und da herum, pickte ab und zu zielsicher in die Erde und knackte genüsslich die dreieckigen Früchte der Buche.

»Hast wirklich *du* eben zu mir gesprochen?« Jonas' Stimme drückte tiefsten Zweifel aus.

»Siehst du irgendjemand anderen, der infrage kommt?«

Jonas blickte sich vorsichtshalber noch einmal um. »Eigentlich nicht.«

»Na also, dann sollten wir endlich unser Gespräch etwas niveauvoller gestalten.«

»Wenn du meinst.« Jonas umrundete den Baumstamm nun vollends und ließ sich in der Nähe des Raben in die Knie sinken. Das Tier besaß – für einen Vogel – eine ungewöhnliche Größe. Sein Gefieder glänzte tiefschwarz; nur wenn man genau hinsah, konnte man einen purpurfarbenen Schimmer erkennen, der an der Unterseite in ein grünliches Schillern überging. Der robuste Schnabel und der keilförmige Schwanz verliehen dem Raben etwas Kraftvolles, die zottigen Halsfedern dagegen ließen eher an einen struppigen Vagabunden denken, der sich mit Witz und List durchs Leben zu schlagen wusste.

»Was ist? Hast du noch nie einen Kolkraben gesehen?«, brach der Vogel schließlich das Schweigen.

»Schon«, antwortete Jonas freundlich. »Nur noch nicht ein so prächtiges Exemplar.«

»Meinst du das ehrlich?«, fragte der Rabe, reckte den Hals und breitete für einen Augenblick seine Schwingen aus.

»Doch, du bist ein ganz außergewöhnlicher Bursche!« Jonas spürte, dass der Rabe im Augenblick nichts lieber hörte als das. »Ich schätze, deine Flügelspannweite beträgt mindestens vier Fuß.«

»Das dürfte so ungefähr hinkommen. Ich bin bestimmt größer als jeder Rabe, der jemals seinen Schatten auf die Erde warf!«

»Es ist mir eine Ehre, dich kennen zu lernen. Hast du auch einen Namen?«

»Ich heiße Kraark, Korax Korbinian Kraark. Du darfst dir einen der drei Namen aussuchen.«

»Vielen Dank ... Kraark. Ich heiße übrigens Jonas ... Jonas McKenelley.«

»Angenehm, Jonas. Ich darf dich doch bei deinem Vornamen nennen, oder?«

»Bitte sehr.«

»Du bist gerade erst angekommen, stimmt's?«

»Wie meinst du das?«

»Auf Azon.«

»Wo?«

»Dachte ich mir.«

»Ich verstehe kein Wort. Wovon sprichst du überhaupt?«

»Ich rede von der ›Welt unter dem blauen Kristall‹, Jonas, von *Azon*!«

Jonas ließ unauffällig seinen Blick schweifen: In der Ferne sah er das Gebirge am Himmel hängen, in der entgegengesetzten Himmelsrichtung erstreckte sich (so jedenfalls vermutete er) das Meer, dazwischen lagen die sanften Hügel des Graslandes, und alles war durchdrungen von diesem Hauch von Blau. »Die Welt unter dem blauen Kristall«, wiederholte er leise. »Heißt das, ich bin nicht mehr auf der Erde?«

»Das ist eine Frage, die auf Azon die Gelehrten schon seit Generationen beschäftigt«, stellte Kraark sachlich fest. »Die allermeisten Weisen vertreten den Standpunkt, dass Azon ein Teil der Erde sei, sich aber nicht *auf* der Erde befinde … Du bekommst schon wieder diesen starren Blick, Jonas.«

In Kraarks Worten spiegelte sich seine ausgesuchte Höflichkeit wider. Tatsächlich glotzte Jonas den Raben an, als sei ihm gerade der Verstand abhanden gekommen.

Kraark neigte den Kopf zur Seite, fast schien es, als sei er um die Gesundheit seines menschlichen Gegenübers besorgt.

»Wie meinst du das?«, fragte Jonas.

»Welcher Teil meiner Ausführungen bereitet dir denn Schwierigkeiten?«

»Dieses Azon, wie du es nennst, inwiefern ist es ein Teil der Erde und trotzdem nicht *auf* ihr?«

»Ach so, um *das* geht es. Nun, ich bin zwar ein Rabe, aber selbst ich kenne nicht das ganze Geheimnis dieser Welt. Nur die *Wissenden* könnten dir erklären, wie alles einmal begann.«

»Vielleicht würde es genügen, wenn du es mir in groben Zügen schilderst.«

»Na gut, warte …« Kraark watschelte einige Schritte nach links, wo er mit seinen Krallen zuvor den Boden wie mit einer Harke aufgekratzt hatte. »Schau«, begann er seine Ausführungen, »wenn das hier die Erde ist«, er zeichnete mit dem Schnabel einen großen Kreis in den Sand, »dann ist *das* da Azon, ›die Welt unter dem blauen Kristall‹.« Kraarks Schnabel kritzelte ein gezacktes Etwas auf den Boden.

»Jetzt verstehe ich. Du willst sagen, Azon steckt *in* der Erde.«

»Nein.«

»Nicht?«

»Nun, nicht ganz. Die Legenden berichten, dass ein Kristall, so groß wie eine Insel, fast wie ein ganzer Erdteil, in eurem Meer liegt.«

»In *unserem* Meer?«

Kraark stieß ein heiseres Seufzen aus. »Ich spreche von euch Menschen, Jonas. Ihr nennt das Meer übrigens den Atlantischen Ozean.«

»Ah ja. Und wie ist der Kristall dorthin gekommen?«

»Nur die *Wissenden* können dir das sagen.«

»Verstehe.«

»Wahrscheinlich nicht. Aber lass mich fortfahren: Vermutlich weißt du, dass durchsichtige Körper bestimmte Eigenschaften besitzen, was die Lichtbrechung betrifft.«

Jonas konnte noch immer nicht glauben, dass ein Kolkrabe ihm da einen physikalischen Vortrag hielt. Er zuckte hilflos mit den Schultern.

»Nun, eine Lupe zeigt dir ein vergrößertes Abbild von dem, was sich über ihr befindet; ein Prisma spaltet das weiße Licht in die verschiedenen Farben auf«, präzisierte der Vogel.

»Jetzt ist mir klar, was du meinst.«

»Schön. Dann wirst du ja auch wissen, welche lustigen Spielchen man mit einem Glas oder mit Kristallen anstellen kann: Sie vermögen ein Bild nicht nur zu vergrößern, sondern es auch kleiner zu machen, es zu verzerren, es auf jede nur erdenkliche Art zu verändern, bis man am Ende vielleicht gar nicht mehr weiß, wie die ursprüngliche Form ausgesehen hat, der das Abbild seine Existenz verdankt.«

»Ja, genau!«, freute sich Jonas. »Das kenne ich natürlich. Großvater war mit mir mal auf einem Jahrmarkt, in einem Spiegelkabinett. Ich habe mich fast totgelacht über meinen lang gezogenen Kopf und die kurzen Stummelbeine.«

Kraark blickte Jonas für einen Moment nur aus seinen schwarzen Augen an. »Nun gut«, fuhr er dann fort, »dann weißt du ja jetzt Bescheid.«

»Was? Wie? Ich weiß gar nichts, keinen Schimmer, wovon du sprichst.«

»Dann solltest du meinen Ausführungen mit etwas mehr Aufmerksamkeit folgen.«

»Entschuldige bitte.«

»Azon«, stellte Kraark nun mit ungewöhnlich tiefer Stimme fest, »gleicht gewissermaßen einem Bild. Aber es ist viel mehr als nur das flache Abbild der Erde, die sich über dem blauen Kristall befindet. Azon hat Form, Volumen und es besitzt Leben.«

Jonas kniete mit offenem Mund vor dem Raben, abwechselnd blickte er den Vogel und die Zeichnung auf dem Boden an. »Ein Bild, das lebt?«, murmelte er ungläubig.

»Wie gesagt, bei dieser Erklärung handelt es sich mehr oder weniger um ein wissenschaftliches Modell. Vielleicht ist es nicht in jedem Punkt völlig präzise.«

»Natürlich.« Jonas' Blick war an dem gezackten Punkt innerhalb des von Kraark gezogenen Erdkreises haften geblieben. »Warum ist Azon nicht rund?«

»Unsere Welt wurde aus einem Kristall geboren, also hat sie selbst auch die Gestalt eines solchen.«

»Aber ...« Jonas sah auf und ließ den Blick in die Ferne schweifen. Mit seiner rechten Hand holte er zu einer weiten Geste aus und sagte dann: »Diese Welt sieht überhaupt nicht eckig aus, wenn man mal von diesem unheimlichen Gebirge da drüben absieht.«

»Das täuscht, Jonas. Ich wette, dir ist auch noch nicht aufgefallen, dass deine Welt die Form einer Kugel hat, als du darauf spazieren gegangen bist. Natürlich weißt du es, aber *sehen* kannst du es nicht.«

»Und du meinst ...?«

»Genau. Azon hat viele Ecken, Zacken und Kanten, nur kann man sie nicht erkennen. Das ist übrigens sehr praktisch.«

»Was du nicht sagst.«

»Doch. Stell dir nur einmal vor, du willst mit einem Eisenbahnzug auf die andere Seite eines Gebirges. Was tut ihr Menschen dann?«

»Wenn es keinen einfachen Weg gibt, die Berge zu überqueren, dann bauen wir einen Tunnel.«

»Siehst du! So einfach ist das.«

»Ich fürchte, ich verstehe immer noch nicht ...« Jonas' Augen weiteten sich mit einem Mal. »Willst du damit sagen, ihr bohrt Röhren als Abkürzungen durch euren Riesenkristall?«

»Du hast beinahe ins Schwarze getroffen, Jonas. Nur brauchen wir keine Tunnel zu graben für diese ›Abkürzungen‹, wie du sie nennst.«

»Nicht?«

Kraark sah Jonas an wie ein Lehrer seinen begriffsstutzigen Schüler. Dann verwischte er mit den Krallen die Skizze auf dem Boden und zeichnete ein neues Bild in den Sand. Ein Stern mit vielen spitzen Zacken entstand. Jonas konnte nichts Symmetrisches an der Zeichnung ausmachen.

»Ein Globus von Azon hätte auf den ersten Blick eine eher chaotische Form«, setzte Kraark seine Erklärung fort.

»Wem sagst du das!«

»Stell dir einmal vor, wir sitzen gerade hier.« Der Rabe tippte mit seinem Schnabel an einen Punkt, der sich im unteren Bereich eines langen Zackens befand, ganz nahe am kompakten »Herzen« Azons. »Tatsächlich dürfte das in etwa unserem derzeitigen Standpunkt entsprechen.«

Jonas sah zuerst über die weiche Hügellandschaft und dann auf den Raben, aber er verkniff sich einen Einwand, um seinen neuen Freund nicht wieder zu verärgern.

»Nun nehmen wir einmal an, du willst *hierhin*wandern«, fuhr Kraark fort und sein Schnabel zeigte auf einen Punkt, der sich genau auf der gegenüberliegenden Seite des Zackens befand. »Welchen Weg würdest du gehen?«

»Natürlich den, der direkt um den Zipfel herumführt«, antwortete er. »Das ist die kürzeste Strecke.«

»Du bist ein Schlauberger, Jonas!«

Der lächelte verlegen.

»Und in welche Richtung würdest du aufbrechen?«

Jonas' strahlende Miene verflog augenblicklich. Auf seinem Gesicht blieb Ratlosigkeit zurück.

»Wie du ganz richtig bemerkt haben wirst, sind deine fünf Sinne mit dieser Frage überfordert.«

»Hat dir eigentlich schon mal jemand gesagt, dass du manchmal ziemlich oberlehrerhaft wirkst?«

»Natürlich. Die Letzte war eine Wölfin, sie hieß Talinka. Aber das ist schon einige Jahre her. Dürfte ich nun meinen Gedanken zu Ende bringen?«

»Ich bitte darum.«

»Stell dir vor, du würdest heute aufbrechen und im ungünstigsten Fall diesen ganzen Zacken bis zu seiner Spitze entlangwandern und von dort wieder nach unten, deinem Ziel entgegen.« Kraark fuhr die Strecke mit seinem Schnabel nach. »Ein solcher Marsch könnte dich gut und gerne ein bis zwei Jahre deines Lebens kosten.«

»So groß ist diese Welt?«

»Sie ist noch viel größer. Wenn du nun aber einen Weg direkt durch den Zacken hindurch nehmen könntest«, Kraark zog einen geraden Strich von der einen Seite des Kristallfingers zur anderen hinüber, »dann würdest du dein Ziel in nur wenigen Augenblicken erreichen.«

»Wobei wir erneut bei unseren Tunneln wären.«

»Keine Tunnel, *Facetten.*«

Jonas musste an die glatten Kristallflächen unter dem blauen Gewölbe denken. War etwa das Nashorn nur ein Dickhäuter auf der Wanderschaft von einer Gegend Azons in eine andere gewesen?

Kraark bemerkte Jonas' nachdenkliches Gesicht und fügte erklärend hinzu: »So nennen wir jene Orte, die einen schnellen Wechsel in ein anderes Gebiet Azons erlauben.«

»Gibt es viele solcher ... Facetten?«

»Das ist schwer zu sagen. Man kann sie nicht sehen. Deshalb weiß auch niemand so genau, wie viele es von ihnen gibt. Zum Glück sind sie ziemlich ›ortsfest‹.«

Jonas blickte noch immer fragend drein.

»Hin und wieder verändert eine Facette ihren Standort«, konkretisierte Kraark. »Es gibt einige unter den Bonkas, die ein Gespür für die Facetten haben, meist sind sie Träger eines *Sinnsteines*. Sie können diese Tore in andere Regionen sozusagen wittern, aber die *Wissenden* …«

»Halt!«, rief Jonas. »Halt, halt. Mein Schädel brummt schon wie ein Traktor und du bombardierst mich weiter mit Worten, die ich nicht verstehe: Bonkas, Sinnsteine und immer wieder die Wissenden. Kannst du nicht etwas deutlicher werden?«

Kraark beäugte Jonas mit schräg gelegtem Kopf. Es war nicht ganz klar, ob da Zorn, Spott oder Mitleid aus seinen Augen sprach. Schließlich aber sagte er mit erstaunlich sanfter Stimme: »Du musst doch sehr müde sein, Jonas. Es ist zwar schon lange her, dass ich nach Azon kam, aber ich kann mich noch recht gut daran erinnern, wir übel mir damals war. Was hältst du von einem guten Abendessen und einem weichen Bett?«

Jonas sah sich unsicher um. »Kannst du etwa auch zaubern?«

Kraark stieß ein helles, amüsiert klingendes Keckern aus. »Nein. Darin bin ich nicht sehr geübt. Aber wenn du dich stark genug fühlst, noch zwei Stunden zu marschieren, dann können wir in der Farbenstadt all das bekommen, nach dem du dich sehnst.«

Der Marsch durch die Wiesen Azons dauerte mit Sicherheit länger als zwei Stunden. Jonas' Armbanduhr war bei der Durchquerung des blauen Wirbels stehen geblieben, deshalb ließ sich nicht genau sagen, wie lange sie wirklich unterwegs waren. Wegen Jonas' Erschöpfung hatte der Rabe darauf verzichtet, vorauszufliegen und die Richtung zu zeigen.

Kraark erwies sich als ein sehr gesprächiger Weggefährte. Er stakste erstaunlich behände neben dem Jungen her. Nur ab und zu flatterte er kurz auf, kehrte aber jedes Mal schnell wieder an Jonas' Seite zurück. Wie dieser erfuhr, lebte der Rabe schon lange Zeit allein, weswegen er in Sachen Kommunikation einiges nachzuholen hatte.

Der Kolkrabe machte mit seinem Bericht da weiter, wo er unter der Buche aufgehört hatte: bei seiner eigenen Ankunft auf Azon. Auch Korax Korbinian Kraark hatte einst auf der Erde gelebt, in einer verlassenen Gegend Kanadas. In einer Nacht, als die Nordlichter besonders intensiv am Himmel leuchteten, war er von seinem Schlafbaum aufgeflogen, mitten in einen bunten Lichtvorhang hinein. Er wurde durcheinander gewirbelt und stürzte besinnungslos zu Boden. Als er unter dichten grünen Bäumen erwachte, dachte er zunächst, es hätte ihn nur in einen entfernten Teil seines Territoriums verschlagen, aber dann bemerkte er, dass nicht nur die Umgebung sich verändert hatte, sondern er selbst sich auch.

»Bei jedem, der die Grenze zwischen Erde und Azon überschreitet, ist das so«, fügte er bedeutungsvoll hinzu. »Der Kristall nimmt dich auseinander und wenn er dich wieder zusammensetzt, kann er dir etwas hinzufügen oder wegnehmen, ganz wie es ihm beliebt.«

Jonas musste an die Schmerzen denken, die er gespürt hatte, als er durch den Strudel gefallen war. Er hatte wirklich das Gefühl gehabt auseinander gerissen zu werden. Allerdings glaubte er nicht, sich in irgendeiner Weise verändert zu haben.

Kraark erzählte von seiner ersten Zeit auf Azon (mittlerweile lebte er seit über zwanzig Jahren hier). Am Anfang war er noch sehr unsicher gewesen. Er hatte mit einem Mal wie die Menschen denken können, wie sie planen, weinen, lachen, lieben und sogar poetische Verse singen, was sonst nicht zu den Stärken der Raben zählte!

»Alles Neue ist am Anfang schwer zu meistern, selbst die Klugheit!« Kraark lachte. Obwohl, wie er mit Nachdruck betonte, die Raben ohnehin die gescheitesten aller Vögel seien, hatte das Nordlicht, wie er meinte, aus ihm nun einen wahren Weisen gemacht. Auch äußerlich hatte er sich verändert, er schien noch gewachsen zu sein und fühlte sich stark wie nie zuvor.

»Erst viel später erfuhr ich, wie wenige Geschöpfe überhaupt die Grenze zwischen der Erde und Azon überschreiten«, erklärte Kraark mit einer seltsamen Ehrfurcht in der Stimme. »Fast alle von diesen Auserwählten nehmen den Weg durch ein Meeresgebiet, das sich direkt über dem Herzen des blauen Kristalls befindet – ihr Menschen nennt es das Bermudadreieck. Die weitaus meisten Wesen Azons leben genauso wie ihre Vorbilder auf der Erde auch: Sie werden geboren und sterben, ohne sich je allzu viele Gedanken über den Kristall zu machen. Einige jedoch sind ›Kinder des Kristalls‹.« Kraark stieß ein krächzendes Lachen aus. »Nun, sie sind nicht wirklich seine Schöpfungen, wie ich glaube, denn der Kristall ist wohl nur ein seelenloser Stein. Aber sie sind lebendige Abbilder deiner Welt. Manche von ihnen erscheinen als Zerrbilder: größer oder kleiner, bös- oder gutartiger, hässlicher oder schöner. Im Grunde genommen ist die ganze Welt Azon ein Kind des Kristalls, die Berge, Bäume und Tiere, vor allem aber die *Bonkas* und die *Malkits* entstammen ihm.«

Jonas konnte nicht sagen, ob in der Art, wie Kraark diese Namen aussprach, nun Verachtung oder Bewunderung lag. Als er den Raben fragte, wer denn die Bonkas und die Malkits seien, erfuhr er etwas, was ihm einmal mehr die Sprache verschlug.

Beide, sowohl die Bonkas wie auch die Malkits, gehörten dem *Kleinen Volk* an. Sie waren den Menschen sehr ähnlich, allerdings – daher der Name – gewöhnlich deutlich kleiner als ihre irdischen Vorbilder. Doch mehr noch verband sie mit den Menschen. Das Kleine Volk sprach zu den Erdenbewohnern.

»Sie tun *was?*«, fragte Jonas erstaunt. Lange hatte er atemlos der Schilderung des Raben gelauscht, sich immer wieder umgesehen, ob nicht irgendwo ein Zwerg aus dem Gras springen würde, aber bei Kraarks letzter Äußerung hatte er einfach nicht mehr an sich halten können. »Ich meine, wie können sie denn zu den Menschen sprechen? Dann müsste man sie doch hören, oder?«

»So etwas passiert nur selten«, entgegnete Kraark. Gerade hatten sie einen Schotterweg erreicht, auf den Jonas wie selbstverständlich einbog. »Die Flüsterer betrachten es als einen ernsten Verstoß gegen ihren Ehrenkodex, sollten sie von einem Menschen *gehört* werden.«

»Die *Flüsterer?*« Jonas' mühsam zusammengestoppeltes Bild

dieser Welt geriet erneut ins Wanken. »Wer ist nun *das* schon wieder?«

»Entschuldige, wenn ich zu schnell voranschreite«, sagte Kraark. »Die Flüsterer sind, einfach ausgedrückt, identisch mit dem Kleinen Volk. Wenn man aber penibel ist, dann dürfte man eigentlich nur diejenigen Bonkas und Malkits so nennen, die zu den Menschen sprechen.«

»Und wie machen sie das?«

»Kennst du den Ausdruck, jemanden habe die Muse geküsst?«

»Du meinst, wenn zum Beispiel einem Komponisten eine geniale Melodie aus der Feder fließt, die er sich niemals hätte träumen lassen?«

»Es muss sich dabei nicht gerade um Künstler handeln, obwohl ich eingestehe, dass sie zum eifrigsten Publikum der Flüsterer gehören.«

»Also kann man das Flüstern *doch* hören.«

»Selbstverständlich! Mit dem Herzen.«

»Warum habe ich nur immer den Eindruck, dass du in Rätseln sprichst, Kraark?«

»In Wirklichkeit ist das gar nicht so schwer zu verstehen, Jonas. Nicht alle Menschen sind in gleicher Weise empfindsam. Genau genommen hören sogar nur sehr wenige auf die Flüsterer. Die meisten sind so sehr mit sich selbst beschäftigt, dass sie den Blick für die Welt, in der sie leben, völlig verloren haben. Ist dir noch nie aufgefallen, dass viele sich verhalten, als wären sie der Mittelpunkt des Universums?«

»Oh doch! Das habe ich schon oft bemerkt.«

»Na siehst du. Solche Menschen hören nicht auf die Flüsterer, weil sie gar nichts Neues hören *wollen*. Sie lieben es, an den Ohren gekitzelt zu werden. Wenn einer daherkommt und ihnen sagt, ihr Volk sei das stolzeste, ihre Sprache die edelste und ihre Nation die größte, dann schreien sie ihre Zustimmung und Begeisterung so laut hinaus, dass kein Flüsterer diesen Lärm je übertönen könnte. Sie laufen lieber jedem hinterher, der ihnen den Himmel auf Erden verspricht, als dass sie einmal innehalten würden, um dem Herzen zu lauschen.«

»Du meinst, den Flüsterern.«

»Die Flüsterer suchen sich immer nur wenige aus, oft sogar solche, die ihr Menschen als schräge Vögel, unbequeme Querdenker, zerstreute Erfinder und wagemutige Entdecker kennt. Ich weiß nicht, ob du das verstehen kannst ...«

»Und ob!«, sagte Jonas mit einer Überzeugung, die Kraark aufhorchen ließ.

»Es würde mich nicht wundern, wenn du selbst auch so ein kleiner Querkopf wärst.«

»Kenne ich denn einige dieser Menschen, die von den Flüsterern erwählt wurden?«

»Hast du dich schon einmal gefragt, wie Leonardo da Vinci vor fünfhundert Jahren auf die Idee gekommen ist, Hubschrauber und Fallschirme zu entwerfen?«

Jonas' Augen weiteten sich vor Erstaunen. »Du meinst ...?«

Kraark nickte mit dem Kopf. »Oder wie konnte Mozart in so jungen Jahren eine solche Fülle phantastischer Melodien komponieren, welche die Menschen bis auf den heutigen Tag verzaubern?«

»Mozart auch?«

»Die Liste der Namen ist lang: Michelangelo, Shakespeare, Mozart, da Vinci, Newton und Einstein ...«

»*Einstein*?« Jonas war außer sich vor Aufregung. »Du meinst *den* Albert Einstein? Er hat seine genialen Ideen von den Flüsterern?«

»Du scheinst diesen verschrobenen Alten zu mögen.«

»Er ist das größte Genie unseres Jahrhunderts!«

»Nun ja, er war ein Mensch wie viele andere. Wobei wir uns endlich dem Kern der Sache nähern: Die großen Namen, die ich gerade erwähnt habe, sind nur die Spitze eines Eisberges, wie ihr Menschen zu sagen pflegt. Sie gehören wirklich großen Denkern. Oftmals genügt schon ein kleiner Anstoß, um einen genialen Geist auch auf einen genialen Einfall zu bringen. Aber das wirkliche Lebenselexier für die Menschen scheinen mir nicht die großen Erfindungen und Entdeckungen zu sein.«

Jonas erinnerte sich an seine Gedanken bezüglich der Atombombe. Wie viele Stunden war das jetzt her?

»Nein, nein!« Korax Korbinian Kraark steigerte sich immer mehr in seine Rede hinein. »Die Offenheit ist ein viel kostbareres Gut. Ich rede von einer offenen Wesensart, die echter Liebe entspringt. Sie ist das Gegenteil von Engstirnigkeit und Intoleranz. Wer offen ist, wird das Fremde nicht verurteilen, nur weil es anders ist. Im Gegenteil, er wird darin eine Chance sehen Neues zu lernen und zu entdecken. Das ist in Wirklichkeit die Triebkraft aller großen Taten. Wer nur sich selbst sieht, kann sich auch nicht zum Besseren wandeln …«

»Darf ich dich vielleicht kurz unterbrechen?«, meldete sich Jonas zu Wort.

»Oh? Bin ich zu pathetisch geworden?«

»Na ja, vielleicht ein bisschen. Mir ist da nur gerade etwas in den Sinn gekommen. Die Menschen haben ja nicht allein im Guten so ›große Taten‹ vollbracht, wie du sagst. Erst heute habe ich mitbekommen, wie schnell sie einander auch auslöschen könnten. Ein paar Raketen und – ratzfatz – die ganze Menschheit verglüht in einem langen, lauten Knall.«

»*Das* hast du heute gehört?« Kraarks Stimme hatte schlagartig jede Überschwänglichkeit verloren. Er wirkte plötzlich sehr aufmerksam.

»Vielleicht habe ich es etwas überzogen ausgedrückt, aber Dr. Gould und Mr. Holloway haben genau das miteinander besprochen.«

Kraark erhob sich aufgeregt in die Luft und flatterte so lange vor Jonas' Nase herum, bis dieser stehen blieb. Dann landete er direkt vor dessen Füßen und verlangte: »Du musst mir jede Einzelheit berichten. Versuche nichts auszulassen.«

»Moment mal!«, protestierte Jonas. »Erst bin *ich* an der Reihe. Du hast mir meine Frage noch nicht beantwortet: Sind die Flüsterer auch die ›Musen‹ für die schlimmen Taten der Menschen?«

»Ja. Wir haben jetzt keine Zeit für lange Erklärungen. Ja, Jonas. Das ist das Wesen der *Malkits*. Die Bonkas sind das Spiegelbild des Guten im Menschen, aber die Malkits vereinen in sich jede boshafte Regung der Erdenbewohner.«

Jonas dachte an die schrecklichen Kriegsbilder, die er vereinzelt im Fernsehen gesehen hatte. Er starrte entsetzt in das schwarze Gesicht des Raben.

»Sieh mich nicht so an, als wenn *ich* daran schuld wäre«, sagte Kraark, als müsse er sich dennoch verteidigen. »So ist Azon nun einmal, das ist seine Natur. Der Kristall spaltet die Gefühle der Menschen wie ein Prisma die Farben des Lichts, die guten erschufen die Bonkas, aber die hässlichen, grausamen brachten die Malkits hervor.«

»Die Farbenstadt«, raunte Jonas mit heiserer Stimme. Indem er die Hände auf die Knie legte, beugte er sich zu dem Raben herab und fragte misstrauisch: »Wer wohnt dort?«

»Jetzt schaust du mich schon wieder so merkwürdig an! Meinst du, ich würde dich in die Arme der Malkits treiben?« Kraark klang gekränkt. »Natürlich ist das eine Bonka-Stadt. Ihre Hauptstadt sogar! Dort bist du sicher.«

Jonas blickte eine Zeit lang eindringlich in die dunklen Augen des Vogels. Dann richtete er sich unvermittelt auf, spazierte um den Raben herum und rief über die Schulter zurück: »Wie weit ist es eigentlich noch?«

Dunkelheit senkte sich über das Land, eine Nacht, wie sie Jonas noch nie zuvor erlebt hatte. Der Himmel überzog sich mit einem zarten Schimmer, der von Millionen kleinster Pünktchen herrührte, die sich träge über einen tiefblauen Untergrund bewegten. Für gewöhnliche Sterne waren diese glitzernden Sprenkel viel zu lebendig. Jonas musste unweigerlich an den Stein denken, den er noch immer in der Tasche trug. Bisher hatte er Kraark gegenüber nichts von dem Kristall erwähnt. Auf dem Weg in die Farbenstadt war er damit beschäftigt gewesen, von den Ereignissen des vergangenen Tages zu berichten. Der Rabe bestand darauf, dass Jonas keine Einzelheit ausließ. Die meiste Zeit hörte der schwarze Vogel schweigend zu. Hin und wieder stellte er auch einige Rückfragen, vor allem als Jonas das mysteriöse Verschwinden seiner Eltern erwähnte.

Jonas war der Ernst, mit dem Kraark seinem Bericht folgte, durchaus nicht entgangen. Gerade wollte er fragen, warum sich ein azonischer Kolkrabe so für zwei amerikanische Diplomaten und ihre Geheimmission interessierte, als Kraarks Stimme ihm den Gedankenfaden abschnitt.

»Da unten liegt *Laomar,* die Farbenstadt.«

Jonas' Blick folgte dem nach vorn gereckten Schnabel des Raben. Der Weg schlängelte sich in weichen Kurven den Hang hinab, bis er in einer Senke erneut anzusteigen begann. Hinter der nächsten Hügelkuppe leuchtete ein vielfarbiges Licht.

Als er zu laufen begann, erhob sich der Rabe erschreckt in die Luft. Jonas hatte schon oft Ortschaften bei Nacht gesehen – in der Regel setzten sie sich aus vielen gelben Punkten zusammen, nett anzusehen, aber auch nicht mehr. Er rannte den Hügel hinab und nahm den Aufstieg zum nächsten in Angriff. Was er da eben gesehen hatte, war einfach unbeschreiblich! Bald erreichte er die Anhöhe, wo im Gras sitzend schon Kraark auf ihn wartete, und blieb stehen. Atemlos und mit Tränen in den Augen – war es die Anstrengung oder der Anblick der Stadt? – blickte er auf das Lichtermeer hinab.

Jonas musste unweigerlich an das Prisma denken, von dem Kraark an diesem Tage schon so oft gesprochen hatte. Das ganze Spektrum des Regenbogens war im Tal zu seinen Füßen ausgebreitet. Tausende von leuchtenden Tupfen in zarten Pastellfarben von Rot über Grün, Violett, Gelb, Orange bis …

»Es ist kein Blau dabei«, stellte Jonas überrascht fest.

»Wundert dich das?«, antwortete Kraark.

Jonas sah zum Himmel empor. »Nein. Eigentlich nicht. Blau habt ihr hier wirklich genug. Wie kommt es, dass die Stadt so bunt ist?«

»Am besten siehst du es dir selbst an, dann wirst du es verstehen.«

Die Müdigkeit in Jonas' Gliedern war mit einem Mal wie weggeblasen. Er war so aufgeregt, dass er sogar seine Kopfschmerzen vergaß. Mit schnellen Schritten eilte er den Hügel hinab. Kraark musste seine Flügel zu Hilfe nehmen, um ihm folgen zu können. Die Straße wurde nun breiter, vereinzelt säumten Felder den Weg. Hier und da sah Jonas auch Koppeln, in denen sich dunkle Schemen befanden. Von der Größe her konnten es Schafe sein, aber irgendwie hatte er das Gefühl, mit dieser Einschätzung falsch zu liegen.

»Was ist das denn?«, fragte er Kraark.

»Schelpins.«

»Hätte ich mir denken können.«

»Schelpins sind Haustiere wie Schafe, Ziegen oder Kühe. In deiner Welt gibt es diese nützlichen Gesellen nicht. Ich nehme an, der Kristall hat einfach Schafe, Wölfe und wilde Ziegen zusammengewürfelt, ihnen das Euter einer Kuh verpasst und sie dann in Azon auf eine Wiese gestellt, damit das Kleine Volk sie abholen kann.«

»Ich würde sie gern einmal bei Tag sehen.«

»Dazu wirst du noch ausreichend Gelegenheit haben.«

»Du erzähltest vorhin von einer Wölfin. Ich kann nirgendwo einen Hirten entdecken. Haben die Einwohner hier keine Angst, die Wölfe könnten ihre Schelpins rauben?«

Kraark kicherte, ein seltsames Schnarren und Knarren, tief aus seiner Kehle. »Es verirrt sich nur selten ein Wolfsrudel in diese Gegend. Aus gutem Grund! Die Schelpins würden Hackfleisch aus ihnen machen.«

Jonas blickte mit Unbehagen zu den dunklen Flecken auf der Wiese hinüber. »Wie meinst du das?«

»Nun, wie ich schon sagte, diese Haustiere gleichen nur bedingt Schafen. Sie geben wirklich wilde Kämpfer ab: Die Schelpins besitzen ein messerscharfes Gebiss und zwei äußerst spitze Hörner. Außerdem gehen sie stets mit der ganzen Herde gegen einen Angreifer vor. So zahm sie auch sind, wenn man sie in Ruhe lässt, so gefährlich können sie sein, wenn man sie reizt.«

»Ich hoffe, sie halten uns nicht für eine Bedrohung.«

»Keine Angst, Jonas, die Schelpins haben ein sehr feines Gespür dafür, wem sie trauen können und wem nicht. Dich würden sie nie angreifen.«

»Wirklich?«

Kraark erhob sich unvermittelt in die Luft und ließ sich auf Jonas' Schulter nieder. Mit erstaunlich sanfter Stimme sagte er: »Du bist ein Freund der Tiere.«

»Aber …« Jonas wusste nicht, was er sagen sollte.

»Ich habe es sofort gemerkt, noch bevor du in Ohnmacht gefallen bist.«

»Wie …?«

»Ich saß auf einem Ast der Buche, als du angetorkelt kamst. Mir ist sogleich klar gewesen, dass du kein gewöhnlicher Mensch bist, Jonas.«

Zum Glück war es dunkel, Jonas merkte nämlich, wie er rot wurde. »Ich mag Tiere sehr«, sagte er schließlich verlegen.

Eine Weile lang schwiegen dann der Junge und der Rabe. Während sich das seltsame Gespann der Farbenstadt näherte, fragte sich Jonas, ob nicht doch eine Veränderung mit ihm vorgegangen war. Schließlich *redete* er ja mit einem Vogel! Natürlich, auch früher hatte er *zu* den Tieren gesprochen. Aber im besten Fall hatten sie darauf mit so etwas wie Zutraulichkeit reagiert. Kraark nannte ihn einen »Freund der Tiere«. Und er hatte diese Worte fast wie einen Titel ausgesprochen. Jonas war sich nicht ganz sicher, ob er eine solche Ehre auch verdiente.

Kraark war wieder aufgeflogen – Jonas konnte ihn wegen seines Gewichts nicht allzu lange tragen –, als der Kiesweg die ersten Häuser erreichte. Jetzt, aus der Nähe, erkannte Jonas, weshalb die Stadt so bunt leuchtete. Die Gebäude bestanden, so weit man sehen konnte, vollständig aus Muscheln!

Jonas blieb bei dem ersten Haus stehen. Sein Kinnladen war heruntergeklappt und die Augen standen ihm weit offen. Aufgeregt sah er sich nach Kraark um, aber der schien gerade eine größere Runde zu drehen und war nirgends zu entdecken. Kann ja nicht schaden, sich das Haus einmal aus der Nähe anzusehen, dachte Jonas und ging langsam auf das Gebäude zu. Es war rund und schimmerte rosarot.

Staunend betrachtete er die Wände des Bauwerkes. Die Bonkas mussten wahre Künstler sein, um so etwas fertig zu bringen. Tausende von Muschelschalen waren fast nahtlos aneinander gereiht. Selbst die Fugen zwischen den durchscheinenden Hüllen bestanden aus einer klaren Substanz …

Jonas hielt den Atem an. Hinter der Wand hatten sich gerade zwei Schemen bewegt. Sie wirkten wie Menschen, jedoch – alles war so unscharf! – irgendwie stimmten die Proportionen nicht ganz.

»Warum kommst du nicht herein, wenn du dich so für uns interessierst?«

Jonas zuckte zusammen. Die Stimme hatte ihn völlig überrascht. Kraark gehörte sie nicht, dazu war sie viel zu weich. Sie sprach auch kein Englisch, aber dennoch konnte er sie verstehen, ebenso klar wie die des Raben. Vielleicht war dieses gemeinsame Verstehen einfach allen zu eigen, die unter dem blauen Kristall lebten. Langsam drehte er sich um.

Es wäre vielleicht etwas übertrieben gewesen, Jonas fassungslos zu nennen, als er die kleine Gestalt sah, die sich da vor ihm aufgebaut hatte. Aber das Bild, das er sich im Gespräch mit Kraark vom Kleinen Volk zurechtgeschustert hatte, musste er nun wohl doch revidieren. Das kleine Wesen war bestimmt kein Gartenzwerg. Seine Schönheit verbot von vornherein einen solchen Vergleich. Andererseits konnte es aber auch kein Kind sein, es sei denn, auf Azon trugen die Kinder Vollbärte und hatten eine starke Brustbehaarung.

»Es hat sich schon lange kein Wanderer mehr in unsere Gegend verirrt«, sagte der kleine Mann mit glockenheller Stimme. Er schlug sich zweimal mit der flachen Hand auf die Brust und verneigte sich dann. Sein scharf geschnittenes Gesicht und das dunkle wellige Haar verliehen ihm das Aussehen eines der klassischen Helden, wie man sie auf altgriechischen Vasen dargestellt findet. Trotz seiner geringen Größe wirkte der Fremde kräftig und ausgesprochen wohl proportioniert. Er hatte weder den zu großen Kopf noch die manchmal linkische Haltung eines Heranwachsenden, sondern strahlte vielmehr große Würde aus. Dies war auch insofern bemerkenswert, als der kleine Mann nur mit einer Art Wickelrock bekleidet war und ausgesprochen freundlich dreinschaute.

»Entschuldigung, wenn ich zu neugierig war«, stammelte Jonas. Er war ganz hingerissen von dem Fremden, der ihm gerade bis zur Schulter reichte.

»Mein Name ist Goldan«, sagte das Männchen und machte mit dem Arm eine einladende Geste. »Willst du nicht doch hereinkommen? Dann können wir uns Geschichten erzählen. Es würde mich interessieren, *deine* zu hören.«

Jonas sah sich unsicher nach allen Seiten um. Von Kraark fehlte noch immer jede Spur. Goldans Angebot war wirklich verlockend. Je länger Jonas darüber nachdachte, desto mehr spürte er wieder seine müden Glieder. »Warum eigentlich nicht«, antwortete er schließlich. Kraark würde ihn bestimmt bald aufspüren. Raben haben wache Sinne.

»Dann komm herein«, meinte Goldan freundlich. »Meine Frau und Tomika werden sich gewiss über deinen Besuch freuen.«

Ehe Jonas etwas sagen konnte, wurde er schon von kleinen, aber kräftigen Händen in Richtung Eingang geschoben. Unter der halbrunden Tür musste er sich bücken, um nicht mit dem Kopf anzustoßen.

Als er endlich in dem Wohnraum des runden Muschelhauses stand, staunte er, wie geräumig das Gebäude von innen war. Jonas bemerkte mehrere Durchgänge, die in benachbarte Zimmer führten, die meisten waren mit Vorhängen aus Muschelschnüren verhängt. An den niedrigen hölzernen Möbeln prangten überall Intarsien aus Perlmutt. Das Meer schien für die Bonkas die Quelle zu sein, aus der sie sowohl Rohstoffe für das tägliche Leben wie künstlerische Inspiration schöpften. Sofort fielen Jonas auch die Lampen an den Wänden und der Decke auf, runde Kugeln aus einem milchigen Material. Deshalb also strahlten nachts die Behausungen der Bonkas wie von innen heraus. Die Leuchten gaben ein so gleichmäßiges Licht ab, dass Jonas zuerst an Glühlampen als Lichtspender denken musste. Aber er konnte keine Kabel entdecken. An den Wänden gab es weder Schalter noch Steckdosen. Die Einrichtung unterschied sich doch sehr von der eines modernen amerikanischen Haushalts.

»Darf ich euch unseren Gast vorstellen«, wandte sich Goldan an eine Frau und ein Mädchen, die noch kleiner waren als er selbst. Die Frau besaß seidiges rötlich braunes Haar, das ihr bis zur Hüfte reichte. Sie trug eine ärmellose, mit bunten Perlen bestickte Tunika. Das Mädchen wirkte wie das verkleinerte Ebenbild ihrer Mutter, nur dass seine langen Haare gekraust waren.

Jonas fühlte sich von der Gastfreundschaft dieser kleinen Menschen regelrecht überrumpelt. Er verbeugte sich ungeschickt und sagte verlegen: »Mein Name ist Jonas. Ich bin der Sohn von Robert und Sarah McKenelley. Ich bin hierher gekommen, weil ich meine Eltern suche.«

»Wie aufregend!«, rief die kleine Frau mit angenehm hell klingender Stimme und schlug die Hände vor der Brust zusammen. »Du musst uns unbedingt deine Geschichte erzählen.«

»Das ist Rinka, meine Frau«, sagte Goldan lachend. »Wie dir ja nicht unbekannt sein dürfte, sind die Bonkas ein Volk, das Geschichten fast so sehr liebt wie die eigenen Kinder. Aber Rinka stellt uns alle in den Schatten. Wenn nur der Hauch einer neuen Geschichte in der Luft liegt, dann ist sie nicht mehr zu bändigen.«

»Goldan will ja nur davon ablenken, dass er selbst neugierig wie eine alte Elster ist«, konterte Rinka.

Jonas lächelte höflich. Er hatte seine Befangenheit noch nicht ganz abschütteln können.

Zum Schluss stellte Goldan sein »Herzstück« vor: Tomika, seine Tochter. Sie war erst sechs Jahre alt und beobachtete den großen fremden Knaben wie ein scheues Eichhörnchen einen Fuchs.

Im Handumdrehen wurde Jonas auf ein bequemes Sitzkissen gedrückt, von denen mehrere am Boden lagen. Rinka und Tomika entschwanden in einen Nebenraum – Goldan hatte sie mit Mühe überreden können dem Gast ein Abendbrot zu bereiten, *bevor* er für alle seine Geschichte zum Besten gab. Der Hausherr selbst schlüpfte schnell in ein langes Gewand, das einem Nachthemd nicht ganz unähnlich war, und leistete Jonas Gesellschaft.

Um sich nicht den Zorn seiner Gattin zuzuziehen, stellte Goldan seinem Gast zunächst keine weiteren Fragen. Er selbst sei der »Wächter von Laomar«, erzählte er mit einem Augenzwinkern. Dass die Farbenstadt keine Mauer besitze, zeige schon den mehr symbolischen Charakter seines Amtes. Die Schelpinherden um Laomar sorgten für ausreichenden Schutz vor wilden Tieren und im Übrigen sei dieser Teil Azons so sicher, dass eigentlich kein Bewacher notwendig sei.

Jonas erinnerte sich an Kraarks Schilderungen und fragte erstaunt: »Habt ihr denn keine Angst vor den Malkits?«

Goldans ebenmäßige Stirn überzog sich mit Runzeln. »Eigenartig, dass du mich das fragst …« Er kraulte sich den Kinnbart. Gleich darauf verflog seine nachdenkliche Miene wieder und er sagte lächelnd: »Zum Glück hat der Kristall unsere Welt in zwei Hälften gespalten: hier die Bonkas, dort die Malkits. Nie würde einer es wagen – selbst wenn er es könnte –, das Grenzgebirge zu unterqueren, deshalb ist eine Stadtmauer auch völlig …«

»*Warum* würde das niemand wagen?«, unterbrach Jonas den Bonka.

»Du bist ein seltsames Menschenkind«, antwortete Goldan. »Hat dir denn niemand verraten, dass es kein Zurück mehr gäbe?«

»Na ja …« Jonas hatte fast den Eindruck, als würde man ihn hier für jemand anderen halten.

Glücklicherweise ließ sich Goldan nicht die Gelegenheit entgehen seinem Gast etwas Neues zu erzählen. »*Kimbaroth,* der Vorhang der ewigen Trennung, wurde vor unzähligen Generationen unter dem Herzen des Kristalls aufgespannt«, begann er in feierlichem Ton. »Das war zu einer Zeit, als ein hässlicher Streit unter dem Kleinen Volk ausgebrochen war. Es kam zu großem Blutvergießen und schließlich zu einer Spaltung in zwei Parteien: den Bonkas und den Malkits. Die Legenden sind nicht sehr verlässlich, was die Ereignisse von damals betrifft, aber es heißt, Schamakh der Weber habe aus haarfeinen Fasern des Kristalls einen Schleier gewoben, einen Vorhang, so fein wie blaues Licht. Seit dieser Zeit trennt und beschützt uns Kimbaroth. Eigentlich ist heute nicht einmal mehr bekannt, wo genau sich dieser Vorhang befindet. Aber selbst wenn man es wüsste: Niemand könnte zwischen dem

Land der Bonkas und jenem der Malkits wechseln, ohne ihn zu zerreißen. Der Sage nach würden daraufhin die Hängenden Berge einstürzen.«

Die Erwähnung des Kopf stehenden Gebirges jagte Jonas einen Schauer über den Rücken. »Kein Wunder, dass damit eine Rückkehr unmöglich wäre.«

»Merkwürdig, dass du diese Geschichte noch nicht gehört hast.« Goldan musterte Jonas so intensiv, dass dieser nach kurzer Zeit zu Boden blickte.

In diesem Moment betraten Rinka und ihre Tochter das Zimmer. Im Nu war der Tisch mit Käse, duftendem Brot und allerlei Früchten bedeckt. Tomika schüttete aus einem Krug grünlichen Saft in bereitstehende irdene Becher, allerdings nicht ohne dabei auf der Tafel die eine oder andere Pfütze zu hinterlassen. Alles ging sehr schnell vor sich, Rinka verlor keine Zeit.

Als Jonas nur noch die Finger ausstrecken musste, um seinen Hunger und Durst zu stillen, setzte sich Goldans Frau an die Seite ihres Gatten, nahm dessen Hand in die ihrige und seufzte: »Wie schön, wieder einmal einen Gast zu haben! Wie war das doch gleich mit deinen Eltern, Jonas McKenelley? Lass dir ruhig Zeit mit deiner Geschichte. Wir hören dir gerne zu.«

»Oh bitte, sagt Jonas zu mir«, hüstelte dieser verlegen und überlegte, wie er wohl am besten begann. Er hatte einen Löwenhunger! Vielleicht genügte ja die Kurzversion anstelle des ausführlichen Berichts, den er gerade erst Kraark erzählt hatte. Seine Hand näherte sich der Obstschale, blieb einen Augenblick unschlüssig darüber hängen und attackierte dann zielsicher eine Feige. »Als ich heute früh aus dem Fenster meines Zimmers kletterte«, begann Jonas in Vorfreude auf den süßen Gaumenschmaus, »hätte ich mir wirklich nicht träumen lassen, dass ich am Abend in einer unbekannten Welt speisen ...«

Weiter kam er nicht. Kurz bevor die Feige seine Lippen erreichte, hielt Goldan mit festem Griff seine Hand zurück.

»Was sagst du da? Du bist erst *heute* nach Azon gekommen?«

»Ja«, antwortete Jonas verwundert. Er war sich keiner Schuld bewusst, obwohl sich sein Gastgeber auf einmal so verhielt, als hätte er etwas verbrochen.

»Wir müssen sofort Belkan und die anderen davon unterrichten«, sagte Rinka zu ihrem Mann.

»Ja, ich denke, das sollten wir.«

»Wird er uns wehtun?«, fragte Tomika besorgt dazwischen.

»Mach dir keine Sorgen, mein Schatz. Er ist bestimmt auf der richtigen Seite herübergekommen.«

»Kann mir vielleicht irgendjemand verraten, worum es hier überhaupt geht?«

Jonas' Worte brachten die unvermittelt ausgebrochene Betriebsamkeit jäh zum Erliegen. Die drei Bonkas schauten ihn aus großen Augen an. Nach geraumer Zeit stahl sich ein kleines Lächeln auf Goldans Gesicht.

»Die wenigen Wanderer hier auf Azon leben meist sehr zurückgezogen. Wir bekommen sie nur selten zu Gesicht. Als ich dich vor dem Haus entdeckte, hielt ich dich zuerst für einen von ihnen und vermutete, du seist nur wegen einiger Besorgungen in die Stadt gekommen. Aber ich konnte ja nicht ahnen, dass du wirklich ein *neuer* Wanderer bist, Jonas McKenelley!«

»Was *ist* das überhaupt, ein Wanderer? Du sprichst doch nicht von einem gewöhnlichen Spaziergänger, oder?«

»Diesen Namen geben wir all denjenigen, die der Kristall hindurchgelassen hat, die zwischen den Welten wandern.«

»Du meinst Menschen von der Erde?«

»Manchmal sind es auch Tiere.«

»Natürlich.« Wo nur Kraark blieb! Warum hatte er ihn auf dieses Erlebnis nicht vorbereitet? »Und warum hat deine Tochter Angst vor mir?«

Goldan schaute unsicher zu Boden. Die Situation war ihm sichtlich unangenehm. Endlich hob er wieder den Blick und antwortete: »Ich glaube, es wird das Beste sein, zunächst die Ältesten zusammenzurufen. Sie können dir alles erklären. Und sie werden begierig sein deine Geschichte zu hören. Schließlich haben sie schon lange auf dich gewartet.«

◇ DER MUSCHELPALAST

Während Jonas an Goldans Seite durch die Straßen von Laomar hetzte, fragte er sich, weshalb man ihn auf Azon erwartet haben sollte. Konnte es sein, dass die Wanderer, wie Goldan sie nannte, nur »auf Bestellung« in die Welt unter dem blauen Kristall kamen?

Immer wieder sah er zum Himmel empor, aber von Kraark fehlte weiterhin jede Spur. Jonas fühlte sich im Stich gelassen. Warum war der Rabe so plötzlich verschwunden?

Je näher sie ihrem Ziel kamen, desto mehr Bonkas liefen ihnen über den Weg. Jonas fiel auf wie ein bunter Hund. Jemand mochte auch noch so eilig vorüberhasten, sobald er den Wanderer bemerkte, blieb er wie angewurzelt stehen und blickte ihm hinterher. Nicht wenige schlossen sich auch dem Wächter und seinem Gefangenen (so jedenfalls fühlte sich Jonas) an. Bald zogen sie einen ganzen Schweif von kleinen Männern, Frauen und Kindern hinter sich her.

Fast unbewusst registrierte Jonas, dass die Häuser immer prächtiger wurden. Sie bestanden ausnahmslos aus Muscheln, fein säuberlich nach Farben sortiert: Manche Gebäude waren hellblau, andere orange, wieder andere rosafarben wie Goldans bescheidenes Heim. Endlich betraten sie einen weiten Platz, der an ein gewaltiges Muschelhaus grenzte. Das Bauwerk war vier Stockwerke hoch, hatte unzählige Türmchen, Erker, Dachflächen und Flügel. Von seinem Standpunkt aus war es unmöglich, den ganzen Muschelpalast zu überblicken.

»Werden wir die Ältesten dort treffen?«, fragte Jonas. Es waren die ersten Worte, die er seit dem Beginn des Marsches an seinen Begleiter richtete.

»Das ist der Palast des Kristallrats«, antwortete Goldan. »So wird der Rat unserer Ältesten genannt. Dort wohnt auch Belkan, der dem Kristallrat vorsteht.«

Auf der anderen Seite des runden Platzes angekommen, klopfte Goldan an die Tür des Palastes. Es dauerte nicht lange und sie wurde von einem extrem dünnen Bonka geöffnet. Er klopfte sich einmal an die Brust und neigte andeutungsweise den Kopf.

»Goldan! Was treibt euch so spät noch in die Stadt?«

Der Wächter erwiderte die Begrüßungsgeste eilig und kam sogleich zur Sache. »Gewiss keine Nebensächlichkeit, Krem. Ich muss Belkan dringend sprechen.«

»Hat das nicht bis morgen früh Zeit? Wahrscheinlich schläft er schon.«

»Dann wecke ihn, Krem!« Goldans Stimme klang nicht barsch, aber man konnte den Ernst in ihr nicht überhören.

»Willst du mir nicht verraten, in welcher Angelegenheit du hier bist?«, erwiderte Krem in gekränktem Ton.

»Natürlich«, knirschte Goldan. Er zog Jonas in das Licht unter der Tür und fügte hinzu: »Sag Belkan einfach, der *Wanderer* sei gekommen.«

An Krem vollzog sich nun eine bemerkenswerte Veränderung: Die Augen drohten ihm aus den Höhlen zu rollen, während er Jonas mit offenem Mund ansah. Sein Kopf versank zwischen den Schultern und sein ganzer Körper erstarrte.

Goldan erkannte, dass er den persönlichen Diener des Oberältesten irgendwie wieder beleben musste. Deshalb neigte er sich vor und rief ihm laut ins Ohr: »Und wenn du Belkan Bescheid gegeben hast, dann ruf bitte die anderen Ältesten zusammen. Und nun schnell! Lauf!«

Endlich erwachte Krem. Er schenkte Jonas noch einen hastigen Seitenblick und verschwand dann im Haus.

»Gehörst du auch dem Kristallrat an?«, fragte Jonas, als Goldan ihn mit ernster Miene musterte.

»Die Wächter Laomars gehören seit eh und je zum Rat, selbst wenn sie noch jung sind, so wie ich.« Goldan wandte den Blick von Jonas ab und bemerkte, dass der Diener die Tür nicht geschlossen hatte. »Komm! Lass uns hineingehen. Die Nacht wird allmählich kühl.«

Zögernd folgte Jonas dem Wächter in den Palast. Drinnen begrüßte sie eine Flut von Lichtkugeln. Anders als in Goldans Haus leuchteten sie hier in den unterschiedlichsten Farben. Dem Eingangsportal schloss sich eine große Halle an, deren

Innenwände vollständig mit Perlmutt verkleidet waren. Goldan musste Jonas am Ärmel zupfen, damit dieser sich von den funkelnden Verzierungen losriss.

»Hier geht's lang.« Er deutete mit dem Kopf nach rechts.

Jonas folgte dem Bonka, immer wieder staunend nach allen Seiten blickend. Sie betraten einen breiten Korridor, von dem mehrere Türen nach rechts und links abzweigten. An den Wänden standen Glasvitrinen mit seltsamen Kristallstäben darin. Auf einem konnte Jonas Schriftzeichen erkennen, die sich beim Vorübergehen veränderten. Vielleicht waren diese Prismen und Stäbe so etwas wie Bücher, auf denen die Bonkas ihre Chroniken verzeichneten.

»Das ist der große Saal des Kristallrats«, sagte Goldan feierlich und stieß eine zweiflüglige Tür auf. In der quadratischen Halle stand ein runder Tisch, bestehend aus einer riesigen Kammmuschel mit mindestens dreißig Fuß Durchmesser und einer Platte aus poliertem Kristallglas obenauf. »Kann ich dich für einen Augenblick allein lassen, ohne dass du etwas anstellst?«

»Keine Angst«, erwiderte Jonas spitz. »Ich werde eure Ratstafel schon nicht unter den Arm klemmen und damit abhauen.«

Die schnippische Antwort war nur seiner Übermüdung zuzuschreiben. Er spürte, dass Goldan ihm traute, wie überhaupt nur selten jemand Argwohn gegen ihn hegte. Aber er fühlte sich einfach überfordert. Er hatte seit einer Ewigkeit nicht mehr geschlafen. Er hatte Dinge erlebt, die man selbst einem Märchenerzähler kaum abnehmen würde. Und jetzt stand er hier, in einem schwach beleuchteten Saal, allein an einer riesigen Glastafel, und wartete auf eine Gruppe alter Männer, deren Meinung nach er eigentlich schon viel früher hätte auftauchen sollen.

Goldan nickte ernst und ließ ihn allein.

Griesgrämig ließ sich Jonas auf einen der Stühle fallen, die den großen Glastisch umstanden. Sie besaßen allesamt hohe Rückenlehnen und waren mit dunkelrotem Leder bespannt. An den Armlehnen befanden sich kunstvolle Schnitzereien mit allerlei Meerestieren. Zunächst eher unbeteiligt betrachtete Jonas die herzförmige Muschel, auf der die runde Glasplatte ruhte. Langsam bewegte er seinen Kopf hin und her. Seine Neugier begann sich zu regen. Je nachdem, aus welchem Blickwinkel man in die Schalenhöhlung sah, schimmerte die silbrige Innenseite in anderen Farben. Die Muschel war riesig! Anfangs hatte Jonas sie für eine Attrappe gehalten, eine vergrößerte Kopie jener kleinen Muschelschalen, aus denen die Bonkas ihre Häuser bauten. Aber ein Künstler hätte bestimmt nach Vollkommenheit gestrebt. Diese gewaltige Muschel aber besaß Unregelmäßigkeiten, wie sie nur die Natur selbst hervorbringen konnte.

Mit neu erwachtem Interesse erhob sich Jonas von seinem Stuhl. Er spazierte im Raum herum und betrachtete die farbigen Bilder und geschwungenen Ornamente an den Wänden. Es erstaunte ihn nun kaum noch, dass diese ebenfalls aus den Behausungen von Schnecken und Muschelschalen hergestellt waren. Das in mehrere Abschnitte unterteilte Mosaik schien irgendeine Geschichte zu erzählen. Jonas erinnerte sich an Goldans Schilderung vom Kimbaroth, dem Vorhang der ewigen Trennung. In diesem Augenblick bemerkte er das Fenster.

Eigentlich war es gar kein Fenster. Jonas konnte nicht sagen, warum er sich mit einem Mal so vorsichtig bewegte. Aber einen Blick auf den Vorplatz oder in irgendeinen Palastgarten konnte man durch diese seltsame Öffnung sicher nicht werfen. Die in Muscheln eingebettete Glasfläche hatte die Form eines lang gezogenen Ovals, einem Spiegel, wie ihn sich manche Leute an die Wand hängen, nicht ganz unähnlich. Doch es handelte sich auch nicht um einen Spiegel, keinen richtigen jedenfalls. Jonas kam der reflektierenden Fläche immer näher. Sein Herz klopfte heftig, ohne dass er sich erklären konnte, warum.

Hinter dem Glas leuchtete ein Licht, nicht mehr als ein schimmernder Fleck mit unscharfen Rändern. Jonas glaubte einen länglichen Schatten wahrzunehmen, aber das Glas spiegelte zu sehr, um Einzelheiten erkennen zu können. Seine Unruhe wuchs. Er *musste* herausbekommen, was sich hinter dieser Scheibe befand.

Jonas legte die Hände an das Glas und formte einen Ring, auf den er sein Gesicht betten konnte. Es dauerte einen Moment, bis seine Augen sich an das Halbdunkel im Innern gewöhnt hatten. Doch dann sah er deutlich, welchen Schatz die Bonkas in diesem versiegelten Alkoven aufbewahrten. Fassungslos taumelte er zurück.

Das konnte nicht sein! Unmöglich! Jonas' Herz raste mit einem Mal wie verrückt. Er glaubte keine Luft mehr zu bekommen. Alles drehte sich. Zaghaft, als stünde das Glas unter Hochspannung, näherte er sich wieder dem Oval. Er musste noch einmal in die Nische sehen. Vielleicht hatte das schwache Licht seinen Sinnen einen Streich gespielt.

Erschüttert starrte er auf die leblose Gestalt. In dem schmalen Alkoven lag der Körper eines Mädchens. Es trug ein schlichtes malvenfarbenes Kleid, das bis zu seinen Knöcheln herabreichte. Die nackten Füße leuchteten schneeweiß. Der Stoff des Gewandes war so fein, dass man erahnen konnte, wie zerbrechlich der Körper war, den er verhüllte.

Bestimmt ist das gar kein Mädchen, redete sich Jonas ein. Und *sie* konnte es erst recht nicht sein. Er versuchte seine Verzweiflung mit logischen Argumenten zu vertreiben: Sie gehört zum Kleinen Volk – ihr zierlicher Wuchs lässt da keinen Zweifel offen. Aber warum hat sie so goldenes Haar? Wenn er sich nur erinnern könnte! Hatten nicht alle Bonkas, die ihm bisher über den Weg gelaufen waren, schwarze, braune, rote oder sogar blaue Haare? Er war sich nicht sicher. Bestimmt war dieses zarte Wesen einmal eine erwachsene Frau … *War?*

Kalter Schweiß trat ihm auf die Stirn. Schlagartig wurde er sich bewusst, dass jenes Geschöpf noch lebte. Er konnte sich dieses Gefühl nicht erklären. Aber bei seinen Eltern erging es ihm ähnlich. Er spürte die Wärme ihres Lebens, so wie man die Sonne fühlt und nie an ihrer Existenz zweifelt, selbst wenn einem die Augen verbunden sind. Aber warum, *warum* musste das Mädchen dort gerade so aussehen wie Lydia Gustavson?

Jonas stand noch immer erstarrt vor dem ovalen Fenster, als eine Stimme wie von fern an sein Bewusstsein drang.

»... sage dir zum letzten Mal, dass du dort weggehen sollst. Warum hat Goldan dich überhaupt allein gelassen?«

Jonas blinzelte. Es gelang ihm nur schwer, sich über die Bedeutung der Worte klar zu werden, die er gerade vernommen hatte. »Ich ...« Der erste Versuch einer Antwort scheiterte kläglich.

Krem, der persönliche Diener des Oberältesten Belkan, war inzwischen bei Jonas angelangt und packte energisch seinen Arm. Jonas ließ sich widerstandslos auf einen Stuhl verfrachten, den Krem von der Tafel zog. »Du bleibst jetzt hier sitzen. Belkan und die anderen Ältesten werden gleich kommen. Du wirst sie mit Respekt behandeln, hast du verstanden?«

Jonas blickte in das Gesicht des spindeldürren Männleins. Was er sah, wirkte nicht besonders bedrohlich, aber er nickte trotzdem ergeben. Er war völlig verstört. Der Anblick des Mädchens mit den langen goldenen Haaren hatte ihn zutiefst erschüttert.

»Was machst du denn da mit unserem Gast?«, ertönte unvermittelt eine tiefe, etwas raue Stimme aus dem Hintergrund.

Darauf wusste Krem nicht recht zu antworten. Oder er wollte nicht. Möglicherweise hatte er in seinem Diensteifer etwas über die Stränge geschlagen und fürchtete nun einen Tadel seines Herrn. Eingeschüchtert zog er sich von dem verdächtigen Objekt zurück, ohne es jedoch aus den Augen zu lassen.

Jonas hob müde den Kopf und erblickte einen alten Mann. Er war genauso klein wie alle anderen Bonkas, aber er strahlte eine gewisse väterliche Autorität aus, der man sich nicht entziehen konnte. Der Alte besaß einen grau melierten Vollbart, war um die Körpermitte etwas rundlich und bewegte sich mit der Behäbigkeit eines alten Elefanten. Als er Jonas' Stuhl erreicht hatte, lächelte er herzlich und sagte: »Mein Name ist Belkan und wer bist du?«

Jonas hatte bereits Ähnliches vermutet, denn die Kleidung des alten Mannes konnte nur einem hohen Würdenträger gehören. Der Älteste trug ein weißes, reich besticktes Untergewand aus Wildseide, das in der Bauchgegend von einer dunkelblauen Schärpe zusammengehalten wurde. Ein langer, vorn offener Mantel, der wie Perlmutt glänzte, vervollständigte die Garderobe.

Jonas erhob sich von seinem Stuhl, verbeugte sich höflich und nannte seinen vollständigen Namen. Krem, der sich unauffällig im Hintergrund hielt, verfolgte dabei argwöhnisch jede seiner Bewegungen.

»Wie man mir sagt, kommst du gerade aus der Spiegelregion?«, erkundigte sich Belkan.

»Wie bitte?«

»Oh, entschuldige.« Der Älteste lächelte nachsichtig. »Diese Begriffe sind mir in Fleisch und Blut übergegangen, aber für einen Wanderer, der gerade erst angekommen ist, muss das alles ziemlich verwirrend sein.«

Jonas entspannte sich etwas. Der alte Mann wirkte sehr freundlich. »Ich bin unter einem blauen Gewölbe erwacht. Die Gegend war voll von Kristallen. Und beinahe wäre ich von einem Nashorn platt gewalzt worden.«

Belkan nickte nachdenklich. »Ich verstehe. Das *ist* die Spiegelregion. Du hast gut daran getan, das Gebiet so schnell wie möglich zu verlassen.«

»Das alles ist so … so …« Jonas wusste nicht, wie er sich ausdrücken sollte, aber seine ganze Verzweiflung brach nun aus ihm heraus: »Warum bin ich überhaupt hier? Goldan sagte, man würde schon auf mich warten. Das kann doch gar nicht sein. Heute früh wollte ich noch nach Washington und jetzt bin ich in Azon. Ich verstehe das alles nicht …«

»Ich kann dir sehr gut nachfühlen, dass dich das beunruhigt, Jonas McKenelley. Aber bevor du weitersprichst, wollen wir die Ankunft der anderen Ältesten abwarten. Alle sollten deine Geschichte hören und sich dann gemeinsam ein Bild machen.«

»Nein!«

Jonas' trotzige Antwort hatte den Ältesten aus dem Konzept gebracht. Staunend fragte er: »Was hast du gesagt?«

»Ich meine, ich werde nicht einfach alles mit mir machen lassen, nur weil Sie das sagen. Ich kenne Sie ja gar nicht. Außerdem habe ich noch nie etwas getan, wenn es nicht einen guten Grund dafür gab.«

Belkans Gesicht entspannte sich wieder. Verständnisvoll lächelnd sagte er: »Dein Verhalten ist typisch für jemanden, der den Flüsterern zuhört. Das gefällt mir. Sei versichert, dass ich nichts von dir verlangen werde, was du nicht auch selbst tun willst.«

»Gut. Dann beantworten Sie zunächst *mir* eine Frage.«

»Natürlich werden wir dir alles erzählen, wenn du uns erst ...«

»Bitte entschuldigen Sie«, fiel Jonas dem Ältesten ins Wort. »Mein Großvater hat mir zwar beigebracht Erwachsene beim Reden nicht zu unterbrechen, aber das hier ist eine Ausnahme. Eine Notsituation! Ich werde *nicht* warten, bis alle anderen da sind. Was ich wissen muss, können Sie mir genauso gut sofort sagen. *Jetzt*!«

Der Oberälteste besaß genug Lebenserfahrung, um zu wissen, wie ernst es dieser aufgeregte Junge meinte. »Nun gut, dann frage, Jonas McKenelley.«

Jonas wies mit dem Arm zu dem ovalen Fenster hin. Seine Stimme bebte. »Wer ist dieses Mädchen dort?«

Belkan blickte erschrocken zu dem Alkoven. »Du hast sie gesehen?«

»Ja. Wer ist sie? Bitte sagen Sie es mir!«

»Setz dich, bitte«, sagte der Oberälteste und deutete auf Jonas' Stuhl. Krem, der dienstbeflissen aus dem Hintergrund aufgetaucht war, zog seinem Herrn ein zweites Möbel heran und trat wieder zurück. Belkan ließ sich schwer darauf nieder und seufzte. »Das ist eine traurige Geschichte. Unser Volk lebt in großem Kummer, seit sie hier ist.«

»Hat sie einen Namen?«

»Die Bonkas wählen sich ihre Namen selbst, wenn sie alt genug sind. *Sie* hatte noch keine Gelegenheit dazu.«

»Aber sie ist doch kein kleines Kind mehr.«

»Sie ist eine *Kristallgeborene*. Der Kristall bringt selten Kleinkinder hervor. Die meisten stehen äußerlich in der Blüte ihrer Jahre oder wie sie«, Belkan deutete müde zu dem Fenster hin, »kurz davor.«

Jonas versuchte Belkan zu verstehen. Aber es gelang ihm nicht. Angestrengt kramte er in seiner Erinnerung. Was hatte der Rabe von dem Kristall erzählt? Einige seien seine »Kinder«. Jetzt konnte er sich wieder entsinnen! »Gehört sie zu den Wissenden?«, fragte er dann aufgeregt.

»Ich sehe, du kennst dich bereits recht gut bei uns aus. Ja, alles, was einen Wissenden auszeichnet, trifft auch auf sie zu. Sie kam aus der Spiegelregion und sie besitzt das Aussehen einer Angehörigen des Kleinen Volkes. Ich werde das unbestimmte Gefühl nicht los, dass auch der Zeitpunkt stimmt.«

»Der Zeitpunkt?«

»Die Kristallgeborenen sind sehr selten. Tiere und Pflanzen spuckt der Kristall zuhauf aus, aber es verstreichen oft Generationen, bis er wieder einen *Wissenden* hervorbringt. Die Legiden – ein Orden von Geschichtsschreibern – führen hierüber seit Jahrtausenden akribische Aufzeichnungen. Ich habe mich zeit meines Lebens mit den *Chroniken der Legiden* beschäftigt und kann daher sagen, dass die Wissenden eigentlich nur dann erscheinen, wenn unserer Welt große Gefahr droht.«

»Und ist das der Fall?«

»Da liegt ja das Problem. Normalerweise ist es die Aufgabe der Wissenden, die Gefahr zu erkennen. Sie sagen uns auch, wie wir sie bannen können. Aber sie«, Belkans Kopf zeigte zu dem leblosen Körper hin, »kann nichts sagen.«

»Wollen Sie damit behaupten, dass sie sich ... schon immer in diesem Zustand befand?«

Belkan nickte mit schwerem Haupt. »Wir fanden sie am Rande der Spiegelregion. In der Nähe äste ein scheuer weißer Hirsch und direkt neben ihrem Haupt saß ein großer Rabe. Wir vermuten, dass der Hirsch den Körper des Mädchens aus der Spiegelregion getragen hat, dann aber von dem Raben verscheucht wurde. Alle hier sind überzeugt, der schwarze Vogel ist schuld an dem Zustand des Kristallkindes.«

Jonas stockte der Atem. »Kraark!«, stieß er empört hervor.

»Was ist mir dir? Hast du dich verschluckt?«

In Jonas' Kopf begann ein Räderwerk zu arbeiten. Konnte dieser sprechende Rabe, der sich Korax Korbinian Kraark nannte, dieses schlafende Mädchen ...? »Gibt es auf Azon so etwas wie Zauberei?«

Belkan zog seine Stirn kraus. »Nicht in dem Sinne, wie du dieses Wort vielleicht verstehst. Die Bonkas meiden die Magie wie die Pest. Allerdings herrschen auf Azon Gesetze, deren Wirken du wohl als Zauberei betrachten könntest. Es gibt einige vom Kleinen Volk, die diese Gesetze zu ihrem Vorteil zu nutzen wissen. Warum fragst du danach?«

Sollte er Belkan von dem Raben erzählen? Jonas musste an Lydia denken – nein, dieses leblose Wesen da drüben war nicht Lydia. Aber das Gesicht, das goldene Haar! Wäre sie nur um eine Wenigkeit größer gewesen, dann hätte man sie gewiss nicht von Lydia Gustavson unterscheiden können. Obwohl er sie seit vier Jahren nicht mehr gesehen hatte, war er davon felsenfest überzeugt. Sollte Kraark diesem Mädchen etwas angetan haben, dann ...

»Jonas McKenelley, warum antwortest du nicht?«

Er blickte erschrocken in Belkans Gesicht. »Entschuldigen Sie bitte.« Was sollte er tun? Hatte Kraark nicht gesagt, er sei im Zaubern nicht sehr geübt, als dieses Thema zur Sprache gekommen war? Andererseits – Jonas kannte die Tiere wie kein anderer. Kraark hatte ihn hierher geführt, in die Sicherheit der Farbenstadt. Wahrscheinlich hatte der Rabe auch über ihn gewacht, während er ohnmächtig unter der Buche lag. Vielleicht war es ähnlich gewesen, als er dieses Kristallkind fand. Aber warum hatte Kraark nichts gesagt? Er hätte doch alles erklären können. So viele Fragen! Jonas beschloss zunächst nichts von dem Raben zu erzählen. »Reines Interesse«, wiegelte er ab und deutete zum ovalen Fenster hinüber. »Ich kann mir einfach schwer vorstellen, dass ein Rabe für ihren Zustand verantwortlich sein soll.«

»So? Das wundert mich. Ihr Menschen haltet diese Vögel doch für Vorboten des Todes. Und in einem todesähnlichen Schlummer befindet sich dieses Kristallkind!«

»Aber das ist nur Aberglaube«, erwiderte Jonas ärgerlich. »In dem Land, aus dem *ich* komme, wird der Rabe von den Indianern als Schöpfergott verehrt. Und ist das Mädchen da drüben nicht eine neue Schöpfung? Wer von uns beiden hat also Recht?«

In diesem Moment betraten vier Männer den Saal. Sie befanden sich in angeregter Unterhaltung, aber als sie Jonas bemerkten, erstarb das Gespräch sofort.

Belkan schien diese Unterbrechung durchaus gelegen zu kommen. Jonas' letzte Frage hätte leicht der Auftakt zu einem Streitgespräch sein können, und danach stand ihm im Augenblick wirklich nicht der Sinn. »Kommt, setzt euch«, begrüßte er seine Mitältesten und machte eine einladende Geste.

Bald ging es recht turbulent im Ratssaal zu. Krem brachte ein Tablett, auf dem ein Krug und mehrere Kristallbecher standen. Während er damit herumklapperte, betraten weitere Älteste den Raum. Zuletzt, alle warteten schon, kam Goldan herein. Er entschuldigte sich und setzte sich neben Jonas, der seinen Platz direkt gegenüber von Belkan hatte.

Noch einmal begrüßte Belkan alle Anwesenden, jetzt sozusagen offiziell. Damit war der außerordentliche Rat eröffnet. Der Oberälteste legte zunächst den Grund für das nächtliche Zusammenkommen dar. Die Runde lauschte ihm gebannt und mit wachsender Erregung.

Goldan wurde als Nächstem das Wort erteilt. Der Wächter Laomars berichtete sehr ausführlich von Jonas' Ankunft und vergaß auch nicht die allergeringste Kleinigkeit bis zum Betreten des Muschelpalasts. Allmählich wurde Jonas klar, *wie viel* eine gute Geschichte bei den Bonkas galt.

Nun entspann sich eine angeregte Diskussion darüber, ob »er« – Jonas – wirklich »der Gerufene« sei. Ein Ältester mit Namen Klabbath meinte schließlich: »Brüder, wir sollten uns nicht wilden Spekulationen hingeben. Ihr wisst, dass die Menschen wieder einmal in großen Schwierigkeiten stecken und wir uns dazu entschlossen haben, einen der Ihren zu rufen, damit wir den Ernst der Lage entschärfen können. Aber soweit mir bekannt ist, hat man in der Höhle der Flüsterer jemanden ausfindig gemacht, der wirklich dazu imstande wäre, und nicht diesen ... *Jungen.*«

Das letzte Wort hatte Klabbath in einer Weise ausgesprochen, die Jonas überhaupt nicht gefiel. Gleichzeitig schwante ihm jetzt, welche Rolle die Bonkas Dr. Gould und möglicherweise auch Frank Holloway zugedacht hatten. Doch wo waren die drei Männer aus der *Wild Goose* geblieben?

»Aber wenn er nicht der Gerufene ist, dann kann er nur ein Spion sein«, warf währenddessen ein anderer namens Arjoth ein. »Wir alle wissen, dass die Malkits zu allem fähig sind. Sie würden uns selbst ein *Kind* senden.«

Da war er wieder, dieser Tonfall: nicht wirklich bösartig, aber auf eine unüberhörbare Weise geringschätzig. Jonas fragte sich allmählich, warum er überhaupt noch hier saß. Seine Hände lagen auf der gläsernen Tafel und ballten sich langsam zu Fäusten. Was sollte all dieses Geschwafel? Da drüben lag ein verletztes Mädchen, das Hilfe brauchte, und diese alten Männer stritten sich darum, ob sie von ihm – Jonas – etwas zu befürchten hatten.

»Das ist doch Blödsinn!«

Zwölf Augenpaare blickten fassungslos in Jonas' Richtung.

Der war von seinem Stuhl hochgefahren und hatte mit den Händen auf den Tisch geschlagen. Er konnte seine Wut nur schwer beherrschen. »Ich komme mir hier langsam vor wie bei den sieben Zwergen, die darüber streiten, wer von ihrem Tellerchen gegessen hat, während Schneewittchen todkrank in ihrem Kristallsarg liegt.«

Der allgemeinen Bestürzung in den Gesichtern gesellte sich nun noch Verwirrung hinzu. Murren und Grummeln erhob sich in der Runde.

»Hat er den Verstand verloren?«, fragte einer, den Jonas noch nicht kannte.

»Ich glaube, wir haben einen großen Fehler gemacht.« Belkans tiefe Stimme sorgte augenblicklich für eine Entspannung der Situation. Alle Köpfe wandten sich zu ihm um. »Wir haben *über* Jonas McKenelley gesprochen, aber nicht *mit* ihm.«

»Darf ich etwas sagen?« Goldan war abrupt aufgestanden.

Abgesehen von seinem Bericht hatte er sich als Jüngster im Rat bisher bescheiden zurückgehalten.

Belkan nickte. »Bitte, Goldan, sprich.«

»Ich glaube nicht, dass Jonas McKenelley eine Gefahr für uns darstellt.«

Seine Mitältesten blickten ihn ratlos an.

»Es ist schwer, das zu beschreiben«, fügte Goldan hinzu. »Aber ich fühle, dass ich diesem Menschenkind trauen kann. Wenn er nicht der Gerufene ist, dann muss das nicht zwangsläufig heißen, dass die Malkits ihn geschickt haben. Er könnte aus Versehen hierher gekommen sein.«

»Wir haben lange keine Wanderer mehr in unserer Gegend gehabt«, warf ein Ältester zweifelnd ein.

»Aber was heißt das schon?«, verteidigte Goldan den Gast mit wachsendem Eifer. Seine Stimme klang aufrüttelnd, als er die anderen am Tisch erinnerte: »Wir sind nicht die Malkits. Sie säen Misstrauen gegenüber allem, was fremd ist. Ihr wisst so gut wie ich, dass die Menschen nur allzu bereitwillig auf diese Einflüsterungen hören. Aber wenn nun auch *wir* das tun, wer könnte dann noch der Engstirnigkeit Einhalt gebieten?«

Betretenes Schweigen breitete sich aus. Etliche Älteste betrachteten die Muschel unter der Tischplatte, einige auch die eigenen Fingernägel.

»Ich danke dir für deine offenen Worte«, übernahm nun wieder Belkan das Wort, während Goldan Jonas aufmunternd zublinzelte, »aber wir sollten nicht vergessen, dass du der Jüngste unter uns bist. Jugendlicher Tatendrang ist einem ausgewogenen Urteil nicht immer förderlich.«

Jonas' Mut sank nun völlig. Man würde ihm nie erlauben sich das schlafende Mädchen aus der Nähe anzusehen! Fast schon teilnahmslos hörte er mit an, wie Belkan empfahl die weiteren Erörterungen auf den nächsten Tag zu verschieben. Er betonte noch einmal, dass Goldans Appell gut und richtig sei. Niemals wolle man Unrecht dulden. Schon gar nicht an einem *Wanderer!* Aber wegen der sich häufenden Gerüchte über einen neuen boshaften Plan der Malkits dürften sie keinen Leichtsinn walten lassen. Gerade wollte er die Sitzung aufheben, als es an der Tür zum Ratssaal klopfte.

Belkan schaute irritiert auf. »Ich hatte Krem doch gebeten, dass er uns auf keinen Fall stört.«

Erneut klopfte es. Diesmal laut und fordernd.

»Nun komm schon herein, Krem«, rief der Oberälteste unwirsch.

Das Klopfen wiederholte sich.

»Soll ich öffnen?«, fragte Klabbath.

»Vielleicht hat er ein Tablett in den Händen.« Belkan nickte in Richtung Tür. »Sei bitte so nett, Klabbath.«

Der Angesprochene schob seinen Stuhl zurück, ging zur Tür und riss sie schwungvoll auf. Noch bevor er sie wieder erschrocken zuwerfen konnte, war der Rabe schon in den Raum geschlüpft.

»Was ist denn *das*?«, rief der Älteste, der dem Tier am nächsten saß.

»Für mich sieht es aus wie ein Kolkrabe«, erklärte Jonas. Er sprang vom Tisch auf und eilte zu Kraark. »Du scheinst ein Talent für große Auftritte zu haben«, begrüßte er seinen schwarz gefiederten Weggefährten.

»Ich habe mich nur für eine Weile zurückgezogen, weil ich wusste, wie man hier über mich denkt«, entgegnete Kraark und sah dabei anklagend in die Runde.

Ehe noch Jonas etwas erwidern konnte, flog die Tür erneut auf. Krem stürzte herein, erblickte den Raben und ging gleich auf ihn los. »Hier steckt das Tier also!« Der Diener versuchte Kraark zu fassen, doch der Rabe war viel zu schnell für ihn. Der Vogel machte sich einen Spaß daraus, den dürren Mann durch den Saal zu scheuchen.

»Krem!« Belkans donnernder Ausruf stoppte sofort den Jagdeifer des Angerufenen. Der Diener richtete sich auf. Erst jetzt wurde er sich bewusst, zu welch unwürdigem Treiben er sich hatte hinreißen lassen, hier, im ehrwürdigen Kristallsaal!

»Es sah ganz so aus, als hätte es dir auch noch Spaß gemacht«, flüsterte Jonas dem Raben zu.

»Fangen spiele ich am liebsten«, antwortete Kraark vergnügt. »Seit ich mit Talinkas Welpen durch den Schnee tollte, habe ich mich nicht mehr so gut amüsiert!«

»Was tust du da?«, mischte sich eine erstaunte Stimme in das Gespräch der beiden. Es war Goldan, der den Raben misstrauisch beäugte.

Jonas sah den Wächter verständnislos an. Dann bemerkte er, dass auch die anderen Ältesten ihn argwöhnisch musterten. »Ich habe nur mit dem Raben gesprochen. Ist das etwa ein Verbrechen?«

»Du hast … mit *ihm*?« Goldan nickte mit dem Kopf in Kraarks Richtung.

»Aber ja. Ich habe mir nichts dabei gedacht …«

»Willst du damit sagen, dass du die Sprache der *Raben* verstehst?«, fiel ihm jetzt Belkan ins Wort.

Allmählich ahnte Jonas, worin die Ursache der allgemeinen Verwunderung lag. Ein schelmisches Lächeln stahl sich auf sein Gesicht. »Ich spreche fließend Rabisch. Aber wie mir scheint, bin ich der Einzige hier in diesem Raum.«

»Ich sage euch, das hat nichts Gutes zu bedeuten«, unkte ein Ältester, den die anderen Gondik nannten.

»Ja«, pflichtete ihm Arjoth bei. »Ich habe euch ja gleich gesagt, dass er ein Spion ist. Der Rabe und er stecken unter einer Decke.«

»Das hatte ich befürchtet«, seufzte Kraark, der neben den Stuhl des Jungen getrippelt war.

Jonas teilte die Enttäuschung des Raben. Die ganze Situation schien gänzlich verfahren zu sein. Er selbst konnte an kaum etwas anderes als dieses schlafende Mädchen denken. Er wollte ihm helfen, auch wenn er nicht wusste, wie. Aber diese alten Männer hier schienen nichts Besseres zu tun zu haben, als ihn irgendwelcher dunklen Machenschaften zu bezichtigen. Warum nur hatten sie eine solche Furcht vor einem Raben?

Goldan versuchte noch einmal die hitzige Diskussion herumzureißen. Jonas stelle keine Gefahr für die Bonkas dar. Man müsse ihn im Gegenteil als Chance begreifen die gegenwärtige Krise zu bewältigen. Aber als Arjoth ihn dann mit vorgerecktem Kinn fragte, warum er solche Hoffnungen in diesen

Rabenfreund setze, schwieg Goldan. Er fand keine Worte für das, was sein Herz ihm sagte.

Nachdem die meisten Ältesten ihre Meinung kundgetan hatten, verschaffte sich Belkan erneut Gehör. Der Vorsitzende im Ältestenrat wiederholte seinen Beschluss die Sitzung am nächsten Tag fortzusetzen. Das Auftreten des Raben hätte die Situation nur noch verworrener gemacht. »Möglicherweise ist es falsch, ihm zu misstrauen«, sagte er mit müder Stimme. »Aber die Leichtgläubigkeit ist eine noch viel größere Gefahr.« Und sich an seinen Diener wendend fügte er hinzu: »Krem, weise dem Knaben und seinem Vogel eine gut verschließbare Kammer zu. Kümmere dich darum, dass sie alles bekommen, was sie benötigen. Und Sorge dafür, dass sie morgen früh noch da sind!«

Krem nickte wie jemand, der genau weiß, worin seine Pflichten bestehen. Jonas fest in die Augen blickend deutete er mit ausgestrecktem Arm zum Ausgang.

Jonas sah zu dem schwach schimmernden Alkoven hin und warf dann Goldan einen verzweifelten Blick zu. Sein Herz schlug heftig, ein tiefer Atemzug, aber ihm fehlten die Worte. Was konnte er diesen verbohrten alten Männern noch sagen, die sich bereits zum Gehen erhoben hatten? Sie würden ihn sowieso nicht zu dem Mädchen lassen.

Gerade war er mit gesenktem Kopf aufgestanden, als eine energische Stimme an sein Ohr drang. Sie war hell und knarzte wie ein Segelschiff im Sturm.

»Dummkopf! Lass mich endlich vorbei oder ich verwandele dich in eine Trompete.«

Es folgte ein leiser Aufschrei, dann einige schnelle stampfende Schritte und im nächsten Augenblick stand ein sonderbares Wesen unter der Tür. Bei näherem Hinsehen erkannte Jonas, dass es sich um eine Frau handeln musste. Eine sehr alte Frau! Sie hatte schneeweißes langes Haar, das allen Gesetzen der Schwerkraft zu trotzen schien und in jede nur erdenkliche Richtung strebte. Ihre Kleidung war sehr bunt. Oberflächlich betrachtet hätte man ihr bis zu den Waden reichendes Gewand für einen Flickenteppich halten können, einen wahren Querschnitt durch einhundert Jahre bonkasischer Textilgeschichte.

Jonas wusste schnell, dass diese seltsame Alte alles andere als eine üble Kräuterhexe war. Er besaß die Gabe sich in ein anderes Wesen hineinzuversetzen und es – gewissermaßen von innen heraus – zu verstehen. Die Frau, die da gerade mit funkelnden Augen in die Männerrunde des Kristallsaals blickte, war eine ausgesprochen starke Persönlichkeit. Sie besaß einen Willen, der sich nur der Wahrheit beugte – und in Bezug auf Kleidung und Frisur gibt es nun mal keine endgültige Wahrheit. Ein Lächeln schlich sich auf Jonas' Lippen. Die Alte gefiel ihm.

»Syrda! Du?«, rief Belkan, der als Erster seine Fassung zurückgewonnen hatte.

»Wie schön, dass du mich noch kennst, Belkan.« Die Alte lachte, ein Geräusch wie von einem quietschenden Truhendeckel.

»Du hast doch nicht wirklich einen von meinen Helfern in eine …« Belkans Stimme verebbte.

»… Trompete verwandelt?«, beendete Syrda die Frage. Jetzt lachte sie noch lauter. »Du weißt, dass ich dazu gar nicht fähig wäre! Jedenfalls hab ich so was Törichtes noch nie versucht. Ich musste den feisten Jungen da draußen nur aus dem Wege bekommen. Er verstopfte den ganzen Gang und wollte mich nicht vorbeilassen. Im Augenblick dürfte er in irgendeinem Kellerloch stecken und den Ratten sein Leid klagen.«

Belkan atmete erleichtert auf. »Du hast dich seit vierzehn Jahren nicht mehr in unserer Runde blicken lassen. Was treibt dich ausgerechnet heute Abend hierher?«

Syrda grinste den Oberältesten an. »Dasselbe wie euch müde Krieger, Belkan.«

»Ich dachte, du willst mit uns nichts mehr zu tun haben.«

»Ihr habt damals einige Entscheidungen getroffen, denen ich mich nicht anschließen konnte. Ihr bildet den Rat. Ich habe eure Stellung nie angezweifelt. Aber deshalb muss ich mich noch lange nicht zum Narren machen.«

Genau so sieht sie aber aus, dachte Jonas. Syrdas buntes

Gewand hätte einem Hofnarren gut zu Gesicht gestanden. Die Frau war, selbst für eine vom Kleinen Volk, ausgesprochen kleinwüchsig. Gebeugt stand sie vor dem Oberältesten, ihre rechte Hand ruhte auf einem knorrigen Stock und ihre schwarzen Augen funkelten wie die eines Raubtieres.

»Und was hat dich nun deine Meinung ändern lassen?«, fragte Belkan. In der Stimme des Ältesten schwang eine hohe Achtung für die Alte mit und Jonas spürte, dass diese Ehrerbietung auch einen Grund hatte.

»Als ich von dem jungen Wanderer hörte, musste ich einfach kommen. Mir war klar, wie ihr über ihn denken würdet. Ihr habt nach einem anderen gesucht, um euer neuestes Scharmützel gegen die Malkits zu gewinnen.« Syrda trat ganz nahe an den anderthalb Kopf größeren Belkan heran und blickte herausfordernd zu ihm empor. »Dieser Junge ist in euren Augen allein deswegen wertlos, weil er unter den Menschen keinen Einfluss hat – jedenfalls keinen, den ihr je erkennen würdet.«

»Und woher willst gerade *du* wissen, dass mehr in ihm steckt? Du hast dich doch seit Jahren nicht mehr für die Angelegenheiten deines Volkes interessiert.«

»Ihr verwechselt oft leeres Geschrei mit echter Anteilnahme …«

»Etwas mehr Respekt, Syrda! Du sprichst vom Ältestenrat der Bonkas. Auch du hast einmal an der runden Kristalltafel gesessen.«

Für einen Moment senkte Syrda den Blick. Sie wackelte mit dem Kopf hin und her und murmelte eine Entschuldigung. »Vielleicht habe ich nicht die richtigen Worte gewählt, aber dafür habe ich wenigstens etwas getan, während die Geschicke der Menschen den Flüsterern immer mehr aus den Händen gleiten.«

»*Du*?«, brachte sich Gondik empört ins Spiel. »Was hast *du* denn für uns oder für die Menschen getan? Seit du dich wie ein Einsiedlerkrebs in dein Schneckenhaus zurückgezogen hast, ist dir doch alles egal.«

Syrda bedachte den Ältesten mit einem Blick, der ihn

erschrocken zurückfahren ließ. Dann wandte sie sich wieder Belkan zu. »Es ist richtig, dass ich in der letzten Zeit mein Haus nicht oft verlassen habe. Aber im Reich der Bonkas gibt es viele Augen und Ohren, die mir dienen.«

Belkan sah die Alte aus schmalen Augen an.

»Am Tor zur Spiegelregion hat Korax für mich gewacht«, fügte Syrda mit geheimnisvollem Lächeln hinzu.

»Korax?«

Sie blickte zu dem Raben hinüber, der es sich auf Jonas' Schulter bequem gemacht hatte, um ja alles mitzubekommen, und konnte sich ein Kichern nur mit Mühe verkneifen. »Der Vogel dort drüben, den ihr für einen Todesengel haltet.«

»Der *Rabe* ist dein ... Kundschafter?«

»Ein Wunder, dass er nicht ›Spion‹ gesagt hat«, krächzte Kraark.

»Er hat dich wahrscheinlich nur falsch eingeschätzt«, beruhigte Jonas den Vogel. »Bei uns Menschen ist das ganz normal, wenn uns etwas fremd erscheint.«

»Deshalb braucht ihr ja auch die Flüsterer.«

Syrda hatte die Unterhaltung zwischen Jonas und dem Raben bemerkt. Erstaunt wandte sie sich von dem Oberältesten ab und schlurfte auf Jonas zu. Mit dem Stock deutete sie auf das ungleiche Paar und sagte: »Wenn mich meine alten Ohren nicht trügen, dann habt ihr beiden euch gerade unterhalten!«

»Ihr Gehör funktioniert noch sehr gut«, erwiderte Jonas.

Nur Syrda bemerkte, dass der Menschenknabe sie sogleich durchschaut hatte (sie gab sich gerne etwas gebrechlicher, als sie wirklich war). »Du bist tatsächlich derjenige, nach dem ich Ausschau gehalten habe«, flüsterte sie ehrfürchtig. Dann drehte sie sich zu Belkan um und rief, indem sie wieder mit dem Stock auf Jonas zeigte: »*Ihn* habe ich erwartet. Anfangs ahnte ich nur, dass den Bonkas eine großen Gefahr droht. Ich sandte meine Späher aus, unter anderem auch Korax. Dann erschien die Wissende. Korax wachte über sie, bis das Mädchen gefunden wurde, und ihr habt ihn glatt für einen von den Malkits gesandten Dämon gehalten. Und ich dachte bisher immer, der

Aberglauben sei nur eine von den Menschen gepachtete Eigenschaft!« Syrda seufzte betrübt. »Leider konnte die Wissende uns nicht helfen, weil ein tiefer, todesähnlicher Schlaf auf ihr lag, der sie immer noch lähmt. Deshalb schickte ich den Raben wieder zum Tor der Spiegelregion zurück. Ihr wisst, dass der Kristall nichts aus sich selbst hervorbringt. Seine Kinder sind Abbilder der Menschenwelt. Also musste auch das Mädchen eine Spiegelung von jemandem sein, dessen Geist durch großen Schmerz gelähmt wurde. Ich wusste, dass der Kerker dieses Schmerzes nur von einer Person aufgebrochen werden kann, die ihn genau kennt. Nur ein Menschenkind, das dieselben Gefühle empfinden kann – vielleicht sogar empfunden hat –, vermag die Wissende aus ihrem Schlaf zu wecken. Er«, die alte Weise deutete noch einmal mit Nachdruck auf Jonas, ihre Stimme gewann neue Kraft, »er *ist* dieses Menschenkind. Zum Glück war wenigstens einer unter euch besonnen genug, dies zu bemerken. Nach der Rückkehr des Raben wusste ich zwar, dass der erhoffte Wanderer erschienen war, aber Goldan sagte mir, wo ich ihn finden kann. Deshalb kam ich hierher, und wie mir scheint, keinen Atemzug zu spät. Wahrscheinlich habt ihr nicht einmal die Geschichte des Jungen angehört. Korrigiert mich, wenn ich mich getäuscht haben sollte.«

Die kleine buckelige Frau sah ernst in die Runde der Ältesten. Die zuvor ablehnenden Blicke der Männer waren betretenen Mienen gewichen.

»Jetzt hat sie sie«, raunte Kraark Jonas zu. Für die anderen klang die Bemerkung des Raben nur wie das leise Knarren einer Tür.

Jonas ließ den schwarzen Vogel auf seinen Unterarm klettern und blickte ihn fragend an.

Kraark wippte mit dem Oberkörper zwei-, dreimal auf und ab. »›Erzähle mir deine Geschichte und ich sage dir, wer du bist.‹ Hast du noch nie dieses Sprichwort gehört?«

Unmerklich schüttelte Jonas den Kopf.

»Beim Kleinen Volk ist es Brauch, einen Fremden zunächst seine Geschichte erzählen zu lassen ...«

Jonas erinnerte sich, dass Goldan ihn danach gefragt hatte.

Jetzt begann er allmählich zu begreifen, dass dies mehr als nur eine leere Redewendung gewesen war. Ehe Kraark seine Erklärung beenden konnte, ergriff wieder Belkan das Wort.

»Du hast uns auf einige ernste Versäumnisse aufmerksam gemacht, Syrda. Das war schon immer eine deiner größten Stärken.«

»Vielleicht auch der Grund, weshalb ihr mich nie besonders gemocht habt«, kicherte die Alte.

»Wie auch immer. Ob nun Mensch oder Angehöriger des Kleinen Volkes – uns allen ist die Kraft der Geschichten gemein. Jonas McKenelley soll Gelegenheit bekommen seine Geschichte zu erzählen, gleich morgen früh.«

»Nicht morgen«, widersprach Syrda. »Jetzt!«

»Aber es ist spät. Wir sind müde. Wir haben hitzig debattiert. Unsere Gefühle könnten ...«

»Gefühle sind genau das, was ihr jetzt braucht«, unterbrach Syrda den Oberältesten streng. »Ihr habt die halbe Nacht euren Verstand sprechen lassen. Erinnert euch endlich wieder, dass ihr Bonkas seid. Die wahren Flüsterer! Keine Geschichte besitzt wirklich Macht, wenn sie nicht aus dem Herzen kommt. Gerade *jetzt* ist der richtige Augenblick: Der Knabe soll seine Geschichte erzählen.«

Belkan blickte fragend in die Runde seiner Mitältesten. Keiner wagte zu widersprechen. Erstaunlicherweise sagte sogar der zuvor so argwöhnische Arjoth: »Syrda hat nur ausgesprochen, was bei uns Gesetz ist. Ich finde, der Knabe sollte seine Chance bekommen.«

»Also gut«, meinte Belkan. »Dann wollen wir erneut an der Tafel Platz nehmen. Jonas McKenelley, würdest auch du dich bitte wieder an den Tisch setzen?«

Jonas nickte und begab sich zu seinem Platz zurück. Hier und da wurden ein paar Worte gewechselt, leises Gemurmel erfüllte den Raum.

»Ich habe keinen blassen Schimmer, was ich eigentlich erzählen soll«, flüsterte Jonas dem Raben zu.

»Eine Geschichte, die dir sehr wichtig ist«, antwortete Kraark.

»Was für eine Geschichte denn? Etwa ein Märchen?«

»Nein. Kein Märchen. Es sei denn, es bewegt dein Herz wie sonst nichts auf der Welt. Erzähle, was dich wirklich berührt. Es kann dich zum Lachen oder zum Weinen bringen. Das ist ganz egal.«

Inzwischen saßen wieder alle und Belkan sorgte mit einer Geste für Ruhe. »Vielen Dank, Brüder.« Sein Blick streifte die funkelnden Augen der Alten und er fügte schnell hinzu: »Und auch dir sei Dank, Syrda. Wir wollen nun der Geschichte des Wanderers lauschen und uns dann unser Urteil bilden.«

Jonas blickte unsicher in die Runde. Ihm war noch immer nicht ganz klar, was man von ihm verlangte.

Syrda bemerkte seine innere Anspannung und sagte mit unerwartet sanfter Stimme: »Erzähle uns, was im Augenblick am meisten dein Herz berührt. Hier auf Azon haben die Geschichten des Herzens große Kraft. Sie können Wunder wirken. Hab also keine Furcht, Jonas. Niemand wird über dich lachen.«

Die Worte der Weisen flößten Jonas neuen Mut ein. Und dann kam ihm ein absurder Gedanke …

»Ich möchte ihre Hand dabei halten.«

Alle sahen ihn verständnislos an.

»Wessen Hand?«, fragte Syrda. Doch schien sie als Einzige zu ahnen, was der Junge meinte.

»Die Hand des Mädchens hinter dem Glas dort. Ich möchte meine Geschichte für sie erzählen.«

Nun machte sich Betroffenheit breit. Einige wagten sogar leise zu protestieren.

»Er soll ihre Hand halten können«, sagte die Alte bestimmt.

Für einen Augenblick furchte Belkan unwillig die Stirn, doch irgendetwas in Syrdas Gesicht brachte ihn dann doch zum Nachgeben. »Nun gut. Es wird ihr kaum schaden; wir werden alle dabeistehen und ihm zuhören. Aber es wäre eine unverzeihliche Sünde, ihr die einzige Hilfe zu versagen, die ihr vielleicht noch bleibt.«

Er bedeutete Krem den Alkoven zu öffnen, hinter dem der leblose Körper des Mädchens lag. Der Diener drehte an einem Schneckengehäuse an der Wand, drückte vier Muschelschalen und plötzlich schob sich die Trennwand mit dem eingelassenen Ovalfenster lautlos zur Seite.

Jonas hatte keine Ahnung, welcher Mechanismus dafür verantwortlich war. Wie schon in Goldans Haus, so konnte er auch hier keine Hinweise auf eine besonders fortschrittliche Technik entdecken. Es gab weder Schalter noch Hebel. Leuchten oder sich wie von Geisterhand bewegende Türen waren einfach da. Sie funktionierten – ohne erkennbare Energiequelle oder irgendwelchen Lärm zu verursachen. Jonas beschlich der Verdacht, hinter dem altertümlichen Äußeren dieser Welt wirke ein überragender Geist. Aber selbst wenn es so war, die Bonkas hatten ihre Wissende, dieses schlafende Mädchen nicht wecken können.

Der leblose Körper lag auf einem Sockel, der Jonas ungefähr bis zur Hüfte reichte. Die Bonkas hatten ihn auf ein weiches Polster aus karminrotem Stoff gebettet. Jonas trat nun neben das Mädchen und betrachtete sein Gesicht. Sein Herz pochte laut. Jetzt erst konnte er richtig erkennen, *wie* ähnlich sie Lydia Gustavson wirklich war. Natürlich, sie wirkte noch zierlicher, sie gehörte ja zum Kleinen Volk. Aber das Gesicht, das glatte lange goldene Haar, die zarte Anmut, die sie selbst in ihrem todesähnlichen Zustand noch besaß – all das brachte die lichten, aber auch die dunklen Stunden der Vergangenheit wieder zurück.

Ein Tropfen fiel auf das malvenfarbene Gewand des Mädchens, eine Träne, die sich unbemerkt ihren Weg über seine Wange gebahnt hatte. Erst waren die Eltern gegangen und dann auch noch Lydia. Er hatte diesen Schmerz nie verwinden können. Eine spröde Stimme riss ihn aus seinen schwermütigen Gedanken.

»*Friss nicht länger mir am Leben! Pack dich! Fort! Hinweg dich scher! Sprach der Rabe, ›nimmermehr‹.*«

Jonas blinzelte Kraark aus tränenfeuchten Augen an. Der Rabe saß auf dem Sockel am Fußende des Mädchens.

»Ist es nicht das, was du gerade fühlst?«, fragte er.

»Ich …« Jonas wusste nicht, was er sagen sollte. Dieser sprechende Vogel war wirklich ein rätselhaftes Geschöpf.

»Ich dachte, du würdest diese Worte kennen«, sagte Kraark mit echter Besorgnis in der Stimme. »Sie stammen von einem Menschen. Er hieß Edgar Allan Poe und hatte seinem Raben beigebracht, das Wort ›nimmermehr‹ zu sprechen. Das Gedicht handelt von einem jungen Mann, der um den Tod seiner verlorenen Geliebten trauert. Gerade eben hättest du dieser Jüngling sein können, Jonas.«

Mit dem Ärmel wischte sich der Junge die Tränen von den Wangen und sah verlegen zu den Bonkas hin. Die Ältesten hatten sich vor dem Alkoven versammelt, da er innen zu wenig Platz für sie bot. Nur Syrda stand noch am Fußende des schlafenden Mädchens.

»Ich denke, du bist nun bereit uns deine Geschichte zu erzählen«, sagte die gebeugte alte Frau. Sie lächelte Jonas ermutigend zu.

Der nickte unsicher und schluckte einen Kloß hinunter. Er wusste längst, welche Geschichte er zu erzählen hatte. Vorsichtig legte er die Hände des Mädchens unter dessen Brust zusammen und umschloss sie fest mit den seinen. Wie weiß ihre Haut war! Aber es war nicht die Farbe des Todes. Die Haut des Mädchens fühlte sich warm an. Er räusperte sich und begann dann, ohne sich noch einmal zu den Umstehenden umzublicken, mit seiner Geschichte.

◇ JONAS' GESCHICHTE

Er war ein sehr stiller Junge. Eigentlich fühlte er sich am wohlsten, wenn er sich in der Gesellschaft von Tieren befand. Dies bereitete seinen Großeltern nicht wenige Sorgen. Der Junge hatte seine Eltern schon früh verloren und deshalb sah man es ihm nach, wenn er ab und an die Einsamkeit suchte.

Eines schönen Tages hatte er in der Schule ein Mädchen kennen gelernt. Sie hieß Lydia und war gerade elf geworden, auf den Tag genau zwei Monate vor dem Geburtstag des Jungen. Lydia Gustavson war ihm natürlich nicht fremd. Beide besuchten dieselbe Klasse und fuhren auch jeden Morgen gemeinsam mit dem Schulbus nach Florida City. Sie wohnten beide in Muddy Creek, aber am jeweils entgegengesetzten Ende des Ortes. Aber was hieß das schon? In der Dreihundertseelengemeinde kannte jeder jeden. Die aus Schweden stammenden Gustavsons lebten allerdings sehr zurückgezogen und der Junge war viel zu scheu, um Lydia anzusprechen. Bis zu jenem sonnigen 9. Mai im Jahre 1958.

Smitty hatte den Vorschlag gemacht den Mädchen einen Streich zu spielen – eigentlich handelte es sich mehr um einen Rachefeldzug. Die weibliche Hälfte der Klasse hatte sich nämlich im Schwimmunterricht vergnügen dürfen, während die Jungs von ihrem Lehrer bei brütender Hitze um den Sportplatz gehetzt worden waren. Smitty war sehr erhitzt, einerseits von der Sonne, andererseits von der Wut in seinem Bauch. Da sein Verstand komplizierte Zusammenhänge nur schwer erfassen konnte und der Sportlehrer ein durchtrainierter, leicht reizbarer Mann war, erklärte er kurzerhand die Mädchen zu den wahren Schuldigen für diese zum Himmel schreiende Ungerechtigkeit.

Die Mädchengruppe befand sich bereits, gemäß der Schulvorschrift, »ohne was an im geschlossenen Verband unter den Duschen« und war »deshalb leicht angreifbar«, wie Smitty den anderen Jungs mit schmierigem Grinsen erklärte. Die verminderte Wachsamkeit »des Feindes« zeige sich an dem unüberhörbaren Juchzen, Gackern und Kichern, das bis in die Umkleideräume der Jungen herüberdrang. »So blöd können auch nur Mädchen sein«, kommentierte er diese Nachlässigkeit und schlug vor, die Gunst der Stunde zu nutzen und sämtliche Sachen der Mitschülerinnen zu »entführen«. Smitty verband mit diesem »Kommandounternehmen« offenbar irgendeine besonders erheiternde Vorstellung, denn er ließ sein süffisantes Grinsen auch dann noch nicht fallen, als er um Zustimmung heischend in die Runde seiner »Mitkämpfer« blickte.

Der stille Junge, von dem die Geschichte handelt, verabscheute großspurige Reden, dienten sie doch seiner Meinung nach nur dazu, den Zuhörern den Verstand zu verkleistern, damit deren eigener Wille sich letztlich nicht mehr rühren konnte. Mitläufertum war ihm zuwider, Begriffe wie »Rache« und »gemeinschaftliche Schuld« kamen ihm wie schleichendes Gift vor. Diese Einstellung war wie ein Baum über die Jahre in ihm gewachsen, gehegt und gepflegt von seinen Großeltern und abgehärtet durch die Unbilden der Zeit, in der er aufwuchs. Es muss daher nicht verwundern, dass Smittys »Schlachtplan« ihn ziemlich anwiderte.

Dementsprechend kommentierte er das Vorhaben auch mit der Bemerkung, dass er es nicht nur gemein, sondern zugleich »komplett bescheuert« finde. (Es sollte erwähnt werden, dass Smitty einen ganzen Kopf größer war als der Junge, weil er schon zwei »Ehrenrunden« hinter sich hatte und deshalb auch den Status des Klassenältesten genoss.) Der Widerspruch des Jungen fand in der Truppe keine Anhänger. Smitty hatte einfach die schlagkräftigeren Argumente.

Der Junge dachte jedoch gar nicht daran, diesen Umständen seine Überzeugung zu opfern. Er rannte los und alarmierte die Mädchen durch lautes Rufen. Wie man vermuten kann, kochte Smitty vor Wut. Mit einem einzigen Faustschlag schlug er den stillen Jungen nieder.

Als die Mädchen auf den Schauplatz des dramatischen Geschehens strömten, saß der Junge allein auf dem Boden, noch etwas benommen, aus seiner Nase tropfte Blut. Mit knappen Worten, fast, als wolle er sich entschuldigen, erklärte er die Ursache für seine Verwundung. Aber so sehr er sich auch bemühte die ganze Angelegenheit herunterzuspielen, gelang es ihm dennoch nicht, der bewundernden Anteilnahme seiner Klassenkameradinnen zu entgehen. Er war, ehe er sich's versah, zum galanten Helden aufgestiegen, Smitty hatte seinen Ruf als Bösewicht der Klasse einmal mehr bestätigt und die übrigen Verschwörer mussten sich eine Zeit lang mit Titeln wie »Jammerlappen« und »Schlappschwänze« abfinden.

Dem Jungen war das Ganze trotzdem ziemlich peinlich. Er mochte es nicht besonders, im Mittelpunkt zu stehen. Aber das war – wie auch die blutende Nase – nur eine nebensächliche Folgeerscheinung, die er gerne in Kauf nahm. Der Tag wurde für ihn aus einem ganz anderen Grund unvergesslich: Er hatte Lydia kennen gelernt. Sie gehörte zur Gruppe der Geretteten und hatte sich sofort um seine geschundene Nase gekümmert. Sanft wie ein Schmetterling tupfte sie mit ihrem Taschentuch das Blut ab, bemitleidete ihn etwas und ließ dann im Weiteren nicht mehr davon ab, ihn ob seiner »mutigen Haltung« zu bewundern. Ihr Trost bestätigte ihn in der Meinung, dass es durchaus lohnenswert sein konnte, auch ab und zu gegen den Strom zu schwimmen.

Während Lydia ihren »Robin Hood« verarztete, musste der sie immerzu ansehen. Er fragte sich, warum sie ihm nicht schon früher aufgefallen war. Sie schien ihm das schönste Wesen auf der Welt zu sein! Das strohblonde Haar fiel ihr weich wie ein Seidenschal über den Rücken und schimmerte hell im Sonnenlicht. Ihre Augen leuchteten wie der klare Himmel nach einem Gewitterregen. Und ihr Lächeln! Es war dem Jungen einfach nicht möglich, den Blick von diesem zarten, aber – trotz des Lachens – beinahe melancholisch wirkenden Gesicht zu nehmen.

Ohne es zu merken, lächelte der Junge zurück. Wahrscheinlich wirkte dieser Ausdruck stiller Verzückung nicht gerade sehr intelligent, aber er hatte nichts gemein mit dem anzüglichen Grinsen, das Smitty so perfekt beherrschte, und auch nicht mit jenem albernen Kichern, das die Klassenkameraden jedes Mal befiel, wenn sie sich heimlich Bilder von Marylin Monroe ansahen. Der Junge war eben einfach hingerissen von diesem Mädchen, so wie ihm auch das Glitzern eines Kolibris im Sonnenlicht oder die anmutige Schönheit einer Orchidee die Sprache rauben konnten.

Diese Sprachlosigkeit war auch Lydia Gustavson nicht entgangen, denn als es beim besten Willen nichts mehr an seiner Nase zu richten gab, sagte sie unerwartet energisch: »So, das wär's. Jetzt müsstest du eigentlich wieder so weit in Ordnung sein, dass du mich zum Schulbus bringen kannst!«

Die anderen Mädchen beklagten sich ein wenig, weil die

sonst immer so stille Lydia ihnen ihren Helden einfach entführen wollte. Doch den Schulbus zu verpassen wäre wirklich eine Riesendummheit gewesen und so ließen sie die beiden schließlich ziehen.

Bis zu den Sommerferien verging dann kein Tag mehr, an dem der Junge nicht im Schulbus neben Lydia gesessen hätte. Wie sich schnell herausstellte, war das zierliche blonde Mädchen von Haus aus gar nicht so schweigsam, wie alle anderen dachten. Sie konnte reden wie ein Wasserfall, wenn sie erst einmal zu jemandem Vertrauen gefasst hatte. Dies war ihr bei dem Jungen nicht schwer gefallen.

Er selbst wusste nicht recht, woran das lag, aber seine Großmutter behauptete immer, er besäße eine angeborene Glaubwürdigkeit, die andere auf eine fast unwiderstehliche Weise anziehe. Selbst die Tiere spürten das. Ja, die Großmutter bescheinigte ihrem Enkel eine Verbundenheit mit der Natur, die tiefer und inniger sei als jede Liebe, die ein Tier- oder Pflanzenfreund normalerweise entwickelte.

»Du hast für dein Alter eine ungewöhnlich ausgeglichene Wesensart«, hatte sie einmal zu ihrem Enkel gesagt, während sie ihm lächelnd über das dunkle Haar strich. »Du scheinst in dir selbst zu ruhen. Ich weiß, das hört sich komisch an bei einem Jungen. Aber die Tiere täuschen sich nicht, sie vertrauen dir.«

Der Junge fühlte sich immer unwohl, wenn er hörte, dass er anders, etwas Besonderes sei. Vielleicht streifte er auch deshalb so oft allein in den Sümpfen herum. Manche hielten ihn deswegen für einen Sonderling. Lydia Gustavson allerdings achtete nicht auf solch dummes Gerede. Seit dem Tag der Vereitelung von Smittys Plan nutzte sie jede freie Minute, um in der Nähe des Jungen zu sein.

So dauerte es nicht lange, bis er herausbekam, warum Lydias wunderschönes Gesicht so selten ein Lachen zeigte. Er war der Einzige, mit dem sie darüber sprach: Ihre Mutter litt unter einer schweren Krankheit. »Es ist Leukämie«, vertraute sie ihm eines Tages auf dem Heimweg an. »Vater sagt, sie muss bald sterben – er sagt immer die Wahrheit.«

Der Junge nickte bedrückt. »Du hast sie sehr lieb.« Es war keine Frage, er spürte, was sie empfand.

Oft musste Lydia im Haushalt helfen, da ihre Mutter sehr schwach war und die meiste Zeit im Bett verbrachte. Die Gustavsons besaßen etwas Geld aus einer Erbschaft, welche die Familie erst vor einigen Jahren dazu veranlasst hatte, nach Amerika zu kommen. So konnte Christian Gustavson, Lydias Vater, sich fast ständig um seine kranke Frau kümmern. Nur ab und zu nahm er schlecht bezahlte Jobs als Hilfsarbeiter an und verdiente dadurch in den frühen Morgenstunden, manchmal auch nachts, ein paar Dollar hinzu. Doch das Geld wurde allmählich knapp, vertraute Lydia dem Jungen an. »Die Ärzte fragen nicht danach, wie viel jemand hat, solange er noch *etwas* besitzt.«

Als die Sommerferien begannen, konnte der Junge endlich wieder die Everglades im weiteren Umkreis erkunden. Wann immer möglich, begleitete Lydia ihn dabei. Auf ihren gemeinsamen Streifzügen zeigte er ihr stolz »seine« Welt. Niemand konnte so mitreißend über die Everglades reden wie er. Es waren keine lauten Töne, die er dabei anschlug, aber gerade die Liebe zu den Tieren und Pflanzen, die in allen seinen Schilderungen mitschwang, fesselte Lydia wie kaum etwas anderes. Fasziniert hörte sie ihm zu, wenn er mit beinahe zärtlichen Worten von den mächtigen Alligatoren sprach. Beim gemeinsamen Beobachten der Waschbären konnte sie sogar lächeln (wenn es auch stets ein trauriges Lächeln war). Und wenn er ihr die Gigantenkröten an deren Lieblingsstellen zeigte, schüttelte sie sich und suchte hinter seinem Rücken Schutz.

Ab und zu nahm Großvater die beiden auch in seinem Airboat mit. Dann fuhren sie hinaus aufs *Pay-hay-okee,* das »Meer aus Gras«, wie es die Indianer nannten. Im Everglades National Park waren die Propellerboote wegen ihres Lärms verboten, aber auch östlich von Muddy Creek konnte man stundenlang über dieses scheinbar endlose »Meer« kreuzen und sich von ihm verzaubern lassen, wenn das lange Schneidgras im Wind wogte wie die Dünung auf hoher See. Immer wieder musste man den *Hammocks* ausweichen, kleinen verfilzten

Bauminseln, die begehrte Zufluchtsorte für die Robinson Crusoes der heimischen Tierwelt waren. Noch weiter im Osten, an der Küste vor dem Barnes Sound, tauchte man dann in Mangrovenwälder ein, wo die Bäume auf Luftwurzeln wie vielbeinige Wesen standen, bewegungslos zwar, aber nur deshalb, weil sie ein kleines Nickerchen zu halten schienen.

Bald liebte Lydia die Sümpfe fast so, wie ihr Freund es tat. Und ihn, diesen dünnen braunhaarigen Jungen, liebte sie ebenfalls. Sie hatte nie einen Bruder gehabt. Auch der Junge kannte dieses schwermütige Gefühl, wenn er als Einzelkind die vielköpfigen Familien in der Nachbarschaft sah. In Lydia hatte er eine Schwester gefunden, die er beschützen und der er tausend Dinge zeigen konnte. So schenkten sie sich gegenseitig einige sonnige Wochen lang jene Vertrautheit, wie sie sonst nur Geschwister besitzen, die immer füreinander da sind.

Der Junge hatte noch nie zuvor jemandem seine »geheimen Plätze« gezeigt, jene stillen Orte, die er selbst so gerne aufsuchte, wenn er ungestört über etwas nachdenken wollte. Aber bei Lydia erschien es ihm als selbstverständlich, dass er auch diese Zufluchtsstätten mit ihr teilte. Das Gebiet westlich von Muddy Creek war durchzogen von einem Netzwerk aus Wasserwegen, in dem sich jeder Fremde unweigerlich verirren musste. Aus dem stillen dunklen Wasser erhoben sich unzählige Inselchen. Die meisten von ihnen hatten nicht einmal Namen. Viele waren nichts weiter als schwimmende Grasteppiche, manche so fest, dass man darauf wie auf einem gespannten Gummituch laufen konnte, andere dagegen trügerische Fallgruben, von denen man sich besser fern hielt. Auf den stabileren Inseln bauten die Alligatoren ihre Nester.

»Wenn das Pflanzenmaterial, aus denen ihre drei bis sechs Fuß hohen Nesthügel gebaut sind, verrottet, entsteht Wärme, die wiederum beim Ausbrüten der Eier hilft. Alligatorenmütter sind ziemlich gescheit und außerdem sehr fürsorglich«, dozierte der Junge eines Morgens im August. Er saß mit Lydia auf dem *Himmelsstein,* wie die Indianer ihn nannten. Ein Felsen war in dieser Gegend eine absolute Seltenheit und von diesem blau schimmernden Stein erzählten sich die Ureinwohner, er sei eine erstarrte Träne Manitus, die hier vor langer Zeit vom Himmel gefallen sei, als er angesichts der Bosheit der Menschen weinen musste.

Lydia schien kaum auf die Worte des Jungen zu achten. Sie starrte nur auf das dunkle Wasser.

»Sie befeuchten ihre Nester, belüften und bewachen sie und wenn es nötig ist, dann verteidigen sie sie auch«, fuhr er fort. Er wollte sie gerne aus ihrer gedrückten Stimmung reißen.

»Mama hatte es früher auch immer gerne hell und luftig im Haus.«

Die Antwort Lydias klang so traurig, so hoffnungslos, dass der Junge sofort den Grund ihrer Schwermut erkannte. Er glaubte selbst den Schmerz zu spüren, der sie in diesem Moment quälte. Warum hatte er sich auch gerade den Fleiß von Alligatorenmüttern zum Thema wählen müssen! Aber dann kam ihm die Idee, dass Lydia im Augenblick vielleicht gar nichts anderes interessierte. Nicht zum ersten Mal wunderte er sich über diese inneren Eingebungen, die ihn genau im richtigen Moment die passenden Worte finden ließen.

»Die Krankheit ist schlimmer geworden, stimmt's?«

Lydia hörte die Besorgnis in seiner Stimme. Er war kein Junge, der Worte des Mitgefühls nur heuchelte. Sie wandte ihm das Gesicht zu und nickte. Eine Träne rollte über ihre Wange. »Mutter muss ins Krankenhaus«, flüsterte sie. »Übermorgen, hat Vater gesagt.«

»Können die Ärzte ihr helfen?«

»Vater meint, sie wird nicht mehr nach Hause kommen.«

Der Junge nahm Lydias Hand und drückte sie. Mehr konnte er im Augenblick sowieso nicht für sie tun.

Vier Wochen später war Astrid Gustavson gestorben.

Die Nachricht kam nicht unerwartet, aber deshalb war sie für Lydia nicht leichter. Ihre Mutter war in ein Krankenhaus nach Miami gebracht worden. Christian Gustavson hatte sich ein Zimmer in einer kleinen Pension genommen. Er wollte immer in ihrer Nähe sein. Als die Großeltern des Jungen ihm anboten, Lydia so lange in ihr geräumiges Haus am Rande von Muddy Creek aufzunehmen, war er erleichtert gewesen.

»Lydia soll eine gute Erinnerung an ihre Mutter zurückbehalten. Ich möchte nicht, dass sie sieht, wie sie sich quält.«

Der Junge hatte Zweifel, ob dies eine glückliche Entscheidung war. Er selbst sehnte sich ja auch nach seinen Eltern, obwohl jeder sie für tot hielt. Alle fragten immer nach dem Sinn, wenn er von seinen Gefühlen sprach. Als wenn die Liebe zuerst nach einem Zweck fragen müsste! Er wusste, was Lydia jetzt brauchte, und versuchte ihr in ihrem Schmerz beizustehen. Sie hoffte noch immer – obwohl ihr niemals die Wahrheit über den Zustand der Mutter verschwiegen worden war.

Dann kam der September 1958. Der Monat hatte etwas Melancholisches an sich. Die feuchte Hitze über den Sümpfen schien fast unerträglich. Wer konnte, blieb tagsüber im Schatten. Die Natur hatte dem Leben einen trägen Rhythmus verordnet. Einige Touristen waren dennoch so mutig (oder dumm) und wagten sich in die Everglades; sie wurden von ganzen Scharen winziger Stechmücken zurückgeschlagen.

Lydia beklagte sich nie über irgendetwas. Sie war ein höflicher, stiller Gast in dem großen Holzhaus, das der Junge mit seinen Großeltern bewohnte. Wenn Großmutter ihre ganz spezielle, hoch wirksame und scheußlich stinkende Anti-Moskito-und-Sandfloh-Tinktur über Lydias Gesicht verteilte, dann ließ sie es teilnahmslos mit sich geschehen. Und wenn der Junge ihr die Schlupfwinkel der Zwergsalamander zeigte oder ihr von Großvaters Alligatorenfarm erzählte, dann hörte sie schweigend zu, sah ihn aus ihren himmelblauen Augen an, aber selten erwiderte sie etwas. Und noch seltener huschte das traurige Lächeln über ihre Lippen.

Dann, am 28. September, sie saßen gerade beim Abendessen, fuhr ein Auto die Zufahrt hinauf. Obwohl man nur die Lichter sah, ahnten, nein, *wussten* alle, wer in diesem Wagen saß.

Christian Gustavson kam mit schweren Schritten die Stufen zur Veranda herauf, die das Haus ringsum umgab. Er blieb vor dem gedeckten Tisch stehen und sah Lydia nur mit schmerzerfüllten Augen an.

Sie erwiderte den Blick eine unendliche Sekunde lang, erst fragend, um Hoffnung flehend, dann begreifend, dass es keine Hoffnung mehr gab. Sie sprang auf – der Rattanstuhl polterte hinter ihr zu Boden. Für einen Augenblick meinten alle, sie würde nun in die Arme ihres Vaters stürzen, ihr Gesicht in seiner Brust vergraben und haltlos weinen.

Nur der Junge wusste, was wirklich in ihr vorging. Er stand langsam auf, blickte in Lydias Gesicht und schüttelte schweigend den Kopf. Tu es nicht!, flehten seine Augen. Aber er erreichte sie nicht mehr. Kummer und Schmerz hatten einen Wall um sie aufgetürmt, den zu überwinden selbst ihre Freundschaft nicht mehr fähig war. Sie wirbelte herum, lief die Stufen der Veranda hinab und verschwand in der Dunkelheit.

»Lydia!«, rief der Junge ihr hinterher. »Bitte, tu's nicht! Bleib hier, ich helfe dir! Bitte!«

»Sie ist verwirrt«, sagte Christan Gustavson. »Ich kann verstehen, wenn sie so schnell wie möglich nach Hause will.«

»Nein«, widersprach der Junge, ohne Lydias Vater anzublicken. In seinen Augen lag Furcht während er die Dunkelheit über den Sümpfen zu durchdringen versuchte. »Im Haus erinnert sie alles an ihre Mutter. Im Moment kann sie das nicht ertragen. Sie ist in die Sümpfe hinausgelaufen.«

Lydias Vater schüttelte nur den Kopf. »Das glaube ich nicht. Warum sollte sie in die Sümpfe gehen? Macht euch keine Sorgen. Ich fahre ihr hinterher und kümmere mich um sie. Später melde ich mich noch mal.«

Tom, der Großvater des Jungen, war ein hartgesottener Mann. Im Zweiten Weltkrieg hatte er den Rang eines Generals bekleidet und nicht wenige in Muddy Creek redeten ihn noch immer mit seinem alten Dienstgrad an. Er war es gewohnt, auch in schwierigen Situationen einen klaren Kopf zu bewahren, und zeigte selten seine Gefühle. Wer ihn jedoch an diesem Abend beobachtete, konnte viel über den Mann erfahren, der unter dem schroffen Äußeren steckte.

Er kannte seinen Enkel gut genug, um Christian nicht ohne Sorge gehen zu lassen. Das Angebot ihn zu begleiten lehnte Lydias Vater ab. Er versprach noch einmal, so bald wie möglich anzurufen, damit die anderen sich nicht sorgen müssten. Als das Telefon nach einer Stunde noch immer nicht geklingelt hatte, wurde Tom immer unruhiger. Sein Enkel blickte stumpf vor sich hin. Niemand sah ihm an, wie fieberhaft seine Gedanken arbeiteten. Dann kehrte Christian Gustavson zurück. Atemlos stürzte er die Stufen der Veranda hinauf.

»Sie ist nicht da! Ich habe noch eine ganze Weile gewartet und die Gegend um das Haus herum abgesucht. Aber ich kann sie nirgends finden.«

Tom sah erst Christian an, dann seinen Enkel. Der sagte noch immer nichts, aber in seinem Gesicht stand deutlich zu lesen, was er dachte.

Großvater klopfte Lydias Vater ermutigend auf die Schulter und meinte: »Wir trommeln ein paar Männer zusammen und suchen in den Sümpfen nach ihr. Mein Enkel kommt mit. Er wird uns führen.«

Diesmal fügte sich Christian Gustavson dem Vorschlag sofort. Er hatte auch mehr nach einem Befehl geklungen. Großvater war wieder der General. Und nun stellte er seine Truppe zusammen.

Die Bürgerwehr rückte nach anderthalb Stunden aus – Männer mit Scheinwerfern und Fackeln, mit Flinten und Buschmessern, mit Knüppeln und entschlossenen Gesichtern. Für die meisten war diese Suchaktion eine willkommene Abwechslung zu dem ereignisarmen Leben in Muddy Creek, eine schöne kleine Aufgabe vor dem Schlafengehen. Das gefiel ihnen. Sie sagten sich, dass Lydia ja noch nicht weit sein konnte. Ein einsames, verängstigtes Mädchen in den Everglades – wahrscheinlich würden sie die Ausreißerin am Rande des Nationalparks auflesen und der ganze Spuk hätte ein schnelles Ende.

Nach zwei Tagen machte sich dann Erschöpfung breit, bei einigen auch Lustlosigkeit. Bei dem stillen Jungen Verzweiflung. Er hatte Großvater zu allen »Geheimplätzen« geführt, hatte ihm gesagt, wo die Männer der Bürgerwehr suchen sollten, aber vergeblich. Lydia war wie vom Erdboden verschluckt. Und jeder wusste, wie schnell diese Redensart in den Sümpfen Wirklichkeit werden konnte.

Nach einem weiteren Tag gaben die Suchmannschaften endgültig auf. Es war bereits Abend und Dunkelheit breitete sich über dem dichten Grün der Sümpfe aus, als Bürgermeister Friedmann verkündete: »Es hat keinen Zweck. Wir haben die ganze Gegend im Umkreis von acht Meilen abgesucht. Das Mädchen muss ...« Er schluckte und sah hilflos zu Christian Gustavson hinüber. »Es nützt nichts, wenn wir uns etwas vormachen, Christian. Es muss ihr etwas zugestoßen sein. Sonst hätten wir sie längst gefunden. Oder sie wäre von selbst aufgetaucht. In den Sümpfen gibt es unzählige Gefahren. Vielleicht ist sie in ein Schlammloch geraten und versunken. Oder ein Alligator hat sie erwischt.«

Die Männer murmelten zustimmend. Einige nickten. Manche flüsterten den Namen von Old Big Shadow, einer riesigen Panzerechse, die kaum einer je gesehen hatte, deren furchtbares Wesen aber alle trefflich zu beschreiben wussten.

»Ich denke, es ist das Beste, die Aktion abzubrechen. Ich werde dem Priester sagen, dass er morgen früh in der Kirche einen Gedenkgottesdienst abhalten soll. Vielleicht hilft's ja was.«

Die Männer wollten sich schon zum Gehen wenden. Nicht wenige waren erleichtert, dass die sinnlose Sucherei ein Ende hatte, und der offizielle Abbruch des Unternehmens machte es allemal leichter, das erbärmliche Gefühl, das manche in sich spürten, zu ertragen. Und doch gab es einen unter ihnen, der nicht gewillt war einfach das zu tun, was alle anderen taten.

Der stille Junge fühlte Verzweiflung in sich aufsteigen, als er die Bereitwilligkeit sah, mit der ganz Muddy Creek die Suche nach Lydia aufgeben wollte. Aber was konnte er dagegen unternehmen? Er war nur ein Elfjähriger. Er konnte den Männern schlecht befehlen die Suchaktion fortzusetzen, wie es vielleicht sein Großvater getan hätte. Doch der war ja selbst wie gelähmt von diesem schleichenden Gift, das in den letzten Stunden den Mut und die Entschlossenheit der Männer fast gänzlich abgetötet hatte!

Doch der Junge wollte noch nicht aufgeben. Lydia lebte noch! Sie war irgendwo da draußen, gefangen in der Finsternis der Nacht und – noch viel schlimmer – in der Dunkelheit der eigenen Seele. Jemand musste sie finden, sie an die Hand nehmen, sie trösten …

»Nein!« Es war ein langer, anklagender Aufschrei, der sich seiner Kehle entrang, zwar nur getragen von der hellen Stimme eines Knaben, aber dennoch so durchdringend, dass alle aufschreckten.

Köpfe flogen herum, unwirsches Brummen ging durch die Menge. Welcher Dummkopf zweifelte da noch an dem, was der alte Friedmann so treffend ausgedrückt hatte?

Der Junge riss einem in der Nähe stehenden Mann die brennende Fackel aus der Hand und sprang auf die Ladefläche eines Pick-up-Trucks. Von dort oben rief er mit verzweifelter Stimme in die ihm zugewandten Gesichter: »Der Sumpf ist kein Monster! ›Unzählige Gefahren‹ lauern darin nur für denjenigen, der ihn fürchtet.« Er sah das Unverständnis in den Mienen der müden Männer und sprach nun offen aus, was ihn bewegte.

»Lydia Gustavson hat keine Angst vor dem Sumpf. Wir beide sind dort an so vielen Stellen gewesen. Sie liebt die Glades! Sie ist nicht fortgelaufen, um sich etwas anzutun. Der Sumpf ist im Augenblick der einzige Ort, der ihr Frieden und Geborgenheit gibt. Versteht ihr denn nicht? Ihre *Mutter* ist gestorben! In ihr wirbelt alles durcheinander. Sie sehnt sich nach einem stillen Platz, an dem sie alles überdenken kann. Ich weiß, dass sie da draußen ist und lebt. Deshalb müssen wir wieder aufbrechen und sie suchen – bevor ihr vielleicht doch noch etwas zustößt …«

Die letzten Worte waren nur noch leise aus dem Mund des Jungen gekommen. Er wusste natürlich, dass der Sumpf kein Kinderspielplatz war. Lydia kannte die Everglades noch nicht so gut wie er. Es konnte daher durchaus sein, dass sie in ihrer übergroßen Traurigkeit unvorsichtig wurde und sich verletzte oder … An Schlimmeres wagte er gar nicht zu denken.

Für einen Moment schien es, als hätten seine von Sorge und tiefer Liebe erfüllten Worte die Männer noch einmal aufgerüttelt. In ihren Gesichtern spiegelte sich Betroffenheit. Der

Tod eines elfjährigen Mädchens war in einer so kleinen Gemeinde wie Muddy Creek ein schreckliches Ereignis und der Gedanke ein Kind dem sicheren Verhängnis in den Sümpfen zu überlassen war für viele nicht leicht zu ertragen. Aber dann regten sich erneut Zweifel. Köpfe wurden geschüttelt. Widerspruch kam auf.

»Ich wünschte, es wäre so. Aber wir können für die Kleine nichts mehr tun«, brummte einer, der sich vorsichtshalber im Dunklen hielt.

»Wenn ihr jetzt noch jemand helfen kann, dann Gott«, hörte man aus einer anderen Ecke, schon etwas lauter.

Zustimmendes Gemurmel erklang.

Der Bürgermeister machte mit dem Versuch des Jungen, die Resignation noch einmal zu vertreiben endgültig Schluss. »Geht nach Hause, Leute. Toms Enkel war ihr Freund. Es ist richtig, wenn er sich für die arme Lydia einsetzt. Aber ihr alle wisst, was es bedeutet, auch nur eine Nacht da draußen zuzubringen, gerade dann, wenn man die Sümpfe nicht kennt. Wir hätten sie längst finden müssen. Aber so ... Es hat keinen Zweck. Geht und schlaft euch aus.«

Schon begann sich die Gruppe aus dreißig oder vierzig Männern aufzulösen. Der Junge stand noch immer auf der Ladefläche des Pick-ups. Er wollte nicht glauben, was er da erlebte. Wie konnten sie Lydia nur so schnell aufgeben?

»Komm. Paul hat Recht. Es ist sinnlos weiterzusuchen.« Großvaters ruhige Stimme kam ganz aus der Nähe.

Der stille Junge schloss die Augen und rührte sich nicht. Tränen rollten ihm über die Wangen. Seine Unterlippe bebte. Er fühlte sich unendlich müde – weniger wegen der tagelangen Suche als vielmehr wegen der zermürbenden Gleichgültigkeit dieser Menschen. Die Worte des Großvaters taten ihm so weh! Sie raubten ihm fast die letzte Kraft. Im Moment spielte es für ihn überhaupt keine Rolle, dass die Stimme des alten Mannes traurig geklungen hatte. Er kannte schließlich seinen Enkel und musste doch wissen, welcher Sturm in ihm tobte. Aber warum hatte er dann gesagt, es sei sinnlos, nach Lydia zu suchen?

Als der Junge den Kopf zur Seite drehte, konnte er durch den Schleier seiner Tränen das Mitgefühl auf dem faltigen Gesicht des Generals nicht erkennen. Er wusste nur eins: Wenn er jetzt von der Ladefläche des Wagens kletterte und mit Großvater nach Hause ging, dann war Lydia verloren. Und *er* wäre schuld an ihrem Tod.

Der Junge schüttelte den Kopf, erst langsam, dann schneller und zuletzt rief er noch einmal seine eigene, ganz persönliche Entscheidung heraus, wie er es schon zuvor getan hatte.

»Nein!«

Einige wenige, die noch nicht den Platz vor dem Haus von Paul Friedmann verlassen hatten, blieben stehen und drehten sich zu der Stelle um, an der noch immer Toms Enkel auf dem Pick-up stand.

»Nein!«, schrie dieser zum dritten Mal und der Ruf schien den ganzen Ort zu durcheilen und jeden wachzurütteln, der in diesem Augenblick zu schlafen wagte, jetzt, da doch Lydia ihrer aller Hilfe bedurfte.

»Auch wenn ihr sie im Stich lasst, ich werde es nicht tun. Niemals!«, brüllte der nun gar nicht mehr so stille Junge und sein Gesicht glänzte im Fackelschein von den Tränen auf seinen Wangen. »Ich gehe noch einmal hinaus und suche Lydia, so lange, bis ich sie gefunden habe. Ihr Vater braucht sie. Und sie braucht ihn.«

Der Junge entzog sich der dargebotenen Hand des Großvaters, stolperte vorbei an Christian Gustavson, der, obwohl auch schon ohne jede Hoffnung, noch am Pick-up stehen geblieben war, und rannte die Main Street nach Westen hinab.

Der Vorfall war nicht unbemerkt geblieben. Diejenigen, die das verzweifelte Davonstürzen des Jungen beobachtet hatten, riefen jene zurück, die sich schon halb auf dem Heimweg befanden, und diese wiederum trugen die Nachricht noch weiter in die wenigen Nebenstraßen des kleinen Ortes hinein. Auch Paul Friedmann – eigentlich betrieb er einen Gemischtwarenladen und übte das Amt des Bürgermeisters nur ehrenhalber aus – drehte sich auf der Veranda seines Hauses um.

»Was ist denn jetzt noch, General?«, wandte er sich mürrisch an den Großvater des Jungen.

»Der kleine Dickschädel ist in die Sümpfe gelaufen. Er will Lydia Gustavson allein finden.«

»Glaubst du, er meint das ernst?«

Der Großvater nickte so überzeugt, wie man nur überzeugt nicken konnte.

Paul Friedmann schüttelte unwillig den Kopf. »Ich habe dir schon immer gesagt, Tom, dass du dem Kleinen seinen verdammten Eigensinn austreiben musst. Jetzt siehst du, was wir davon haben.«

Der ehemalige General musste lächeln. »Du bist ja nur sauer, weil du nicht in dein weiches Bettchen darfst, Paul.«

Der Bürgermeister sah seinen alten Freund mit versteinerter Miene an. Für einen langen Moment fochten die beiden Männer einen lautlosen Kampf. Dann entspannte sich Paul Friedmann und atmete laut aus, so als habe er sich gerade einer schweren Bürde entledigt. Er hob den Kopf, schaute in die Runde der Männer, die sich wieder vor seinem Haus eingefunden hatten, und rief: »Freunde, ihr habt es vermutlich schon mitbekommen. Irgendwas ist bei Toms Jungen durchgebrannt. Er ist allein in die Sümpfe gerannt, um nach Lydia Gustavson zu suchen …«

»Soll er doch!«, rief einer dazwischen. »Der Bengel kennt sich doch da draußen aus wie ein Schlammsalamander. Er wird schon nach Hause kommen, wenn er Hunger kriegt. Außerdem …«

»Halt's Maul, Joe!«, unterbrach Paul Friedmann den auch eher halbherzig vorgetragenen Protest. Offenbar begannen die müden Männer bereits von allein zu begreifen, was ihr Bürgermeister ihnen nun noch einmal mit aller Deutlichkeit ins Gesicht sagte.

»Der Junge scheint der Einzige unter uns zu sein, der noch ein bisschen Mumm in den Knochen hat. Wollt ihr euch wirklich von einem Elfjährigen vormachen lassen, wie man eine angefangene Sache auch zu Ende bringt?« Der harte deutsche Akzent Paul Friedmanns dröhnte in den Köpfen der Männer.

Auch die Frauen und Kinder des Ortes strömten nun auf dem Platz zusammen. Der Bürgermeister appellierte an den Gemeinschaftssinn der Bürger von Muddy Creek, fragte, wo dieser nur geblieben sei in den letzten Jahren. »Irgendwie hat der Junge etwas in mir wachgerüttelt«, kam er ans Ende seiner Rede, »was ich schon längst vergessen glaubte. Männer, wir haben mit Astrid Gustavson eine Mitbürgerin verloren. Nur wenige kannten sie wirklich. Denn sie war schon krank, als Christian mit seiner Familie hierher zog. Lassen wir doch nicht zu, dass unsere Gemeinde nach diesem Verlust auch noch zwei ihrer Kinder verliert: Lydia und womöglich Toms Enkel.«

Paul Friedmann hatte es – ermutigt durch das beherzte Handeln des Jungen – noch einmal geschafft, an die Opferbereitschaft der Bürger von Muddy Creek zu appellieren. Ein vielstimmiges Gemurmel signalisierte ihm ihre Zustimmung. Alsbald bewegte sich die Bürgerwehr wieder die Main Street hinab, nach Westen, in die Richtung, die auch der verzweifelte Junge eingeschlagen hatte.

Der war in der Zwischenzeit am Ortsrand angelangt und hatte sich wieder einigermaßen beruhigt. Die Nähe der Sümpfe gab ihm seine innere Ausgeglichenheit zurück. In der feuchten Erde vor ihm steckte die Fackel, die er zuvor dem Mann entrissen hatte. Er blickte in das flackernde Licht und dachte darüber nach, was er nun tun sollte. Keinen Moment zweifelte er an seinem eigentlichen Entschluss. Aber wo sollte er mit der Suche beginnen? In den vergangenen Tagen hatten sie alle Stellen abgeklappert, die Lydia von ihren gemeinsamen Streifzügen her kannte. Er selbst hatte sogar die Schlupfwinkel der Gigantenkröten durchstöbert, obwohl diese Sumpfbewohner auf Lydias Sympathieskala ziemlich weit unten rangierten. Überall waren die Suchmannschaften gewesen ... mit Ausnahme ...

Mit einem Mal war alles klar. Der Junge fragte sich, warum er nicht schon viel früher darauf gekommen war. Der smaragdgrüne Teich mit dem Himmelsstein, wo die Alligatoren sich tagsüber in der Sonne rekelten! Möglich, dass er diesen Ort als zu gefährlich abgetan hatte. Aber genau dort hatte er mit Lydia gesessen und ihr von der Fürsorglichkeit der Alligatorenmütter erzählt, wie sie sich um ihre Jungen kümmerten, sie sogar manchmal im Maul trugen ...

Stimmen drangen an das Ohr des Jungen. Sie kamen von weiter unten im Dorf. Er schaute die Hauptstraße hinab und sah die unruhigen Lichtfinger von Scheinwerfern, die mal hierhin, mal dorthin zeigten. Auch einige Fackeln flackerten dazwischen auf. Er traute seinen Augen kaum. Was hatte die Männer nur dazu bewogen, doch noch einmal loszugehen und ...? Natürlich! Sie suchten *ihn*. Vielleicht wollten sie ihn davon abhalten, in die Sümpfe zu gehen. Oder sollten sie wirklich zur Besinnung gekommen sein?

Auf jeden Fall musste er ihren neu entfachten Eifer wach halten. Er schaltete seine Taschenlampe ein und ließ ihren Lichtkegel kurz in Richtung der Suchmannschaft aufleuchten. Dann begann er zu laufen.

Hinter sich hörte er erregte Stimmen. Offenbar hatte man sein Lichtzeichen bemerkt und es wie von ihm beabsichtigt aufgefasst: *Der Junge läuft da lang, in die Sümpfe, folgt ihm, ehe er auf einen Alligator tritt.*

Die Bürgerwehr heftete sich tatsächlich an seine Fersen. Immer tiefer drang er in die geheimnisvolle Landschaft der Everglades ein. Es waren nicht gerade viele Wege, die man ohne Boot nehmen konnte. Am Ende gab es nur einen einzigen und selbst der führte über schwimmende Grasflächen, die so nachgiebig waren, dass ein schwererer Mann darauf leicht bis zu den Knien einsank.

Der Junge verlor völlig das Gefühl für die Zeit, sosehr beanspruchten ihn der Weg zum Himmelsstein und die Befürchtung, die Männer könnten ihn verlieren. Immer wieder blieb er stehen, prüfte mit der Taschenlampe die Umgebung und vergewisserte sich, dass die Nachfolgenden es auch bemerkten.

Endlich erreichte er den Teich. Das Ufer war größtenteils mit Schilf bewachsen. Aber im Süden gab es einige sandige Flächen, auf denen die Alligatoren sich tagsüber gerne sonnten. Er kletterte auf den breiten, vielleicht sieben oder acht Fuß hohen blauen Indianerfelsen und rief Lydias Namen.

Keine Antwort.

Er rief noch einmal: »Lydia! Lyydiaaa!«

Nichts. Kein Weinen, kein Rufen, nur die allmählich näher kommenden Stimmen der Suchmannschaft.

Bald hatten die Männer den Felsen erreicht, der General führte sie an.

»Junge!«, rief er sogleich. Mehrere Scheinwerfer wurden auf den Knaben gerichtet. »Komm sofort da runter, bevor du ins Wasser fällst! *Dir* muss ich doch nicht erklären, dass die Alligatoren um diese Zeit am gefräßigsten sind.«

»Sie werden mir nichts tun, Großvater. Es ist auch nicht wichtig. Nur Lydia ist wichtig. Ihr müsst ausschwärmen und sie suchen. Irgendwo hier ist sie.«

»Dein Großvater hat Recht!« Diesmal war es Paul Friedmann, der nach dem eigensinnigen Jungen rief. »Wir alle sind in Gefahr, wenn wir jetzt zwischen den Echsen herumstapfen und die Gegend nach der kleinen Lydia durchstöbern. Komm jetzt bitte von dem Stein da runter. Ich verspreche dir, wir machen schon morgen früh mit der Suche nach Lydia Gustavson weiter. Aber erst einmal musst *du* in Sicherheit sein.«

»Ich *bin* hier sicher!«, rief der Junge zurück und er meinte wirklich, was er sagte. Obwohl mehrere dunkle Schatten durch das Wasser glitten, hatte er keine Furcht vor ihnen. Er konnte nur noch an Lydia denken. Wenn diese Nacht verloren ging, würden sie das Mädchen womöglich niemals finden. Oder nicht mehr lebendig.

»Komm jetzt«, sagte Großvater. Er hatte sich vorsichtig dem Felsen genähert und sprach nun sehr eindringlich auf seinen Enkel ein.

Der Junge kam sich vor wie ein Lebensmüder an der Fassade eines Wolkenkratzers, auf den beschwörend Feuerwehrleute einreden. Aber er war nicht lebensmüde. Im Gegenteil! Er war ein Teil dieses wuchernden Lebens, das den ganzen Sumpf erfüllte. Niemand brauchte sich vor den Echsen in diesem Tümpel zu fürchten. Er musste ihnen beweisen, dass diese Angst unbegründet war.

Mit einem weiten Satz sprang der Junge in das dunkle Wasser des Alligatorenpfuhls.

Ein Aufschrei wie aus einer einzigen Kehle hallte durch den Sumpf. Die Männer waren außer sich vor Entsetzen: Jeden Moment würden die Panzerechsen sich auf den Körper des Knaben stürzen und ihn im Streit um die besten Happen zerfetzen.

Aber das taten sie nicht. Als der Junge ins Wasser tauchte, ließ sie das aufspritzende Wasser eher zurückschrecken.

»Komm, schnell!«, rief Großvater. »Sie sind verwirrt. Noch hast du Zeit. Beeil dich und steig wieder raus.«

Der Junge schüttelte den Kopf. »Sie tun mir nichts. Es ist nicht gefährlich. Seht!«

Ein etwa fünf Fuß langer Alligator näherte sich ihm ohne jede Hast. Der Junge hob seinen Oberkörper etwas weiter aus dem Wasser, wurde dadurch scheinbar größer und – das Tier zog sich vorsichtig zurück.

»Nun komm endlich!«, forderte erneut der alte Tom. In seiner Stimme lagen gleichermaßen Zorn wie Sorge. Irgendwo rief jemand nach einem Gewehr.

Ein weiterer Alligator näherte sich, mindestens doppelt so lang wie der vorige. Der Junge sah in der Nähe einen abgebrochenen Ast treiben und griff danach; es gefiel ihm ganz und gar nicht, wie tief die Panzerechse im Wasser lag. Während er das näher kommende Reptil im Auge behielt, rief er zum Ufer hin: »Ich bleibe so lange hier drin, bis ihr mir versprecht *heute* noch mit der Suche nach Lydia weiterzumachen.«

»Morgen, Junge. Wenn die Alligatoren träger sind, werden wir zurückkommen.« Die Stimme des Generals klang drängend.

Der Alligator war nun höchstens noch drei Armlängen von dem Jungen entfernt. Ein langer Ast hinderte ihn am Weiterkommen. Der Junge – am anderen Ende des Steckens – spürte mit dem ihm angeborenen Instinkt, dass diese Echse auf Beutezug war. Normalerweise ernährten sich die erwachsenen Alligatoren von Fischen und Schildkröten, hin und wieder auch von Vögeln oder kleineren Säugetieren. Doch dieses große Exemplar, das jetzt ein gefährliches Fauchen von sich gab, schien zu dem Schluss gekommen zu sein, auch ein elfjähriger Knabe könne ganz gut schmecken. Wenn es tatsächlich zu einem Angriff kam, war alles verloren. Nicht dass der Junge sich um sich selbst sorgte, er wollte vielmehr eine Verzweifelungstat der Männer verhindern, die sich offenbar vor den Panzerechsen fürchteten. Vor allem aber ging es ihm um Lydia, die jetzt seine Hilfe brauchte.

Aus dem Dunkel in seinem Rücken rief eine Stimme: »Da kommt ein Gewehr.«

Nur das nicht!, dachte der Junge. Ein Schuss aus der Flinte und der Friede des Sumpfes wäre so nachhaltig gestört, dass er das Schlimmste befürchten musste. Wieder hatte er den hartnäckig gegen ihn vorrückenden Alligator mit dem Ast zur Seite gedrängt, als er, darum bemüht, seiner Stimme einen zuversichtlichen Klang zu verleihen, zu den Männern hin rief: »Aber seht ihr nicht? Sie sind zwar neugierig, aber sie tun mir nichts. Genauso werden sie euch nichts tun, wenn ihr sie nicht angreift und ...«

Der Ast war ihm aus der Hand geglitten (oder hatte der Alligator ihn mit den Zähnen geschnappt?). Das leicht geöffnete Maul der Echse schien ihn anzugrinsen, während sie langsam näher kam. Der Junge erhob sich zu seiner vollen Größe aus dem Wasser und für einen Moment schien das hungrige Reptil zu zaudern. Alle hielten den Atem an.

Plötzlich bemerkte der Junge aus den Augenwinkeln einen riesigen Schatten. Die eine Bedrohung noch immer vor sich, wagte er kaum, den Kopf nach links zu drehen, um dieses gewaltige Etwas zu betrachten. Da ertönte ein Furcht erregendes Brüllen. Es war so tief, so gewaltig, dass der Junge glaubte, der Teich müsse von der Vibration, die er am ganzen Körper spürte, Blasen werfen. Der Alligator vor seiner Nase wich erschrocken zurück und zischte erbost.

Am Ufer herrschte inzwischen ein heilloses Durcheinander. Stimmen, Schritte, unzählige Lichtfinger aus Taschenlampen – alles wirbelte durcheinander. Vereinzelte Wortfetzen drangen an das Ohr des Jungen. Ein Name wurde ständig wiederholt: *Old Big Shadow! Old Big Shadow!*

Die Indianerlegende hatte Gestalt angenommen und war gekommen, um Toms Enkel am Stück zu verschlucken, diese Ansicht hatte sich offenbar in Dutzenden von Köpfen breit gemacht. Doch der Alligator, der in seiner enormen Länge und Breite den vertriebenen Artgenossen wie ein niedliches Jungtier hatte wirken lassen, glitt lautlos an dem Jungen vorbei. Für einen Moment hatte der das Gefühl, die Augen mit der linsenförmigen Iris würden ihn geradezu neugierig mustern, als dachte die Riesenechse: Wer ist dieser Zwerg, der den Mut besitzt in das Reich von Old Big Shadow einzudringen? Und dann zog sich, ganz kurz nur, die halb durchsichtige Nickhaut über das Alligatorenauge. Wie ein Blinzeln wirkte das und dem Jungen schien es einmal mehr, als lächelten in Wirklichkeit diese majestätischen Tiere mit ihren flachen, hechtartigen Schnauzen.

Dann war der Alligator zwischen Schilf und Ästen verschwunden, dorthin, wo die Scheinwerfer ihm nicht folgen konnten. Das Auftreten Old Big Shadows auf der Szene war so kurz ausgefallen, dass viele es später für einen Traum hielten, eine Vision oder sonst eine Täuschung der Sinne.

Der stille Junge wusste es besser: Der König der Sümpfe war herbeigekommen, um ihm zu helfen.

»Glaubt ihr mir immer noch nicht?«, rief er den Männern am Ufer zu, die kraftlos wie Vogelscheuchen herumstanden und in die Richtung blickten, in welche der Riesenalligator verschwunden war.

»Old Big Shadow hat uns erlaubt nach Lydia zu suchen«, fügte er hinzu und endlich erwachten die Bürger von Muddy Creek aus ihrem tranceartigen Zustand. »Sucht nach den Hügelnestern der Panzerechsen. Aber kommt ihnen nicht zu nahe – das mögen die Alligatorenmütter nicht besonders. Irgendwo in der Nähe eines der Nester muss Lydia sein.«

Er konnte sich selbst nicht erklären, wie er auf diesen Gedanken gekommen war. Manchmal hörte er einfach auf seine innere Stimme. In dieser Nacht hatte sie ihn an das Gespräch mit der traurigen Lydia vor einigen Wochen erinnert, als er – genau an diesem Ort – von dem Fleiß der Alligatorenmütter geschwärmt hatte. Lydias Gedanken waren bei ihrer eigenen Mutter gewesen ... Sie *musste* hier irgendwo stecken! Er war sich da ganz sicher.

Eine knappe Stunde später hatte man Lydia Gustavson gefunden. Sie wirkte sehr erschöpft und – angesichts der vielen Menschen um sie herum – auch ziemlich verstört, sonst schien ihr aber nichts zu fehlen. Paul Friedmann und Joe Brown, seine rechte Hand im Laden, hatten sie ganz in der Nähe eines verlassenen Hügelnestes gefunden. Ihr Erfolg war in mehrfacher Hinsicht ein glücklicher Umstand. Vor allem, weil sich Lydia nun in Sicherheit befand, dann aber auch, da der Bürgermeister selbst die entscheidende Entdeckung gemacht hatte. Paul Friedmann war ohnehin beliebt, jetzt aber schien ihm der Sieg bei der nächsten Bürgermeisterwahl so gut wie sicher.

Auch für den Jungen war Lydias Rettung ein glückliches Ereignis. Nur freute er sich lieber im Stillen, statt lauthals zu jubeln. Das war eben so seine Art. Und als er an der Seite Lydias (umringt von Helfern, die sich zu ihrer eigenen Leistung beglückwünschten) zurück nach Muddy Creek wanderte, war dies für ihn der schönste Moment in seinem Leben.

Eigentlich war ja er der Held des Tages, wenn ihm auch wenig daran lag. Seinen untrüglichen Instinkt, mit dem er die Suchmannschaften zuletzt doch noch in das richtige Gebiet geführt hatte, betrachtete er fast als etwas Normales. Hier draußen tat er oft Dinge, die er für richtig hielt, ohne genau zu wissen, warum. Selbst der Erfolg der Suchaktion, für deren Fortsetzung er sich so entschlossen eingesetzt hatte, machte ihn nicht stolz oder selbstzufrieden. So etwas Besonderes war es doch gar nicht, was er da getan hatte. Andere Kinder erlernten doch auch spielerisch zwei oder mehr Sprachen, wenn ihre Eltern aus unterschiedlichen Ländern stammten. Auf ähnliche Weise hatte der Junge auf der Alligatorenfarm seines Großvaters die Körpersprache der Reptilien kennen gelernt. Irgendwann war in ihm der Wunsch entstanden selbst zu den Alligatoren ins Wasser zu steigen, mit ihnen zu »sprechen«. So weit jedoch war er bisher nie gegangen. Aber als ihm Lydias

Rettung nur noch auf diese Weise möglich schien, hatte er keine Sekunde gezögert.

Der stille Junge glaubte, die glückliche Wendung sei hauptsächlich auf das unerwartete Erscheinen von Old Big Shadow zurückzuführen und weniger auf die eigene Leistung. Alle hatten gedacht, der Riesenalligator würde ihn schnell und restlos verschlingen. Als ihn diese Fleisch gewordene Legende aber verschonte, fielen plötzlich Mauern in den Köpfen der Männer. Der Wall aus Furcht, den sie gemeinsam errichtet und durch gegenseitige Bestätigung so lange aufrechterhalten hatten, stürzte endgültig zusammen, als – nur einen Augenblick lang – sich jeder von ihnen an der Stelle von Toms Enkel sah: im Wasser, bei Old Big Shadow.

In den darauf folgenden Tagen musste der Junge feststellen, dass Lydias Rettung nur einen teilweisen Erfolg darstellte. Sie hatte sich verändert. Wenn sie früher schon ruhig gewesen war, so konnte man nun denken, sie sei stumm geworden. Drei Tage lang versuchte er vergeblich ihr wieder ein wenig Freude zu vermitteln. Dann erschien Lydias Vater auf der Alligatorenfarm.

»Wir ziehen nach Miami. Morgen schon. Ich habe dort einen Job bekommen. Es geht nicht anders – Astrids Krankheit hat unsere letzten Ersparnisse gefressen.« Christian Gustavson war nie ein Mann vieler Worte gewesen (vielleicht, weil das Englische ihm noch immer nicht geläufig war).

Für den Rest des Tages verbarrikadierte sich dann der Junge in seinem Zimmer. Er war wie vor den Kopf gestoßen, ahnte er doch, dass dieser Umzug mehr als nur ein Auseinanderrücken bedeutete. Lydia würde von nun an in einer anderen Welt leben. Einer Welt, die nicht die seine war.

Der Abschied am nächsten Morgen zerriss ihm fast das Herz. Lydia sagte noch immer nichts. Sie stand ihm nur gegenüber. Ihre blauen Augen glänzten im Licht der jungen Sonne wie kostbare Brillanten. Es war der Glanz der Tränen. Zu mehr war sie nicht fähig.

Der Junge tat oft Dinge, die andere schwer mit seinem Alter in Einklang bringen konnten. So nahm er jetzt Lydia in die

Arme, drückte sie fest an sich und als sein Kopf dicht neben dem ihren war, flüsterte er: »Du brauchst nichts zu sagen. Ich weiß, wie sehr du deine Mutter vermisst. Ich weiß es wirklich! Aber der Schmerz wird irgendwann anders werden. Vergehen wird er nicht, aber weiter weg wird er sein. Du sollst wissen, dass du dann einen Bruder hast: mich. Ich werde auf dich warten, Lydia. Komm zurück! Wir sind zusammen durch die Glades gestreift. Wir beide lieben sie. Hier ist unser Frieden. Wenn du zurückkommst, werde auch ich da sein.«

Als der Junge seine Freundin vorsichtig von sich schob und in ihre Augen sah, blickte er in eine bodenlose Tiefe. Es gelang ihm nicht ganz, die eigenen Tränen zurückzuhalten. Hatte sie ihn überhaupt gehört?

Der alte Chrysler von Christian Gustavson hinterließ eine stinkende Qualmwolke, als er vom Hof der Alligatorenfarm rollte. Was für ein jämmerlicher Abschied, dachte der Junge, blieb aber trotzdem stehen, bis das Fahrzeug nicht mehr zu hören war. Lydias Augen gingen ihm nicht aus dem Sinn.

Am Anfang schrieb er ihr jede Woche. Lydia antwortete nie. Nach sechs Monaten gelang es ihm endlich, seinen Großvater zu einer Fahrt nach Miami zu überreden. Als sie bei der Adresse ankamen, die Christian Gustavson hinterlassen hatte, fanden sie nur ein leeres, baufälliges Haus vor.

»Ich kümmere mich nicht um andere Leute«, verriet ein früherer Nachbar der Gustavsons dem General vertrauensselig. »Irgendwas stimmte nicht mit der Kleinen von dem Schweden. Hat nie 'n Wort gesagt. Immer nur leer vor sich hin gestarrt. Er ist bald wieder weggezogen. Keine Ahnung, wohin.«

Der alte Tom und sein Enkel fuhren am Abend heim nach Muddy Creek. Sie waren so ratlos wie zuvor. Lydia und Christian hatten sich in Luft aufgelöst.

Der Junge war tagelang geradezu betäubt. Er hatte Lydia geliebt wie keinen anderen Menschen. Er liebte natürlich auch seine Eltern, aber sie waren nicht bei ihm. Auch die Großeltern, aber die waren schon immer da gewesen. Lydia war weder das eine noch das andere. Vor so kurzer Zeit erst hatte er dieses ernste Mädchen entdeckt, hatte doch gerade erst begonnen ihm Freude zu schenken, mit ihm zu teilen, wie man nur mit seiner Schwester teilt – und jetzt war es weg. Er glaubte, ein Stück von ihm selbst sei ihm verloren gegangen. Er hatte zu nichts mehr Lust, fühlte sich leer und verbrachte viele Stunden allein in den Sümpfen.

Nach etwa sechs Monaten wurde das Gefühl der inneren Leere schwächer. Allmählich begann er wieder am Leben teilzunehmen, sehr zur Freude seiner Großeltern. Dennoch blieben ihm die Worte, die er Lydia zum Abschied ins Ohr geflüstert hatte, ins Gedächtnis eingebrannt. »Der Schmerz wird irgendwann anders werden. Vergehen wird er nicht, aber weiter weg wird er sein.«

◇ DIE WISSENDE

Jonas' Stimme war wie ein Rinnsal versickert. Er fühlte sich unendlich müde, aber auch seltsam erleichtert. Blinzelnd öffnete er die Augen. Während er seine Geschichte erzählt hatte, musste er sie irgendwann geschlossen haben. Erst jetzt bemerkte er, dass der Stoff unter dem Herzen des Mädchens ganz feucht war. Hatte er geweint? Seine Empfindungen waren wie ein offenes Buch gewesen. Er hatte nichts verschwiegen, nichts außer seinem Namen. Beschämt sah er von den Händen des Mädchens auf, die er noch immer fest in den seinen hielt.

Doch in den Gesichtern der Bonkas lag kein Spott. Niemand belächelte ihn. Er sah nur tiefe Anteilnahme. Hier und da gab es auch einige Tränen.

»Du hast gut daran getan, uns *deine* Geschichte zu erzählen«, sagte Syrda mit sanfter Stimme.

Die Worte der Weisen schienen nur langsam in Jonas' Bewusstsein zu sickern. Syrda hatte ihn durchschaut. Ihre Augen funkelten lebendig wie die eines jungen Mädchens, als sie ihn geheimnisvoll lächelnd anblickte. Doch dann entdeckte er etwas anderes, schier Unglaubliches.

Jonas hielt den Atem an und riss vor Staunen die Augen auf. Er suchte fieberhaft noch einmal nach der tränenfeuchten Stelle auf dem Gewand des Mädchens. Und tatsächlich! Da sah er es.

»Sie atmet!« Seine Stimme war wie ein kleiner Vogel, der sich aufgeregt flatternd in die Lüfte schwingt. »Seht nur, ihr Gewand: Es hebt und senkt sich.«

Der Oberälteste Belkan schob sich, erstaunlich behände, in den schmalen Alkoven und trat auf die andere Seite des Ruhebetts. Sein Gesicht strahlte vor Glück. »Du hast wirklich ein Wunder vollbracht, Jonas McKenelley. Dank sei dir dafür.«

»Jetzt verstehe ich, was Syrda meinte, als sie sagte, in eurer Welt hätten die Geschichten des Herzens große Kraft. Sie können wirklich Wunder wirken!«

»Niemand sollte das besser wissen als wir, Jonas. Und dennoch haben wir das Gesetz unseres Volkes verleugnet und dich wie einen Feind behandelt. Ich könnte verstehen, wenn du uns das nicht verzeihen willst, und dennoch möchte ich dich darum bitten.«

»Schon in Ordnung ... unter einer Bedingung.«

Belkan runzelte die Stirn. »Du hast allen Grund uns unsere Kurzsichtigkeit spüren zu lassen. Was verlangst du?«

Jonas lächelte müde. »Sagt bitte Jonas zu mir. Ohne das McKenelley am Ende. Das klingt viel freundlicher, finde ich.«

Der Oberälteste musterte seinen Gast mit starrer Miene. Dann fing er plötzlich an zu lachen. Im Nu war der ganze Kristallsaal von erleichtertem Gelächter erfüllt. Als er sich wieder gefasst hatte, sagte Belkan: »Dann aber solltest auch du uns nicht so förmlich anreden, Jonas. Sprich zu uns wie zu Freunden, denn das wollen wir dir sein.«

Jonas lächelte in die Runde der alten Männer. Goldan hatte sich zu ihm durchgeschoben und klopfte ihm freundschaftlich auf die Schulter. Syrda nickte zufrieden. Da bemerkte Jonas Kraarks aufgeregtes Wippen. Der Rabe hob und senkte den Oberkörper, als folge er dem Takt einer unhörbaren Trommel.

»Was ist mit dir?«, wandte sich Jonas an den Vogel. »Freust du dich nicht über ihr Erwachen?«

»Ich weiß nicht recht, ob sie wirklich wach ist«, erwiderte Kraark.

Jonas blickte erschrocken auf das Gesicht des Mädchens. Ihre Haut wirkte nicht mehr ganz so weiß wie zuvor, aber Kraark hatte Recht: Die Augen waren noch immer geschlossen. Sie atmete. Aber sie schlief. »Vielleicht muss sie sich erst ausruhen«, meinte er besorgt.

»Sie hat sich vier Jahre lang ausgeruht, Jonas. Findest du nicht, das ist genug?«

»Was hat Korax gesagt?«, fragte Syrda, obwohl sie es schon ahnte.

»Das Mädchen wacht nicht auf«, antwortete der Junge. Er suchte nach ihren Händen, die er für einen Moment losgelassen hatte. Dabei berührte er etwas Hartes, das auf der Liege unter den Falten ihres Gewandes verborgen lag. Vorsichtig schob er den duftigen Stoff auf der Höhe ihrer Taille zur Seite – und blickte verblüfft auf den Gegenstand, der schon die ganze Zeit dort gelegen haben musste.

»Das ... das ist ...« Er brachte keinen zusammenhängenden Satz heraus.

»Ein *Bilm*«, erklärte Syrda geduldig. »So nennen wir die Sinnsteine.«

»Aber ich ...«

»Das ist ganz einfach, Jonas. Die Sinnsteine sind, wie die Legende sagt, Bruchstücke vom blauen Kristall. In jedem dieser Steine wohnt eine andere Gabe. Sie sind sehr kostbar! Wenn jemand einen Sinnstein besitzt, dann gibt er ihn weiter an seine Kinder und diese vererben ihn wieder an die nächste Generation. Selbst in unserem Ältestenrat gibt es nur wenige, die einen Bilm ihr Eigen nennen. Aber alle Wissenden sind auch Träger der Bilme ...«

»Das ... das meine ich nicht«, gelang es Jonas endlich, die Erklärung Syrdas zu unterbrechen. Er schob seine Hand in die

Hosentasche und förderte den Kristall zu Tage, den er in der Spiegelregion gefunden hatte. Oder sollte er sagen, der Stein hatte *ihn*, den Wanderer Jonas, gefunden? »Es ist seine Form, die mich so aus der Fassung gebracht hat«, sagte er leise.

Und tatsächlich! Jetzt wo er die Halbkugel mit der flachen Seite nach oben zeigte, konnten die anderen sehen, was er meinte. Der Stein hatte nicht nur dieselbe Farbe und Größe des anderen, der an der Seite des Mädchens lag, zu der sechseckigen Vertiefung in Jonas' Kristall gab es in dem zweiten eine Entsprechung: eine kleine Pyramide mit sechs Kanten.

»Sie sind in Wirklichkeit die beiden Teile eines Ganzen«, flüsterte Jonas. Die Erkenntnis drohte ihn zu überwältigen. Wie hatten diese beiden Hälften des Sinnsteines nur nach vier Jahren und über ein so großes, so chaotisches Gebiet wie die Spiegelregion hinweg zueinander finden können?

Als niemand etwas erwiderte, sah Jonas von dem blauen Stein an der Seite des Mädchens auf. Ein erwartungsvoller Ausdruck stand in dreizehn ernsten Gesichtern.

»Ihr wollt, dass ich die Hälften zusammenfüge.« Es war keine Frage, sondern eine Feststellung.

»Wir können dich nicht dazu zwingen«, antwortete Belkan ausdruckslos. »Die Bilme sind sehr kostbare Geschenke, die nur wenige erhalten. Bei uns gilt es als Zeichen großer Missachtung, wenn jemand sich von seinem Sinnstein trennt.«

Jonas sah verwundert in die traurigen Augen des Bonkas. Als er bemerkte, wie die gerade erst aufgelebte Hoffnung wieder aus den Gesichtern der Ältesten zu schwinden begann, fühlte er Zorn in sich aufsteigen. »Ich muss zugeben, es fällt mir schwer, euch zu verstehen«, empörte er sich. »Erst brecht ihr mit euren Traditionen, indem ihr einem Fremden wie mir nicht traut, und jetzt klammert ihr euch an die alten Bräuche, obwohl sie die einzige Hilfe für dieses schlafende Mädchen unmöglich machen.« Noch ehe jemand etwas erwidern konnte, griff Jonas nach dem Kristall des Mädchens, drehte in der anderen Hand sein Gegenstück in die richtige Position und legte die beiden flachen Seiten der Halbkugeln aneinander. Die Hälften passten so gut, als würden sie miteinander verschmelzen. Dann – er wusste nicht recht, warum – fügte er die Hände des Mädchens unter seinem Herzen zusammen und legte die eins gewordenen Bilme hinein.

Sogleich erfüllte ein helles Funkeln den Alkoven. Blaue Sterne huschten über Wände und Decke der Nische. Etwas schien in dem Kristall zu erwachen. Die glitzernden Pünktchen der Hälften umkreisten einander. Während der Wirbel immer schneller wurde, begann auch Jonas unweigerlich rascher zu atmen. Mit geweiteten Augen blickte er in das Antlitz des schlafenden Mädchens. Er musste an Lydia denken. Ihre blauen Augen. Sie hatten dieselbe Farbe wie das Licht der Bilme.

Unvermittelt hob sich der Brustkorb des Mädchens zu einem tiefen Atemzug. Jonas hielt die Luft an. Die Lider des Mädchens zuckten zwei-, dreimal, dann flatterten sie wie Schmetterlingsflügel und zuletzt öffnete es die Augen. Sie waren blau, was Jonas kein bisschen überraschte. Später hatte er es immer bedauert, dass er in diesem Moment nicht länger in ihre Augen hatte sehen können. Wie gerne hätte er ihr auch beim Aufrichten geholfen, sie bei ihren ersten Schritten an der Hand gehalten! Leider gab sein Körper jetzt mit einem Mal der Aufregung und Anstrengung nach: In dem Augenblick nämlich, als die Wissende erwachte, begann sich um Jonas alles zu drehen. Dunkelheit legte sich wie ein dichtes schwarzes Tuch um seinen Geist.

◇ DIE HÖHLE DER FLÜSTERER

Jonas erwachte wie ein Bär aus seinem Winterschlaf: sehr langsam und sehr hungrig. Er schlug nicht gleich die Augen auf, sondern genoss einige Minuten lang die zahlreichen angenehmen Signale, die ihm sein Körper sandte. Das Bett, in dem er lag, war warm und weich, ebenso wie die Hände, die seine Rechte streichelten.

»Es ist kein Traum. Du darfst ruhig die Augen öffnen.«

Die Stimme klang hell und klar, belustigt, aber nicht spöttisch.

Jonas drehte den Kopf zur Seite und wagte ein leichtes Anheben der Lider. Unscharf zeichnete sich vor ihm eine schlanke Silhouette ab: ein Kopf, umgeben von einem Strahlenkranz, schmale Schultern in einem malvenfarbenen Gewand.

»Wie geht es dir?«, fragte die helle Stimme.

Jonas schlug nun vollends die Augen auf und hielt den Atem an. Das Mädchen saß vor einem Fenster, durch das helles Licht flutete. Millionen feiner Staubkörnchen schwebten in der Luft. In seinem Haar schien ein goldenes Feuer zu brennen. Jonas wagte nicht sich zu rühren. Dieses Gesicht, das Lächeln, die Statur – alles war ihm so vertraut! Das Mädchen glich einem scheuen Reh, so anmutig, so zierlich wirkte es. Er öffnete den Mund, aber es gelang ihm nicht, zu sprechen. Die Angst war zu groß, er könne dieses Bild verscheuchen.

Das Mädchen strich ihm mit der Hand über die Stirn. »Fieber scheinst du jedenfalls nicht zu haben. Komisch, dass du trotzdem nicht sprechen kannst. Syrda meinte, ich müsse mir keine Sorgen um dich machen, aber vielleicht sollte ich gehen und sie rufen ...«

»Nein!«, stieß Jonas hervor. Sein Oberkörper fuhr hoch – erstaunt registrierte er, dass seine Kopfschmerzen verschwunden waren. »Nein, bleib bitte hier. Es geht mir schon viel besser.«

»Das freut mich«, antwortete das Mädchen prompt. »Du bist also Jonas McKenelley, mein Retter?«

»Sag bitte Jonas zu mir, das reicht vollauf.«

»Das tue ich gern, Jonas. Ich heiße übrigens Darina.«

»*Darina*?«, wiederholte er erstaunt. Er wunderte sich, wie das Mädchen so schnell zu einem Namen gekommen war.

»Ich selbst habe mir diesen Namen gegeben«, sagte Darina.

»Kannst du Gedanken lesen?«

»Nicht wirklich. Aber wir beide haben wohl mehr gemein, als es normalerweise bei zwei Menschen oder Bonkas der Fall ist. Außerdem habe ich ja noch die Bilme.« Darina legte die verbundenen Sinnsteine auf die Bettdecke.

»Ich fürchte, ich verstehe nicht ganz.«

»Die Sinnsteine können nichts schaffen, was nicht schon vorher da war. Du besitzt die Gabe dich in jedes Wesen hineinzuversetzen, es zu verstehen. Das wusstest du doch?«

»Na ja, Großmutter Rose hat so etwas behauptet. Ich selbst habe immer gedacht, sie übertreibt da ein bisschen.«

»Es ist alles wahr, Jonas! Und dein Sinnstein verstärkt diese Fähigkeit. Ich habe gehört, du sprichst sogar die Sprache der Raben?«

»Kraark ist kein gewöhnlicher Rabe.«

»Nein, wirklich nicht. Aber trotzdem kann nicht einmal Syrda so mit ihm reden, wie du es tust. Es ist an der Zeit, dass du deinen Bilm zurücknimmst.«

»Nicht!« Jonas schwang die Beine aus dem Bett und wollte Darina zurückhalten, die sich an den beiden Sinnsteinhälften zu schaffen machte. Dabei verhedderte er sich in der Steppdecke und wäre beinahe lang hingeschlagen. Auf das Bett gestützt musste er starren Blickes mitverfolgen, wie ihm Darina den Zwillingskristall entzog. Dabei lächelte sie ganz merkwürdig.

»Keine Sorge, Jonas. Ich werde nicht erneut in Schlaf fallen.«

»Aber …!«

Schon hatte Darina die Steine voneinander getrennt und hielt Jonas beide Hälften entgegen. Verwundert schaute er sie an. Ihr Lachen klang wie ein Glockenspiel, als sie ihn neckte: »Welchen Stein willst du haben? Meinst du, du kannst mich fangen und dir deinen holen?«

Jonas blickte an sich herab. Zuerst sah er die in der Decke steckenden Füße und dann das nicht einmal knielange Nachthemd, das er trug.

Darina schmunzelte spitzbübisch. »Das Hemd steht dir gut, Jonas.«

In diesem Augenblick schoss ihm ungefähr ein Liter Blut in den Kopf. Kaum einen Wimpernschlag später lag er wieder im Bett und kämpfte verzweifelt mit der Steppdecke. Endlich hatte er sich ausreichend verhüllt und Gelegenheit sich zu beschweren: »Jetzt weiß ich, warum du so gegrinst hast. Du hättest mir ruhig sagen können, dass sie mir dieses komische Dingsda angezogen haben!«

Darina zog den Kopf zwischen die Schultern und lachte. »Ich hab's ja selbst gerade erst gesehen. Offenbar sind dir die Sachen des Kleinen Volkes etwas zu kurz.«

»Sehr witzig!«

Darina trat wieder an das Bett heran und sagte freundlich: »Hier ist dein Sinnstein, Jonas. Gib gut auf ihn Acht.«

Jonas nahm den Kristall vorsichtig aus ihrer Hand entgegen. Einen Moment lang betrachtete er die umeinander wirbelnden Pünktchen in dem Stein. »Warum wissen die Wissenden alles?«, fragte er unvermittelt.

»Hat dir denn jemand gesagt, dass sie das tun?«

»Na ja, ich hatte Kraark und Belkan jedenfalls so verstanden.«

Darina zog die Nase kraus, während sie Jonas lächelnd die Hand tätschelte. »Du musst noch viel lernen, mein stolzer Retter. Die Wissenden sind Kinder des Kristalls. Man könnte sagen, alles, was in dem blauen Kristall steckt, und vieles von dem, was ihn irgendwann einmal durchdrungen hat, ist ihnen bekannt.«

»Dann müssen sie sehr weise sein.«

»Wie man's nimmt, Jonas. In anderer Hinsicht bin ich wie ein Neugeborenes. Als ich heute Nacht von deiner Geschichte geweckt wurde und mich nicht rühren konnte, fühlte ich zum ersten Mal die Hand eines Liebenden.«

Jonas' Augen ruhten gebannt auf Darinas feingliedrigen Händen.

Sie hatte das Tätscheln eingestellt und hielt nun einfach seine eigenen Hände fest, welche die Bettdecke schützend bis ans Kinn gezogen hatten.

»Sagt dir der Name Lydia Gustavson was?« Die Frage war raus, ohne dass Jonas wusste, wie.

Darina blickte ihn nachdenklich lächelnd an. Dann schüttelte sie langsam den Kopf. »Ich spüre ein seltsames, warmes

Gefühl beim Klang dieses Namens, aber ... nein, ich kann nichts damit in Verbindung bringen.«

»Kann es sein, dass es hier in Azon so etwas wie Doppelgänger der Menschen von der Erde gibt?«

Darina nickte. »Kinder wäre allerdings der bessere Ausdruck.«

»Lydia ist so alt wie ich. Ich glaube kaum, dass du ihre Tochter bist.«

»So habe ich das auch gar nicht gemeint, Jonas. Manchmal erschafft der Kristall ein sehr genaues Abbild von einem Menschen. Das geschieht immer dann, wenn man dem großen blauen Stein sehr nahe ist.«

»Der Himmelsstein!«, keuchte Jonas.

Darina zog ihre Hände erschrocken zurück.

»An deine ungestüme Art muss ich mich wohl erst noch gewöhnen.«

»Entschuldige. Eigentlich bin ich ein ruhiger Typ, aber wenn es um Lydia geht ...« Sein Stimme stockte und er fühlte, wie ihm wieder das Blut in den Kopf schoss. »Ich wollte sagen, dass es in den Sümpfen, bei mir zu Hause, einen blauen Stein gibt. Felsen sind dort eine große Seltenheit. Deshalb sagen die Indianer, der Himmelsstein sei eine Träne Manitus.«

»Erzähl weiter!«

»Der Felsen gehört zu meinen Lieblingsplätzen ... Kennst du meine Geschichte?«

Darina nickte verstehend. »Du hast ja beim Erzählen meine Hände gehalten. Dein Gedanke dürfte der Wahrheit ziemlich nahe kommen, Jonas. Als Lydia in ihrer Verzweiflung in die Sümpfe floh, ruhte sie sich auf dem Himmelsstein aus. Du musst wissen, der große blaue Kristall ist nur das Herz dessen, was vor Urzeiten auf die Erde fiel.«

»Wie meinst du das?«

»Der blaue Kristall wurde erschaffen, als das Universum selbst ins Dasein trat. Schon in diesem ersten Augenblick des Seins gab es die Gesetze der Natur, aber sie waren zusammengeballt, so als hieltest du einen ganzen Schneesturm in deiner hohlen Hand. Als der Kristall dann seine lange Reise begann, nahm er Kräfte mit sich, die an keinem anderen Ort des Universums auf diese Art vereint waren und auf diese Art aufeinander einwirkten wie in dem blauen Stein. Nach langer Wanderung schließlich traf er auf die Erde.«

»Der Kristall ist ein Meteor!«

»Ein paar wenige Augenblicke lang war er das«, pflichtete Darina ihm bei. »Sobald er die Haut der Erde berührte, begann er zu glühen und wurde flüssig. Einen gewaltigen Schweif bildend zog er über den Himmel und stürzte bald darauf ins Meer. Auf seinem Flug verlor er immerfort Tropfen des glühenden Gesteins. An den Stellen, wo diese niedergingen, erstarrten sie zu blauen durchscheinenden Brocken. Manche von ihnen waren ziemlich groß, andere nur sehr klein. Als dann aber der Kristall auf der Oberfläche des Ozeans auftraf, gab es eine gewaltige Explosion. Tausende weiterer Tropfen und Millionen von Tröpfchen schwirrten nach allen Seiten davon. Das Herz des Kristalls überlebte den Aufprall und sank auf den Grund des Meeres. Sein Kommen brachte Tod und neues Leben. Die Erde wurde von einer Eiszeit überzogen. Doch während oben die großen Echsen starben, wuchs unter dem blauen Kristall eine neue Welt heran.«

»Azon«, sagte Jonas feierlich.

Darina nickte. »Meine Welt ist ein Abbild der deinen, Jonas. Kein besonders vollkommenes allerdings.«

»Du meinst, sie gleicht eher dem Porträt eines Künstlers, der sich beim Malen ziemlich große Freiheiten herausnimmt?«

»Ja, und ich bin eine dieser Freiheiten.«

Jonas musste an ein Bild von Pablo Picasso denken, auf dem ein Kopf gleichzeitig von vorn und von der Seite zu sehen war. Er hatte sich mit solchen verfremdeten Darstellungen der Wirklichkeit nie anfreunden können. Darina hatte fast die Gestalt einer erwachsenen Frau, aber ihre Körpermaße entsprachen denen einer Elfjährigen. Gerade wollte Jonas sich ein Herz nehmen und ihr gestehen, wie gut dem Kristall das »Porträt« seiner besten Freundin gelungen war, als eine knarrende Stimme ihn davon abhielt.

»Dir scheint es ja schon wieder sehr gut zu gehen, Jonas!«

Er hatte gar nicht bemerkt, wie hinter ihm die Tür aufgeschwungen war. Als er sich jetzt umwandte, erblickte er ein seltsames Bild wie aus einem Märchen: eine hutzelige, auf einen Stock gestützte Frau mit einem großen Raben auf ihrem Buckel.

»Kraark! Ich habe dich schon vermisst.«

»Und mich«, sagte Syrda im Scherz, »an mich hat wohl wieder niemand gedacht?«

Jonas begrüßte die beiden freudestrahlend.

»Fühlst du dich stark genug für einen kleinen Ausflug?«, fragte die weise Alte.

»Wenn's nicht allzu weit ist. Eigentlich habe ich gestern schon mein Marschpensum für die nächsten drei Monate absolviert.«

»Hast du es ihm schon berichtet, Darina?«

Das Mädchen schüttelte den Kopf. »Er ist gerade erst aufgewacht, ehrenwerte Syrda. Und es gab einige Dinge zu besprechen, die wichtiger waren als ...«

»Schon gut, schon gut«, unterbrach sie die alte Frau. »Du musst mir nichts erklären, mein Kind.«

»Worum geht's denn?«, erkundigte sich Jonas neugierig.

»Sie haben deinen Tag bereits bis zum Abend verplant«, krähte Kraark, der daran irgendetwas erheiternd fand. »Nach dem Frühstück darfst du die *Höhle der Flüsterer* besuchen und am Nachmittag wird der Rat erneut zusammentreten.«

»Vermutlich hat dir Korax gerade verraten, worum es geht«, sagte Syrda.

Jonas musste grinsen. »Schon komisch, dass ich der Einzige bin, der sich mit ihm unterhalten kann.«

»Hat er auch erwähnt, dass Darina uns heute über ihr Wissen informieren wird?«

Jonas' Miene wurde sofort wieder ernst. »Sprichst du von der Gefahr, die Azon immer dann droht, wenn einer der Wissenden erscheint?«

»Das hört sich an, als wäre *ich* an all dem schuld«, beschwerte sich Darina.

Syrda ergriff über Jonas' Lager hinweg die Hand des Mädchens und sagte: »Beruhige dich, Kind. Ich weiß, dass dich dieses Wissen sehr belastet. Bald kannst du es mit uns teilen.«

Jonas hätte gern gewusst, was für ein Wissen das war, von dem Syrda gesprochen hatte. Immerhin war Darina vor vier Jahren erschienen. Wenn es diese Gefahr schon damals gegeben hatte, war es dann nicht längst zu spät, um noch etwas zu tun?

Seine Geduld wurde auf eine harte Probe gestellt. Krem brachte ihm zunächst seine Kleider – alles, selbst das blutbefleckte Taschentuch, war frisch gereinigt und gebügelt. Sogar eine Jacke hatte der Diener Belkans hinzugefügt. Sie bestand aus einem auberginefarbenen glänzenden Stoff mit rautenförmigen Steppnähten. Erstaunlicherweise passte sie sogar.

Das Frühstück verdrängte für einige Zeit die vielen Fragen aus Jonas' Kopf. Er hatte schon seit einer Ewigkeit nichts mehr gegessen. Dementsprechend gründlich rückte er den Schüsseln und Schalen zu Leibe, die fleißige Hände in einem gemütlichen Muschelzimmer aufgetragen hatten. Er fand frisch gebackenes Brot, Früchte, Gemüse, Nüsse, Käse und Milch, Säfte und kristallklares Wasser. Darina erklärte ihm, dass die Bonkas im Gegensatz zu den Malkits vegetarische Kost bevorzugten.

Als Belkan das Speisezimmer betrat, war es bereits Mittag geworden. »Ich hörte, dass es dir schon wieder recht gut geht«, begrüßte er Jonas herzlich.

»So gut, dass ich den halben Tag verschlafen habe«, antwortete dieser fröhlich und angelte sich ein letztes Stück Melone.

»Ich wollte dir etwas zeigen, bevor wir uns später zusammensetzen und über die Lage beraten. Fühlst du dich stark genug für einen kleinen Rundgang?«

»In die Höhle der Flüsterer?«

»Du bist also schon informiert. Na, umso besser.«

»Wo befindet sich diese Höhle?«

»Unter den Hängenden Bergen …« Belkan stockte, weil Jonas die Melone aus der Hand gefallen war. »Was ist?«

»Ich soll doch nicht wirklich den weiten Weg bis zu den Bergen zurückmarschieren und dann auch noch heute Nachmittag wieder hier sein?«

Jonas' Frage rief allgemeine Belustigung unter den Anwesenden hervor. Sogar der Rabe ließ ein Krächzen ertönen. »Du musst dir darüber keine Sorgen machen«, sagte Belkan und legte ihm die Hand auf die Schulter. »Der Weg von der Farbenstadt zur Höhle der Flüsterer ist kürzer als ein Rundgang durch diesen Palast.«

Wenig später machte Jonas mit einem Phänomen Bekanntschaft, das er bereits aus Kraarks Schilderungen kannte, wenn auch die Wirklichkeit erheblich beeindruckender war als jeder theoretische Vortrag. Er fühlte sich wie jemand aus der Antike, der zum ersten Mal die Gesetze der Schwerkraft kennen lernt. Für einen solchen Menschen musste ja auch die Vorstellung absurd sein, dass auf einer Kugel Wesen herumlaufen, ohne herunterzufallen – sogar die nicht, die mit dem Kopf nach unten hängen. Irgendwann freilich würde auch dieser Neuling aus dem Reich der Unwissenheit sich an den Anblick gewöhnen und ihn für naturgegeben halten. Genauso selbstverständlich war für die Bonkas die Benutzung der *Facetten.*

»Kannst du's mir nicht noch einmal erklären?«, bat Jonas Goldan, während sie sich einer Gruppe von Felsen am Rande des Hafens von Laomar näherten. Belkan hatte den Wächter der Farbenstadt gebeten, Jonas und Darina bei ihrem ersten Besuch der Kristallhöhle zu begleiten. Kraark war auch mit von der Partie.

»Warte ab«, antwortete Goldan gelassen. »Du wirst es gleich selbst erleben.«

Darina lächelte zu dem Wächter hinüber. »Du hast ein besonderes Gespür für die Facetten, nicht wahr, Goldan?«

»Sagen wir, es liegt in meiner Familie. Ich bin einer der drei Bilmträger im Rat. Die anderen beiden sind Belkan und Syrda, die unserer Runde lange ferngeblieben ist. Mein Sinnstein verleiht mir die Gabe, eine Facette im Umkreis von vielen Meilen zu erspüren.«

»Und was für einen Nutzen soll das haben?« In Jonas' Frage schwang die Geringschätzung des Unwissenden.

Goldan packte ihn so heftig am Arm, dass Jonas glaubte erneut gegen einen Brauch der Bonkas verstoßen zu haben, einen von der Sorte, die man tunlichst beachten sollte. Aber dann lächelte der Wächter nur und zeigte auf die Schatten in den Felsen.

Jonas hatte den Spalt, auf den Goldan so zielstrebig zugesteuert war, für einen Durchgang gehalten, eine Abkürzung durch die Felsen hindurch, um danach auf gleicher Höhe dem Verlauf des Strandes folgen zu können. Er sah sich nach allen Seiten um, konnte aber nichts Auffälliges entdecken. Der letzte der vier Kais lag vielleicht tausend Fuß entfernt. Jonas konnte mehrere große Segelschiffe erkennen. Vereinzelt lagen Boote von Perlentauchern am Strand. Und direkt vor ihm türmte sich dieser Haufen von graugrünen Felsbrocken auf.

Es handelte sich um die ersten größeren Steine, die er seit dem unheimlichen Hängegebirge zu Gesicht bekam. Aber daran war nichts Auffälliges. Auch an der Küste Floridas gab es Stellen mit solchen Klippen. Plötzlich stutzte er.

Der vermeintliche Durchgang zum Strand jenseits der Felsen war ... *falsch.* Vielleicht war das nicht der richtige Ausdruck für das, was Jonas sah, aber eigentlich hätte der Spalt nicht so dunkel sein dürfen. Selbst wenn einige Felsen den direkten Weg hindurch versperrt hätten, musste doch wenigstens *etwas* Licht von der anderen Seite hineinfallen. Aber da gab es nur einen formlosen dunklen Schatten. Er lächelte Goldan schief an. »Wenn du mich nicht fest gehalten hättest, wäre ich mittenrein gelaufen, richtig?«

»Stimmt genau.«

»Ist es gefährlich, durch so eine Facette zu gehen?«

»Nicht wenn man weiß, was sich auf der anderen Seite befindet.«

»Und was ist dort?«

Goldan ging um Jonas herum, sodass er ihm und Darina die Arme um die Schultern legen konnte. »Kannst du deinen Raben zu dir rufen?«

Jonas streckte den Arm aus und Kraark war mit wenigen Flügelschlägen bei ihm.

»Ich hasse diese Dinger«, sagte der schwarze Vogel in einer Weise, die Jonas etwas Angst einjagte. Bevor er noch seine Bedenken äußern konnte, schob sie Goldan schon voran.

Als sie unter das enge Felsentor traten, schaute Jonas besorgt zurück. Gerade sah er noch die Schiffe am Kai liegen, dann schien sich plötzlich ein Spiegel vor seinen Augen herabzusenken, der ihm nur noch das Dämmerlicht aus dem Innern des Spalts zeigte. Der Wechsel war so abrupt vor sich gegangen, dass er erschrocken stehen blieb.

»Was ist?«, fragte Goldan.

»Für ihn ist alles ungewohnt«, meinte Darinas Stimme aus den Schatten. »Er fürchtet sich bestimmt.«

Jonas drehte sich um. Sie standen immer noch in einem Felsspalt, möglicherweise auch in einer Höhle, aber hier wirkte alles anders. Der Hafen von Laomar war verschwunden. Um ihn herum gab es nichts als nackten Stein.

»Wir müssen dort entlang«, sagte Goldan und nickte in eine Richtung, in der die Schatten weniger dicht waren. Erneut kam er Jonas' Einspruch zuvor und schob seine Begleiter voran.

Der Weg durch den Rest des Spalts war kurz. Nach zwei scharfen Biegungen hellte sich der Gang deutlich auf. Kurz darauf standen sie wieder im Freien. Erleichtert sprang der Rabe mit flatternden Flügeln von Jonas' Arm.

Vor ihren Augen erhob sich schroffer blaugrauer Fels. Hier und da gab es einige blasse Grasmatten. Als Jonas den Kopf in den Nacken legte, wurde ihm fast schwindlig. Sie befanden sich direkt am Rande des auf dem Kopf stehenden Gebirges.

Die Berghänge wuchsen über die vier kleinen Gestalten empor. Hoch oben konnte Jonas glitzernden Schnee und türkisfarbenes Eis erkennen.

»Ist das Gebirge ein Teil des Kristalls?«, fragte Jonas leise.

Goldan sah zu Darina hinüber.

Sie lächelte. »Ja und nein. Azon ist ja keine Blase, die sich im Innern der Erde befindet. Die Welt unter dem blauen Kristall ist nur ein lebendes Bild.«

»*Nur?*«

»Sagen wir, das Gebirge ist dem Herzen des Kristalls so nahe wie sonst kein anderer Ort auf Azon, die Spiegelregion natürlich ausgenommen.«

»Ich glaube, ich kann gar nicht so alt werden, wie notwendig wäre, um das alles zu begreifen.«

»Hab nur Geduld, Jonas. Vergiss nicht, du bist ein *Wanderer!*«

»Darf ich euch unterbrechen?«, fragte Goldan mit einer Scheu, die Jonas an ihm noch nicht kannte.

Darina lächelte den Wächter warmherzig an. »Du möchtest uns endlich die Höhle zeigen, nicht wahr, Goldan?«

Jonas seufzte. Ob Mensch oder Bonka, dieses Mädchen schien jeden zu durchschauen.

Goldan führte sie nun einen schmalen Weg entlang, der bald in eine dreieckige Schlucht führte. Ein Blick zum Himmel verriet, dass die am Boden weit auseinander liegenden, sich nach oben hin aber immer mehr zusammenschiebenden Seitenwände in Wirklichkeit die Abhänge zweier Berge waren, deren Gipfel hier im Grund feststeckten. Jonas suchte seine Gedanken abzulenken, das Nachdenken über dieses Kopf stehende Gebirge bereitete ihm jedes Mal Magendrücken.

Bald gelangten sie an einen Tunneleingang. Zwei Bonkas standen davor und begrüßten die Ankömmlinge, indem sie sich auf die Brust klopften und sich verneigten. Goldan wechselte mit ihnen einige Worte, dann durfte er mit seinen Besuchern weitergehen.

Jonas sah zu dem bogenförmigen Durchgang empor. Ein Band von Steinornamenten in Form von Muscheln, Schneckenhäusern und allerlei Meerestieren verzierte das Tor.

Der Tunnel selbst war eher schlicht gehalten: links und rechts glatte, graue Wände, oben ein Tonnengewölbe und in regelmäßigen Abständen die nun schon vertrauten runden Leuchtkugeln, ohne die es hier stockfinster gewesen wäre. Nach etwa einer Viertelmeile änderte sich das Bild des Ganges. Die Wände waren nun rauer und immer häufiger schimmerten blaue Flächen aus dem Fels hervor.

»Gleich sind wir in der Höhle der Flüsterer«, sagte Darina.

Jonas hatte es aufgegeben, sich über sie zu wundern. Die Wissende bewegte sich so sicher, als sei sie hier zu Hause.

Kaum einhundert Schritte später gelangten sie an einen weiteren bogenförmigen Durchgang. Auch hier standen zwei Wächter. Auch diese waren – soweit Jonas erkennen konnte – unbewaffnet. Auch jetzt sprach Goldan nur kurz, worauf die kleinen Männer respektvoll zur Seite traten. Der Wächter von Laomar lächelte Jonas und Darina aufmunternd zu. Mit ausgestrecktem Arm lud er sie ein, die Höhle der Flüsterer zu betreten.

Als Jonas in den gigantischen Raum blickte, glaubte er in einen phantastischen Traum geraten zu sein. Die Höhle war gewaltig! Ihre Form konnte man auch nicht annähernd genau beschreiben. Nur einige Wege, Treppen und Stiegen, die hier und da in den blauen Stein getrieben waren, zeugten vom Wirken des Kleinen Volkes. Ansonsten erschien die Höhle unberührt – vorausgesetzt, man konnte sich hunderte von Bonkas, die hier zugange waren, wegdenken.

Seine bizarre Schönheit gewann dieser Ort durch unzählige Kristallflächen. Manche waren sehr klein, andere so groß wie Scheunentore. Es gab mehrere natürliche Galerien, die wie Theaterbalkone über weite Strecken an der Höhlenwand entlangführten. Auch auf dem Grund dieses kristallenen Doms gab es einiges zu entdecken: schlanke sechseckige Säulen, niedrige Glitzerpusteln, Spiegeltische und jede nur denkbare andere Kristallform. Der Glitzereffekt dieses »Gesamtkunstwerks« wirkte betäubend.

An den Wänden konnte Jonas zahlreiche Ausbuchtungen und Löcher erkennen. Bei manchen handelte es sich nur um flache Nischen, andere dagegen schienen Zugänge zu weiteren Tunneln in womöglich neue Gewölbe zu sein. Und überall standen die Flüsterer.

Der ganze Kristalldom war vom Klang ihrer Stimmen erfüllt. Jonas erinnerte sich an die Mangrovenwälder in der Whitewater Bay. Wenn der Wind durch die Wipfel der Junk Trees strich, hörte es sich genauso an.

Goldan führte seine Gäste nun näher an einige der Kristallflächen heran. Zu seinem Erstaunen konnte Jonas darin Bilder erkennen. Menschen aller Rassen, jeden Alters, aller sozialen Schichten und beiderlei Geschlechts gingen hier unter den Augen der Flüsterer ihren täglichen Verrichtungen nach. Manche waren sehr beschäftigt, andere schliefen, einige saßen nur da und schienen nachzudenken. Letztere beschäftigten die Flüsterer am meisten. Leise sprachen sie auf die Kristallbilder ein, die, wie Goldan anmerkte, *Spiegel* genannt wurden.

Jonas konnte sich des Eindrucks nicht erwehren, er blicke in einen riesigen Kontrollraum, voll gestopft mit unzähligen Bildschirmen, die mit ihrem fahlblauen Licht ebenso ungezählte Gesichter beleuchteten. Er fühlte sich an ein Buch von George Orwell erinnert, das den seltsamen Titel *1984* trug. Er selbst hatte das Buch zwar nicht gelesen, aber Großvater hatte ihm davon erzählt …

»Du denkst bestimmt, wir würden euch Menschen von hier aus kontrollieren«, drängte sich Darinas Stimme in seine Gedanken.

Erstaunt blickte er sie an. »Woher …?«

»Würdest du sagen, dass du den Sumpf kontrollierst, wenn du an einem schönen Morgen draußen bist und beobachtest, wie die Natur erwacht?«

»Was?«

Darina lächelte ihn schelmisch an. »Ich dachte, du tust das hin und wieder?«

»Ja, natürlich. Aber ich würde doch nie die Natur in den Glades … *kontrollieren*! Das kann ich ja gar nicht. Dazu ist sie viel zu kompliziert. Selbst wenn ich noch so genau hinsehe, kann ich nie alles wahrnehmen.«

»Aber du hast doch sicher schon einmal einem in Not geratenen Tier geholfen?«

»Selbstverständlich. Schon oft.«

»Oder eines gefüttert?«

»Manchmal schon.«

»Siehst du.«

Jonas runzelte die Stirn.

»Wir befinden uns in einer ganz ähnlichen Situation wie du, wenn du deinen Morgenspaziergang machst.«

»Aber wir Menschen sind doch keine Fische, die man in einem Aquarium anglotzt und denen man ab und zu etwas Futter ins Wasser streut!«

»Nein, natürlich nicht.« Darina blickte nachdenklich auf eine Kristallfläche, die ein kleines Mädchen zeigte. Es versuchte gerade eine Stricknadel in eine Steckdose zu bekommen. Darina flüsterte etwas gegen den Stein, was zu leise war, um es zu verstehen. Jonas konnte erkennen, wie das Mädchen plötzlich das Interesse an dem Anschluss verlor und sich einem ramponierten Teddybären zuwandte. Darina heftete ihre strahlenden blauen Augen wieder auf Jonas.

»Du musst auch nicht denken, dass wir eure Schutzengel sind. Ihr Menschen seid viel zu gedankenlos und wir Flüsterer viel zu wenige, um dieser Aufgabe auch nur einigermaßen gerecht werden zu können.«

»Und was *ist* dann eure Aufgabe?«

»Das habe ich ihm alles schon erklärt«, mischte sich Kraark in das Gespräch.

Darina sah erst den Raben an und dann Jonas. »Was hat er gesagt?«

»Er hat mich an etwas erinnert. Kraark erzählte mir gestern, dass ihr so etwas wie die Musen für die Künstler seid.«

»Musen.« Darina ließ das Wort wie ein Bonbon auf der Zunge zergehen. »Manche nennen es auch Intuition: Dir fällt plötzlich etwas ein und du kannst dir beim besten Willen nicht erklären, wie du darauf gekommen bist.«

Jonas ließ zweifelnd den Blick durch die Höhle schweifen. »Ich weiß nicht. Als Kraark mir davon berichtete, habe ich es mir irgendwie anders vorgestellt. Bei alldem habe ich kein gutes Gefühl.«

»Menschen unterstellen anderen oft das, was tief in ihnen selbst steckt.«

»Meinst du, *ich* wollte andere kontrollieren?« Jonas klang erregt. »Genau das ist es, was ich schon immer am meisten gehasst habe.«

»Was nur beweist, wie sehr dich diese Form der Bosheit beschäftigt. Doch wenn du niemandem mehr trauen kannst und jeden – selbst deine Schwester – des von dir am meisten gehassten Vergehens verdächtigst, was bleibt dann noch, Jonas? Bist du dann nicht am Ende ganz allein?«

Jonas blickte verlegen zu Boden. Darinas Hand tastete nach der seinen und als er ihre Wärme spürte, sagte sie: »Die Flüsterer der Bonkas handeln nach einem Gesetz, das so alt ist wie sie selbst. Niemals darf ein Mensch gegen seinen Willen zu etwas gezwungen werden. Und nie darf ein Bonka lauter zu den Erdenbewohnern sprechen, als es hier geschieht.«

»Deshalb nennt ihr euch die ›Flüsterer‹?«

»So ist es. Würden wir laut in die Kristallspiegel sprechen, dann könnten uns die Menschen mit ihren Ohren hören. Ein Flüsterer, der so etwas tut, dürfte nie mehr in dieser Höhle dienen.«

»Aber was ist mit den Malkits? Halten die sich auch an diese Regeln?«

Darina sah zu Goldan hinüber.

»Die Malkits kennen die Gesetze«, antwortete der Wächter. »Aber wir befürchten, dass der Tag kommen wird, da sie jede Regel übertreten, nur um sich einen Vorteil zu verschaffen. Bis heute ist uns jedoch noch kein solcher Fall bekannt geworden.«

»Es genügt, dass sie Menschen mit bösen Gedanken zu ebensolchen Taten ermuntern«, fügte Darina hinzu. »Das ist der zweite Grund, warum unsere Arbeit hier so wichtig ist: Würden wir uns aus dieser Höhle zurückziehen, hätten die Malkits die Menschen bald so weit, dass sie sich selbst zerfleischten.«

»Aber wäre das nicht ihr eigenes Ende?«, fragte Jonas erstaunt. »So wie ich eure Welt bisher verstanden habe, stellt sie ein Abbild der Erde dar. Kann es denn ein Spiegelbild von etwas geben, was gar nicht mehr vorhanden ist?«

»Jetzt hast du die Frage gestellt, um die es heute im Rat der Ältesten gehen wird«, antwortete Darina ernst. »Warte bis nachher, dann wirst du eine befriedigende Antwort bekommen. Nur so viel im Augenblick: Die Malkits sind überzeugt, dass der Kristall selbst der Schöpfer aller Dinge ist. Natürlich wissen sie in ihrem tiefsten Inneren so gut wie wir, dass der blaue Stein ein zwar mächtiger, aber zuletzt doch vernunftloser Gegenstand ist. Trotzdem sehen sie in ihm die Antwort auf alle ihre Fragen. Sie glauben, dass etwas vom Stein Geschaffenes nie mehr vergehen kann. Und was noch viel schlimmer ist: Sie denken, dass sie die Erde nur auslöschen müssen, um ihre Theorie zu beweisen und sich unbegrenzte Macht über Azon zu verschaffen.«

»Die Erde auslöschen?«, hauchte Jonas entsetzt.

Der Druck von Darinas Händen verstärkte sich. Jonas blickte ihr in die Augen, sah ihr Lächeln und fühlte sich gleich besser.

»Noch haben die Malkits nicht gewonnen«, sagte die Wissende mit fester Stimme. Und als auch Jonas wieder ein mühsames Lächeln zustande brachte, fügte sie hinzu: »Bist du gar nicht neugierig? Wir haben unseren Rundgang doch gerade erst begonnen.«

Die Besichtigungstour durch die Höhle der Flüsterer hinterließ in Jonas ein zwiespältiges Gefühl. Während Kraark den Rundgang meist schweigend begleitete, beantworteten Goldan und Darina ihm alle seine Fragen. Wie sich herausstellte, gab es tatsächlich noch mehrere Nebenhöhlen, die mit dem großen Hauptraum durch Tunnel verbunden waren. Überall standen und saßen die Flüsterer vor den planen Flächen des Kristalls und beobachteten. Verhältnismäßig wenige sprachen in die blau schimmernden »Spiegel« hinein.

Für jede Region der Erde gab es einen entsprechenden Abschnitt in der Höhle. Goldan erklärte, dass es aber auch ohne weiteres möglich sei, einem Eskimo am Nordpol einen Geistesblitz zu vermitteln und nur durch eine Wendung des Oberkörpers einem der Aborigines in Australien ein paar Ideen zur Verbesserung seines Bumerangs einzupflanzen. Im täglichen Dienst der Bonkas kam so etwas allerdings sehr selten vor, da in der Regel ein Flüsterer seinen fest zugeteilten »Spiegel« – und damit auch nur einen einzigen Menschen – betreute.

Die Malkits – Goldan sprach ihren Namen mit unüberhörbarer Verachtung aus – besäßen eine ganz ähnliche Höhle wie die, in der sie sich gerade befänden. Genau genommen waren die beiden Kristalldome sogar einst Teil eines einzigen riesigen Systems. Als sich jedoch die Malkits mit den Bonkas entzweiten und Schamakh der Weber Kimbaroth, den Vorhang der ewigen Trennung, schuf, erstarb jeglicher Austausch unter den Hängenden Bergen. Allmählich geriet der Tunnel, der die beiden Höhlen miteinander verband, in Vergessenheit. Nur die Wissenden könnten den Weg noch finden.

Jonas hatte Darina bei dieser Äußerung von der Seite angesehen. Obwohl ihr Gesicht ausdruckslos blieb, war ihm klar, dass sie den Ort kannte, an dem Kimbaroth die Welt Azon teilte.

Goldan erklärte weiter, dass eine vollkommene Kontrolle der Menschheit durch die Flüsterer schon deshalb nicht möglich sei, weil die Kristallspiegel nur zu wenigen Bewohnern der Erde einen ungehinderten Zugang boten. Die meisten Menschen erschienen niemals in einem der Spiegel. Andere könne man nur beobachten. Bei einigen lernten die Flüsterer im Laufe von Jahren die Absichten zu erkennen, zu verstehen, wie sie dachten. Besaß ein solcher Mensch einen offenen Geist, dann vermochte er die Flüsterer zu hören. Nicht mit den Ohren, wie Goldan betonte, ihr Unterbewusstsein war empfänglich für den Rat des Kleinen Volkes.

»Und als genau das sehen wir uns«, schloss Goldan. »Wir wollen die Menschen nicht kontrollieren, sondern wir möchten deren *Ratgeber* sein.«

»Im Falle der Malkits, Ratgeber zum Bösen.«

Goldan nickte ernst. »Der Kristall hat in ihnen alle Bosheit der Menschen gesammelt, so wie er in den Bonkas die Tugenden vereint.«

»Wie mir scheint, seid ihr aber von der Vollkommenheit noch weit entfernt!« Jonas lachte, er musste an die vielen Missverständnisse der vergangenen Nacht denken.

»Wir sind keine Götter«, merkte Darina freundlich an. »Nicht einmal Engel.«

Jonas blickte in ihr ebenmäßiges Gesicht und fragte leise: »Bist du dir da ganz sicher?«

◊ DER KRISTALLRAT

Die Sitzplätze am kreisrunden Kristalltisch des Rats reichten nicht aus, um allen Anwesenden Platz zu bieten. Darina hatte Goldan vor dem Verlassen der Höhle gebeten einige ganz bestimmte Flüsterer davon in Kenntnis zu setzen, dass ihre Anwesenheit im Kristallrat dringend erforderlich sei.

Krem dirigierte mit knappen Anweisungen und spärlichen Gesten eine kleine Schar von Bediensteten, die für die nötigen Sitzgelegenheiten sorgte. Danach wurden Getränke und einige leichte Speisen aufgetragen.

Als alle Geladenen anwesend waren, eröffnete Belkan die Sitzung des Rats. Er schilderte noch einmal die dramatischen Ereignisse der vergangenen Nacht: erst das Erscheinen des Wanderers Jonas und dann das Erwachen der Wissenden Darina. Jonas wunderte sich erneut über den Hang der Bonkas zu ausführlicher Berichterstattung. Fast fürchtete er, Belkan würde nie auf den Punkt kommen.

»Wir sind uns alle darüber im Klaren, dass diese Runde schon vor vier Jahren hätte zusammentreten müssen«, kam der Oberälteste endlich zum eigentlichen Grund für die außerordentliche Ratssitzung. »Deshalb möchte ich nun dir, ehrenwerte Darina, das Wort erteilen. Weshalb hat der Kristall dich zu uns gesandt?«

Darina lächelte in die Runde, die mit Ausnahme von Syrda und ihr selbst ausschließlich aus Männern bestand. Jonas bewunderte ihre Sicherheit. Als sie die Stimme erhob, sprach sie warmherzig und zugleich würdevoll.

»Ehrenwerter Rat, liebe Syrda, Brüder«, ihre Mundwinkel zuckten amüsiert, als sie sich dem Raben auf Jonas' Stuhllehne zuwandte, »und Korax Korbinian Kraark. Wie wir alle wissen, nehmen Bonkas wie Malkits regen Anteil am Geschehen auf der Erde. Wir alle sind letztendlich Kinder des Kristalls und damit Abbilder der Menschenwelt. Das Kleine Volk hat auch schon früh damit begonnen, die Menschen auf ihrem Wege zu begleiten. So wie unter einer Lupe ein Bild vergrößert erscheinen mag, besitzen wir manche Fähigkeiten der Menschen in einem stärkeren Maße. Das hat dazu geführt, dass wir ihnen hier und da in Kunst, Handwerk und Technik oder auch auf anderen Gebieten helfen konnten, schnellere Fortschritte zu machen. Und da wir alles, was wir den Menschen geben, früher oder später vom Kristall zurückempfangen, beeinflussen wir durch unser Wirken in Wahrheit auch uns selbst.«

»Du sprichst vom *Echo«,* merkte Belkan an. »Das alles ist uns bestens bekannt, Darina.«

»Ich habe es noch einmal für Jonas wiederholt. Er kennt unsere Welt ja erst seit gestern.«

»Entschuldige bitte meine Unterbrechung.«

»Deine Sorge ist der Schlüssel für deine Ungeduld, Belkan«, erwiderte Darina freundlich. »Du hast Recht: Ich sprach vom *Echo* der Flüsterer. Hin und wieder raunen die Flüsterer auch im Chor. Dann vereint sich die Macht ihres Flüsterns und das Echo kann nicht nur ein Abbild der irdischen Welt nach Azon werfen, sondern tatsächlich Menschen in Fleisch und Blut zu uns bringen. Wir Bonkas müssen allerdings ziemlich verzweifelt sein, wenn wir zu diesem Mittel Zuflucht nehmen – oder im Falle der Malkits, ausgesprochen durchtrieben.«

»Das Bermudadreieck!«, hauchte Jonas. Schlagartig wurde ihm einiges klar.

Darina warf ihm einen kurzen Seitenblick zu und lächelte. »Die Menschen pflegen ihre Überlieferungen und Sagen mit der gleichen Leidenschaft wie wir. Die Legende vom Bermudadreieck, in dem Schiffe und Flugzeuge samt ihren Besatzungen verschwinden, ist, wie wir alle wissen, nichts weiter als die Geschichte der Hilferufe der Bonkas an die Menschheit –

manchmal leider auch die des boshaften Treibens der Malkits, die unter den Menschenkindern willige Komplizen für ihre üblen Pläne suchen. Vor kurzem hat der Rat sich wieder einmal dazu durchgerungen, von den Menschen Unterstützung zu erbeten – sagt es mir, wenn ich irgendetwas nicht ganz richtig wiedergebe.«

»Du bist die Wissende«, antwortete Syrda mit geheimnisvollem Lächeln. »Eine Unterbrechung ist ganz und gar unnötig.« Einige der anderen Ältesten stimmten ihr leise zu.

Darina nickte wie zur Bestätigung. »Ich habe vor unserem Treffen schon mit einigen der Flüsterer gesprochen, die nun auch hier bei uns sind. Sie halfen mir, einiges von dem, was ich euch nun berichten will, besser zu verstehen. Als die Spiegelregion mich entließ, schrieben die Menschen das Jahr 1958. Es gab zahlreiche Orte auf der Erde, an denen sich die Menschen miteinander stritten. Man sprach sogar von einem ›Kalten Krieg‹ zwischen den Ländern, die von den Menschen ›Sowjetunion‹ und ›Vereinigte Staaten von Amerika‹ genannt werden. Nennen wir die beiden Streithähne der Einfachheit halber den *Bären* und den *Adler*, wie es auch viele Erdbewohner tun (mir gefallen diese beiden Namen sehr viel besser). Während der sowjetische Bär und der amerikanische Adler sich also gegenseitig das Leben schwer machten, kamen in einem kleinen Land – eigentlich war es nur eine Insel im Meer – Ereignisse in Gang, die damals noch niemand in ihrer ganzen Tragweite überblicken konnte. Die Menschen haben Staat und Insel übrigens den Namen ›Kuba‹ gegeben, wir selbst wollen das Land den *Moskito* nennen.«

Jonas sog die Luft zwischen den Zähnen ein. Er erinnerte sich an das Gespräch zwischen Dr. Gould und Frank Holloway, das er tags zuvor belauscht hatte.

»Vor vier Jahren wechselte die Insel des Moskitos den Anführer aus«, setzte Darina ihre Geschichte unbeirrt fort. »Ein Draufgänger mit Namen Fidel Castro Ruz stürzte den bisherigen Machthaber Fulgencio Batista y Zaldívar, der das Land auf tyrannische Weise regiert hatte. Als Castro im ersten Monat des Menschenjahres 1959 seine Regentschaft antrat, ahnten nur wenige, wie sehr der amerikanische Adler sich daran stören würde, dass der kubanische Moskito seinen Stachel auf ihn richtete. Bis dahin hatte der Adler durchaus seinen Nutzen von dem kleinen summenden Mitflieger gehabt, aber mit Castro änderte sich das gründlich.

Eine Weile lang machte der Adler dem Moskito das Leben schwer. Er nahm von ihm keinen Zucker mehr an, wodurch es für das kleine Land immer schwieriger wurde, Nahrung einzutauschen. Ein paarmal versuchte er auch den neuen Anführer Castro umzubringen. Der Moskito war klug genug, um zu erkennen, dass er allein gegen seinen hitzigen Nachbarn wenig ausrichten konnte. Deshalb suchte er sich einen starken Beschützer. Der neue Pelz, in den er sich setzte, war der russische Bär. Nachdem der den Moskito zunächst nur mit Nahrung versorgt hatte, begann er ihm vor gut zwei Jahren den Stachel zu schärfen.«

»Du meinst, das Land Sowjetunion hat der kubanischen Insel Waffen geliefert?«, erkundigte sich der Älteste Gondik.

Darina sah einen der Flüsterer an, die sie zur Ratsversammlung gebeten hatte. »Ximon?«

Ein hoch gewachsener Bonka trat an die Tafel heran. Durch eine leichte Verbeugung erwies er dem Rat die Ehre. Jonas musste unwillkürlich an einen Feldherrn des alten Rom denken, als er den Mann mit dem schneeweißen Haar musterte. Die knappen Gesten, die gerade Haltung – alles passte. Gleichwohl verriet sein scharf geschnittenes Gesicht, dass er noch nicht viel älter als vierzig sein konnte. Mit wenigen Worten schilderte er präzise die Beobachtungen der Flüsterer.

»Wie die meisten hier Anwesenden wissen, obliegt mir die Aufsicht über die Brüder des Adlers.« Er lächelte in Darinas Richtung. »Die Menschen auf der Moskitoinsel werden eigentlich von Tamakhs Gruppe beraten, aber er bat mich ob seiner Jugend für ihn zu sprechen. Im September 1960 – nach der Zeitrechnung der Menschen – begann die Sowjetunion Waffen an Kuba zu liefern: Panzer, Lastwagen, Flugabwehrgeschütze. Im April 1961 bombardierten dann Exilkubaner, die von den Amerikanern ausgebildet und unterstützt worden waren, Flughäfen ihrer ehemaligen Heimatinsel. Drei Tage später versuchten vierzehnhundert von ihnen, die an einer Stelle der Küste mit dem Namen ›Schweinebucht‹ gelandet waren, die Insel zu erobern. Die Operation ›Zapata‹, wie sie ihren Feldzug nannten, scheiterte dank Fidel Castros Soldaten unrühmlich. In den Monaten darauf lieferte die Sowjetunion immer mehr Waffen nach Kuba. Man befürchtete in Kürze einen erneuten Invasionsversuch seitens der Vereinigten Staaten und wollte gewappnet sein. Wie mir unser Bruder Tamakh berichtete, hat Fidel Castro anlässlich der letzten Neujahrsparade stolz seine neuen ›Stachel‹ gezeigt, die er von den Russen erhalten hat: Düsenflugzeuge, Hubschrauber und vieles mehr. Aber das war noch nicht das Ende der kubanischen Aufrüstung.«

Ximon sah zu einem anderen Flüsterer hinüber, der sich nun schwungvoll erhob. Mit seinem Vorredner hatte dieser Bonka allenfalls die Körpergröße gemein. Er wirkte wie jemand, der Aufgaben am liebsten sofort anpackt. Mit seinen prankengleichen Händen schien er, wenn verlangt, einen ganzen Wald ausreißen zu können. Dabei musste der gewichtige Flüsterer nach Jonas' Dafürhalten mindestens schon fünfzig Jahre zählen. Er hatte grau meliertes Haar und ein rundes Gesicht. Er lächelte zunächst die Ältesten warmherzig an und wandte sich dann Jonas zu.

»Mein Name ist Lischka. Ich leite die Flüsterer, die sich des Bären angenommen haben. Persönlich bin ich für den ›Leitbären‹ verantwortlich, der den Namen Nikita Sergejewitsch Chruschtschow trägt. Leider hört er nicht auf mich, deshalb kann ich ihn nur beobachten.«

»Was hat er sich dabei gedacht, den Kubanern all diese Waffen zu geben?«, fragte Jonas.

»Dafür gibt es verschiedene Gründe. Ich glaube, Darina möchte zunächst nur erfahren, was ich über die Waffen weiß.«

»Wir haben später noch Gelegenheit über alle Einzelheiten zu sprechen«, gab ihm Darina Recht. »Berichte bitte den anderen zunächst, was du im Verlaufe des Sommers beobachtet hast.«

Lischka nickte. »Chruschtschows Generäle hatten auf seine Anweisung hin Pläne zur nuklearen Aufrüstung von Kuba ausgearbeitet. Bereits seit einiger Zeit lieferte man Düsenjets, Bomber und Raketen zur Bekämpfung von Flugzeugen nach Kuba. Im August liefen die ersten Schiffe mit Atomraketen aus Häfen im Baltikum und dem Schwarzen Meer aus. Vor etwa zwei Wochen erreichten die Frachter *Poltava* und *Omsk* ihre kubanischen Zielhäfen. Gerade heute ist die *Indigirka* eingetroffen. Ihre Ladung besteht aus Atomsprengköpfen, genauso wie die der *Alexandrowsk* und der *Archangel,* die noch auf dem Weg nach Kuba sind.«

Jonas erinnerte sich noch sehr gut daran, wie Frank Holloway am Vortag die Gefahr beschrieben hatte, die von Mittelstreckenraketen mit nuklearen Gefechtsköpfen ausgeht. Anscheinend wussten die Vereinigten Staaten noch gar nichts von der Anwesenheit dieser Waffen in ihrem »Hinterhof«.

Darina bedankte sich bei Lischka und übernahm nun selbst wieder den Gesprächsfaden. »All diese Entwicklungen sind dem Rat seit Monaten bestens bekannt und wie ich hörte, habt ihr auch schon Schritte unternommen, um die Menschen zur Besinnung zu bringen, damit dieses gefährliche Wettrüsten endlich aufhört.«

»Vermutlich kommst du jetzt endlich zur Sache, Darina.« Belkan konnte vor Ungeduld schon nicht mehr ruhig sitzen.

»Sofort, Belkan. An dieser Stelle muss ich zunächst an die Malkits erinnern. Seit der Teilung Azons vor beinahe sechstausend Jahren haben sie immer wieder versucht sich einen Vorteil gegenüber uns Bonkas zu verschaffen. Hin und wieder ist ihnen das auch gelungen. In solchen Zeiten haben wir das Echo bemüht, um Menschen herbeizurufen, die uns das Gleichgewicht der Kräfte wiederherzustellen halfen. Nun aber ist eine außerordentliche Situation eingetreten.«

Jonas hatte das Gefühl, die Luft in dem Kristallsaal sei elektrisch geladen. Alle blickten Darina erwartungsvoll an.

»Die Malkits wollen den Kristall töten«, sagte sie kühl, fast emotionslos.

Ihre schlichte Feststellung hatte eine verheerende Wirkung.

Die Anwesenden waren wie unter Schock, eine quälend lange Pause entstand. Sogar Belkan und Syrda, die schon so manche Krise gemeistert hatten, blickten die Wissende nur entsetzt an. Selbst Kraark schien sich in einen ausgestopften Vogel verwandelt zu haben, wie Jonas mit Besorgnis feststellte. Schließlich war er es – der Wanderer –, der das Schweigen brach.

»Wie … wie wollen sie das anstellen?«

»Ihr Menschen nennt die Methode ›Atomkrieg‹.«

Erneut flogen Erinnerungsfetzen vom vergangenen Tag durch Jonas' Geist. Das Entsetzen, das er bei Dr. Goulds und Frank Holloways Unterhaltung gespürt hatte, kehrte als eiskalter Schauer zurück.

»Aber wie kann denn eine menschliche Waffe, so schrecklich sie auch sein mag, dem *Kristall* etwas anhaben?«, fragte Goldan zweifelnd.

»Das hängt mit seiner Gestalt zusammen«, erklärte Darina geduldig. »Wir Wissenden sind sehr gut mit seinem Wesen vertraut, weil ein Teil von allem, was er je erschaffen hat, auch in uns ist. Als der Kristall vor Urzeiten als glühender Meteor ins Meer fiel, bildeten sich einige lange Fasern aus, erstarrte Spritzer, wenn ihr so wollt. Sein ganzes Gewicht ruht auf einigen wenigen dieser dünnen Säulen. Der Kristall gleicht einer Scheibe mit unregelmäßigen Rändern, die auf einer Wippe aufliegt. Wenn man nur eine der feinen Adern zerstört, kann er aus dem Gleichgewicht geraten.«

»Und *dazu* wären die Menschen fähig?«

»Ja, Goldan. Wenn der Adler seine Atomeier in das Nest des Moskitos wirft, könnte er genau dort eine der tragenden Säulen zerstören. Der Kristall würde zur Seite kippen und im Schlamm des Meeres versinken.«

»In den Chroniken der Legiden wird behauptet, der Kristall könne sich selbst reinigen«, gab Syrda zu bedenken.

»Das ist richtig«, antwortete Darina. »Nur so konnte er über all die Jahrtausende hinweg das Abbild der Erde in die Gestalt Azons verwandeln. Doch eine Katastrophe, wie ich sie beschrieben habe, würde den Kristall für viele Jahre verschütten. In dieser Zeit würde unsere Welt langsam verblassen, bis sie einfach aufhört zu existieren. Wir brauchen den ständigen Kontakt zur Erde, um zu überleben. Selbst wenn noch ein Teil des Kristalls aus dem Schlamm herausragte, könnte wohl allein die Schieflage das Erdenbild, aus dem Azon einst entstand, völlig verzerren. In diesem Fall würde unsere Welt innerhalb weniger Tage entzweigerissen.«

»Die Menschen brauchen uns«, murmelte Syrda und nickte mit schwerem Haupt. »Für die Erde wäre der Verlust Azons ein langsam wirkendes Gift. Ohne unseren Rat würde bald Engstirnigkeit zum Maß aller Dinge.« Je länger die Alte laut über die Folgen des von Darina Gesagten nachdachte, desto mehr wurde ihr das schreckliche Ausmaß dieser möglichen Katastrophe bewusst. »Menschen, die aneinander interessiert sind und gerne von Andersartigen lernen, erschienen dann nur noch wie bunte Kanarienvögel in einer grauen Masse von Intoleranz und Egoismus«, prophezeite sie erregt. »Man würde diese Exoten so lange bekämpfen, bis sie aussterben. Eine Atmosphäre der Kälte würde sich ausbreiten, ein jeder dächte nur noch an den eigenen Vorteil. Wohnhäuser, in denen sich die Nachbarn nicht einmal mehr kennen, wären an der Tagesordnung. Auf der Straße würden Menschen am helllichten Tage überfallen, ohne dass sich die anderen Passanten darum kümmerten. Und irgendwann würden jene, die so rücksichtslos gegen ihre Mitmenschen vorgehen, selbst zu Opfern werden.«

»Das alles gibt es schon heute«, pflichtete Belkan der zornigen Weisen bei. »Die Malkits fördern einen solchen Geist. Aber bisher konnten wir immer dagegenhalten. Ohne den Kristall würden die Menschen vermutlich eher ihren Schwächen Raum geben, als die Mühen des gegenseitigen Verstehens auf sich zu nehmen.«

»Aber kann man denn nichts dagegen tun?«, fragte Jonas verzweifelt.

»Dazu ist es schon fast zu spät«, erwiderte Darina. »Zwar hat der Bär nicht die Absicht sich wirklich mit dem Adler anzulegen. Aber ein Tier, das man in die Enge treibt, neigt leider zu verzweifelten Handlungen. Wenn wir nichts unternehmen, werden beide ihre Krallen einsetzen.«

»Die Menschheit würde einen Atomkrieg nicht überleben. Wie lange wird es noch dauern, bis die Russen ihre Mittelstreckenraketen auf Kuba in Stellung gebracht haben?«

»Von heute ab gerechnet, etwa drei Wochen«, antwortete der zierliche Flüsterer, den Lischka zuvor als Tamakh vorgestellt hatte.

»Nur noch *drei* Wochen, bis vielleicht alles in die Luft fliegt!«, hauchte Jonas.

»Chruschtschow will nicht wirklich seine Raketen einsetzen«, sagte Lischka und wies mit der Hand auf den neben ihm sitzenden Flüsterer. »Aber Ximon hat mir auf dem Weg hierher versichert, dass die Generäle von Präsident Kennedy keine Minute zögern werden Kuba anzugreifen, sollten sie erfahren, was Chruschtschow und Castro vorhaben.«

»Vielleicht wäre das die beste Lösung«, warf Belkan ein. »Wenn sie die Abschussrampen auf Kuba zerstören, bevor sie fertig sind, kann es zu keinem Atomkrieg kommen.«

Lischka zögerte mit einer Antwort, aber ihm war anzumerken, dass er noch etwas wusste, was bisher nicht zur Sprache gekommen war. Er flüsterte Tamakh etwas ins Ohr, worauf dieser nickte.

»Erzähl ihnen, was du noch erfahren hast«, sagte Darina.

Lischka holte tief Atem. »Die Sowjetunion hat bereits *einsatzbereite* Atomraketen auf Kuba.«

Der ganze Rat starrte den stämmigen Flüsterer entsetzt an.

»Ich habe es selbst auch erst heute mitbekommen«, brach es plötzlich aus Tamakh hervor. Der kleine Bonka war mit einem Mal aufgesprungen und breitete in einer hilflosen Geste die Arme aus.

»Du brauchst dich nicht für das Kriegsspiel der Menschen zu entschuldigen«, beruhigte Belkan ihn. »Sag uns, was du noch weißt, Tamakh.«

»Die vorhandenen Raketen sind von anderer Art als die großen, für die gerade die Abschussrampen gebaut werden. Die Generäle sprechen von ›taktischen Waffen‹. Ihre Lieblinge hören auf den Namen *Luna* – das bedeutet Mond. Die Vereinigten Staaten von Amerika wissen nichts von diesen Luna-

Raketen. Sollten sie versuchen mit Truppen auf Kuba zu landen oder auch nur die gerade entstehenden Raketenstellungen zu bombardieren, dann werden die taktischen Raketen mit Sicherheit abgefeuert werden!«

Eine lange Pause entstand. Jeder versuchte zu begreifen, was die Wissende über den Einsatz von Atomwaffen in der Karibik gesagt hatte. Der Kristall würde sterben! Und die Malkits würden viel zu spät erkennen, dass ihr Eifer irregeleitet war. Nicht ein wesenloser Stein war der Schöpfer ihrer Welt. Der blaue Kristall stellte selbst nur ein Rädchen im Uhrwerk der Schöpfung dar. Er war nicht mehr als ein Werkzeug, eine Kelle, um Azons vielfältiges Leben aus dem Brunnen der Erde zu schöpfen. Wenn der Zugang zu dieser Quelle abgeschnitten würde, dann musste Azon verlöschen, wie ein Öllicht, dem langsam der Brennstoff ausgeht …

Darina durchbrach schließlich das betroffene Schweigen. Sie holte tief Luft, straffte die Schultern und sagte mit fester Stimme: »Ich sehe nur eine Möglichkeit für uns.«

Alle Augen hingen gespannt an ihren Lippen.

»Wir müssen die Spiegel Keldins finden.«

»Oh nein!«, entfuhr es Jonas.

»Was ist mit dir?«

»Wer ist nun schon wieder dieser Keldin?«

Zum ersten Mal seit langer Zeit meldete sich Kraark zu Wort. »Die Legende berichtet von drei blauen Spiegeln. Eigentlich sind es gar keine richtigen Spiegel, sondern sehr dünne glatte Scheiben, die vor Äonen der Schmied Keldin aus dem blauen Kristall schnitt. Keldin war ein Zeitgenosse von Schamakh dem Weber. Er galt als ein großer Meister seines Handwerks und nach ihm hat nie mehr einer vom Kleinen Volk den Stein auch nur zu ritzen vermocht. Die Kristallscheiben sollen eine besondere Eigenschaft besitzen: Man kann durch sie hindurch jedes Lebewesen auf der Erde beobachten, seine Absichten erkennen und ihm zuflüstern.«

»Hat er dir gerade erklärt, was Keldins Spiegel sind?«, fragte Darina, mit dem Kopf auf den Raben weisend.

»Ja«, antwortete Jonas. »Wenn ich es recht verstehe, kann

man mit den Spiegeln *jeden* Menschen erreichen, nicht nur wie in der Höhle der Flüsterer denjenigen, der zufällig vor den Facetten des Kristalls erscheint.«

»Das ist richtig.«

»Warum hat sich eigentlich bisher noch niemand auf die Suche nach ihnen gemacht?«

»Es heißt, sie seien im Zwieland verschollen«, antwortete Syrda an Darinas Stelle.

»Im *Zwieland*?«

»Die Legiden sprechen in ihren Chroniken davon, dass es noch eine dritte Region in Azon gibt, in der weder Bonkas noch Malkits leben. Der Schmied Keldin hatte vor langer Zeit gegen Malkit, den Anführer der Aufsässigen, gekämpft und ihn im Kampf besiegt. Malkits Sohn versuchte daraufhin, Keldin zu töten. Der Schmied jedoch besaß Kenntnisse über unsere Welt, die selbst in den Chroniken nicht zu finden sind. Er nahm seine drei Spiegel und flüchtete ins Zwieland. Später, als Schamakh den Vorhang der ewigen Trennung webte, wurde das Kleine Volk gespalten. Keldin aber kehrte nie mehr in eines der beiden Länder zurück.«

Darina sagte fast beiläufig: »Die Malkits besitzen einen der blauen Spiegel.«

Wieder erntete sie Bestürzung. »Woher weißt du das?«, entfuhr es Arjoth.

Belkan bedachte ihn mit einem strafenden Blick. Als Arjoth beschämt die Augen senkte, sagte der Oberälteste zu Darina: »Dein Wissen ist eine schwere Bürde für uns. Und dennoch müssen wir dir dankbar sein. Ist es Kanthelm selbst, der den Spiegel besitzt?«

Darina nickte. »Das Haupt der Malkits ist die Wurzel allen Übels. Kanthelm persönlich hat dem Leitbären eingehaucht, die Raketen an seine Moskitofreunde zu schicken.«

»Und du glaubst wirklich, dass die beiden anderen Spiegel noch existieren?«

»Es gibt wohl nur noch einen von ihnen. Der zweite ist schon vor langer Zeit zerborsten. Aber ich bin überzeugt, dass der dritte noch nicht zerstört wurde.«

»Du bist nur ›überzeugt‹?«, fragte Jonas.

»Etwas Großes überschattet die Erinnerung, die der Stein mir eingepflanzt hat. Es muss von gleicher Natur sein wie der Spiegel, deshalb habe ich nur ein undeutliches Bild. Ich weiß nur so viel: Wir müssen das Zwieland aufsuchen und nach einer hohen Klippe suchen, auf der eine Burg steht.«

Jonas sah Darina erstaunt an. »Eine ... *was*?«

»Keldin errichtete eine Burg im Zwieland. Übrigens ist er nicht allein dorthin geflohen. Eine kleine Schar Getreuer mit ihren Familien hat die Gefahren des Weges auf sich genommen und ist mit ihm ins Zwieland gegangen. Jahrhunderte später erbauten deren Nachkommen dort sogar eine Stadt.«

»Gibt es eine Facette, die in dieses Land führt?« Die Frage kam von einem Fachmann, von Goldan.

Darina schüttelte den Kopf. »Nein. Es gab einst mehrere Wege, die dorthin führten. Aber heute steht uns nur noch einer von ihnen offen: Wir müssen die Spiegelregion durchqueren.«

Ihre Ankündigung sorgte für helle Aufregung. Zahlreiche Stimmen redeten plötzlich durcheinander. Hier und da wurden haarsträubende Einwürfe gemacht. Offenbar hatten im Laufe der Geschichte schon mehrmals Männer und Frauen versucht die Spiegelregion zu durchwandern. Niemandem bisher war das gelungen. Nur einige wenige sah man wieder – verschmolzen mit wilden Kreaturen, die der Kristall erschaffen hatte. Jonas erinnerte sich mit Schrecken an das Blaukrönchen. Er hatte noch einmal Glück gehabt, nur die Flügelspitze des Papageis war mit ihm verwachsen gewesen. Nicht auszudenken, was mit ihm geschehen wäre, wenn er es dagegen mit einem Alligator, Wildschwein oder einem Wasserbüffel zu tun gehabt hätte!

Es dauerte eine Weile, bis Belkan die Ruhe wiederhergestellt hatte.

»Freunde, Brüder«, sagte er dann. »Wenn Darina uns diesen Vorschlag macht, dann wird sie bestimmt auch wissen, wie wir die Gefahren meistern können, die auf dem Weg ins Zwieland lauern.«

Zum Schrecken aller antwortete die Wissende: »Nein. Es gibt keinen sicheren Weg. Jedoch *kenne* ich die Route, die wir nehmen müssen. Das ist allemal sicherer, als vielleicht tagelang in der Spiegelregion herumzuirren. Außerdem haben wir einige Bilmträger und mutige Bonkas, die Jonas und mich begleiten werden.«

Jonas sah Darina, die neben ihm saß, mit ernster Miene an. So schnell hätte er nun wirklich nicht erwartet in diese vermaledeite Spiegelregion zurückzukehren. Aber wenn Darina ihn begleitete, war er dazu bereit.

»Wer soll mit euch gehen?«, fragte Belkan.

»So wenige wie möglich: Goldan der Wächter – er kann uns zu Facetten führen, die uns vielleicht schneller ans Ziel bringen – und außerdem Lischka, Ximon und Tamakh, die drei Flüsterer, die alles über den Bären, den Adler und den Moskito wissen.«

»Und was ist mit mir?«, beschwerte sich Kraark.

»Er will auch mit von der Partie sein«, übersetzte Jonas.

»Meinetwegen«, willigte Darina ein.

»Ich bestehe darauf, dass ihr auch noch zwei Fährtensucher mitnehmt«, sagte Belkan. »Niemand weiß, welche Gefahren im Zwieland auf euch warten. Ihr braucht ein paar Männer, die mit allen Wassern gewaschen sind.«

Darina seufzte. »Also gut. Zwei Männer und keinen mehr. Eine größere Schar würde uns behindern. Es wäre nicht nur unsinnig, sondern auch unverantwortlich, mehr Leben als unbedingt erforderlich aufs Spiel zu setzen.«

»Einverstanden. Wenn der Rat zustimmt, dann werde ich sogleich alles in die Wege leiten, damit die Suchaktion so bald wie möglich beginnen kann.«

»Und wann wäre das?«, erkundigte sich Jonas, nichts Gutes ahnend.

Darinas blaue Augen blickten ernst in die Runde und blieben dann auf seinem Gesicht ruhen. Ihre Antwort klang nicht wie ein Vorschlag, eher wie eine seit langem getroffene Entscheidung.

»Morgen früh.«

Die Stimme duldete keinen Widerspruch. Jonas brauchte einige Augenblicke, um wach zu werden. Draußen war es noch völlig finster.

»Er schläft! Und morgen hat er einen schweren Tag. Ich *kann* ihn jetzt nicht wecken.« Krem leistete dem Fremden erbitterten Widerstand.

»Ich werde dir deine winzigen Füße so platt treten, dass du damit Wasserski fahren kannst.«

Da war sie wieder, diese unerbittliche Stimme. Eher beiläufig bemerkte Jonas, dass sie nicht die weiche Sprache der Azonier benutzte. Die Stimme, die da draußen auf dem Gang so lautstark nach Einlass verlangte, schien eher einem wild gewordenen Farmer aus Kentucky zu gehören.

Jonas vernahm laute Schritte, die sich seinem Zimmer näherten, dann flog die Tür auf und ein breit grinsender Sam Chalk stapfte herein.

»Hi! Ich konnte es erst gar nicht glauben, dass du hier bist.«

»Mr. Chalk! Wo kommen Sie denn her?«

»Vermutlich von da, von wo du auch eingeflogen bist. Habe mich nur ein bisschen verfranst. Hat 'ne Weile gebraucht, bis ich diesen schrillen Ort hier gefunden habe. Bis hierher war's dann allerdings ein Kinderspiel. Als ich von dem anderen ›Touristen‹ hörte, der kürzlich hier angekommen ist, hat mich nichts mehr daran hindern können, dich zu finden. Selbst nicht die abgebrochene Bohnenstange da draußen, die sich Krem nennt.«

Der Pilot der *Wild Goose* setzte sich kurzerhand auf Jonas' Bettkante und schüttelte seinem blinden Passagier die Hand.

»Ist das Flugzeug etwa heil geblieben?«, erkundigte sich Jonas erstaunt.

»Bis auf ein paar Blessuren ist unser Gänschen noch topfit.«

»Und die anderen beiden? Sind Dr. Gould und Frank Holloway auch hier?«

Sam schüttelte traurig den Kopf. »Ich habe so lange nach

ihnen gesucht, bis mir der Sprit ausging. Leider ohne jeden Erfolg. Auch auf dem Marsch hierher bin ich keiner Menschenseele begegnet – nur diesen komischen kleinen Kerlen, die sich Bonkas nennen. Wie es aussieht, sind wir beide die Einzigen, die den Strudel im Meer überlebt haben.«

Jonas sah betrübt auf die Bettdecke herab. Der Doktor war im Grunde ganz nett gewesen ... »Autsch!« Die flache Hand des Piloten war mit einem derben Klatschen auf Jonas' Schulter gelandet.

»Hat keinen Zweck Trübsal zu blasen«, meinte Sam Chalk. »Immerhin kann es die beiden ja auch ganz woanders hin verschlagen haben. Komm, erzähl doch mal. Wie hast du denn diesen bunten Muschelhaufen hier gefunden?«

An Schlaf war nun natürlich nicht mehr zu denken. Jonas berichtete in allen Einzelheiten von seinen Erlebnissen und anschließend erzählte Sam, wie er mit dem Flugzeug die Spiegelregion durchflogen hatte und schließlich mit leeren Tanks auf einer Wiese am Meer gelandet war.

»Ich komme natürlich mit«, sagte Sam sofort, als Jonas von der Expedition berichtete, die in wenigen Stunden aufbrechen sollte. »Wenn die Spiegel von diesem Keldin uns auch nur ein wenig helfen können, dann ist es die Sache wert.«

So wurde die Suchmannschaft am nächsten Morgen noch um einen Mann erweitert. Darina hatte zwar schwere Bedenken geäußert, weil Sam Chalk ziemlich erschöpft aussah, aber der ließ sich seinen Dickkopf nicht ausreden.

»Ich kann ja auf einem der Hammel da schlafen«, sagte er mit einem skeptischen Blick in Richtung der Schelpins.

Jonas hatte sich schnell mit den seltsamen Tieren angefreundet, auch wenn es ihn einigermaßen überraschte, dass diese Schaf-Wolf-Ziegen sich auch als Reit- und Lasttiere eigneten und nicht nur als Woll- und Milchlieferanten, wie er bis dahin angenommen hatte.

Die Karawane bestand aus insgesamt fünfzehn Schelpins. Die Wissende saß auf einem schneeweißen Hirsch. Es musste sich um dasselbe Tier handeln, das Darina nach Belkans Bericht aus der Spiegelregion getragen hatte.

»Gibt es hier denn keine Helikopter?«, beschwerte sich Sam.

»Die Bonkas haben sich schon vor langer Zeit entschieden nicht alles zu verwirklichen, wozu sie in der Lage sind. Wir sind zu dem Schluss gekommen, dass Einfachheit in manchen Dingen für das Allgemeinwohl sehr förderlich sein kann.«

»Hm.« Sam schien mit dieser Einstellung nicht ganz einverstanden zu sein.

Abgesehen von Kraark, dem Raben, bestand die Gruppe nun aus insgesamt neun Personen: Neben Jonas, Darina und Sam Chalk gab es da zunächst Goldan, den Wächter von Laomar, dann die drei Flüsterer Ximon, Lischka und Tamakh und noch zwei weitere Bonkas namens Mangaar und Bergalf. Letztere waren vom Oberältesten Belkan persönlich in das Suchteam berufen worden.

Mangaar war ein ausgesprochen hoch gewachsener, sehniger Bonka mittleren Alters. Er besaß grau meliertes Haar, das wie ein Schwalbenschwänzchen auf dem Kragen seiner braunen Ledertunika aufstieß. Wie die meisten männlichen Bonkas trug Mangaar einen Vollbart. Die Haut seines Gesichts war olivfarben und von hunderten kleiner Fältchen übersät. Die meiste Zeit seines Lebens hatte Mangaar als Waldläufer in den Regionen unter den Hängenden Bergen verbracht, wo er nach außergewöhnlichen Steinen suchte. Sein Traum, einmal selbst einen der seltenen Bilme zu finden, hatte sich bisher jedoch noch nicht erfüllt.

Ganz anders bei Bergalf. Er gehörte zu den wenigen Bonkas, die ihren Sinnstein nicht ererbt, sondern selbst gefunden hatten. Auch der zweite Fährtensucher, den Belkan ausgewählt hatte, schien sich Jonas' Einschätzung nach in der freien Natur wohler zu fühlen als im schönsten Haus Laomars. Bergalf war jünger als Mangaar und schien auch gesprächiger zu sein. Er hatte zottige Haare, schwarz wie Kraarks Gefieder, einen kurzen Vollbart und wirkte gedrungen. Kaum größer als Darina machte Bergalf den Eindruck einer jederzeit sprungbereiten Raubkatze.

»Am besten hüpfst du von hinten auf dein Schelpin«, sagte Bergalf vergnügt zu Jonas, als die Gruppe sich zum Aufbruch rüstete. »Dann bemerkt es dich nicht so schnell und kann dir höchstens noch in die Zehen beißen.« Damit hatte sich der schwarzhaarige Bonka als der Spaßvogel der Gemeinschaft eingeführt.

Jonas hatte in Wirklichkeit nicht die geringste Mühe sein außergewöhnliches Reittier zu besteigen. Erstaunt stellte er fest, wie bequem der breite Rücken dieser wolligen Tiere war. Die Schelpins besaßen das Fell wilder Schafe, aber die Schnauze und das Gebiss von Wölfen. Aus dem Schädel wuchs ein Paar spitzer Hörner, etwa zehn bis fünfzehn Zoll lang. Die Schweife der Schelpins glichen wiederum denen von Wölfen oder großen Hunden, jedoch mit der dichten Behaarung, wie sie bei Schafen vorkommt.

Kaum hatte es sich Jonas auf seinem Schelpin bequem gemacht, als er auch schon Besuch bekam: Kraark flatterte herbei und ließ sich vor dem Sattel des Jungen nieder. Er krallte sich im dichten Fell fest – das Schelpin hatte offenbar nichts dagegen – und schien recht zufrieden mit seiner »Position«.

Sam Chalk brauchte drei Anläufe, um sein Reittier zu erobern. Es handelte sich dabei um einen außergewöhnlich starken Bock, der sich recht eigensinnig benahm. Immer dann, wenn Sam sein Bein hob, um den Rücken des Tieres zu erklimmen, wich dieses zur Seite aus. Erst als er dem Vorschlag Bergalfs folgte und sein Tier in einer plötzlichen Attacke von hinten her erklomm, konnte er sich »festsetzen«.

»Es war sehr schwer, ein Schelpin zu finden, das dich zu tragen imstande ist, Sam Chalk. Da konnten wir auf seinen Charakter wenig Rücksicht nehmen«, entschuldigte sich Goldan.

Der Pilot der *Wild Goose* wirkte auf dem stämmigen Tier trotzdem wie ein Gardegrenadier auf einem Packesel. »Ich werde mir den Burschen schon zurechtbiegen«, bemerkte Sam mit einem grimmigen Lächeln.

Der Abschied fiel sehr kurz aus, da Darina auf einen raschen Aufbruch drängte. Am Abend zuvor hatte sie mehrmals betont, dass Keldins Spiegel unbedingt gefunden werden müsse, bevor die Abschussrampen auf der Moskitoinsel fertig gestellt seien. Der Adler treibe ein gefährliches und doppelzüngiges Spiel, sagte sie, ohne dass Jonas völlig verstanden hätte, was sie damit meinte. Doch er glaubte diesem bemerkenswerten Mädchen. Wahrscheinlich wusste sie allein, wie ernst die Lage wirklich war. Verständlich also, wenn sie keine Zeit verlieren wollte.

Der ganze Rat war angetreten, um das Expeditionsteam im Schnellverfahren zu verabschieden. Syrda tätschelte noch einmal Darinas Hand.

»Gib auf dich Acht, Kind. Ich sage das nicht nur, weil ich dich ins Herz geschlossen habe.« Flüsternd fügte sie hinzu: »Immerhin könntest du einmal meinen Sitz im Kristallrat einnehmen.« Für alle hörbar fuhr sie dann fort: »Du bist zu kostbar für uns, als dass wir dich verlieren dürften.«

Darina versicherte der Alten, wie wenig sie beabsichtige ihr Leben leichtfertig aufs Spiel zu setzen, und am Wohl ihrer Begleiter liege ihr mindestens ebenso viel. Dann setzte sich die Karawane in Bewegung.

Natürlich hatte sich die Nachricht vom Erscheinen der zwei Wanderer und vom Erwachen der Wissenden in Laomar inzwischen wie ein Lauffeuer verbreitet. Dementsprechend begeistert wurden die Spiegelsucher von den Bewohnern der Farbenstadt verabschiedet.

Das Rufen, Winken und Schwenken farbenfroher Tücher begann am Muschelpalast und wollte auch am Ortsrand, beim Haus von Goldans Familie, noch immer nicht abreißen. Rinka, die Frau des Wächters, tränkte ein umfangreiches Taschentuch mit ihren Tränen und Tomika, Goldans Töchterchen, winkte mit nicht zu erschütterndem Ernst. Dem Wächter der Farbenstadt fiel der Abschied von den Seinen sichtlich schwer. Als er sich endlich losreißen konnte, musste er dem Suchteam hinterhereilen, das bereits ein gutes Stück die Straße hinabgeritten war.

Die Bevölkerung hatte sich bald verlaufen und die dadurch entstandene Ruhe wurde nun von Bergalf ausgefüllt, der nach Kräften dafür sorgte, dass die Stimmung nicht sank. Zuerst pfiff er ein fröhliches Lied und dann begann er eine Geschichte aus seinem Waldläuferleben zu erzählen, deren Wahrheitsgehalt Jonas, gelinde gesagt, äußerst niedrig einstufte.

»Müssen wir den ganzen Weg bis zu den Hängenden Bergen reiten?«, erkundigte sich Jonas nach einer Weile bei Goldan.

»Nein. Es gibt hier ganz in der Nähe eine Facette. Sie wird uns schnell an den Rand der Spiegelregion bringen.«

»Warum benützen wir nicht das Tor am Hafen von Laomar?«

»Die Facette am Strand ist der kürzeste Weg zur Höhle der Flüsterer. Die aber befindet sich siebzig Meilen nördlich des Gebiets, das in die Spiegelregion führt.«

»So weit!« Jonas hatte die Höhle ganz in der Nähe vermutet, wohl weil die Strecke, die er zwei Tage zuvor zurückgelegt hatte, höchstens zehn oder zwölf Meilen lang gewesen war.

Die Kiesstraße außerhalb Laomars verwandelte sich bald in einen Weg aus festgestampfter Erde, der sich zwischen den grasbewachsenen Hügeln hindurchschlängelte. Bergalfs Mundwerk hatte eine Pause eingelegt und so hing jeder in der Gruppe eine Weile seinen eigenen Gedanken nach. Selbst Kraark saß wie ausgestopft vor dem Sattel seines neuen Freundes, den Schnabel im Wind, und genoss mit sichtlicher Zufriedenheit diese Art der mühelosen Fortbewegung.

Jonas grübelte unentwegt über den vergangenen Abend nach. Er fragte sich immer wieder, was Darina wohl gemeint hatte, als sie sagte, der Adler treibe »ein gefährliches und doppelzüngiges Spiel«. Dachte sie dabei an die Vereinigten Staaten als Ganzes oder vielmehr an den Mann, der das mächtigste Land der Erde regierte: den Präsidenten John F. Kennedy?

Jonas hatte sich nie sonderlich für Politik interessiert. Aber JFK – die Anfangsbuchstaben von Kennedys Namen hatten längst den Status eines Markenzeichens erlangt – war ihm durchaus sympathisch. Mit seinen fünfundvierzig Jahren und dem jungenhaften Lächeln machte der amtierende Präsident allemal einen lebendigeren Eindruck als dieser verstaubte General Eisenhower. In der Öffentlichkeit präsentierte sich Kennedy als dynamischer, sportlicher Mann, der weltoffen, warmherzig und unvoreingenommen war. Er und seine Frau Jackie hatten frischen Wind in das Weiße Haus gebracht. Nicht wenige sprachen vom neuen Camelot, in Anspielung auf König Artus' Schloss. Und die Mannschaft, die der fünfunddreißigste Präsident der Vereinigten Staaten um sich geschart hatte, wurde gerne als Artus' Tafelrunde bezeichnet. Immerhin war es eine Tatsache, dass Kennedy weniger auf hochdekorierte Veteranen des Beamtenapparats als vielmehr auf kluge Köpfe jeden Alters setzte, auf Männer, die seinen »Aufbruch zu neuen Ufern« mit den nötigen Ideen zu unterstützen in der Lage waren. Er schätzte Leute, von denen er noch etwas lernen konnte. Ein solcher Präsident würde bestimmt alles tun, um das Wohl der Menschen in seinem Land zu bewahren. Konnte Darina wirklich ihn gemeint haben, als sie von Doppelzüngigkeit sprach?

Noch während Jonas' Gedanken um diese und andere Fragen kreisten, erreichte die Karawane eine kleine Mulde. Sie unterschied sich allein durch ihre etwas größere Tiefe von den anderen Senken, die zwischen den Hügeln der Umgebung lagen.

Goldans Stimme beendete das allgemeine Schweigen. »Dort ist die Facette.« Er deutete mit dem ausgestreckten Arm auf die Senke.

»Ich kann nichts erkennen«, sagte Sam Chalk, nachdem er die grasbewachsene Stelle ausgiebig studiert hatte. »Was soll es uns bringen, wenn wir den Weg verlassen und …«

Weiter kam er nicht. Vor seinen Augen verschwanden die beiden Schelpins von Mangaar und Lischka, als wären sie in einen unsichtbaren Wasserfall getreten: Erst lösten sich die Schnauzen der Tiere auf, dann ihre Reiter und zuletzt die Schwänze.

»Was …?«

»Reite einfach weiter«, sagte Jonas zu dem sprachlosen Piloten. »Es tut überhaupt nicht weh.« Der Rabe kommentierte seine Aufforderung mit einem aufmunternden Krächzen.

Sekunden später stand der ganze Tross vor den Hängenden Bergen. Während sich Sam Chalk noch von der gewöhnungsbedürftigen Erfahrung des »Facettensprungs« erholte, diskutierten Darina, Goldan und Bergalf schon über die nächste Etappe der Reise.

»Wenn wir die Grenze zur Spiegelregion überschritten haben, ist Geschwindigkeit unser größter Schutz«, betonte der Wächter von Laomar.

»Wobei wir bei allem Tempo nicht unvorsichtig werden dürfen«, merkte Bergalf an.

»Keiner von uns möchte sich gerne im Innern irgendeiner wilden Kreatur wieder finden«, sagte Darina. »Deshalb hat Belkan dich ausgewählt, Bergalf. Dein Sinnstein wird uns helfen die Gefahr rechtzeitig zu erkennen.«

»Ich hoffe nur, du machst mir dabei keinen Strich durch die Rechnung.«

»Ich?«, fragte Darina erstaunt, begann dann aber zu lächeln.

Bergalfs Hand verschwand im Ausschnitt seiner dunkelgrünen Tunika und kehrte mit einem Kettenanhänger zurück, dessen Form an einen flachen runden Flusskiesel erinnerte. Der Sinnstein leuchtete in einer silbernen Fassung wie ein violetter Stern. Erst bei näherem Hinsehen bemerkte Jonas, dass der Glanz von einem kleinen Punkt ausging, der sich ziemlich genau im Zentrum des Steines befand.

»Mein Bilm leitet mich zu den Kristallgeborenen«, erläuterte Bergalf. »Egal ob nun Pflanze, Tier oder Bonka – ich kann sie alle finden. Selbst wenn ein Kristallkind noch nicht geboren ist, zeigt mir der Sinnstein, wo es in Kürze erscheinen wird.«

»Was bedeutet der strahlende Punkt da in der Mitte?«, fragte Jonas.

»Das ist Darina! Ihr Glanz ist heller als der jedes anderen Kristallkindes.«

»Jetzt wird mir klar, was du eben meintest: Darinas Funke leuchtet so hell, dass du ein anderes, viel kleineres Glimmerkörnchen leicht übersehen könntest.«

»Jedenfalls werde ich mich kaum auf den Weg konzentrieren können. Am besten binde ich die Zügel meines Schelpins an Darinas Hirsch fest. So kann sie mich leiten und ihr Funke wird sich gleichzeitig immer in der Mitte des Sinnsteines befinden.«

Goldan gab noch ein paar letzte Anweisungen, bevor die Gruppe ihren Weg fortsetzte. Er betonte mehrmals, wie wichtig es sei, eng beieinander zu bleiben. Zuletzt wurden die sieben Packtiere auf die Reiter verteilt. Bergalf durfte ohne Lastschelpin reiten, damit er sich voll auf seine schwierige Aufgabe konzentrieren konnte.

Langsam setzte sich die Karawane in Bewegung. Darina war die Einzige, die den Weg kannte. Deshalb ritt sie mit ihrem prächtigen Weißhirsch voraus, Bergalfs Schelpin hinter sich herziehend. Es folgten mit ihren Packtieren, in Paaren nebeneinander reitend, Jonas und Goldan, Sam und Ximon sowie Tamakh und Lischka. Mangaar bildete die Nachhut.

Auf dem Weg zum »Tor der Spiegelregion«, wie Goldan es nannte, passierten die Reiter einen See, der sich wie ein langer Spiegel vor ihnen erstreckte. Das völlig ruhige Wasser reflektierte eindrucksvoll die Hängenden Berge. Das Bild versetzte Jonas in Erstaunen. Der See zeigte das Gebirge, wie es sein sollte: Die Gipfel befanden sich oben und der Fuß der Berge unten. Noch nie zuvor hatte Jonas eine Wasserspiegelung als so beruhigend empfunden.

Zwei Tage zuvor hatte er von der Rotbuche aus einen anderen Weg nach Laomar eingeschlagen. Deshalb war ihm dieser Anblick entgangen. Doch nun näherte sich die Karawane einem großen Taleinschnitt, an den Jonas sich nur allzu gut erinnerte. Zu beiden Seiten staken die Gipfel von Bergriesen im Grund. Das Tal dazwischen besaß die Form eines Kopf stehenden V. Von der Facette aus hatte ein schmaler Pfad durch die Hügellandschaft geführt, der sich nun im Gras verlor wie ein Fluss im Wüstensand. Bis hierhin drang selten ein Bonka vor, erklärte Goldan, während er neben Jonas herritt. Die Spiegelregion wurde vom Kleinen Volk gefürchtet. Sie galt als Quelle des Lebens und Ort grauenhaften Leidens zugleich.

Als der sonnenlose Himmel unter den Hängenden Bergen verschwand, glaubte Jonas, eine Faust würde sich um sein Herz legen und ganz langsam zudrücken. Einmal war er der Spiegelregion entkommen, fast unbeschadet (die Wunde am Arm heilte gut). Aber würde er ein zweites Mal genauso viel Glück haben?

Die Karawane näherte sich einem halb verrotteten Schiff. Nur dessen Rumpf ragte aus dem Grund. Es war eine hölzerne Fregatte, die schon seit Jahrhunderten hier liegen musste. Die drei Flüsterer Ximon, Lischka und Tamakh sprachen leise miteinander, während sie immer wieder auf das Wrack deuteten. Vielleicht kannten sie die Geschichte seiner Besatzung, vermutete Jonas. Womöglich bestand auch sie einst aus Wanderern, die das Echo der Flüsterer nach Azon gerufen hatte.

Als der Hirsch sich auf Höhe des Schiffes befand, hob Darina die Hand, drehte sich zu den anderen Gefährten um und rief: »Redet euren Schelpins gut zu. Ab jetzt müssen sie zeigen, was in ihnen steckt.«

Jonas registrierte mit stiller Bewunderung, wie sicher sich die Wissende auf ihrem Hirsch hielt. Während dieser in einen leichten Galopp fiel, schien sie regelrecht mit den Bewegungen des kraftvollen Tieres zu verschmelzen. Sie brauchte nicht einmal die Hände, um sich festzuhalten.

Die Schelpins galoppierten vielleicht weniger elegant als Darinas Reittier, aber auch sie waren äußerst flink auf ihren kurzen Beinen. Jonas hatte sich schon längst mit Trojan angefreundet – dieser Name war ihm ganz spontan eingefallen und seinem Schelpin schien er zu gefallen. Immer wenn er dem muskulösen Tier eine Anweisung gab, reckte es aufmerksam seine spitzen Ohren. Ein einziges Wort hatte genügt, um Trojans Gangart dem Tempo des Trupps anzupassen. Die angenehme Zeit für den Raben war nun vorbei, mühsam krallte er sich im dichten Nackenfell des Schelpins fest, um nicht abgeschüttelt zu werden. Ab und zu musste Kraark sogar seine Flügel zu Hilfe nehmen, was er dann jedes Mal mit einem empörten Krächzen quittierte.

Je tiefer sie in das Herz der Spiegelregion vordrangen, desto leichter wurden die Schritte der Tiere. Die Schwerkraft ließ immer mehr nach. Vom »Tor«, dem Taleingang, war schon längst nichts mehr zu sehen. Über den Reitern wölbte sich der ultramarinblaue Stein wie ein Himmelsbild, bei dem der Künstler sich im Farbton vergriffen hatte. Beunruhigender waren jedoch die vielen Hindernisse, denen die dahinjagenden Schelpins ausweichen mussten.

Jonas sah Schiffe aus den verschiedensten Epochen, einmal sogar ein Langboot, wie es die Wikinger verwandt hatten. Dazwischen befanden sich auch immer wieder Flugzeuge. Einige waren bei der Landung zu Bruch gegangen. Auffällig viele aber standen auf ihren Fahrwerken, als wollten sie jeden Moment abheben und zur Erde zurückkehren.

Mit Unbehagen registrierte Jonas die zahlreichen Kristalle. Einige staken wie Blumensträuße im Boden, andere drehten sich langsam in der Luft.

»Vorsicht! Von links«, rief Bergalf unvermittelt. Keinen Augenblick zu früh, denn schon materialisierte sich vor aller Augen ein Mammut. Es sprang aus einer großen planen Kristallfläche heraus und stürmte direkt auf die Karawane zu.

Kraark flatterte erschrocken auf. Bergalf riss sein Schelpin nach rechts und spornte es gleichzeitig zu größerer Eile an. Darina und die anderen Reiter hätten vielleicht sogar zu spät reagiert, wären da nicht ihre wachsamen Tiere gewesen. Auch sie wichen instinktiv nach rechts aus.

Das Mammut war genauso erschrocken wie die Menschen, Bonkas und Schelpins. Es stieß ein ohrenbetäubendes Trompeten aus und raste direkt auf die Zweierreihe der Reit- und Packtiere zu. Die rannten um ihr Leben. Einige Schelpins stießen ein wildes Fauchen aus. Darina und Bergalf konnten sich recht schnell in Sicherheit bringen, aber der hintere Teil der Karawane lag genau auf dem Kurs des wild dahinstürmenden Fleischberges. Als dann auch Jonas außer Gefahr war, wandte er sich auf Trojans Rücken um. Mit Schrecken sah er, wie der langhaarige Urzeitelefant direkt auf Mangaar zusteuerte. Das Tier schien den Fährtensucher und sein Schelpin überhaupt nicht wahrzunehmen. Jeden Augenblick konnten sie unter den säulenartigen Beinen des Mammuts begraben werden.

Als der massige Leib des Ungetüms unmittelbar vor Mangaar

aufragte, stockte Jonas der Atem. Er wollte nicht mit ansehen, wie der Bonka zermalmt würde, war aber zu gebannt, um die Augen schließen zu können. Jetzt endlich schien das Mammut das Hindernis zu bemerken. Es versuchte sogar noch auszuweichen, aber es war schon zu spät. Der Kopf des Tieres fegte im Lauf nach rechts. Um ein Haar hätte es mit seinen langen spitzen Stoßzähnen Mangaar aufgespießt, aber der schlanke Fährtensucher beugte sich blitzartig zur Seite. Die wie Rundsäbel gebogenen Mammuthörner sausten schräg über ihn hinweg und senkten sich auf das nachfolgende Packtier.

Das Schelpin schrie im Todesschmerz auf. Ein einziges Mal nur. Ein Stoßzahn hatte es vom Hals bis zum Hinterlauf aufgeschlitzt, als der Koloss an ihm vorbeidonnerte. Es stürzte zu Boden, überschlug sich noch zwei- oder dreimal und prallte knirschend gegen eine aus dem Boden ragende Kristallsäule. Das Tier war sofort tot. Blut und Innereien vermischten sich mit dem blau schimmernden Sand am Fuße des Kristallfingers. Das Mammut stürmte orientierungslos davon.

Jonas hatte sein Schelpin zum Stehen gebracht und starrte fassungslos auf das grausige Bild. Mangaar saß schon wieder aufrecht im Sattel. Zum Glück war der Riemen gerissen, der sein Tier mit dem bedauernswerten Packschelpin verbunden hatte. Der Fährtensucher kam herangeritten und keuchte: »Weiter! Wir dürfen nicht stehen bleiben.«

»Aber das Gepäck!«, rief Sam Chalk. »Sollen wir alles hier lassen?«

»Das ist nur Proviant. Wir werden schon Nahrung finden. Vorwärts jetzt!«

»Tut, was Mangaar sagt!«, meldete sich unvermittelt Bergalfs Stimme. Sie klang so zwingend, dass jeder sich sogleich ängstlich umsah.

»Von wo?«, fragte Darina erstaunlich ruhig. Sie wusste, dass Bergalfs Sinnstein eine neue Gefahr angezeigt hatte.

Der kleine Waldläufer bemühte sich die Entfernung des allmählich aufglimmenden Punktes vom Zentrum des Sinnsteines abzuschätzen. Auf einmal weiteten sich seine Augen. »Es kommt genau von da!«, stieß er hervor und deutete auf den

Kristallfinger, an dem der zerschundene Leib des getöteten Schelpins lag.

Die Reiter drängten ihre Tiere unwillkürlich zurück. Sie waren der Kristallsäule viel zu nah, um einem Ungetüm wie dem von eben ausweichen zu können. Das schlank aufragende Mineral begann heftig zu flimmern und nur einen Herzschlag später entließ es den Körper einer Raubkatze.

Das Tier glich einem Tiger, war aber pechschwarz und groß wie ein Ochse. Ein Schauder erfasste Jonas' ganzen Körper, als er gewahr wurde, dass der linke Vorderlauf der Katze in dem toten Schelpin steckte. Nein, der schwarze Riesentiger hatte sich nicht vertreten, er war mit dem Kadaver regelrecht verwachsen.

»Fort von hier, schnell!«, rief Bergalf, so laut er konnte, aber noch steckte der Schrecken den meisten zu sehr in den Gliedern, als dass sie hätten reagieren können.

Die Katze hatte noch keine Notiz von ihren Beobachtern genommen. Sie fauchte und kreischte angesichts des blutigen Fleisches, in dem sie bis zur Schulter steckte. Sie drehte sich pausenlos um sich selbst und versuchte durch Schlagen mit der Tatze das lästige Anhängsel loszuwerden. Schließlich begann das Tier große Fetzen aus dem toten Fleisch herauszureißen.

»Wenn die Katze sich erst von dem Schelpin befreit hat, dürfte es ziemlich ungemütlich hier werden«, drängte Bergalf.

»Tun wir, was Bergalf sagt«, pflichtete Darina ihm bei. Das gazellenhafte Mädchen klang so beherrscht, dass die Lähmung von den Gefährten wie Spinnweben abfiel und Verwunderung Platz machte. »Das schwerste Stück kommt noch«, beantwortete sie die erstaunten Blicke. »Lasst uns endlich weiterreiten.«

Die Karawane fand zu ihrer alten Ordnung zurück und setzte den eiligen Galopp fort. In weiten Sätzen flogen die Schelpins nun regelrecht über den Boden, eine Auswirkung der »Leichtigkeit«, wie Darina die verminderte Anziehungskraft innerhalb der Spiegelregion nannte. Der natürliche Lebensraum der Schelpins war das Hochgebirge. Es steckte ihnen sozusagen im Blut, mit unsicherem Terrain zurechtzukommen.

Je weiter die Karawane in das Zentrum der Spiegelregion eindrang, desto größer wurde die Leichtigkeit. Gleichzeitig wuchs die Anzahl der Kristalle. Überall glitzerte und flimmerte es. Immer wieder tauchten Tiere aus den senkrechten Flächen auf, wie Fische, die aus dem stillen Wasser eines Sees schnellten. Manchmal handelte es sich dabei nur um kleine Kreaturen – Vögel, Hasen, Opossums –, aber auch ausgewachsene Bestien brachen hervor, wie sie sich Jonas selbst in seinen wildesten Phantasien nicht hätte ausmalen können. Der Kristall schuf ständig neues Leben, vieles davon Kopien von irdischen Geschöpfen, doch viel zu oft auch Furcht einflößende Zerrbilder dessen, was menschlicher Forscherdrang in Büchern und zoologischen Gärten sammelte.

Bergalf hatte alle Hände voll zu tun seine Gefährten sicher durch dieses Chaos zu führen. Darina gab die grobe Marschrichtung vor und er war für Haken und Ausweichmanöver verantwortlich. Während er den flachen Sinnstein wie einen Kompass vor das Gesicht hielt, rann ihm der Schweiß in Strömen über die Stirn. Seine Haare waren klatschnass. Doch allmählich gewann er größere Sicherheit im Erkennen der Gefahr. Einmal noch wäre die Gruppe um ein Haar mit einem Schwarm Kraniche kollidiert, der mit großem Tempo aus einer riesigen Kristallfacette schoss, aber ansonsten wurde Bergalf nun seiner Aufgabe vollauf gerecht.

Kraark hielt sich weiterhin eng an Jonas. Nach wie vor saß er vor dessen Sattelknauf, krallte sich im dicken Fell des Schelpins fest und warf Jonas vorwurfsvolle Blicke zu. Anfangs hatte er sich noch über die wahnwitzige Idee beschwert dieses Revier zu durchqueren, doch nun verbrachte der Rabe die meiste Zeit in stillem Leiden.

Später konnte Jonas nie sagen, wie lange sie durch die Spiegelregion geritten waren. Es kam ihm endlos vor. Die Schelpins zeigten schon erste Anzeichen von Erschöpfung. Schaum troff von ihren Mäulern und wenn sie hin und wieder die Köpfe schüttelten, bekamen auch die Reiter etwas davon ab.

Nur langsam nahmen die lebensprühenden Kristalle ab und die Schwerkraft zu. Immer noch säumten Flugzeug- und Schiffswracks den Weg.

»Das ist eine von unseren, eine B-24«, rief Sam Chalk, als sie eine silbern glänzende Propellermaschine mit den Markierungen der US-Navy passierten. Ihr Fahrwerk steckte tief im Sand fest. Jonas hatte das Transportflugzeug längst bemerkt; aus irgendeinem Grund war es ihm sofort aufgefallen. Im Vorbeireiten musterte er die leicht bekleidete, pummelige Dame, die unter dem Cockpitfenster aufgemalt war. Er hatte das Gefühl dieses Flugzeug zu kennen. Noch während er in seinen Erinnerungen kramte, schoss plötzlich Kraark in die Luft.

Der unerwartete Blitzstart des Raben hatte alle aufgeschreckt.

»Was ist mit ihm?«, rief Darina nach hinten. Ihr Gesicht war von Anspannung gezeichnet.

»Kraark, was hast du?«, rief Jonas dem Raben nach.

»Es kommt etwas auf uns zu«, antwortete der Vogel. »Von hinten!«

»Kraark meint, wir werden verfolgt«, übersetzte Jonas.

»Bergalf, was sagt dein Bilm?«, erkundigte sich Darina.

»Dein Licht ist das einzige, das ich sehen kann.«

»Goldan!«, rief Darina nach hinten, ohne das Tempo ihres Hirsches zu verringern.

Der Wächter drückte die Fersen in die Weichen seines Schelpins und wenige Augenblicke später ritt er mit der Wissenden auf gleicher Höhe.

Jonas konnte nicht verstehen, was die beiden redeten. Er sah nur, wie Goldan seinen Sinnstein aus der Tasche zog – einen türkisfarbenen Brocken von annähernd dreieckiger Gestalt – und aufgeregt nach vorne deutete.

»Bindet eure Packtiere los und reitet, so schnell ihr könnt«, rief Darina nach hinten. Noch nie hatte Jonas sie so ernst erlebt.

»Was ist, Darina? Ich kann keine Gefahr erkennen.«

»Nicht jetzt, Jonas. Reite!«

Die Muskeln von Darinas weißem Hirsch traten kraftvoll

hervor, als das herrliche Tier nach vorne schnellte. Es sah aus, als würde die Wissende auf ihm dahinfliegen. Ihre langen goldenen Haare flatterten hinter ihr her.

Die übrigen Reiter hatten Schwierigkeiten ihr zu folgen. Doch die Schelpins hielten sich tapfer. Obwohl sie längst am Rande der Erschöpfung waren, mobilisierten sie noch einmal letzte Kraftreserven. Die Packtiere schienen instinktiv die Gefahr zu spüren und hielten sich auch ohne Führungsleine dicht bei den Reitern.

»Kannst du schon etwas erkennen?«, rief Jonas dem Raben zu, der dicht über ihm war.

Kraark schwang sich noch weiter empor und kehrte nach kurzer Zeit zurück. »Oh, oh, das sieht aber überhaupt nicht gut aus.«

»Nun sag schon, was hast du gesehen?«

»Ihr reitet geradewegs auf eine Wand zu.«

»Wir sind in einer Sackgasse?«

»Und hinter uns kommt ein Berg herangestürmt.«

»Was soll das heißen, Kraark?«

»Hat der Rabe schon etwas gesehen?« Die Frage kam von Darina, die sich neben Jonas hatte zurückfallen lassen.

»Er behauptet, vor uns liege eine Wand.«

»Natürlich. Wenn wir hindurch sind, musst du *unbedingt* sofort nach links oder rechts ausweichen!«

»Wie bitte?«

»Tu einfach, was ich dir sage, Jonas. Goldan und ich kümmern uns um alles andere. Aber das meinte ich nicht. Hat der Rabe *noch* etwas gesehen, Jonas?«

»Einen Berg.«

Darina zog fragend die Augenbrauen zusammen.

»Kraark sagte, ein Berg käme hinter uns her.«

Die Wissende blickte einen Atemzug lang fest in Jonas' Augen. Dann nickte sie. »Genau, wie ich erwartet hatte. Es ist der *Gorrmack.*«

»Was ist …?«

»Geduld, Jonas. Jetzt reite, so schnell du kannst.« Darina ließ sich weiter zurückfallen und gab die Anweisung auch an alle anderen weiter. Dann setzte sie sich wieder an die Spitze der Kolonne, wo Goldan nun mit dem Sinnstein ritt.

Als Jonas sich diesmal umwandte, konnte er selbst sehen, was Kraark schon angekündigt hatte. In großer Entfernung folgte ihnen ein Berg. Nein, es war kein wirklicher Berg, wie er schnell feststellte. Vielmehr schien etwas Langes, Gewaltiges mit rasender Geschwindigkeit durch den Boden zu pflügen. Der Gorrmack war nicht zu sehen, nur die Verwüstung, die er hinterließ.

Nur mit Mühe konnte sich Jonas von dem Furcht einflößenden Anblick losreißen. Schon glaubte er zu hören, wie unter Krachen und Klirren die Kristalle nach allen Seiten davonstoben, wenn der Gorrmack sich unter ihnen hindurchbohrte. Als er den Blick erneut nach vorne wandte, lief es ihm kalt den Rücken hinunter.

Aus der Ferne hatte es ausgesehen wie der Horizont an einem wolkenlosen, aber dunstigen Tag. Doch nun konnte Jonas ganz deutlich erkennen, was Kraark gemeint hatte: Die Karawane steuerte direkt auf eine Wand zu. Genau genommen war es die Decke der Spiegelregion, die sich hier steil bis zum Boden hin absenkte. Sie steckten tatsächlich in einer Falle.

Ein fürchterliches Brüllen ließ Jonas das Blut in den Adern gerinnen. Entsetzt drehte er den Oberkörper herum. Kaum mehr als eine halbe Meile hinter ihnen erhob sich ein gigantisches Wesen aus dem Grund. Aufgewirbelter Sand und Kristalle verschleierten zunächst das Bild. Als der unfasslich große Körper auf den Boden zurückstürzte, glaubte Jonas, Trojan würde unter ihm straucheln. Doch die Schelpins jagten weiter. Sie waren unsicheres Terrain gewohnt.

Fassungslos starrte Jonas auf den Verfolger. Das Wesen bestand ganz und gar aus Kristall! Jonas' Verstand weigerte sich zu glauben, was seine Augen ihm zeigten. Dieses Geschöpf war nicht aus Fleisch und Blut. Man konnte durch seinen Leib hindurchsehen – wenn auch nur undeutlich. Blau schimmernd, aus unzähligen Facetten glitzernd wälzte sich das Untier heran. Sein langer Körper glich dem eines Wurmes, aber es besaß mehrere Beinpaare, auf denen es sich auch wie ein Krokodil oder Waran vorwärts bewegen konnte.

Noch mehrmals tauchte das Ungetüm in den Boden ein, schien regelrecht darin zu schwimmen, um gleich darauf wieder an der Oberfläche zu erscheinen. Und jedes Mal kam es seiner Beute näher.

Jonas blickte wieder nach vorn. Die Kristallwand rückte heran. Er war viel zu erschöpft, seine Nerven waren viel zu angespannt, als dass er hätte vernünftig über das nachdenken können, was mit ihm geschah. Er würde an dieser Wand zerschellen oder an einem der zahlreichen vorstehenden Kristallspitzen aufgespießt werden, wenn sie in diesem Tempo weiterritten. So viel begriff er noch. Was hatte Darina nur vor?

Erneut traf das fauchende Brüllen die Reiter wie ein Keulenschlag. Der Gorrmack ragte hinter ihnen auf wie ein Bergmassiv. Als Jonas sich umwandte, schien sein Sichtfeld ganz vom Körper des Ungeheuers ausgefüllt. Es besaß einen flachen Schädel mit einer lang gezogenen Schnauze, der über und über mit Kristallen bespickt war. Etwas war allerdings seltsam an den hellblauen Augen der wütenden Kreatur …

Da öffnete sich ihr kolossaler Rachen.

Gleich würde es vorüber sein. Hirsch, Schelpins und Rabe flogen auf die Wand zu. Die Zähne des Gorrmacks glichen riesigen Eiszapfen. Er würde nur einmal zuschnappen müssen, um die Jagd zu beenden.

Darina schrie etwas. Jonas konnte es nicht verstehen, aber es veranlasste ihn sein Schelpin herumzureißen. Darina beugte sich vor, schien ihrem Tier etwas zuzurufen. Sogleich spannte es die Muskeln und setzte zu einem gewaltigen Sprung an. Jonas blickte sich noch einmal um. Überall aufgerissene Augen, Schaum, Schweiß – und dahinter der heranschießende Riesenkopf des Gorrmacks.

Als er nach Darina Ausschau halten wollte, war sie verschwunden. »Geradeaus weiter!«, krähte ihm Kraark ins Ohr. Eine einzelne große Facette der Kristallwand flog auf ihn zu. Zerschellen oder gefressen werden. »Spring!«, rief Jonas Trojan zu.

Das treue Schelpin presste die letzte Kraft aus seinem erschöpften Körper. Es machte einen kraftvollen Satz auf die Wand zu. Im nächsten Moment war es samt Reiter darin verschwunden.

◇ DIE BRÜCKE

Die Landung verlief alles andere als glatt. Der vierte Facettensprung endete für Jonas fast in einer Katastrophe.

Beim Durchqueren der Kristallwand war er für einen winzigen Augenblick geblendet. Noch bevor er wieder völlig klar sehen konnte, hallte Darinas Ermahnung durch seinen Geist: *Wenn wir hindurch sind, musst du unbedingt nach links oder rechts ausweichen!* Jonas riss hart an den Zügeln. Die Tatzen des Schelpins glitten auf dem glatten Boden aus und es strauchelte. Doch Trojans Reflexe funktionierten zuverlässig. So konnte das Tier gerade noch einen Sturz verhindern, nicht aber sein Reiter. Jonas flog in hohem Bogen aus dem Sattel und landete unsanft auf rauem Felsboden.

Zum Glück verlor er nicht die Besinnung. Er rollte sich auf den Bauch und versuchte seine Orientierung wieder zu finden.

Kraark landete an seiner Seite. »Lebst du noch?«

»Glaub schon. Aber was ist mit den anderen?«

Als Jonas die Lage überblicken konnte, bekam er den nächsten Schrecken. Er lag auf einem schmalen Grat, dicht an einem Abgrund, einer bodenlos tiefen Schlucht. Darina, Goldan und Bergalf waren hinter dem Facettentor nach links ausgewichen. Ohne zu zögern hatten sie sich vom Rücken ihrer Tiere geschwungen und versuchten nun die nachfolgenden Gefährten zu warnen. Dabei liefen sie durchaus Gefahr, mit den völlig verschreckten Schelpins in die Tiefe gerissen zu werden. Die übrigen Gefährten begannen nun einer nach dem anderen aus der Wand aufzutauchen.

»Kraark!«, schrie Jonas schreckensbleich. »Flieg den anderen entgegen und versuche die Schelpins zur Seite abzudrängen.«

Der schwarze Vogel erhob sich in die Lüfte und flatterte zu der Stelle, an der sich Bonkas und Schelpins materialisierten. Inzwischen waren Sam Chalk und Ximon durch das Tor gesprungen und dank der lautstarken Warnungen kurz vor dem Abgrund zum Stehen gekommen. Ein Packtier hatte nicht so viel Glück. Völlig verängstigt galoppierte es auf Bergalf zu. Der Fährtensucher schrie und wedelte mit den Armen, aber das Schelpin schien ihn überhaupt nicht wahrzunehmen.

Das Unvermeidliche ahnend, riss Jonas die Augen auf. »Bergalf, pass auf!«, schrie er entsetzt. Auch ohne diese Warnung hatte der stämmige Bonka die Gefahr längst erkannt. Als das Tier ganz dicht vor ihm war, stieß es, anstatt auszuweichen und so vielleicht doch noch dem sicheren Tod zu entgehen, mit den Hörnern nach dem kleinen Mann. Geschmeidig wie eine Katze sprang Bergalf zur Seite. Das Schelpin trat ins Leere und stürzte über den Rand des Abgrunds.

Ein kalter Schauer rann über Jonas' Rücken, als er den leise verklingenden Todesschrei des Tieres hörte. Dann erschütterte ein gewaltiges Krachen die Szene.

Der Kopf des Jungen flog herum zu dem Facettentor, aus dem Geröll, Staub und glitzernde Kristallbrocken schossen. Die Bruchstücke pfiffen wie Granatsplitter durch die Luft. Ein Wunder, dass keiner der Gefährten ernstlich verletzt wurde. Der Gorrmack musste aus vollem Lauf gegen das Tor geprallt sein, das offenbar zu klein war, um ihn hindurchzulassen.

Jonas war unwillkürlich aufgesprungen, um sich vor den umherfliegenden Steinen in Sicherheit zu bringen. Jetzt humpelte er langsam auf die Stelle zu, wo sich gerade eben noch das Facettentor befunden hatte. Fassungslos starrte er auf einen riesigen Trümmerhaufen, über den Gesteinsbrocken nach unten kullerten. Was für ein schreckliches Ungeheuer! Alles war so rasend schnell gegangen! Zum ersten Mal fragte er sich, wie er jemals zurückkehren sollte. Dieser Gorrmack – was immer er war – würde bestimmt noch hinter dem Schutthügel auf sie lauern. Die Farbenstadt erschien ihm in diesem Moment so fern wie der Mond. Und Muddy Creek, die Farm seines Großvaters – sie kam ihm wie ein langsam verblassender Traum vor. Nur die Erinnerung an seine Eltern war intensiv wie nie zuvor …

Gedankenverloren bückte er sich nach einem blauen durchsichtigen Stein, der aus dem grauen Geröll hervorblitzte. Es handelte sich um eine flache Scherbe, die entfernt an die Schuppe eines großen Fisches erinnerte.

»Der Gorrmack hat Federn lassen müssen.«

Die Stimme an seiner Seite stammte von Bergalf. Der Bonka lächelte ihm so unbekümmert zu wie ein Junge nach dem Kirschenstehlen in Nachbars Garten.

Jonas steckte die Trophäe in die Hosentasche, während seine Augen an Bergalf vorbei den Staub zu durchdringen suchten. Kopfschüttelnd murmelte er: »Was war das nur? Ein Tier aus Kristall? So groß wie ein Berg? Ich kann es immer noch nicht begreifen …«

»Später, Jonas«, unterbrach ihn der Fährtensucher und wandte sich zu Darina hin. »Sind alle da?«, rief er hinüber.

»Ich kann es noch nicht sagen. Ihr kommt am besten alle zu mir. Dann können wir feststellen, ob jemand fehlt.«

Jonas ließ Kraark auf seiner Schulter Platz nehmen und begab sich mit Bergalf zu den anderen. Sein rechtes Bein schmerzte stark. Er musste sich bei dem Sturz vom Schelpin verletzt haben.

Als der staubige Haufen um Darina versammelt war, wurden sorgenvolle Blicke getauscht. Eine schlimme Erkenntnis machte sich breit.

»Tamakh fehlt!«, hauchte Lischka. Entsetzen lag in den Augen des stämmigen Bonka.

»Hat ihn irgendjemand gesehen?«, fragte Ximon besorgt.

»Er hatte sich zurückfallen lassen«, antwortete Mangaar tief zerknirscht. »Bei einem Schelpin war das Gepäck verrutscht. Er wollte dem Tier unbedingt helfen. Ich hätte den kleinen Burschen einfach bewusstlos schlagen und ihn mir über die Schulter werfen sollen.«

»Wir sind ja alle um unser Leben geritten«, versuchte Jonas den niedergeschlagenen Fährtensucher zu trösten. Auch die anderen traten nun zu ihm. Darina strich mit der Handfläche über Mangaars Wange und schenkte ihm ein trauriges Lächeln.

»Wenn von uns jemand Grund hat sich Vorwürfe zu machen, dann bin ich das, Mangaar. Ich trage die Verantwortung für Tamakh. Sein Tod ist eine schwere Bürde, die allein ich tragen muss.«

Jonas bewunderte Darinas Haltung. Sie wirkte so zart, so verletzlich, aber sie besaß eine außergewöhnliche innere Stärke. Obgleich er ihr ansah, wie sehr sie unter Tamakhs Schicksal litt, brachte sie sogar noch die Kraft auf ihren Gefährten Mut zuzusprechen. Unwillkürlich musste er an Lydia Gustavson denken, dieses traurige Mädchen, das ihm gerade durch ihre Verletzlichkeit so viel gegeben hatte.

Darinas Trost konnte nicht verhindern, dass Tamakhs Verlust den Bonkas fast die Sinne raubte. Selbst Jonas und Sam Chalk trauerten um den schmächtigen Flüsterer, der kaum etwas gesprochen hatte – nicht, weil er nichts zu sagen gehabt hätte, sondern einfach aus Bescheidenheit.

Da meldete sich unvermittelt Bergalf: »Das kann doch nicht …«

Alle blickten den Fährtensucher an, der selbst in einem solchen Augenblick noch seine Wachsamkeit bewahrt hatte.

»Da drüben«, sagte Bergalf, mit ausgestrecktem Arm über die Schlucht deutend. »Da ist etwas.«

»Vielleicht ein Tier?«, erkundigte sich Mangaar. Seine wasserblauen Augen suchten aufmerksam die gegenüberliegende Seite der Schlucht ab.

Jonas konnte nichts entdecken. Der Cañon maß an dieser Stelle höchstens einhundertfünfzig Fuß in der Breite. Doch die jenseitige Bergflanke war stark zerklüftet und bot unzählige Verstecke.

»Kein Tier«, meldete sich Bergalfs unheilvoll ruhig klingende Stimme. »Bei dem, was ich dort drüben gesehen habe, handelte es sich um einen Mann.«

Mangaar schaute ihn ungläubig an. »Bist du dir absolut sicher?«

»Sagen wir, es war die flüchtige Beobachtung eines Fährtensuchers. Du siehst ja selbst, was für einen Trümmerhaufen die Bergflanke dort drüben darstellt.«

»Hm. Vielleicht ist die Legende von Keldin wirklich wahr! Sie erzählt, der Schmied sei mit seinen Gefährten ins Zwieland geflohen. Was du gesehen hast, könnte also gut ein Nachkomme dieser Bonkas sein.«

Bergalf blickte den Freund eine Weile lang aus seinen dunklen Augen an, dann schüttelte er den Kopf. »Was ich gesehen habe, war kein Bonka.«

»Ich denke, du konntest kaum etwas erkennen!«

»Hast du schon einmal einen Bonka ohne Haare gesehen?«

»Du meinst …?«

Bergalf nickte bedeutungsschwer. »Menschen bekommen Glatzen. Manchmal sogar Tiere. Aber Bonkas nicht. Unsere Haare sind unsere Pracht. Sie kommen in fast allen Farben vor, aber nie fehlen sie. Ich glaube, das da drüben ist ein Malkit gewesen.«

»Bergalf! Deine Phantasie geht anscheinend mit dir durch. Wir haben einen Gefährten und drei Schelpins auf dem Weg durch die Spiegelregion verloren. Glaubst du wirklich, die Malkits können hier so einfach ein und aus gehen? Und warum sollten sich seit der großen Trennung nicht auch die Nachkommen von Keldins Schar verändert haben?«

»Die Malkits sind ohne Ausnahme kahl, die Angehörigen von Keldins Volk jedoch nicht. Dafür besitzen die Malkits Waffen.« Aus Darinas ruhigen Worten sprach die Sicherheit der Wissenden.

»Dann sitzt ihr ja hier wie auf dem Präsentierteller«, krächzte Kraark. »Höchste Zeit für euch, aus der Schusslinie zu kommen. Am besten, ich erkunde mal ein bisschen die Gegend.« Der Rabe erhob sich in die Lüfte. Zielstrebig flog er die Schlucht hinauf und verschwand bald hinter einer Biegung.

Darina blickte Jonas fragend an.

»Er hat gesagt, er will sehen, wie wir von hier wegkommen«, übersetzte der Freund des Raben.

»Währenddessen können wir uns zum Aufbruch fertig machen«, sagte Goldan. »Der Pfad, auf dem wir uns hier befinden, ist sehr schmal. Überprüft noch einmal genau die Gurte eurer Sättel und vergewissert euch, dass die Lasttiere ihr Gepäck nicht verlieren. Der Sturz vom Rücken eines Schelpins könnte in dieser Gegend fatale Folgen haben.«

Jonas versuchte den Grund der Schlucht auszumachen. Es gelang ihm nicht. Auch nach oben hin schienen ihre Wände ohne Begrenzung anzusteigen. In jeder Richtung verlor sich der Blick in einem undurchdringlichen Dunst. Ein flaues Gefühl schlich sich in seine Magengrube und er fragte sich, ob ein Sturz von Trojans Rücken in diesem verfluchten Cañon überhaupt jemals enden würde.

Nach kurzer Zeit kehrte Kraark zurück. »Da gibt es eine Brücke«, meldete er. »Etwa eine Dreiviertelmeile hinter dieser Biegung.« Er deutete mit dem Schnabel in die besagte Richtung.

Jonas gab die Entdeckung des Raben an die anderen weiter.

»Dann nichts wie los«, meinte Bergalf und wollte gerade sein Schelpin antreiben.

»Warte!« Mangaar hielt ihn zurück. »Ich sage dir, das riecht nach einem Hinterhalt.«

»Das riecht nicht nur nach einer Falle, das stinkt sogar«, gab Bergalf gleichmütig zurück.

»Ich verstehe dich nicht.«

Der junge Fährtensucher drehte sein Schelpin zu Mangaar herum und antwortete: »Bonkas haben – wenn wir beide mal von unseren Messern absehen – zwar keine Waffen aus Holz oder Stahl, aber du weißt, dass wir nicht wehrlos sind, mein Freund.« Er sah in die Runde der Gefährten, die ihn erwartungsvoll und auch fragend anblickten. »Und nun kommt«, spornte er sie an. »Wir alle trauern um Tamakh und wir alle wissen um unsere trostlose Lage, aber es wird uns nicht retten, wenn wir hier stehen bleiben und darauf warten, dass die Malkits deutlichere Lebenszeichen von sich geben. Das könnte für uns nämlich tödlich ausgehen. Und außerdem …« Er stockte. »Darina, wusstest du von der Brücke?«

Die Wissende hatte nachdenklich den Raben auf Jonas' Schulter betrachtet. Nun blickte sie Bergalf an wie jemand, der gerade aus dem Schlaf erwacht ist. »Ich kannte die Brücke. Allerdings ist alles in diesem Teil Azons sehr verschwommen in meinem Gedächtnis, deshalb kann ich euch nicht mit derselben Sicherheit führen, wie der Rabe es offenbar vermag.«

»Dann sag du uns, Darina: Gibt es noch einen weiteren Weg über diese Schlucht?«

»Die Brücke ist die einzige Verbindung zur Spiegelregion.«

Bergalf wandte sich wieder zu Mangaar. »Noch irgendwelche Fragen?«

Verstohlene Blicke wanderten zu dem verschütteten Facettentor hin, als die Karawane daran vorbeizog. Die Durchquerung der Spiegelregion hatte drei Schelpins das Leben gekostet. Und einem Flüsterer. Wohl jeder musste in diesem Augenblick an den kleinen Tamakh denken. Nur die Anspannung, die aus dem Gefühl der Ungewissheit über die bevorstehenden Gefahren erwuchs, half den Gefährten etwas ihre Niedergeschlagenheit zu überwinden. Alle wussten, die Trauer würde zurückkehren.

Der Weg zu der von Kraark angekündigten Brücke war nicht sehr weit, dafür aber umso gefährlicher. Der schmale Grat, der den Reisenden als Pfad diente, war die einzige größere Einkerbung an der mehr oder weniger glatten Wand des Cañons. Der Eindruck drängte sich auf, geschickte Hände könnten vor unzähligen Generationen diesen Felsweg geschaffen haben. Doch andererseits wirkte er auch wieder wie eine Laune der Natur. Er verlief völlig unregelmäßig. Mal ging er ein Stück weit bergab, dann stieg er erneut hinauf. Mal war er so schmal, dass die Reiter das rechte Bein über den Hals ihres Tieres legen mussten, damit sie nicht an der Felswand entlangschabten, dann wieder hätten sie sogar zu dritt nebeneinander reiten können. An manchen Stellen bestand der Untergrund aus einem wahren Scherbenhaufen zerborstener Steinplatten, an anderen war er völlig frei von Geröll. Als endlich die Brücke hinter einem Felsvorsprung ins Blickfeld rückte, atmeten die Reiter auf.

Mit offenem Mund starrte Jonas das fragile Bauwerk an, das wie ein Gemälde eines surrealistischen Malers wirkte. Ziemlich genau in der Mitte der Schlucht, die an dieser Stelle höchstens einhundert Fuß breit war, ruhte die Brücke auf einem einzigen Stützpfeiler. Allein diese Konstruktion war schon abenteuerlich genug. Nach der rauen, teilweise zerklüfteten Außenseite der Säule zu schließen handelte es sich hier um eine weitere Spielerei der Natur. Ihre Oberseite war nachträglich abgeflacht worden. So konnte sie als rundes Podest mit einem Durchmesser von etwa zehn Fuß dienen. Von der Spitze an wurde die Felsnadel nach unten hin allmählich dicker. Noch immer war kein Grund der Schlucht auszumachen. Doch so viel stand fest: Dieser Brückenpfeiler übertraf an Höhe alles, was Menschenhände je erschaffen hatten.

Die Seite der Schlucht, auf der sich Jonas und die Bonkas befanden, war mit dem Pfeiler durch eine schmale Brücke verbunden, die aus dem Gestein des Gebirgsmassivs gefertigt zu sein schien. Ein filigranes, durchbrochenes Geländer zierte sie zu beiden Seiten. In einem sanften Bogen schwang sich der Steg bis zum Mittelpfosten, um sich von dort in einer halben Schraube kopfüber zu drehen und den Rest des Abgrundes zu überbrücken. Das Bauwerk verband die beiden Seiten der Schlucht an ihrer engsten Stelle – nicht nur oberhalb, sondern auch *unter* dem jenseitigen Brückenansatz wichen die Wände deutlich zurück.

Jonas erinnerte sich an das Spiegelbild der Hängenden Berge, das er am Vormittag in dem See betrachtet hatte. Der gleiche Eindruck drängte sich ihm hier auf, nur dass die Brücke kein Gewässer überspannte. Verwirrt betrachtete er über Kraarks Kopf hinweg die abstruse Konstruktion. Er wollte sie gerne begreifen, aber es gelang ihm nicht. Der steinerne Pfad hinter dem Brückenpfeiler drehte sich wie das Horn eines Widders. Man musste schon Saugnäpfe an den Füßen haben, um nicht bereits auf halber Strecke von dem schraubenförmigen Weg in die Tiefe zu stürzen.

»Anscheinend gehört die andere Seite zu den Hängenden Bergen«, sagte Bergalf völlig gelassen.

Goldan nickte. »Oder sagen wir lieber, zum zwieländischen Gegenstück unseres so genannten Gebirges.«

»Aber wie sollen wir denn da rüberkommen?«, brach es aus Jonas hervor. »Ich bin doch keine Schnecke, die überall kleben bleibt.«

Bergalf grinste ihn an. »Keine Sorge, mein Freund. Das wird unser geringstes Problem sein.«

Bald standen ein weißer Hirsch und zwölf Schelpins vor der Brücke.

Goldan blickte Bergalf eindringlich an. »Und du bist dir ganz sicher, dass niemand mehr drüben ist?«

»Ich habe etwas anderes gesagt: Seit dem Vorfall vorhin habe ich niemanden mehr *gesehen*. Wir müssen wohl einfach auf gut Glück die Brücke überqueren.«

»Wir?«

»Ich, wenn es das ist, was du hören willst.«

Goldan senkte für einen Moment die Augen. Als er den jungen Fährtensucher wieder ansah, lag ein Ausdruck von Reue auf seinem Gesicht. »Vergib mir, Bergalf, wenn ich es an Freundlichkeit habe mangeln lassen, aber Tamakhs Geschick lässt mich kaum noch klar denken. Unsere Reise hat doch heute erst begonnen! Ich möchte nicht, dass sie noch mehr Opfer fordert.«

»Schon gut, Goldan. Mir steckt Tamakhs Tod genauso in den Knochen wie allen hier. Aber wenn es euch beruhigt«, Bergalf holte seinen Sinnstein aus dem Hemd hervor, »dann seht euch einmal das hier an.«

Alle rückten so nah wie möglich an den Fährtensucher heran. Wie Jonas, so konnten auch die anderen sehen, was Bergalf meinte: In dem Bilm waren *zwei* leuchtende Punkte zu erkennen. Der eine im Zentrum des Steines strahlte wie seit Beginn der Reise. Es war Darinas Licht. Aber weiter außen an der Peripherie des Kristalls konnte man ein kleineres Glimmen erkennen.

»Wann hast du es das erste Mal gesehen?«, fragte Darina.

»Kurz nachdem mir von dem zerstörten Facettentor aufgebrochen sind.«

»Und ist es uns gefolgt?«

»Eben nicht. Das Licht hat sich weiter zum Rand hin entfernt.«

Dann haben wir also nichts von diesem Malkit zu befürchten, dachte Jonas. Für einen Moment fühlte er Erleichterung – bis Darina ihn anschaute und etwas sagte, was ihm wieder das Gefühl gab, seine Gedanken lägen wie ein offenes Buch vor ihr.

»Wir dürfen uns davon nicht täuschen lassen. Dieser Malkit ist ein Kristallkind, ein Wissender wie ich. Er muss bei unseren rebellischen Brüdern eine hohe Stellung bekleiden.«

»Doch nicht etwa …?« Goldan wagte nicht auszusprechen, was er dachte.

Darina nickte. »Es dürfte Kanthelm, ihr Anführer sein.«

»Woher weißt du das so genau?«

»Kanthelm und ich sind aus dem gleichen Kristall geboren. Alles, was der Stein erschafft, ist ein Gut der Wissenden.« Sie drehte sich zu Jonas um und sah ihn liebevoll lächelnd an. »Nur, wer den Stein mit seinem eigenen Körper durchdringt, bleibt vor mir verborgen. Die Wanderer tragen ihre Erinnerungen in sich selbst.«

»Aber ist es nicht egal, ob nun dieser Kanthelm oder irgendein anderer Malkit das Weite sucht?«, fragte Jonas, obwohl er Darinas Antwort schon ahnte.

»Nein. Kanthelm zieht sich zurück, weil er seinen Plan für unfehlbar hält.«

»Was … was für einen Plan?«

Das blonde Mädchen wandte sich der Brücke zu. »Dort irgendwo gibt es eine Gefahr. Vielleicht eine Falle, die zuschnappt, wenn wir die andere Seite betreten. Möglicherweise stellt auch der Übergang selbst für uns eine Bedrohung dar. Kanthelms niederträchtiger Geist ist mir vertraut, aber ich kann nicht sagen, was für Bosheiten er gebiert. Die Wissenden sind keine Hellseher.«

»Dann wird uns also nichts anderes übrig bleiben, als unser

Glück zu versuchen«, sagte Bergalf leichthin. Er wandte sich erneut dem Wächter von Laomar zu. »Goldan, stimmt es, was man sich von dir erzählt? Es heißt, du besitzt die Gabe des *Formens.*«

Goldan nickte. »Ich habe sie von meinem Vater geerbt, ebenso wie seinen Sinnstein.«

»Glaubst du, du kannst die Brücke halten, falls sie unter mir nachgibt?«

Der Wächter betrachtete nachdenklich das Bauwerk. »Ich denke, dass ich dich vor einem Absturz bewahren könnte, aber ob meine Kraft ausreicht, um im schlimmsten Fall alle hier nach drüben zu bringen … Ich vermag es nicht zu sagen.«

Bergalf nickte. »Wir müssen es versuchen. Ich selbst bin nur imstande das Licht zu modellieren. Ist zwar ganz nett, um einige Zauberkunststückchen vorzuführen, aber die Brücke kann ich damit nicht stabiler machen.« Sich an die anderen in der Runde wendend, rief er: »Besitzt noch jemand von euch die Gabe des Formens?«

Allgemeines Kopfschütteln war die Antwort.

»Was meint er damit?«, fragte Jonas den Raben vor seinem Sattel.

»Hast du etwa schon vergessen, was ich dir über Azons Natur erzählt habe?« Kraark gurgelte vorwurfsvoll. Dann seufzte er und bequemte sich zu einer Erklärung. »Unsere Welt ist nicht rund wie die Erde beschaffen. Man könnte sagen, Azon besteht aus lauter Runzeln. Gewöhnlich kann man die natürlich nicht sehen.«

»Gewöhnlich?«

»Vielleicht ist dir schon aufgefallen, dass die Brücke etwas vom gewohnten Erscheinungsbild solcher Bauwerke abweicht.«

»Allerdings.«

»Na also. Was du siehst, stellt nur eine Verwerfung von Azons Gestalt dar. Eigentlich ist die Brücke ganz normal.«

»Was du nicht sagst. Und was hat das mit Goldans Gabe zu tun?«

»Bergalf und Goldan sind beide Former. Aber Goldans

Talent ist nützlicher für uns – jedenfalls im Augenblick. Während der Fährtensucher nur den äußeren Anschein – das Licht – modellieren kann, ist der Wächter in der Lage, für kurze Zeit echte Falten in Azons Form zu legen. Dadurch kann er die Plumpsgesetze überwinden.«

»Die *was?*«

»Ich glaube, ihr Menschen sagt Gravitation dazu.«

Jonas blickte ungläubig auf den Wächter der Farbenstadt. Er konnte sich weder recht vorstellen, *dass* Goldan dazu imstande sein sollte, der Schwerkraft ein Schnippchen zu schlagen, noch, *wie* er das bewerkstelligen wollte. Dunkel erinnerte er sich an etwas, was Belkan im Kristallsaal gesagt hatte: *Allerdings herrschen auf Azon Gesetze, deren Wirken du wohl als Zauberei betrachten könntest. Es gibt einige vom Kleinen Volk, die diese Gesetze zu ihrem Vorteil zu nutzen wissen.* Offenbar musste Goldan zu diesen besonderen Bonkas gehören.

Inzwischen stand Bergalf schon mit einem Fuß auf der Brücke. Unter den Gefährten hatte sich sonst niemand gefunden, der Goldan unterstützen konnte.

»Jedenfalls bricht sie nicht gleich weg«, sagte Bergalf, wohl um sich selbst Mut zu machen. Vorsichtig setzte er den zweiten Fuß auf die Brücke. Als nichts passierte, drehte er sich um und warf den besorgten Gesichtern ein strahlendes Lächeln zu.

Goldans Miene wirkte angestrengt. Der Älteste aus dem Kristallrat stand dicht am Abgrund, etwas seitlich zur Brücke hin. Seine beinahe schwarzen Augen waren so fest auf das Bauwerk geheftet, dass er nicht einmal zu blinzeln schien.

Bergalf machte ein paar weitere Schritte. Wie ein Jäger, der sich an ein scheues Wild anpirscht, schlich er immer weiter auf das Podest in der Mitte zu. Inzwischen hatte er den höchsten Punkt des ersten Brückenbogens erreicht und noch immer war keine Gefahr zu erkennen. Von neuer Zuversicht erfüllt, legte er die restliche Strecke bis zur Säule mit einigen schnellen, federleichten Schritten zurück. Jonas bewunderte die Geschmeidigkeit des Fährtensuchers. Er schien fast über dem Pfad zu schweben.

»So weit, so gut«, rief Bergalf, als er die Mitte der Brücke erreicht hatte. Nun stand er auf der atemberaubenden Felsnadel, die trotz ihrer schlanken Gestalt einen sehr stabilen Eindruck machte. »Ich meine, ihr könnt nachkommen. Lasst die Reittiere aber vorerst noch drüben. Bis hierher scheint die Brücke in Ordnung zu sein.«

»Tut, was er sagt«, drängte Goldan seine Gefährten, ohne den Steinsteg auch nur einen einzigen Moment aus den Augen zu lassen.

Darina folgte dem Fährtensucher als Erste. Als sie sicher neben Bergalf angelangt war, flog Kraark voraus und Jonas folgte. Je gleichmäßiger das Gewicht auf der Brücke verteilt wurde, desto geringer war die Gefahr, dass sie einstürzte.

Nun kamen Sam Chalk, Ximon, Lischka und die anderen bis auf Goldan. Nachdem der sehnige Mangaar das Säulenpodest erreicht hatte, lockte Jonas die Schelpins und den Hirsch über die Brücke. Auch die Bonkas vertrauten auf den großen Einfluss, den das Menschenkind auf die Tiere hatte. Eines nach dem anderen hörte auf das lockende Rufen des Jungen und überquerte sicher die Brücke.

»Jetzt du, Goldan«, rief Bergalf seinem Gefährten zu.

Jonas konnte sehen, wie sich der Wächter entspannte. Er ging langsam zur Brücke, zögerte einen kurzen Augenblick und legte dann mit einigen wenigen Sätzen die Distanz von knapp fünfzig Fuß bis zum Podest zurück. Nach Jonas' Geschmack hätte Goldan das unberechenbare Bauwerk ruhig etwas vorsichtiger beschreiten können, aber wie schon so oft zuvor, schaltete sich Darina mit einer Erklärung ein.

»Vielleicht irritiert dich die Eile des Wächters.«

Jonas sah sie verwundert an.

Darina schmunzelte. »Sich selbst kann Goldan nicht halten, sollte die Brücke einstürzen.«

Jetzt blickte Jonas zum Wächter, der erleichtert lächelte und meinte: »Wenn man den Ast, auf dem man sitzt, absägt, dann kann selbst der stärkste Mann seinen Fall nicht verhindern.«

»Wir sitzen hier wie auf dem Präsentierteller«, mischte sich Bergalf ein. »Fühlst du dich schon wieder stark genug, Goldan, um mich auf dem zweiten Brückenbogen zu halten, falls etwas schief läuft?«

»Es wird schon gehen. Ich muss mich nur genau auf die Form konzentrieren, sonst könnte es leicht passieren, dass ich dir einen Stoß versetze, anstatt dich zu stützen.«

»Ich wäre dir sehr verbunden, wenn sich das vermeiden ließe.«

»Erledige du die Arbeit des Fährtensuchers und ich werde die des Wächters erfüllen.«

Bergalf nickte entschlossen. »Na, dann mal los.«

Mit der gleichen Vorsicht, die er beim Überqueren des ersten Brückenbogens an den Tag gelegt hatte, betrat der athletische kleine Mann nun die zweite Hälfte des Bauwerkes. Schritt für Schritt wagte er sich weiter vor. Verblüfft verfolgte Jonas seinen Weg.

Im Gehen kippte Bergalf mehr und mehr nach rechts, ohne allerdings seine Schräglage mit dem Körper auszugleichen. Obwohl der Brückenweg sich gewissermaßen auf den Kopf drehte, musste sich der Fährtensucher nicht einmal abstützen. Bald darauf schien er sogar waagerecht an der Seite der Brücke zu laufen und einige Schritte später hing er dann von dem steinernen Pfad wie eine Fliege von der Decke. Jetzt hatte Bergalf auch noch die Nerven sich umzudrehen und den Freunden zuzuwinken.

In diesem Augenblick ging ein Knirschen durch die Brücke. Feiner Staub löste sich aus dem filigranen Steinbogen und rieselte – nach oben. Jonas hielt den Atem an. Einige Bonkas stöhnten erschrocken auf.

Bergalf hatte sich sogleich auf alle viere sinken lassen und kroch nun weiter voran. Ein leichter Ruck ging durch die Brücke. Diesmal viel näher am Podest. Ängstlich blickte Jonas einem Brocken nach, der lautlos in der Tiefe verschwand. Er lauschte und lauschte, aber er konnte keinen Aufschlag hören.

»Beeil dich, Bergalf!«, schrie Goldan. »Ich spüre, wie die Brücke nachgibt.«

Das ließ sich der Fährtensucher nicht zweimal sagen. Behände wie ein Eichhörnchen huschte er zur anderen Seite der

Schlucht hinüber. Dort wandte er sich – kopfunter – zu den Gefährten um und winkte ihnen erleichtert zu.

»Kannst du sie noch halten?«, erkundigte sich Darina besorgt.

Erste Schweißtropfen traten auf Goldans Gesicht. Starr auf die gewundene Brücke blickend erwiderte er: »Noch trägt sie sich fast von allein. Aber ich traue ihr nicht. Ihr solltet euch besser beeilen.«

Goldan bestand darauf, auch diesmal bis zuletzt die Stellung zu halten. Er verlangte, dass die Gefährten in derselben Reihenfolge wie zuvor das Bauwerk überquerten. Nur die Tiere sollten zurückbleiben. Der Rabe hatte sich bereits zu Bergalf gesellt und krächzte aufmunternd.

Als schließlich Jonas den Fuß auf die Brücke setzte, begann sein Puls zu rasen. Schon bei Darina hatten sich weitere Bruchstücke gelöst. Der steinerne Steg wurde zusehends instabiler. Mit dem Grad der Neigung des Pfades schienen Jonas' Beine immer schwerer zu werden. Er erwartete jeden Moment abzurutschen und über das Geländer zu stürzen. Aber nichts dergleichen geschah.

»Bitte, Jonas!«, rief Goldan von hinten. Sein Gesicht war vor Anstrengung verzerrt. »Geh schneller. Ich weiß nicht, wie lange ich sie noch halten kann.«

Jonas versuchte sich an der Brüstung entlangzutasten. Sie war aus demselben hellen Gestein wie die Brücke gearbeitet, aber nicht kompakt, sondern durchbrochen und wirkte mit ihren feinen Mustern wie Spitze. Plötzlich gab das Geländer nach. Jonas' Hand glitt über den Abgrund.

Entsetzte Rufe hallten von den Felswänden wider. Einen furchtbaren Augenblick lang kämpfte Jonas um sein Gleichgewicht. Seine Augen waren auf den bodenlos scheinenden Abgrund gerichtet. Dann hatte er seinen festen Stand zurückerlangt.

Er atmete schwer. Seine Beine hatten sich nun endgültig in Blei verwandelt. Erst als er Darinas Stimme wahrnahm, gelang es ihm, seinen Weg fortzusetzen.

»Jonas, komm!«, rief sie immer wieder. »Du schaffst es. Ich weiß, dass du es schaffst. Vertrau mir.«

Er vertraute ihr. Und Darina sollte Recht behalten.

Kaum hatte Jonas die Brücke verlassen, wurde Sam Chalk von Ximon auf den unsicheren Pfad geschoben. Der Pilot war eindeutig der Größte und Schwerste in der Gruppe. Breitbeinig wie ein Seemann auf einem schwankenden Schiff tastete er sich auf die Brücke hinaus. Sein Gesicht war kreidebleich, die Stirn glänzte vom Schweiß und in seinen starren Augen konnte jeder lesen, was er von diesem Balanceakt hielt. Einmal stöhnte Goldan laut auf, als ein dreieckiges Stück aus der Brücke brach. Der ganze steinerne Bogen rutschte an der Mittelsäule zwei Handbreit nach unten, blieb dann aber zum Glück dort hängen. Als Sam das Gleichgewicht wiedergewonnen hatte, beschwerte er sich lautstark: »Warum habt ihr mir nicht einen morschen Doppeldecker unter den Hintern geschnallt? Das wäre allemal besser als *das* hier!« Doch schließlich erreichte auch er wohlbehalten den festen Grund.

Es folgten die zwei Flüsterer und Mangaar. Immer mehr Steine lösten sich aus der Brücke, während sie das Bauwerk überquerten.

»Jetzt du«, rief Bergalf zu Goldan hinüber.

»Nein!« Die erschöpfte Stimme des Wächters hallte mehrmals zwischen den Felswänden hin und her. »Ihr braucht die Tiere. Sie bedeuten Zeit für euch. Und Zeit ist das, was wir am wenigsten haben.«

»Er hat Recht«, murmelte Darina, während sie besorgt zu Goldan hinüberblickte.

Bergalf spürte, dass der Wächter sich von seinem Vorhaben nicht würde abbringen lassen. Hastig wandte er sich an Jonas. »Ruf die Tiere herüber, Jonas. Eines nach dem anderen. Und wenn es dir möglich ist, dann sag ihnen, dass sie schnell, aber *vorsichtig* über die Brücke gehen sollen.«

Jonas riss sich von dem bohrenden Blick des Fährtensuchers los und sah zu den Tieren hinüber. Von seinem jetzigen Standpunkt aus schienen sie, ebenso wie Goldan, am unteren Ende einer riesigen Felsnadel zu kleben, die einem Eiszapfen gleich von einer unsichtbaren Decke hing. Er ignorierte das Schwindelgefühl, das ihn bei diesem Anblick befiel, und rief Trojans Namen. Das Schelpin spitzte die Ohren.

»Schick deine Freunde rüber!«

Erstaunlicherweise schien das kraftvolle Schelpin ihn verstanden zu haben. Es stieß einige der tiefen Laute aus, mit denen sich die Schaf-Wolf-Ziegen meistens verständigten: »Ook, ook, oook.« Und schon kam Bewegung in den wollenen Haufen.

Jonas redete behutsam auf die Tiere ein, während eines nach dem anderen den wackeligen Übergang betrat. Immer mehr Steine lösten sich und flogen davon, mal nach unten, mal nach oben – je nachdem, wo sich das Tier gerade auf der Brückenschraube befand. Zuletzt flog Darinas weißer Hirsch herüber, mit so federleichten Schritten, als könne ihn weder die seltsame Form noch der desolate Zustand des Bauwerks schrecken.

»Jetzt du!«, schrie Bergalf zu Goldan hinüber.

Der Wächter stand mit geschlossenen Augen vor der Brücke. Sein Brustkorb hob und senkte sich in schnellem Rhythmus. Schweiß rann ihm über das Gesicht. Nur mühsam konnte er sich aus den Fesseln seiner tiefen Konzentration befreien. Unsicher blickte er auf den von vielen Rissen durchzogenen steinernen Pfad.

»Mach kurze, schnelle Schritte«, rief Bergalf noch einmal. »Du schaffst es!«

Goldan setzte vorsichtig den rechten Fuß auf die Brücke. Nichts geschah. Ein Anflug von Erleichterung zeichnete sich auf seinem Gesicht ab. Er blickte zu den Gefährten auf der anderen Seite, lächelte und rief: »Falls ich es nicht schaffe, dann richtet Rinka und Tomika aus, dass ich sie sehr liebe.«

Sein Blick kehrte zu dem Steinsteg vor seinen Füßen zurück. In dem Moment, als Goldan das linke Bein nachzog, brach die Brücke zusammen.

Ein vielstimmiger Schrei gellte durch die Schlucht und vermischte sich mit dem Krachen des einstürzenden Bauwerks. Der steinerne Pfad sackte unmittelbar vor den Füßen der Gefährten in die Tiefe, wohingegen die Trümmer bei der Felsnadel scheinbar gen Himmel strebten. Staub wirbelte auf. Die

Cañonwände warfen das schreckliche Geräusch in einem sich schier endlos wiederholenden Echo zurück. Jonas schaute entsetzt auf die Steinsäule. Aber er konnte durch den aufgewirbelten Staub nichts erkennen.

Es dauerte lange, bis Ruhe einkehrte. Eine tödliche Ruhe, die nur hier und da von dem verzweifelten Stöhnen derjenigen gestört wurde, die sich über ihre eigene Rettung nicht mehr freuen konnten. Warum auch noch Goldan!? Der Wächter von Laomar war zwar der jüngste unter den Mitgliedern des Kristallrats gewesen, aber dennoch hatte er durch seine bedachtsame und ausgeglichene Art bald eine führende Rolle eingenommen.

Noch ehe sich der Staub ganz gesetzt hatte, mahnte Bergalf die Gefährten plötzlich zur Stille.

»Ruhig! Ich glaube, ich habe etwas gehört. Drüben, bei der Säule.«

Kraark schwang sich sogleich in die Luft, um Bergalfs Feststellung zu überprüfen. Wenige Herzschläge später hallte sein Krächzen durch die Schlucht: »Goldan lebt!«

Jonas wiederholte für die anderen die Worte des Raben. Lauter Jubel brach unter den Gefährten aus. Allmählich kehrte auch die Sicht zurück. Gerade eben zog sich der Wächter mit letzter Kraft über den Rand des Podestes und blieb erschöpft neben dem Raben liegen, der ihn aufmerksam beäugte.

Die Freude legte sich ebenso schnell, wie sie gekommen war. Goldan lebte zwar, aber wie sollte er von der Spitze der Felsnadel hinüber zu den anderen gelangen? Und dann machten Bonkas und Menschen eine neue furchtbare Entdeckung: Mit dem zweiten war auch der erste Brückenabschnitt in die Tiefe gerissen worden.

Deshalb also hatte der Lärm nicht aufhören wollen, dachte Jonas.

»Jetzt wissen wir, warum Kanthelm so beruhigt seines Weges gezogen ist«, sagte Darina an seiner Seite.

»Wir könnten es mit dem Seil schaffen«, bemerkte Mangaar, der neben Bergalf stand. Beide hatten die Hände in die Seiten gestützt und schätzten die Entfernung zur Säule ab.

»Wir müssen jedenfalls alles versuchen«, gab der kleine Fährtensucher zurück. Bergalf drehte sich um und ging zu den Packtieren. Seine Augen suchten ein ganz bestimmtes Schelpin …

»Es ist nicht da!«

Sechs Köpfe wandten sich ihm zu.

»Was?«, stieß Mangaar hervor. »Bist du sicher?«

»Es ist nicht hier! Du kannst mir ruhig glauben. Entweder war es das Schelpin, das in die Schlucht fiel, oder das andere, das der Gorrmack zusammen mit Tamakh erwischt hat.«

Mangaars Augen blickten zornig auf Bergalf herab, nicht weil er diesem die Schuld für den Verlust der Ausrüstung gab, sondern weil er nicht einsah, dass die Gemeinschaft an einem einzigen Tag so viel Unglück haben sollte.

Bergalf rief Goldan die schlechte Nachricht zu. Der Wächter stand am Rand der Felsplattform und wirkte erstaunlich gefasst.

»Dann dürft ihr auf mich keine Rücksicht nehmen. Darina hat uns allen klargemacht, wie knapp die Zeit ist. Die Menschen sind auf dem besten Wege sich und ihre Welt für immer auszulöschen. Das wäre auch unser Ende. Ihr müsst ohne mich weiterziehen.«

»Aber wir könnten nach Holz suchen oder irgendwie sonst eine provisorische Brücke bauen«, widersprach Bergalf verzweifelt. Sogar der sonst immer so unbekümmert wirkende Fährtensucher war nun offenbar mit seinem Latein am Ende. Seine Augen füllten sich mit Tränen. Er weigerte sich Goldans Entscheidung zu akzeptieren.

»Der Wächter sagt die Wahrheit«, meinte Darina. Ihre Stimme klang weich und dennoch unnachgiebig. Je länger Jonas mit ihr zusammen war, desto klarer wurde ihm, dass dieses Mädchen die Erfahrung von Jahrtausenden in sich tragen musste. Lydia hätte in dieser Situation vielleicht allein auf die Stimme des Gefühls gehört. Doch Darina war anzumerken, wie schwer sie an der Verantwortung trug, die ihre Bestimmung ihr auferlegt hatte. Wie gern hätte sie Bergalf zugestimmt, doch sie wusste, dass sie das nicht durfte.

»Ich werde schon einen Ausweg finden«, rief Goldan zu den anderen hinüber. »Wenn es mir gelingt, von dieser Säule herunterzukommen, dann folge ich euch nach. Geht jetzt.«

Ein jeder spürte, dass der Wächter sie nur beruhigen wollte. Aber dennoch fühlte sich keiner der Gefährten erleichtert, als sie ihre Reittiere bestiegen und die Zügel der Packschelpins an die Sättel banden.

Bevor sie loszogen, trug Kraark noch etliche Pakete mit Proviant durch die Luft. Verhungern würde Goldan so schnell nicht. Aber das war für die Freunde nur ein schwacher Trost, als sie damit begannen, einen steilen Bergpfad zu erklimmen. Ihr Gefährte am unteren Ende der Felsnadel wurde langsam kleiner und kleiner.

◇ DAS SPIEGELLABYRINTH

Das erste Nachtlager der Suchexpedition lag in einer wüsten Gegend. Ringsherum gab es nichts als Felsen. Nicht einmal Moos bedeckte die grauen Steine. Und der tief dunkelblaue Himmel schien noch das eintönige Bild zu verstärken. Gedrückte Stimmung hatte sich wie ein Spinnennetz um die Gefährten gelegt. Der Weg aus der Schlucht heraus war weitgehend schweigend zurückgelegt worden. Nur hier und da riefen Mangaar, der die Karawane nun anführte, oder Bergalf, der die Nachhut übernommen hatte, den Gefährten kurze Anweisungen zu.

Vor Jahrhunderten, vielleicht sogar Jahrtausenden, mussten dieselben Wesen, welche die Brücke errichtet hatten, auch den Pfad durch das Gebirge getrieben haben. An manchen Stellen konnte man Stufen erkennen – jede von ihnen ungefähr zehn Fuß lang –, die den Aufstieg der Tiere erleichterten.

Jonas war sich noch immer nicht sicher, ob dies nicht eher ein Abstieg war. In Wirklichkeit musste die Karawane der Schelpins für Goldan auf der Säule ja ohnehin nach *unten* gezogen sein. Aber auch im übertragenen Sinne empfand Jonas das ganze Suchunternehmen als einen einzigen »Niedergang«.

Nun saß er auf einer weichen Decke und blickte grübelnd in das seltsame Lagerfeuer. Da es in dieser Steinwüste kein Holz gab, hatten die Bonkas besondere Matten angezündet, die anscheinend überhaupt nicht zu Asche zerfallen wollten. Auf Jonas' Frage hin erklärte Mangaar, sie bestünden aus einem Mineral namens Tolmit, das in einigen Dörfern am Rande der Hängenden Berge gefördert und verarbeitet wurde. Die Matten brannten mit rauchlosen, rötlichen, angenehm duftenden Flammen und spendeten den müden Wanderern behagliche Wärme.

Leider konnten auch sie nicht die innere Kälte vertreiben, die Jonas verspürte. Vor seinem geistigen Auge schwebten die ernsten Gesichter von Goldan und Tamakh.

»Du machst dir Vorwürfe, weil dein Erscheinen all dies ausgelöst hat. Ist es nicht so, mein Bruder?«

Jonas schreckte auf. Ihm war völlig entgangen, wie Darina sich neben ihm niedergelassen hatte. »Irgendwie schon«, gab er zu. »Wie kommt es nur, dass du immer genau zu wissen scheinst, was ich denke?«

Darina zeigte ein Lächeln, das nicht wirklich fröhlich wirkte. »Deine Geschichte hat mich geweckt und unsere Bilme waren miteinander verschmolzen.«

Jonas zog den blauen Stein aus seiner Tasche und drehte ihn nachdenklich in den Fingern. »Glaubst du, dass ich auch verändert worden bin, als ich nach Azon kam?«

»Natürlich bist du das.«

»Aber – vielleicht abgesehen davon, dass ich eure Sprache verstehe – komme ich mir überhaupt nicht anders vor. Höchstens unglücklicher.«

Darina legte ihre Hand auf die seine. »Dein Kommen war ein Segen für uns, Jonas. Das musst du mir glauben, auch wenn es dir im Augenblick nicht so erscheinen mag. Ohne dich wäre ich vielleicht nie erwacht. Dann würde Azon schon bald zu sterben beginnen.«

»Und so sind Bonkas gestorben. Ich *kann* sie einfach nicht vergessen.«

»*Noch* lebt Goldan ja. Du solltest nicht die Hoffnung verlieren. Vielleicht können wir in wenigen Tagen zurückkehren und ihn retten.«

»Für Tamakh kommt jede Hilfe zu spät.«

Darina schwieg.

»Was *sind* diese Gorrmacks eigentlich?«, fragte Jonas unvermittelt. Bergalf war ihm die Antwort auf diese Frage bisher schuldig geblieben, zu sehr hatten die zurückliegenden Ereignisse sie in Atem gehalten. Der Klang von Tamakhs Namen ließ Jonas wieder an das grauenvolle Kristallwesen denken. »Ich kenne viele Tiere. Sogar Wale habe ich schon gesehen. Aber noch nie habe ich von einem Geschöpf gehört, das so groß ist wie ein Ozeandampfer und dann auch noch völlig aus Stein zu bestehen scheint.«

»Die Gorrmacks sind so alt wie der blaue Kristall«, antwortete Darina. »Ich erzählte dir doch, dass der Meteor flüssig wurde, während er über die Erde zog. Als er wieder erstarrte, bildete er eine unregelmäßige Struktur aus. An einigen Stellen entstanden Auswüchse – Wucherungen, wenn du so willst –, aus denen die Gorrmacks hervorgingen. Durch seine besondere Verbundenheit mit dem Kristall kann ein Gorrmack sich jederzeit überallhin bewegen. Er ist gewissermaßen seine eigene Facette. Äußerlich glich in der Frühzeit keines dieser gewaltigen Wesen einem anderen, sieht man einmal von der riesigen Größe ab. Was sie allerdings gemein hatten, war ihre Einfalt.«

»Wie meinst du das?«

»Gorrmacks sind schlauer als Tiere, aber im Vergleich zu uns besitzen sie ein eher schlichtes Gemüt. Deshalb kann man sie leicht beeinflussen, was sich die Malkits mehr als einmal zunutze gemacht haben. Die Gorrmacks richteten früher großen Schaden an, doch im Laufe der Jahrhunderte wurden fast alle getötet.«

»Wie kann jemand etwas umbringen, was *so* riesig ist?«, fragte Jonas erstaunt.

»Es hat immer einige Bonkas gegeben, die mit besonderen Gaben gesegnet waren.«

Jonas nickte traurig. »So wie Goldan.«

»Meine Erinnerung zeigt mir nur ein unklares Bild von dem, was sich einst im Zwieland zutrug, aber anscheinend hat sogar Keldin der Schmied vor langer Zeit einen Gorrmack besiegt.«

»Hat er ihn etwa erschlagen?«, fragte Jonas spöttisch.

Darina schüttelte lächelnd den Kopf. »Keiner konnte den blauen Kristall so bearbeiten wie Keldin. Irgendwie muss er es geschafft haben, das Wesen in einen tiefen Schlaf zu versetzen.«

»Eine Art Betäubung wie bei dir?«

»So ungefähr, ja. Wenn mich mein Wissen nicht trügt, dann gibt es heute nur noch einen einzigen, dafür sehr lebendigen Gorrmack, und der hält sich in der Spiegelregion versteckt, weil selbst sein kleiner Verstand ihm sagt, dass er dort am sichersten ist.«

»Das ist wohl wahr!«

Eine Zeit lang blickten beide mit trüben Augen in das Lagerfeuer. Ihre Gedanken trieben ziellos dahin, wie Eisschollen auf einem kalten Meer. Mit einem Mal meldete sich eine warme, freundliche Stimme.

»Das Essen ist fertig.«

Jonas sah zu Bergalf auf, der ihm einen dampfenden Topf hinhielt, und zwang sich zu einem Lächeln. »Komm, setz dich doch zu uns.«

Bald waren zwei Menschen und fünf Bonkas um das Mattenfeuer versammelt und löffelten die kräftige Gemüsesuppe, die Mangaar zubereitet hatte. Auch der Rabe bekam seinen Teil ab. Allmählich entspann sich ein Gespräch. Jeder versuchte, sich von den Rückschlägen nicht unterkriegen zu lassen.

Nachdem Ximon und Lischka einige Zeit über die Qualitäten ihres verschollenen Freundes Tamakh gesprochen hatten, fragte Bergalf sie unverwandt: »Wie kommt es, dass erst Darina den Kristallrat auf die Gefahr aufmerksam machen musste, die von dem Bären und dem Adler ausgeht? Entschuldigt meine Frage, ich halte mich die meiste Zeit in den Bergen und

Wäldern auf und bin nicht ganz auf dem Laufenden, was die Beobachtungen der Flüsterer betrifft.«

»Deine Frage ist durchaus berechtigt«, antwortete der für einen Bonka geradezu hünenhafte Lischka. »Aber ist es nicht oft so, dass man sich später, nachdem eine Sache bekannt geworden ist, gegen die Stirn schlägt und ruft: ›Warum bin ich denn nicht selbst darauf gekommen?‹«

»Dann habt ihr die Gefahr also gesehen, aber nicht richtig eingeschätzt?«

»Nun, wie wir vor dem Kristallrat schon erklärt haben, wussten wir seit Monaten von der Entwicklung in den Ländern, die Darina als die des Bären, Adlers und Moskitos bezeichnet hat.«

Von dieser Feststellung ausgehend berichtete Lischka Einzelheiten, die Jonas in Erstaunen versetzten. Er selbst habe Ministerpräsident Nikita Chruschtschow in der Höhle der Flüsterer beobachtet, als jener im April des Menschenjahres 1962 einen cholerischen Anfall erlitt. Der Adler hatte es gewagt, dicht an der Grenze des Bären seine Jupiter-Raketen aufzustellen. In demselben Monat April waren sie dann auch schon einsatzbereit gewesen.

»Du meinst, die Amerikaner haben schon vor einem halben Jahr genau *das* getan, was sie den Russen nun auf keinen Fall erlauben wollen?«, fragte Jonas verwundert. Er erinnerte sich noch sehr gut an Frank Holloways ebenso entsetzte wie empörte Bemerkung über die sowjetischen Raketen im »Hinterhof« der Vereinigten Staaten.

Lischka nickte bedeutungsschwer. »Eine recht eigenwillige Moral, die der Adler da an den Tag legt.«

»Uncle Sam war noch nie besonders zimperlich, wenn es darum ging, sich einen strategischen Vorteil zu verschaffen«, warf Sam Chalk mit gleichmütiger Miene ein.

Jonas sank kraftlos in sich zusammen. Nun hatte er sich immer bemüht, umso misstrauischer zu sein, je überzeugter ein anderer ihm seine Meinung aufzutischen versuchte, und jetzt war er trotzdem auf einen solchen Betrug hereingefallen: Der sportlich-jugendliche Präsident Kennedy, der nichts anderes als den Frieden der freien Welt im Sinn zu haben schien, betrieb ein doppeltes Spiel! Jonas konnte es nicht fassen.

Um einige Illusionen ärmer lauschte er Lischkas weiterem Bericht.

Chruschtschow hatte in jenem Monat April, noch während er in seinem Feriendomizil auf der Krim weilte, einen folgenschweren Entschluss gefasst. Er wollte die Bedrohung durch die Raketen des Adlers auf keinen Fall dulden. Da er zu Recht nicht daran glaubte, dass sich die stolzen USA um sowjetische Proteste scheren würden, beschloss er die Operation *Anadyr* ins Leben zu rufen. Vielleicht wäre ihm an einem anderen Ort auch eine andere Idee gekommen, aber hier, am Schwarzen Meer – also gewissermaßen direkt gegenüber den amerikanischen Raketenstellungen in der Türkei –, fand er nur eine Antwort auf die Provokation des arroganten Adlers. Als er seinen Stellvertretenden Ministerpräsidenten Anastas Mikojan davon unterrichtete, war der entsetzt. Aber Chruschtschow ließ sich nicht so schnell entmutigen. Er beauftragte eine Gruppe seiner engsten Berater, die Pläne zu prüfen. Und weil Chruschtschow ein sehr tatkräftiger Mann war, schickte er auch so bald wie möglich eine Gesandtschaft nach Kuba, um Castros Meinung zur Operation *Anadyr* zu hören.

Erst später erfuhr Chruschtschow, dass auch der Adler eine Geheimoperation plante.

Ximon nickte ernst. »Sie gaben ihrem Vorhaben den Namen *Mongoose*.«

Lischka erzählte von mehreren Hinweisen, welche die Geheimdienste des Moskitos und des Bären erhalten hatten. Offenbar plante der Adler einen neuerlichen Invasionsversuch auf Kuba. Man glaubte zu wissen, dass es – wie schon im Jahr zuvor – wieder einmal vom CIA unterstützte Exilkubaner seien, welche die Insel im Oktober 1962 überfallen wollten.

»Aber das wäre ja jetzt, in den nächsten Tagen!«, brach es aus Jonas hervor. Er erinnerte sich mit Schaudern, was Lischka vor dem Kristallrat erzählt hatte. »Die Russen haben doch – wie hieß das gleich? – taktische Atomraketen auf Kuba, von denen weder CIA noch US-Army etwas wissen. Wenn die Exilkubaner da so einfach reinspazieren, kann dann nicht …?«

»Bum!«, machte Sam Chalk und fügte grimmig hinzu: »Wie ich unsere Stabschefs kenne, wären *sie* an Stelle der Kubaner ganz versessen darauf, aufs rote Knöpfchen zu drücken.«

Lischka warf dem Piloten einen irritierten Seitenblick zu. Aber dann nickte er und sagte mit ernster Miene: »Das wäre der Anfang vom Ende.«

Allmählich begann Jonas zu begreifen, *wie* brenzlig die ganze Lage wirklich war. Maßlose Selbstüberschätzung, Stolz und pures Unwissen konnten praktisch jeden Augenblick dazu führen, dass auf der Erde ein Atomkrieg ausbrach.

Der weitere Bericht Lischkas ließ das explosive Szenario nur noch bedrohlicher erscheinen. Chruschtschow wollte offenbar unbedingt eine Situation schaffen, welche die Amerikaner an einer Invasion der »Insel der Freiheit« hindern und zu Verhandlungen zwingen würde. Aber er brauchte einen Trumpf. Deshalb ließ er die russischen Atomraketen nach Kuba schaffen.

Als Lischka nichts mehr hinzuzufügen hatte, meldete sich Ximon noch einmal zu Wort. Was er sagte, bestätigte Jonas' schlimmste Befürchtungen.

Fast ein Jahr vor Chruschtschows folgenschwerer Ferienidee hatte Robert Kennedy eine kurze Mitteilung an seinen Bruder geschrieben. Er erinnerte sich noch sehr genau an diesen 19. April des Menschenjahres 1961, bemerkte Ximon, weil es der Tag nach dem amerikanischen Schweinebuchtfiasko gewesen sei. Bobby – wie Kennedys Bruder gemeinhin genannt wurde – mahnte in seinem Memorandum schnelle und energische Schritte an, da ansonsten in ein oder zwei Jahren mit der Stationierung sowjetischer Raketen auf Kuba zu rechnen sei. Er schlug dem Präsidenten mehrere Lösungswege vor. Zu den Optionen gehörten auch die Invasion Kubas und eine Seeblockade.

»Ich weiß noch, dass Chruschtschow am selben Tag einen Brief an den amerikanischen Präsidenten geschrieben hat«, flocht Lischka ein. »Er versicherte darin, die UdSSR suche

›keine Vorteile oder Privilegien in Kuba. Wir haben keine Basen auf Kuba und wir haben auch nicht die Absicht solche zu errichten‹. Aber schon damals ließ er es sich nicht nehmen, mit den Muskeln zu spielen. Nachdem er erst seine Unschuld beteuert hatte, schrieb er weiter, wenn die USA fürderhin kubanische Emigranten bewaffnen und unterstützen würden, wäre solch eine Politik von ›unzumutbaren Aktionen ... eine schlüpfrige und gefährliche Straße, welche in einen neuen weltweiten Krieg führen könnte‹.«

»Dann war die Operation *Anadyr* also mehr als nur eine Schnapsidee«, murmelte Jonas. »Warum nur werde ich den Eindruck nicht los, dass die Kubaner ein bloßer Spielball der großen Mächte sind?«

Lischka nickte. »Wie mir Tamakh erzählte, empfinden sie sogar Dankbarkeit gegenüber dem großen Bruder, der sie derart hofiert. Als Che Guevara und Emilio Aragonés Navarro vor gut fünf Wochen in Moskau waren, verlangten sie von Nikita Chruschtschow die öffentliche Bekanntmachung der gemeinsamen Raketenpläne. Tamakhs Flüsterer hatten damals ihre Finger im Spiel, weil wir glaubten, die Menschen durch die Offenlegung aller Pläne von unüberlegten Handlungen abhalten zu können. Aber Chruschtschow wollte sein kleines Geheimnis nicht preisgeben. Er lehnte die Forderung der beiden Kubaner ab. Bis heute hat der sowjetische Ministerpräsident nicht einmal das Abkommen über die Errichtung der Raketenstellungen unterzeichnet und ich bezweifle sehr, ob er es überhaupt je tun wird.«

»Ich denke, die Sache ist ihm so wichtig. Warum steht er dann nicht dazu?«

Lischka zuckte mit den Schultern. »Vielleicht, damit die Moskitos nichts durchsickern lassen können, oder weil er einfach selbst alle Trümpfe in der Hand behalten möchte. Ich neige zu der letzteren Erklärung.«

»Und sonst konntet ihr gar nichts tun, um Chruschtschow seine Idee wieder auszureden ... ich meine, *auszuflüstern*?«, erkundigte sich Sam.

»Nicht viel«, gab Lischka zu. »Chruschtschow und Kennedy

hören nicht auf die Flüsterer. Und in ihrer Nähe gibt es auch sonst wenige, die das tun. Einmal konnte ich Oleg Trojanowski dazu bewegen, Chruschtschow ins Gewissen zu reden. Ich hatte mir wirklich einiges davon versprochen, weil der Ministerpräsident ein glühender Verehrer von Lenins Ideen ist. Olegs Vater gehörte zu den frühen Weggenossen Lenins, was dem Sohn in Chruschtschows Augen einen besonderen Nimbus verleiht. Nikita Sergejewitsch kann sehr stur sein, aber für seinen jungen außenpolitischen Berater hat er normalerweise immer ein offenes Ohr. Die günstige Gelegenheit ergab sich erst vor wenigen Tagen.

Chruschtschow und Trojanowski saßen allein im Arbeitszimmer des Kremlchefs zusammen. Ich streute mit meinem Flüstern Zweifel in Trojanowskis Gedanken. Der Vertraute Chruschtschows reagierte auf meinen Rat und sagte unvermittelt, das kubanische Unternehmen sei viel zu gefährlich. Ganz anders als von mir erwartet antwortete Nikita Sergejewitsch darauf brüsk: ›Es ist zu spät, um etwas zu ändern.‹ Nicht nur ich, auch Trojanowski war von dieser Reaktion sehr überrascht. Obwohl er sich äußerlich nichts anmerken ließ, konnte ich in diesem Augenblick fühlen, was in ihm vorging. Einige Tage darauf sagte er über seinen Chef während einer Unterhaltung mit einem Freund: ›Er verliert die Kontrolle über das Steuer und tritt immer weiter aufs Gas, um ins Ungewisse davonzubrausen.‹«

Jonas nickte mit glasigen Augen. »Das scheint mir die augenblickliche Situation leider sehr gut zu beschreiben.«

Darina legte ihre Hand auf Jonas' Unterarm. »Was Lischka und Ximon dir eben erzählt haben, war Goldan als Mitglied des Kristallrats natürlich bekannt. Verstehst du jetzt, weshalb er uns so zur Eile drängte?«

Jonas nickte noch einmal. »Es fällt mir trotzdem schwer, mich damit abzufinden.«

»Keinem von uns ist es leicht gefallen, den Wächter der Farbenstadt zurückzulassen. Glaube mir, wenn wir nur die kleinste Chance haben zurückzukehren und Goldan zu retten, dann werden wir es tun.«

Jonas erwachte, als ringsherum schon reges Treiben herrschte und das trübe Licht des Tages längst zurückgekehrt war. Er hatte lange und fest geschlafen, kein Wunder nach all den Strapazen, die er in den vergangenen drei Tagen erlebt hatte. Am liebsten wäre er noch eine Weile in seinem Schlafsack liegen geblieben. Wie weich er war und wie gut er die Kälte der Nacht abgehalten hatte! Erstaunlich, was dieses Kleine Volk alles zu Wege brachte, obwohl es so einfach zu leben schien wie die Menschen vor fünfhundert Jahren.

»Schon enorm, dass du tatsächlich von allein wach geworden bist!«

Jonas drehte im Liegen den Kopf nach hinten und blickte in Kraarks schwarze Knopfaugen. »Musst du dich eigentlich immer so anschleichen?«

»Was heißt hier schleichen? Eine Armee könnte über dir hinwegmarschieren und du würdest es nicht einmal bemerken.«

»Jetzt übertreibst du aber, Kraark!«

»Sieh dich doch um. Findest du etwa, dass deine Kameraden besonders leise sind?«

Jonas ließ den Blick durch das Lager schweifen. Kraark hatte Recht. Es ging wirklich nicht gerade ruhig zu. Ximon hantierte mit einer Bratpfanne und einer eisernen Teekanne. Bergalf und Mangaar waren damit beschäftigt, die Packtiere für den Weitermarsch fertig zu machen, und Lischka, Sam und Darina standen etwas abseits und unterhielten sich in ganz normaler Lautstärke.

»Kraaaark?« Jonas dehnte den Namen wie ein Gummiband.

»Diesen Ton kenne ich von Syrda.«

»Könntest du mir einen Gefallen tun?«

»Dachte ich mir.«

»Alter Besserwisser. Machst du's also?«

»Vorher hätte ich schon gerne gewusst, um was es geht.«

»Wie schön, dass dein Wissen auch noch Grenzen kennt ... Entschuldige, war nicht so gemeint. Könntest du noch einmal zur Schlucht zurückfliegen und nach Goldan sehen? Vielleicht braucht er irgendetwas. Du bist zwar nur ein Rabe ...«

»*Nur* ein Rabe?«, unterbrach Kraark ihn empört. »Einen Raben hat Gott gesandt, um den hungernden Propheten Elia mit Speise zu versorgen! Selbst Shakespeare hat in seinem *Wintermärchen* verlassenen Kindern durch Raben Nahrung bringen lassen. Und Noah ...«

»Schon gut, schon gut«, fiel Jonas dem erregten Vogel ins Wort. »Ich wollte deine Fähigkeiten keineswegs herabsetzen. Würdest du also für mich losfliegen?«

»Kükenspiel. Für dich und Goldan. Solltet ihr zum Aufbruch bereit sein, bevor ich zurück bin, dann wartet nicht auf mich. Ich werde euch schnell eingeholt haben.«

»Geht in Ordnung.« Jonas hörte das Schlagen von Kraarks Flügeln. Bald war der Rabe nur noch ein schwarzer Punkt, der hinter den Bergen verschwand.

Darina kam heran und begrüßte ihren Retter. »Wohin ist der Rabe geflogen?«

Jonas sagte es ihr.

Sie nickte nachdenklich. »Wusstest du, dass der Vogel ein Wanderer ist?«

»Kraark erzählte es mir. Weshalb fragst du?«

»Ich kann mir kein rechtes Bild von ihm machen. Er ist für mich nur die Summe dessen, was ich sehe.«

Jonas zog nachdenklich die Augenbrauen zusammen. »Willst du damit sagen, du traust Kraark nicht?«

»Nein. Ich mache mir bloß meine Gedanken. Als wir aus der Spiegelregion mit knapper Not entkommen waren – noch alle verwirrt, manche sogar kopflos –, flog der Rabe zielstrebig davon, um uns gleich darauf zur Brücke zu führen.«

»Es gab ja nur zwei Richtungen, die er hätte nehmen können.«

»Hast du schon die Gestalt der Brücke vergessen? Wir befanden uns an einem Ort Azons, an dem die Welt stark gefaltet ist. Kraark hätte in jede Richtung fliegen können, ohne so bald zurückzukehren. Aber er fand genau den richtigen Weg. Den, der uns das Leben hätte kosten können.«

»Darina!« Jonas war entsetzt über ihre Worte. »Wenn ich irgendein Talent habe, dann das, andere Lebewesen richtig einzuschätzen. Kraark mag zwar ein wenig verschroben sein, aber er ist kein Verräter.«

Darina lächelte mitfühlend. »Das wollte ich auch nicht sagen. Aber ich trage eine große Verantwortung und darf nichts außer Acht lassen, was nur irgendwie unser Vorhaben gefährden könnte. Ich wollte dich nur wissen lassen, was ich in Bezug auf den Raben fühle.«

Jonas' Antwort klang förmlich, beinahe kühl. »Das ist sehr freundlich von dir. Dann wissen wir ja jetzt beide voneinander, wie wir über Kraark denken.«

Ein Ausdruck des Bedauerns legte sich auf Darinas Gesicht und sie wechselte das heikle Thema. Die Wissende fasste für Jonas kurz zusammen, was sie schon den anderen Gefährten erzählt hatte. In ihrer Erinnerung sah sie zwischen dem Gebirge, in dem sie sich gerade befanden, und Keldins Felsenburg ein Gebiet, wie es auf ganz Azon einmalig war. Es handelte sich um einen Kristallgarten, ein großes Labyrinth, in dem tausende von spiegelnden Steintafeln standen. Es sei von beträchtlicher Wichtigkeit, dass Reiter und Packtiere in diesem Garten dicht beieinander blieben.

Jonas musste unwillkürlich an den Jahrmarkt denken, den er einmal mit seinem Großvater besucht hatte. Dort war er mindestens eine halbe Stunde lang durch ein gläsernes Labyrinth gelaufen, ohne einen Weg ins Freie zu finden. Mehrmals hatte er sich an den Glaswänden den Kopf gestoßen und sich mindestens genauso oft erschrocken, als er wieder und wieder einem Fremden gegenübertrat, der er am Ende jedes Mal selbst war.

»Das Beste wird sein, wir binden unsere Tiere wieder zusammen«, meinte er missmutig.

»Genau das hat Bergalf auch schon vorgeschlagen«, antwortete Darina.

Jonas' Kiefer mahlten aufeinander. Konnte er denn gar nichts denken, sagen oder tun, was nicht Darina schon vorher ahnte?

»Du bist sehr wertvoll für uns«, sagte sie prompt.

»Den Eindruck habe ich überhaupt nicht.«

»Hast du etwa schon vergessen, dass du mich geweckt hast?«

»Das war ein Glückstreffer. Je länger ich bei euch bin, desto öfter frage ich mich, warum ihr überhaupt Menschen zu euch ruft.«

»Aber das ist doch ganz einfach, mein Bruder. Ohne euch wären wir gar nichts.«

»Ihr beobachtet uns auf Schritt und Tritt und flüstert uns auch noch ein, wie wir unsere Zukunft gestalten sollen.«

»Das ist nicht wahr, Jonas!«

Darinas heftige Antwort ließ den Jungen zusammenzucken.

»Wenn du nicht alles vergessen hast, was wir dir in den letzten Tagen gezeigt haben, dann müsstest du eigentlich wissen, wie wenige von euch Menschen überhaupt auf uns hören«, fuhr die Wissende erregt fort. »Außerdem sind wir weit davon entfernt, alles zu sehen, was ihr plant und tut. Es stimmt, wir rufen nur dann ein Menschenkind zu Hilfe, wenn wir unsere beiden Welten in großer Gefahr sehen. Aber wir wenden uns an euch nicht als Herren, sondern Brüder. Es hat immer Menschen gegeben, die eine bestimmte Situation besser beurteilen konnten als die Flüsterer, denen ja immer nur ein Fenster in eure Welt offen steht. Was sich links und rechts von unserem ›Fensterrahmen‹ befindet, das wisst nur ihr. Deshalb brauchen wir euch!«

Jonas blickte beschämt zu Boden. Er hatte Darina bestimmt nicht verletzen wollen. Kleinlaut entgegnete er: »Ich bin ein fünfzehnjähriger Junge, der von Politik nicht den leisesten Schimmer hat. Ihr wolltet in Wirklichkeit doch Dr. Gould zu euch rufen. Aber ich … wie könnte *ich* euch schon helfen?«

»Glaube mir, Jonas, es ist kein Zufall, dass du zu uns gekommen bist.« Darinas Stimme klang nun wieder sanft. Jonas fasste Mut, schaute ihr zögernd in die Augen. Zuletzt nickte er stumm und sie lächelte ihn an.

»Seid ihr bereit?«, erklang Mangaars Stimme von den Packtieren her.

Jonas raffte seinen Schlafsack und die Jacke, die er von den Bonkas geschenkt bekommen hatte, vom Boden auf und gesellte sich mit Darina zu den übrigen Gefährten. Er verstaute seine Sachen hinter Trojans Sattel und bestieg das nervös schnaubende Reittier. Sam war gerade damit beschäftigt, seine Zehenspitzen vor dem munter zuschnappenden Gebiss seines hinterlistigen Bocks in Sicherheit zu bringen. Die Schelpins hatten sich offenkundig von den Strapazen des vergangenen Tages am schnellsten erholt und waren schon ganz ungeduldig endlich wieder über abschüssige Gebirgspfade tänzeln zu dürfen.

Jonas sprach in den folgenden Stunden wenig mit den Gefährten. Darina hatte so viel gesagt, was er nicht verstand. Vor allem die Zweifel, die sie in Bezug auf Kraark in ihm geweckt hatte, machten ihm schwer zu schaffen.

Im Laufe des Vormittags überquerte die Karawane einen von heulenden Winden heimgesuchten Pass. Es war richtig unheimlich und Jonas atmete erleichtert auf, als endlich der Abstieg begann. Oder war es ein Aufstieg? Er musste an die verwirrenden Hängenden Berge denken und versuchte schnell seine Gedanken in andere Bahnen zu lenken.

Als die Mittagszeit sich näherte, traten die Tatzen der Schelpins und die Hufe von Darinas Hirsch auf das erste Grün. Jonas empfand beim Anblick der bunten Gebirgswiese in etwa das Gleiche wie ein durstiger Wanderer, dem ein Schluck kühles Wasser angeboten wird. Als er zu dem strahlend blauen Himmel emporsah und einmal mehr erfolglos nach der Sonne Ausschau hielt, stellte er erstaunt fest, wie sehr er sich schon an den allgegenwärtigen Blaustich gewöhnt hatte. Die Farben seiner Umgebung kamen ihm völlig natürlich vor.

Bald entdeckte er auch die ersten Tiere. Zunächst waren es Insekten, dicke Hummeln, welche die Wiesenblumen besuchten, Grashüpfer, die vor den Tatzen der Schelpins die Flucht ergriffen. In der Ferne verfolgten einige Murmeltiere, in Habachtstellung auf den Hinterbeinen und mit hängenden Vorderpfoten, die Störenfriede, die da so einfach unangemeldet durch ihr Revier zogen. Ein buntes Vögelchen flatterte dicht an Jonas' Nase vorbei.

»Wo bleibt eigentlich der Rabe?«

Jonas sah Darina erschrocken an. »Ich habe dich gar nicht

bemerkt. Er … Er ist immer noch nicht von der Schlucht zurückgekehrt.«

»Ich wünschte, dein gefiederter Freund könnte Goldan in irgendeiner Hinsicht helfen oder uns eine Nachricht von ihm überbringen.«

»Ich bin froh, dass du es genauso siehst wie ich.«

»Du musst dir nicht ständig Sorgen machen, ob du für uns eine Last bist, Jonas!«

Ehe Jonas etwas erwidern konnte, erfüllte ein Rauschen die Luft. Einen Herzschlag später landete Kraark vor dem Sattel seines Freundes.

»Er ist weg!«, rief er aufgeregt.

»Was … *wer* ist weg?«

»Goldan! Er befindet sich nicht mehr auf der Säule.«

»Er wird doch nicht …?«

»Was glaubst du, warum ich erst jetzt komme. Ich bin bis zum Grund der Schlucht geflogen – und da ging es ohne Übertreibung ziemlich weit hinunter! –, aber von Goldan fehlt jede Spur.«

»Er kann sich doch nicht einfach in Luft aufgelöst haben!«

»Ihr sprecht vom Wächter, nicht wahr?«

Jonas blickte Darina verwirrt an. Als er den fragenden Ausdruck in ihrem Gesicht sah, fiel ihm ein, dass sie ja den Raben nicht verstehen konnte. Er nickte. »Kraark hat sogar am Fuß des Brückenpfeilers nach ihm gesucht, aber Goldan ist spurlos verschwunden.«

Darina nickte verstehend, aber erwiderte nichts.

Jonas erinnerte sich, was Darina über den Raben gesagt hatte. »Du glaubst ihm doch, oder?«

»Tust du es etwa nicht?«

»Natürlich!«

»Das ist gut.« Wieder das wissende Nicken.

Jonas holte tief Atem. Er war ganz durcheinander. »Kann es sein, dass dieser Kanthelm zurückgekehrt ist und Goldan mitgenommen hat?«

»Bergalf berichtete mir heute Morgen, er habe gestern noch mehrere Mal in seinen Bilm geschaut, aber Kanthelms Leuchtpunkt hat sich immer weiter entfernt, bis er schließlich ganz aus dem Horizont des Sinnsteines verschwunden ist.«

»Und wenn Kanthelm nicht allein gekommen ist?«

»Das wäre durchaus möglich. Bergalf kann in seinem Stein nur die Kristallkinder sehen, nicht aber gewöhnliche Lebewesen.«

»Werden sie …? Ich meine …«

»Ob sie Goldan etwas antun würden? Wenn ich Kanthelm richtig einschätze, wird er befürchten, dass die jahrtausendelange Trennung von Bonkas und Malkits nunmehr durch unsere – und übrigens auch seine – Durchquerung der Spiegelregion aufgehoben ist. Da sein Herz kriegerisch gesinnt ist, wird er die Möglichkeit eines Angriffs von unserer Seite nicht ausschließen. Eine Geisel wie Goldan könnte ihm da sehr nützlich sein.«

»Ich hoffe für Goldan, dass dieser Kanthelm ein nicht ganz so großer Schurke ist, wie du ihn darstellst.«

Darina antwortete auf diese Äußerung von Jonas nicht, vielleicht wollte sie ihn nicht weiter beunruhigen. Mit einem aufmunternden Lächeln entschwand sie zur Spitze der Karawane, um Mangaar die neuesten Nachrichten zu übermitteln.

Inzwischen hatte die Suchmannschaft beinahe den Abstieg bewältigt. Vor Jonas erstreckte sich ein sehr breites, ungefähr eine Meile tiefes Tal. Dahinter erhoben sich weitere Berge. Sie waren jedoch nicht mehr so hoch wie diejenigen, von denen die Karawane gerade herabkam. Je näher das Tal heranrückte, umso deutlicher wurde für Jonas, was diesen Ort vor allen anderen auf Azon auszeichnete.

Aus der Ferne hatte die Tiefebene wie ein riesiger glitzernder Salzsee ausgesehen, doch jetzt waren deutlich die Millionen von Kristallen zu sehen, die dort unten den gesamten Boden bedeckten. Im Vergleich zur Spiegelregion bot sich hier ein völlig anderes Bild. Dort hatten die blauen Kristalle weit auseinander gelegen, doch das, was sich zu Jonas' Füßen ausbreitete, war ein dichter Wald aus aufrecht stehenden weißen Kristallplatten. Die am nächsten befindlichen Tafeln wirkten so klar wie Glas. Folgten dagegen viele solcher Kristallflächen unmittelbar aufeinander, konnte der Blick sie nicht mehr durchdringen, die Platten erschienen dann undurchsichtig und weiß.

Darina schlug vor, am Rande des Kristallgartens eine Rast einzulegen. Selbst sie kenne den Weg durch das Labyrinth nicht genau. Daher sei es wichtig, dass alle sich erfrischten und ausruhten, bevor man sich in dieses gefährliche Gebiet wage. An Jonas gewandt bat sie: »Sei bitte so lieb und frage deinen Raben, ob er über dem Labyrinth aufsteigen und nach einem Weg auf die andere Seite hinüber Ausschau halten kann.«

»Alle dürfen sich ausruhen, nur ich nicht«, beschwerte sich Kraark, bevor Jonas überhaupt den Mund öffnen konnte.

»Was hat er gesagt?«, erkundigte sich Darina bei Jonas.

»Frei übersetzt, dass er nichts lieber täte, als noch ein bisschen herumzufliegen.«

»Lügner!«, krächzte Kraark, schwang sich aber in die Luft.

»Das klang wenig begeistert«, meinte Darina.

»Ich kann sehr gut nachempfinden, was in Kraark vorgeht. Eigentlich tut er nichts lieber, als für uns die Gegend auszuspähen. Er mag es nur nicht, wenn man einfach über seinen Kopf hinweg entscheidet.«

Darina nickte und lachte mit einem Mal. Wenn sie dem Raben noch immer misstraute, dann ließ sie es sich jedenfalls nicht anmerken. »Sogar für mich ist es nicht leicht, einem Vogel so viel Selbstbewusstsein zuzugestehen«, sagte sie fröhlich. »Aber im Grunde denkt und handelt er genauso wie wir. Der eigene freie Wille ist für jedes vernunftbegabte Lebewesen eine kostbare Gabe, die niemand antasten sollte. Ich werde Kraark in Zukunft selbst fragen, wenn ich etwas von ihm will.«

Ximon kam heran und teilte an Jonas und Darina etwas Brot und Käse aus.

Während alle auf Kraarks Rückkehr warteten, kauten sie eher lustlos an dem kalten Imbiss herum. Jonas' Gedanken waren seinen Füßen schon vorausgeeilt und irrten bereits im Labyrinth herum. Jeder Bissen blieb ihm im Halse stecken und musste mit Wasser hinuntergespült werden. In seiner Phantasie stolperte er in dem glitzernden Kristallgarten herum, zunächst Stunden, dann ganze Tage, bis er schließlich ausgemergelt an irgendeiner Wand zusammenbrach. Vielleicht käme in hundert Jahren wieder ein Wanderer an diesen Ort und würde sein Skelett entdecken, angelehnt an einer stabilen durchsichtigen Kristallplatte.

Als Bergalfs Ruf erschallte, zuckte Jonas zusammen.

»Der Rabe kommt zurück!«

Jonas legte den Kopf in den Nacken. Obwohl es am Himmel keine Sonne gab, musste er jetzt, um die Mittagszeit, die Augen mit der Hand beschirmen, um den rasch näher kommenden schwarzen Punkt verfolgen zu können. Fasziniert beobachtete er den kraftvollen Flug des Raben, der wie ein schwarzer Blitz heranschoss. Über dem Lager zog er noch einen weiten Kreis und flog sogar aus reinem Übermut ein kurzes Stück auf dem Rücken. Dann kam er direkt auf Jonas zu und landete auf dessen Arm.

»Ich fürchte, hier kann ich euch nicht helfen«, begann Kraark ohne Umschweife.

In Windeseile hatten sich alle Gefährten um Jonas versammelt. »Wie meinst du das? Ist das Labyrinth so unübersichtlich oder …« Ihm fiel sonst keine andere Möglichkeit ein.

»Das kann ich nicht sagen. Aus der Luft ist nur ein Meer aus glitzernden Flächen zu erkennen. Das Labyrinth versteckt sich unter einer Wolke von Spiegelungen. Die einzelnen Gänge auszumachen ist einfach unmöglich.«

»Selbst wenn du ganz dicht darüber hinwegfliegst?«

»Ich habe es versucht, aber der Kristallgarten gibt sein Geheimnis nicht preis«, erwiderte der Rabe und der Junge übersetzte seinen Bericht.

»Das Labyrinth ist also auch für den ein Rätsel, der es aus der Luft ergründen will«, meinte Darina leichthin.

Jonas legte die Stirn in Falten. »Wenn du mich nicht selbst darum gebeten hättest, Kraark auszusenden, dann würde ich sagen, du hast von Anfang an gewusst, dass dieser Erkundungsflug uns nicht weiterbringt.«

»Nein.« Darina lächelte. »Ich hatte nur ein vages Gefühl. Wie dir bekannt ist, zeigt mir mein Gedächtnis nur ein verschwommenes Bild vom Zwieland. Ich musste mir deshalb Gewissheit verschaffen.«

»Na, die haben wir ja nun«, versetzte Bergalf.

»Heißt das, wir können nur *probieren,* wie wir da rüberkommen?« Jonas deutete zur anderen Seite des Tals.

Darina schüttelte den Kopf und entrang sich ein Lächeln. »Euch die Erinnerungen, die der Kristall in meinen Geist gepflanzt hat, zu beschreiben wäre so, als wolle man einem Blindgeborenen Farben erklären. Ich weiß, dass es einen Weg durch diesen Garten gibt, und ich habe auch ein undeutliches Bild von diesem Pfad. Es wird mich sehr viel Kraft kosten, dieses Gedankenbild aus den verschwommenen Erinnerungen zu heben. Ich hatte mir erhofft, der Rabe könne mir diese Mühsal ersparen und für uns alle kostbare Zeit gewinnen. Aber wir werden es auch so schaffen. Lasst mich einfach voranreiten und vertraut mir.«

»Wünschte, wir hätten unsere *Wild Goose* hier«, knurrte Sam Chalk. »In ein paar Sekunden wären wir über dieses Tal hinweg.«

»Bist du dir sicher, dass dein Flugzeug hier überhaupt fliegen könnte?«, brummte Lischka.

Die beiden sahen sich einen Moment lang schweigend an. Dann wich der Pilot dem Blick des Flüsterers aus und murmelte etwas, was niemand richtig verstand.

Nachdem sich Bergalf vergewissert hatte, dass alle Tiere fest durch Riemen miteinander verbunden waren, setzte sich die Karawane in Bewegung. Darina übernahm mit Mangaar die Führung. Bergalf bildete wie gewohnt die Nachhut.

Erst aus der Nähe ging Jonas die wahre Größe des Kristalltafelwaldes auf. Der Zug aus Hirsch und Schelpins bewegte sich wie eine Raupe mit schneeweißem Kopf mitten in das Gewirr der durchscheinenden Platten hinein. Einige der dünnen Kristalltafeln waren über hundert Fuß hoch und selbst die kleineren überragten Jonas noch um mindestens sechzig Fuß. Mit einem unguten Gefühl in der Magengrube wandte er sich ein letztes Mal um. Vor das Grün der Berghänge schob sich eine hell glitzernde Wand.

Während er noch über dieses seltsame Phänomen nachdachte, drang die Karawane immer tiefer in den Irrgarten ein. Das Gebirge in ihrem Rücken verschwand allmählich wie im Nebel.

Innerhalb des Kristallwaldes war das Licht ungewöhnlich hell. Alles wirkte seltsam flach. Jonas begann zu schwitzen. Er zog sich die Jacke aus. Sein rotes T-Shirt klebte ihm am Rücken fest.

Ringsherum gab es nur noch spiegelnde Flächen. Jonas hatte den Eindruck, der Pfad, dem Darina folgte, würde langsam schmaler werden. Er blickte nach oben. Wenigstens der Himmel war noch da. Merkwürdig, dass Kraark von oben nichts hatte erkennen können.

Jonas hatte nie unter Platzangst gelitten, aber die Vorstellung in diesen engen Gängen für immer gefangen zu sein legte sich wie ein schweres Gewicht auf seine Brust. Die eine oder andere Kristallwand emporzusteigen, um vielleicht dann auf gerader Linie das Tal zu überwinden, war unmöglich. Dazu waren die Platten viel zu glatt und zu hoch. Was sollten sie also tun, wenn sie keinen Ausweg fanden? Womöglich würden sie tagelang im Kreis herumirren, ohne es überhaupt zu bemerken.

Er drehte sich um. Hinter ihm ritt Sam Chalk. Jonas presste ein schiefes Lächeln hervor, ein missglückter Versuch sich und den Piloten aufzumuntern. Vor ihm befand sich Mangaar. Der schlanke Fährtensucher saß gerade und dennoch entspannt in seinem Sattel. Das flößte Jonas wenigstens etwas Zuversicht ein. In diesem Moment ritt Mangaar langsam zwischen zwei eng beieinander stehenden Kristalltafeln hindurch. Als Jonas die Stelle erreichte, sah er sein Spiegelbild in dem durchsichtigen Mineral. Im nächsten Moment spürte er ein unangenehmes Kratzen am Unterarm.

Erschrocken zog er die Hand eng an den Körper und betrachtete ungläubig die nackte Haut zwischen Handgelenk und Ellenbogen. Die Kristallkante hatte ihm auf zwei Zoll Breite sämtliche Haare vom Arm rasiert.

Von nun an widmete Jonas seiner Umgebung noch größere

Aufmerksamkeit. Das war auch nötig, denn die Wände rückten ständig näher heran und die Biegungen, die von den Reit- und Packtieren genommen werden mussten, wurden schärfer.

Darina blieb häufig stehen. Es war dann immer dasselbe Bild: Sie schloss die Augen, suchte mit ernstem Gesicht in ihren Erinnerungen und ließ ihren weißen Hirsch wenig später weitergehen. Dabei wirkte das Mädchen in keiner Weise unsicher oder gar hilflos. Darina war der Inbegriff eines Menschen, der zwar behutsam vorging, aber genau wusste, was er tat.

Die beständigen Richtungswechsel mussten von oben wie ein eigenwilliger Tanz anmuten, aber nach zwei Stunden hatte Jonas davon endgültig die Nase voll. Die Kette der Reit- und Packtiere war wieder einmal zum Stehen gekommen, als Sam Chalk sich hinter ihm meldete.

»Ich krieg gleich einen Koller.«

Genauso war es Jonas damals auf dem Jahrmarkt gegangen. Aber Großvater hatte ihn getröstet, die Schausteller würden schon irgendwann die Gäste befreien. Um den Piloten etwas aufzumuntern, drehte er sich im Sattel nach hinten um und bemerkte lächelnd: »Keine Sorge, Sam, spätestens am Abend, wenn die Kassen schließen, lassen sie uns aus diesem Irrgarten raus.« Eine spiegelnde Kristallfläche schob sich vor den Piloten, weil Trojan sich plötzlich in Bewegung gesetzt hatte. Schnell drehte sich Jonas wieder nach vorne. Ein kalter Schauer lief ihm über den Rücken. Der Riemen, der sein Schelpin mit Mangaars Reittier verbunden hatte, hing lose baumelnd herab.

Er trieb Trojan zu größerer Eile an. »Mangaar! Darina! Wartet!« Der Gang war inzwischen so eng geworden, dass Jonas sich um seine Beine ernstliche Sorgen machte. Die Kristallflächen waren scharf wie Rasiermesser.

»Wir sind hier.« Die Antwort klang seltsam dumpf. Jonas sah nur gläserne Wände – und viele Male sich selbst.

»Soll ich zur Spitze der Tafeln aufsteigen und sehen, ob ich sie ausmachen kann?«, fragte Kraark, der wie gewöhnlich vor dem Sattel des Jungen saß.

»Ja. Aber sei vorsichtig. Wenn du zu hoch fliegst, könntest du mich aus den Augen verlieren.«

»Ich pass schon auf.« Kraark sprang in die Luft und nahm dabei ein Büschel Haare von Trojans Nacken mit. Das Schelpin brummte unwillig.

»Seid ihr noch da?«, rief Jonas in den vorausliegenden Gang.

»Hier vorn«, kam Darinas Antwort zurück. Ihre Stimme klang weiter weg als zuvor.

»Bleibt stehen!« Jonas' Herz hämmerte in seiner Brust. Er drehte sich um, weil er hoffte, Sams rundes Gesicht würde ihn ein wenig aufheitern, doch da ereilte ihn der nächste Schrecken.

Der Pilot war nicht mehr da. Eine der Kristalltafeln musste auch die hintere Verbindungsleine gekappt haben.

»Jonas! Joonaaas!« Ein vielstimmiges Rufen, leiser und leiser werdend.

»Bleibt doch stehen! Ihr entfernt euch ja immer weiter von mir«, rief er verzweifelt. Er sah sich nach Kraark um. Aber auch der Rabe war verschwunden.

Jonas' schlimmste Befürchtungen schienen sich zu bewahrheiten. Er konnte überhaupt nicht fassen, *wie* schnell er die anderen verloren hatte. Allein würde er in diesem Irrgarten gewiss zugrunde gehen. Er stieg von Trojans Rücken und sah sich nach allen Seiten um. Große Augen blickten ihn an. Augen, in denen blanke Furcht stand. Seine eigenen Augen.

Es hatte keinen Zweck, hier stehen zu bleiben und zu warten. Wenn er und seine Freunde nicht aufeinander zugingen, dann würden sie sich niemals wieder treffen.

»Seid ihr noch da?«

Die Antwort auf sein verzweifeltes Rufen war kaum noch zu verstehen. Den Zügel nahe bei Trojans Maul haltend, schritt er vorsichtig voran. Er wollte nicht auch noch sein Reittier verlieren.

»Wo seid ihr?«

Stille.

Jonas blieb stehen. In seinen Adern schien Eiswasser zu zirkulieren. Verzagt sah er in Trojans gelbe Augen. Das Schelpin blickte erwartungsvoll zurück.

»Antwortet doch bitte! Ich bin hier!«, schrie Jonas noch einmal, aber auch diesmal kam keine Antwort.

Kraftlos sank er in sich zusammen. Er war völlig niedergeschmettert. Sollte seine Suche nach den Eltern wirklich so enden? Noch mehrmals brachen die Namen seiner Gefährten aus ihm hervor, verzweifelte Rufe, in denen wenig Hoffnung lag. Die einzige Antwort, die er erhielt, war der Hall seiner eigenen Stimme.

Jonas war allein. Verloren ...

Er saß schlaff auf dem sandigen Boden. Später hatte er nie sagen können, wie lange. Seine Gedanken waren ein trüber Pfuhl, in den er hinabblickte, ohne etwas zu erkennen. Selbst seine Empfindungen schienen betäubt. Jonas konnte nicht einmal weinen. Erst nach geraumer Zeit stiegen Bilder aus seinem düsteren Bewusstsein auf – seine Eltern, Lydia Gustavson ...

Nein! Es durfte nicht zu Ende sein. Nicht hier. Nicht so. Schließlich wäre er gar nicht erst so weit gekommen, hätte er seine Entscheidungen nach den eher geringen Erfolgsaussichten getroffen. Alle hielten seine Eltern für tot und er war trotzdem zur Suche nach ihnen aufgebrochen. Er würde schon einen Ausweg aus diesem Spiegellabyrinth finden. Noch war er bei Kräften.

Jonas kletterte wieder auf Trojans Rücken. »Komm, mein Guter. Wenn uns jemand hier herausführen kann, dann du. Such die Berge am Ende des Tals.«

Das Schelpin schien jedes Wort seines Herrn zu verstehen. Trojan ließ ein leises »Ook, ook, oook« ertönen und setzte sich in Bewegung.

Während Jonas sich von dem Instinkt seines Schelpins führen ließ, kam ihm eine Idee. Er zog seinen Sinnstein aus der Hosentasche und ließ ihn im Vorbeireiten an einer Kristallwand entlangkratzen. Wie er gehofft hatte, war der blaue Bilm härter als der klare Kristall der Labyrinthwände. Von nun an konnte er also Markierungen anbringen. Sollte er zu einer Stelle zurückkehren, an der er schon einmal gewesen war, würde er dies bemerken.

Erstaunlicherweise trat dieser Fall aber nicht ein. Jonas war sich nicht ganz sicher, ob er darüber froh sein sollte. Trojans Weg mündete nie in einer Sackgasse. Das Schelpin trug seinen Reiter zielsicher durch das Labyrinth, ohne dass es ein einziges Mal umkehren musste. Die Möglichkeit, dass der Kristallgarten einfach zu groß war, um zweimal dieselbe Stelle zu passieren, verbannte Jonas wohlweislich aus seinem Sinn.

Die Stunden rannen dahin wie Regentropfen auf einer Fensterscheibe. Nur das langsame Schwinden des Tageslichtes zeigte, dass die Zeit verging. Als Jonas kaum noch etwas sehen konnte, ließ er Trojan anhalten.

»Ich kann meine Markierungen nicht mehr erkennen«, sagte er an das Schelpin gewandt.

Trojan sah ihn mit schief gelegtem Kopf an. Die Zunge des Tieres hing schräg aus dem Maul.

»Schade, dass du nicht sprechen kannst wie Kraark.«

»Ook, ook, oook.«

»Na ja, wahrscheinlich habe ich nur nicht den richtigen Sinnstein für die Schelpinsprache.«

»Ook, ook, oook.«

Jonas streichelte das kurze, dichte Fell über Trojans Nase. Er war froh zumindest noch diesen wortkargen Freund bei sich zu haben. Wenn wenigstens Kraark da gewesen wäre! Wo war der eigensinnige Vogel nur geblieben? Darinas Worte bezüglich des Raben klangen ihm noch immer in den Ohren. Bestimmt hatte ihr Misstrauen durch die jüngsten Ereignisse nur noch mehr Nahrung erhalten.

Mit aller Macht vertrieb Jonas die nagenden Zweifel. Er konnte sich einfach nicht vorstellen, dass Kraark die Freunde mit Absicht in die Irre geleitet hatte. Aber warum nur war er verschwunden?

Jonas versuchte sich abzulenken. Er nahm Trojan den Sattel ab. Er rollte mit großer Sorgfalt den Schlafsack aus. Er kaute langsam auf dem Kanten Brot und dem Stück Käse herum, die er noch von der letzten Rast übrig behalten hatte. Und er versuchte an den nächsten Tag zu denken. Ohne es recht zu merken, schlief er darüber ein.

Anders als in der Nacht zuvor hatten hässliche Träume Jonas immer wieder aufschrecken lassen. Wie er nun in der ersten Morgendämmerung erwachte, fühlte er sich müde und zerschlagen. Er versuchte sich an seine Träume zu erinnern, aber es gelang ihm nicht.

Missmutig verschlang er die letzten Reserven seines Proviants und sattelte dann das Schelpin.

»Heute musst du den Weg nach draußen finden«, bläute er Trojan ein.

»Ook, ook, oook.«

»Dachte mir schon, dass du so was Ähnliches sagen würdest.«

Langsam, stets auf die gefährlichen Kanten der Kristalltafeln achtend, setzten Reiter und Schelpin ihre Wanderung fort.

Auf dem Ritt durch das Spiegellabyrinth erlebte Jonas an diesem Tag mehrere herbe Enttäuschungen. Immer dann, wenn die engen, verwinkelten Wege sich nach einer Biegung unvermittelt weiteten, glaubte er sich endlich dem Ausgang nahe. Aber kurz darauf bog Trojan jedes Mal wieder in einen neuen schmalen Pfad ein und alles sah aus wie bisher.

Auf diese Weise verstrich auch der zweite Tag im Kristallgarten. Als das Tageslicht sich erneut zurückzog, fiel der Mut des Jungen auf einen weiteren Tiefpunkt. Trojan hatte zwar kein einziges Mal eine Stelle mit Jonas' Sinnsteinmarkierungen passiert, aber was nützte das schon, wenn er nicht den Ausgang fand?

Mit hängendem Kopf ließ sich Jonas in die Dämmerung schaukeln. Vor vier Stunden hatte er den letzten Schluck Wasser getrunken. Zwei Stunden später hatte er damit aufgehört, Pfeile in die Wände zu ritzen. Was für einen Sinn sollte das noch haben? Sein Magen knurrte und er fühlte sich müde und mutlos. Gerade wollte er Trojan zum Anhalten zügeln, als ein Ruck durch das Tier ging.

Einem anderen wäre die Veränderung vielleicht kaum aufgefallen, aber Jonas' Gespür für die »Sprache« der Tiere hatte ihn sogleich aufmerken lassen. Das Schelpin wirkte mit einem Mal viel lebendiger. Seine Muskeln waren angespannt. Das

Spiel der Ohren hatte aufgehört, sie wiesen nun starr nach vorne.

»Was ist, mein Guter? Hast du etwas entdeckt?« So sehr sich Jonas anstrengte, er konnte nichts erkennen.

Trojan beschleunigte das Tempo. Sein Reiter konnte sich nur mit Mühe vor den scharfen Kanten der Kristalle in Sicherheit bringen. Die Dunkelheit war inzwischen so weit vorangeschritten, dass Jonas mehrere der gläsernen Tafeln erst im letzten Moment sah. Trojans Eifer ließ sich kaum zügeln.

Plötzlich bemerkte Jonas eine Veränderung. Erst jetzt wurde ihm bewusst, dass er in dem Spiegellabyrinth nicht das Geringste gerochen hatte. Nun aber nahm er einen zunehmend stärker werdenden Duft wahr. Trojans feine Nase musste ihn schon viel früher gewittert haben.

»Ein Wald«, murmelte Jonas ungläubig. »Hier muss irgendwo ein Wald sein.«

Er konnte noch immer nichts anderes als spiegelnde Kristallflächen sehen. Gerade bog Trojan erneut in einen breiteren Gang ein, der sich von allen vorigen in zwei wesentlichen Punkten unterschied: Er verlief auf mindestens einhundertfünfzig Fuß Länge schnurgerade und er endete an einer dunklen Wand.

»Das ist eine Sackgasse!«, rief Jonas, als er spürte, wie Trojans Tatzen sich kraftvoll in den Sand gruben. »Aber was machst du denn? Willst du uns an der Wand zerschmettern?«

Trojan ließ sich von diesen Einwänden nicht beirren. Er galoppierte immer schneller auf den dunklen Fleck am Ende des Ganges zu. Jonas blickte nach links und rechts. Überall ragten scharfkantige Kristalltafeln hervor. Unmöglich, hier abzuspringen, er würde sofort von einem dieser durchscheinenden Messer entzweigeschnitten.

Als das Schelpin nur noch zehn Fuß von der Wand am Ende des Ganges entfernt war, kniff Jonas die Augen zusammen. Jeden Moment erwartete er den Aufprall. Schon spürte er, wie Trojans Muskeln sich zu einem gewaltigen Satz anspannten. Die Beine des Schelpins hoben vom Boden ab. Jonas holte tief Luft. Es würde sein letzter Atemzug sein …

Das Offensichtliche war auf Azon oft nur Schein. Jonas zerschellte an keiner Kristalltafel. Er landete auf weichem Moosboden.

Vor Schreck hatte er Trojans Zügel losgelassen und war in weitem Bogen durch die Luft geflogen. Wie schon bei seinem letzten Facettensprung fing ihn die Erde nur unsanft auf. Doch diesmal war der Untergrund erheblich besser gepolstert als der Felsengrat hinter der Spiegelregion.

Verblüfft hob Jonas den Kopf. Er lag auf dem Bauch und schickte seinen Sinn auf Erkundungsreise durch den Körper. Wie es schien, hatte er sich nichts gebrochen. Nur die Blutergüsse und Abschürfungen, die er vor zwei Tagen erlitten hatte, machten sich schmerzhaft bemerkbar. Sonst schien er völlig unversehrt zu sein.

Als seine Aufmerksamkeit sich wieder der Umgebung zuwandte, bemerkte er etwas blau Schimmerndes, nur eine halbe Armlänge vor seiner Nase. Er erschrak. Es war sein Sinnstein. Er musste ihm bei seinem Sturz aus der Tasche gerutscht sein. Schnell streckte er die Hand nach dem wertvollen Stück aus. Dabei fiel ihm im Dämmerlicht die Blume auf.

Es war eine einzelne weiße Blüte, in ihrer Mitte saphirblau und schwarz, die allerdings ziemlich ramponiert aussah. Der Bilm hatte ihren langen dünnen Stängel dicht über dem Boden geknickt, doch selbst ohne diese »Verletzung« wäre der Blume wohl nur noch ein kurzes Leben beschieden gewesen. Die zarten Blätter der Blüte waren welk und an den Außenrändern hellbraun gefärbt.

Aus irgendeinem Grund empfand Jonas Mitleid mit der Blume, die einmal wunderschön gewesen sein musste. Vielleicht lag es daran, dass er in den letzten Tagen fast ausschließlich durch wüste und öde Gegenden gezogen war und das Blümchen ihm wie ein Bote des Lebens erschien, ihm zur Begrüßung entgegengesandt.

Behutsam fuhren seine Finger den zarten grünen Stängel

hinauf, bis die Blüte wie ein verletzter Schmetterling in seiner Rechten lag. Traurig betrachtete er das Bild des vergehenden Lebens. Mit der Linken wollte er gerade wieder den Bilm in die Hosentasche schieben, als er stutzte. Verblüfft starrte er auf die Blütenblätter. Hatte er sich getäuscht? Nein, jetzt war es ganz deutlich zu erkennen: Neue Farbe zog in die vertrockneten braunen Ränder der Blütenblätter, als würden diese den Saft des Lebens aus Jonas' Hand saugen. Die Verwandlung vollzog sich innerhalb weniger Augenblicke.

Der Junge konnte kaum glauben, was er sah. Erschrocken ließ er den Stängel los – aber die Blume blieb stehen! Sogar der abgeknickte Stiel war geheilt. Er erinnerte sich an etwas, was Kraark einmal zu ihm gesagt hatte: *Der Kristall nimmt dich auseinander und wenn er dich wieder zusammensetzt, kann er dir etwas hinzufügen oder auch wegnehmen, ganz wie es ihm beliebt.* War es denn möglich, dass er so viel hinzugewonnen hatte? Erst hatte er nur mit Tieren gesprochen und nun konnte er offenbar sogar sterbende Blumen mit neuem Leben erfüllen!

Verwirrt blickte sich Jonas um. Er fühlte sich, als sähe er die Welt zum ersten Mal mit eigenen Augen. Eine Entdeckung, ganz in der Nähe, brachte ihn in das wirkliche Leben zurück.

Trojan stand einige Fuß weit entfernt und knabberte genüsslich an einem jungen Farn.

»Deine Gefräßigkeit hat uns wohl gerettet«, stellte Jonas gut gelaunt fest.

Das Schelpin hob kurz den Kopf, sah seinen Herrn treuherzig an und widmete sich wieder der grünen Pflanze.

Ein wenig schwerfällig stellte sich Jonas auf die Füße und ließ den Blick über die nähere Umgebung schweifen. Staunend betrachtete er die riesigen Bäume. Er befand sich mitten in einem dämmerigen Urwald.

Dort, wo sich die Facette befinden musste, lagen einige mächtige Findlinge aufeinander, von einer dicken Moosschicht bedeckt. Drei der gewaltigen Steine bildeten eine Art Tor. Hier war Trojan offenbar herausgesprungen. Jonas konnte zwar den langen letzten Gang des Spiegellabyrinths, der ohne Frage hinter dieser Facette lag, nicht sehen, aber offenbar hielt dieses Tor nur das Licht fern. Ein Mensch, ein Tier, ja selbst der Geruch des Waldes konnte es ohne Schwierigkeiten passieren.

Je länger Jonas den dunklen Wald betrachtete, desto intensiver wurde in ihm das Gefühl des Verlorenseins. Er war zwar dem Spiegellabyrinth entkommen, aber was hatte er dadurch gewonnen, wenn er nun in diesem Wald hier herumirrte?

Trojans Kopf fuhr plötzlich in die Höhe. Jonas lauschte. Irgendetwas musste das Schelpin erschreckt haben. Das Tier stand bewegungslos im Farn, einen Fuß angewinkelt in der Luft, nur die Schnauze zitterte leicht.

Jonas' Augen suchten die Schatten zwischen den gewaltigen Baumstämmen ab. Er hatte mit einem Mal das Gefühl, beobachtet zu werden, aber er wusste nicht, von wem oder vielmehr – von *was*. Immerhin war er ja mit der Natur vertraut. Ein Großteil der Lebewesen in einem Wald erwachte erst mit Anbruch der Nacht. Doch hier fühlte er etwas Fremdes. Es war unheimlich. Er konnte sich des Eindrucks nicht erwehren, die unsichtbaren Augen, die jeder seiner Bewegungen zu folgen schienen, gehörten weder einem Tier noch einem Angehörigen des Kleinen Volkes.

»Komm, Trojan«, sagte er zu seinem Schelpin. »Hier ist es mir zu ungemütlich. Lass uns nach einer anderen Stelle suchen, wo wir unser Nachtlager aufschlagen können.«

Er schwang sich auf Trojans Rücken und schnalzte mit der Zunge. Das Schelpin setzte sich gehorsam in Bewegung.

Eigentlich hatte Jonas ja die Nacht bei der Facette verbringen wollen. Es bestand immerhin die Möglichkeit, dass seine Freunde dort auftauchten. Aber je länger er darüber nachdachte, desto unbegründeter erschien ihm diese Hoffnung. Er konnte bereits in einem ganz anderen Teil Azons sein! Wenn Darina und die anderen einen »normalen« Weg aus dem Spiegellabyrinth gefunden hatten, dann würde er ewig bei den Findlingen auf sie warten können.

Außerdem war das Gefühl des Beobachtetseins unerträglich für ihn. Während er sich immer weiter von dem Facettentor entfernte, grübelte er darüber nach, was er jetzt tun sollte.

Dabei fiel ihm nur eines ein: Er musste Keldins Nachkommen finden.

Darina hatte erzählt, dass der sagenhafte Schmied Keldin einst mit seinen Getreuen in das Zwieland geflohen war. Später sollten die Nachkommen dieser Bonkas hier sogar eine Stadt errichtet haben. Wenn es ihm gelänge, diese Keldinianer zu finden, dann gäbe es vielleicht doch noch eine Hoffnung für Azon. Er würde ihnen von den boshaften Plänen der Malkits berichten, und vielleicht waren die Bewohner des Zwielandes ja sogar im Besitz des letzten von Keldins Spiegeln.

Allmählich gewann Jonas sein Selbstvertrauen zurück. Er blickte zum Himmel empor. In einer halben Stunde würde es völlig finster sein. Er wollte so weit wie möglich von dem unangenehmen Ort beim Facettentor entfernt sein, wenn er in seinen Schlafsack kroch.

Wenig später traf er auf einen Bach. Das Gewässer gurgelte so munter durch den Wald, dass Jonas für einige Momente die unsichtbaren Augen vergaß, die er noch immer auf sich ruhen glaubte. Er trank von dem kühlen Nass, bis sich sein Bauch angenehm prall anfühlte. Auch Trojan schlapperte gierig aus dem Bach. Zu seiner Freude entdeckte Jonas noch ein paar Sträucher mit großen blauen Beeren und zupfte schnell einige der Früchte in sein Taschentuch hinein. Nachdem er seine Wasserflasche gefüllt hatte, setzte er den Ritt fort.

Während der Junge genüsslich die süßen Früchte aß, musterte er argwöhnisch die vorbeiziehenden Äste. Sie wuchsen aus Stämmen, gewaltig wie die von Mammutbäumen, aber die Zweige hatten keine Nadeln, sondern Blätter. Auch reichten sie wesentlich tiefer zum Boden herab, als es bei den Küstensequoias der Fall war, die Jonas aus Büchern und Magazinen kannte. Mehrmals hob er im Vorbeireiten die Hand, um die Blätter zwischen den Fingern hindurchstreichen zu lassen. Sie waren an der Unterseite stark gerippt und besaßen einen weichen Flaum.

»Ihr seid wirklich erstaunliche Wesen!«, sagte Jonas laut. In seiner Stimme schwang Ehrfurcht und Bewunderung. »Wie alt ihr wohl seid?«

Sein Kopf flog herum, als er plötzlich von links ein Kichern zu hören vermeinte. »Ist da wer?«

Niemand antwortete ihm.

Es war wohl nur der Wind, der ihm da einen Streich gespielt hatte. Er kannte das gut: Wenn eine Brise die Äste zweier benachbarter Bäume aneinander schaben ließ, dann konnten schnell die merkwürdigsten Geräusche entstehen.

Inzwischen war es so dunkel geworden, dass Jonas kaum die Hand vor den Augen sehen konnte. Er ließ sein Schelpin unter einem der Baumriesen anhalten und befreite es von Sattel und Gepäck.

»Das Abendbrot muss wohl ausfallen«, murmelte er. Zumindest hatten die Beeren seinen größten Hunger gestillt. Als er im Schafsack lag, nahm er noch einen letzten Schluck Wasser, drehte sich in eine bequeme Lage und wartete auf Gevatter Schlaf.

Hoch über seinem Kopf wiegten sich die Äste sanft im Wind. Die Blätter des Baumriesen klimperten wie ein fernes Glockenspiel. Während Jonas von dem Gutenachtlied in den Schlaf gelullt wurde, blickten uralte Augen auf ihn herab.

Wer mag er wohl sein?, fragte ein Chor von Stimmen, die weder Mensch noch Bonka verstehen konnte.

Stellt euch nicht dümmer, als ihr seid!, antwortete streng ein tiefer Bass.

Sagt es uns, Merleander, ist es ein Menschenkind?

Na also, ihr wisst es doch.

Aber Vater, wie kann ein Mensch zu uns in den Wald kommen? Er wird uns doch nicht etwa schaden wollen?

Ihr benehmt euch wie junge Keimlinge, wies die strenge alte Stimme die anderen zurecht. *Ihr habt doch gesehen, was er mit der Blume getan hat.*

Und wenn er ein enorm raffinierter Spion ist? Vielleicht hat er eine Säge dabei …

Ich muss die letzten hundert Jahre in den Wind gesprochen haben, seufzte der Alte. *Wir werden feststellen, ob das Menschenkind eine Gefahr für uns darstellt. Solange es schläft, kann es uns sowieso nichts antun. Und ob es jemals wieder erwachen wird, das liegt ganz bei uns.*

Langsam wie eine Schlange erhob sich zu Jonas' Füßen ein armdicker Wurzelstrang aus der weichen Erde. Er legte sich um den Schlafsack und zog sich behutsam zusammen. Jonas stöhnte nur einmal kurz im Schlaf auf, als die hölzerne Fessel seine Fußgelenke fest umschlang.

Seht ihr, jetzt kann er uns nicht mehr entkommen, sagte Merleander zufrieden.

Und was werdet Ihr jetzt mit ihm anfangen, Vater?, fragte eine piepsige Stimme ganz aus der Nähe.

Oh Kijumina und all ihr anderen! Was habt ihr junges Gemüse nur während der vielen Jahrhunderte gelernt? Wir werden ihn natürlich fragen, warum er hier ist. Kann sich denn keiner mehr erinnern, was ich euch beigebracht habe?

Ich … ich weiß es, meldete sich eifrig ein anderer, gerade erst dreihundert Jahre alter Spross Merleanders.

Nubiman, dacht ich's mir doch, dass du der Einzige unter deinen Geschwistern bist, der nicht alles vergessen hat. Erkläre den anderen, was ich vorhabe.

»Wenn du wissen willst, wer jemand ist, musst du ihn fragen, woher er kommt und wohin er geht«, zitierte Nubiman seinen Vater.

Alter Streber!, warf Kijumina ein.

Blöde Primel, konterte Nubiman.

Ruhe jetzt!, forderte Merleander. *Ich muss mich konzentrieren. Das Menschenkind darf nicht erwachen, während es uns seine Geschichte erzählt. Wir wollen schließlich keine Angsttriebe zu hören bekommen. Nur was aus den Tiefen seiner Träume emporwächst, ist der Spross der Wahrheit.*

Es folgte eine Stunde des Schweigens, für ein uraltes Wesen wie Merleander war es nur ein Augenblick der Konzentration.

Trojans Kopf fuhr nach oben. Das Schelpin hatte ein seltsames Rauschen in den Wipfeln vernommen. Hätte es Merleanders beschwörenden Ton verstanden, wäre es vielleicht aufgesprungen und hätte Alarm geschlagen. So aber legte es wieder die Schnauze auf die Pfoten und döste weiter.

Merleanders Stimme hatte sich verändert. Wie süßer Honig sickerte sie zäh und doch unaufhaltsam in Jonas' Geist hinab. Dort erschuf sie ein Bild, einen Traum, ein Gespräch, das nur einem Zweck diente: zu bestimmen, ob Jonas jemals wieder erwachen durfte.

◊ JONAS' TRAUM

Jonas schaute in das Gesicht eines alten Mannes. Woher er gekommen war und wie er hieß, das wusste er nicht. Der Alte lächelte ihn an. Sein Antlitz war so braun, als hätte es schon jahrhundertelang in die Sonne geblickt. Die Haut hatte tiefe Furchen wie die Rinde eines alten Baumes. Der Greis trug ein Gewand aus grober dunkelbrauner Wolle. Dünne Beine und knochige Füße ragten darunter hervor. Unvermittelt erhob sich ein knorriger Zeigefinger vor Jonas' Gesicht und der Alte fragte: »Ich habe dich noch nie hier gesehen. Sage mir, wer du bist.«

»Mein Name ist Jonas, Jonas McKenelley.«

»Und was machst du hier?«

»Eigentlich wollte ich meine Eltern suchen.«

»Deine Eltern. So, so. Warum bist du denn nicht bei ihnen?«

»Alle sagen, sie seien gestorben.«

»Deine Antwort verwundert mich, Jonas McKenelley.«

»Alle *sagen,* sie seien gestorben«, wiederholte Jonas mit anderer Betonung. »Aber ich habe noch nie etwas geglaubt, nur weil viele davon sprechen.«

Der Alte nickte nachdenklich. »Komm.« Er deutete auf einen großen glatten Stein, den Jonas vorher noch gar nicht bemerkt hatte. »Setzen wir uns und du erzählst mir, warum du so bist, wie du bist. Weshalb neigst du deine Krone nicht wie alle anderen vor dem Wind?«

»Wie bitte?«

»Ich meine, warum ist ein junger Sprössling wie du so anders als seine Altersgenossen? Ich kenne nur wenige, die so denken wie du. Aber es gefällt mir! Ich würde gerne erfahren, woher du kommst.«

Jonas dachte einen Moment nach, wie er das erklären sollte. Bisher hatte ihm noch nie jemand diese Frage gestellt. Woher kam er eigentlich?

»Ich bin in ein Land hineingeboren worden, das sich für die bedeutendste Nation der Welt hält, und in eine Zeit, in der sich viele Bürger dieses Landes fragen, warum nur der Rest der Welt diesen Umstand so wenig zu würdigen weiß.«

Jonas hielt kurz inne. Er wunderte sich, woher diese Worte stammten. Sie klangen so wenig nach dem, was er sonst von sich gab. Aber sie entsprachen der Wahrheit.

»Sprich ruhig weiter«, ermunterte ihn der Alte lächelnd.

»Die Vereinigten Staaten von Amerika sind aus den beiden großen Kriegen dieses Jahrhunderts als strahlende Sieger hervorgegangen«, setzte Jonas seine Geschichte fort. »Für viele ihrer Bürger waren sie ›Gottes eigenes Land‹. Aber irgendetwas schien nicht zu stimmen mit dieser großen Nation.

Ich wurde am 3. Juli 1947 in Florida geboren. Wie mir mein Großvater später erzählte, sprachen die Menschen in diesen ersten Nachkriegsjahren weniger über den endlich herbeigekommenen Frieden als über das Ende des Krieges. Die Menschen schwankten zwischen Reichtum und Angst. Dabei waren die Anzeichen für den zunehmenden Wohlstand doch unübersehbar! Die Umstellung der Rüstungs- auf die Friedensindustrie verlief reibungsloser als noch nach dem Ersten Weltkrieg. Außerdem freuten sich die Waffenhersteller über den nun entfachten Kalten Krieg, der ihre Fabriken weiter in Gang hielt.

Auch der ›Mann auf der Straße‹ freute sich (sofern er einen Job besaß). In den zurückliegenden Jahren hatten viele dieser einfachen Amerikaner ihr Geld, so gut es ging, zusammengehalten (man konnte ja nie wissen, was noch kommen würde). Aber jetzt schien das nicht mehr nötig. Auch die Einkommen stiegen. Man konnte wieder nach Herzenslust kaufen. Und man kaufte! Der Überfluss bekam einen neuen Namen: ›Überschussgesellschaft‹. Das Land schien nach allen Seiten hin regelrecht aufzuquellen wie Hirsebrei aus einem auf dem Herd vergessenen Topf: Die Häuser wurden immer höher, die Autos immer größer, die Straßen immer breiter ...

Mehr und mehr Menschen schafften sich auch einen Fernsehapparat an. Inzwischen konnten neun von zehn Familien sich auf diese Weise sagen lassen, was richtig und was falsch war, ein enormer Vorteil, blieben einem dadurch doch die Mühen des angespannten Zuhörens an einem quäkenden Radioempfänger oder gar der Kraftakt des Zeitunglesens erspart. Im Fernsehen gab es Bilder, die jeder verstehen konnte. Die Mühen des Selbstfragens, Selbstentscheidens und vor allem des Selbstdenkens wurden einem von den stets gut gelaunten Männern und Frauen auf der Mattscheibe abgenommen.

Trotz dieser Entwicklungen, die zahlreiche Menschen in meiner frühen Kindheit als einen gewaltigen Fortschritt ansahen, genossen viele ihren neu gewonnenen Wohlstand nicht ohne Sorge oder – was vielleicht noch schlimmer war – in einer Art krampfhaftem Rausch, wie er oft einem baldigen Niedergang vorausgeht. Etlichen saß noch immer das Gespenst der Weltwirtschaftskrise im Nacken, die dem ›Großen Krieg‹ von 1914 bis 1918 gefolgt war.

Nein, die stolze Nation der Vereinigten Staaten von Amerika konnte ihren vordersten Platz in der Welt nicht so recht genießen. Verunsicherung machte sich breit in jenen Jahren, in denen ich bei meinen Großeltern heranwuchs. Die Menschen verdienten mehr Geld – doch die schwarzen Amerikaner nicht so viel wie die Weißen.

Wer nicht wie ich das Glück hatte, als Bürger dieser ›großen Nation‹ das Licht der Welt zu erblicken, urteilte oft ganz anders über den ›American Way of Life‹, jene stolze, ehrenvolle, allein die Erfolgreichen feiernde Lebensweise, die sich doch als Maß aller Dinge für jeden auf diesem Planeten zu eignen schien.

Doch es gab auch ›Querköpfe‹, Länder, die etwas dagegen

hatten, wenn ihre Bodenschätze den ›großen Bruder‹ immer fetter machten, während das eigene Volk hungerte. Auch der amerikanische Lebensstil war nicht nach jedermanns Geschmack. Und einige Staaten sperrten sich sogar gegen den politischen Anspruch der Vereinigten Staaten.

Gerade der ›russische Bär‹, wie manche die Union der Sowjetrepubliken nannten, schickte sich an, ›Gottes eigenem Land‹ den Rang als führende Nation der Welt streitig zu machen. Schon im Jahr nach meiner Geburt wagte der Leitbär Stalin eine Kraftprobe. Er wählte Westberlin zum Ort der Auseinandersetzung. Kurzerhand sperrten die Sowjets alle Zugangswege in den Westteil der Stadt. Amerika und seine Verbündeten schienen nur die Wahl zu haben Berlin aus der Hand zu geben oder die Bevölkerung der Stadt verhungern zu lassen. Es war schon ein beinahe genialer Geistesblitz, der den amerikanischen Präsidenten Truman dazu veranlasste, die Einrichtung einer Luftbrücke zu befehlen – und das für die Versorgung von zwei Millionen Menschen! –, obwohl doch seine Generäle sich so gerne in einen neuen Waffengang gestürzt hätten ...«

»Hast du dich schon einmal gefragt, ob die Flüsterer dabei ihre Finger im Spiel gehabt haben könnten?«, unterbrach der Alte den Vortrag von Jonas.

»Oh, nein! Hatten sie denn?«

Der Greis lächelte wissend und nickte Jonas aufmunternd zu. »Und was geschah dann?«

»Na ja, Berlin bekam zwar die Zähne des russischen Bären zu spüren, aber der konnte es dann doch nicht als Beute wegschleppen. Amerika hatte wieder einmal Stärke bewiesen. Aber das Land hatte auch die Erfahrung machen müssen, dass alles Herbeisingen von Gottes Segen nichts half, wenn der uneinsichtige Nachbar dabei nicht zuhörte oder wenn jener selbst gar noch ein Stück vom Kuchen der Welt abhaben wollte. Eine Einsicht, die sich nur allzu bald bestätigen sollte.

Im Jahre 1950 brach der Koreakrieg aus. Er war ein Alptraum für das amerikanische Volk, einer von jener schlimmen Sorte, die man auch nach dem Erwachen nicht so schnell abschütteln kann. Anders als in den Weltkriegen hatten sich die Vereinigten Staaten in Ostasien mehr als nur ein blaues Auge eingefangen. Das Selbstbewusstsein des stolzen Landes schien zutiefst erschüttert.

Wie so oft, wenn viele Menschen leiden, fand sich auch hier einer – er hieß Joe McCarthy –, der wusste, wer an allem schuld war: nämlich die Kommunisten. Nicht einfach nur der Kommunismus, wie man das politische System der Sowjetunion der Einfachheit halber nannte, sondern die irregeleiteten, nein, besser noch: teuflischen Menschen, die ›rot‹ dachten, redeten oder sich irgendwie so verhielten.

Der Koreakrieg, der Kommunismus und etliche Besorgnis erregende Korruptionsfälle hatten gezeigt, dass Toleranz und Offenheit auch ihre Grenzen hatten, das jedenfalls glaubte Joe McCarthy. Der Senator des Bundesstaates Wisconsin war überzeugt, dass man Menschen jagen musste, wenn man ein Übel ausrotten wollte ... Und er jagte allen nach, die irgendwie rot waren. Er drangsalierte, diffamierte, zerrte die Menschen vor seinen ständigen Untersuchungsausschuss zur Bekämpfung ›unamerikanischer Umtriebe‹ oder ließ verdächtige Personen (für ihn war fast jeder verdächtig) gar nicht erst ins ›Land der unbegrenzten Möglichkeiten‹ einreisen. Auch mein Großvater stand in diesen Jahren auf der Abschussliste. Es war die Zeit, als er sich endgültig in die Sümpfe der Everglades zurückzog und eine Alligatorenfarm aufbaute.

Als der Spuk 1954 endlich vorüber und das allgemeine Jagdfieber einer schalen Benommenheit gewichen war, erkannte man schnell, dass zu des Senators bevorzugten Opfern hauptsächlich diejenigen gehört hatten, die er persönlich nicht ausstehen konnte, oder solche, die irgendwie seiner Karriere im Wege gestanden hatten. Manche sagen, er sei ziemlich gerissen gewesen – wenn auch nicht allzu klug. Vielleicht war das der Grund, weshalb er vor allem Lehrer, Professoren und Wissenschaftler nicht leiden konnte.

Mein Großvater hat einmal gesagt, dass Übereifer am Ende genau das Gegenteil des gewünschten Ergebnisses hervorbringt. So war es auch bei McCarthy. Sein Höhenflug endete, als man ausgerechnet ihm, der doch neben dem Kommunismus vor allem die so weit verbreitete Korruption angeprangert hatte, selbst eine peinliche Unregelmäßigkeit vorhielt: ein paar ungerechtfertigte Vergünstigungen für einen zum Wehrdienst einberufenen Angestellten seines Ausschusses, eigentlich nichts Großartiges, aber genug, um jemanden, dessen man längst überdrüssig war, endlich loszuwerden.

Kurz vor dem Ende der McCarthy-Ära erwischte es, wie erwähnt, auch meinen Großvater. Einem Handlanger des Großinquisitors waren wieder die kritischen Äußerungen des einstigen Generals Thomas Frederik McKenelley eingefallen. Der hatte die Flächenbombardements von Großstädten im letzten Krieg angeprangert. Da solche aber von der Militärführung beschlossen und damit irgendwie auch von Präsident Roosevelt abgesegnet worden waren, hätte es eigentlich überhaupt keinen Grund zu irgendeiner Beanstandung gegeben, meinte der Ankläger, es sei denn, das Nationalgefühl des Generals sei durch rote oder zumindest ›rosarote‹ Ansichten ›aus dem Gleichgewicht geraten‹. Großvater wehrte sich gegen die absurden Vorwürfe wie ein in die Enge getriebener Löwe. Mit Erfolg: Der politische Schiffbruch des Senators kam seiner Verurteilung zuvor.

Drei Jahre später, 1957, gerade siebenundvierzigjährig, starb der »Erste Kommunistenjäger der Nation« und entzog sich so dem schmachvollen Versinken in der Bedeutungslosigkeit. Und in diesem Jahr begann ich erst wirklich die Umwelt mit meinen Augen wahrzunehmen.«

»Das klingt interessant. Was ist dir denn aufgefallen?«

»Ich war ja gerade erst zehn Jahre alt. Fast alles, was ich bisher erzählt habe, weiß ich von meinen Großeltern, aus Büchern und Zeitungen, manchmal auch aus dem Fernsehen. Aber weil Sie mich gefragt haben, woher ich komme, dachte ich, diese Dinge seien wichtig. Großvater meinte einmal zu mir, jeder Mensch habe mindestens *drei* Eltern.«

»Oh?«

Jonas nickte bedeutungsvoll. »Die Mutter, den Vater und die Zeit, in die er hineingeboren wurde.«

»Du scheinst mir für dein Alter ein recht kluger Keimling zu sein!«

Jonas sah den Greis verdutzt an.

»Du wolltest mir noch erzählen, was du erlebt hast, als du zehn Jahre alt warst.«

»Ja. Entschuldigung.« Jonas musste einen Augenblick überlegen.

»Ich bin, wie man so sagt, als ein Kind der Natur aufgewachsen. Meine Kinderstube waren die Everglades, ein riesiges Gebiet aus Sumpf und Wald …«

»Oh, tatsächlich? Du hast vor nicht allzu langer Zeit eine kranke Blume geheilt und später so zärtlich die Blätter gestreichelt, als du durch den Wald geritten bist. Magst du Bäume?«

»Ja, sehr! Sie sind so groß und … stämmig. Ich stelle mir immer vor, was so ein alter Baum schon alles erlebt haben muss. Solange ich denken kann, haben es mir aber vor allem die Tiere angetan. Und die vielen Warums: Warum sind die Alligatoren zu bestimmten Zeiten angriffslustiger als zu anderen? Warum drehen sich Wirbelstürme auf der nördlichen Erdhalbkugel entgegen dem Uhrzeigersinn, auf der südlichen dagegen rechtsherum? Warum fallen Satelliten nicht herunter (jedenfalls nicht so schnell)?

Das, vor allem das war die Frage, die mich 1957 interessierte. Die Sowjetunion hatte mit ihrem *Sputnik* den ersten Satelliten in die Erdumlaufbahn katapultiert. Das amerikanische Volk schrie auf, nicht weil es fürchtete, der russische Satellit könne ihm auf den Kopf fallen, sondern weil doch die Vereinigten Staaten die fortschrittlichste Nation der Welt waren. Warum konnten die Russen sich auch an *keine* Regel halten? Ich spürte in diesen Tagen die Enttäuschung meiner Klassenkameraden in der Schule, etwa wenn sie versuchten wiederzugeben, was sie zuvor im Fernsehen (manche auch von ihren Eltern) gehört hatten. Aber es fiel mir schwer, ihre Gefühle nachzuvollziehen. Was die Sowjets da vollbracht hatten, stellte doch eine technische Meisterleistung dar! Das *Einzige*, was ich bedauerte, war, dass der *Sputnik* schon nach zweiundneunzig Tagen seinen Geist aufgab.

Als Juri Gagarin dann am 12. April 1961 als erster Mensch in einer Raumkapsel die Erde umkreiste, war für viele Amerikaner das Maß voll. ›Schon wieder ein Russe!‹, schrien die Leute empört. Selbst mir war damals klar, weshalb meine Landsleute den drögen General Eisenhower nicht länger als Präsidenten haben wollten und stattdessen lieber John F. Kennedy wählten. Als die NASA-Leute dem beinahe siebzigjährigen General den Vorschlag gemacht hatten eine bemannte Rakete zum Mond zu schicken, hatte Eisenhower nur gemeint, die Kosten von vierunddreißig oder vielleicht sogar sechsundvierzig Milliarden Dollar ›würden nicht genug wissenschaftliche Erkenntnisse erbringen, um die Investition zu rechtfertigen‹. Er hatte das Projekt abgelehnt. Kennedy argumentierte in seinen Wahlreden ganz anders. Er fragte einfach: ›Haben wir die Chance die Sowjets zu schlagen?‹ Und als man ihm mit Ja antwortete, war die Sache auch schon beschlossen. Noch in diesem Jahrzehnt würde ein Amerikaner auf dem Mond landen, das versprach er seinen Mitbürgern. Die Mehrheit seiner Zuhörer ließ daraufhin Richard Nixon – Eisenhowers Vize und Präsidentschaftskandidaten – abblitzen. Seitdem lässt Kennedy an einer Mondrakete bauen.

Mich interessiert die Technik, die einmal Menschen zum Mond bringen soll, sehr. Für die Stimmungsschwankungen der Massen habe ich aber nicht viel übrig. Sie sind mir nicht geheuer. Sollte kurzfristige Begeisterung die einzige Quelle sein, aus der eine Idee, eine Person oder sonst irgendetwas Unterstützung erfährt, dann verzichte ich lieber auf diese Art von Anerkennung. Ich glaube, dass ich diese Einstellung meinem Großvater zu verdanken habe. Der ist schon immer ein sehr nachdenklicher Mensch gewesen. Doch die McCarthy-Ära hat aus ihm einen Kritiker seiner Zeit gemacht, der seinen Alligatoren mehr Verstand zubilligt als den meisten Politikern.

Mein Großvater hat für mich aber noch etwas viel Wichtigeres getan: Er gab das Vermächtnis meiner Mutter an mich weiter. Wahrscheinlich waren er und Großmutter Rose sich dessen nicht einmal ganz bewusst. Später hat mir Großmutter erzählt, was an jenem Tag geschah, als Sarah – meine Mutter – sich von ihnen verabschiedete. Sie hatte ihren Schwiegereltern mit seltsam eindringlicher Stimme aufgetragen dem kleinen Jonas ein tiefes Misstrauen gegen jede Art von Herdentrieb einzupflanzen. Tom und Rose – meinen Großeltern – war diese Ermahnung ziemlich übertrieben vorgekommen. Aber dann kehrten meine Eltern nicht mehr zurück. Es hieß, ihr Flugzeug sei über dem Bermudadreieck abgestürzt. Danach hat sich vor allem Großvater immer wieder gefragt, warum er bei jedem Problem, vor das ich ihn stellte, so genau wusste, wie meine Mutter an seiner Stelle entschieden hätte. Er muss ihr wohl doch ein besserer Zuhörer gewesen sein, als er glaubte.«

»Das erscheint mir auch so«, warf der Greis mit nachdenklichem Nicken ein.

»Na, jedenfalls war ich ein ganz normales Kind. Ehrlich gesagt, habe ich oft den Wunsch gehabt, mich den anderen Jugendlichen anzupassen, um so zu sein wie sie. Ich wollte von den Gleichaltrigen anerkannt werden, eben einfach ein Teil der Gemeinschaft sein. Aber da gab es eine Sperre in mir, die sich jedes Mal bemerkbar machte, wenn der Gruppenzwang allzu stark wurde. Ich habe mich dann immer unwohl gefühlt. Mir war einfach nicht klar, warum ich etwas tun sollte, wenn ich nicht von der Richtigkeit der Sache überzeugt war. Manche sind es längst gewohnt, dass andere ihnen das Denken abnehmen – aber ich nicht. Einige passen sich auch einfach aus Angst vor Unannehmlichkeiten an. Lydia sagte einmal, in dieser Hinsicht sei ich ein echter Dickkopf.«

»Wer ist Lydia?«

Jonas blickte traurig auf seine Finger. Er seufzte.

»Wenn du lieber nicht darüber sprechen willst, dann musst du es nicht.«

»Doch, doch.« Wie merkwürdig, er hatte vor diesem fremden alten Mann überhaupt keine Hemmungen! Niemals zuvor hatte er einem Menschen all das erzählt. Bis heute war er sich ja selbst nicht recht im Klaren gewesen, weshalb er manchmal so ein widerborstiger Querkopf war. Aber unter dem milden Lächeln dieses faltigen Gesichts fand er einfach zu Worten, die ihm früher nie eingefallen waren – als trage ein anderer die Geschichte seiner Erinnerungen vor.

Bereitwillig erzählte Jonas dann von Lydia Gustavson. Er berichtete, wie er Smitty mutig die Stirn geboten hatte, bis hin zu Lydias spurlosem Verschwinden. Zuletzt sprach er von seiner Flucht aus dem Haus der Großeltern und dem Sturz durch den Meeresstrudel, der ihn schließlich nach Azon geführt hatte.

Eine mit Schweigen gefüllte Pause trat ein, dann sagte der Alte: »Deine Geschichte hat mich tief beeindruckt.«

Jonas nickte. Er fühlte sich seltsam befreit.

Plötzlich erhob sich der Greis von dem Stein und bemerkte geschäftig: »Nun muss ich aber weiter. Es war nett, mit dir gesprochen zu haben.«

»Darf ich nicht wenigstens Ihren Namen erfahren, bevor Sie mich verlassen?«

»Oh, natürlich. Entschuldige meine Unhöflichkeit. Ich heiße Merleander. Meine Kinder nennen mich Labunde Merleander.«

Jonas wunderte sich noch über diesen seltsamen Namen, da war der Alte auch schon verschwunden. Der Junge zuckte mit den Schultern. Mit einem Mal fühlte er sich sehr müde. Da der Platz, an dem er gerade saß, nicht schlechter schien als jeder andere, ließ er sich einfach ins Moos sinken und fiel sofort in einen tiefen, traumlosen Schlaf.

Wenn du mich fragst, für ein Menschenkind ist er ganz niedlich, sagte eine helle Stimme hoch über ihm.

Dich hat aber niemand gefragt, Kijumina.

Still, Nubiman und alle anderen auch!, ging Merleander streng dazwischen. Doch dann wurde seine Stimme weich, als er hinzufügte: *Wir wollen Jonas noch ein wenig Ruhe gönnen, bevor wir ihn morgen früh erwachen lassen.*

Er schlug die Augen auf und wusste, dass etwas anders war. Und dieser seltsame Traum, an den er sich gar nicht mehr erinnern konnte ...! Jonas massierte seine Schläfen und dachte angestrengt darüber nach, aber ihm wollte beim besten Willen nicht einfallen, was er im Schlaf erlebt hatte. Schließlich seufzte er und gab es auf. Gähnend blickte er sich um. Trojan stand ganz in der Nähe und zupfte an einigen jungen Trieben, die aus dem Boden wuchsen.

Der Wald wirkte an diesem Morgen ganz verändert. Natürlich, die gewaltigen Baumriesen waren immer noch da. Jetzt bei Tageslicht stellte Jonas sogar fest, dass er unter dem wohl mächtigsten der Stämme sein Nachtlager aufgeschlagen hatte. Doch anders als noch am Abend zuvor bedrückte ihn nicht mehr das Gefühl diesen Wald mit etwas Fremdem zu teilen. Wer immer nun im Schutze der Stämme und grünen Äste zu ihm herüberschauen mochte, meinte es gut mit ihm.

Ganz in der Nähe des großen Baumes entdeckte er einige Nüsse. Sie lagen so dicht beieinander, als hätte sie dort jemand für ihn hingeworfen. Neugierig knackte er mit zwei Steinen eine der Samenkapseln. Der Inhalt schmeckte ausgesprochen gut, wie eine Mischung aus Wal- und Paranuss mit einer Spur Karamell. Neugierig blickte Jonas in das Astwerk der Bäume empor. Vielleicht steckte dort oben irgendein Eichhörnchen oder ein anderer Waldbewohner, dessen Speisekammer er gerade plünderte.

Nein, er konnte kein Tier entdecken, das Anspruch auf diesen Schatz erhob. Außerdem würden die Nüsse bestimmt nicht so offen herumliegen, gehörten sie zum Speisevorrat irgendeines Waldbewohners. Froh über das sonderbare Phänomen sammelte Jonas die Nüsse ein und verstaute sie in seiner Satteltasche.

Mit frischem Mut bestieg er kurz darauf Trojans Rücken und verließ den mächtigen Baum, der seinen Schlaf so gut behütet hatte.

Die folgenden Stunden verflogen wie flüchtiger Morgennebel. Der Wald hatte so viel zu bieten, dass Jonas sich daran kaum satt sehen konnte. Da gab es nicht nur die allgegenwärtigen hohen Baumriesen, er entdeckte auch Lichtungen mit fremdartigen wunderschönen Blumen, sah Sträucher mit grellen gelben Blättern, kleinere Bäume mit leuchtend roten Nadeln.

Immer häufiger traf er auch auf Tiere. Es schien, als hätte der Wald mit einem Mal Vertrauen zu ihm gefasst. Er erblickte Kaninchen, Maulwürfe, einen Fuchs, ein Geschöpf mit dem Körper einer Katze und den Flügeln einer Fledermaus, vielfarbige Frösche, Schmetterlinge von der Größe von Atlanten und vieles, vieles mehr.

Wenn er nicht ständig an seine Gefährten hätte denken müssen, wäre Jonas wohl ebenso von diesem Wald verzaubert worden wie zu Hause von den Everglades bei einem morgendlichen Spaziergang.

Mittags rastete Jonas an einem Wildbach, der donnernd durch den Wald schoss. An einer seichten Stelle konnte er Forellen im Wasser stehen sehen, aber er dachte nicht daran, die Fische zu fangen. Hier auf Azon hatte er noch nie einen Bonka Fleisch essen sehen. Alles Leben schien dem Kleinen Volk heilig zu sein. Und das war in Jonas' Augen auch gut so.

Die üppige Natur bot Nahrung genug, man musste nur richtig hinsehen. Jonas konnte richtig hinsehen. Er fand Beeren und Nüsse, Pilze und fremdartige Früchte. Während seiner Rast zündete er ein kleines Lagerfeuer an und erhitzte darin einige flache Steine aus dem Bach. Als die Kiesel heiß genug waren, stieß er sie mit einem Stock aus dem Feuer und legte anschließend einige der Pilze darauf, die er unterwegs gesammelt hatte. Zum Schluss streute er ein paar Kräuter auf die gegarten Scheiben und ließ sich sein Mittagsmahl schmecken.

»Nicht wahr, Trojan, wir werden nicht verhungern«, sagte er zu dem Schelpin, das ihm gerade eine seiner Nüsse stibitzt hatte.

»Ook, ook, oook.«

»Richtig so. Eine positive Grundeinstellung ist die beste Voraussetzung für einen erfolgreichen Tag.«

Am Nachmittag bahnte sich Trojan mit sicherem Schritt seinen Weg durch ein endlos scheinendes Meer aus Bäumen, Büschen und Farnen. Jonas fiel auf, dass das Gelände nun leicht anstieg. Möglicherweise näherten sie sich einem weiteren Gebirgszug, aber der Wald war zu hoch und zu dicht, um sich darüber Klarheit verschaffen zu können.

Als das Tageslicht langsam seinen Rückzug antrat, wurde Trojan von einem Geräusch aufgestört. Es handelte sich um ein lang gezogenes Heulen.

»Wölfe?« Jonas hatte nur laut gedacht. Er erinnerte sich, dass Kraark einmal von Wölfen gesprochen hatte. In den Legenden der Menschen waren diese grauen Jäger zumeist die Verkörperung des Bösen. Obwohl Jonas gewöhnlich nicht sehr viel auf solche entstellenden Erzählungen gab, alarmierte ihn Trojans Verhalten doch.

Das Schelpin war abrupt stehen geblieben. Nur die flauschigen Ohren bewegten sich nervös.

Da! Wieder das Heulen. Trojan stieß ein tiefes grollendes Knurren aus.

Beruhigend tätschelte Jonas den Hals des treuen Tieres und flüsterte: »Sollte es irgendeine Gefahr geben, dann hätte ich nichts dagegen, wenn du ab jetzt die Führung übernimmst.«

Als hätte Trojan jedes einzelne Wort verstanden, begann er loszulaufen. Erst sprang er wie zur Orientierung einige Schritte nach links, dann wieder nach rechts und als ein erneutes Heulen durch den Wald hallte, schoss er wie ein Blitz davon.

Jonas konnte sich nur mit Mühe auf dem Rücken seines Schelpins halten. Das lag zum einen daran, dass Trojan ständig Haken schlug, um Felsen, Wurzeln und Erdlöchern auszuweichen, und zum anderen musste sich Jonas immer wieder schnell unter tief hängenden Ästen hindurchbücken.

Die Rufe der Wölfe kamen näher. Jetzt wusste Jonas, dass dies keine zufällige Begegnung war. Die grauen Jäger verfolgten ihn. Er hatte keine Angst. Nicht wirklich. Noch nie hatte ihm ein Tier ernsthaften Schaden zugefügt. Aber dennoch stiegen unangenehme Fragen in ihm hoch. Sollten all die Märchen vom bösen Wolf doch nicht so abwegig sein? War es möglich, dass den Wölfen auf Azon die natürliche Scheu vor dem Menschen fehlte, weil sie ihn einfach nicht kannten?

Der Wald wurde immer finsterer. Sie haben sich für ihre Jagd die richtige Tageszeit ausgesucht, dachte Jonas. Bald würde es stockdunkel sein. Die Wölfe hatten nun aufgehört zu heulen. Dafür glaubte Jonas ihre Nähe zu spüren, so wie er am Abend zuvor die Gegenwart von etwas Fremden gefühlt hatte. Trojan galoppierte gerade unterhalb einer steil aufragenden Felswand entlang, als dem Jungen schlagartig klar wurde, dass er sich jetzt den Wölfen stellen musste.

Er zerrte heftig an den Zügeln und Trojan blieb hechelnd stehen. Das schwindende Tageslicht war noch sein Verbündeter. Wollten die Wölfe ihn wirklich angreifen, dann musste Jonas ihnen entgegentreten, solange er noch etwas sehen konnte. Er sprang vom Rücken seines Reittieres und löste schnell die Gurte des Sattels. Hatte Kraark nicht erzählt, dass die Schelpins äußerst wehrhafte Tiere waren?

»Jetzt kannst du beweisen, was in dir steckt«, sagte er zu Trojan. Der Bock brauchte volle Bewegungsfreiheit, wenn er seinem Herrn beistehen sollte. Jonas klopfte dem wolligen Freund aufmunternd den Hals. »Jetzt kann dich nichts mehr behindern, Trojan. Bleib hier, wenn du für mich kämpfen willst. Und sollte mir was zustoßen, dann bring dich selbst in Sicherheit.«

»Ook, ook, oook.«

»Ich wusste, dass ich auf dich zählen kann.«

Ein Knacken lenkte Jonas' Blick direkt nach oben. Er schaute an der steilen Felswand empor, die aus vier oder fünf Lagen riesiger rundgeschliffener Steine bestand, wie zu einer Mauer aufgeschichtet. Zuerst hatte er befürchtet, ein Wolf könne sich da oben befinden, aber was nun auf ihn zugestürzt kam, überraschte ihn doch: Knallend schlug neben seinen Füßen ein schwerer Knüppel auf. Verdutzt bückte sich Jonas nach dem dicken Ast. Er legte den Kopf in den Nacken und sah wieder nach oben. Ein Baum ragte über der Felswand auf. Der Ast musste von ihm abgebrochen sein. Jonas wog den Knüppel in der Hand. Er hatte genau die richtige Länge und das passende Gewicht.

»Vielen Dank, Baum, für den prächtigen Prügel«, rief er die Wand empor.

Die Blätter des Baumes raschelten im Wind. Seltsam, dass hier unten kein einziges Lüftchen geht, dachte Jonas noch. Da bemerkte er, dass an der Bruchstelle des Astes eine dicke Schicht Harz klebte. Vielleicht konnte er ... Schnell bückte er sich zu der Satteltasche, öffnete den Riemen und kramte darin herum. Dann hatte er es gefunden: ein kleines Röhrchen, das zur Standardausrüstung der Bonkas gehörte. Es handelte sich um ein Feuerzeug, das aus zwei aufeinander gesteckten metallischen Röhren bestand. Zog man sie auseinander, brannte im Innern der längeren Röhre eine kleine Flamme, die auch der stärkste Wind nicht löschen konnte. Im Nu hatte Jonas das klebrige Ende seines Prügels in Brand gesteckt. Die Wölfe würden es sich zweimal überlegen, ob sie mit dieser Fackel Bekanntschaft machen wollten.

In diesem Moment hörte er wieder ein Knacken. Es klang ganz anders als das Geräusch von vorhin. Seine Augen suchten die Schatten der Bäume ab, die sich bis etwa fünfzig Fuß an die Felswand herandrängten. Irgendwo aus dieser Richtung musste das helle Krachen gekommen sein. Dann sah Jonas die Augen.

Zuerst war es nur ein einziges Paar. Es blitzte gelb zwischen den Zweigen auf. Doch dann erschienen weitere glimmende Punkte. Die Augen standen weit auseinander. Die Tiere mussten riesenhaft sein!

Aus der Dunkelheit zwischen den mächtigen Stämmen schob sich plötzlich ein massiger Schatten. Entgeistert starrte Jonas auf den riesigen Wolf. Er war mindestens so groß wie Trojan, ein Bernhardiner hätte neben ihm geradezu schmächtig gewirkt.

Trojan tänzelte ein paar Schritte auf den Wolf zu und knurrte gefährlich. Der graue Jäger zeigte sich völlig unbeeindruckt.

Doch nur einen Herzschlag später schoss ein weiterer Wolf –

nur wenig kleiner als der erste – unter den Blättern eines Busches hervor und stürzte sich von der Seite auf das Schelpin. Jonas wollte seinem Freund mit der Fackel zu Hilfe eilen, aber Trojan reagierte schneller. Er wirbelte herum und senkte den Kopf. Ehe der Angreifer ausweichen konnte, hatten ihm Trojans spitze Hörner eine empfindliche Wunde in die Flanke gerissen. Heulend zog sich der Wolf in die Schatten zurück.

»Du bist ein Dummkopf, Landas, dich allein auf ein Schelpin zu stürzen.«

Jonas blieb wie vom Donner gerührt stehen. Er kniff die Augen zu schmalen Schlitzen zusammen und versuchte die Schatten des Waldes zu durchdringen. Wer hatte da eben gesprochen? Er konnte nur den großen Wolf sehen und ringsherum vielleicht ein halbes Dutzend gelber Augenpaare.

»Warst du das eben?«, fragte er zaghaft in Richtung des Grauen.

»Du bist in unser Revier eingedrungen«, antwortete der Wolf knapp, ohne direkt auf Jonas' Frage einzugehen.

»Ich bin nur auf der Durchreise. Außerdem denke ich nicht, dass ich euch irgendetwas Wertvolles wegnehmen könnte.«

»Das zu entscheiden liegt nicht bei dir, Mensch.«

»Ich heiße Jonas McKenelley.«

»Und mein Name ist Minuq. Ich bin der Leitwolf dieses Rudels und ich werde meine Meute nicht der geringsten Gefahr aussetzen.«

Beunruhigenderweise rückten nun auch die anderen gelben Augen näher. Hier und da sah Jonas die kraftvollen Körper einiger Wölfe aus der Deckung treten. »Gefahr?«, rief er Minuq mit dem Trotz der Verzweiflung entgegen. »Ich weiß gar nicht, weshalb ausgerechnet *ich* für euch gefährlich sein sollte!«

»Vor einigen Tagen hatten wir schon einmal Besuch in unserem Wald. Es waren Malkits. Sie haben mit ihren Waffen fünf von uns getötet, bevor wir sie fortjagen konnten.«

Jonas musste an Darinas Bericht über Kanthelm denken. »Mit denen habe ich nichts zu tun«, verteidigte er sich.

Ein tiefes Grollen kam aus Trojans Kehle. Es galt einem hochbeinigen Wolf, der sich besonders weit vorgewagt hatte.

Jonas trat einen schnellen Schritt vor und stieß mit der Fackel nach dem Tier. Blitzschnell machte der Wolf kehrt und reihte sich wieder in den Ring seiner Gefährten ein.

»Du kannst uns nicht auf Dauer mit deinem Stecken zurückhalten«, sagte Minuq gelassen. »Er wird bald aufhören zu brennen.«

»Warum lasst ihr mich und mein Schelpin nicht einfach ziehen? Ich bin ein Freund der Tiere.« Jonas wagte eine mutige Behauptung. »Hat etwa sonst schon einmal ein Mensch oder einer vom Kleinen Volk mit euch gesprochen, wie ich es tue?«

Minuq schwieg einen Augenblick. Doch obwohl die folgende Antwort genau Jonas' Vermutung bestätigte, war sie doch alles andere als beruhigend.

»Du bist tatsächlich ein besonderes Menschenkind, Jonas McKenelley. Die Sprache der Wölfe ist euch Zweibeinern gewöhnlich fremd. Doch dein Anderssein macht dich noch lange nicht zu einem Freund. Du könntest deine Gabe genauso gut auch als Waffe gegen uns einsetzen.«

Der große Wolf blickte kurz nach links und gleich darauf nach rechts. Obwohl er keinen Laut von sich gab, rückten die Schatten nun von allen Seiten schnell heran. Minuq machte zwei schnelle Schritte auf Jonas zu. Im Lichtkreis der Fackel wirkte der graue Riese noch bedrohlicher. Er verharrte kurz auf der Stelle, ein Bein hielt er dabei angewinkelt in der Luft. Dann setzte er sich wieder in Bewegung. Langsam, jedes Manöver von Jonas und dessen Fackel verfolgend, schlich er immer näher heran.

Jonas kannte die Körpersprache der Hunde und verstand sogleich, dass die Situation nun wirklich bedrohlich wurde. Sein Gegenüber wedelte zwar mit dem Schwanz, aber dies war kein freundlicher Gruß. Dazu war Minuqs Rute zu hoch gestellt und bewegte sich viel zu nervös. Seine Nackenhaare sträubten sich, er fletschte die Zähne und stieß ein gefährliches Knurren aus. Als er noch einmal zu sprechen begann, lief Jonas ein eisiger Schauer über den Rücken.

»Möge dein Blut auf mich kommen, Menschenkind.«

Trojan hatte sich zu Jonas zurückgezogen und baute sich nun knurrend vor Minuq auf.

Der Junge ließ den Blick durch den Wald schweifen. Die tödliche Schlinge aus Wolfsleibern zog sich immer enger zusammen. Vor einer solchen Übermacht gab es kein Entrinnen. Er wusste, dass er nur verlieren konnte.

Entschlossen packte er den brennenden Knüppel mit beiden Händen und sagte so laut zu Trojan, dass auch Minuq es verstehen konnte: »Ich wünschte, mein Freund, wir beide hätten Flügel wie unser guter Rabe Kraark. Dann könnten wir den Burschen hier einfach davonfliegen und ihnen eine Menge Ärger ersparen. Wirklich schade, dass so viele von ihnen werden dran glauben müssen.«

Einen kurzen Moment lang zauderte Minuq. Er staunte wohl über Jonas' Mut und Entschlossenheit. In diesem Augenblick hallte ein Krachen durch den Wald. Jonas' Kopf flog nach oben und er sah aus großer Höhe einen dicken Ast herabstürzen, direkt auf Minuq zu.

Der große Wolf stand noch immer wie angewurzelt da. Der Ast konnte ihn nicht verfehlen.

»Minuq, pass auf!«, schrie Jonas. Dann ging alles rasend schnell.

Der Wolf katapultierte sich mit einer Kraft, die Jonas nicht für möglich gehalten hätte, vorwärts. Trojans Tatzen fuhren mit ausgefahrenen Krallen in die Luft, aber sie konnten dem Grauen nur ein paar Striemen an der weiß gefleckten Unterseite zufügen. Jonas riss die Fackel nach oben, aber es war schon zu spät. Der schwere Körper des Wolfes traf ihn mit voller Wucht und warf ihn zu Boden.

Gleich darauf schlug dem Jungen der Ekel erregende Atem des mächtigen Jägers ins Gesicht. Ein irrwitziger Gedanke schoss ihm durch den Kopf: Ich hätte nie gedacht, dass es mir einmal wie Rotkäppchen ergehen würde. Als er den Wolf anblickte, spürte er Angst in sich aufsteigen. Was für ein Maul! Was für spitze Zähne! Er kniff die Augen zusammen und bereitete sich auf den entscheidenden Biss vor. Wenn Minuq gleich sein Genick traf, dann würde alles sehr schnell vorüber sein.

»Entschuldige, dass ich dich umgeworfen habe. Ich hoffe, du hast dich nicht verletzt.«

Jonas stutzte. Hatte er etwas Entscheidendes verpasst? Lag er etwa schon im Koma und träumte ein neues Wolfsmärchen, das bisher noch niemand aufgeschrieben hatte? Er öffnete wieder die Augen.

Der Atem des Wolfes über ihm war immer noch zum Würgen. Aber die hängende Zunge des Tieres und die entspannte Haltung stellten eindeutig friedliche Signale dar.

»Willst du mich nicht fressen?«, fragte er erstaunt.

»Eigentlich hatte ich es vor, aber einem Freund meines alten Spielkameraden würde ich das nie antun.«

Jonas hörte ein Knurren an seiner Seite. »Trojan, nicht!«, rief er dem Schelpin zu, das drauf und dran war, sich auf den großen Wolf zu stürzen. Jonas lächelte seinem wolligen Leibwächter beruhigend zu. Dann wandte er sich erneut an den Wolf, unter dessen Beinen er noch immer eingeklemmt lag. »Könntest du vielleicht wieder von mir runtersteigen?«

»Oh, Verzeihung. Natürlich.« Minuq rückte zur Seite, sodass Jonas sich aufsetzen konnte.

»Wie hast du das eben gemeint, mit dem Spielkameraden?«

»Ich spreche von Kraark.«

»Kraark? Du kennst Korax Korbinian Kraark?«

»Als ich noch ein Welpe war, haben wir beiden immer Fangen gespielt.«

»Er hat mir davon erzählt!« Jonas konnte es nicht fassen. »Jetzt sag nur noch, deine Mutter ist … ist … *Talinka*?«

»Es beruhigt mich, dass du von diesen Dingen weißt. Es zeigt mir, dass Kraark dir wirklich vertraut haben muss. Ich möchte unbedingt deine ganze Geschichte hören, aber lass mich zuerst mit meinen Wölfen sprechen.«

Während Jonas sich schwerfällig auf die Beine stellte – in den letzten Tagen war er so oft gestürzt, dass sein ganzer Körper aus einem einzigen blauen Flecken zu bestehen schien –, informierte Minuq sein Rudel über das Ende der Jagd. Jonas seinerseits versuchte Trojan zu beruhigen, was ihm nur teilweise gelang. Dann steckte er seinen noch immer brennenden

Knüppel zwischen zwei Steine und häufte schnell ein paar trockene Äste darum herum. Zum Schluss breitete er seinen Schlafsack auf dem ebenen Untergrund aus und nahm darauf Platz.

Minuq kam aus dem engen Ring der wartenden Wölfe herausgetrottet und nahm rücksichtsvollerweise auf der Seite des Feuers Platz, die von Trojan am weitesten entfernt war. Das Schelpin knurrte den Wolf zwar nicht mehr an, aber sein Fell war eindrucksvoll gesträubt und es ließ den grauen Jäger keinen Augenblick aus den Augen.

»Es tut mir Leid, dass Trojan dich verletzt hat«, eröffnete Jonas das Gespräch, während er gleichzeitig auf die blutigen Striemen auf Minuqs Unterseite deutete.

»Du hast ein wirklich tapferes Schelpin zum Freund«, antwortete der Wolf, doch noch ehe er wieder auf Jonas' Geschichte zurückkommen konnte, war in der Ferne ein Heulen zu vernehmen. »Talinka!«, entfuhr es ihm aufgeregt.

»Deine Mutter? Sie lebt also noch?«

»Natürlich. Sie ist eine wirklich einzigartige Wölfin! Wie Kraark gelangte sie als Wanderer von der Menschenwelt nach Azon. Seit dieser Zeit besitzt sie den Verstand einer Weisen und ist größer als jeder andere Wolf auf der Erde. Erst vor ein paar Jahren hat sie mir die Führung des Rudels kampflos überlassen. Aber ihre Stellung unter den anderen Wölfen ist immer noch unangefochten.«

Jonas hatte Minuqs Schilderung so fasziniert verfolgt, dass er die große Wölfin erst bemerkte, als sie hechelnd aus dem Ring der anderen Graufelle hervortrat.

»Minuq!«, begrüßte sie ihren Sohn erregt. »Wie gut, dass du dem Menschenkind nichts angetan hast. Ich dachte schon, ich würde zu spät kommen.«

»Beinahe wärst du das auch, Mutter. Aber Jonas hat mich besiegt.«

Die Wölfin hob ungläubig den Kopf und sagte streng: »Minuq, du machst dich doch nicht schon wieder über mich lustig?«

Der Leitwolf, der sogar seine Mutter an Größe überragte,

lachte leise. »Das würde ich mir nie erlauben, Mutter. Jonas hat nur ein einziges Wort verwandt und mein Angriff brach zusammen.«

Talinkas gelbe Augen ruhten streng auf ihrem Sohn.

»Das Wort heißt ›Kraark‹«, fügte Minuq hinzu.

»Kraark? Der unverschämte Rabe etwa, der mir drei Winter lang den Nerv getötet hat? Das Menschenkind kennt *diesen* Raben?«

»Du hast den Vogel gemocht wie nur wenige im Rudel«, erinnerte Minuq seine Mutter.

»Sagen wir, es handelte sich um eine Art Hassliebe.«

Jonas konnte deutlich spüren, dass in Talinkas Stimme eher Zuneigung als Ablehnung lag. »Woher weißt du eigentlich von mir?«, fragte er die Wölfin freiheraus.

»Merleander hat mir von dir berichtet.«

»*Merleander*?« Der Name löste in Jonas ein seltsames Gefühl aus. Was er empfand, war durchaus positiv, ja, sogar angenehm – aber er konnte sich einfach nicht mehr erinnern, wer dieser Merleander sein sollte. Er zuckte mit der Schulter und sagte: »Ich fürchte, den Name kenne ich nicht.«

»Er ist der Herr des Waldes.«

»Wohnt er hier in der Nähe?«

»Etwa eine Tagesreise weit weg.«

»Aha. Vielleicht sollte ich ihn besuchen und fragen, ob er weiß, wie ich Keldins Spiegel finden kann.«

»Das wird nicht nötig sein. Merleander hat mir aufgetragen dich zur Burg Keldins zu führen.«

»Das ist sehr nett von ihm, aber wie kommt er überhaupt dazu? Ich kenne ihn doch gar nicht.«

Die Wölfin saß einen Augenblick nur da und ließ die Zunge aus dem Maul hängen. Jonas hätte schwören können, dass sie ihn anlächelte, so wie Erwachsene manchmal lächeln, wenn sie kleinen Kindern beim Spielen zusehen. »Es genügt, dass er von *dir* weiß, Jonas.«

»Kann ich mich nicht wenigstens bei ihm bedanken?«

»Das hast du schon getan, indem du die Kristallblume mit neuem Leben erfülltest. Merleander ist schon sehr alt – um genau zu sein, sogar das älteste Lebewesen in diesem Wald. Er lebt sehr zurückgezogen und hat seinen Stammplatz schon seit Jahrhunderten nicht mehr verlassen.«

»Oh!«, entfuhr es Jonas. »*So* alt ist er?«

»Sogar noch viel älter. Doch nun lass uns von dir sprechen. Minuq und ich brennen darauf, deine Geschichte zu hören. Wo kommst du her und wo gehst du hin? Lass bitte nichts aus. Wir haben eine ganze Nacht Zeit.«

◇ SPIEGEL VERKEHRT

Jonas hatte dann doch ein paar unwesentliche Details ausgelassen. So konnte er in der Nacht wenigstens noch ein paar Stunden Schlaf finden.

Bis weit nach Mitternacht hatte er den Wölfen seine Geschichte erzählt. Zum wievielten Mal nun schon? Komischerweise konnte er es nicht recht sagen. Auch Talinka und Minuq berichteten über ihr Leben. Für einen fremden Beobachter wäre es sicher ein merkwürdiges Bild gewesen, wie der Junge da mit einem Schelpin und einem ganzen Rudel Wölfe um das Feuer saß und munter plauderte.

Die ganze Zeit über hatten nur Talinka und ihr Sohn gesprochen, aber Jonas fragte sich doch, wie viele von den anderen Graupelzen ihn noch verstehen konnten, zumal einige aus Talinkas Würfen stammten.

Je weiter die Nacht voranschritt, desto mehr Welpen wurden sichtbar. Ihre Köpfe tauchten zuerst zaghaft zwischen den Pfoten der Mütter auf, aber bald schon trauten sich ein paar ganz Mutige weiter vor. Am Ende lagen drei von ihnen auf Jonas' untergeschlagenen Beinen und er hatte alle Hände voll zu tun sie gleichmäßig zu kraulen und zu streicheln. Die Welpen spürten sehr genau, dass sie hier einen Freund gefunden hatten, dem sie vertrauen konnten.

Entgegen seiner sonstigen Gewohnheiten stellte Trojan in der zweiten Hälfte der Nacht seinen Bauch als Kopfkissen zur Verfügung. Dem Schelpin war die Gegenwart von so vielen Wölfen noch immer nicht geheuer und deshalb suchte es die Nähe des einzigen Wesens, das ihm das Gefühl der Geborgenheit vermittelte.

Jonas erwachte schon in der Dämmerung. Er lag eingekeilt zwischen einem Reittier und drei Jungwölfen. Der Himmel über der Felswand schimmerte in einem satten dunklen Blau.

»Du hast nicht lang geschlafen«, begrüßte ihn Minuq. Der Wolf saß gerade zwei Schritt entfernt auf seinen Hinterläufen und musterte Jonas aufmerksam.

»Muss wohl an meiner Bettwäsche gelegen haben. Sie hat sich ständig herumgewälzt oder nach mir getreten.« Jonas warf einen liebevollen Blick auf die aneinander gekuschelten Welpen.

»Sie halten dich für so etwas wie einen großen Bruder.«

»Mit Tieren Freundschaft zu schließen fiel mir immer schon leicht, ausgenommen …« Jonas zögerte.

»Du willst sagen, ausgenommen bei mir?«

Jonas blickte verlegen zu Boden.

»Du musst dich nicht schämen, weil du die Wahrheit sagst«, half Minuq seinem Gast aus der Bedrängnis. »Manchmal frage ich mich, ob nicht gerade der Verstand, den wir mit euch Menschen teilen, es ist, der uns ab und an zu Bestien werden lässt.«

»Manche Menschen sind schlimmer als jedes Raubtier. Vor allem dann, wenn jemand anders ist als sie.«

Minuq senkte den Kopf, als wollte er nicken. »Das erscheint mir wahr. Das Fremde verunsichert sie. Und ihre Unsicherheit wird dann zu Hass. Und Hass kann schnell in Angriffslust umschlagen.«

»Dass gerade du das sagst, ist schon erstaunlich, Minuq.«

»Es war nur der Versuch einer Entschuldigung, Jonas.«

»Schwamm drüber. Ich bin nicht nachtragend. Außerdem wollte ich schon immer mal einen Wolf als Freund haben.«

Minuq lachte leise. »Dann kannst du ja jetzt zufrieden sein.«

Vom Wald her kam Talinka herübergetrottet. Trojan zog

sich vorsichtshalber an Jonas' Seite zurück. Talinka schnupperte kurz an den schlafenden Welpen und begrüßte dann Jonas und ihren Sohn.

Nachdem sie eine Weile leise mit Minuq gesprochen hatte, meinte sie: »Heute haben wir noch einen langen Marsch vor uns.«

»Ist es sehr weit bis zu Keldins Burg?«, fragte Jonas.

Talinka musterte Trojan aus gelben Augen. »Mit deinem Schelpin werden wir anderthalb Tagesreisen brauchen.«

»Vorausgesetzt, wir beschränken uns auf ein Dutzend unserer stärksten und erfahrensten Gefährten. Die übrigen Männchen lassen wir bei den Welpen und den trächtigen Weibchen zurück«, fügte Minuq hinzu.

Talinka sah ihren Sohn liebevoll an. »Ist er nicht ein verantwortungsbewusster Leitwolf?«

»Einen besseren kann man sich kaum vorstellen«, pflichtete ihr Jonas bei. »Ist die Burg eigentlich noch bewohnt?«

»Die Feste auf Keldins Klippe? Nein. Schon seit Äonen nicht mehr. Nur Merleander kann sich noch an die Tage erinnern, als die letzten Kleinen in dem Gemäuer lebten. Sie sind längst alle fortgezogen in die Stadt der zwei Weisen.«

Jonas wurde hellhörig. »Du meinst die Stadt, die von den Nachkommen Keldins und seiner Getreuen bewohnt wird?«

»Ebendie, ja. Wir Wölfe halten uns fern von dieser Gegend, obwohl die Keldinianer im Grunde ein gutherziges Volk sind. Sie verhalten sich nur etwas merkwürdig, aber das mag daran liegen, dass sie eben keine Wölfe sind.«

»Und warum hast du sie die ›Stadt der zwei Weisen‹ genannt?«

»Vor einigen Jahren kamen zwei Wanderer ins Zwieland. Sie lebten anfangs zurückgezogen in den Bergen – übrigens ganz nahe bei Keldins Klippe. Nachdem die ersten Keldinianer mit ihnen Kontakt aufgenommen hatten, erhielten die Wanderer fast regelmäßig Besuch. Immer häufiger baten die Kleinen sie auch um Rat. Zuletzt fanden sie es einfach viel zu umständlich, immer die weite Reise bis zu den Klippen zurückzulegen. Deshalb redeten sie so lange auf die Wanderer ein, bis diese an den Rand der Stadt zogen, die eigentlich den Namen Kalvar trägt. Seit jener Zeit wohnen die beiden Weisen in einem Haus aus farbigen Steinen und dienen den Keldinianern als Ratgeber und Richter. Wenn man es genau nimmt, sind sie sogar die Fürsten des Zwielandes, aber weder die Wanderer noch das Kleine Volk machen sich besonders viel aus solchen Titeln.«

»Ob ...« Die Fragen überschlugen sich plötzlich in Jonas' Kopf, aber er wagte kaum sie auszusprechen. »Ob die Weisen mir einen Weg zurück zur Erde zeigen könnten? Ich muss nämlich unbedingt meine Eltern und Lydia Gustavson finden. Vielleicht wissen sie ja sogar, *wo* ich suchen muss. Und ob sie den Bonkas helfen können zwischen dem Adler und dem Bären Frieden zu stiften? Könnt ihr mir den Weg zur Stadt zeigen, wenn wir Keldins Spiegel gefunden haben?«

»Jetzt bist du fast so ungeduldig wie Minuq, als er noch ein Welpe war«, lachte Talinka. In einem seltsamen Ton fügte sie hinzu: »Es wird sich für dich auf jeden Fall lohnen, die Weisen zu besuchen. Wir helfen dir, so wahr ich Talinka die Wanderin bin.«

Die Worte der Wölfin waren wie frischer Regen auf Jonas' ausgedörrter Seele. All die Rückschläge, die er seit der Durchquerung der Spiegelregion hatte einstecken müssen, waren für ihn nur sehr schwer zu ertragen gewesen. Doch nun schien sich das Blatt endlich zu wenden. Wenn die Wölfe auch nichts über seine Freunde wussten – Jonas hatte diese Frage schon in der vergangenen Nacht angesprochen –, so gab es jetzt doch wenigstens neue Hoffnung. Er war sogar überzeugt davon, dass er Darina, Kraark, Bergalf und all die anderen in der Stadt Kalvar wieder sehen würde.

Kurze Zeit später sattelte er mit flinken Handgriffen sein Schelpin und schwang sich in den Sattel.

»Bist du bereit?«, rief Talinka herüber.

»Ich bin bereit.« Er sah sich ein letztes Mal auf der Lichtung vor der Felswand um und atmete tief die frische Morgenluft ein. »Was für ein Baum ist das eigentlich, der dich da gestern fast erschlagen hätte, Minuq?«

Der Wolf, der in einigem Abstand an Trojans Seite trottete,

hob den Kopf und sah zu dem Blätterdach des Baumriesen empor. »Das? Das ist eine Labunde. Allerdings noch eine sehr, sehr junge Labunde.«

Der Wald hüllte sich in ein neues Gewand. Dort, wo bisher die mächtigen Labunden das Bild beherrscht hatten, verlangten nun niedrigere immergrüne Bäume nach ihrem Recht. Mit ihren kurzen, weichen Nadeln und den herabhängenden Zapfen erinnerten sie Jonas an Hemlocktannen. Natürlich gab es auch unzählige andere Bäume und Sträucher in dem Wald. Die ungewöhnliche Reisegruppe rückte nun langsam in eine Gebirgsgegend vor.

Bald begann das Klettern, sehr zu Trojans Freude. Das Schelpin war ganz und gar in seinem Element, als es wieder über Hänge und Felsen steigen konnte. An diesem Tag zählte Jonas drei Pässe, die sie überschritten. Sie waren nicht sehr hoch, alle lagen unterhalb der Baumgrenze.

Als das Rudel am Abend auf einer Waldlichtung ankam, fühlte sich Jonas wie zerschlagen.

»Lieber fahre ich eine ganze Woche lang im Airboat über Schneidgras, als noch einen einzigen Tag auf einem Schelpin durch die Berge zu reiten.«

»Bist du vorher nie geritten?«, erkundigte sich Minuq.

»Nur auf Pferden.«

»Ah!« Der Wolf dachte lange über diese Antwort nach. »Ich denke, ich habe schon mal von ihnen gehört.«

»Glaubst du, wir können den Zeitplan deiner Mutter einhalten?«

»Ja sicher. Talinka irrt sich so gut wie nie.«

»Das beruhigt mich.«

»Sollen wir dir etwas zu essen besorgen?«

»Du meinst frisch gerissenes Karnickel oder so was?«

»Wähle und wir werden sehen, was wir für dich tun können.«

»Wie wär's mit einem Eier-Käse-Sandwich und 'ner Cola?«

Minuq legte den Kopf schief und beäugte Jonas wie eine Schlammkröte.

»Vergiss es«, wiegelte der schnell ab. »Unterwegs habe ich hier und da etwas abgezupft und außerdem befinden sich in meiner Satteltasche noch ein paar von den Nüssen.«

»Die, welche du unter der alten Labunde aufgelesen hast?«

Jonas sah den großen Wolf mit gerunzelter Stirn an. »Habe ich das erwähnt?«

»Sei sparsam mit diesen Nüssen«, riet Minuq ernst. »Am besten isst du nicht mehr als eine am Tag.«

»Sind sie etwa giftig?«

»Nein, nein.« Minuq stieß ein wölfisches Lachen aus. »Sie könnten nur *zu* gesund für dich sein. Eine einzige reicht aus, um dir Kraft für einen ganzen Tag zu geben.«

»Ach so.« Jonas hatte sich schon gewundert, warum er in den letzten beiden Tagen mit so wenig Nahrung ausgekommen war.

»Leg dich jetzt schlafen, Jonas. Der morgige Tag wird noch einmal anstrengend sein, aber dann ist der Weg in die Stadt der zwei Weisen fast schon ein Welpenspiel.«

»Und du? Schläfst du denn nie?«

Minuqs offenes Maul schien Jonas anzugrinsen. »Jetzt beginnt erst die Tageszeit der Wölfe. Oder hast du geglaubt, wir werden von Nüssen satt?«

Als Minuq Jonas am nächsten Morgen begrüßte, schimmerte das Fell in seiner linken Gesichtshälfte rötlich. Der Leitwolf hatte sein Festmahl gehabt.

»Fühlst du dich kräftig genug für einen kleinen Gebirgsritt?« Die Stimme Minuqs klang fast beleidigend fröhlich.

Jonas streckte seine schmerzenden Glieder und nickte. »Wird schon gehen. Wenn das alles hier vorüber ist, vergrabe ich mich in meinem weichen Bett und strecke die Nasenspitze erst nach drei Wochen wieder raus.«

»Ich wusste gar nicht, dass Menschen und Maulwürfe sich so ähnlich sind.«

Knapp eine halbe Stunde später schaukelte Jonas wieder durch das bergige Gelände. Obwohl er jedes Mal einen gequälten Ausdruck zur Schau stellte, wann immer Talinka oder

Minuq zu ihm herübersahen, genoss er die Aussicht. So faszinierend die Everglades daheim auch waren, so atemberaubend erschien ihm die Landschaft hier. Von den Passhöhen hatte man meist den besten Überblick. Die Gebirgslandschaft breitete sich dann zu Jonas' Füßen aus wie eine grüne, auf einem Tisch zusammengeschobene Decke. Hier und da schwebten vereinzelt Nebelschwaden über die Hänge wie in einem geheimnisvollen Schleiertanz. An keiner Stelle konnte man nackte Felsen erkennen. Sogar steile Kegel und meilenlange Grate waren von einem weichen Grün überzogen, das so flockig wirkte wie Trojans Fell.

Um die Mittagszeit gönnte Minuq seinem Schützling eine kleine Erholungspause.

»Müssten wir nicht schon längst da sein?«, fragte Jonas.

»Wir befinden uns knapp unterhalb eines Passes. Oben angekommen wirst du Keldins Klippe sehen.«

Seltsamerweise war Jonas bei Minuqs Ankündigung überhaupt nicht erleichtert. Bis zu diesem Zeitpunkt war die Burg Keldins für ihn nicht viel mehr als ein Sagenbild gewesen. Doch nun, da er im Begriff stand, diesen Ort mit eigenen Füßen zu betreten, brach eine Lawine von Fragen über ihn herein: Würde er den Spiegel des Schmiedes finden? (Die Wölfe hielten die Spitze der Klippe für eine verfluchte Stätte und hatten ihm diese Frage nicht eindeutig beantworten können.) Und wenn ja, was sollte er mit ihm anfangen? Konnte er denn allein zu Kennedy und Chruschtschow, zu Castro oder zu wem auch immer flüstern, um die brenzlige Situation in Kuba zu entschärfen? (Er schätzte seine Fähigkeiten in diesem Punkt nicht sehr hoch ein.) Und wenn er den Spiegel bis nach Kalvar schleppte? Vielleicht war er ja viel zu groß, viel zu schwer zum Transportieren. Und dann: Würden die zwei Weisen ihn überhaupt empfangen? Wären sie bereit und in der Lage ihm zu helfen …?

»Jonas, ist alles in Ordnung mit dir?«

Der Junge schüttelte den Kopf wie ein nasser Wolf. Er lächelte Minuq verlegen an. »Ich habe nur gerade nachgedacht.«

»Das kann selten schaden.«

»Muss ich wirklich allein zu der Burg hochsteigen?«

»Ich werde dich so weit wie möglich begleiten. Aber der Gipfel der Klippe ist für uns Wölfe tabu. Wir meiden die Orte der Keldinianer und vor allem diese Burg.«

»Aber ich denke, ihr wisst nicht einmal, warum sie verflucht ist. Womöglich habt ihr nur Angst vor etwas, was ihr nicht kennt! Bestimmt ist es ziemlich öde da oben.«

»Warum sorgst du dich dann, allein auf die Klippe zu steigen?«

Jonas seufzte. »Weil ich mich vermutlich genauso vor dem Unbekannten fürchte wie ihr auch.«

»Deine Ehrlichkeit zeichnet dich aus, mein Freund.«

»Leider fehlt's mir etwas an Mut.«

»Wir werden die Klippe umstellen, Jonas. Sollte irgendjemand hinaufwollen, um dir in den Rücken zu fallen, muss er erst die stärksten Wölfe des Zwiewaldes überwinden. Du solltest dich also nicht sorgen.«

Jonas nickte. Ein wenig hatten ihn Minuqs Worte schon beruhigt. Aber er hätte sich dennoch gewünscht nicht mutterseelenallein diesen Felsen erklimmen zu müssen.

Wieder ein Pass. Und wieder ein Ausblick, der Jonas fast den Atem raubte. Als Keldins Klippe langsam in Sicht rückte, beschlich ihn eine ungute Vorahnung. Zwischen der Passhöhe und der Klippe lagen ungefähr zwei Meilen kristallklare Luft. Der nackte Felsen wirkte seltsam nah. Angesichts der grünen Berge, die hinter Jonas lagen, haftete diesem Ort etwas Unheimliches an. Warum nur hatte Keldin sich einst *diesen* Ort zu seiner neuen Heimat erwählt? Jonas wusste zwar nicht viel von den Bonkas, aber dieser Stamm des Kleinen Volkes war für ihn bisher ein Inbegriff der Lebensfreude gewesen. Die Bonkas liebten Farben, Harmonie, den Frieden.

Na, Frieden mochte es ja auf dieser einsamen grauschwarzen Klippe noch geben. Sie erschien Jonas wie eine uneinnehmbare Zufluchtsstätte. Vielleicht war es ja gerade die Sicherheit gewesen, die der Schmied vor so vielen Jahrhunderten gesucht hatte.

Die Burg wirkte erstaunlich klein. Sie ragte wie ein hochgereckter Daumen vom Ende eines stetig ansteigenden Grates auf. Unter ihr gab es nichts als Leere. Ihre äußere Mauer war die direkte Verlängerung von viertausend Fuß senkrecht abfallenden Felsgesteins.

Je länger Jonas die Klippen betrachtete, desto mehr schienen sie ihm einem ausgestreckten Arm mit einer Faust zu ähneln. Die Burg – der Daumen – stand nämlich am Rand eines Felsenringes, der an die aufeinander liegenden Finger einer halb geschlossenen Hand erinnerte. Es gab zwei Klüfte, die jeden Angreifer allein durch ihre schiere Höhe abhalten mussten: zum einen das erwähnte, steil abfallende Ende des Bergrückens und zum anderen das Innere der gigantischen »Faust«. Letzteres würde Jonas erst später in voller Ausdehnung sehen, doch schon aus dieser Entfernung war ihm klar, dass Keldin und seine Gefährten eines ganz gewiss gewesen waren: schwindelfrei.

Hätte die Bergformation die Gestalt eines Kegels besessen, hätte Jonas ohne Frage auf einen Vulkan getippt, so aber grübelte er beim Abstieg in das Tal darüber nach, was wohl ein derart riesiges Loch in den Berg getrieben haben konnte. Erst als die Bäume ihm die Sicht auf das Schwindel erregende Bauwerk nahmen, konnte er wieder an etwas anderes denken.

Die Wölfe liefen in einem lockeren Verband durch den Wald. Sie waren überall zu sehen und doch als Gesamtheit schwer zu erfassen. Trojan bewegte sich in ihrer Mitte mit einer erstaunlichen Sicherheit. Nur Jonas fühlte, wie angespannt sein treues Schelpin in Wirklichkeit war. Minuq unterrichtete ihn davon, dass er zwei seiner erfahrensten Wölfe als Kundschafter vorausgesandt hatte. Er wolle sicher sein, dass sich in dieser Gegend keine Malkits herumtrieben.

An diese Möglichkeit hatte Jonas noch gar nicht gedacht. Kanthelm war für ihn eine schwer fassbare Bedrohung. Allem Anschein nach hatte der Malkit die Brücke über die große Schlucht so präpariert, dass sie unter den Bonkas und ihren Gefährten zusammenbrechen musste. Jonas war davon ausgegangen, dass Kanthelm sich dann zurückgezogen hatte, weil er sein Ziel für errreicht hielt. Doch Minuqs Äußerung stellte alles wieder auf den Kopf.

Als erneut der Aufstieg begann, suchten Jonas' Augen unablässig nach irgendwelchen Anzeichen von Leben. Aber er sah nichts weiter als einige Vögel und die Wölfe, die ihn begleiteten.

Die beiden Kundschafter erwarteten sie am Beginn eines breiten Geröllfeldes. Nachdem sie Talinka und Minuq Bericht erstattet hatten, erfuhr auch Jonas, wie die Lage stand: Im Umkreis von einer Meile schien der kahle Felsen gänzlich verlassen zu sein. Selbst die Tiere mieden offenbar diesen Ort. Es war, als stünde die Burg auf einem Totenschädel.

»Wie beruhigend«, knurrte Jonas, nachdem Minuq die Beobachtungen der Kundschafterwölfe zusammengefasst hatte.

»Wir werden das Rudel rings um den Felsen verteilen. Talinka und ich begleiten dich bis auf halbe Höhe. Du hast also nichts zu befürchten.«

Jonas unterdrückte seine Angst und nickte entschlossen. »Vielen Dank, Minuq. Du, deine Mutter und die anderen Wölfe haben mehr für mich getan, als ich jemals zu hoffen wagte.«

»Jetzt sprich nicht so, als wollest du Abschied von uns nehmen. Wenn du erst Keldins Spiegel gefunden hast, dann steht uns noch ein drei- oder viertägiger Marsch durch die Ebenen bevor. Und nun komm, wir sollten meine Mutter nicht warten lassen. Sie ist schon zum Fuß des Felsens vorausgeeilt.«

Talinka blickte auf das Tal hinab wie das überlebensgroße Standbild eines Wolfes. Während Jonas und Minuq sich ihr näherten, bewegte sie sich kein einziges Mal.

»Bist du bereit?«, empfing sie den Wanderer.

Jonas setzte sich auf Trojans Rücken zurecht und straffte die Schultern. »Ich bin bereit.«

»Dann komm.«

Talinka wandte sich um und übernahm die Führung beim Aufstieg. Trotz ihres hohen Alters übersprang sie leichtfüßig jedes Hindernis, sodass selbst Trojan Mühe hatte ihr zu folgen. Minuq bildete das Ende des Gespanns.

Auf dem Weg nach oben wurde nicht viel geredet. Nur hin und wieder machte Talinka auf einige lose Steine oder vorspringende Felsen aufmerksam. Ein Ortsunkundiger hätte den Pfad zu Keldins Burg sicher nicht gefunden. Hier und da gab es Absätze und Grate, die in Jonas' Augen ebenso gut als Weg hätten dienen können, aber die graue Wölfin zögerte nie, wenn es darum ging, sich für eine der gebotenen Möglichkeiten zu entscheiden. Nach etwas weniger als einer Stunde blieb sie stehen und drehte sich um.

»Von hier ab musst du allein weitergehen, Jonas.«

»Könnt ihr wirklich nicht noch ein Stück mitkommen?«

»Vor Urzeiten hat an diesem Ort ein gewaltiges Wesen gehaust, dessen Macht jedes Tier das Fürchten lehrte. Es heißt, dieses Wesen hätte das Loch in den Berg getrieben.«

Jonas schluckte. Seine Augen waren weit aufgerissen. »Und das sagst du mir erst jetzt?«

»Nach unseren Legenden schläft dieses Geschöpf am Grunde des Berges tief und fest, und das wird auch bis zu dem Tag so bleiben, da die Wölfe auf den Berg zurückkehren. Verstehst du jetzt, warum du allein gehen musst?«

Ein Zittern ging durch Jonas' Körper. Er zog seine Jacke fester um sich, aber das half auch nichts. Er nickte voller Unbehagen. »Ich hoffe nur, dieses Etwas kann zwischen Zwei- und Vierbeinern unterscheiden.«

Minuq öffnete leicht das Maul, fast als wollte er Jonas angrinsen. »Also wenn du kein Werwolf bist, dann haben wir da wohl nichts zu befürchten.«

»Ich schlafe bei Vollmond immer wie ein Stein.«

»Geh nun«, sagte Talinka sanft und dennoch bestimmt.

Jonas seufzte. Er holte noch einmal tief Luft und erwiderte: »Also dann, bis bald.« Irgendwie traute er sich nicht, diesen würdevollen Wölfen zum Abschied über das Fell zu fahren. Deshalb lächelte er nur unsicher und nickte ihnen zu.

Trojan bewältigte ohne Problem die zweite Etappe des Aufstiegs allein. Das Schelpin war in den Hängenden Bergen aufgewachsen und erklomm geradezu begeistert einen schmalen, aber nun deutlich erkennbaren Gebirgspfad. Jonas vermied es tunlichst, die kahle Felswand hinabzusehen. Der Blick in die Tiefe war in jeder Hinsicht atemberaubend.

Als das Schelpin die letzten Schritte zum Gipfel zurücklegte, wurde der Pfad etwas flacher. Langsam tauchte Keldins Burg aus dem grauen Gestein auf. Jonas erinnerte sich an ein Bild, das er einmal von dem sechshundert Jahre alten *Dunnottar Castle* in Schottland gesehen hatte. Keldins Burg schien vielleicht nicht ganz so verfallen, aber mindestens ebenso kantig zu sein. Was aus der Ferne wie ein Daumen ausgesehen hatte, war ein trutziger runder Turm, dessen Außenmauer an einer Seite eingestürzt war. Mehrere rechteckige Gebäude ragten hinter der zinnenbewehrten Mauer auf, kein einziges von ihnen besaß noch ein Dach.

Langsam ritt Jonas auf das Burgtor zu. Der Klippenweg war an dieser Stelle nicht mehr als zehn Fuß breit. Heftige Windböen zerrten an seinen Kleidern. Er legte den Kopf in den Nacken und betrachtete den leeren Torbogen, der mit den darüber befindlichen Fenstern der Wachstube wie ein Totenschädel aussah. Nur aus den Augenwinkeln heraus wagte er einmal über den Pfad hinauszublinzeln: Links gähnte ein viertausend Fuß tiefer Abgrund und rechts …

Ein Schauer lief über Jonas' Rücken. Der Abgrund, an dessen Rand die Burg stand, schien noch tiefer zu reichen als die gegenüberliegende Felswand. Jonas konnte bestenfalls dessen wirkliche Tiefe erahnen, weil der Grund in Dunkel getaucht war. Auf *Dunnottar Castle* hatte es einen Hexenkerker gegeben – schnell richtete Jonas wieder den Blick auf das Burgtor –, aber es war auch der Hort der Kroninsignien. Du musst Keldins Spiegel finden! Er zwang seine Gedanken in eine andere Richtung, von dem finsteren Schlund weg und hin zu etwas weniger Unheimlichem.

Keldins Burg verfügte über einen doppelten Mauerring. Als Jonas durch das leere Tor ritt – die hölzernen Flügel existierten schon seit Jahrhunderten nicht mehr –, musste er zunächst einen schmalen Torbau durchqueren, der in einem zweiten Bogen mündete. Ein verrostetes Gitter lag auf dem Boden, das irgendwann irgendwer aus seiner Verankerung gerissen hatte.

Im Burghof herrschte völlige Stille. Selbst der Wind schien hierher nicht vordringen zu wollen. Jonas blickte zu den verlassenen Gebäuden auf, die wie die Ringsteine von Stonehenge den zentralen Burgplatz umstellten. In der Nähe gab es einen Brunnen, dessen steinerne Umfriedung nur noch aus einzelnen Bruchstücken bestand. Wenn Keldins dritter Spiegel wirklich noch existierte und er irgendwo an diesem deprimierenden Ort lag, dann konnte es Tage dauern, bis Jonas ihn fand.

»Wo fangen wir an zu suchen, mein Guter?«, fragte er laut. Seine Stimme hallte seltsam dumpf von den Wänden wider.

»Ook, ook, oook.«

»Da hast du vermutlich Recht.«

Plötzlich sah er den Turm. Natürlich war das halb verfallene Bauwerk schon die ganze Zeit da gewesen, doch Jonas hatte ihm nicht mehr Bedeutung zugemessen als all den anderen Ruinen hier. Jetzt aber erinnerte er sich, dass die Bergfriede in den Burgen des Mittelalters oft die letzte Zufluchtsstätte gewesen waren, wenn fremde Eroberer schon all die anderen Verteidigungslinien niedergerannt hatten.

Mit leisem Klicken bewegten sich Trojans Tatzen über das steinerne Pflaster auf den Turm zu. Jonas blickte nachdenklich auf das dunkle Eingangstor. Auch hier gab es kein Türblatt mehr. Nur einige Reste der eisernen Beschläge lagen noch auf dem Boden herum. Im Innern des Turms konnte er eine steinerne Treppe erkennen. Er neigte den Kopf weit zurück und blickte an der Außenmauer empor. Das trutzige Bauwerk bestand aus runden Findlingen, die man offenbar in mühsamer Arbeit auf die Klippe geschafft hatte. Wenn der Spiegel noch da war, dann musste er dort oben sein, hundertzwanzig Fuß über seinem Kopf, davon war Jonas überzeugt.

Er stieg von Trojans Rücken. »Du bleibst hier und schlägst Alarm, sobald dir irgendetwas verdächtig vorkommt.«

»Ook, ook, oook.«

Vorsichtig betrat Jonas den Turm. Er sah sich wachsam nach allen Seiten um, aber da war nichts, was irgendeine Gefahr für ihn bedeuten konnte. Der unterste Raum des Wehrturms hatte wohl früher einmal den Wachen als Stube gedient. Auf dem

Boden lagen ein verrostetes Schwert und vier oder fünf Speerspitzen, deren Schäfte längst von Holzwürmern zerfressen worden waren.

Bevor er seinen Fuß auf die erste Treppenstufe setzte, lauschte er in das dunkle Gemäuer hinauf. Irgendwo da oben musste sich der Wind verfangen haben und pfiff nun wie eine verzweifelte Kreatur, die ihre Freiheit zurückhaben wollte. Sonst war nichts zu hören.

Das erste Stockwerk besaß mehrere Nischen an den Außenwänden und sogar einen Tisch aus Sandstein. Erstaunlich war die Feuerstätte links vom Treppenaufgang: Es handelte sich um einen echten Kamin mit gemauertem Schornstein. Früher hatten hier sicher einmal Stühle und Bänke gestanden. Vielleicht hingen Felle an den Wänden und schmückten Teppiche den Boden. Vermutlich war diese Etage einmal ein durchaus gemütlicher Koch- und Wohnplatz gewesen. Jetzt jedoch wirkte er nur noch leer und trostlos. Jonas verscheuchte die Bilder seiner Phantasie und nahm den Aufstieg zum nächsten Stockwerk in Angriff.

Dem Kaminzimmer folgten nach oben noch mindestens fünf weitere Räume – Jonas zählte nicht mit. Im Notfall hatte dieser wuchtige Turm bestimmt hunderten Schutz gewähren können. Vermutlich war dies anfangs sogar das einzige Wohngebäude für Keldin und seine Getreuen gewesen; die Häuser im Burghof dürften erst später errichtet worden sein. Auf ähnliche Weise – das wusste Jonas – waren nach und nach auch viele Burgen und Schlösser auf der Erde entstanden. Wie Zwiebeln hatten sie Schicht um Schicht zugelegt.

In den Wänden von zwei der runden Räume klafften große Löcher, alte Wunden, die Jonas schon aus der Ferne bemerkt hatte. In den übrigen Zimmern jedoch herrschte ein bedrückendes Halbdunkel, weil die Lichtöffnungen eher schmalen Schießscharten glichen als freundlichen Fenstern, die man gerne mit Blumentöpfen geschmückt hätte. Die engen Mauerdurchbrüche besaßen die Form eines Sterns: Von einem männerfaustgroßen Loch in der Mitte strahlten mehrere Schlitze nach außen ab.

Jonas hatte soeben eine weitere, besser ausgeleuchtete Etage erklommen. Freudig sah er zu dem Licht hinauf, das durch die rechteckige Treppenöffnung in der Decke fiel. Er atmete erleichtert auf. Gleich würde er im obersten Turmzimmer sein. Wenn er seinen bisherigen Beobachtungen trauen durfte, dann musste es darüber noch ein begehbares Dach geben. Allerdings war dort die mit Zinnen bewehrte steinerne Brüstung etwa zur Hälfte eingestürzt. Wenn es nicht unbedingt nötig war, dann wollte sich Jonas das windige Erlebnis eines Aufstiegs ins Freie ersparen.

Gerade setzte er seinen Fuß auf die erste Stufe zum nächsten Stockwerk, als er zu seiner Rechten ein Flattern hörte. Erschrocken fuhr Jonas herum und sah gerade noch einen winzigen schillernden Vogel aus einer Wandnische schießen und durch eine der sternförmigen Lichtöffnungen entschwinden. Sein Blick blieb noch eine ganze Weile am Fenster hängen. Es war alles so schnell gegangen, aber ... Nachdenklich massierte er sich den linken Unterarm. Er hätte schwören können, dass er dem kleinen gefiederten Hasenfuß schon einmal begegnet war. Sein erster Marsch durch die Spiegelregion lag erst eine Woche zurück, aber es kam ihm vor wie sieben Jahre.

Endlich konnte sich Jonas von dem Fensterschlitz losreißen. Seine Augen wanderten zu der Wandnische, die der bunte Flüchtling so eilig verlassen hatte. Er wusste, dass einige Vögel durch dieses Verhalten ihre Brut schützten. Ein hungriger Räuber würde eher dem ausgewachsenen Tier nachstellen als nach einem Gelege suchen.

Langsam ging Jonas auf die hohe schmale Vertiefung in der Wand zu. Er verstand sich zu gut auf die Eigenheiten der Tiere, um ein Nest oder gar Jungvögel anzurühren, aber wenigstens einen Blick auf die Kinderstube wollte er werfen.

Die Nische war höchstens so breit wie Jonas' Hand und etwa viermal so hoch. Enttäuscht stellte er fest, dass sie leer war – mit einer Ausnahme: In der Höhlung stand ein schmales irdenes Gefäß.

Der zylinderförmige Behälter war so mit Staub bedeckt, dass er Jonas anfangs gar nicht aufgefallen war. Behutsam nahm er ihn aus der Nische. Erst hielt er ein Ohr an die Öffnung und dann schielte er mit einem Auge hinein. Die Röhre schien nichts zu enthalten.

Schon wollte er den Zylinder wieder zurück in die Nische stellen, als er daraus ein Schaben vernahm. Er hielt die rechte Hand auf und kippte die Röhre mit der linken um. Sogleich rutschte ein länglicher Gegenstand heraus. Jonas traute seinen Augen nicht.

Seine Finger umschlossen einen Kristalldolch von einzigartiger Schönheit. Jonas war von der Waffe völlig hingerissen. Selbst als er den leeren Zylinder wieder in die Nische zurückschob, konnte er den Blick nicht von dem glitzernden Meisterstück nehmen. Diese Unachtsamkeit forderte ihren Tribut. Die Tonröhre kam ins Kippen und ehe er noch reagieren konnte, stürzte sie krachend zu Boden. Bestürzt sah er, was er da angerichtet hatte. Die Scherben lagen weit über den ganzen Steinboden verstreut.

Irgendwie hatte Jonas das Gefühl, ein Sakrileg begangen zu haben. Schuldbewusst blickte er wieder auf den kühlen Gegenstand in seiner rechten Hand.

Der Dolch war einfach unbeschreiblich! Aus einem einzigen Kristallstück gearbeitet, besaß er eine gerade Klinge mit zwei Schneiden. Seine Länge entsprach ungefähr der halben Höhe des zerschlagenen Zylinders, in dem er, wer weiß wie lange, gelegen haben musste. Jonas erinnerte sich an Kraarks Schilderungen von Keldins großer Kunstfertigkeit. Der Schmied war der Letzte des Kleinen Volkes, der wusste, wie man den blauen Kristall bearbeitete. Jonas' Augen wurden immer größer. Konnte es sein, dass es sich hierbei bereits um den »Spiegel« handelte?

Tatsächlich war die Waffe, nachdem Jonas sie erst einmal am Ärmel seiner Jacke abgewischt hatte, spiegelblank. Die durchscheinende Klinge hatte den Querschnitt einer Raute, vom Griff zur Spitze hin flacher werdend. Obgleich der größte Teil der Schneide auffallend dick war, erwies sie sich doch als ungewöhnlich scharf, wie Jonas schnell feststellte, als er den Daumen prüfend über die Schnittkante zog.

»Wenn der Kristall wirklich so unzerstörbar ist«, Jonas sprach seine Gedanken laut aus, »dann müsste diese Klinge doch auch …« Er zog die Spitze des Dolches ohne großen Druck über die Steinwand neben der Nische.

Staunend betrachtete er den tiefen Kratzer. Eine wirklich außergewöhnliche Waffe! Zufrieden wickelte er die Klinge in sein von Waldbeeren beflecktes Taschentuch und steckte den Dolch seitlich in den Gürtel. Sollte er nun noch zum letzten Stockwerk hinaufsteigen? Nachdenklich blickte er zu dem hellen Rechteck empor, in das die steinerne Treppe mündete. Dann seufzte er und zuckte mit den Schultern. Vielleicht war ja seine Theorie von dem angeblichen Spiegel, der in Wirklichkeit die Gestalt eines Dolches besaß, auch falsch. Jetzt, wo er schon einmal hier war, konnte er ebenso gut die letzten Stufen hinaufsteigen und nachsehen, ob es noch etwas anderes von Wert in diesem Turm gab.

Mit langen Schritten, jeweils zwei Stufen auf einmal nehmend, eilte Jonas die Treppe hinauf. Das oberste Turmgemach sah aus wie ein Trümmerfeld. Hinter einem Haufen runder Feldsteine klaffte ein nach oben hin stetig breiter werdender Spalt. Auch die Decke war teilweise eingestürzt. Der Wind piff durch den Raum, als wolle er sich über das angerichtete Chaos beschweren. Als Jonas sich von den Spuren der Zerstörung abwandte, fiel sein Blick auf den Gegenstand, dem er so viele schmerzvolle und unruhige Tage verdankte. Keldins Spiegel!

Wie angewurzelt starrte er auf die ovale Tafel, die – wie schon der Dolch zuvor – in einer Wandnische untergebracht war. Jonas konnte sein Glück kaum fassen. Er fragte sich nicht, warum dieser außergewöhnliche Gegenstand hier so lange gewartet hatte, bis ausgerechnet *er* gekommen war. Staunend, ja geradezu ehrfürchtig, näherte er sich dem Artefakt.

Die von Keldin geformte Kristallfacette war von einem schmalen goldenen Rahmen eingefasst, der mit unglaublich feinen Ziselierungen versehen war. Vorsichtig, als bestünde der Spiegel aus dünnem Eis, nahm ihn Jonas aus der Nische. Er pustete hier und da den gröbsten Staub beiseite und polierte das kostbare Stück dann mit seinem Ärmel. Der Spiegel war ungefähr so groß wie eine gewöhnliche Servierplatte. Es würde also kein Problem sein, ihn nach unten ins Tal zu tragen …

»Nimmst du dir immer Dinge, die dir nicht gehören?«

Jonas' Nackenhaare sträubten sich. Die durchdringende Stimme war ganz aus der Nähe gekommen. Langsam drehte er sich um und erstarrte nun völlig. Das kahle Haupt, das boshafte Grinsen – Jonas wusste sogleich, wem er gegenüberstand.

»Kanthelm.« Der Name war nur ein Flüstern.

»Ich sehe, du bist bestens informiert. Darf ich auch deinen Namen erfahren, Wanderer?«

»Ich bin … ich meine, ich heiße Jonas, Jonas …« Die fast farblosen Augen Kanthelms hielten den Blick des Jungen gefangen, eine Kobra vor einem Kaninchen.

»Jonas?«, sagte der Malkit amüsiert. »Der Dummkopf, der drei Tage im Bauch eines Fisches vertrödelte? Wie passend! Allerdings glaube ich kaum, dass dich das Meer jemals wieder ausspucken wird, Wanderer Jonas.«

Kanthelms spöttische Bemerkung versetzte Jonas einen Stich. Endlich fiel die lähmende Starre von ihm ab. Was wollte dieser Kanthelm überhaupt von ihm? Wenn es ihm darum ging, den Spiegel in seinen Besitz zu bringen (und davon ging Jonas eigentlich aus), dann musste er ihn sich erst holen. Für einen Angehörigen des Kleinen Volkes war Kanthelm ungewöhnlich groß. Vielleicht überragte er Jonas sogar, aber das war ihm egal. Abschätzend fixierte er den kahlköpfigen Mann, der nun langsam hinter dem Trümmerhaufen hervortrat, welcher ihm als Versteck gedient hatte.

Kanthelm trug Hosen sowie eine kurze ärmellose Tunika aus weichem dunkelgrauem Leder und darunter ein ebenfalls grau gefärbtes Leinenhemd. Sein breiter Gürtel diente als Heimstatt für ein beachtliches Waffenarsenal. Jonas zählte zwei Dolche, ein Schwert und einen nicht näher bestimmbaren Silberstab, die dem Malkit locker vom Ledergurt baumelten. Mit Kanthelm war nicht zu spaßen, so viel stand fest.

»Was hast du so lange in dem Zimmer da unten getrieben?«, erkundigte sich der Anführer der Malkits mit scheinheiliger Freundlichkeit.

Schlagartig fiel Jonas der Dolch wieder ein. Er hatte ihn vor Schreck ganz vergessen. »Ein kleiner Vogel ist vor mir geflüchtet. Wollte nur nachsehen, ob er da unten irgendwo ein Nest hat.«

»Und weshalb hast du dabei einen solchen Lärm veranstaltet?«

»In der Nische, in der sich der Vogel versteckt hatte, stand so eine Art Flasche. Ich dachte, die Brut sei darin, was sich aber als Irrtum herausstellte. Als ich den Behälter zurückstellen wollte, ist er mir aus der Hand gerutscht und am Boden in tausend Scherben zersprungen.«

»Du scheinst nicht nur diebisch veranlagt, sondern auch noch zerstörungswütig zu sein.«

»Es war ein Unfall!«

»Aber sicher. Genau wie der, durch den du uns ins Land der Bonkas entwischt bist, vermute ich.«

Jonas riss die Augen auf. »Heißt das …?«

Kanthelm grinste hinterhältig. »Ganz recht. *Wir* haben dafür gesorgt, dass deine Freunde im Flugzeug nicht zu den weichherzigen Bonkas fanden. Es wäre doch zu traurig gewesen, wenn sie im letzten Augenblick noch unsere Pläne durchkreuzt hätten.«

Jonas wusste nicht, ob er dem hässlichen Malkit vor Wut ins Gesicht springen oder sich freuen sollte. Er hatte schon befürchtet, Dr. Gould und Frank Holloway seien in der Spiegelregion ums Leben gekommen. Aber konnte man von Glück sprechen, wenn sie sich nun in den Klauen *dieses* Mannes befanden?

Ein beunruhigender Gedanke schoss Jonas durch den Kopf. Was hatte Kanthelm mit ihm vor? Natürlich, er wollte Keldins Spiegel haben, aber was dann? Mit Grauen dachte er an das Loch in der Wand und an den gähnenden Abgrund darunter.

»Genug der Plauderei«, sagte Kanthelm leichthin. »Es wird nun Zeit, dass du mir den Spiegel gibst.«

»Warum hast du ihn dir nicht längst genommen?« Jonas musste Zeit gewinnen.

»Ich hatte gehofft Darina hier zu treffen.«

»So viel liegt dir an ihr?« Jonas gab den Plan auf, die Treppe nach unten zu erreichen. Kanthelm musste nur einen Schritt machen, um ihm den Weg zu verstellen.

»Eigentlich nicht. Nenne es Neugierde, wenn du willst.«

Aus den Augenwinkeln heraus sah Jonas zur anderen Treppe. Sie führte auf das Dach des Turmes.

»Du solltest nicht einmal daran denken«, sagte Kanthelm. In seiner Stimme lag ein drohender Unterton. »Leg den Spiegel auf den Boden und tritt zur Seite.«

Lieber wollte Jonas ihn in die Tiefe schleudern, als ihn Kanthelm zu überlassen. Er schätzte die Entfernung bis zu dem dreieckigen Spalt. Da erblickte er plötzlich wieder den kleinen Vogel.

Es war tatsächlich der Papagei aus der Spiegelregion, jedenfalls sah er genauso aus wie dieser. Er hing kopfunter vom Rand der Maueröffnung und schien interessiert die dramatische Vorstellung im Turmgemach zu verfolgen.

»Gib dir keine Mühe«, knurrte Kanthelm, dem Jonas' starrer Blick nicht entgangen war. »Das ist der älteste Trick – nicht nur in deiner Welt.«

Die Worte des Malkits konnten Jonas nur kurz dazu bewegen, ihn anzusehen. Dann musste er erneut den Vogel betrachten. Der Papagei wirkte mit einem Mal sehr nervös, beinahe so, als könne er sich nicht recht entscheiden, einen folgenschweren Entschluss auch in die Tat umzusetzen. Jonas lächelte dem Vogel zu und schnalzte zwei-, dreimal leise mit der Zunge.

»Ich sage es nur noch *einmal*: Leg ihn hin und geh zur Seite.« Kanthelms Hand ließ sich auf seinem Schwertknauf nieder.

In diesem Moment flatterte der Vogel auf. Er flog direkt auf den Kopf des Malkits zu. Bevor dieser noch den kleinen Angreifer bemerkt hatte, zwickte der ihm auch schon ins Ohr. Völlig überrascht schlug Kanthelm um sich, aber der Papagei war bereits wieder verschwunden.

Und Jonas ebenso. Mit vier schnellen Sätzen war er bei der Treppe. Während er die Stufen emporeilte, hörte er hinter sich Kanthelm aufschreien. Ein Laut purer Wut. Der Papagei war noch ein zweites Mal auf sein Ohr losgegangen. Erst dann fasste sich Kanthelm und begriff, dass seine Beute drauf und dran war, ihm zu entwischen. Mit einem Schrei stürzte er Jonas hinterher.

Der hatte inzwischen das Dach des Bergfriedes erreicht und sah sich Hilfe suchend um. Das Fundament des runden Turmes reichte von der steil abfallenden Klippenwand bis hinüber zu dem unheimlichen schwarzen Schlund. An der Talseite existierte keine Brüstung mehr. Sogar ein Stück vom Boden war dort abgebrochen. Jonas entschied sich also für die gegenüberliegende Seite des Daches. Von dort konnte er tief in das Loch hinabblicken, das Talinka dem Werk eines machtvollen Wesens zugeschrieben hatte. Aber für weitere Nachforschungen blieb Jonas keine Zeit. Schon hörte er Kanthelm wie einen Berserker die Treppe heraufstürmen. Mit der Steinbrüstung im Rücken erwartete er den Anführer der Malkits.

»Du niederträchtiges Bürschchen!«, schrie Kanthelm, als er wie vom Katapult geschossen auf das Dach sprang.

»Halt!«, rief Jonas. »Einen Schritt weiter und ich lasse den Spiegel über die Zinne fallen.« Zur Unterstreichung seiner Drohung hielt er die Kristallscheibe mit beiden Händen über die Brüstung.

Kanthelm verharrte mitten im Lauf. »Das würde ich nicht tun, Junge!«

»Was sollte mich davon abhalten?«

»Ich würde dich in feine Scheiben schneiden und dann zum Abendbrot verspeisen.«

Jonas erwiderte trotzig: »Wer sagt mir denn, dass du nicht dasselbe tust, wenn ich dir den Spiegel überlasse?«

»Du hast mein Wort darauf.«

»Das ist so viel wert wie das Schwarze unter meinem Fingernagel.«

»Na, dann mach einen besseren Vorschlag, Junge!«

»Wirf alle deine Waffen ins Tal hinab, dann kannst du herkommen und dir den Spiegel holen.«

»Ich müsste ja verrückt sein!«

»Wie du willst. Dann lasse ich den Spiegel gleich jetzt fallen …«

»Nein! Nicht!«, rief Kanthelm. Seine überlegene Miene war verschwunden. Er glaubte wirklich, was Jonas sagte. Mit einer besänftigenden Geste bat er um Zeit. »Ich werde tun, was du verlangst.«

Nicht ohne Befriedigung verfolgte Jonas nun die Selbstentwaffnung des mächtigsten Mannes jenseits der Hängenden Berge. Gleichzeitig arbeitete sein Hirn fieberhaft an einem Fluchtplan. Ihm war klar, dass er Kanthelm nicht trauen durfte. Der Malkit würde ihn kaltblütig umbringen, sobald er nur die Gelegenheit dazu hätte. Immerhin dürfte Kanthelm ohne seine martialische Waffensammlung Jonas an Größe und Körpergewicht in etwa ebenbürtig sein. Wenn es also eine Chance gab den Malkit auszutricksen, dann so.

»Siehst du, jetzt bin ich so unbewaffnet wie du«, sagte Kanthelm, nachdem er sein Schwert, die Dolche und auch das merkwürdige Silberrohr der Tiefe übergeben hatte. Er hatte beide Arme ausgestreckt und zeigte Jonas die leeren Handflächen.

»Dann komm herüber. Aber langsam!«, antwortete Jonas. Er traute dem Malkit noch immer nicht.

Kanthelm schlenderte gemächlich auf Jonas zu. Das brutale Gesicht des Malkits hüllte sich in ein unverbindliches Lächeln. Wenn nur der kleine Papagei noch einmal käme!, dachte Jonas. Dann könnte er versuchen samt Spiegel die Treppe hinunterzukommen. Jonas war ein schneller Läufer! Seine Aussichten, in diesem Wettkampf zu siegen, standen gar nicht so schlecht. Und wenn er sich erst unten befand, dann würde Trojan ihn und den Spiegel in Windeseile davontragen.

Sehnsüchtig hielt Jonas nach dem schillernden Vögelchen Ausschau, aber es war nirgends zu entdecken. Dafür kam Kanthelm immer näher.

Als er kaum vier Schritte von Jonas entfernt war, bemerkte der Malkit den bohrenden Blick des Jungen, der nicht auf ihn, sondern auf irgendeinen Punkt über seiner rechten Schulter gerichtet war. Im fiel das kleine Biest wieder ein, dieser winzige Vogel, der ihm seinen ganzen Plan vermiest hatte. Gab es etwa noch mehr davon? Unsicher blickte er nach hinten. Der Himmel war leer. Nur um sicherzugehen, wandte Kanthelm nun sogar den ganzen Oberkörper herum.

Dadurch verriet er Jonas das Versteck seines dritten Dolches.

»Bleib stehen oder der Spiegel fällt!«, rief der sogleich.

Kanthelm gehorchte.

»Ich wusste, dass ich dir nicht trauen kann!«

»Was? Wieso? Ich habe doch …«

»Ja, du hast noch einen deiner Dolche für mich übrig gelassen. Da, er steckt in einer Scheide an deinem Rücken. Weg damit. Sofort!«

»Nur ruhig, Junge. Ich lege ihn sofort ab. Muss ihn wohl vergessen haben.« Kanthelm lächelte um Verzeihung heischend. »Ich bin ein sehr vorsichtiger Mann. Da kann es schon mal vorkommen, dass ich eine meiner kleinen Sicherheitsvorkehrungen vergesse.«

»Das kannst du deinen Malkits erzählen, aber nicht mir.«

»Schon gut! Schon gut. Hier, schau, ich lass ihn da liegen.« Kanthelm bückte sich, um den Dolch auf die Steine zu legen. Jonas verfolgte mit Misstrauen jede seiner Bewegungen. Eigentlich sollte er den Malkit auffordern die gebogene Klinge mit dem Fuß wegzustoßen.

Schon hatte Kanthelm die Hand geöffnet und begann sich wieder aufzurichten, als er plötzlich mit unfasslicher Kraft auf Jonas zustürzte. Der Angriff kam so plötzlich, dass Jonas beinahe zu spät reagierte. Sein linkes Handgelenk steckte bereits in der Rechten des Malkits, aber die andere Hand hatte Jonas über den Abgrund geschwungen.

Für einen winzigen Augenblick zögerte er – wohl wegen des Gedankens, buchstäblich das Schicksal seiner Welt in der Hand zu halten –, da hatte Kanthelm ihn auch schon mit einem furchtbaren Ruck nach vorne gerissen. Der Spiegel rutschte aus Jonas' Hand und landete klirrend, aber unversehrt auf dem Boden des Turmes.

Jonas keuchte vor Schmerz und hielt sich die Schulter. Einen Herzschlag lang glaubte er, der Malkit habe sie ihm ausgerenkt. Aber da sah er auch schon, wie Kanthelm auf seinen

Runddolch zusprang. Sogleich stürzte Jonas hinterher. In einer einzigen fließenden Bewegung bückte sich Kanthelm, bekam den Dolch zu fassen und richtete sich gerade wieder auf – da war Jonas schon bei ihm.

Mit einem verzweifelten Sprung hatte er die letzte Distanz zum Gegner überbrückt. Noch in der Luft riss er den Kristalldolch aus dem Gürtel und hielt ihn dem heransausenden Messer des Malkits entgegen.

Ungläubiges Staunen lag in Kanthelms Augen, als sein Unterarm von der noch halb mit einem Taschentuch verhüllten Waffe aufgespießt wurde. Sein eigener Dolch zischte am Kopf des Jungen vorbei und landete scheppernd irgendwo außer Reichweite. Wut brach wie glühende Lava aus ihm hervor. Er schrie, weniger aus Schmerz als vielmehr wegen der Erkenntnis, dass er seinen Gegner unterschätzt hatte. Erst als Jonas seine Hand mit dem blauen Stilett zurückzog, sah Kanthelm wirklich, was sich unter dem jetzt blutbefleckten Taschentuch befand.

Wenn nun Jonas geglaubt hatte, Kanthelm würde ihm eine Atempause gönnen, dann hatte er sich getäuscht. Mit unbändiger Kraft ging der Malkit nun erneut gegen ihn vor und drängte ihn Schritt um Schritt zurück. In seiner Wut trat Kanthelm mit den Füßen, schlug pausenlos mit der linken Faust und setzte selbst den verletzten rechten Arm hin und wieder ein. Jonas war geschickt genug den Gegner mit dem Kristalldolch auf Distanz zu halten, kam dabei aber der Mauerbrüstung immer näher. Plötzlich stieß seine Ferse gegen den am Boden liegenden Spiegel und er strauchelte.

Während Jonas noch um sein Gleichgewicht kämpfte und rückwärts stolpernd gegen die Mauerbrüstung prallte, schnellte Kanthelm nach vorne und riss das blau schimmernde Oval vom Boden. Jetzt hatte er eine neue Waffe.

Jonas blickte entsetzt in Kanthelms siegesgewiss grinsendes Gesicht. Der Malkit hielt den Spiegel wie einen Schild mit beiden Händen vor sich und kam langsam näher. In Jonas' Kopf tobte ein Sturm. Gedankenblitze zuckten durch seinen Geist, aber keiner zeigte ihm einen Ausweg. Der Kristalldolch würde an einem Schild des gleichen Materials wirkungslos abgleiten. Wie nur konnte er sich diesen Angreifer vom Leibe halten?

Beklommen warf er einen Blick in die Tiefe. Der runde schwarze Schlund kam ihm wie ein aufgerissenes Maul vor, das nur darauf wartete, ihn zu verschlingen. Keine Frage, Kanthelm wollte ihn über die Brüstung drängen. Er wollte, dass Jonas für immer im Rachen des Berges verschwand.

In einer verzweifelten Attacke sprang Jonas nach vorn. Kanthelms Hände waren ungeschützt, weil sie Keldins Spiegel umfassten. Also musste er seine Finger treffen. Doch der Malkit reagierte unglaublich schnell. Er wirbelte den Spiegel hoch und der Dolch traf nur die glatte, blau schimmernde Scheibe. Die Waffe schrammte kreischend über Kanthelms Schild.

Erstaunt registrierte Jonas, dass der Dolch sogar den Spiegel hatte ritzen können, nicht aber durchdringen. Das Stilett wurde ihm von der Wucht des Hiebes aus der Hand gerissen. Es klimperte über den Boden und blieb in einer für den Jungen unerreichbaren Entfernung liegen.

»Du hast mich lange genug aufgehalten.« Kanthelms Lächeln war kalt wie Eis.

Noch immer stand Jonas vornübergebeugt vor dem Malkit und sah ungläubig auf seine leere Hand. Er war wie erstarrt. Erst als Kanthelm sich bewegte, wich er hastig bis zur Mauerbrüstung zurück. Hilfe suchend schaute er zum Himmel empor. Wenn doch der kleine Vogel nur käme!

»Ich bin deiner Spielchen überdrüssig«, kommentierte Kanthelm den Blick seines Gegners. »Dein Vogelfreund ist im Augenblick verhindert. Aber du kannst ja inzwischen schon mal selbst fliegen lernen.«

Mit Entsetzen sah Jonas, wie der Malkit mit dem Spiegel ausholte. Kanthelm war unheimlich stark. Dieser Hieb würde seinen Feind unweigerlich in die Tiefe befördern. Schon sauste die Kristallscheibe nach vorn. Jonas hob abwehrend die Arme. Da ertönte ein Schrei …

Der heisere Ruf kam weder von Jonas noch von Kanthelm, sondern direkt aus dem Himmel herab. Beide blickten überrascht nach oben. Ein schwarzer Blitz fuhr auf Kanthelms

Gesicht hernieder. Scharfe Krallen bohrten sich in seine Haut und ein spitzer Schnabel stach ihm in das Auge.

Ein furchtbarer Schmerzensschrei zerriss die Stille über dem Turm. Selbst die Wölfe am Fuß der Klippe konnten ihn hören. Doch Jonas war noch nicht gerettet. Kanthelms Waffe konnte ihn noch immer treffen. Im letzten Moment bog er den Oberkörper weit über die Brüstung zurück ... und entging nur um Haaresbreite dem heransausenden Kristallspiegel. Kraarks unbarmherziger Angriff hatte Kanthelms Hieb zwar die Treffsicherheit geraubt, nicht aber den Schwung. Von unsäglichen Schmerzen gepeinigt, ließ der Malkit den Spiegel los – worauf dieser in hohem Bogen über die Turmzinne flog.

Bestürzt blickte Jonas Keldins Spiegel hinterher. Die Scheibe trudelte wie ein welkes Blatt in die Tiefe, immer weiter, bis die Dunkelheit des schwarzen Schlundes sie verschluckte. Während Kanthelm verzweifelt mit der schwarzen Bestie kämpfte, die es auch noch auf sein zweites Auge abgesehen hatte, schien Jonas wie entrückt. Er hörte nichts, starrte nur in den Rachen des Berges, der die letzte Hoffnung für die Menschenwelt verschluckt hatte.

Ein furchtbarer Laut riss Jonas in die Wirklichkeit zurück: ein helles Klirren, das aus der Tiefe des Felsenschlundes zu ihm heraufdrang. Keldins Spiegel war zerborsten. Er hatte aufgehört zu existieren.

Und um Jonas herum herrschte das reinste Tohuwabohu. Kanthelm kämpfte noch immer mit dem Raben. Das Gesicht des Malkits war blutüberströmt und da, wo sich einmal sein linkes Auge befunden hatte, klaffte ein hässliches rotes Loch. Aber was Jonas mit viel größerem Entsetzen erfüllte, war der unheimliche Laut aus der Tiefe des Felsenschlundes. Das Klirren des zersprungenen Spiegels war längst verklungen, der Berg jedoch schien seine Zerstörung nicht hinnehmen zu wollen: Ein tiefes Grollen hatte eingesetzt, als würde jeden Augenblick eine Lavafontäne aus dem Felsenloch schießen.

»Jetzt lauf schon los!«

Kraarks Ruf riss Jonas endgültig aus seiner Erstarrung. Anstatt aber auf seinen gefiederten Freund zu hören, überlegte er, wie er ihm helfen könnte. Der Rabe setzte dem Malkit unaufhörlich zu, aber Kanthelms Kraft war unglaublich. Obwohl er schwer verletzt war, kämpfte er mit eisernem Willen weiter. Das Blut in seinem Gesicht behinderte ihn zwar, doch Kraark hatte alle Flügel voll zu tun, um den windmühlenartigen Armen zu entgehen.

»Mach schon, Jonas! Ich komm allein klar. Aber lange kann ich ihn nicht mehr beschäftigen.«

Endlich hörte Jonas auf den Freund. Er eilte seitwärts davon, um den Treppenaufgang zu erreichen. Da sah er aus den Augenwinkeln ein blaues Glitzern. Der Dolch! Schnell sprang er zu dem am Boden liegenden Kristallstilett, hob es auf und setzte seinen Weg zur Treppe fort.

Er hatte es geschafft. Jetzt konnte ihn Kanthelm unmöglich mehr einholen. Sobald seine Füße die ersten Stufen erreichten, blickte er noch einmal zu dem Malkit hinüber. Sein Atem setzte aus, als er sah, wie der blutige Arm Kanthelms voll gegen den in der Luft flatternden Raben prallte. Kraark wurde zur Seite geschleudert und verschwand kreischend hinter derselben Mauerbrüstung, über die auch Keldins Spiegel gefallen war.

Jonas' Herz krampfte sich zusammen. Er fühlte mit einem Mal unbändigen Zorn in sich aufsteigen. Wenn er jetzt umkehrte, dann konnte er Kanthelm in die Tiefe stoßen …

Doch da streckte sich der Malkit. Kanthelms Atem ging schnell, aber als er sich langsam umdrehte, strahlte eine grausame Kraft von ihm aus. Ein einzelnes, unnatürlich weiß anmutendes Auge blickte aus einer blutigen Fratze so hasserfüllt zu Jonas herüber, dass dieser glaubte, das Angesicht des Todes zu sehen. Ohne noch zu zögern, stürzte er die Treppe hinunter.

In dem halb zerstörten Turmgemach sprang er mit vier Schritten zu dem nächsten Abgang hin. Keine der Treppen verfügte mehr über ein Geländer und Jonas' Augen kamen, während er schon die ersten paar Stufen genommen hatte, auf eine Ebene mit dem Fußboden des Zimmers. In diesem Moment erblickte er das kleine bunte Federknäuel.

Der Papagei! Kanthelm hatte auch ihn auf dem Gewissen. Eine neue Woge des Zorns brandete durch Jonas. Damit er hatte entkommen können, musste das winzige Vögelchen sterben! Das hatte er nicht gewollt!

Über sich hörte er Schritte. Kanthelm hatte die Treppe erreicht. Jonas' Augen wanderten wieder zu dem leblosen kleinen Körper hin. Einem plötzlichen Impuls nachgebend, stieg er noch einmal zwei Stufen empor, beugte sich zu dem Federknäuel hinüber und hob es auf. Dann rannte er, so schnell er konnte, die Treppe hinunter.

Jonas ließ sich von Kanthelms wütendem Geschrei nicht beirren. Wie der Wind schoss er durch die verschiedenen Stockwerke hinab – der angeschlagene Malkit konnte ihm nur stolpernd folgen. Als er aus dem Turm ins Freie sprang, fand er Trojan so vor, wie er ihn verlassen hatte. Das heißt, nicht ganz.

»Kraark! Du lebst?«

»Was denkst du denn? Dank des ungehobelten Kerls kann ich mich zwar auf ein paar Tage Kopfschmerzen einstellen, aber sonst geht es mir prächtig.«

Der Rabe saß auf Trojans Rücken, was das Schelpin inzwischen mit der gleichen Gelassenheit hinnahm wie eine Panzerechse ihre gefiederten Krokodilwächter. Behände schwang sich Jonas in den Sattel und lenkte sein Reittier zum Ausgang hin.

Als sie das erste Burgtor nahmen, sagte er: »Ich dachte, du wärst auch in den Abgrund gestürzt!«

»Ich bin nur auf einem etwas bockigen Wind geritten. Aber das war halb so schlimm. Schließlich gelten wir Raben bei den Chinesen als Vorboten des Sturms. Ein paar Turbulenzen bringen mich doch nicht um.«

»Das beruhigt mich ungemein!« Auch das zweite Burgtor flog an dem Schelpin und seinen beiden Reitern vorbei. Jonas erinnerte sich an Darinas Bedenken. »Ich bin so froh, dass gerade *du* mich gerettet hast, Kraark.«

»Wieso? Hast du etwa geglaubt, ich lasse dich im Stich?«

Ein paar Galoppsprünge lang schwieg Jonas. Dann lächelte er befreit. »Nein, eigentlich habe ich das nie geglaubt.«

Als Trojan den Pfad erreichte, der ins Tal hinabführte, war von Kanthelms Wut- und Schmerzensschreien nichts mehr zu hören. Der Herrscher der Malkits hatte sich wohl endgültig mit seiner Niederlage abgefunden und leckte nun seine Wunden.

»Wer ist der kleine Kerl da in deiner Hand?«, fragte Kraark unvermittelt.

Erst jetzt fiel Jonas wieder der winzige Papagei ein, den er aus dem Turmgemach mitgenommen hatte. Ein Gefühl tiefen Mitleids überflutete ihn. »Er hat mir das Leben gerettet, noch bevor du gekommen bist.«

»Schon seltsam, dass sich so viele Tiere für dich einsetzen.«

»Du meinst, zwei.«

»Ich habe mit Talinka gesprochen. Sie erzählte mir, dass du hier oben vielleicht Hilfe brauchst.«

»Schade, dass sie für den Kleinen hier zu spät gekommen ist.« Zärtlich streichelte Jonas dem leblosen Papagei über den rot gefiederten Bauch. Eine einzelne Träne löste sich aus seinem Augenwinkel und tropfte direkt auf den Schnabel des Vogels.

Plötzlich bewegte sich das Federknäuel.

Der Piepmatz schüttelte den Kopf, drehte sich auf die winzigen Füßchen herum und brachte in aller Gemütsruhe sein Gefieder in Ordnung, als hätte er gerade ein Vogelbad genommen. Bald war er mit seiner Arbeit fertig und beäugte Jonas neugierig.

»Ich hätte nie gedacht, dass wir uns je wieder sehen«, sagte der Junge und wischte sich ein paar Tränen von den Wangen.

Das Blaukrönchen stieß einige Piepser aus und legte den Kopf schief.

»Er versteht dich«, meinte Kraark leise.

Jonas sah den Raben verwundert an. »Du meinst, der Kleine kann *auch* sprechen?«

»Na ja, vielleicht ist seine Art der Konversation noch nicht so kultiviert wie die meine, aber ich würde sagen, dich versteht sogar ein Regenwurm.«

»Danke. Das klingt ja *sehr* nett.«

»Es war durchaus als Kompliment gemeint, Jonas. Du musst schon immer ein besonderes Verständnis für die Tiere gehabt haben, aber der blaue Kristall hat dich mit einer Gabe beschenkt, die weit darüber hinausgeht.«

Der grün-rot-blau-orange-gelbe Federzwerg in Jonas' Hand schlug unversehens mit den Flügeln, als wolle er das Gespräch der beiden Älteren unterbrechen und deren Aufmerksamkeit wieder ganz für sich gewinnen. Als er das erreicht hatte, zwitscherte er eine fröhliche, aus sieben Tönen bestehende Melodie und erhob sich in die Luft. Während der Papagei noch eine letzte Runde um Jonas' Kopf drehte, glaubte dieser undeutlich ein »Dankeschön« zu hören. Dann war sein Lebensretter wie ein knallbunter Blitz davongeschossen.

◇ DIE ZWEI WEISEN

Minuq benahm sich wie ein übermütiger Welpe. Der große Leitwolf hatte seinen schwarz gefiederten Spielkameraden während all der vergangenen Jahre nicht vergessen. Als Kraark zuerst auf die Wölfe gestoßen war, hatte es keine Zeit für eine ausführliche Begrüßung gegeben, doch nun holten die beiden alten Freunde das gründlich nach.

Kraark tat so, als wollte er Minuq in den Schwanz zwicken, und sobald das gewaltige Gebiss des Wolfes spielerisch nach ihm schnappte, hüpfte der Rabe schnell zur Seite. Mal führten die beiden einen wilden Tanz auf, bei dem jeder unbedarfte Zuschauer geglaubt hätte, es ginge um Leben und Tod. Mal hockte sich Kraark auf Minuqs Schultern und knabberte liebevoll an dessen Ohren.

»Ich hätte nie gedacht, dass Raben und Wölfe sich so gut verstehen«, sagte Jonas zu Talinka, während er dem ausgelassenen Treiben der beiden zusah.

»Dort, wo ich herkomme, spielen die Raben den Wölfen öfter Streiche. Leider muss ich eingestehen, dass einige von ihnen sogar schlauer sind als unsereins.«

»Kraark hat in deinem Herzen einen besonderen Platz, stimmt's?«

Talinka blickte Jonas aus ihren gelben Augen eine Weile lang schweigend an. »Du bist wirklich ein seltsames Menschenkind, Jonas McKenelley. Anscheinend verstehst du besser, was in uns Tieren vorgeht, als wir selbst es manchmal können.«

Jonas lächelte verlegen. »Wir Menschen tun uns häufig genauso schwer unsere Gefühle offen zu zeigen. Das geht nicht nur Wölfen so.«

Einige Zeit später entsann sich Minuq seiner Rolle, die er als Leitwolf zu spielen hatte, und kam locker auf Jonas zugetrabt. Kraark landete wieder auf der Schulter seines Menschenfreundes.

»Wir sollten allmählich aufbrechen«, sagte der Rabe.

»Hat sich Kanthelm noch einmal blicken lassen?«, fragte Jonas.

Talinka sah zur Klippe hinauf. »Wir haben den Berg umstellt. Bisher ist niemand heruntergestiegen. Wahrscheinlich war dieser Kanthelm schon da oben, bevor wir Keldins Klippe überhaupt aus der Ferne zu Gesicht bekommen haben.«

Ein dunkler Schatten senkte sich über Jonas' Seele.

»Was ist mir dir, Freund?« Minuq war die Veränderung an dem Jungen nicht entgangen.

»Eigentlich sollte ich froh sein, dass nicht Darina, sondern ich mit diesem Scheusal zusammengestoßen bin. Aber die Sache mit Keldins Spiegel ...«

»Du denkst, du hättest ihn retten können!«

Jonas blickte zu Boden und nickte.

»Dann lass dir gesagt sein, dass du das Richtige getan hast. Kraark erzählte mir, mit welchem Mut du gegen Kanthelm gekämpft hast. Er ist ein kaltblütiger Mörder, Jonas! Er hat nicht nur das Leben unserer Gefährten, sondern auch das vieler Menschen auf dem Gewissen. Der Spiegel durfte nicht in seine Hände fallen. Du und Kraark, ihr beide habt das verhindert.«

»Aber Darina sagte doch, dass Kanthelm selbst einen von

Keldins Spiegeln besitzt. Also wollte er nur verhindern, dass die Bonkas den anderen bekommen. Und genau das hat er ja auch erreicht!«

»Wir können nicht wissen, ob Kanthelms Spiegel ähnlich beschaffen ist wie derjenige, der nun am Grund dieses Berges liegt«, mischte sich Kraark ein. »Wie du vorhin selbst gesagt hast, versuchte er ihn mit aller Macht in seine Gewalt zu bekommen. Insofern gebe ich Minuq Recht. Es ist besser, der Spiegel ist für alle verloren, als dass Kanthelm ihn bekommen hätte.«

»Und wie sollen wir jetzt verhindern, dass die Menschen sich auf der Erde die Köpfe einschlagen?«

»Hebe dir diese Frage für später auf, Jonas. Wir sollten nicht länger an diesem Ort bleiben«, meinte Talinka. Ihre Stimme klang ruhig, aber eindringlich.

»Was ist, Mutter?«, fragte Minuq.

Die alte Wölfin reckte die Nase in den Wind. »Ich weiß es nicht, aber ich spüre, dass etwas an diesem Ort vor sich geht. Etwas Grauenvolles. Vielleicht hätten wir nie hierher zurückkehren sollen.«

Keldins Klippe war bald unter den dichten Kronen des Nadelwalds verschwunden. Noch lange hatte Jonas den Eindruck, als höre er ein tiefes Grollen. Es klang wie ein Gewitter, das in weiter Ferne vorüberzog.

Die Wölfe folgten einem unsichtbaren Weg, der auf die Tiefebene hinausführte. Dort draußen, ungefähr vier Tagesmärsche entfernt, lag Kalvar, die »Stadt der zwei Weisen«.

Kraark berichtete Jonas, wie es den übrigen Gefährten in der Zwischenzeit ergangen war. Darina hatte unter größten Anstrengungen einen Weg aus dem Spiegellabyrinth gefunden. Am Ausgang war dann die Gruppe in einen Hinterhalt geraten.

Mindestens fünf Malkits hatten am Rande des Kristallgartens in aller Ruhe gewartet, bis Darina mit ihren Begleitern ins Freie trat. Die Wissende war aber so geschwächt gewesen, dass sie in dem Moment, als sie den Ausgang des Labyrinths erreichte, erschöpft von ihrem Hirsch rutschte. Mangaar fing sie auf. Und während die beiden Fährtensucher sich noch um sie kümmerten, tappte Ximon in die Falle.

Gerade als er hinter der letzten Kristalltafel hervortrat, schoss ein Lichtstrahl aus dem Dunkel des benachbarten Waldes. Er verfehlte den Flüsterer nur um Haaresbreite und schlug in die Kristallwand ein. Die ungeheure Hitze des Lichtgeschosses sprengte ein großes Stück aus dem Kristall und ein langer spitzer Splitter bohrte sich in Ximons Oberschenkel.

Jonas entsann sich mit Schrecken an das silberne Rohr in Kanthelms Gürtel. Verfügten die Malkits über Waffen, die es auf der Erde nur in Sciencefictionromanen gab? Jonas erinnerte sich an einen Zeitungsartikel über einen gewissen Theodore Maiman, der 1960 ein Gerät namens Laser konstruiert hatte. Mit ihm konnte man gebündeltes, enorm energiereiches Licht aussenden. Wenn Kanthelms Rohr tatsächlich eine solche Lichtwaffe gewesen war …! Mit Grauen dachte Jonas daran, dass eine einzige Handbewegung wahrscheinlich genügt hätte, um ihm ein Loch in den Leib zu brennen. Unbewusst hatte er genau das Richtige getan, als er Keldins Spiegel über die Mauerbrüstung hielt und Kanthelm damit zwang, seine Waffen abzulegen.

Allmählich wurde Jonas klar, dass der brillante Verstand, über den die Flüsterer verfügten, die Menschen nicht nur im Guten, sondern auch im Bösen voranbringen konnte. Wie lange würde es wohl noch dauern, bis auch auf der Erde die Kriege mit Lichtkanonen oder noch schlimmeren Waffen geführt wurden? Mit einem flauen Gefühl im Magen verfolgte er Kraarks weiteren Bericht.

Bergalf hatte den verletzten Ximon zurück in die Deckung des Labyrinths gezogen. Dann nahm er allein den Kampf gegen die Malkits auf. Einen nach dem anderen schaltete er sie aus …

»Er hat sie doch nicht …?« Jonas hielt erschrocken den Atem an.

»Umgebracht, meinst du?« Kraark lachte spöttisch. »Die Bonkas verabscheuen jede Gewalt. Nein, Bergalf benutzte nur sehr geschickt seine Gabe. Du erinnerst dich? Er ist ein Lichtformer. Er vermag Trugbilder zu erschaffen, indem er das Licht verformt wie ein Töpfer den feuchten Ton. Dass die Malkits dann ausgerechnet mit ihren Lichtpfeilen gegen ihn vorgingen, entpuppte sich für sie als ein … Wie sagt ihr doch noch gleich dazu?«

»Ein glattes Eigentor?«

»Danke. Bergalf leitete die Lichtpfeile so um, dass sie den Malkits gehörig einheizten. Sich selbst machte er mit seiner Gabe praktisch unsichtbar und nahm sich dann einen Malkit nach dem anderen vor. Ich habe ihm dabei ein bisschen geholfen. Bin mal hier in der Luft stehen geblieben, dann wieder dort. Bergalf hat mich auch ohne deinen Bilm ganz gut verstanden und die Malkits kampfunfähig gemacht. Leider sind uns die beiden entkommen, die am Anfang beinahe die eigenen Lichtpfeile abbekommen hätten.«

Für Jonas hörte sich das alles wie eine ziemlich groteske Wildwestgeschichte an. »Heißt das, ihr habt Gefangene gemacht?«

»Wie gesagt, die Bonkas lieben Gewalt nicht …«

»Ja, ja, schon gut. Ich wäre entsetzt, wenn sie anders gehandelt hätten. Ist das der Grund, warum du allein gekommen bist?«

Kraark bejahte die Frage. Bergalf habe die Malkits an Bäumen fest gebunden, berichtete er, und ihnen dann durch Formung des Lichts einige ziemlich hässliche Ungetüme gezeigt. Als er sich schließlich selbst eine wenig schmeichelhafte Fratze ins Gesicht zauberte und die Malkits befragte, hätten sie nichts lieber getan, als ihm alles, was sie seit ihrer Windelzeit wussten, zu erzählen. »Ihr Bericht hat uns sehr beunruhigt«, gestand Kraark, »obwohl wir uns das nicht anmerken ließen.«

Ein besonders redseliger Malkit erzählte, dass erst vor einer Woche Wanderer aus der Menschenwelt herübergekommen seien. Ursprünglich hätten die Bonkas diese zu Hilfe gerufen, aber Kanthelms Flüsterern sei es gelungen, die Wanderer in die Irre zu leiten. So konnte er die beiden wichtigsten Wanderer in seine Gewalt bringen. Dann spürte Kanthelm plötzlich das

Erwachen eines zweiten Wissenden. »Du hattest Darina geweckt«, erklärte Kraark.

Während noch in der Farbenstadt der Kristallrat zusammentrat und über die Suche nach Keldins Spiegel beriet, machten sich Kanthelm und etliche Malkits auf den Weg in das Zwieland. Offenbar waren auch sie durch die Spiegelregion gekommen und hatten sie durch dieselbe Facette wieder verlassen wie einen Tag später die bonkasische Expedition. Dann sagte Kraark etwas, was Jonas aufhorchen ließ.

»Wie es aussieht, hat Kanthelm den Gorrmack auf irgendeine Art besänftigen können, sodass er den Malkits nichts zu Leide tat. In dieser Hinsicht drückten sich unsere Gefangenen nicht sehr präzise aus. Kann sein, dass Kanthelms Sinnstein ihm diese Gabe verliehen hat. Jedenfalls meinte einer der von Bergalf aufgelesenen Malkits, sein Herr habe wohl den Gorrmack dazu überredet, sich auf uns zu stürzen, sobald wir uns in der Spiegelregion blicken lassen.«

»Was er ja dann auch getan hat«, fügte Jonas grimmig hinzu. Der arme Tamakh wollte ihm nicht aus dem Sinn gehen.

Der Einsturz der Brücke ging ebenfalls auf Kanthelms Konto. Er wollte die Bonkas mit allen Mitteln abschütteln. Wenn es ihnen aber dennoch gelingen würde, alle Hindernisse zu überwinden – zumindest im Falle Darinas hatte er wohl damit gerechnet –, dann wollte er ihnen auf Keldins Klippe einen letzten Hinterhalt legen. Offenbar gierte er danach, Darina in seine Gewalt zu bringen und sie als Gefangene in seinen Palast zu entführen. Einer der Malkits äußerte mit schmutzigem Lächeln, sein Herr habe wohl den grandiosen Einfall gehabt Darina zu heiraten, um mit ihr eine machtvolle Dynastie zu begründen.

Jonas musste unweigerlich an einen Jungen namens Smitty und an Lydia Gustavson denken. Er war froh, dass er Kanthelm die Suppe so gründlich versalzen hatte.

Die Malkits waren auf unerwarteten Widerstand gestoßen, berichtete Kraark weiter. Sie waren aus dem Spiegellabyrinth durch eine Facette in einen riesigen Wald gelangt. Drei von Kanthelms Leuten wurden dort von herabfallenden Ästen erschlagen, obwohl nicht einmal ein Sturm die Bäume schüttelte. Einer verschwand einfach, als hätte ihn die Erde verschluckt. Dann kreuzten sie den Weg eines Wolfsrudels. In seiner Grausamkeit tötete Kanthelm nur zum Vergnügen mit seinem Lichtspeer einen der Welpen, woraufhin die Tiere zum Angriff übergingen.

»Wie du wohl schon weißt, kam es darauf zu einem blutigen Kampf, der einigen Wölfen und nicht wenigen der Malkits das Leben gekostet hat«, sagte Kraark betrübt.

Kanthelm schickte dann den Rest seiner Männer zum Kristallgarten zurück, um dort zur Absicherung einen Hinterhalt zu legen. Er vermutete ganz richtig, dass die Wölfe ihnen nicht folgen würden. Er selbst wollte sich allein zu Keldins Klippe durchschlagen, um auf jeden Fall vor Darina dort zu sein, sollte sie sich schon im Großen Wald befinden. Unter der kleinen Schar von Malkits, die sich durch das Facettentor wieder in das Labyrinth zurückwagten, befand sich auch ein Bilmträger. Sein Sinnstein half ihm, den »Hauptausgang« des Kristallgartens zu finden. Dort legten sich dann die Malkits auf die Lauer.

»Wäre es nach Kanthelm gegangen, hätte spätestens auf der Klippe die Falle über uns allen zugeschnappt. Zum Glück wurden aber seine Pläne durchkreuzt und alles trug sich so zu, wie du es nun erfahren hast.«

»Wie geht es Ximon?« Jonas wechselte abrupt das Thema.

»Den Umständen entsprechend gut. Es ist nur eine Fleischwunde. Mangaar konnte den Kristallsplitter vollständig entfernen. Sam Chalk und Lischka sind bei ihm und den drei Gefangenen geblieben. Darina, Bergalf und Mangaar befinden sich auf dem Weg hierher. Wir werden sie vermutlich morgen treffen.«

»Wie gut, dass sie dich vorausgeschickt haben, Kraark! Ohne dich lägen meine Knochen schon längst zerstreut am Grunde des Riesenlochs. Danke, mein Freund.«

»Nachdem wir wussten, was Kanthelm plante, war uns klar, in welcher Gefahr du schwebtest«, wiegelte Kraark ab. »Wir hofften, du würdest denselben Ausgang finden, den Kanthelm zuvor genommen hatte.«

Jonas streichelte zärtlich über Kraarks schwarzes Gefieder.

Der Rabe genoss einige Augenblicke lang die Liebkosung mit geschlossenen Augen. Dann krächzte er: »Genug jetzt. Es wird bald Nacht und ich muss uns noch ein passendes Lager suchen.«

Bevor Jonas etwas erwidern konnte, hatte er sich in die Lüfte geschwungen und war über den Baumkronen verschwunden.

Am späten Vormittag des nächsten Tages meldete ein Kundschafterwolf die Sichtung dreier Bonkas.

»Bald treffen wir das Kristallkind«, übersetzte Minuq für seinen menschlichen Begleiter. Jonas hatte – mit Ausnahme von Talinka und ihrem Sohn – bisher nur einen einzigen Wolf verständlich sprechen gehört und das auch nur in einem kurzen Satz. Bestimmt war auch er ein Nachkomme der alten Wölfin. Die übrigen Tiere »sprachen« in seiner Gegenwart nur auf eine Weise, die Jonas seit langem von Hunden her vertraut war: durch die Körperhaltung, Duftmarken, verschiedene Laute ... Ob sie zu mehr imstande waren, konnte er nicht beurteilen. Er kannte das Rudel erst viel zu kurz, um sein Verhalten völlig begreifen zu können.

»Wann werden wir sie treffen?«, erkundigte er sich bei dem Leitwolf.

»Nach deiner Zeit in ungefähr einer Stunde.«

Minuq kannte sich gut mit der menschlichen Zeiteinteilung aus. Genau nach einer Stunde kam Darinas weißer Hirsch in Sicht. Das makellose Fell des kraftvollen Tieres leuchtete zwischen einer Gruppe von Eiben, noch ehe die niedrigeren Schelpins von Bergalf und Mangaar zu sehen waren. Erstaunlicherweise zeigte Darinas Hirsch nicht das geringste Anzeichen von Furcht, als er sich unvermittelt von Wölfen umringt sah.

Jonas sprang von Trojans Rücken, um Darina von ihrem Hirsch zu helfen. Sein Herz sprang vor Freude. Erst jetzt wurde er sich bewusst, wie sehr er das blonde Mädchen vermisst hatte.

»Jonas, mein Retter«, begrüßte Darina ihn lächelnd. »Ich habe mir große Sorgen um dich gemacht.«

»Wirklich?«

»Bist du Kanthelm begegnet?«

»Ja, leider.«

»Aber du lebst doch! Was gibt es da zu bedauern?«

Jonas wich Darinas forschendem Blick aus. »Keldins Spiegel ... Ich habe ihn verloren.«

Ein Schatten legte sich auf Darinas Gesicht. Jonas' Antwort hatte sich wie eine Selbstanklage angehört. Sie ergriff seine Hand und sagte sanft: »Komm! Wir wollen hier ein Lager aufschlagen und dann erzählst du Bergalf, Mangaar und mir deine Geschichte.«

Geradeso wurde es gemacht. Jonas gab sich große Mühe nichts auszulassen. Als er den Kristalldolch erwähnte und ihn dann auch noch unter seiner Jacke hervorzauberte, trat ein ehrfürchtiger Ausdruck in die Augen seiner Freunde. Jonas wollte das blau glitzernde Stilett nicht für sich behalten.

Doch als er versuchte es an Darina auszuhändigen, beharrte diese: »Du musst Keldins Dolch unbedingt behalten, Jonas! Könnten die Wissenden in die Zukunft sehen, dann hätte ich eine Erklärung für meine Überzeugung. Doch es ist kein Zufall, dass du ihn gefunden hast. Steck ihn wieder ein und gib gut darauf Acht.«

»Warte, ich habe hier etwas für dich«, sagte Bergalf und kramte aus seiner Satteltasche einen alten Lappen hervor. »Hier, das wird dich vor der Schärfe der Klinge schützen, bis wir etwas Besseres gefunden haben.«

Jonas wickelte den Dolch in das weiche und dennoch feste Tuch ein und steckte ihn in den Gürtel zurück. Dann setzte er seinen Bericht fort. Nachdem er mit der von den Bonkas erwarteten Ausführlichkeit sämtliche Erlebnisse dargelegt hatte, schwiegen die Anwesenden für eine lange Zeit.

Unversehens griff Bergalf mit der Hand in den Ausschnitt seiner dunkelgrünen Tunika. Als er die Kette mit dem Bilm hervorzog, starrten alle den Fährtensucher erstaunt an. Die violette Farbe war fast völlig aus Bergalfs Sinnstein verschwunden. Er strahlte in einem besonderen Licht, das dem ersten Gelb der Morgensonne ähnelte. Ganz deutlich war zu erkennen, wie der Glanz gleich einem phosphoreszierenden Nebel vom unteren Rand des Bilms ausstrahlte und zum oberen hin schwächer wurde. Nur in der Mitte stach ein einzelner hellgelber Punkt hervor.

»Was ist das?«, fragte Mangaar bestürzt.

»Ich weiß es auch nicht. Der Stein wurde plötzlich so warm«, antwortete Bergalf. In seinem Gesicht spiegelten sich dunkle Ahnungen.

»Könnte das ...« Jonas zögerte.

»Kanthelm?«, fragte Darina. Sie schüttelte den Kopf. »Ich erinnere mich noch gut an das Glühen auf Bergalfs Bilm, das von Kanthelms Gegenwart in der Schlucht herrührte. Es gleicht dem meinen, hier, im Zentrum des Sinnsteines. Aber das, was da von unten her in den Stein kriecht, muss unvorstellbar groß sein.«

»Aber *was* ist es?«

Darinas makelloses Gesicht wirkte wie versteinert. »Ich wünschte, ich könnte es genau benennen. Hoffentlich trügt mich mein Gefühl.«

»Welches Gefühl denn?« Jonas wurde ganz kribbelig, weil Darina nicht mit ihrem Verdacht herausrücken wollte.

»Vielleicht hat das Zerbrechen von Keldins Spiegel etwas aufgeweckt.«

Jonas sah die Wissende sprachlos an. Er erinnerte sich an die alte Sage der Wölfe. Als sein Blick zu Talinka und Minuq wanderte, sahen sie ihn nur aus gelben Augen an, ohne jede Regung. Warum wollte ihm niemand sagen, was sich da tief in Keldins Klippe regte? Je länger er darüber nachgrübelte, desto stärker fühlte er sich für dieses namenlose Unheil verantwortlich. Wenn er Kanthelm nicht mit dem Spiegel auf die Turmspitze gelockt hätte, dann würde der Kristall jetzt noch existieren. Vielleicht hätte man ihn mit vereinter Anstrengung auch dem Malkit noch abjagen können ...

Bergalf schien zu spüren, was in Jonas vorging. Sein Gesicht war ernst, doch in seinen dunklen Augen leuchtete Mitgefühl, als er sagte: »Dich trifft keine Schuld, Jonas. Dieses Leuchten in meinem Sinnstein kann viele Ursachen haben. Möglicherweise ist es auch nur eine Art Staubwolke, die aus den Splittern des zersprungenen Spiegels entstand. Darina tut gut daran, uns nicht mit bloßen Vermutungen zu ängstigen. Jedenfalls macht mir das Leuchten im Bilm weniger Sorgen als die schwierige Lage, in die Kanthelm uns mit der Zerstörung des Spiegels gebracht hat.«

»Schwierig, doch nicht hoffnungslos«, fügte Darina hinzu.

Alle sahen sie an.

»Wie meinst du das?«, fragte Bergalf.

»Bestimmt denkt sie an die zwei Weisen«, warf Talinka ein.

»Von was hat die Wölfin gesprochen?«, erkundigte sich Darina bei Jonas.

»Sie sagte, du hättest wohl die zwei Weisen im Sinn. Die Wölfe haben mir einiges über die Stadt Kalvar erzählt, Darina. Offenbar wohnen dort tatsächlich die Nachkommen Keldins.«

Die Wissende nickte. »Sicher ist es dieselbe Stadt, von der auch ich euch schon erzählt habe.«

»Ich erinnere mich auch, dass Talinka etwas von zwei Wanderern erwähnte, die vor einigen Jahren ins Zwieland kamen und später von den Bewohnern Kalvars als Ratgeber und Richter aufgenommen wurden.« Er blickte die Wölfin an. »Wie lange ist das nun her, Talinka?«

»Ungefähr ein Dutzend Jahre.« Der Junge übersetzte.

Darinas Augen schienen durch die Wölfin hindurchzusehen, als sie langsam sagte: »Ich denke, es könnte von großem Nutzen sein, diese Weisen zu sprechen. Für uns alle hier, für die Menschen auf der Erde und für dich ganz besonders, Jonas.«

»Wieso für mich?«

Darinas Blick wurde wieder klar. Sie lächelte Jonas an und sagte: »Nun, es sind doch Wanderer wie du. Ich bin mir fast sicher, dass sie dir einige der vielen Fragen beantworten können, die dich seit langem beschäftigen.«

Jonas blickte sie zweifelnd an und überlegte, was das wohl für Fragen sein mochten, von denen Darina sprach. Sie hatte natürlich Recht. Seit einer Woche hatte er so viele Abenteuer erlebt, dass sie niemals zwischen zwei Buchdeckel passen würden, wollte man sie alle beschreiben. Azon war für ihn ein einziges großes Fragezeichen, zusammengesetzt aus tausenden von kleinen. Und vorher? Er war von zu Hause ausgerückt, um seine Eltern zu finden. Aber in dieser Hinsicht durfte er wohl von den Weisen keine große Hilfe erwarten.

»Glaubst du, dass wir von Kalvar aus auf irgendeine Art mit den untereinander zerstrittenen Parteien auf der Erde in Kontakt treten können?«, fragte er Darina stattdessen.

»Wenn ich mein Gedächtnis über Dinge befrage, die das Zwieland betreffen, kommt es mir vor, als würde ich durch eine Eisschicht blicken. Ich möchte weder dir noch den anderen Gefährten gegenüber eine Hoffnung erwecken, die sich im Nachhinein als Trugbild erweisen könnte.«

Jonas konnte aus Darinas Gesicht lesen, dass die Angelegenheit damit für sie beendet war. Er seufzte und wechselte das Thema. »Wann werden wir Sam, Ximon und Lischka treffen?«

»Schon morgen. Wir haben das Spiegellabyrinth am Rande des Großen Waldes verlassen, in den du durch deine Facette hineingelangt bist. Wenn mich mein Gefühl nicht trügt, dann dürfte es von unserem Lager dort nicht mehr sehr weit bis nach Kalvar sein.«

»Ungefähr zwei Tagesmärsche«, warf Talinka ein.

Darina sah Jonas fragend an und er übersetzte, was die Wölfin gesagt hatte.

Dann erzählte die Wissende noch einmal in allen Einzelheiten, was sich zugetragen hatte, seit Jonas von ihnen getrennt worden war.

Wenig später setzte die gemischte Gruppe ihren Marsch auf Kalvar fort. Am Abend erreichten sie den Rand des Großen Waldes.

»Hier können wir unser Nachtlager aufschlagen«, meinte Talinka. »Morgen früh werden wir die Wölfe zum Hauptrudel zurückschicken. Nur Minuq und ich werden euch noch ein Stück begleiten.«

Während die Schatten der Nacht heraufzogen, wiederholte sich das allabendliche Ritual. Die Wölfe verschwanden im

Wald und folgten ihrer Natur. Kraark blieb ihnen dicht auf den Fersen. Jonas erinnerte sich entfernt, dass Raben so ziemlich alles fraßen. Auch Aas verschmähten sie nicht. Einige Tiere im Wald würden wohl den nächten Morgen nicht mehr erleben.

Jonas hatte sich vergewissert: Die Würde eines Wolfes war nicht verletzt, wenn er von einem Menschen gestreichelt wurde. So verabschiedete er sich gebührend von jedem Einzelnen der zwölf Graupelze.

Sie schienen ihn tatsächlich in ihr Herz geschlossen zu haben und als er dem einen, der ihm schon vorher aufgefallen war, das Fell kraulte, flüsterte der Jonas zu: »Lebewohl, Menschenkind. Und viel Glück bei deiner Suche!«

Jonas ließ sich seine Überraschung nicht anmerken. Vielleicht sah es Minuq ja nicht gern, wenn einer seiner Brüder vorlaut war.

Auf der Ebene kamen sie dann wesentlich schneller voran. Die Gegend erinnerte Jonas an das Grasland zwischen den Hängenden Bergen und der Farbenstadt, nur dass hier unzählige Säulenwacholder aus den sanften Hügeln schossen und die Landschaft insgesamt einen raueren, wilderen Eindruck machte.

Am späten Nachmittag trafen sie auf das Lager der Gefährten. Die Schelpins dort hatten die Wölfe schon früh gewittert und lautstark Alarm geschlagen.

Sam Chalk begrüßte Jonas wie seinen Sohn. Mit einem nervösen Seitenblick auf die zwei riesigen Wölfe sagte er: »Du hast wirklich einen extravaganten Geschmack, was die Wahl deiner Freunde betrifft.«

Jonas sah lächelnd zu Minuq und Talinka hinüber und versicherte dem Piloten: »Keine Angst, die beißen nicht.«

Sam lachte gepresst. »Das sagen die Leute immer, bevor einem ihre Schoßhündchen an den Hosenboden gehen …«

Aus Minuqs Kehle ertönte ein tiefes Grollen, das Sam erschrocken innehalten ließ.

»Meine Freunde sind *Wölfe«,* erläuterte Jonas lachend, »keine Streichelhunde.«

Sam nickte respektvoll und sagte in Richtung der Graupelze: »Ich werd's mir merken. Versprochen!«

Lischka und Ximon freuten sich über Jonas' wohlbehaltene Rückkehr mit der den Flüsterern eigenen Zurückhaltung. Die Nachricht von der Zerstörung des Kristallspiegels wurde von ihnen mit großer Betroffenheit aufgenommen.

»Wir werden heute hier bleiben und erst morgen weiterziehen«, sagte Bergalf und schaute prüfend in Talinkas Richtung. Die Wölfin erwiderte seinen Blick mit der Gelassenheit einer Sphinx. »Gut, dann ist die Sache also beschlossen.«

Bei einem Mahl aus frisch gebackenem Brot, getrockneten Früchten, Käse und Tee erzählte man sich ausführlich »Geschichten«, wie die Bonkas jede Art von Erlebnisbericht nannten. Jonas konnte nicht anders, als die Bewohner Azons wegen ihrer Vorliebe für diese Art des Zeitvertreibs zu bewundern. Er erinnerte sich an einige seiner Klassenkameraden, die fast ihre gesamte Freizeit vor dem Fernsehapparat verbrachten. Und er selbst? Nun ja, auch er war nicht selten in die Sümpfe entwichen, um einer anstrengenden Konversation zu entgehen.

Natürlich diente das Geschichtenerzählen an diesem Abend mehr als nur der Geselligkeit. Es war gewissermaßen der Auftakt zu einer umfangreichen Beratung.

Ximon – dessen Bein es übrigens schon wieder ganz gut ging – brachte noch einmal seine Besorgnis zum Ausdruck, was die mögliche Entwicklung zwischen dem Adler und dem Bären betraf. Darina habe ihm im Kristallrat die Augen geöffnet. Er hatte in den vergangenen zwei Tagen viel über die zurückliegenden Beobachtungen der Flüsterer gesprochen.

»Es ist nicht so, dass wir den Ernst der Lage übersehen hätten.« Er redete, als müsse er sich verteidigen. »Uns war klar, dass es zwischen den Vereinigten Staaten und der Sowjetunion zu außerordentlichen Problemen kommen musste, wenn beide ihre unterschiedlichen Ziele weiterverfolgten. Da gab es die Operation *Mongoose,* mit der die Amerikaner Castros Regierung zu stürzen versuchten, und auf der anderen Seite die Operation *Anadyr,* deren Ziel Atomraketen auf Kuba zu stationieren vom Adler unweigerlich als Provokation aufgefasst werden musste. Irgendwann – das war uns allen klar – würde der Adler über die Moskitoinsel fliegen und die Raketenstellungen entdecken. Ich selbst habe sogar versucht diese Entwicklung zu beschleunigen, weil ich dadurch wertvolle Zeit zu gewinnen hoffte. Es ist erst ungefähr anderthalb Monate her. Damals flüsterte ich dem US-Senator Kenneth Keating zu, dass es Raketeneinrichtungen auf Kuba gäbe. Keating reagierte auf meinen Rat. Er forderte noch am selben Tag vor dem Senat von Kennedy entschlossenes Handeln und schlug vor, dass die OAS, die Organisation Amerikanischer Staaten, ein Untersuchungsteam nach Kuba entsenden sollte. Damit hätte die Gefahr gebannt werden können. Aber mein Plan schlug fehl. Der amerikanische Geheimdienst wollte nicht, dass die Operation *Mongoose* ausgehebelt wurde, schon gar nicht von einem einfachen Senator. Deshalb verharmloste er Keatings Warnungen. Als der Senator nach seinen Quellen gefragt wurde, konnte er sich nur recht vage äußern – kein Wunder, er hatte ja keine Ahnung, dass die Flüsterer ihm von den Raketenstellungen auf Kuba berichtet hatten. So konnte der Bär weiter seine Ränke schmieden, ohne dass es zu Verhandlungen mit dem Adler gekommen wäre. Es würde mich nicht wundern, wenn die Flüsterer der Malkits eine vorzeitige Aufdeckung der Operation *Anadyr* verhindert hätten.«

»Wenn einige meiner Haare nicht schon grau wären, dann hätte ich spätestens in den letzten Tagen welche bekommen«, warf der stämmige Lischka ein. »Wir haben so viel versucht, aber alles ist uns misslungen. Nicht einmal die Wanderer, die wir zu Hilfe rufen wollten, haben uns erreicht.«

Sam Chalk schüttelte ungläubig den Kopf. »Gegen diese Malkits sind die Burschen vom KGB ja nichts weiter als dumme Schuljungs.«

»Kanthelm ist wirklich sehr schlau«, sagte Darina. »Er hat die Wanderer abgefangen, damit sie uns nicht helfen konnten. Und er ist grausam. Mich schaudert bei dem Gedanken, was er ihnen alles antun könnte, wenn es ihm für seine Pläne dienlich erscheint.«

»Wie es aussieht, hängen all unsere Hoffnungen an einem seidenen Faden«, murmelte Jonas. »Vielleicht haben die Weisen aus Kalvar ein glücklicheres Händchen als wir.«

Am nächsten Tag brachen die Gefährten schon im Morgengrauen ihr Lager ab. Die drei Gefangenen ließen sich von den Fährtensuchern widerstandslos auf das herrenlose Schelpin Goldans sowie auf zwei Packtiere setzen. Bergalfs Trugbilder mussten eine so nachhaltige Wirkung auf sie gehabt haben, dass sie alles taten, was man von ihnen verlangte. Durch die unfreiwilligen Mitreisenden war die Karawane nun auf zehn Personen angewachsen. Hinzu kamen ein Rabe und zwei Wölfe.

Wegen Ximons Verletzung mussten sie eine gemäßigtere Gangart einlegen. Zwar behauptete der zähe Flüsterer beharrlich, er könne auch im Galopp nach Kalvar reiten, aber sein Gesicht verriet den Freunden, dass er noch immer ziemlich starke Schmerzen im Bein verspürte.

Als die Karawane sich in Bewegung setzte, wandte sich Jonas noch einmal um. Die Luft war klar wie nach einem Regenguss und in der Ferne konnte man Keldins Klippe sehen. Ein graublauer Schemen, der nichts Gutes verhieß, erhob sich aus dem dunklen Streifen des Großen Waldes. Jonas konnte sich dieses Gefühl nur mit den schlechten Erfahrungen erklären, die er auf diesem öden Felsen gemacht hatte. Er beschloss, nicht mehr an Kanthelm zu denken, und drehte sich wieder zurück. Als nächstes Ziel lag Kalvar vor ihm, die Stadt der zwei Weisen. Darina hatte, was diesen Ort betraf, recht seltsame Andeutungen gemacht. Sie reichten aus, um wieder Hoffnung in ihm zu erwecken, aber nicht, um seine Neugierde zu stillen.

Jonas' Geduld wurde auf eine harte Probe gestellt. Erst am frühen Nachmittag des nächsten Tages sprach Darina die Worte, die er mit so großer Spannung erwartet hatte.

»Dort unten liegt Kalvar.«

Die Gefährten blieben in einer Reihe nebeneinander stehen und blickten in die weite Ebene hinab. Selbst die Gefangenen waren vom Anblick der Stadt ergriffen. Zwar konnte man aus der Entfernung kaum Einzelheiten erkennen, aber schon die schiere Ausdehnung Kalvars war überwältigend.

»In ungefähr zwei Stunden müssten wir die äußeren Bezirke der Stadt erreichen«, schätzte Bergalf.

»Dann lasst uns keine Zeit verlieren«, drängte die Wissende. Sie schien es mit einem Mal sehr eilig zu haben.

Das abschüssige Terrain ging allmählich in ein topfebenes Gelände über. Bald stießen die Gefährten auf eine Straße, die schnurgerade durch das Grasland führte, direkt auf die Stadt zu. Vieles hier erinnerte Jonas an Laomar: grasende Schelpins und Kühe, frisch abgeerntete Felder und die ersten Kleinen.

Das Erscheinen der Karawane war für einige der Keldinianer ein einzigartiges Erlebnis. Zuerst sahen sie nur die Bonkas, aber dann entdeckten sie immer mehr aufregende Einzelheiten: Darinas weißen Hirsch, zwei leibhaftige Menschen – einer jung und schlaksig, der andere älter und ein wenig korpulent –, und zuletzt die Malkits. Offenbar wussten die Nachkommen von Keldin dem Schmied sehr genau, wer diese Kahlköpfigen waren. Zum Glück trugen die Malkits Fesseln, sonst hätten Jonas und seine Freunde wohl keine höfliche Begrüßung erfahren. So aber begegnete man ihnen mit scheuer Neugier.

Je näher sie der Stadt kamen, desto mehr Landarbeiter und Hirten schlossen sich der Karawane an. Seltsamerweise hatte bisher niemand gewagt einen der Fremden anzusprechen. Zwei oder drei Keldinianer schüttelten ihre Neugierde ab und eilten den Fremden voraus. Es war ein gutes Dutzend Jahre her, dass zuletzt Menschen nach Kalvar gekommen waren. Dem Ältestenrat der Stadt musste also unverzüglich Meldung erstattet werden.

Während Trojan seinen Reiter an die größte Siedlung des Zwielandes herantrug, staunte Jonas einmal mehr über das Kleine Volk und seinen ausgeprägten Sinn für farbenfrohe Stadtgestaltung. Wohl in Ermangelung eines größeren Gewässers hatten die Keldinianer hier keine Muscheln und Schnecken zur Errichtung ihrer Gebäude verwandt, sondern Halbedelsteine in allen nur erdenklichen Farbtönen. Er entdeckte rosafarbenen Quarz, grüne Jade, bläulichen Türkis und orangeroten Karneol. Seine Kenntnisse in der Mineralogie reichten bei weitem nicht aus, um all die verschiedenen Gesteinsarten zu benennen. Aber sehr viel rätselhafter war für Jonas die Frage, woher die keldinianischen Baumeister nur all diese kostbaren Juwelen hatten.

»Keldin liebte edle Steine noch mehr als sein Schmiedehandwerk«, sagte Darina wieder zum richtigen Zeitpunkt.

Jonas sah sie verwundert an.

Sie lächelte und fügte hinzu: »Einen Tagesritt von Kalvar entfernt verläuft ein großer Cañon. Er mündet später in die enge Schlucht, durch die wir nach der Spiegelregion zogen. Dort, ganz nahe am Herzen des blauen Kristalls, hat Keldin einst die edlen Steine gefunden, die du nun hier siehst. Sie sind eine Laune des Kristalls – wie so vieles andere auch.«

»Schöne Laune! Vom Wert eines einzigen Hauses könnte wahrscheinlich ganz Muddy Creek ein Jahr lang sorgenlos leben.«

»Das Kleine Volk hat schon vor langer Zeit festgestellt, dass Juwelen und Gold auf dem Weg zum wahren Glück nur wenig nützen.«

»Und deshalb zimmern sie daraus ihre Häuser zusammen?«

Darina stieß ein glockenhelles Lachen hervor. »Du bist süß, Jonas. Nein, ob es sich nun um Muscheln handelt oder Opal, Jaspis und Turmalin – wir benutzen diese Materialien ganz einfach, weil sie *schön* sind und uns Freude machen. Wir sind regelrecht vernarrt in solche Dinge.« Sie hielt unvermittelt die Luft an, lächelte und fuhr dann sanft fort: »Du bereitest mir auch Freude, Jonas.«

Der Junge schwieg. Sein Gesicht fühlte sich heiß an. Komisch, dass Darina ihn immer wieder in Verlegenheit zu bringen verstand. Er kannte sie doch erst seit anderthalb Wochen. Um das Gespräch in unverfänglichere Bahnen zu lenken, fragte er: »Wie konnte Keldin überhaupt Spiegel aus dem Kristall schneiden? Ich denke, er ist so gut wie unzerstörbar.«

»Hast du etwa schon vergessen, was dein Dolch mit Keldins Spiegel angerichtet hat?«

Jonas erinnerte sich an die tiefe Schramme, die seine Waffe auf Kanthelms »Schild« hinterlassen hatte. »Hat Keldin den Kristall gehärtet, ähnlich wie man es mit Stahl macht?«

»Keldin war ein großer Meister seiner Kunst. Selbst mein Wissen reicht nicht aus, um zu erklären, wie er den Dolch geschmiedet hat. Nur so viel ist mir bekannt: Der Kristall ist nicht überall gleich dicht. Als er vor Urzeiten ins Meer stürzte, wurde er an einigen Stellen stark zusammengepresst, andere Teile des Meteors vermischten sich mit den Elementen der Erde und erstarrten zu Bereichen mit geringerer Festigkeit. Keldin muss einige sehr harte Brocken gefunden haben, die er dann als Werkzeuge nutzte.«

Während Jonas noch über Darinas Worte nachdachte, näherte sich ein Reiter von der Stadt her, ein Mann von höchstens dreißig Jahren. Er saß auf einem Vogel, der einem Strauß glich, im Gegensatz zu diesem aber voll entwickelte Flügel besaß.

»Für so etwas würde ich mich nie hergeben«, bemerkte Kraark mit einem abschätzigen Blick auf das gefiederte Reittier.

Der Reiter war von Kopf bis Fuß in dunkles Rot gehüllt. Er trug eine kurze, in der Taille gegürtete Tunika, weite Wollhosen und Schuhe aus einem filzartigen Material. Sein langes Haar war schwarz wie Kraarks Gefieder und wehte locker im Wind.

Als der Reitvogel unmittelbar vor der Karawane zum Stehen kam, sprang der Reiter ab. Seine geschmeidigen Bewegungen erinnerten Jonas an Bergalf, obwohl dieser Fremde nicht ganz so athletisch gebaut war wie der Fährtensucher. Er verbeugte sich tief vor den Ankömmlingen, klopfte sich mit der rechten Handfläche auf die Brust und rief beinahe überschwänglich: »Seid willkommen! Mein Name ist Numin. Ich bin der Sohn Nabins, der dem Ältestenrat von Kalvar vorsteht. Eigentlich hat mich mein Vater euch entgegengesandt!«

»Eigentlich?«, wiederholte Darina amüsiert.

»Nun, ich habe ihn nicht extra gefragt. Ich und mein Vater sind eins – im Reden, im Denken und im Handeln.«

»Dann musst du ja ein mustergültiger Sohn sein«, neckte Darina den Abgesandten der Stadt.

Jonas wunderte sich über den vertraut klingenden Ton aus ihrem Munde ebenso wie über Numins offenen Blick, mit dem er Darina vom Kopf bis zu den Zehenspitzen musterte. Aus irgendeinem Grund hätte er ein wenig mehr Zurückhaltung für angebrachter gehalten.

»Entschuldige, Numin«, mischte er sich in das Gespräch ein.

»Ein Mensch!«, rief der begeistert.

»Ja, allerdings«, sagte Jonas nur. Er bemerkte selbst, dass seine Erwiderung nicht gerade herzlich geklungen hatte, und bemühte sich daher um einen etwas freundlicheren Ton, als er nun sein Anliegen vortrug. »Wir suchen die beiden Weisen von Kalvar. Kannst du uns zu ihnen bringen?«

»Sind das Malkits?« Numin schien Jonas' Frage überhaupt nicht gehört zu haben. Schlimmer noch: Er sprach schon wieder mit Darina.

»Sie haben versucht uns umzubringen. Deshalb waren wir gezwungen ihnen die Freiheit zu nehmen«, antwortete diese freundlich.

»Seid ihr das, wofür ich euch halte?«

»Ja.«

Jetzt konnte Darina auch schon die Gedanken dieses Numin lesen! Jonas gefiel der gut aussehende Jüngling immer weniger. »Könntest du vielleicht doch noch meine Frage beantworten?«, wiederholte er einigermaßen grimmig sein Anliegen.

Numin ignorierte Jonas einfach. »Ihr müsst uns unbedingt eure *ganze* Geschichte erzählen«, bat er Darina. »Seit Äonen hatten wir keinen Kontakt mehr zu dem Volk unserer Väter und mit einem Mal steht ihr vor unserer Stadt, als wäre die Zeit nur ein Blitzen des Kristalls.«

»Das hast du wirklich schön gesagt, Numin.«

Das war zu viel für Jonas. Vor elf Tagen war er aufgebrochen, um seine Eltern zu suchen, aber das Kleine Volk hatte ihn kurzerhand nach Azon entführt, wo er seitdem herumirrte und den Bonkas – vor allem *Darina* – bei der Rettung ihrer Welt half. Er hatte gelitten, gehungert und viel zu wenig geschlafen. Und jetzt behandelte man ihn wie Luft! Seine ganze Anspannung entlud sich nun in einem Gewitter.

»Wenn du uns nicht selbst hinbringen willst, Numin, könntest du uns dann wenigstens den Weg zu den beiden Weisen verraten? Ich will dich ja bei deiner Plauderei nicht stören, aber wir sind hier, um deine ... nein, um *unsere beiden* Welten zu retten. Vielleicht könnt ihr eure Turtelei noch etwas aufschieben?«

Die Gefährten starrten Jonas verdutzt an: Einen derartigen Ausbruch hatten sie bei dem stillen Jungen noch nie erlebt. Über dem betretenen Schweigen verpuffte schließlich Jonas' Wut. Erschrocken über seine Reaktion schlug er die Augen nieder.

Plötzlich legte sich Darinas Hand auf seine zitternden Finger. »Entschuldige, mein Bruder, wenn du es *so* aufgefasst hast.«

Jonas verstand genau, was Darina mit dem Wörtchen »so«, meinte. Er war eifersüchtig auf Numin. Und *sie* hatte das natürlich sofort erkannt. Ob sie ihn wohl gerade deshalb in diesem Moment Bruder genannt hatte?

Ehe Jonas sich über seine Gefühle klar werden konnte, fügte Darina hinzu: »Du hättest zu Numin nur ein einziges Wort sagen müssen. Wir Bonkas sind mit den Menschen enger vertraut als die Kinder Keldins, die keinen Orden der Flüsterer haben. Deshalb verstehen wir euch auch, wenn dieses Wörtchen fehlt.«

Auch jetzt wusste Jonas sofort, was Darina meinte. Es fiel ihm wie Schuppen von den Augen. Er schluckte einen Kloß hinunter, so groß wie ein Donut, und sagte: »Sei mir bitte nicht böse, Numin, ich habe in der letzten Zeit wirklich etwas viel durchgemacht: Könntest du uns *bitte* zu den zwei Weisen bringen?«

In Numins schwarzen Augen brannte ein Feuer aus purer Lebenskraft. Die innere Stärke des jungen Mannes war leicht zu übersehen, wenn man nur auf sein augenscheinliches Temperament achtete. Diesen Blick heftete der Keldinianer nun einige Herzschläge lang auf das Menschenkind – ernst und mit versteinerter Miene –, dann strahlte sein Gesicht plötzlich auf. »Ich bin dir nicht böse, Wanderer. Ich werde dir gerne helfen, wenn es mir möglich ist. Aber willst du mir nicht zuerst deinen Namen nennen?«

»Oh, entschuldige. Ich heiße Jonas, Jonas McKenelley.«

»Warum hast du gesagt, du würdest uns helfen, wenn es dir *möglich* ist?«, hakte Darina bei Numin nach. »Für dich als einen Sohn des Oberältesten von Kalvar sollte es doch nicht schwer sein, die Weisen zu sprechen.«

Numins Gesicht verdunkelte sich. »Vor elf Tagen ist etwas Schreckliches passiert. Wir wissen nicht, was, aber seit dieser Zeit haben Robin und Saphirah niemanden mehr empfangen. Mein Vater hat versucht mit ihnen zu sprechen, aber die Unterhaltung war schon beendet, bevor sie richtig begonnen hatte. Er berichtete von einer tiefen Trauer, die den Sinn der beiden umwölkt und die zu durchdringen ihm einfach nicht möglich war.«

»Aber haben sie denn gar nichts gesagt?«

Numin sah Darina hilflos an. »Doch, schon. Irgendetwas wie: ›Er ist nicht mehr da.‹ Alles hätte keinen Sinn mehr. Mein Vater ist aus ihrem Gerede nicht schlau geworden. Sie haben ihn an der Tür abgewiesen – freundlich, aber bestimmt – und sind seitdem von niemandem mehr gesehen worden.«

Darina drehte sich zu Jonas um. »Vielleicht können *wir* sie aus ihrer Trauer reißen. Was meinst du?«

Es war seltsam, wie Darina dies sagte. Jonas zuckte mit den Schultern und erwiderte: »Ich hoffe es. Sie sollen ja Wanderer sein wie Sam und ich. Unsere Anwesenheit könnte sie schon aufmuntern.«

Numin führte die Fremden auf eine Straße, die vor den ersten Häusern Kalvars links abzweigte und dann der Stadtgrenze folgte. Unterwegs erzählte er von den zwei Weisen. Sie wohnten in einem Haus außerhalb von Kalvar auf einem kleinen Hügel, dem einzigen im ganzen Tal. Die beiden hatten schon immer sehr zurückgezogen gelebt. Als die Bewohner Kalvars – Numin nannte sie die »Regenbogenstadt« – die Weisen vor einem Dutzend Jahren gebeten hatten zu ihnen zu kommen, hatten diese eine Bedingung gestellt: Sie verlangten, dass man ihnen einen Ort zur Verfügung stellte, an den sie sich jederzeit zurückziehen konnten. Deshalb hatten die Kalvarer ihnen das Haus auf der Anhöhe gebaut.

Bald konnte Jonas »das Haus« erkennen. Es glich eher einem kleinen Palast. Das ganze quadratische Gebäude bestand aus nachtblauem Lapislazuli. Es besaß zwar nur ein Obergeschoss, aber die Seitenlänge des schimmernden Vierecks ließ auf mindestens dreißig Zimmer schließen.

Numin lenkte seinen Vogel auf einen gewundenen Pfad, der am Fuße des Hügels begann und vor der Haustür der zwei Weisen endete. Erstaunt stellte Jonas fest, dass der Weg nicht mit normalem Kies, sondern mit den unterschiedlichsten Halbedelsteinen bestreut war. Im Nachmittagslicht glitzerten die polierten Kleinode in allen Farben.

Dann standen sie endlich vor dem Haus. Millionen kleiner Goldpünktchen schimmerten in dem dunkelblauen Lapislazuli und verliehen dem ganzen Gebäude einen zauberhaften Glanz. Numin stieg die drei Stufen der breiten Treppe zum Eingang empor und klopfte an die schwere Holztür.

Nichts geschah.

Numin klopfte noch einmal.

Wieder nichts.

Er blickte sich zu den Wartenden um und lächelte ratlos. Jonas und die Gefährten waren von ihren Tieren gestiegen und sahen Numin erwartungsvoll an.

»Vielleicht ist die Tür ja offen«, meinte Sam Chalk.

Numin schaute den Piloten an, als hätte der gerade einen ziemlich dummen Witz gemacht, aber dann schob er trotzdem den außen angebrachten Riegel beiseite. Die Tür schwang langsam auf.

Sam grinste wie ein Honigkuchenpferd. »Alter Jagdfliegertrick: ›Warum durch die Hintertür, wenn vorne offen ist?‹«

»Das muss ich mir merken«, knarrte Kraark vor Jonas' Sattel.

Vorsichtig trat Numin in das Haus. »Robin? Saphirah?«, rief er. Niemand antwortete ihm. Er kam wieder an die Tür zurück und sagte zu den Wartenden: »Bleibt hier, bis ich mit ihnen gesprochen habe.« Dann war er verschwunden.

Jonas fand, dass die Zeit mit einem Mal so träge dahinströmte wie ein ganzer Honigfluss. Entweder konnte Numin die zwei Weisen in dem Haus nicht finden oder es gelang ihm nicht, sie zu einer Audienz zu überreden. Endlich waren Schritte zu hören.

Numin erschien an der Tür und strahlte über das ganze Gesicht. »Sie wollen eine Ausnahme machen!«

Laute der Freude erklangen. Der eine oder andere klopfte den Staub von den Kleidern. Man machte sich daran, das Haus zu betreten.

»Halt!«, bremste Numin den Eifer der Gefährten. »Nur Jonas soll ins Haus kommen. Ihr anderen müsst solange draußen warten.«

»Ziemlich pingelig, eure Weisen«, nörgelte Sam.

»Hab nur ein wenig Geduld«, sagte die Wissende zu dem Piloten. »Wir werden Jonas bald folgen können.«

Der Junge bedachte Darina mit einem Stirnrunzeln. Dann folgte er Numin in den Lapislazulipalast.

Im Gebäude herrschte Dämmerlicht. Es gab zwar viele Fenster, diese waren jedoch mit langen Stoffbahnen verhängt. Der Sohn des Oberältesten von Kalvar führte den Besucher zuerst durch eine Vorhalle und von dort in einen blühenden Innenhof. In dem Garten plätscherte ein Springbrunnen, Vögel zwitscherten und der Duft wunderschöner Blumen erinnerte Jonas an Großmutter Roses botanische Abteilung auf der Alligatorenfarm. Vor dem Brunnen schlug Numin einen Haken nach links und führte den Jungen in das Haus zurück. Sie durchschritten zwei Zimmer, die nicht ganz so düster waren wie der Eingangsbereich des Palasts. Pastellfarbene Vorhänge ließen weiches Licht hereinsickern. Die Räume maßen mindestens vierzig mal vierzig Fuß, waren also alles andere als klein.

Am Eingang zu einem weiteren Zimmer blieb Numin stehen. Die Tür war halb angelehnt. Er bedeutete Jonas zu warten und schlüpfte dann durch den Spalt.

Jonas verfolgte ihn mit den Augen und versuchte die Schatten des anderen Raumes zu durchdringen. Es gab auch dort ein Fenster, wie alle anderen mit einer Stoffbahn verhangen. Das Tuch war sehr dunkel und ließ nur wenig Licht herein. Dennoch konnte Jonas einen Schemen erkennen. Die Silhouette einer Frau hob sich deutlich vor dem Fenster ab. Langes glattes Haar fiel ihr über die Schultern. Sie saß einfach nur da und rührte sich nicht, schien nicht einmal zur Tür hinzublicken, in der doch gleich der Gast erscheinen musste.

Leises Flüstern drang an Jonas' Ohr. Zuerst verstand er gar nichts, aber dann …

»Und du bist sicher, dass er ein Wanderer ist?«, fragte eine fremde Stimme. Sie klang weich und müde, doch sie gehörte eindeutig einem Mann. Etwas an dieser Stimme ließ Jonas aufhorchen.

»Eigentlich handelt es sich um *zwei* Wanderer, ehrenwerter Robin. Aber nur einer von ihnen ist ein Junge«, antwortete Numin.

»Und er hat gesagt, sein Name sei *Jonas*?«

»Jonas und noch irgendetwas. Der Name war so kompliziert, dass ich ihn vergessen habe.«

»Hieß er vielleicht McKenelley?«

Jonas' Herz setzte für einen Augenblick aus. Woher kannte dieser Robin seinen Namen?

»Ja, genau!« Numin schien erstaunt. »Deine Weisheit ist größer als …«

»Würdest du ihn bitte hereinrufen«, unterbrach die Stimme des Mannes freundlich den Keldinianer.

»Ja, natürlich.«

Ein Schatten näherte sich der Tür.

»Und warte bitte im Garten, bis ich dich rufe.«

»Ja, Lehrer.«

Jonas starrte auf den kleinen Mann herab, der sich in diesem Augenblick wieder durch den Türspalt schob.

»Robin möchte, dass du jetzt hereinkommst.«

Der Junge reagierte nicht. Er blickte nur wie benommen in Numins funkelnde Augen.

»Was ist mit dir?«

Langsam kam Jonas wieder zu sich. »Wie …?«
»Robin möchte dich jetzt sehen.«
»Ja. Gut.«
»Ich warte im Innenhof auf dich.«
»Ja.«
»Geht es dir auch wirklich gut?«
»Ja.«
Numin blickte Jonas etwas zweifelnd an, lächelte dann aufmunternd und verschwand in Richtung Garten.

Der Junge schaute wieder durch die halb geöffnete Tür. Der Schatten der Frau war verschwunden. Endlich gehorchten ihm seine Beine und er ging langsam auf den Spalt zu. Als er sich wie Numin in den Raum schieben wollte, sagte eine Stimme: »Du kannst die Tür ruhig öffnen. So können wir dich besser sehen.«

Jonas gehorchte. Langsam schob er die schwere Holztür mit der linken Hand zur Seite. Zu seiner Rechten gab es einen großen Kamin. Davor befand sich ein Lehnstuhl, in dem er den Schatten der Frau entdeckte. Dahinter stand ein anderer, großer, schmaler Schemen.

Die beiden dunklen Gestalten blickten zu Jonas herüber, der wie angewurzelt in der Tür stand. Er konnte sein Herz schlagen hören. Langsam erhob sich der Schatten der Frau, fürsorglich gestützt von dem Mann. Sie ging einen Schritt auf Jonas zu.

Die Unruhe in ihm wurde immer stärker. Sie entsprang irgendwo in der Magengrube und überschwemmte von dort seinen ganzen Körper. Seine Knie wurden weich. Ein Schauer nach dem anderen lief ihm über den Rücken. Es war keine wirkliche Angst, die er empfand, allenfalls befürchtete er, dass jeden Moment das Licht angehen und dieses Bild verschwinden könne. Die Silhouetten schienen ihm vertraut, so vertraut wie kaum etwas sonst auf der Welt: der hoch gewachsene schlanke Mann, die zierliche Frau mit den glatten Haaren.

»Jonas?« Die Stimme der Frau bebte. Sie war so leise, dass nur die Hoffnung sie an Jonas' Ohr tragen konnte.

»Mutter?«

»Jonas!« Endlich riss sich der zarte Schatten der Frau von der Hand ihres Beschützers los und eilte auf den Jungen zu. Kurz vor ihm blieb sie abrupt stehen. Das schwache Licht aus dem Nebenzimmer fiel auf ein Gesicht, das von Gefühlen tief bewegt war.

Die zunächst schmerzlich scheinende Miene wich bald einem Ausdruck tiefen Glücks. Tränen begannen zu fließen. All der Kummer, der dieses Antlitz so lange geformt hatte, fiel nun davon ab. Er war vergessen, nach so vielen Jahren, jetzt, da Sarah McKenelley endlich wieder ihren Sohn in die Arme schließen konnte.

Jonas' Vater hatte den Fensterbehang glatt aus der Halterung gerissen, um seinen Sohn in allen Einzelheiten studieren zu können.

»In natura siehst du noch viel besser aus!«, schwärmte er ein ums andere Mal. Auch Robert McKenelleys Gesicht zeigte Spuren tiefer Gram, aber sein Lachen klang schon recht viel versprechend.

»Lass doch, Dad«, wehrte sich Jonas halbherzig.

Aber sein Vater dachte gar nicht daran, den Sohn zu schonen. Mit den Fingern zerzauste er dessen Haare. Er hob ihn vom Boden und drehte ihn herum, drückte ihn, küsste ihn, prüfte seine Oberarme, studierte seine Finger.

»Bob! Nun lass ihn doch erst einmal verschnaufen«, mahnte Sarah ihren Mann. Sie tat das nicht ganz uneigennützig. Denn in dem Moment, als der Vater widerstrebend vom Sohn abließ, nahm sie ihn wieder in die Arme. Jonas war dieses Gefühl neu und doch irgendwie vertraut.

»Woher habt ihr nur gewusst, dass ich es bin?«, kam nun endlich der Junge zu Wort. »Ihr kennt mich doch nur als kleines Kind.«

Seine Mutter sah ihn mit stillem Lächeln an. Ihre dunklen Augen glänzten noch von den Tränen. »Wir waren immer bei dir. All die Jahre hindurch.«

Jonas' Augen wurden immer größer. Abwechselnd blickte er von der Mutter zum Vater und zurück. Natürlich hatte er schon als kleiner Junge das Gefühl gehabt, seine Eltern würden noch leben. Großvater hatte ihm ja beigebracht, was mit den Toten geschieht. *Die Erinnerung an sie ist in der Vergessenheit versunken.* Das Bild seiner Eltern hatte immer in seinem Herzen existiert …

»Aber wie konntet ihr …?« Er sah wieder zu seinem Vater hin. »Du hast eben so was Komisches gesagt. In Natur sähe ich besser aus, oder so. Wie hast du das gemeint?«

»Hier auf Azon gibt es Mittel und Wege, in die Welt der Menschen hinüberzublicken …«

»Ich weiß«, unterbrach Jonas seinen Vater aufgeregt. »Aber Darina hat mir erklärt, im Zwieland gebe es keine Flüsterer. Ich meine, wie könnt ihr da …?«

»Das ist richtig«, erklärte Robert lächelnd. »Die Nachkommen Keldins kennen zwar die Legende von der Höhle der Flüsterer – so etwas gibt es im Zwieland wirklich nicht –, aber wir hatten trotzdem eine Möglichkeit dich und übrigens auch meine Eltern, deine Großeltern, zu sehen. Mehr noch, wir konnten euch auch Dinge zuflüstern. Hast du schon einmal von Keldins Spiegeln gehört?«

»Ja!«, entfuhr es Jonas. »Es gab drei davon. Einer befindet sich im Besitz der Malkits. Der andere ist vor vier Tagen … für immer verloren gegangen. Und der dritte ist schon vor langer Zeit zerstört worden.«

»Du sagst, den zweiten Spiegel gibt es nicht mehr?«, hakte Robert nach.

Jonas sah zu Boden. »Ich selbst bin schuld daran.«

Robert nahm seinen Sohn bei den Schultern und sah ihm fest in die Augen. »Der zweite Spiegel des Schmieds wurde über Jahrtausende bewahrt für den Tag, der gemäß Keldins Weissagung das Volk der Bonkas und dasjenige der Keldinianer wieder zusammenführen sollte. Ich zweifle daran, dass du diesen Spiegel so einfach zerstört hast, Jonas. Aber ehe du uns ausführlich deine Geschichte erzählst, möchte ich dir etwas zeigen.«

Jonas sah seinen Vater fragend an.

»Komm, es befindet sich in einem Saal, ganz in der Nähe«, fügte dieser hinzu.

Robert und Sarah führten ihren Sohn durch vier Räume in den Teil des Lapislazulipalastes, der dem Eingang direkt gegenüber lag. Sie traten gemeinsam in einen großen Saal, in dem ein riesiger runder Tisch aus schwarzem Obsidian stand.

»Hier tagt hin und wieder der Große Rat von Kalvar«, erklärte Robert, wie ein Fremdenführer auf die Tafel deutend. Dann zeigte er in eine Nische, die sich links von der Tür befand. »Und das da ist Keldins zweiter Spiegel.«

Jonas war ganz durcheinander. Langsam, Augen und Mund vor Staunen geöffnet, ging er auf das kristallene Oval zu. Es hing in einem Gestell, das in der Wandnische stand. Die blau schimmernde Facette war in einen goldenen Rahmen eingefasst, der in Größe und Form demjenigen sehr ähnlich sah, den Jonas auf der Klippe entdeckt hatte. Eines jedoch unterschied diesen Spiegel deutlich von dem, der am Grunde des Felsenschlundes zerborsten lag.

»Er ist ja kaputt!«, entfuhr es Jonas. Er erinnerte sich an Darinas Worte.

Sein Vater lächelte. »Nicht kaputt. Vielleicht beschädigt, aber nicht zerstört.«

»Er funktioniert also noch?«

»Dieser Spiegel ist tatsächlich vor ungezählten Generationen in drei große Teile zersprungen, aber seit einigen Jahren dient er dem Zwieland als Fenster zur Menschenwelt.«

»Seltsam, dass Darina nichts davon wusste.« Jonas betrachtete nachdenklich die metallisch glänzenden Streben, mit denen die einzelnen Scherben des Spiegels zusammengehalten wurden wie die kleinen Scheiben eines Bleiglasfensters.

»Du erwähnst ihren Namen nun schon zum zweiten Mal«, mischte sich Sarah neugierig ein. »Ist das die Wissende, von der Numin gesprochen hat?«

Jonas nickte.

»Sie scheint einen großen Eindruck auf dich gemacht zu haben.«

»Warte erst, bis du sie selbst kennen lernst, Mutter!«

»Um auf deine Bemerkung zurückzukommen«, übernahm nun Robert wieder das Gespräch, »außerhalb des Zwielandes gilt nach den dortigen Legenden Keldins Spiegel wohl deshalb als verschollen, weil er jahrtausendelang in einer Höhle der Juwelenschlucht verborgen lag. Deine Mutter und ich fanden die Scherben, als wir nach Azon kamen. Aus dem goldenen Rahmen schlossen wir, dass wir etwas Besonderes gefunden hatten. Deshalb nahmen wir die Bruchstücke mit. Ich habe den Spiegel bald darauf repariert. Seit wir in Kalvar wohnen, wird er hier im Saal des Großen Rats aufbewahrt. Deine Mutter und ich wollten ihn eigentlich dem Rat übergeben, aber die Keldinianer glauben, dass nicht wir den Spiegel gefunden haben, sondern er *uns*. Ihrer Überzeugung nach sind wir ›die Erwählten, die den wahren Zweck des Spiegels erfüllen müssen‹, was immer sie auch darunter verstehen.«

Jonas bewunderte die feinen Verzierungen an dem Goldrahmen und die seltsame Tiefe des Spiegels. Er hatte das Gefühl weit hinab in einen blauen, grundlosen Teich zu blicken.

»Du musst ihn unbedingt Darina und den anderen zeigen!«, brach es jäh aus ihm hervor. Schlagartig war ihm bewusst geworden, dass in ihm die Hoffnung lag, von der die Wissende gesprochen hatte. Er erinnerte sich an jedes einzelne Wort, das sie im Großen Wald zu ihm gesagt hatte: *Ich denke, dass es von großem Wert sein könnte, diese Weisen zu sprechen. Für uns alle hier, für die Menschen auf der Erde und für dich ganz besonders, Jonas.* »Sie hat alles gewusst! Von euch, von dem zweiten Spiegel – alles! Die ganze Zeit über …«

VIERTE FACETTE

DER ABGRUND

Neugierig musterte Sarah die beiden Wölfe. Vor allem der eine, auf dessen Rücken ein großer Rabe saß, erregte ihre Aufmerksamkeit.

»Du hast wirklich außergewöhnliche Freunde«, sagte sie zu ihrem Sohn.

Nach der Begrüßung hatten Robert, Numin, Bergalf und Lischka einen großen Tisch im Garten aufgebaut, um den nun alle versammelt waren. Robert hatte Numin anschließend in die Stadt gesandt, um so schnell wie möglich die Ältesten des Großen Rats zusammenzurufen. Es gab viel zu besprechen.

Mehr noch als die Wölfe hatte Darina die zwei Weisen zum Staunen gebracht. Ihre Ähnlichkeit mit Lydia Gustavson war unübersehbar. Jedoch verhielt sich die Wissende so gar nicht wie ein unbedarftes Mädchen, das die meiste Zeit mit dem Kämmen seiner makellosen Haare verbringt.

Darina erklärte in groben Zügen, zu welchem Zweck die Suchexpedition der Bonkas aufgebrochen war. Zu aller Überraschung erzählte Jonas' Vater daraufhin, dass er sehr gut über die Besorgnis erregenden Geschehnisse auf der Erde informiert sei. Nur in den letzten elf Tagen habe das plötzliche Verschwinden seines Sohnes ihn alles andere vergessen lassen.

»Wir dachten, du wärst in die Hände der Malkits geraten oder sogar in der Spiegelregion ums Leben gekommen«, berichtete der hoch gewachsene Mann, der kaum älter aussah als auf den Fotos, die Jonas noch von seinen Eltern besaß. »Als wir selbst vor vierzehn Jahren in den Strudel gerieten, der uns vom Bermudadreieck geradewegs nach Azon führte, wurden auch wir in der Spiegelregion von unseren Begleitern getrennt. Seit damals haben wir die Besatzung der Roly-Poly nicht mehr gesehen. Wir haben wirklich geglaubt, mit dir sei das Gleiche geschehen, mein Sohn.«

»Habt ihr deshalb niemanden mehr empfangen wollen?«, fragte Jonas mitfühlend.

Robert nickte. Für einen Moment trat der alte Kummer auf

sein Gesicht. »Es ist schwer zu beschreiben. Wir haben dich immer nur im Spiegel gesehen. Für deine Mutter und mich stellte das eine schwere Prüfung dar. Einerseits waren wir von dir getrennt, aber auf der anderen Seite schienst du uns so nahe. Wir konnten sogar zu dir sprechen …«

»Ihr habt …!«, stieß Jonas mit aufgerissenen Augen hervor. Sein Leben war ein einziges Mosaik gewesen mit vielen Steinchen, die nur er hatte sehen können. Jetzt begann dieses Bild endlich Gestalt anzunehmen. »Als ich am Sonntag, vor genau zwei Wochen, diese Stimme zu hören glaubte – sie war so laut, dass ich davon aufgewacht bin –, habt *ihr* da nach mir gerufen?«

Sarah sah zu ihrem Mann hinüber und lächelte dann Lischka und Ximon an. »Wir sind wohl etwas zu laut geworden. Ich weiß, dass die Flüsterer so etwas nie tun würden. Aber«, sie hob um Nachsicht bittend die Schultern, »Bob und ich waren so aufgeregt! Seit Jahren hatten wir uns vorgenommen dich zu rufen, wenn du alt genug wärst. Vor zwei Wochen hat unsere Sehnsucht dann die Sorge besiegt.«

»Als ich in dem Sumpf war und es mit einem Mal so still wurde – seid ihr das auch gewesen?«

Robert antwortete mit ernster Miene: »Nein. Wir haben dieses Raunen auch vernommen, obwohl wir nichts verstehen konnten.«

»Ich fürchte, das waren die Malkits, vielleicht sogar Kanthelm selbst«, merkte Lischka an. Sein rundes Gesicht zeigte tiefe, grimmige Falten. »Ximon und ich kennen dieses Raunen, von dem ihr gesprochen habt, sehr gut. Wenn wir in der Höhle der Flüsterer in eine Facette blicken, dann kommt es manchmal vor, dass auch wir es hören können. Der Kristall lässt es nicht zu, dass wir die Worte eines anderen Flüsterers verstehen, aber wir spüren seine Anwesenheit. Wahrscheinlich hat Kanthelm gewusst, dass ihr euren Sohn gerufen habt. Zu diesem Zeitpunkt hatten wir Bonkas schon die Gesandten des amerikanischen Präsidenten auf den Weg gebracht. Kanthelm muss geahnt haben, dass Jonas in Azon seine Pläne gefährden würde. Er wollte ja die von uns gerufenen Menschen entführen. Mit Keldins Spiegel konnte er zwar die Wirkung *eines* Echos verfälschen, aber wenn zufällig zur gleichen Zeit ein *zweiter* Ruf erschallte, dann bestand die Gefahr, dass die Menschen ihm entglitten.«

»Was im Falle Jonas' und Sams ja auch wirklich geschehen ist«, stellte Bergalf nüchtern fest.

»Dann haben die Malkits womöglich die Alligatorenjäger direkt auf mich zugelenkt!«, hauchte Jonas.

»Davon kannst du ausgehen.« Bergalf nickte.

Robert schüttelte ungläubig den Kopf. »Dann hätten wir unseren eigenen Sohn um ein Haar in eine tödliche Falle gelockt. Ich fasse es nicht! Erinnerst du dich noch an den Flughafen an der Route 997, Jonas?«

»Da, wo ich durch den Zaun gekrochen bin, ja.«

»Hast du dich schon einmal gefragt, warum du das Loch in dem Maschendraht entdeckt hast, obwohl es doch hinter einem dornigen Busch versteckt lag?«

»Das wart auch …?«

Robert nickte. »Sarah und ich haben es dir zugeflüstert. Danach bist du auf das Flugzeug aufmerksam geworden, das dich beinahe in die Arme Kanthelms getragen hätte.«

Jonas atmete tief durch. Das alles musste erst einmal verarbeitet werden. Er lächelte matt. »Hört auf, euch Sorgen über Dinge zu machen, die längst vorüber sind. Ich bin hier, alle Arme und Beine sind noch dran und mein Verstand – na ja, einigermaßen funktioniert der auch noch.«

»Nicht nur einigermaßen. Ich bin stolz auf dich, mein Sohn. Nur wenige hätten den Mut besessen einfach von zu Hause fortzulaufen, um sich auf solch eine Suche zu begeben.«

Jonas zuckte mit den Schultern. »Ich bin nicht sehr oft dafür gelobt worden, dass ich so anders als meine Freunde und Klassenkameraden bin – höchstens von Großvater vielleicht.«

Sarah lächelte verschmitzt. »Ich habe deinen Großeltern oft genug zugeflüstert, wie sie dich erziehen sollen. Vor allem Tom, dessen Wort in deinen Ohren immer ein besonderes Gewicht hatte. Möglicherweise bin ich daran schuld, dass so viele dich als einen Außenseiter angesehen haben. Dabei wollte ich nur, dass du nicht so wirst wie die Menschen während meiner Jugend.«

Jonas nickte ernst. »Großvater hat mir davon erzählt. Es muss wirklich schlimm gewesen sein.«

»Sarah?« Darinas Stimme war nicht mehr als ein sanfter Hauch.

Jonas' Mutter sah zu der Wissenden hinüber. »Ja?«

»Wir werden uns heute Abend, wenn erst der Große Rat zusammengekommen ist, viel zu berichten haben. Dürfte ich dich aber zuvor darum bitten, uns eure Geschichte zu erzählen? Dein Sohn ist ein so besonderer Mensch! Er hat mich aus einem todesähnlichen Schlaf erweckt. Er kann mit den Tieren sprechen. Er vermag sogar verwelkte Blumen wieder zum Erblühen zu bringen und toten Vögelchen neues Leben einzuhauchen. Das alles ist nicht nur eine Gabe des Sinnsteins. Die Bilme fördern stets nur Talente, die ohnehin vorhanden sind. Bestimmt möchte jeder in diesem Kreis gern erfahren, warum Jonas ein so mutiger und, wie du sagst, ein so anderer Mensch geworden ist.«

Sarah sah die Gefährten des Jungen einen nach dem anderen an. Sie war sich nicht sicher, ob sie diese Erlebnisse, die so tief in ihren Erinnerungen begraben lagen, noch einmal hervorholen sollte. Selbst Kraark und die beiden Wölfe blickten sie erwartungsvoll an.

Sie holte tief Atem, seufzte, lächelte dann in die Runde und sagte: »Also gut. Wenn Jonas euch vertraut, dann bleibt mir wohl nichts anderes übrig, als es ebenfalls zu tun. Schließlich habt ihr meinen Sohn zu mir gebracht. Dafür stehe ich auf ewig in eurer Schuld.«

»Ich möchte nicht, dass du es so siehst.«

»Schon gut, Darina. Ich werde euch meine Geschichte erzählen. Damit ihr versteht, warum Jonas geworden ist, wie er ist, müssen wir weit in die Zeit vor seiner Geburt zurückgehen, in jene Jahre, als ich selbst noch ein Kind war.«

◇ SARAHS GESCHICHTE

Sie hatte sich ihr ganzes Leben lang nach Geborgenheit gesehnt. Nur undeutlich erinnerte sie sich noch an die Zeit, als ihre Eltern mit ihr und den beiden jüngeren Brüdern gespielt, sie umarmt, mit ihnen unbekümmert gelacht oder sie, wenn nötig, verständnisvoll getröstet hatten. Diese Vergangenheit erschien ihr heute wie ein langer warmer Sommer, den man noch Jahre später mit angenehmen Gefühlen verbindet, obwohl man seine einzelnen Tage längst vergessen hat. Einige wenige Momente dieser hellen und freundlichen Zeit hatten sich ihr jedoch unauslöschlich eingebrannt ... Etwa damals, als sie, drei oder vier Jahre alt, auf dem Schoß ihrer Mutter saß und immer wieder neugierig nach dem herzförmigen Muttermal an deren Stirn tastete. Diese suchte sie daran zu hindern, indem sie Klein Sarah spielerisch in die knubbeligen Fingerchen biss und den, wie sie meinte, hässlichen roten Fleck immer wieder schnell mit den Haaren verdeckte. Die zumeist schwachen Erinnerungen an diese frühe Kindheit erschienen Sarah wie ein lichter, unwirklicher Traum, in dem alle Dinge von einer Aura der Wärme und Sicherheit umgeben waren. Danach zog eine dunkle Wolke über ihr Leben hinweg, die sich erst wieder lichten sollte, als Robert kam.

Bei der Machtergreifung Hitlers am 30. Januar 1933 lebte sie in Asperg, einer kleinen Stadt nördlich von Stuttgart. Mit sieben Jahren hatte sie keine Ahnung, was es bedeutete, wenn ein Volk seine Geschicke in die Hände eines Menschen legte, der Visionen hatte und diese gerne mit anderen teilen wollte. Alle schienen schlichtweg begeistert von diesem kleinen dunkelhaarigen, schnauzbärtigen Mann, an dem das Mädchen überhaupt nichts Besonderes finden konnte. (Wie sie später erfuhr, gab es auch einige andere, denen es so ging, die sogar vor ihm warnten. Aber deren Stimmen gingen im allgemeinen Jubel unter; später sollten sie ganz zum Schweigen gebracht werden.)

Der »Führer«, wie der Schnauzbart von allen genannt wurde,

hatte die Rollen für sein Mysterienspiel schon frühzeitig verteilt. Sie waren sehr einfach angelegt, für jedermann klar zu unterscheiden. Er selbst spielte den »Messias«, den alleinigen Heilsbringer, was der in dem Stück immer wiederkehrende deutsche Gruß eindrucksvoll unterstrich. Das »Heil Hitler« ging vor allem dem strahlenden Helden – blond, blauäugig, immer im Recht (weil automatisch alles richtig war, was er tat) – leicht über die Lippen. Diese Rolle übernahm das so genannte »deutsche Volk«. Den Part des Schurken hatte der große Dramatiker nicht minder opulent besetzt: Millionen von Statisten sollten sterben. Sarah Goldschmidt gehörte einer »Menschenrasse« an, die Hitlers Assistenten hierfür als ideale Komparsen ansahen.

Schon wenige Monate nach Hitlers Machtergreifung begannen die Repressalien. Zahlreiche Gesetze wurden erlassen, welche die Juden praktisch aus allen Bereichen des öffentlichen Lebens verbannten. Sarah durfte nicht mehr die Schule besuchen. Ihr Vater verlor seine Arbeit in einer nahe gelegenen Fabrik. In diesen Tagen wurden die Gesichter ihrer Eltern grau. Und allmählich kam auch Sarah das Gefühl der Geborgenheit abhanden. Vater und Mutter gaben sich bestimmt alle Mühe die Sorgen von den Kindern fern zu halten, aber es gelang ihnen nicht völlig. Bald war das kleine Familienvermögen aufgezehrt, viel zu teuer eingetauscht gegen die kleinen Dinge, die man zum Leben brauchte. Dann kam die Nacht vom 9. zum 10. November 1938. Die Nazis nannten sie bald zynisch die »Reichskristallnacht«, gerade so, als sprächen sie von einer Jahrestagung der deutschen Juweliervereinigung.

In dieser Nacht wurden Synagogen im ganzen Land zerstört, ebenso jüdische Geschäfte und Wohnungen. Etwa einhundert Menschen verloren dabei mehr als nur Hab und Gut – das Glitzern zersplitterter Fensterscheiben gab die Bühnenbeleuchtung ab für ihren staatlich inszenierten Tod. Unmittelbar darauf wurden etwa dreißigtausend Juden in Konzentrationslager eingesperrt. Ruben Goldschmidt, Sarahs Vater, war einer von ihnen.

Rebekka Goldschmidt war mit ihren Kindern am 8. November für einige Tage zu den Großeltern in das nahe gelegene Marbach gefahren. Als sie von den Ausschreitungen gegen die Juden hörte, wollte sie sogleich nach Hause zurückkehren, doch Großvater bestand darauf, dass sie zunächst auf eine Mitteilung Rubens wartete, und versuchte auf seine Weise etwas in Erfahrung zu bringen. Sarah weinte viel in diesen Tagen – vor allem in den Nächten. Sie wünschte, hoffte und betete, dass der Vater plötzlich in der Tür stand und sie in seine starken Arme nahm, aber es kam nie eine Nachricht von ihm. Nie mehr.

Zu dieser Zeit brach etwas in Sarahs Herzen entzwei. Sie fühlte sich im Stich gelassen, verloren, wie ein aus dem Nest gestoßenes Küken, allein in einer grausamen Welt. Obwohl sie sich später immer wieder sagte, dass sie alle nur Opfer der furchtbaren Umstände geworden waren, wollte doch dieses hilflos machende Gefühl des Alleingelassenseins nicht mehr von ihr weichen.

Mutter versuchte alles, um sich ihre eigene Verzweiflung nicht anmerken zu lassen. In den nachfolgenden Wochen sprach sie oft davon, Deutschland zu verlassen. Aber in Wahrheit war dies nur ein Selbstbetrug. Zu lange hoffte man bereits, das Gespenst des Nationalsozialismus sei nur ein übler Traum, aus dem das Land bald erwachen würde, ja, erwachen *musste.* Jede neue Repression der Machthaber erschien den Unterdrückten schon als der Gipfel der Ungerechtigkeit und man glaubte, dass es schlimmer nicht mehr kommen könne. Doch es wurde schlimmer. Viel schlimmer.

Als am 1. September 1939 der Zweite Weltkrieg begann, riegelten die Nazis die Grenzen des Großdeutschen Reiches ab. An eine Flucht ins Ausland war nun nicht mehr zu denken. Wenig später wurden Sarahs Mutter, die beiden jüngeren Brüder und ihre Großeltern verhaftet und in großen Eisenbahnwaggons nach Ravensbrück und Sachsenhausen deportiert. Sarah selbst befand sich gerade außerhalb von Marbach auf einem Bauernhof bei den Schäubles, die Großvater ab und zu mit Gemüse und Wurst versorgten. Dadurch entging sie dem Zugriff von Hitlers Schergen. Zunächst jedenfalls.

Bauer Schäuble hielt nicht viel von den »Braunröcken«, wie er alle Nazis nannte. Er machte einen behäbigen Eindruck – geistig wie körperlich. Er war wohlbeleibt, hatte eine rot geäderte Knollennase und einen so kurzen Haarschnitt, dass die Speckfalten auf seinem massigen Nacken wirkungsvoll hervortraten. Im Übrigen jedoch war er »verschlagen wie ein Jude«, so seine eigenen Worte. Nach Hitlers Machtergreifung hatte er allmählich ein ausgefeiltes System entwickelt den Staats- und Parteiapparat an der Nase herumzuführen. Nicht selten bediente er sich dabei schamloser Methoden, etwa der Bestechung, wenn er einem kleineren Beamten mit einer prallen Wurst aus eigener Schlachterei »das Maul stopfte« oder allzu Neugierige durch einige Humpen Most »ruhig stellte«.

Beinahe fünf Jahre lang blieb Sarah auf dem Hof von Bauer Schäuble unentdeckt. Selbst als dessen Frau im strengen Winter 1940 auf 1941 an einer Lungenentzündung starb und er sich hinfort nur noch wenig um die Welt jenseits seiner Felder kümmerte, hielt er weiterhin an der Meinung fest, dass es nicht recht sei, einen Menschen so schändlich zu behandeln, wie es die Braunröcke in der Kristallnacht mit den Juden getan hatten. Als Sarah ihn einmal fragte, warum er nicht genauso dachte wie scheinbar alle anderen um ihn herum, verzog er sein dickes Gesicht zu einem breiten Grinsen und antwortete: »Ganz einfach, mein Kind. Ich habe da einen kleinen Mann im Ohr und der flüstert mir zu, was Recht und was Unrecht ist.«

»Schade, dass nicht mehr Menschen solche kleinen Flüsterer im Ohr haben«, erwiderte Sarah traurig.

Bauer Schäuble wurde daraufhin sehr ernst und sagte: »Am Anfang hat fast jeder einen, aber die kleinen Kerle sind leicht zu kränken. Immer wenn man ihre Warnungen überhört, flüstern sie danach leiser. Irgendwann bleiben sie dann ganz weg.«

Sarah, inzwischen fünfzehn Jahre alt, war Bauer Schäuble längst ans Herz gewachsen. Und obwohl auch sie den sturen Alten sehr gern hatte und ihm nach dem Tod der Bäuerin, so gut es ging, den Haushalt führte, fühlte sie sich auf Schäubles Gehöft doch niemals wirklich geborgen oder sicher. Das war auch nur schwer möglich: Sie durfte sich nie im Freien sehen lassen. Selbst im Haus musste sie sich von den Fenstern fern halten. Nicht selten lag sie stundenlang in einer Grube hinter dem Kuhstall, begraben unter einer Fuhre Mist, bis ein braun berockter Spitzel mit Schäubles hochprozentiger »Spezialabfüllung« in zeitweilige Besinnungslosigkeit versetzt und wieder vom Hof geschafft worden war.

Dann kam der 6. Juni des Jahres 1944. Für Sarah schien es der Anfang vom Ende zu sein, für die übrige Welt war es der »D-Day«. Offenbar rechnete niemand damit, dass die alliierten Truppen gerade an diesem Tag, gerade in jener einsamen Gegend der Normandie landen würden, um ihren entscheidenden Sturmangriff gegen Hitlers »tausendjähriges Reich« zu beginnen – auch die Männer in den schwarzen Ledermänteln nicht, die morgens um halb sechs auf dem Hof von Bauer Schäuble auftauchten. Sie fochten ihre eigene Schlacht. Irgendwie musste die Kunde von dem versteckten Judenmädchen doch ans Ohr eines Spitzels gedrungen sein, vielleicht bei einem der gelegentlichen Wirtshausbesuche, wenn Schäuble wieder mal vergeblich die Trauer um seine Frau im roten Trollinger zu ersäufen versuchte.

Vor dem Polizeirevier wurde der alte Mann aus dem Lastwagen gezerrt. Sarah vergaß nie den um Verzeihung flehenden Ausdruck in seinem Gesicht. Der Bauer sollte nur noch wenige Tage leben. Wie Sarah später erfuhr, erlag er im Gefängnis in Stuttgart einem Herzinfarkt. Ein Mithäftling, der die letzten Stunden mit dem schweigsamen Mann geteilt hatte, bestand darauf, dass er an gebrochenem Herzen gestorben sei.

Sarah wurde direkt zum Bahnhof nach Marbach gebracht. Von dort ging es in einem Viehwaggon nach Ludwigsburg, dann nach Heilbronn, immer weiter nach Norden, bis sie das Konzentrationslager Ravensbrück erreichte.

Hier erlebte sie die schrecklichsten Monate ihres jungen Lebens. Hunger, Krankheit und Tod waren im Lager allgegenwärtig. Weil sie stark und – dank Bauer Schäuble – wohlgenährt war, wurde Sarah zur Zwangsarbeit verpflichtet. Das Jahr 1945 hatte kaum begonnen und sie glaubte, dass es schlimmer nicht mehr kommen könne, da erblickte sie ihre Mutter, nur einen einzigen grausamen Augenblick lang. Sie lag auf der Ladefläche eines Lastwagens. Tot. Auf einem Stapel anderer Leichen. Ihr Körper war so abgemagert, dass sie in nichts mehr jener Rebekka Goldschmidt glich, die Sarah von früher her gekannt hatte – nur das herzförmige Muttermal auf der Stirn war geblieben.

Das Fahrzeug entfernte sich schnell in Richtung Krematorium, aber der schreckliche kurze Augenblick hatte gereicht, um Sarah den letzten Zufluchtsort zu nehmen, den sie sich in ihrem Herzen noch bewahrt hatte: die Erinnerung an ihre Mutter, an ihre Wärme, ihre schützende Nähe.

Wäre da nicht die alte Ruth in der dritten Etage über Sarahs Bett gewesen, so hätte sie die kommenden Tage gewiss nicht überlebt. Sarah hatte nämlich beschlossen zu sterben. Sie verweigerte jede Nahrungsaufnahme und wurde krank. Der fürsorglichen alten Bettnachbarin gefiel Sarahs Lethargie überhaupt nicht. Sie sprach dem Waisenmädchen immer wieder Mut zu, wärmte es mit ihrem eigenen hageren Körper und schließlich gelang es ihr sogar, dem Sorgenkind etwas Nahrung einzuflößen. Eine solche aufopfernde Liebe war im Lager durchaus nicht selbstverständlich; mancher hatte genug damit zu tun, das eigene Überleben zu sichern. Als Sarah – dem Tode wohl schon näher als dem Leben – die Wärme dieser Liebe spürte, erwachten in ihr die Erinnerungen an die Geborgenheit ihrer Kindheit und mit ihnen der Wille zum Weiterleben.

Von diesem Zeitpunkt an verbesserte sich ihr Zustand erstaunlich schnell. Als sie Ruth später einmal fragte, warum sie das alles für sie getan habe, zuckte die sanfte alte Frau nur mit den Schultern und erwiderte: »Ich habe mein Leben schon gelebt. Wenn ich meine Rationen mit dir teile und sterben sollte, gehe ich nur dahin, wo meine übrige Familie schon ist. Aber du, Kindchen, du bist noch jung.« Dann tippte sie sich mit dem dürren Zeigefinger an die Brust, dorthin, wo ihr Herz lag, und fügte hinzu: »Hier drin ist jemand, der zu mir gesagt hat: ›Rette dieses Kind. Wenn es stirbt, geht der

Welt etwas Wichtiges verloren.‹ Also habe ich getan, was ich tun musste.«

Sarah brachte das erste Lächeln seit langer Zeit zustande, wenn auch ein sehr schwaches. »Das war wohl ein kleiner Mann, der dir das zugeflüstert hat, was, Ruth?«

Die Alte sah sie fragend an. Dann lächelte sie und nickte.

Sarahs Welt begann langsam wieder heller zu werden. Wie sie empfanden übrigens viele in dieser Zeit, wenn auch aus anderen Gründen. Längst hatten neue Regisseure die Bühne Europas betreten und nun setzten sie ihren Fuß auch auf deutschen Boden. Hitlers große Inszenierung näherte sich vorzeitig ihrem Ende.

Wenige Wochen nach Sarahs Gesundung, im April, als die Amerikaner im Westen und die Sowjetarmee im Osten immer weiter vorstießen, erreichte Hitlers Trauerspiel seinen Höhepunkt. Für die Gefangenen der Konzentrationslager sollte es noch keine Befreiung geben. Die Zeit der Todesmärsche begann. Die Flucht ins Nirgendwo dauerte nur wenige Tage. Dann brach das »tausendjährige Reich« endgültig zusammen, die SS-Bewacher flohen (wenn die Gefangenen sie ließen). Und plötzlich war Sarah frei.

Bei Kriegsende, mit nicht einmal ganz zwanzig Jahren, blickte sie auf Erlebnisse und Erfahrungen zurück, die selbst manchem Greis während eines langen Lebens erspart blieben. Sie war aber trotzdem noch ein Kind, zumindest noch nicht erwachsen, so die Ansicht der Behörden. Diese suchten nur halbherzig nach einer Vorschrift, die es Sarah erlaubt hätte, bei der alten Ruth zu bleiben, welche das KZ knapp überlebt hatte. Eine Vormundschaft durch einen Vertreter der Obrigkeit kam jedoch für Sarah nicht in Frage. Sie war froh die Fürsorge von »Vater Staat« überlebt zu haben. Von nun an wollte sie ihr Geschick in die eigene Hand nehmen – selbst wenn es hierzu erforderlich sein sollte, sich zwei Jahre älter zu machen.

Nachdem sie sich von Ruth verabschiedet hatte, kehrte sie mit dem Zug in den Südwesten Deutschlands zurück. Ihre Häftlingskleidung aus Ravensbrück half ihr die Reise ohne einen Groschen in der Tasche zu bewältigen. In Asperg gab es niemanden mehr, bei dem sie bleiben konnte. Doch mit viel Glück fand sie schließlich in Stuttgart eine notdürftige Unterkunft und wenig später auch eine Arbeit im *Amerika-Haus*.

Hier lernte sie Robert McKenelley kennen, einen Nachrichtenoffizier der US-Army. Robert bekundete bald mehr Interesse an Sarah als an den Büchern, die er bei ihr auslieh. Da er sehr schüchtern war, fiel ihr zunächst nur auf, dass er in immer kürzer werdenden Abständen nach neuem Lesestoff fragte (unmöglich, dass ein normaler Mensch so schnell lesen konnte). Bald ertappte sie sich dabei, seinen nächsten Besuch zu erwarten, ja, geradezu ungeduldig zur Tür zu blicken, wann immer sich diese öffnete.

Trotz seiner zurückhaltenden Art besaß Robert doch eine Gabe, die sich nicht verbergen ließ. Mit jedem Wort, das er sprach, mit jeder kleinen Geste verströmte er Vertrauen und Geborgenheit. Sarahs Bedürfnis nach dieser Art von Sicherheit war in den letzten Jahren zu einem brennenden Durst geworden und dieser rotblonde junge Mann kam ihr deshalb wie ein Geschenk des Himmels vor. Er schien alles zu besitzen, was ihr Begehren zu stillen versprach.

Die Zusage zum ersten Rendezvous entlockte Robert ihr über den Buchdeckel von Hemingways *Wem die Stunde schlägt* hinweg. Sarah war sich nicht ganz sicher, was sie davon halten sollte. Immerhin hatten einige ihrer Kolleginnen von spontanen Verhaltensänderungen der flotten GIs berichtet: Deren Zuvorkommenheit war schnell einer plumpen Zudringlichkeit gewichen, hatten sie ihren Backfisch erst einmal an der Angel. Doch nicht so Robert. Bei der ersten Verabredung entpuppte er sich als vollendeter Gentleman, weniger seiner perfekten Umgangsformen wegen, sondern vielmehr aufgrund seiner zurückhaltenden Höflichkeit.

Um nicht die düstere Vergangenheit aufzurühren, fragte er Sarah nie nach ihren Erlebnissen unter dem NS-Regime. Stattdessen erzählte er von seiner Zeit als Kriegsberichterstatter – daher auch sein Interesse an Hemingway, »ein Kollege, gewissermaßen«. Er lächelte mit seinem Lausbubengesicht und fügte hinzu. »Nicht, dass ich mich mit ihm vergleichen wollte.«

»Selbstverständlich nicht«, neckte Sarah ihn. Sie hatte längst entdeckt, dass Robert ein sehr gebildeter junger Mann war, der vielleicht mehr Fähigkeiten besaß, als er sich selbst eingestehen mochte.

Dem ersten Rendezvous folgten weitere und obwohl das Verhältnis zwischen den beiden enger wurde, bewahrte sich Robert Sarah gegenüber doch immer eine fast scheue Zurückhaltung. Erst viel später sollte sie erfahren, dass dies in Wirklichkeit ein Ausdruck seiner hohen Achtung war, die er ihr entgegenbrachte. So war sie beinahe überrascht, als er ihr an einem schönen Abend Anfang Juli einen Heiratsantrag machte. Sarah dachte nur kurz über Roberts Frage nach. Drei Tage später fand die Trauung statt.

Schon kurz danach wurden sie beide nach Berlin abkommandiert (eigentlich betraf der Befehl nur Robert, aber Sarah dachte gar nicht daran, ihn allein gehen zu lassen). Die führenden Köpfe der Alliierten hatten sich auf ein Treffen in Potsdam geeinigt und Robert sollte davon berichten. Er hielt sich immer sehr bedeckt, was seine Arbeit betraf, aber da er als gelernter Journalist von Aufklärung immer mehr hielt als von Geheimniskrämerei, erfuhr Sarah im Laufe der Zeit doch einiges über die Verhandlungen in Potsdam. Für die USA war Truman anwesend, die Briten wurden zunächst durch Winston Churchill, später durch Clement Attlee vertreten, und für die Sowjetunion gab sich Josef Stalin die Ehre. Robert lernte sie alle kennen und dazu noch viele hohe Militärs und Diplomaten aus den Delegationen der Siegermächte. Nach Abschluss des Potsdamer Abkommens am 2. August 1945 hatte Robert endlich mehr Zeit für seine Frau. Ein Kriegsberichterstatter im eigentlichen Sinne des Wortes konnte er ja ohnehin nicht mehr sein (was ihn nicht traurig stimmte) und so war es nur folgerichtig, dass er im Juni 1946 seinen Abschied von der Army einreichte. Es dauerte nicht lange und dem Antrag wurde stattgegeben. Damit begann für Sarah ein ganz neues Leben in einer fremden Welt, die sich Amerika nannte.

Als sie zum ersten Mal in ihrem Leben ein Flugzeug bestieg, zeigten die Morgennebel über dem Flugfeld von Tempelhof, dass der Sommer sich bereits seinem Ende näherte. Sie war freudig erregt, aber gleichzeitig auch zutiefst beunruhigt. Das Fliegen war ihr unheimlich und daran sollte sich auch später nicht viel ändern.

Die Ankunft in der neuen Heimat entschädigte sie für so manche schlaflose Stunde in den stinkenden, dröhnenden und vibrierenden Propellermaschinen, die sie immer weiter nach Westen trugen. Als sie nach mehrmaligem Umsteigen in Florida das Flugzeug verließ, glaubte sie die Freiheit geradezu riechen zu können. In Deutschland wurde ihrer Meinung nach immer noch – oder schon wieder – viel zu viel reglementiert. (Sie wusste, dass diese Einschätzung ungerecht war, aber es schien ihr, als hätten die Besatzungsmächte zur Befriedung Deutschlands zunächst einmal tonnenweise Formulare abgeworfen.) In den Vereinigten Staaten von Amerika war das anders – das jedenfalls hatte Robert ihr versprochen.

Sarah gewöhnte sich schnell an die neue Heimat – sie hatte ja nicht mehr viel, was sie an Deutschland band. Das kleine Holzhaus südlich von Miami war bald erfüllt vom Duft ihrer Blumen. Am Wochenende fuhr sie mit Robert oft zu den Schwiegereltern hinaus, die am Rande der Everglades wohnten. Sie schien in diesen Tagen all das Licht in sich aufzusaugen, das ihr in den zurückliegenden Jahren vorenthalten worden war.

Im Dezember 1946 gerieten Tom und Rose – Roberts Eltern – ganz aus dem Häuschen, als sie von Sarahs »glücklichen Umständen« erfuhren. Was dabei herauskam, konnten sie acht Monate später selbst begutachten: Jonas brüllte den General bei dessen erster Musterung an, als wäre der nur ein einfacher Rekrut. Es war Liebe auf den ersten Blick.

Für Sarah begann nun eine Zeit, die sie an ihre eigene frühe Kindheit erinnerte. Mit einem Mal war ein kleines Bündel im Haus, das lautstark nach Liebe und Geborgenheit verlangte, und sie tat nichts lieber, als dieses Bedürfnis zu stillen. Robert nörgelte ab und an, er fühle sich vernachlässigt angesichts des

»anderen Mannes«, den seine Frau mit so viel Aufmerksamkeit umsorgte. Doch diese Einwände wurden nur recht schwach vorgetragen. Der »andere Mann« entwickelte sich schnell zu Roberts »bestem Kumpel«.

Ende Mai 1948 erhielt der Journalist Robert McKenelley den Auftrag für die *Washington Post* einen Artikel über amerikanische Militärstützpunkte auf Kuba und den Bermudas zu schreiben. Er überredete Sarah ihn auf dieser Reise zu begleiten.

Voll düsterer Vorahnungen stieg sie bald darauf in ein Flugzeug. Jonas hatte sie der Obhut von Tom und Rose überlassen. Immer wieder fragte sie sich, ob sie den Schwiegereltern auch alle notwendigen Ratschläge gegeben hatte für den Fall, dass etwas geschah. Doch zunächst passierte nichts. Sie erlebte einige sehr glückliche Tage an Roberts Seite, die ihr wie ein langer schöner Traum vorkamen.

Dann aber holte sie auf der Bermudainsel St. George die grausame Wirklichkeit ein – in Gestalt eines Telegramms. Jonas sei an den Folgen eines Autounfalls gestorben, hieß es darin. Robert sorgte sogleich dafür, dass sie einen Platz in einer Transportmaschine bekamen, die sie in die Vereinigten Staaten zurückbringen sollte. Die Roly-Poly erreichte aber nie ihr Ziel. Selbst die verzweifelten Notrufe des Funkers wurden von niemandem empfangen. Flugzeug und Besatzung verschwanden spurlos im Bermudadreieck wie schon so viele andere Luft- und Wasserfahrzeuge zuvor.

In einer Gegend, die aus Sarahs schlimmsten Alpträumen hätte stammen können, ging die Propellermaschine nieder. Als die Besatzung das Flugzeug verließ, wurde sie von einer Herde Gnus angegriffen, die plötzlich wie aus dem Nichts aufgetaucht war. Später sollte Sarah erfahren, dass diese Steppentiere nur genauso erschrocken über ihr plötzliches Erscheinen in der Spiegelregion waren wie die Menschen aus der Roly-Poly, aber in diesem Augenblick dachte sie an etwas ganz anderes.

Robert umklammerte ihre Hand und zerrte sie fort. Überall waren und schwebten Kristalle. Er musste sich und seine Frau in Deckung bringen. Tausende von Hufen wirbelten Staub auf. Auch Daniel Woolbridge, Giacomo Baretti und die anderen aus dem Flugzeug mussten in diesem Augenblick geglaubt haben, ihr letztes Stündlein habe geschlagen. Jeder rannte um sein Leben.

So jedenfalls hatten Sarah und Robert die Ereignisse später rekonstruiert. Als sie selbst endlich wieder klar sehen konnten, waren sowohl Flugzeug wie Besatzung verschwunden. Wohl eher durch Zufall fanden sie einen Weg aus der Spiegelregion. Sie durchquerten ein riesiges Höhlensystem und erblickten schließlich das Licht eines sonnenlosen Tages in einer bodenlos tiefen Schlucht.

In der Höhle hatten sie auch die Scherben von Keldins Spiegel aufgelesen. Mit ihnen waren sie durch einen großen Wald gewandert und hatten schließlich unterhalb einer alten Festung ihr Lager aufgeschlagen. Wie sich später herausstellte, handelte es sich um Keldins Burg.

Ein Jahr lang lebten Sarah und Robert allein am Fuße der Klippe. Dann waren ihnen die ersten Keldinianer begegnet. Bald bekamen sie regelmäßig Besuch. Das Kleine Volk begann sie um Rat zu fragen und seltsamerweise hatten sie fast immer die passenden Antworten parat. Der blaue Kristall hatte ihr Wesen verändert. Auf Azon waren sie zu den »zwei Weisen« geworden.

Robert hatte in den ersten Wochen ihres Einsiedlerdaseins die Scherben des Spiegels zusammengefügt. Und eines Abends waren sie durch Zufall darauf gekommen, den Kristall als Fenster zur Menschenwelt zu benutzen. Sie hatten über ihren kleinen Sohn gesprochen und die Heftigkeit ihrer Gefühle musste wohl das verschwommene Dunkel des Spiegels vertrieben haben: Auf einmal konnten sie den Jungen sehen, um den sich ihre Gedanken unentwegt drehten.

Seit dieser Zeit begleiteten sie ihren Sohn. Sie hatten zugesehen, wie er heranwuchs, mit welch erstaunlicher Selbstverständlichkeit er mit den Tieren umging und wie er eines Tages das Mädchen Lydia Gustavson kennen und gleich einer Schwester lieben lernte.

Von Jahr zu Jahr war in Sarah und Robert das Bedürfnis stärker geworden Jonas eines Tages zu sich zu holen. Sie wohnten längst auf dem Hügel am Rande Kalvars und sie wussten vom Echo der Flüsterer: Wenn diese im Chor sprachen, konnte ihr Wirken nicht nur nach Azon zurückstrahlen, nein, sie waren sogar imstande ein Tor zu öffnen und Menschen in die Welt unter dem blauen Kristall zu rufen. Das hatten sich die beiden Weisen vorgenommen, die man in Kalvar nur als Robin und Saphirah kannte – zwei Namen wie zwei kalte Steine, die nur dem Wissenden verrieten, wer sie wirklich waren.

◇ DIE ENTDECKUNG

»Ich habe es nur geahnt. Es war nicht viel mehr als ein flüchtiger Blick durch wabernde Nebelschwaden.« Darinas blaue Augen waren so tief, dass Jonas glaubte, darin ertrinken zu können. Sie lächelte wie jemand, der sich gerade einer großen Dummheit bewusst geworden ist. »Stell dir vor, Jonas, mein Gefühl hätte mich getrogen und die zwei Weisen wären nicht deine Eltern gewesen. Diesen Schmerz konnte ich dir einfach nicht zufügen. Nicht dir, meinem Retter.«

Jonas schlug die Augen nieder. Er wünschte, Darina würde nicht ständig *diesen* Aspekt ihres gemeinsamen Weges betonen. Er nickte und sah sie mit schiefem Lächeln an. »Wahrscheinlich hast du Recht. Ich bin dir nicht böse. Am Anfang war ich es, aber jetzt nicht mehr.«

»Es wäre auch ziemlich dumm, unzufrieden zu sein, wenn man seine Eltern sowie Keldins Spiegel wieder entdeckt und zudem noch eine Möglichkeit gefunden hat Kanthelm eins auszuwischen«, krähte Kraark. Er saß noch auf der Tischplatte, weil er gerade eine knallrote Traube von Jonas' Teller stibitzt hatte.

»Was hat er gesagt?«, erkundigte sich Sarah.

»Er meint, dass Undankbarkeit mir nicht gut stehen würde.«

»Dein Rabe ist ein sehr kluges Tier«, bemerkte sein Vater.

»Manchmal auch von bestechender Direktheit. Übrigens hört er es nicht gern, wenn man ihn als *meinen* Raben bezeichnet. Korax Korbinian Kraark hat seinen eigenen Kopf.«

Einige am Tisch lachten. Sarah bot ihren Gästen noch weitere Getränke an und wurde zaghaft nach verschiedenen Einzelheiten aus ihrem Leben gefragt. Viele Stimmen waren nun gleichzeitig zu hören – Jonas' Gedanken begannen abzuschweifen, die Erlebnisse der vergangenen Stunden beschäftigten ihn noch sehr, da drang eine warme Stimme an sein Ohr.

»Jonas, darf ich dich kurz sprechen?«

Er wandte sich zur Seite und erblickte die Wölfin und ihren Sohn. »Talinka! Was kann ich für dich tun?«

»Wir werden euch nun verlassen.«

»Ihr ...?« Jonas war völlig überrascht.

»Du hast Kalvar wohlbehalten erreicht, du bist sogar wieder bei deinen Eltern, wir können nichts mehr für dich tun.«

Jonas begleitete die beiden Wölfe noch bis an den Fuß des Hügels. Seine Versuche die Graupelze zum Bleiben zu überreden erwiesen sich als fruchtlos, aber das wunderte ihn nicht. Minuq war ein sehr pflichtbewusster Leitwolf. Seine Gedanken waren bei seinem Rudel und Talinka sehnte sich nach der Stille des Großen Waldes zurück. Abgesehen von Jonas hatte ihr nie viel an den Menschen oder an dem Kleinen Volk gelegen.

Zum Abschied umarmte Jonas die beiden Wölfe und strich ihnen über das dichte Fell. »Ich werde euch nie vergessen«, versprach er Minuq.

Der mächtige Leitwolf schien ihn anzulächeln. »Auch die Wölfe des Großen Waldes werden sich deiner auf ewig erinnern, mein Freund.«

Noch lange schaute Jonas den beiden Wölfen hinterher. Kraark saß auf Minuqs Rücken. Er hatte versprochen gegen Abend wieder zurück zu sein.

Als die Dämmerung heraufzog, füllte sich allmählich der Saal des Großen Rats von Kalvar. Beim Anblick der Ältesten musste Jonas unweigerlich an die Mitglieder des Kristallrats von Laomar denken. Erstaunlich, wie ähnlich die Traditionen des Kleinen Volkes waren, obwohl Bonkas und Keldinianer seit ewigen Zeiten keinen Kontakt mehr hatten.

Nabin, Numins Vater, begrüßte jeden Einzelnen, indem er sich mit der flachen Hand auf die Brust klopfte und eine Verbeugung andeutete. Der Oberälteste von Kalvar war fast so zierlich wie Darina, hatte aber eine im Vergleich dazu ungewöhnlich tiefe Stimme. Sein Haar war schon grau, ebenso wie sein voller Bart, aber wenn man in seine kraftsprühenden, dunklen Augen blickte, wusste man sogleich, wessen Sohn Numin war.

Jonas saß an der Seite seines Vaters und betrachtete nachdenklich dessen Gesicht.

»Was ist, mein Junge? Warum starrst du mich so an?«

»Du und Mutter, ihr beiden seht fast noch genauso aus wie auf dem Foto, das auf meinem Nachttisch steht.«

»Das liegt wohl daran, dass die Wanderer auf Azon wesentlich langsamer altern als auf der Erde.«

»Wirklich?«

»Wir könnten hier bestimmt fünfmal so alt werden wie in der Welt über dem blauen Kristall.«

»Das habe ich nicht gewusst.«

Als Nabin die Sitzung eröffnete, konnte er anfangs kaum Ruhe in den Saal bringen. Die Ankunft der Bonkas und der Wanderer – vor allem des leibhaftigen Sohnes der zwei Weisen – war ein Ereignis von so großer Bedeutung, dass sich selbst der Oberälteste fast nicht durchzusetzen vermochte. Endlich gelang es dem schmächtig wirkenden Vorsitzenden aber doch, sich das nötige Gehör zu verschaffen, und er erklärte den Rat offiziell für eröffnet.

Wie in Laomar zählte die Versammlung der Ältesten auch in Kalvar zwölf Köpfe. Jonas entdeckte hier allerdings vier Frauen, die um einiges jünger schienen als die störrische Syrda. Nabin erteilte sehr bald das Wort an »den ehrenwerten Robin«, wie er Jonas' Vater zu nennen pflegte, und als nun auch das letzte Raunen erstarb, erkannte Jonas erst richtig, welch hohes Ansehen sein Vater in diesem Kreis genoss.

Robin alias Robert McKenelley schilderte die aufregenden Ereignisse des Nachmittags. Dann bat er Jonas von seinen Erlebnissen zu berichten. Der seufzte zwar zunächst, erfüllte dann aber seine Pflicht sehr routiniert. Inzwischen hatte er gelernt, was es hieß, »seine Geschichte zu erzählen«. Nach Jonas kam Darina an die Reihe.

Den letzten Teil des Berichts übernahmen Lischka und Ximon. Der große breitschultrige Flüsterer saß auf einer Art bequemem Gartenstuhl, der ihn zeitweilig seine Verletzung vergessen ließ. Da das Möbel offenbar für einen Menschen angefertigt worden war, wirkte der Mann vom Kleinen Volk darauf allerdings etwas verloren. Die beiden Flüsterer brachten alle Anwesenden auf den letzten Stand, was die Situation in den Vereinigten Staaten, der Sowjetunion und natürlich in Kuba anbelangte. Zum Erstaunen der beiden Ordensbrüder konnte Jonas' Vater deren Bericht noch in vielen Punkten komplettieren.

Der weise Robin hatte in den zurückliegenden Jahren nicht nur seinen Sohn beobachtet. Die allgemeine Weltlage und die Entwicklungen in seinem Heimatland waren ihm nicht fremd. Er wusste von der geheimen Operation *Mongoose* der Amerikaner wie vom sowjetischen *Anadyr*-Plan.

Obwohl also schon bald keine Zweifel mehr bestanden, dass sowohl Azon als auch die Menschenwelt in höchster Gefahr schwebten, tauchte plötzlich ein Problem auf, mit dem weder Jonas noch seine Begleiter gerechnet hatten.

»Ich bedaure zutiefst, dass wir in dieser Angelegenheit überhaupt nichts tun können.« Die Worte stammten von Nabin. Sie spalteten die Versammlung in zwei Lager.

Der Große Rat bestätigte die Stellungnahme seines Vorsitzenden durch eifriges Nicken der Köpfe, während Darina und ihre Anhänger nur ungläubig die eigenen schütteln konnten.

»Aber wie könnt ihr das nur sagen?«, rief die Wissende völlig überrascht. »Sollte der blaue Kristall verschüttet werden, dann wird das Zwieland genauso sterben wie die Länder zu beiden Seiten der Hängenden Berge.«

»Das Zwieland hat sich noch nie in die Angelegenheiten der Bonkas und der Malkits eingemischt.«

»Ja, weil es dazu gar nicht in der Lage war!«

»Nein, weil unser Vater Keldin uns zu strengster Neutralität verpflichtet hat.«

»Er ist in dieses Land geflohen, um seinen Verfolgern zu entgehen. Habt ihr das etwa schon vergessen?« Darina sprang vom Stuhl auf und lief am Tisch hin und her. Mal blickte sie dem einen Ältesten in die Augen, dann wieder einem anderen. »Damals hat Keldin bestimmt das Richtige getan, um sich und die Seinen zu retten, aber jetzt besteht eine ganz und gar veränderte Situation. Ihr habt gehört, dass auch die Malkits ins Zwieland zurückgekehrt sind. Ihr habt selbst die drei Gefangenen gesehen, die nur einen Steinwurf weit von hier entfernt eingesperrt sind. Wollt ihr das alles etwa ignorieren?«

Die Gesichter der Ältesten wirkten wie versteinert. »Wir können deine Erregung gut verstehen, weise Darina, aber glaube uns, es *geht* nicht. Uns sind die Hände gebunden.«

»Sind sie das wirklich?« Robert hatte sich unvermittelt von seinem Platz erhoben und stand nun vornübergebeugt, die Hände auf den schwarzen Tisch gestützt. Für die Kleinen musste er wie ein Riese wirken. »Seit einem Dutzend Jahre hört ihr nun auf unseren Rat. Nie haben Saphirah oder ich euch enttäuscht. Und deshalb bitten wir euch: Hört auch heute auf uns. Eure Neutralität ist nur so lange von Wert gewesen, wie sie einem edlen Zweck diente. Aber nun ist eine Situation entstanden, die unser aller Existenz bedroht. Wenn die Dinge eintreten, die Darina uns verheißen hat, dann wird es bald kein Zwieland mehr geben. Wollt ihr nur euer Schweigen dagegensetzen? Folgt euren Brüdern, den Bonkas! Keldins Flucht ist spätestens an dem Tag zu Ende gegangen, als sie in euer Land kamen. Der Orden der Flüsterer würde sicher davon profitieren, wenn ihr ihm einige eurer klügsten Köpfe zur Verfügung stellt. Denkt einmal darüber nach.«

Robert setzte sich und schwieg. Aber seine Worte schienen noch lange nachzuhallen. Zuerst sahen sich die Ältesten des Großen Rats nur mit betroffenen Mienen an. Doch allmählich wurde ihnen klar, dass Robins Aussage in ihrer bestechenden Einfachheit nicht zu widerlegen war.

»Wir wollen uns einen Augenblick im Kreis der Zwölf beraten«, sagte Nubin schließlich.

Jonas' Vater nickte. »Tut das. Wir werden euch so lange allein lassen. Ruft uns, wenn ihr zu einer Entscheidung gekommen seid.«

Es dauerte dann doch beinahe drei Stunden, bis die zwölf Ältesten die Tür zum Ratssaal wieder öffneten. In der Zwischenzeit kehrte Kraark von der Verabschiedung der beiden Wölfe in den Lapislazulipalast zurück. Jonas berichtete ihm kurz, was im Großen Rat besprochen worden war.

»Zu viele Bedenken verstopfen nur das Hirn«, kommentierte der Rabe das zögerliche Verhalten des Rates. »Ich kenne das. Es führt zu nichts.«

Jonas wollte sich mit einer derart pessimistischen Einschätzung der Lage nicht abfinden. »Vielleicht haben die Worte meines Vaters ja die Verstopfung gelöst und sie treffen doch noch eine richtige Entscheidung.«

Es folgte eine Zeit bangen Wartens, in der ihm Zweifel an der Entschlusskraft der alten Männer kamen. Von ihnen hing das Schicksal zweier Welten ab! Robert hatte darauf bestanden, dass Keldins Spiegel nicht ohne deren Einwilligung benutzt wurde. Zwar waren Jonas' Eltern nach der Tradition der Keldinianer die rechtmäßigen Eigentümer des Spiegels, doch sahen die Kleinen in der blau schimmernden Kristalltafel einen heiligen Gegenstand. Der Spiegel war von ihrem Stammvater geschaffen worden. Robert wollte nicht ihre Gefühle verletzen, indem er einfach über sie hinweg entschied.

Als erneut alle um die runde Obsidiantafel versammelt waren, erhob sich Nabin vom Stuhl und verkündete feierlich: »Der Große Rat ist zu einem Urteil gelangt. Solange wir in diesem Land leben, haben wir geschwiegen. Unser Stammvater und erster Fürst Keldin hatte uns diese edle Pflicht auferlegt, die uns über so viele Generationen den Frieden garantierte.

Dieses eherne Gesetz darf nicht leichtfertig gebrochen werden.«

Jonas hielt den Atem an. Was Nabin da sagte, klang nicht gerade viel versprechend. Hilfe suchend blickte er zu seinem Vater hin. Als dieser ihm beinahe unmerklich zulächelte, beruhigte er sich wieder etwas und hörte dem Oberältesten weiter zu.

»... würde ja bedeuten, dass die Ruhe, in der wir lebten, eine Sünde war, und das kann nicht sein. Selbst dann nicht, wenn Azon schon morgen entzweibrechen würde. Aber auch nicht, wenn unsere Welt noch weitere Jahrtausende überleben kann – mit *unserer* Hilfe! Deshalb haben wir beschlossen, euch, Robin und Saphirah, unser Vertrauen auszusprechen. Der Spiegel Keldins ist ohnehin euer Eigentum, weil er sich euch offenbart hat. Nun gebraucht ihn im Sinne der euren und der unsrigen Welt mit unserem Segen. Auf diese Weise werden wir das Gelübde nicht brechen müssen, aber dennoch einen Beitrag leisten, um Azon und die Menschenwelt zu retten.«

Jonas atmete erleichtert auf.

»Euer Urteil zeugt von großer Weisheit«, sagte Darina. Sie wirkte so entspannt, als hätte sie die ganze Zeit mit keiner anderen Entscheidung gerechnet.

Von diesem Augenblick an handelte die erweiterte Runde des Großen Rats als harmonische Einheit. Man beriet nun nicht mehr darüber, *ob* man etwas tun sollte, sondern *was* getan werden konnte.

Der erste Gedanke einiger Ältester am Tisch war natürlich der, den Bären davon abzuhalten, seine »Zähne« – so bezeichneten sie die Atomraketen – in Kuba zu zeigen. Lischka erinnerte noch einmal daran, wie weit die Pläne Chruschtschows schon gediehen waren. Seine Militärs wollten die Raketen zwischen dem 25. und dem 27. Oktober einsatzbereit haben – das waren nicht einmal mehr zwei Wochen! Wenn Chruschtschow die Bedenken seines geschätzten Beraters Oleg Trojanowski mit einer einzigen Bemerkung vom Tisch gefegt hatte, dann war kaum damit zu rechnen, dass er sich sein »Abenteuer« noch ausreden lassen würde.

Ob sich denn der erste Mann im Land des Bären nicht die verheerenden Folgen seiner Operation *Anadyr* ausmalen könne, wollte einer der Ältesten wissen.

»Vielleicht sollte ich einige Worte zur Person von Nikita Sergejewitsch Chruschtschow selbst sagen, damit alle sich ein genaues Bild von ihm machen können«, antwortete der stämmige Lischka mit seltsam hintergründigem Schmunzeln. »Im Gegensatz zu Präsident Kennedy ist unser Leitbär schon alt. Er wurde am 17. April des Menschenjahres 1894 in einem kleinen Steppendorf bei der Stadt Kursk, nahe der ukrainischen Grenze, geboren. Sein Vater, ein einfacher Bauer, war sehr arm. Deshalb siedelte er vom Land zu den Kohlebergwerken des Donbass um, als Nikita gerade vierzehn Jahre alt war.«

Lischka deutete auf Jonas und fügte hinzu: »Also ungefähr so alt wie unser Jonas hier. – Bald schon begann Chruschtschow seine politische Karriere. Mit dreiundzwanzig Jahren war er Vorsitzender der Metallarbeiter-Gewerkschaft. Zwölf Jahre später schickte ihn die Parteiorganisation der Kohleminen des Donezbeckens zum Studium an die Industrie-Akadamie in Moskau. Hier lernte er Nadeschda Allilujewa kennen, die Frau Stalins, dem Chruschtschow später an die Spitze seines Landes folgte.

Es ist wichtig, diese Dinge zu wissen, weil Nikita Sergejewitsch bis heute auf seine einfache Herkunft pocht. Das kann manchmal geradezu groteske Züge annehmen. Ich war einmal Zeuge eines seltsamen Bescheidenheitswettbewerbs zwischen Chruschtschow und einigen anderen Sowjetführern. ›Ich bin Klempner‹, eröffnete der alte Mikojan, Chruschtschows Mentor. Frol Koslow, ein Stellvertreter Nikitas, sagte, er sei eine heimatlose Waise. Andrej Gromyko, der sowjetische Außenminister, warf stolz ein, er sei sogar nur der Sohn eines Bettlers.«

Lischka schüttelte lächelnd den Kopf.

»Die ganze Situation war schon ziemlich peinlich, selbst wenn man weiß, dass Stalin unter den Akademikern seines Landes grausame Ernte gehalten hatte. Mir kam diese Konkurrenz um die eigenen proletarischen Wurzeln mehr wie ein sehr durchsichtiger Versuch vor sich beim Leitbären Chruschtschow einzuschmeicheln.

Der allerdings war und bleibt ein Bauer. Ich sage das nicht, damit ihr ihn unterschätzt, ganz im Gegenteil. Sein Handeln war stets von einer schon fast als brutal zu bezeichnenden Kraft geprägt. Er ist ein sehr gerissener und grausamer Mann. In den Dreißigerjahren denunzierte er Studenten an der Industrie-Akademie, dann beteiligte er sich an der Ausrottung der ukrainischen Intelligenz – ich habe wegen dieser Ereignisse nicht einmal eine Spur von Gewissensbissen bei ihm bemerkt. Aber Chruschtschow besitzt auch eine nicht zu unterschätzende Bauernschläue. Gerade sie macht ihn für viele unberechenbar. Er hat sich nicht nur der Gegner im eigenen Lager entledigt, sondern immer wieder auch die kultivierten und gelehrten Führer anderer Länder geschickt ausmanövriert. Als einmal eine sehr gefährliche Situation in der Menschenstadt Berlin herrschte, erschienen seine Ziele so widersprüchlich und seine Maßnahmen so sprunghaft, dass westliche Wissenschaftler und Beobachter, an systematisches Denken und Planen gewöhnt, gänzlich verwirrt waren und es noch bis heute sind. Ich erinnere mich noch gut eines Vorfalls während der Wiener Gipfelkonferenz, als Chruschtschow den dreiundzwanzig Jahre jüngeren amerikanischen Präsidenten John F. Kennedy wie einen Schuljungen vorführte. Am Ende übermannte er ihn allein durch sein schieres Temperament. Obwohl Kennedy längst wusste, dass die angebliche Übermacht der sowjetischen Raketen nur ein Bluff war, wusste er sich nicht gegen den ukrainischen Bauern zu behaupten. Chruschtschow tobte – besessen von dem Wunsch politisch aufs Ganze zu gehen –, die Sowjetunion werde keinen Krieg beginnen, doch wenn die Vereinigten Staaten einen anfangen wollten, dann lieber gleich, bevor noch zerstörerischere Waffen entwickelt seien.«

»Wenn ich das höre, dann sollten wir wirklich alles tun, um die Zähne des Bären auszureißen, bevor sie ganz gewachsen sind«, warf Nabin besorgt ein.

Lischka wiegte den Kopf hin und her und lächelte listig.

»Ich habe euch nur von dieser Episode erzählt, um Chruschtschows schauspielerisches Talent herauszustellen. Bevor ihr ein Urteil über ihn fällt, solltet ihr noch eine andere Seite dieses wechselhaften Menschenkindes kennen lernen.

In dem großen Krieg, den die Menschen den Zweiten Weltkrieg nennen, besuchte Nikita Sergejewitsch als Politkommissar verschiedene Fronten. Unter anderem war er auch in Stalingrad, wo ja die entscheidende Wende in dem ›großen vaterländischen Krieg gegen Nazideutschland‹ eingeleitet wurde. Chruschtschow hatte mehr Gräuel gesehen als jeder andere, der heute mit ihm das Land des Bären regiert. Das Kriegserlebnis hat ihn nachhaltig beeinflusst. Stalin vertrat immer die Ansicht, irgendwann werde ein dritter Weltkrieg kommen, eine Entscheidungsschlacht zwischen dem sowjetischen und dem amerikanischen Block. Aber Chruschtschow wies dieses Postulat später zurück. Schließlich ließ er sogar im Oktober 1961 Stalins Leichnahm aus dem Lenin-Mausoleum entfernen und in einem tiefen Loch an der Kremlmauer versenken. Ich weiß nicht, ob er wirklich an Geister glaubt, aber *diesen* Geist, diese *Ideen* wollte er sich ein für alle Mal vom Hals schaffen. Er kennt sehr genau die schreckliche Macht seiner Waffenkammer. Als 1953 die erste sowjetische Wasserstoffbombe explodierte und er einen Film darüber sah, konnte er mehrere Nächte lang nicht schlafen.«

»Er ist wirklich ein sehr verwirrender Mensch«, sagte Darina. »Was schlägst du vor, Lischka? Sollen wir Keldins Spiegel einsetzen, um dem Bär die Zähne auszureißen, oder gibt es einen anderen Weg?«

»Dieser Mann wird nie auf unser Flüstern hören, Darina. Ich glaube allerdings auch nicht, dass Chruschtschow die Raketen wirklich abschießen will. Seine Ideale sind ein anständiges Leben für alle Bedürftigen und Frieden für die Menschen. Er hat einmal gesagt, dass die alte verfaulte kapitalistische Welt dem Untergang geweiht sei und dass eine schöne neue an ihre Stelle treten werde. Vielleicht macht ihn dieser Glaube zu einem Träumer, aber ich denke nicht, dass jemand so spricht, der alles Leben von der Erde auslöschen will.«

»Du meinst, Chruschtschow möchte die Raketen nur als Druckmittel verwenden, damit die Vereinigten Staaten ihn endlich ernst nehmen und mit ihm verhandeln, stimmt's?« Die Frage kam von Jonas' Vater.

Lischka nickte. »Genau das ist meine Einschätzung. Die Vereinigten Staaten sind an der Haltung des sowjetischen Ministerpräsidenten nicht ganz unschuldig. John Foster Dulles, der ehemalige amerikanische Außenminister, hat jahrelang mit großer Energie daran gearbeitet, den sowjetischen Einfluss zurückzudrängen. Dabei befürwortete er sogar den Einsatz von Atomwaffen. Deshalb ist es auch kein Wunder, wenn Chruschtschow ›die amerikanische Arroganz‹, wie er sie nennt, nicht ausstehen kann. Er hat zwar eingesehen, dass er den Kapitalismus nicht einfach von der Landkarte radieren kann, und ist inzwischen ein eifriger Verfechter einer ›friedlichen Koexistenz‹ zwischen den großen Machtblöcken, aber da dieses Ziel nur über Verhandlungen erreicht werden kann, möchte er selbst gern die Regeln festlegen. Dazu braucht er die Atomraketen in Kuba.«

»Würde er die Raketen einsetzen, wenn die Vereinigten Staaten den Waffengang eröffneten?«

Lischka dachte kurz nach. Dann nickte er. »Chruschtschow hat auch seinen Stolz. Eine solche Demütigung könnte er nicht tatenlos hinnehmen.«

»Somit scheint nur noch ein Weg offen zu stehen, um das Schlimmste zu verhindern: Wir müssen dafür sorgen, dass die Raketenstellungen so lange wie möglich unentdeckt bleiben. Sind sie erst fertig, dann *muss* Kennedy verhandeln.«

Es war schon weit nach Mitternacht, als man sich im Großen Rat von Kalvar auf eine Vorgehensweise geeinigt hatte: Robert, Ximon und Lischka sollten am nächsten Morgen den Spiegel auf möglichst viele Personen richten, die mit der gegenwärtigen Situation in den Ländern des Adlers, des Bären und des Moskitos vertraut waren. Vielleicht konnten sie mit dem dadurch gewonnenen Wissen an die ersten Männer der besagten Staaten herantreten oder zumindest einige ihrer wichtigen Ratgeber erreichen.

Nach einer viel zu kurzen Nacht saßen Jonas, seine Eltern, Sam und die Bonkas wieder im Ratssaal zusammen. Auch Numin, der Sohn des Oberältesten, war dabei. Kraark hockte auf dem Obsidiantisch, direkt neben dem Gestell, das Keldins Spiegel trug. Alle blickten gebannt auf die Kristalltafel.

»Um den Spiegel auf eine bestimmte Person ausrichten zu können, muss man sie bereits vorher kennen«, erklärte Jonas' Vater Lischka und Ximon, die rechts und links neben ihm Platz genommen hatten. »Es mag also notwendig sein, dass auch ihr beide ab und an in den Spiegel blickt, damit wir an Menschen herankommen, die uns weiterhelfen können. In diesem Gestell hier lässt er sich drehen und kippen, wie ihr es gerade braucht. Ich schlage vor, wir fangen beim Stab des Weißen Hauses an. Die Berater des Präsidenten sind immer für eine Überraschung gut.«

Niemand hatte etwas dagegen einzuwenden.

»Fein«, erklärte Robert, »ich habe zunächst an McGeorge Bundy gedacht. Er berät Kennedy in Angelegenheiten der nationalen Sicherheit.«

»Gute Idee«, lobte Ximon. »Ich kenne Bundy, obwohl ich noch nie persönlich zu ihm geflüstert habe.«

Was nun geschah, war für Jonas beunruhigend und faszinierend zugleich. Er hatte ja die Höhle der Flüsterer gesehen und war mit den blauen Facetten, die Bilder von Menschen zeigten, durchaus vertraut. Während die Höhle einem großen Kontrollzentrum geglichen hatte, in dem die Kleinen das Leben der Menschen auf tausenden von Bildschirmen verfolgten, war dieser Spiegel aus zusammengekitteten Kristallscherben eher mit einem unheimlich starken Fernrohr zu vergleichen. Man musste ihn nur auf eine bestimmte Stelle richten und schon erschien das, wonach man suchte. Das Erstaunlichste an Keldins Spiegel war jedoch der Umstand, dass mit ihm nicht Orte, sondern Personen fokussiert werden konnten. Egal, wo sich der Gesuchte auch befand, der Spiegel zeigte ihn, sobald man nur intensiv genug an den jeweiligen Menschen dachte.

Langsam kam Bewegung in die dunkle Tiefe des kristallenen

Glases. Jonas hatte das Gefühl, in einen Strudel zu schauen, jenem nicht unähnlich, der ihn über dem Bermudadreieck verschluckt hatte. Dann wurde das Bild plötzlich völlig klar. Erstaunt blickte Jonas in ein Büro. An der Wand hing ein Abreißkalender und auf ihm stand:

Montag
15
Oktober

Ein Mann, ungefähr Mitte vierzig, in dunklem Anzug, weißem Hemd und Krawatte saß hinter einem Schreibtisch und sprach mit einem anderen ihm gegenüber, von dem man nur den Rücken und den kurz rasierten Hinterkopf sehen konnte.

»Ich habe Ihnen von Anfang an gesagt, dass die Jungs vom CIA verschnupft reagieren werden, wenn wir ihnen die Aufklärungsflüge über Kuba wegnehmen. Gibt es schon irgendwelche Ergebnisse vom *Strategic Air Command,* Theo?«

Der andere Mann schüttelte den Kopf. »Die Air Force hat ja erst gestern ihren ersten Aufklärungsflug absolviert. Major Richard Heyser hatte Glück. Kurz bevor er gestern früh den Westen der Insel von Nord nach Süd überflog, gab es einen tropischen Sturm. Er hat die Wolkendecke über Kuba aufgerissen. Wir rechnen mit kristallklaren Bildern.«

»Schön. Wann wird die Auswertung fertig sein?«

»Ich schätze, heute Nachmittag. Heysers Fotos sind dazu gerade im *National Photographic Interpretation Center.*«

»Heizen Sie den Jungs ordentlich ein, Theo. Ich habe irgendwie ein komisches Gefühl, was unsere Zuckerinsel betrifft. Sollte sich etwas Neues ergeben, dann rufen sie mich an. Jederzeit! Habe ich mich deutlich ausgedrückt?«

»Deutlicher geht es nicht, Sir.«

Das Bild im Spiegel begann zu verschwimmen, bis der Rahmen wieder vollständig in Dunkel getaucht war.

»Du verstehst es, deine Angel auszuwerfen«, sagte Ximon

staunend. »Wir könnten dich gut als Flüsterer gebrauchen, Robin.«

Jonas' Vater lächelte bescheiden. »Reine Übungssache. Wenn ich den guten McGeorge richtig verstanden habe, dann weiß er noch immer nichts von den kubanischen Raketen. Was mir allerdings Sorgen macht, ist diese Ahnung, die er hat. Ob die Malkits dafür gesorgt haben, dass dem CIA von der Air Force die Erkundungsflüge abgenommen wurden? Sollten die Stellungen jetzt entdeckt werden, dann wäre das so, als würde man eine unheimlich kurze Lunte an einem ziemlich großen Pulverfass anzünden.«

»Dein Verdacht könnte durchaus ins Schwarze treffen«, sagte Lischka. »Kannst du feststellen, ob diese ... diese Auswerter schon etwas gefunden haben?«

Robert schüttelte den Kopf. »Leider kenne ich niemanden in der fotografischen Auswertungsstelle und damit haben wir auch keine Möglichkeit den Analytikern des NPIC auf die Finger zu schauen. Allerdings kenne ich im CIA einen hohen Beamten. Wenn die Bildergucker vom NPIC schon irgendetwas entdeckt haben, dann müsste er es wissen.«

»Dann sehen wir doch einfach nach.«

Lischka schien Geschmack an dieser Super-Facette gefunden zu haben, die man so frei einsetzen konnte. Für ihn als Flüsterer musste Keldins Spiegel eine erstaunliche »technische« Neuerung darstellen.

Wieder lichteten sich die wirbelnden Nebel in der Kristalltafel und ein neuer Schreibtisch erschien. Das Büro sah etwas schlichter aus als das des Sicherheitsberaters des Präsidenten. Der Mann dahinter wirkte aber mindestens genauso langweilig.

»Das ist Ray Cline«, hauchte Robert über die Schulter. »Er ist Deputy Director of Intelligence.«

Der Mann in dem Büro hob abrupt den Kopf, als hätte er etwas gehört.

Lischka legte den Finger an die Lippen und deutete auf den Spiegel. Robert nickte und blickte erneut in den Kristall.

Ray Cline beugte sich wieder über seine Unterlagen. Eine

Weile lang geschah nichts. Schon wollte Jonas' Vater das Bild des Geheimdienstlers verschwinden lassen, als plötzlich das Telefon klingelte.

»McGeorge, Sie sind es!«, schrie Cline in die Muschel, während er sich in seinem Sessel zurücklehnte und die Füße auf die Tischplatte legte.

»Nein, wir haben noch nichts gefunden ... Nein. Die NPIC-Leute werten gerade erst die Fotos aus ... Ach, das wissen Sie schon? Mehr kann ich Ihnen im Augenblick auch nicht sagen. Tut mir Leid ... Okay. Grüßen Sie den Präsidenten von mir ... Was? Entschuldigen Sie, McGeorge, war nur ein Scherz.«

Cline warf den Hörer auf die Gabel, funkelte das Telefon einen Augenblick lang an und widmete sich dann wieder seiner Arbeit. Langsam versank die Szene im Nebel.

Robert nickte. »Ist schon seltsam, wie ungeduldig McGeorge Bundy ist, dass er sogar persönlich beim CIA anruft und nach dem Fortgang der Auswertungen fragt.«

»Offenbar war der Präsidentenberater nicht sehr freundlich«, bemerkte Jonas.

Robert wandte sich um und legte ihm die Hand auf die Schulter. »Gut beobachtet, Jonas! Das zeigt uns, wie ungeduldig Bundy ist. Ich glaube immer mehr, dass die Flüsterer der Malkits ihm einen Floh ins Ohr gesetzt haben.« Er drehte sich wieder abrupt zurück und sagte: »Lasst uns noch etwas anderes ausprobieren.«

Wieder ein Büro, nur weniger öde aussehend. An der Wand hingen die Abzeichen verschiedener militärischer Einheiten. Zwei Männer in Uniform standen neben dem Schreibtisch. Der eine – ein noch sehr junger, sehr steif wirkender Soldat – reichte dem anderen – einem grau melierten Militär, dem eine Zigarre im Mundwinkel schwelte – gerade eine prall gefüllte Akte.

»Ich komme von General Taylor, Sir. Er sagte, Sie sollten sich umgehend damit befassen, Sir.«

»Was gibt es denn so Dringendes, dass der alte Haudegen mir seinen persönlichen Adjudanten vorbeischickt?«

»Es geht um die Operation *Mongoose,* Sir.«

»Was Sie nicht sagen. Seit Dezember mache ich nichts anderes, als mich mit Castros Sturz zu beschäftigen, und Sie bringen mir Dokumente, in denen es genau darum geht. Ich bin überrascht!«

»Sir, die Angelegenheit hat höchste Dringlichkeit. Der General möchte, dass *Mongoose* beschleunigt durchgeführt wird.«

»*Beschleunigt?*«, schrie der ältere Uniformträger, wobei ihm die Zigarre aus dem Mund schoss wie eine amerikanische Jupiter-Rakete. »Ich habe General Taylor vor drei Wochen mitgeteilt, dass alle Vorbereitungen für einen koordinierten Luftangriff auf Kuba am 20. Oktober abgeschlossen sein werden. Das ist in *fünf* Tagen! Was will er da noch beschleunigen?«

Der Adjutant schien in seiner Uniform zu verschwinden. »Vielleicht sollten Sie zunächst die Unterlagen studieren und sich dann ein Urteil bilden, Sir.«

Der Ranghöhere nahm dem Boten die Akte aus der Hand und atmete hörbar aus. »Vielen Dank, Colonel McClure. Nehmen Sie es nicht persönlich. Sie wissen, heute beginnt bei Puerto Rico unser Manöver PHIBRIGLEX-62, in dem wir den Sturz des Operetten-Diktators Ortsac proben. Ich halte überhaupt nichts davon, wenn wir den kubanischen Geheimdienst oder gar den KGB durch allzu große Geschäftigkeit auf uns aufmerksam machen. Bestellen Sie dem General meine Grüße und richten Sie ihm aus, dass ich mir seine Vorschläge ansehen werde.«

Der Oberst salutierte und verließ fluchtartig das Büro.

»Ortsac?«, wiederholte Jonas, als das Bild im Spiegel verschwunden war.

Ximons messerscharfe Raubvogelnase zuckte nervös. »Wenn man den Namen rückwärts spricht, dann kommt ›Castro‹ dabei heraus.«

Robert schüttelte ungläubig den Kopf. »Irgendwie kann ich die Erregung General LeMays verstehen. Die Kubaner *müssen* doch aufhorchen, wenn sie von dem Manöver in der Karibik Wind bekommen.«

Jonas schwirrte der Kopf. »Hieß der General nicht Taylor?«

Sein Vater lächelte verständnisvoll. »Maxwell D. Taylor ist der Vorsitzende der Vereinigten Stabschefs …«

»… und der *Special Group Augmented,* kurz SGA«, warf Ximon ein, »die sich aus verschiedenen Arbeitsgruppen zusammensetzt und von Kennedy beauftragt ist seinen persönlichen Rachefeldzug gegen Castro zu führen …«

»… ein Unternehmen, das dir inzwischen unter dem Namen *Mongoose* geläufig sein müsste«, vollendete erneut Jonas' Vater. »General Curtis LeMay – der ältere Militär von vorhin – dagegen befehligt die Luftwaffe und ist damit, wenn man so will, ein Kollege von Taylor in der Runde der *Joint Chiefs of Staff,* also der Vereinigten Stabschefs.«

»Ich habe mich schon gewundert, warum er so wenig Respekt vor den Anweisungen Taylors hatte.«

Robert schob seinen Stuhl so weit herum, dass er die Gefährten, die hinter ihm standen, ansehen konnte. »Ich finde, dieser kleine Blick durchs Schlüsselloch der Army war sehr informativ.«

Ximon nickte ernst. »Ja. Er hat uns gezeigt, dass die Lunte schon brennt.«

»Was meinst du damit?«, fragte Jonas.

»Sollte der Adler wirklich in wenigen Tagen auf die Moskitoinsel losgehen, dann wird der Bär glauben, er habe es auf ihn abgesehen, und wie wild nach jedem Angreifer schnappen.«

Jonas erinnerte sich daran, was Lischka vor dem Kristallrat von den sowjetischen Luna-Raketen erzählt hatte. Diese taktischen Waffen waren bereits einsatzbereit. Und sie trugen Atomsprengköpfe! Er wurde mit einem Mal aschfahl und murmelte: »Mit anderen Worten: Die Amerikaner sind drauf und dran, in ein Wespennest zu stoßen.«

Sarah zog ihren Sohn zu sich heran und nahm ihn in den Arm. »Wir werden schon einen Weg finden, das zu verhindern, Jonas.«

»Ich schlage vor, wir legen zunächst eine Pause ein und werfen am Nachmittag noch einmal einen Blick in das Büro von Ray Cline beim CIA. Im Moment können wir wohl ohnehin nicht mehr erfahren.«

Darina nickte. »Du hast uns sehr geholfen, Robin.«

»Ich wünschte nur, *ich* könnte etwas mehr für uns tun«, klagte Bergalf.

»Aber das hast du doch schon«, sagte Darina. »Außerdem ist deine große Stunde noch nicht gekommen. Bis dahin musst du dich in Geduld üben.«

Bergalf nickte. Seine Kiefer mahlten aufeinander. »Wenn ihr mich braucht, werde ich da sein.«

Die Ruhepause gipfelte in einem grandiosen Mittagessen. Die Frauen des Ältestenrats hatten es sich nicht nehmen lassen, persönlich für die Verköstigung der Gäste zu sorgen. Die Mahlzeit wurde im Innenhof des Lapislazulipalastes eingenommen. Es herrschte eine etwas gedämpfte Stimmung. Jeder wusste um den Ernst der Lage, wie sie Keldins Spiegel am Vormittag offenbart hatte. Aber dennoch herrschte Zuversicht, dass man die Probleme in den Griff bekommen würde.

Bei Gemüse, Obst und verschiedenem Gebäck wurde über Strategien diskutiert, wie man Sand in das Getriebe der Operation *Mongoose* streuen könne. Dann wieder wandte sich das Gespräch ganz anderen Themen zu. Sarah und Robert erzählten von ihren Jahren als Saphirah und Robin. Numin sprach so offen wie noch nie zuvor über die Bewunderung, die er für Jonas' Vater empfand. Robin sei der beste Lehrer, den er jemals gehabt habe, schwärmte er. Daraufhin gestand dieser ein, dass er an den überschwänglichen jungen Mann jene Fürsorge und Anteilnahme weitergegeben habe, die bei einem anderen Verlauf der Dinge sein eigener Sohn empfangen hätte.

Gespannt hörte Jonas, wie sein Vater von den ersten Wochen sprach, in denen er gelernt hatte, Keldins Spiegel zu gebrauchen. Nichts schien ihm und Sarah damals wichtiger zu sein, als mehr über das Schicksal ihres Sohnes zu erfahren. Nach und nach konnten sie die Ereignisse rekonstruieren: Während sie sich auf der Bermudainsel St. George aufhielten, wurde Toms Wagen in einen Unfall verwickelt. Rose war nichts passiert, aber der kleine Jonas schrie wie am Spieß. Die Großeltern fuhren ins Krankenhaus, um das Baby untersuchen zu lassen. Erst teilte man ihnen mit, der Kleine sei in Ordnung, man wolle ihn nur zur Beobachtung dabehalten, aber dann kam die schreckliche Nachricht von Jonas' Tod. Im Nachhinein hatte sich alles als eine folgenschwere Verwechslung herausgestellt. Ein anderer Junge war gestorben. Doch zu diesem Zeitpunkt befanden sich Robert und Sarah schon in der Roly-Poly über dem Bermudadreieck. Man hatte noch versucht der Maschine einen entsprechenden Funkspruch zu übermitteln, aber die erlösende Nachricht erreichte nie den Empfänger.

Später dann hatten Jonas' Eltern nach einer Möglichkeit geforscht die Welt Azon wieder zu verlassen. Doch die Nachkommen von Keldins Schar kannten keinen Weg zurück. Es gab nur das Echo der Flüsterer. Von einer Heimkehr irgendwelcher Wanderer zur Erde berichteten weder die Chroniken noch die alten Legenden.

Diese Nachricht machte Jonas betroffen. Bisher war es für ihn keine Frage gewesen, dass er irgendwann wieder in seine Welt gelangen würde, und auch jetzt wollte er sich ganz und gar nicht mit der Erklärung seines Vaters abfinden. Hilfe suchend blickte er in die Runde seiner Freunde. Kraark sah ihn gar nicht erst an, sondern tat so, als sei er von einer Beere auf Sams Teller hypnotisiert worden. Lischka und Ximon zuckten mit den Schultern: Ihnen sei kein einziger Bericht von einer »Umkehrung des Echos« bekannt. Selbst Darina hielt sich bedeckt: Der Kristall berge viele Geheimnisse, die selbst ihr verborgen seien. Jonas war eine Zeit lang wie betäubt. Sein Verstand weigerte sich zu akzeptieren, was alle anderen offenbar als Tatsache ansahen. Vielleicht gab es *doch* einen Weg heim ...

Das wunderbare Gefühl endlich bei seinen Eltern zu sein half ihm schließlich die nagenden Gedanken zu vertreiben. Allmählich nahm er wieder an den Gesprächen der Freunde teil. Außerdem gab es noch mehr, was ihn beschäftigte. Jetzt war eine gute Gelegenheit diesen Punkt zu klären.

Jonas sprach noch einmal die Erkundungsflüge der Air Force an. Er hatte noch nie davon gehört, dass die Vereinigten Staaten Spionageflugzeuge über fremde Länder aussandten. Sam Chalk dachte erst, ihm ginge es nur um das Wie und beschrieb detailliert die U-2-Aufklärungsflugzeuge, die aus großer Höhe Luftaufnahmen von bestechender Brillanz schießen konnten. Aber Jonas hatte etwas ganz anderes beunruhigt. Wann immer er die Nachrichten in Rundfunk, Fernsehen und Presse verfolgt hatte, waren die Vereinigten Staaten stets als stolze und starke Nation beschrieben worden, die den kleineren Ländern schützend wie ein großer Bruder zur Seite stand. Jetzt hatte er erfahren, dass diese »tugendhafte« Nation einen Nachbarstaat auf eine besonders verschlagene Art und Weise bespitzelte.

»Ist denn das ... ich meine, *dürfen* wir denn das?«, fragte er in die Runde.

Lischka grinste. Sein Mund glänzte noch vom Fett eines mit Käse überbackenen Gemüseauflaufs. »Der Adler hat noch nie danach gefragt, wohin er fliegen darf, Jonas. Dein gesunder Menschenverstand sagt dir, dass es Unrecht ist, einfach ungebeten über den Zaun von Nachbars Garten zu steigen. Auf der Erde gibt es eine allgemein verbindliche Regelung, die ›Völkerrecht‹ genannt wird. Für den Adler scheint dies aber ein Fremdwort zu sein; er verstößt mit seinen U-2-Flügen dagegen, wann immer es ihm passt.«

Jonas sah den stämmigen Bonka ungläubig an. »Du meinst, sie kümmern sich einfach nicht um das Gesetz?«

»Genauso ist es. Schon am 1. Mai 1960 haben die Russen über Swerdlowsk eine U-2 abgeschossen. Chruschtschow explodierte zunächst regelrecht. Als dann die Amerikaner ihren Ausrutscher ungeschickt zu verschleiern suchten, rieb er sich schadenfroh die Hände. Endlich konnte er vor aller Welt mit dem Finger auf sie zeigen. Was meinst du wohl, warum?«

»Weil sie beim Kirschenklauen erwischt worden waren?«

Ximon steckte sich eine große rote Frucht in den Mund und grinste.

Am späten Nachmittag saßen wieder alle hinter der blauen Kristallscheibe. Nur wenige Augenblicke nachdem Robert seine Gedanken auf Ray Cline konzentriert hatte, wurde das Büro des CIA-Beamten sichtbar. Unter den Augen eines Raben, eines Keldinianers, von vier Menschen und fünf Bonkas ging er seiner alltäglichen Arbeit nach, etwa eine halbe Stunde lang. Er telefonierte, kritzelte auf einem Block herum, telefonierte erneut, vergraulte eine Sekretärin namens Betty mit plumpen Komplimenten, telefonierte noch einmal, las eine Akte … Dann klingelte das Telefon.

»Ja …? *Was haben Sie* …? Und Sie sind sich ganz sicher? Gut, warten Sie, ich … ich werde sofort Direktor McCone informieren. Bleiben Sie in der Nähe des Telefons. Ich rufe gleich zurück.«

Cline unterbrach die Verbindung mit dem Zeigefinger und wählte eine neue Nummer.

»Hallo, Anne, ich muss John McCone sprechen, *sofort*! Was? Nicht da? Aber wo ist er denn …? Also gut, sollte er sich melden, dann sagen Sie ihm, ich hätte angerufen … Was …? Eine Angelegenheit, die unsere nationale Sicherheit betrifft. Mehr darf ich nicht darüber sagen. Bis bald, Anne.«

Ray Cline ließ den Hörer auf den Apparat krachen und fluchte. »Immer, wenn man sie braucht, spielen sie Golf oder halten Reden«, knurrte er. Er wählte eine neue Nummer.

»Ich bin's noch einmal. Ich kann den Direktor nicht erreichen. Sind Sie sich wirklich ganz sicher, dass kein Irrtum vorliegt?« Cline stieß zischend die Luft aus. »Egal. Lassen Sie die Fotos noch einmal prüfen, und zwar diesmal durch Raketenspezialisten von außerhalb. Wir dürfen uns keinen Fehler erlauben. Rufen Sie mich bis spätestens zehn Uhr heute Abend zurück.«

Der Hörer flog wieder auf die Gabel und Cline sprang fast gleichzeitig aus seinem Sessel. Nervös begann er im Büro auf und ab zu gehen.

Alle, die hinter dem Spiegel saßen, wussten, dass etwas geschehen war, was nicht hätte passieren dürfen. Nun begann eine Zeit quälenden Wartens. Cline wimmelte alle anderen Telefonate ab. Als Betty noch einmal den Kopf hereinsteckte, beförderte er sie diesmal ohne Kompliment hinaus.

Jonas konnte nicht sagen, wie viel Zeit verstrichen war, als Cline sich erneut in seinen Sessel fallen ließ und zum Telefonhörer griff. Sein weißes Hemd hatte unter den Achseln Schweißflecke bekommen. In den Augen des CIA-Deputys lag ein Ausdruck wie von einem gehetzten Tier.

»Den Nationalen Sicherheitsberater bitte. Danke.« Es verstrichen einige lange Sekunden. Plötzlich stieg der Geheimdienstler wie von der Tarantel gestochen aus dem Sessel hoch und rief: »Deputy Director of Intelligence Ray Cline am Apparat. Mr. Bundy, Sir, ich habe heute Nachmittag einen Anruf aus dem *National Photographic Interpretation Center* bekommen. Ein Auswertungsteam hat auf den Fotos, die Major Heyser gestern über Westkuba geschossen hat, etwas entdeckt.« Cline schluckte, bevor er fortfuhr: »Der NPIC-Offizier sagte, bei den Objekten handele es sich mit ziemlicher Sicherheit um Teile sowjetischer Mittelstreckenraketen ... Wo? In einem Feld bei San Cristóbal ... Das habe ich getan, Sir. Ich habe veranlasst, dass unabhängige Experten die Aufnahmen noch einmal überprüfen. Bis zehn Uhr werden wir es genau wissen. Ich dachte, ich sollte Sie trotzdem schon vorher informieren, falls Sie den Präsidenten ... Was? Der Direktor des CIA glänzt durch Abwesenheit. Er ist im Augenblick nicht erreichbar. Noch etwas, Sir. Die NPIC-Analytiker haben noch eine zweite Besorgnis erregende Entdeckung gemacht: Auf einem Flughafen in San Julián werden Teile ausgeladen, die von Bombern des Typs Iljuschin IL-28 zu stammen scheinen ... Ich weiß, dass diese Bomber Atomraketen transportieren können, Sir. Glauben Sie mir, ich weiß es ... Selbstverständlich bleibt die Sache geheim. Ich informiere Sie, sobald ich Genaueres erfahren habe. Bis später, Mr. Bundy.«

Ray Cline sank kraftlos in seinen Bürosessel zurück, als habe er gerade einen Marathonlauf absolviert. Sein Bild im Spiegel verschwand.

»Dann haben die Malkits es also geschafft«, merkte der sonst immer so schweigsame Mangaar an.

Ximon nickte und rieb sich das verletzte Bein. »Der Adler hat die Zähne des Bären entdeckt. Jetzt wird die Situation wirklich brenzlig.«

»Von nun an zählt jede Stunde«, gab Darina dem Flüsterer

Recht. »Robin, kannst du irgendetwas tun, damit der Präsident von der Sache erst morgen früh erfährt?«

»Was macht das für einen Unterschied?«, fragte Jonas.

Darina lächelte. »Der Präsident ist ein kranker Mann und wird jetzt, am Abend, schon sehr erschöpft sein. Wenn er erst morgen von den Bildern erfährt, ist er ausgeruhter. Das verschafft uns einmal Zeit, um uns selbst zu beraten, und der Präsident kann morgen mit kühlem Kopf an die Sache herangehen.«

Jonas nickte nachdenklich. Was hatte Darina nur damit gemeint, als sie Kennedy als kranken Mann bezeichnete?

»Ich werde den Spiegel auf McGeorge Bundy richten«, sagte Robert. »Nachdem er von den Fotos erfahren hat, wird er bestimmt überlegen, ob er den Präsidenten sofort informieren oder erst das Ergebnis der zweiten Auswertungsgruppe abwarten soll.«

Der Vorschlag wurde einhellig angenommen. Wenig später blickten die um den Spiegel Versammelten wieder auf McGeorge Bundys Abreißkalender.

Der National Security Advisor wirkte erstaunlich gefasst. Er saß hinter seinem Schreibtisch und tippte mit der Radiergummispitze eines Bleistiftes rhythmisch auf einen leeren Block.

Sarah bewegte ihren Mund ganz dicht an das Ohr ihres Mannes und hauchte: »Du hast doch immer erzählt, dass Kennedy kein Mann einsamer Entscheidungen sei. Sag Bundy, er muss die Berater des Präsidenten informieren. Das wird ihm einleuchten.«

Robert lächelte seine Ehefrau an. Seine Augen sagten: *Guter Einfall, Sarah.* Es war zu gefährlich, sich vor dem Spiegel laut zu unterhalten. Er wandte sich der glatten Kristallplatte zu und flüsterte: »McGeorge, altes Haus, denk scharf nach! Wenn du jetzt zu Jack läufst und ihm von der Sache erzählst, dann wird er dich nach Beweisen fragen, und die kannst du ihm nicht geben. Nicht im Augenblick. Wenn Ray Cline sich wieder meldet und die Angelegenheit bestätigt, dann kannst du handeln. Schreib dir inzwischen die Namen all derjenigen auf, denen der Präsident vertraut, und versuch herauszubekommen, wo sich die Männer im Augenblick befinden. So bist du vorbereitet und kannst gleich morgen früh eine Sitzung anberaumen.«

Jonas' Vater lehnte sich langsam zurück. Der Mann im Spiegel saß eine Weile lang bewegungslos da, als wäre er eine Wachsfigur aus Madame Tussauds Kabinett.

Zuerst bewegte sich der Bleistift: Er senkte sich auf das Papier herab. Dann erwachte auch der Mann an dem Schreibwerkzeug. Mit schnellen, eckigen Bewegungen kritzelte er anscheinend Namen auf das Papier. Als Robert das Bild im Spiegel etwas näher heranholte, konnte man sie deutlich erkennen:

Robert Francis Kennedy, Attorney General
Robert McNamara, Secretary of Defense
Lyndon Baines Johnson, Vice President
General Maxwell D. Taylor, Chairman of the JCS
John McCone, Director, Central Intelligence Agency
Dean Rusk, Secretary of State
Douglas Dillon, Secretary of the Treasury
George Ball, Undersecretary of State
Roswell Gilpatric, Deputy Secretary of Defense
Llewellyn Thompson, Ambassador-at-Large
McGeorge Bundy, National Security Advisor

Bundy nickte zufrieden. »Jack soll sich ruhig auch noch ein paar Namen einfallen lassen. Schließlich ist er ja der Präsident«, murmelte er. Dann griff er zum Telefon.

»Janice, ich glaube, Sie müssen heute etwas länger bleiben.«

◊ KÖNIG ARTUS' TAFELRUNDE

John Fitzgerald Kennedy sah man seine Anspannung nicht an. Er war ein Meister im Verstellen. An diesem Morgen jedoch wurden seine schauspielerischen Talente auf eine besonders harte Probe gestellt. Wenn er gewusst hätte, dass elf Augenpaare aus einer anderen Welt seit vier Stunden schon jeden seiner Schritte verfolgten, dann wäre es wohl mit seiner Beherrschung endgültig vorbei gewesen.

Um acht Uhr fünfundvierzig hatte der persönliche Sicherheitsberater den Präsidenten über die U-2-Aufnahmen von San Cristóbal informiert. Noch in der Nacht waren von McGeorge Bundy alle wichtigen Beamten des Präsidenten über die Situation auf Kuba in Kenntnis gesetzt worden. Jack Kennedy hatte immer großen Wert darauf gelegt, kluge Köpfe in seinem Beraterstab zu haben, auch wenn manche die Mitglieder seines Teams respektlos als »Eierköpfe« abqualifizierten. Immerhin, die freundlich gesinnte Presse sah im Weißen Haus ein neues Camelot und im Kreis der Minister und Berater Kennedys die Reinkarnation der Tafelrunde von König Artus. Jetzt saßen seine tapferen Recken im Cabinet Room und warteten gespannt darauf, dass ihr »König« ihnen den Feind zeigte.

Nachdem McGeorge ihn über den Ernst der Lage in Kenntnis gesetzt hatte, rief Jack zuerst bei seinem Bruder an. Robert Kennedy – Jack nannte ihn in privaten Gesprächen meistens nur »Bobby« – lauschte still am Hörer.

Der Präsident sagte nicht viel: »Du musst umgehend ins Weiße Haus kommen. Uns stehen große Schwierigkeiten bevor. Ich habe für elf Uhr fünfundvierzig eine Sitzung anberaumt, aber ich möchte dich gerne noch vorher sprechen.«

Bobby kam sofort. Im Arbeitszimmer seines Bruders wurde Robert mit knappen Worten über den Stand der Dinge aufgeklärt: Luftaufnahmen bewiesen eindeutig das Vorhandensein von sowjetischen MRBMs und strategischen Langstreckenbombern vom Typ IL-28 sowie den Aufbau von Raketenabschussrampen auf Kuba. Er, Bobby, wisse doch, was diese Nachricht bedeute.

Nach dem Bruder informierte Jack einen anderen engen Vertrauten, den republikanischen Anwalt John McCloy. Der Jurist hatte während der Berlin-Krise 1961 persönlich mit Chruschtschow auf dessen Sommerresidenz am Schwarzen Meer verhandelt. Er kannte also den mächtigsten Mann der Sowjetunion. McCloys erste Reaktion auf die Mitteilung des Präsidenten versetzte die stillen Zuhörer aus Azon in Schrecken: Er empfahl energische Schritte zur Entfernung der Raketen, selbst wenn dazu ein Luftangriff oder eine Invasion Kubas erforderlich sei.

Als der Präsident den Gang betrat, der in den Konferenzraum führte, herrschte auf der anderen Seite des Spiegels Betroffenheit. Anscheinend entwickelte sich alles gerade so, wie Lischka, Ximon und die anderen Bonkas es vorausgesagt hatten. Jonas konnte gar nicht verstehen, warum unter diesen Männern, die doch an das Wohl der Menschen in ihrem Land denken mussten, eine so große Bereitschaft bestand »energische Schritte« einzuleiten, Schritte, die schnell in einer Katastrophe enden konnten.

Bevor Jack die Tür zum Kabinettszimmer erreichte, hüpfte ihm ein kleines Mädchen über den Weg. Es war höchstens fünf Jahre alt und sah ihn mit großen Augen an. Jack blieb stehen und ließ seine Ritter noch eine Minute länger warten.

»Wen haben wir denn da? Dieses süße Mädchen sieht ja fast aus wie die Tochter des amerikanischen Präsidenten. Wie hieß er doch noch ...?«

Die Kleine blickte zu ihm auf, sagte aber kein Wort.

»Hast du Süßigkeiten gegessen?«

Das Mädchen schwieg noch immer.

»Caroline, sag, hast du Süßigkeiten gegessen?«

Wieder keine Antwort.

»Antworte mir bitte: ja, nein oder vielleicht.«

Ohne die Geduld ihres Vaters auch nur mit einem einzigen Wort zu belohnen, machte sich Caroline aus dem Staub und floh in den Garten.

In diesem Moment hatte Jonas eine Idee. »Kannst du auch zu Kennedy sprechen?«, wisperte er seinem Vater ins Ohr.

Der sah Jonas verwundert an und hauchte zurück: »Hab's noch nie versucht. Ximon hat gesagt, das sei so gut wie unmöglich. Warum?«

»Erinnere ihn daran, was mit den Kindern der Welt passiert, wenn sie auf Kuba einen Krieg anfangen.«

Robert nickte. Er hatte begriffen, dass dies vielleicht das wirksamste Mittel war, um die »energischen Schritte«, von denen John McCloy zuvor gesprochen hatte, zu verhindern. Schnell lehnte er sich zum Spiegel vor und flüsterte: »Jack, jetzt hast du ein schweres Stück Arbeit vor dir. Bestimmt sind die Männer im Kabinettszimmer aufgebracht. Einige fühlen sich durch die Kubaner in ihrer Ehre verletzt. Aber hier geht es nicht nur um die Ehre dieser Männer. Nicht einmal um die Ehre Amerikas. Es geht um die Kinder dieser Welt. Denk an Caroline, an den kleinen John und an all die Kinder, die noch nicht geboren sind. Wenn es zu einem Krieg zwischen Russland und den Vereinigten Staaten kommt, dann haben sie keine Chance.«

Jonas konnte sehen, wie John F. Kennedy an der Tür zum Cabinet Room innehielt. Sein Blick wirkte einen Moment lang abwesend. Dann atmete er tief durch und zeigte sich seinen Rittern der Tafelrunde.

Später würde man von der ersten Sitzung des Exekutivkomitees sprechen, obwohl diese Bezeichnung für den Krisenstab Kennedys erst ungefähr sechs Tage nach diesem 16. Oktober zur offiziellen Formel wurde. Dem *ExComm* – sein vollständiger Name lautete *Executive Committee of the U.S. National Security Council* – gehörten Vizepräsident Johnson, Jacks Bruder Bobby und eine ganze Reihe anderer Minister sowie politische und militärische Berater des Präsidenten an. An diesem Morgen war auch Arthur Lundahl da, Direktor beim *National Photographic Interpretation Center,* das die brisanten Fotos von den sowjetisch-kubanischen Raketenstellungen ausgewertet hatte.

Die erste ExComm-Sitzung begann mit dem umfassenden Bericht eines CIA-Beamten, der die von Major Richard Heyser gemachten Luftaufnahmen zeigte und bis ins Detail interpretierte. Der Mann sah übernächtigt aus. Scherzhaft hatte er eingangs bemerkt, die Frauen des CIA-Teams hätten die letzte Nacht ohne ihre Männer verbringen müssen, damit dieser Bildbericht rechtzeitig fertig gestellt werden konnte. Niemand hatte darüber gelacht.

Die Politiker konnten auf den Fotos genauso wenig erkennen wie Jonas und die anderen, die sich vor Keldins Spiegel befanden.

»Kann das nicht auch irgendetwas anderes sein?«, fragte Kennedy gerade.

»Verschiedene Auswertungsteams sind zu denselben Schlüssen gekommen, Mr. President. Ein Irrtum ist ausgeschlossen. Was Sie da sehen, sind eindeutig MRBM-Komponenten und noch unfertige Abschusseinrichtungen.«

»Haben Sie auch nukleare Gefechtsköpfe entdeckt?«

»Nein, Mr. President. Bisher nicht.«

Nachdem die Fakten, wie man meinte, auf dem Tisch lagen, begann eine lebhafte Diskussion über die Konsequenzen der Entdeckung. Zunächst vertrat eine überwältigende Mehrheit der Anwesenden den Standpunkt, ein schneller und sauberer Luftangriff gegen Kuba sei das beste Mittel, um sich das Raketenproblem vom Hals zu schaffen.

Während die Äußerungen hin und her gingen und die Möglichkeit eines baldigen Militärschlages sich immer stärker herauszukristallisieren begann, konnte Jonas sehen, wie Bobby dem Präsidenten einen Zettel zuschob. Da Keldins Spiegel genau auf Jack Kennedy gerichtet war, fiel es Jonas nicht schwer, die Worte des Justizministers zu lesen.

»Jetzt weiß ich, wie Tojo zumute war, als er Pearl Harbor plante.«

Jonas stieß hörbar die Luft aus, so laut, dass die Flüsterer ihn strafend anblickten. Er verstand sofort, was Robert Kennedy meinte. Der japanische Überfall auf Pearl Harbor war für so ziemlich jeden Amerikaner *der* Alptraum schlechthin. Seit die

Kolonialmächte aus der Neuen Welt vertrieben worden waren, hatte es keinen direkten Angriff mehr auf das Territorium der USA gegeben. Der japanische Ministerpräsident Tojo Hideki musste zumindest geahnt haben, welchen Aufschrei die Versenkung der US-amerikanischen Pazifikflotte auf Pearl Harbor nach sich ziehen musste, als er das Bombardement der Hawaii-Insel Oahu befahl. Jonas konnte nur schwer akzeptieren, dass diese Männer einen Luftangriff planen wollten, der eine ganz ähnliche Reaktion auslösen musste.

In König Artus' Tafelrunde wogte unterdessen die Debatte um die richtigen »energischen Schritte«. Jonas überwand seine Betroffenheit und verfolgte wieder mit angehaltenem Atem den Schlagabtausch. Zu seiner Beruhigung schien wenigstens der Präsident die Nerven zu behalten. Er sagte zwar nie viel, aber wenn einer seiner Berater einmal allzu forsch vorpreschte und nach dem Einsatz der Air Force verlangte, dann gelang es ihm immer wieder, durch geschickte Fragen die Schwachpunkte ihrer Pläne offenzulegen. Vielleicht hatte Jonas' Vater ihn doch nachdenklich gestimmt.

Einige Zeit später forderte Kennedy eine Vertagung der Sitzung. Man wolle sich am frühen Abend noch einmal treffen. Nachdem er sechs weitere U-2-Missionen angeordnet hatte, entließ er seine tapferen Ritter mit einer Menge von Hausaufgaben.

»Was haltet ihr davon?«, fragte Robert, als das Bild im Spiegel verblasst war.

»Sie erinnern mich an eine Schar Kinder, die im Spiel mit verbundenen Augen auf einen tiefen Abgrund zulaufen«, antwortete Darina ruhig.

»Wir müssen irgendetwas tun, um dieses Feuer zu löschen«, sagte Lischka. Er klang längst nicht so gefasst wie die Wissende. Als ihn alle fragend anblickten, erklärte er: »Ich spreche von dem Feuereifer, mit dem sie einen Luftangriff herbeireden. Ich glaube, das ist zunächst die größte Gefahr. Könnte ich einmal den Spiegel benutzen, Robin?«

Jonas' Vater nickte. »Woran denkst du?«

»Ich kenne den Mann, dem Chruschtschow das Kommando

über die sowjetischen Truppen auf Kuba übertragen hat. Es ist der Armeegeneral Issa Plijew. Vielleicht können wir durch ihn erfahren, ob im Kreml schon irgendetwas über die Entdeckung der Amerikaner durchgesickert ist.«

Jonas sah den kräftigen Flüsterer verwundert an. »So schnell?«

Lischka zeigte sein breitestes Grinsen. »Der Bär hat dem Adler ein paar durstige Flöhe ins Gefieder gesetzt.«

Eine Stunde später waren die Gefährten im Saal des Großen Rats schlauer – wenn auch kein bisschen ruhiger. Der Besuch des amerikanischen Botschafters Foy Kohler bei Chruschtschow hatte tatsächlich Auswirkungen gezeitigt, die bis zum Befehlshaber des sowjetischen Truppenkontingents auf Kuba reichten. In einem dreistündigen Gespräch hatte Chruschtschow dem Gesandten Kennedys auseinander gesetzt, dass die UdSSR nicht die Absicht hätte irgendwelche Offensivwaffen auf Kuba zu stationieren. Gleichzeitig kritisierte er scharf die Stützpunktpolitik der USA in Italien und der Türkei. Irgendwer in Chruschtschows Dunstkreis musste wohl durch den Besuch Kohlers Verdacht geschöpft haben und hatte daraufhin noch einmal nach Kuba telegrafiert, um Plijew an seine Anweisungen zu erinnern: Die Mittelstreckenraketen R-12 und R-14 durften ausschließlich auf Chruschtschows Befehl hin gestartet werden, aber über die taktischen Luna-Raketen könne Plijew frei verfügen. Wenn die Amerikaner tatsächlich das erwartete Landemanöver auf Kuba durchführten, dann durften ihnen auf keinen Fall die großen Raketen in die Hände fallen. Plijew solle den Aggressoren mit den nuklearbestückten Lunas derart einheizen, dass sie nie mehr auch nur einen Gedanken an eine Invasion Kubas verschwendeten.

»Wird der Armeegeneral diesem Befehl gehorchen?«, fragte Sarah besorgt.

Lischkas zumeist fröhliches Gesicht wurde mit einem Mal hart. »Ich fürchte, wenn er es schriftlich hat, dann ja.«

»Schriftlich?«

»Issa Plijew hat sein Kriegshandwerk gelernt, als die Menschen noch auf dem Rücken von Pferden aufeinander losgingen. Er ist ein alter Kavallerist aus dem kaukasischen Grenzland. Anfang Juni dieses Jahres hat es in Nowotscherkassk einen Aufstand gegeben. Tausende von Arbeitern, Frauen und sogar Kindern stürzten die kommunistische Verwaltung in der ehemaligen Hauptstadt der Donkosaken. Chruschtschow gab die Erlaubnis, in die aufständische Menge zu schießen, und Plijew war sein Henker. Issa ist ein Mann von äußerster Selbstbeherrschung. Er wartete erst Chruschtschows persönliche Vollmacht ab, bevor er seine Panzer in Nowotscherkassk einrücken ließ, und zögerte mit dem Feuerbefehl, bis er eine weitere Order von seinem Oberbefehlshaber erhielt. Erst dann zerstreuten seine Truppen die Menge mit Maschinengewehrfeuer.«

Sarah schüttelte entsetzt den Kopf. »Das ist ja furchtbar!«

»Du hattest mich gefragt, ob Plijew die taktischen Atomraketen benutzen würde. Jetzt kannst du dir ein Urteil über ihn bilden.«

»Chruschtschow hat sein Bajonett aufgepflanzt und Kennedy rennt geradewegs darauf los.« Robert rieb sich nachdenklich das Kinn. »Es muss uns etwas einfallen, um die Befürworter eines Luftangriffs gegen Kuba zu bremsen.«

»Dann sollten wir einen Blick auf die Arbeitsgruppen werfen, die jetzt vermutlich in ihren Besprechungszimmern über Angriffsplänen und anderen Alternativen brüten«, schlug Ximon vor.

Nun, da der Kreis um Keldins Spiegel jeden Einzelnen von Kennedys Krisenstab kennen gelernt hatte, war es kein Problem mehr, sich in die verschiedenen Gespräche der Politiker, Beamten und Militärs einzuschalten.

Verteidigungsminister McNamara und Außenminister Rusk hielten mit verschiedenen Personen Meetings ab. Zur Beunruhigung ihrer stillen Beobachter sprachen sie sehr viel über die Vorbereitung des Militärs auf eventuell vom ExComm angeordnete Aktionen. Sie waren offenbar der festen Überzeugung, dass die sowjetischen Raketen noch nicht gefechtsbereit seien, und hielten daher ein gewaltsames Vorgehen für eine wirksame Maßnahme zur Eliminierung der lästigen Waffen. Immer häufiger war nun von einem »chirurgischen Luftangriff« die

Rede, worunter die Militärexperten einen überraschenden und sehr gezielten Luftschlag gegen die Raketenstellungen und andere kubanische Verteidigungseinrichtungen verstanden. Jonas wurde ganz schlecht bei dem Gedanken, dass diese Männer über einen Bombenangriff sprachen, als handele es sich um eine routinemäßige Blinddarmoperation.

Sein Vater sah das ähnlich. Gemeinsam wurde beschlossen dem Verteidigungsminister etwas mehr Zurückhaltung zu empfehlen. Mit Erfolg. Als sich Ximon vom Spiegel zurücklehnte, begann Robert McNamara bisher nur selten erwähnte Aspekte in die Diskussion zu werfen. Sie waren zwar nicht wirklich neu, aber der für die Landesverteidigung verantwortliche Minister verlieh ihnen nun ein größeres Gewicht. Als die Gesprächspartner auf McNamaras Vorschläge nur mit Skepsis reagierten, geriet auch dessen Strategie wieder ins Wanken.

Überhaupt hatte Jonas schon während der ersten Sitzung des Exekutivkomitees den Eindruck gewonnen, die edlen Ritter der Tafelrunde seien ein sehr wankelmütiges Volk. Es kam ihm vor, als würden die Männer mal den einen und dann wieder einen ganz entgegengesetzten Standpunkt vertreten. Einige schienen es mehr darauf abgesehen zu haben, dem Präsidenten nach dem Mund zu reden, als produktive Vorschläge zu unterbreiten. Da war es ein schwacher Trost, dass der Präsident zu seinem Bruder sagte, er wolle nicht an allen Sitzungen seines Beraterstabes teilnehmen, um ebendiese Reaktion möglichst auszuschließen. Waren das die weltoffenen, vielseitig gebildeten, fachlich erfahrenen Recken, deren unvoreingenommenes Urteil der »König« so schätzte? Jonas empfand das Bild, das man ihm von seinem Land gezeichnet hatte, mit einem Mal als bloßes Blendwerk. Ihm war bewusst geworden, dass die Frage über Leben und Tod der ganzen Menschheit in den Händen einer kleinen Schar bestürzend normaler Männer lag.

Im Laufe des Nachmittags verfolgten die stillen Beobachter hinter Keldins Spiegel noch einige andere Gespräche, die sie mal bangen und viel zu selten hoffen ließen. Am frühen Abend trat das Exekutivkomitee zu seiner zweiten Sitzung zusammen. Die Spezialisten für die Fotoauswertung überraschten die Anwesenden zunächst mit einer weiteren Hiobsbotschaft: Die noch am Vormittag für SS-3 gehaltenen Raketen wurden nun als die weiter reichenden SS-4 identifiziert. Das bedeutete, dass bei einem möglichen Angriff auf die Vereinigten Staaten von kubanischem Boden aus Millionen weiterer Amerikaner gefährdet waren. Marschall Carter hielt es für möglich, dass die Raketen innerhalb von zwei Wochen einsatzbereit sein könnten, obgleich nicht auszuschließen sei, dass irgendeine der Stellungen auch »sehr viel früher« zum atomaren Erstschlag gerüstet wäre.

Die Stimmung im Raum war nicht gerade euphorisch, als Robert McNamara das Wort ergriff. Er stellte drei Optionen zur Beilegung der Krise vor: erstens den diplomatischen Weg über Verhandlungen, zweitens ein aktives Eingreifen durch eine offene Überwachung verbunden mit einer »Quarantäne« gegen Kuba (was die Insel von der Lieferung weiterer Offensivwaffen ausschlösse) und drittens einen Militärschlag gegen die Raketenstellungen und andere strategische Ziele.

Nur wenige der Anwesenden konnten sich für Vorschlag eins erwärmen. Langwierige Verhandlungen würden ihrer Meinung nach Chruschtschow nur die Zeit verschaffen seine Raketen endgültig in Stellung zu bringen. Die Seeblockade, McNamaras zweite Option, stieß auf zahlreiche Bedenken; man glaubte, Chruschtschow werde auf einen solchen Schritt mit der völligen Abriegelung West-Berlins antworten. Der dritte Vorschlag des Verteidigungsministers fand schließlich die meiste Zustimmung. Vor allem die Vereinigten Stabschefs rieten einmütig zu unverzüglichen Militäraktionen.

Dennoch wurden auch andere Stimmen laut. Wie würde die UdSSR reagieren? Ein nuklearer Gegenschlag schien durchaus denkbar. McNamara sagte zum Präsidenten: »Ich glaube nicht, dass wir uns über die damit verbundenen Konsequenzen ausreichend im Klaren sind. Ich weiß nicht genau, in was für einer Welt wir nach unserem Schlag gegen Kuba leben werden, und *wir,* wir hätten es begonnen. Wie, wie nur können wir an diesem Punkt noch anhalten?«

◊ DIE RÜCKKEHR DES SCHLÄFERS

Jonas hatte einen steifen Nacken. So musste es den Klassenkameraden ergehen, die nach der Schule nichts Besseres zu tun wussten, als sich vor dem Fernsehapparat zu verschanzen. Das stundenlange Starren auf den Kristallspiegel war anstrengender, als er geglaubt hatte.

Vor dem Lapislazulipalast sanken die Schatten der heraufziehenden Nacht auf das Land. Drinnen im Saal des Großen Rats von Kalvar war es den ganzen Tag nicht richtig hell geworden. Fleißige Helfer aus der Stadt hatten nicht nur die Fenster im Versammlungsraum verdunkelt, sondern auch für das leibliche Wohl der Gäste gesorgt. Vor vielen Jahren schon hatten dieselben den beiden Wanderern ihre Dienste förmlich aufgedrängt und erst vor wenigen Tagen, als dieser unerklärliche Anfall von Trauer Saphirah und Robin heimsuchte, waren sie taktvoll aus dem Palast verschwunden.

Das Licht, das aus dem blauen Kristallglas fiel, spiegelte sich in der polierten schwarzen Platte des Obsidiantisches. Jonas, seine Eltern, Darina, Kraark, Sam, die beiden Flüsterer und die zwei Fährtensucher blickten gespannt auf das räumliche Bild in Keldins Spiegel. Man konnte den Eindruck gewinnen, dass schon das Ausstrecken eines Armes reichte, um sich aus dem Konferenzzimmer des Präsidenten einen kleinen Minister oder einen General zu pflücken. Natürlich war das alles nur eine Illusion des blauen Kristalls, aber sie wirkte so echt, dass die stillen Beobachter beinahe selbst wähnten Mitglieder von König Johns Tafelrunde zu sein.

Plötzlich fiel ein schmaler Lichtstreifen in den Ratssaal. Jonas konnte in dem Kristallglas eine Spiegelung erkennen, die nicht von der Erde stammte: einen matt schimmernden Türausschnitt und darin die Silhouette eines großen Wolfes. Erschrocken fuhr er herum. Ihm war sofort klar, dass etwas Schlimmes passiert sein musste.

Minuq! Nur seine Lippen formten das Wort, wegen des Spiegels sprach er es nicht aus.

Der mächtige Leitwolf blickte ihn einen Augenblick eindringlich an und verschwand dann auf den Flur hinaus.

Jonas sprang von seinem Stuhl auf und eilte ihm hinterher. Auch die anderen hatten Minuq bemerkt und folgten Jonas. Das Bild im Spiegel verblasste. Jeder wollte wissen, was den Wolf zurückgeführt hatte.

»Ihr müsst von hier fliehen!«, drängte Minuq, noch bevor Jonas ihn begrüßen konnte.

»Was ... Aber *warum* denn?«

»Erinnerst du dich an die alte Wolfslegende über Keldins Klippe?«

Jonas nickte. »Talinka hat etwas von einem gewaltigen Wesen erzählt, das alle anderen Tiere fürchteten. Ihr Wölfe glaubt, dass es in dem Felsenloch unterhalb von Keldins Burg schläft, bis zu dem Tag, da die Wölfe auf den Berg zurückkehren.«

In einem Zugeständnis an die menschliche Mimik nickte Minuq. »Der Schläfer ist nun erwacht, Jonas. Er hat sein Loch verlassen, um in die Welt des Kleinen Volkes zurückzukehren.«

Jonas starrte den Graupelz entsetzt an. Er war sich nicht ganz sicher, ob er Minuq richtig verstanden hatte.

»Es ist dasselbe Glühen«, drang Bergalfs Stimme an sein Ohr.

Als Jonas sich zu dem Fährtensucher umwandte, wusste er sofort, was dieser meinte. Bergalf hielt seinen Sinnstein in der Hand. Im äußeren Bereich des violett gefärbten Kristallkiesels strahlte ein tiefgelbes Licht. Es handelte sich dabei nicht um einen Punkt wie bei Darina, sondern vielmehr um eine Wolke mit einem intensiv leuchtenden Zentrum.

Natürlich erinnerte sich Jonas an die Worte seiner Gefährten im Großen Wald, an die Wolfslegenden – an das mächtige schlafende Wesen im Herzen von Keldins Klippe. Dennoch war Jonas kein Mensch, der in allem Fremden gleich eine Gefahr witterte. Für ihn war kein Lebewesen von vornherein böse. Deshalb riss er sich vom Anblick des strahlenden Sinnsteins los und fragte den Wolf: »Glaubst du, es kann uns wirklich gefährlich werden?«

Minuq erwiderte schweigend Jonas' Blick. Schließlich antwortete er: »Das Wesen ist ein Gorrmack, Jonas. Und der, der es reitet, ist dir gut bekannt.«

»*Kanthelm!*«, entfuhr es Jonas.

»Was ist mit Kanthelm und mit diesem Wesen, das alle Tiere fürchten? Jonas!«

»Was?« Als wäre er gerade aus einem bösen Traum erwacht, blickte Jonas zu seinem Vater auf. Erst jetzt fiel ihm ein, dass bis auf Kraark ja niemand den Wolf hatte verstehen können. In knappen Worten fasste er Minuqs Beobachtungen zusammen.

»Weshalb hat Minuq gesagt, wir müssten fliehen?«, fragte Sarah.

»Weil Kanthelm das Wesen direkt auf den Palast des blauen Steins zulenkt«, erwiderte Minuq.

»Du meinst *hierher*?«, erkundigte sich Jonas entsetzt.

Als er Minuqs Antwort übersetzt hatte, sagte Darina mit der ihr eigenen Gelassenheit: »Ich vermute, er wird sich mit dem Lapislazulipalast nicht begnügen. Sobald er dieses Haus zerstört hat, wird er den Gorrmack gegen die Stadt selbst lenken.«

»Ich wünschte, ich hätte einen niedlichen kleinen Schützenpanzer eingepackt, dann würde ich das Ding schon wegblasen«, knurrte Sam Chalk.

»Eine solche Menschenwaffe könnte gegen einen Gorrmack nicht viel ausrichten«, erwiderte Darina. »Er ist ein Teil des Kristalls. Die meisten Geschosse würden einfach durch seinen Facettenkörper hindurchgehen und irgendwo auf Azon einschlagen. Doch selbst wenn jeder Schuss ein Treffer wäre, könnte das ein so gewaltiges Wesen nicht aufhalten. Minuq hat Recht, wir müssen in die Stadt und schnellstens die Kalvarer warnen. Wenn wir Glück haben, marschiert der Gorrmack glatt durch die Häuser hindurch und hinterlässt nur eine breite Schneise.«

»Nur!«, schnappte Numin. Er war ganz außer sich vor Erregung. »Sie hat *nur* gesagt. Du sprichst zufällig von meiner Geburtsstadt, Darina!«

»Dann lauf, Numin, und alarmiere Kalvar. Bereite die Leute

darauf vor, dass sie aus der Marschrichtung des Gorrmacks fliehen, solange noch Zeit dazu ist.«

Numin stieß ein trockenes Lachen aus und schüttelte den Kopf. »Nein, ich werde nicht laufen. Ich werde fliegen!«

Mit diesen Worten stürzte er ins Freie. Hinter dem Lapislazulipalast befand sich ein großer Stall, der gleichzeitig auch als Lager diente. Dorthin lief der Sohn des Oberältesten, band seinen Reitvogel los und sprang mit einem einzigen Satz auf dessen Rücken. Das Tier rannte ins Freie und breitete seine Flügel aus.

Als ein lautes Rauschen über den Innenhof des Palastes fegte, blickte Jonas staunend gen Himmel. Numin ritt geradewegs durch die Luft wie eine Märchenhexe, mit dem einzigen Unterschied, dass sein Besen lebendig war und statt Reisig Federn besaß.

Bergalf war inzwischen um den Palast herumgelaufen und kam gerade wieder in den Innenhof zurück, in dem die anderen sich inzwischen für den Aufbruch bereitmachten.

»Da ist eine Staubwolke am Horizont, mehr konnte ich noch nicht sehen, aber was immer da auf uns zukommt, es muss unvorstellbar groß sein.«

»Los, wir laufen zum Stall und holen die Tiere«, drängte Mangaar. »Ihr anderen beeilt euch ein bisschen und kommt vor den Palast. Wir dürfen keine Zeit verlieren.«

Während die beiden Fährtensucher wegstürmten, schickte Jonas den Raben auf Erkundungsflug. »Du bist jetzt meine U-2, Kraark. Flieg dem Gorrmack entgegen und versuche herauszubekommen, wann er hier sein wird und wie er sich bewegt.«

»Was willst du damit sagen?«

»Ich möchte wissen, wie schnell das Wesen auf die Anordnungen Kanthelms reagiert.«

»Ich verstehe. Wenn der Gorrmack ihm nur träge folgt, dann können wir vielleicht abschätzen, an welcher Stelle er in die Stadt einbrechen wird.«

»Und wo er wieder hinausstampft«, fügte Jonas hinzu. »Und jetzt flieg!«

In Windeseile wurden einige Gegenstände ins Freie getragen. Obwohl Robin und Saphirah in einem Palast wohnten, gab es nur wenige Dinge, an denen ihr Herz hing.

»Hol du den Spiegel«, rief Robert seinem Sohn zu, während er selbst ein paar dicke Bücher nach draußen schleppte.

»Ist gut.«

Jonas lief durch den Innenhof, umrundete den Springbrunnen und betrat das Gebäude wieder an dem hinteren Querflügel, in dem sich der Ratssaal befand. Vor dem Spiegel blieb er schwer atmend stehen. Keine Frage, Kanthelm hatte es vor allem auf dieses wertvolle Stück abgesehen. Wenn er den Spiegel in seine Gewalt brachte oder ihn zerstörte, dann war er der Einzige, der die Menschen nach Belieben belauschen oder ihnen seine boshaften Gedanken zuflüstern konnte. Jonas griff mit beiden Händen nach dem goldenen Rahmen, doch dann hielt er inne.

Ob er selbst auch ein Flüsterer sein konnte? Er hatte sich in den vergangenen zwei Tagen schon mehrmals gefragt, wie man dabei wohl vorging: Man dachte intensiv an einen Menschen, der dann prompt in dem Spiegel erschien und aufmerksam darauf wartete, dass ihn die Muse küsste. Na ja, vielleicht war diese Vorstellung etwas übertrieben, aber was war schon dagegen einzuwenden, wenn er ein einziges Mal versuchte das Fenster zur Menschenwelt aufzustoßen?

Jonas stellte sich das Zimmer vor, in dem der Krisenstab Kennedys tagte: die weißen Wände, die Bücherregale an der Wand, den rechteckigen Tisch mit den breiten gepolsterten Stühlen, an denen hinten blanke Nieten befestigt waren.

Der Spiegel blieb dunkel. Er zeigte nur eine blaue unergründliche Tiefe.

Da fiel Jonas ein, was er falsch gemacht hatte. Unwillkürlich hatte er sich den *Ort* vorgestellt, an dem der Präsident sich befinden musste, aber der Spiegel war ja kein Fernrohr. Er öffnete sich nur, wenn man die *Person* im Sinn hatte, die man sehen wollte.

Zu seinem Erstaunen lichteten sich gleich darauf die herumwirbelnden Nebelschwaden in der Kristalltafel. Da war er, der Präsident, John F. Kennedy. Ein seltsames Gefühl der Macht überkam Jonas. Wenn es so einfach war, die Menschen zu kontrollieren, was für ein gefährlicher Gegenstand musste dann dieser Spiegel sein! Kein Wunder, dass ein boshafter Charakter wie Kanthelm dieser Versuchung erlegen war.

Plötzlich erscholl ein Ruf von draußen. Jonas' Vater suchte ihn schon. Erschrocken blickte er auf das Bild im Spiegel. Die Männer um Kennedy waren noch immer damit beschäftigt, das Für und Wider einer Militäroperation auf Kuba zu diskutieren. Jonas hörte Schritte auf dem Flur. Ein schrecklicher Gedanke schoss ihm durch den Kopf: Wenn auch dieser Spiegel Keldins auf der Flucht vor Kanthelm zerstört werden sollte, dann gab es keine Möglichkeit mehr, diese angriffslustigen Männer vor ihrem größten Fehler zu warnen. Ehe er sich dessen noch recht bewusst wurde, entlud sich seine ganze Angst in einem verzweifelten Ausruf.

»Lasst das doch sein! Meinetwegen verhängt eure Quarantäne, aber greift den Moskito nicht an. Die Zähne des Bären würden euch alle zerreißen!«

Im Konferenzsaal flogen ein Dutzend Köpfe hoch.

Robert McNamara sprach aus, was alle anderen dachten. »Haben Sie das auch eben gehört, Mr. President?«

»Ich ... ja, Bob. Es war, als hätte draußen ein Kind gerufen.«

Bobby sagte: »Ich hatte eher den Eindruck, die Stimme wäre von irgendwo hier oben gekommen.« Dabei klopfte er sich an die Stirn.

»Wahrscheinlich haben unsere Nerven uns einen Streich gespielt«, sagte Jack Kennedy. »Kein Wunder, nach einem solchen Tag. Streichen Sie einfach die letzten Sätze aus dem Protokoll. Ich schlage vor, wir ruhen uns alle etwas aus und treffen uns wie vereinbart morgen früh wieder.«

Das Bild mit dem Präsidenten verschwand.

»Was ist, Jonas? Ich dachte schon, der Spiegel sei dir runtergefallen.« Robert stand in der Tür und blickte in den abgedunkelten Saal.

Jonas hatte den Spiegel aus seiner Halterung gerissen und

drückte ihn nun fest an die Brust. »Was? Nein, ich hab ihn schon. Von mir aus können wir los.«

»Dann komm, man kann den Gorrmack bereits hören.«

Als Jonas den gewundenen Pfad hinabritt, der vom Lapislazulipalast nach Kalvar führte, sah er in der Ferne ein undeutliches Glitzern. Das Licht war noch zu schwach, um Einzelheiten erkennen zu können, aber das Stampfen gewaltiger Beine drang bis tief in die Stadt hinein.

»Können wir irgendetwas gegen den Gorrmack tun?«, erkundigte er sich bei Darina, deren weißer Hirsch grazil neben seinem Schelpin herlief.

»Ich fürchte nicht, Jonas.«

»Vielleicht doch«, mischte sich Bergalf ein. Er hatte sein Tier auf die andere Seite von Jonas gelenkt.

»Glaubst du, deine Gabe könnte uns helfen?«, fragte Darina.

Bergalf zuckte mit den Schultern. »Ein Versuch kann nicht schaden.«

Das riesige Kristallwesen aus der Spiegelregion stampfte wieder durch Jonas' Geist. »Was kann ein *solches* Geschöpf schon aufhalten?«

»Mir fällt da nur eines ein.«

Jonas zog fragend die Augenbrauen zusammen.

Bergalf lächelte grimmig. »Was würde der Bursche wohl davon halten, wenn er sich plötzlich einem zweiten Gorrmack gegenübersähe?«

»Du machst mir Spaß. Hast du etwa einen in der Satteltasche?«

»Das nicht, aber warte nur ab.«

Kalvar drohte im Chaos zu versinken. Numins Nachricht vom Herannahen eines berghohen Kristallwesens war ja auch zu schrecklich, um sie einfach mit einem Achselzucken abzutun. Dennoch folgten nicht alle seinem Rat in die äußeren Bezirke der Stadt zu fliehen, die am weitesten von dem vermuteten Durchzugsgebiet des Untiers entfernt lagen. Einige Kalvarer hielten seine Warnung nur für einen ziemlich geschmacklosen Scherz. Ein Gorrmack! So etwas kam doch nur in den Legenden vor. Selbst wenn es einmal solche Wesen gegeben hatte, dann waren sie von Keldin, dem Stammvater und sagenhaften Staatsgründer, vor langer, langer Zeit ausgemerzt worden.

Als das glitzernde Kristallwesen nur noch eine Meile von der Stadt entfernt war, ließen sich auch die letzten Zweifler überzeugen. Kreischend rannten die Keldinianer um ihr Leben. Sosehr sich kühlere Köpfe auch bemühten, die schlimmen Folgen einer Panik konnten doch nicht überall verhindert werden. Etliche Kleine wurden einfach in den Staub getreten und blieben regungslos liegen. An anderen Stellen loderten Feuer auf, die Folgen von Hast und Angst, die jede Vorsicht erstickten.

Jonas glaubte, in seinem Magen würden Mahlsteine aufeinander reiben, während er den Vormarsch des riesigen Wesens verfolgte. Er und die meisten seiner Gefährten standen auf dem Dach eines Hauses, das sich dicht an der Linie befand, die der Gorrmack nehmen musste. Vorausgesetzt, er behielt den Kurs bei, den Kraark ausgespäht hatte. Als der Rabe von seinem Erkundungsflug zurückgekehrt war, hatte er einen wandelnden Kristallberg beschrieben, der weder nach rechts noch nach links abwich, sondern alles platt walzte, was ihm in die Quere kam. Jonas war ein kalter Schauer über den Rücken gelaufen, als Kraark den Reiter des gigantischen Wesens erwähnt hatte. Der Gorrmack marschierte nicht ziellos auf die Stadt zu, er wurde von einem boshaften Geist gelenkt oder – wenn man den sturen Geradeauskurs des Riesen in Betracht zog – zumindest grob in diese Richtung dirigiert.

Minuq saß an Jonas' Seite. Der große Wolf wirkte äußerlich ruhig. Nur die Spitze seiner Rute zuckte hin und wieder nervös.

Bergalf stand ganz vorn auf dem Flachdach, das Gesicht versteinert, der Körper regungslos wie eine Galionsfigur. Ein leichter Wind zupfte an den zottigen schwarzen Haaren. Auf seiner Brust funkelte noch immer die Silberkette mit dem Bilm, die er seit Minuqs Erscheinen nicht mehr in den Ausschnitt zurückgesteckt hatte. Jetzt strahlte sie wie Gold, weil sie das Licht aus dem Sinnstein reflektierte.

»Wie weit willst du ihn denn noch herankommen lassen?«, fragte Jonas zum wiederholten Mal.

Bergalf blickte ihn nicht an. »Bis er ganz nahe ist. Ich habe noch nie zuvor das Licht über eine so große Fläche hin gefaltet, Jonas. Außerdem kann ich es nicht in jeder beliebigen Entfernung tun.«

»Das wird aber ganz schön knapp.«

»Ich wäre dir nicht böse, wenn du dich in Sicherheit bringst, mein Freund.«

»Kommt gar nicht in Frage.«

Die anderen dachten ähnlich wie Jonas. Ximon nickte entschlossen. Nur Numin, Sarah und Sam waren unten in der Stadt geblieben, um den verzweifelten Keldinianern zu helfen. Sarah nahm sich eines kleinen Mädchens an, das von seinen flüchtenden Angehörigen vergessen worden war, und der kräftige Pilot räumte immer wieder Hindernisse beiseite, die andere auf der Flucht zurückgelassen hatten und die nun den nachströmenden Kleinen im Weg waren. Im Vergleich zu den Kalvarern war Sam Chalk ein Riese und wenn er keuchend und brüllend einen Handkarren wie einen Schuhkarton zur Seite schleuderte, wichen die ohnehin schon verängstigen Stadtbewohner erschrocken vor ihm zurück.

Robert musste mit ansehen, wie der Gorrmack sein Haus dem Erdboden gleichmachte. Der Lapislazulipalast wurde von einem einzigen Fußtritt des Ungetüms zu Staub zermahlen.

Noch immer konnte Jonas den Reiter des Gorrmacks nicht sehen, aber Minuq und Kraark hatten ihm ja versichert, dass es ihn gab. Dafür trat die Gestalt des titanenhaften Wesens nun umso deutlicher in Erscheinung. Der Gorrmack war so lang wie ein Ozeanriese. Die Lichter und Feuer der Stadt wurden von seinem glitzernden Kristallleib zurückgeworfen. Er erinnerte an ein urzeitliches Wesen, das – im Gegensatz zu dem Exemplar, das Jonas in der Spiegelregion gesehen hatte – auf nur vier Beinen durch die Landschaft stapfte. Jeder Mammutbaum musste gegen diese Gliedmaßen wie ein dünnes Streichholz wirken. Mehrere Reihen aufrecht stehender Schuppen liefen dem Wesen als Schutzpanzer über den Rücken. Der endlos wirkende Schwanz zog eine Spur der Verwüstung hinter sich her und das lange breite Maul schnappte nach allem, was ihm in die Quere kam. Da gab es nicht viel – einige Bäume, ein stehen gelassener Wagen …

»Er sieht aus wie ein Alligator!«, murmelte Jonas. Seine Augen waren weit geöffnet. Er musste unweigerlich an Old Big *Shadow* denken.

»Was sagst du da?«, drang die Stimme seines Vaters an sein Ohr.

»Der Gorrmack. Er sieht aus wie einer der Alligatoren von Großvaters Farm.«

»Das finde ich überhaupt nicht. Schau, seine Größe und sein glitzernder Körper …«

»Aber das sind doch nur Kleinigkeiten«, wiegelte Jonas ab.

»Na, ich weiß nicht …«

»Natürlich sieht er nicht *genau* wie ein Mississippi-Alligator aus. Ein bisschen hat er auch etwas von einem Drachen.«

»Das will ich wohl meinen!«

Jetzt konnte Jonas auch den Reiter erkennen. Kanthelm war nur eine kleine Figur irgendwo auf dem Kopf des Riesen. Ein merkwürdiger Gedanke drängte sich in Jonas' Geist. Wie hatte der Malkit es nur geschafft, dieses Wesen zu zähmen? Immerhin hatte Darina berichtet, dass die Gorrmacks durchaus einen eigenen Willen besaßen, wenngleich ihr Verstand nicht mit dem von Tieren wie Kraark, Talinka und Minuq zu vergleichen war …

Ein Brüllen so laut wie ein Erdbeben ließ ihn seinen Gedankenfaden verlieren. Der Gorrmack hatte sein Maul dabei gegen den Erdboden gerichtet, mit verheerender Wirkung: Alle Fensterscheiben des äußeren Stadtrings zerbarsten, als bestünden sie nur aus dünner Zuckerglasur.

Kanthelm! Ganz gegen seine Art entwickelte Jonas langsam einen tiefen Hass gegen diesen Mann. Was hatte dieser Malkit nicht schon für Schaden angerichtet und nun war er drauf und dran, eine ganze Stadt einzuebnen! Jonas schien es, als trage Kanthelm über dem linken Auge eine Binde. Der Gorrmack war mittlerweile nur noch einen Bogenschuss von den ersten

Häusern entfernt. Noch einmal blitzte der seltsame Gedanke durch Jonas' Geist. Er holte tief Atem und sah zu Bergalf hinüber. Dann geschah etwas Unerwartetes.

Kurz vor dem ersten Haus der Stadt blieb das Ungetüm stehen. Die Luft vor dem riesigen Wesen flimmerte eigenartig. Sein gewaltiger Leib schien einen Schatten auf eine senkrechte Nebelwand zu werfen. Der Gorrmack stand da wie das monumentale Werk eines größenwahnsinnigen Eisbildhauers. Dann begann sich der Drache wieder zu regen.

Ein aggressives Zischen entwich dem Maul des Riesen und verursachte eine mächtige Staubwolke in den Straßen der Stadt. Der Gorrmack bewegte lauernd den Kopf hin und her. Sein Leib hob sich auf den Beinen etwas in die Höhe. Immer noch blickte er starr auf die flimmernde Wand, die ihm den Weg versperrte.

Der Junge sah wieder zu Bergalf hinüber. Auf der Stirn des Fährtensuchers standen dicke Schweißtropfen. Sein Gesicht war vor Anstrengung verzerrt. Von einem neuen Brüllen aufgeschreckt, warf Jonas den Kopf herum.

Der Gorrmack wurde plötzlich wieder lebendig. Mit einer Geschwindigkeit, die niemand ihm zugetraut hätte, wirbelte sein gigantischer Leib herum. Der zackenbewehrte Schwanz des Ungetüms beschrieb einen Halbkreis und flog regelrecht auf die Häuser Kalvars zu. Immer näher kam das schuppige Schwanzende herangesaust. Jonas kniff die Augen zu. Er hörte ein ohrenbetäubendes Krachen. Als er die Lider vorsichtig hob, stand er in einer dicken Staubwolke.

Der Gorrmack hatte die Flucht ergriffen. Er rannte wie ein kristallener Sturm an der Außengrenze der Stadt entlang. Vor dem Haus, auf dem sich Jonas und seine Gefährten befanden, erstreckte sich eine lange Trümmerspur.

Schnell geleitete Mangaar die Gefährten durch das beschädigte Gebäude auf die Straße hinab. Wie durch ein Wunder war Bergalfs »Hochsitz« nicht eingestürzt. Im Untergeschoss des Hauses klaffte ein riesiges Loch. Die Schwanzspitze hatte die Ecke des Gebäudes nur gestreift, aber allein dadurch schon eine Wand zum Einsturz gebracht.

Robert trug den tapferen Fährtensucher, der mit seiner Gabe den Gorrmack in Panik versetzt hatte, auf den Armen. Bergalf war so erschöpft gewesen, dass seine Füße ihn nicht mehr hatten tragen wollen. Auf der mit Trümmern übersäten Straße grinste er Jonas' Vater schon wieder an und sagte: »Wenn ich so hässlich wie dieses Biest wäre, dann hätte ich mich auch vor meinem eigenen Spiegelbild aus dem Staub gemacht.«

»Das war alles?«, fragte Jonas erstaunt. »Du hast dem Gorrmack nur sein Spiegelbild gezeigt?«

Bergalf nickte. Sein staubiges grinsendes Gesicht ähnelte einer venezianischen Karnevalsmaske.

»Für den Gorrmack war es eine ganz neue Erfahrung«, bemerkte Darina abgeklärt. »Er hat wahrscheinlich noch nie etwas Größeres als einen Büffel gesehen. Da hat ihm sein Ebenbild einen ziemlichen Schrecken eingejagt. Wie bist du darauf gekommen, Bergalf?«

»Wenn ich's nicht besser wüsste, würde ich sagen, ein Flüsterer hat's mir verraten. Ich habe mich wohl an das erinnert, was ich hin und wieder auf meinen Touren durch die Berge beobachte. Manche Tiere reagieren genauso wie der Gorrmack, sobald sie sich zum Saufen über einen kristallklaren See beugen und zum ersten Mal ihr Spiegelbild sehen.«

Inzwischen liefen schon die ersten Kalvarer bei dem Helden des Tages und seinen Gefährten zusammen. Auch Sarah, Sam und Numin kamen herbei. Jonas schaute mit einem warmen Gefühl im Herzen zu, wie seine Eltern sich um den Hals fielen, und ihm wurde noch wohler, als sie beide die Hände nach ihm ausstreckten und ihn in ihre Umarmung einbezogen.

◇ DER KRIEGSRAT

Die Nacht war alles andere als still. Ganz Kalvar schien auf den Beinen zu sein. Die Rettung vor dem Gorrmack musste ausgiebig gefeiert werden.

Nabin, Numins Vater, hatte die so plötzlich obdachlos gewordenen beiden Weisen in sein Haus eingeladen und alle anderen Gefährten dazu. Ähnlich machten es Freunde und Verwandte mit denjenigen, die allein durch die Schwanzspitze des Kristallriesen ihr Heim verloren hatten. Die Keldinianer von Kalvar waren schon immer so etwas wie eine große Familie gewesen. Diese Tradition existierte, seit Keldin mit seinen Getreuen ins Zwieland geflohen war. Ebenso wie der Brauch die Toten in der Juwelenschlucht zu begraben. Für dreizehn Angehörige des Kleinen Volkes würde dies die letzte Ehre sein, die ihre Verwandten und Freunde ihnen erweisen konnten. Sie waren Opfer der Panik, die der Gorrmack über Kalvar gebracht hatte, dreizehn weitere Leben auf der langen Liste von Kanthelms Freveltaten.

Das Haus des Oberältesten war ähnlich angelegt wie der nun zerstörte Lapislazulipalast. Die eigentlichen Wohnräume umschlossen einen Innenhof, der hier jedoch in der Mitte noch einmal durch eine dichte, hohe Hecke geteilt war. Im vorderen Bereich wurde Bergalfs Heldentat gefeiert und im hinteren näherte sich Jonas einer nachdenklichen Darina.

Die Wissende stand bei einem Baum, von dem dunkelrote Früchte herabhingen, die Jonas an Granatäpfel erinnerten. Er bewegte sich so leise, wie es ihm nur möglich war. Von der anderen Seite drangen dumpf die Stimmen und das Gelächter der Feiernden herüber. Obwohl er sich Darina von hinten näherte, drehte sie sich plötzlich um.

»Jonas!«

»Ich habe dich vermisst, Darina. Warum bist du nicht bei den anderen und feierst?«

»Ich habe gerade den Kristallregen bewundert. Sieh selbst, dort.« Darina deutete zum Himmel.

Jonas spähte nach oben. Im hell erleuchteten Nachbarhof hatte niemand auf den Himmel geachtet, aber hier, in dem dunklen stillen Garten bot sich dem Betrachter ein atemberaubendes Schauspiel. In unregelmäßigen Abständen fielen glitzernde Schauer vom Himmel. Was Darina schlicht als Kristallregen bezeichnet hatte, sah aus, als würde jemand mit einem riesigen Besen Millionen blau funkelnder Schnipsel über eine unsichtbare Treppe fegen. Flimmernd und glitzernd segelten sie dem Horizont entgegen.

»Das ist wunderschön«, sagte Jonas, ganz hingerissen von dem erstaunlichen Himmelsphänomen.

»Es ist nichts gegen euren Sternenhimmel«, erwiderte Darina mit einem seltsamen Unterton in der Stimme.

Jonas riss sich von dem Schauspiel los und sah in Darinas ernstes Gesicht. »Der Kristallregen ist doch nicht der wirkliche Grund, weshalb du dich hierher zurückgezogen hast, oder?«

Die Wissende erwiderte seinen forschenden Blick. »Allmählich kannst du meine Gefühle ebenso sicher lesen wie ich die deinen. Du hast Recht, mein Bruder. Ich bin hierher gekommen, weil ich einen Augenblick allein sein wollte.«

»Ich wünschte, du würdest mich nicht immer Bruder nennen.«

Darina lächelte ihn an und legte ihre kleine Hand an seine Wange. »Aber das bist du doch. Du bist mein großer Bruder, mein Retter.«

Jonas seufzte und sah verlegen zu Boden.

Darina hob sein Kinn, bis er ihr in die Augen blickte. »Ist da noch mehr, Jonas?«

»Du bist Lydia so ähnlich. Sie war auch wie eine Schwester für mich. Manchmal glaube ich, wenn sie Muddy Creek nicht verlassen hätte, dann wären wir irgendwann sogar ein richtiges Paar geworden.«

»Du meinst Mann und Frau?«

»Na ja … vielleicht.«

»Ich bin aber nicht Lydia, Jonas.«

»Das weiß ich, aber …« Seine Worte versickerten.

»Ich bin fest davon überzeugt, dass es ihr gut geht. So wie

du mein Bruder bist, ist sie für mich so etwas wie eine Zwillingsschwester. Nach allem, was du mir über den Himmelsstein erzählt hast, glaube ich, dass der Kristall in mir ein Abbild deiner Freundin geschaffen hat.« Darinas Gesicht wurde ernst. »Aber ich bin mehr als nur eine Kopie dieses Menschenkindes. Ich gehöre zum Kleinen Volk und du bist ein Mensch. Es kann nie mehr zwischen uns sein als Freundschaft.«

Jonas nickte traurig. »Das verstehe ich. Und ich möchte dir sagen, dass mir sehr viel an dieser Freundschaft liegt, Darina.« Unvermittelt stahl sich ein listiges Lächeln auf sein Gesicht. »Magst du eigentlich Numin?«

Wenn es nicht so dunkel gewesen wäre, hätte er in diesem Augenblick sehen können, wie Darina errötete. »Er ist manchmal etwas … überschwänglich.«

»Also gefällt er dir?«

»Ich kenne Numin ja gerade erst seit zwei Tagen.«

»Das habe ich befürchtet.«

»Wieso? Magst du ihn denn nicht?«

»Inzwischen geht es so.«

»Ich hatte bei unserer Ankunft in Kalvar den Eindruck, dass du eifersüchtig bist.«

»Ich war nur müde und ein wenig gereizt.«

»Nicht mehr, Jonas?«

»Na ja, vielleicht ein bisschen.«

»Du bist wirklich süß. Ich finde, es ist durchaus in Ordnung, wenn ein Bruder sich um seine kleine Schwester Sorgen macht.«

Jonas konnte nicht anders, er musste lachen. »Sag mir, wenn dich einer ärgert, Schwesterchen, dann gebe ich ihm eins auf die Nase.«

»Genauso wie Smitty es bei dir gemacht hat?«

»Das ist jetzt gemein.«

Darina lachte glockenhell. »Geschwister necken sich nun mal hin und wieder.« Dann wurde sie wieder ernst. »Aber das ist einer der Gründe, warum ich dich so schätze, Jonas. Du hast nie um die Anerkennung anderer gebuhlt, wenn du der Überzeugung warst, dass sie nicht auf der Seite der Wahrheit stehen.«

»Du kennst ja jetzt die Geschichte meiner Mutter und weißt, warum sie alle Mitläufer so verabscheut.«

Darina lächelte Jonas liebevoll an. »Obwohl sie dir so fern war, hat sie dich doch nie allein gelassen. Es ist gut, dass du in Bezug auf die Wahrheit nie einen Kompromiss eingegangen bist, Jonas.«

»Manchmal war ich mir nicht sicher, ob ich nur stur bin oder wirklich auf der Seite der Wahrheit stehe.«

»Hast du schon einmal etwas vom Piltdown-Menschen gehört?«

Jonas sah Darina verdutzt an. Aber er erinnerte sich. »Ja. Wie kommst du darauf?«

»Was sagt dir dieser Name?«

»Na ja, ich interessiere mich für alles, was mit der Natur zu tun hat. Der Piltdown-Mensch wurde von vielen als das *Missinglink* angesehen, das fehlende Bindeglied zwischen dem Affen und dem Menschen. Obwohl es nur ein paar Knochen waren, hielt die Wissenschaft den Fund für eine Sensation. Bis man herausfand, dass es sich um einen Schwindel handelte. Ich habe einmal einen Artikel darüber gelesen. Die Londoner *Times* soll ihn als ›den berüchtigsten Wissenschaftsbetrug des Jahrhunderts‹ bezeichnet haben. Ich erinnere mich noch so genau daran, weil ich es so komisch fand, dass man auch Sir Arthur Conan Doyle – den Autor der Sherlock-Holmes-Romane – verdächtigte, diesen Streich ausgeheckt zu haben.«

Darina nickte. »Du weißt wirklich gut Bescheid, Jonas. Ich kann dir aber noch etwas mehr darüber verraten, weil dieser Betrug ein Werk der Malkits war und der Kristall mir alles ins Gedächtnis geschrieben hat.«

»Wieso das denn?«

»Nun, die Malkits stiften auf eurer Welt nicht nur Kriege an. Sie sind für viele kleine Bosheiten verantwortlich. Bei dem einen oder anderen mögen die Malkits mit ihrer Fälschung durchaus Erfolg gehabt haben: Jemand, der einen Affen als

Großvater hat, muss sich nicht viel darum scheren, was Gott von ihm hält. Er glaubt an das Recht des Stärkeren und handelt danach.«

»Wenn ich daran denke, was da gerade zwischen dem Adler und dem Bären abläuft, dann glaube ich fast, die Malkits liegen mit ihren Intrigen gar nicht so falsch.«

»Irgendwann einmal kommt alles ans Tageslicht, Jonas. Manchmal zu spät, aber Betrug und Intrigen werden nicht immer im Geheimen bleiben.«

»Stimmt. Man hat ja auch Charles Dawson erwischt, diesen Rechtsanwalt, Hobbygeologen und ›Entdecker‹ der Überreste des angeblichen Piltdown-Menschen.« Jonas musste auflachen. »Schon komisch, wenn man bedenkt, dass sie nichts weiter als eine geschickte Bastelarbeit aus ein paar Orang-Utan- und Menschenknochen waren.«

»Charles Dawson steckt nicht dahinter, Jonas.«

»Was? Aber alle Welt glaubt doch …«

»Der wirkliche Fälscher heißt Martin A. C. Hinton. Er starb im letzten Jahr. Früher war er Kurator für Zoologie am Londoner Naturkundemuseum, wo noch immer die Truhe mit den Beweisen für seinen Schwindel in einem vergessenen Winkel steht. Irgendwann wird man sie sicher finden. Hinton hatte den Piltdown-Menschen ›zusammengebastelt‹, wie du es nennst, weil er sich an seinem Vorgesetzten Arthur Smith Woodward rächen wollte, der die ihm seiner Meinung nach gebührende Anerkennung oder das ihm zustehende Geld vorenthielt. Woodward hat Hintons Betrug bis zu seinem Tod vor vierzehn Jahren nicht entdeckt. Er starb in der Überzeugung, der Piltdown-Mensch sei echt.

Ich habe dir von dieser Geschichte erzählt, weil sie ein schönes Beispiel für Menschen darstellt, die auf die Malkits hören. Nehmen wir nur Hinton selbst – Rache und Geldgier sind keine guten Ratgeber. Und dann die vielen gelehrten Männer und Frauen – die Wissenschaftsgemeinde war nur allzu bereit, den Schwindel für bare Münze zu nehmen. Der Glaube, endlich eine Bestätigung für die eigene Meinung gefunden zu haben, war einfach mächtiger als der Wunsch, die Wahrheit zu erforschen, auch wenn dies hin und wieder unbequem sein mag. Das sind Denkmuster, die es den Bonkas schwer machen, mit einem Rat durchzudringen.«

»Ich glaube, ich verstehe, was du mir sagen willst. Wenn die Malkits es schaffen, die Erde und Azon für immer voneinander zu trennen, dann werden womöglich am Ende nur noch die Menschen übrig bleiben, die sich auf der eigenen Meinung ausruhen.«

Darina nickte. »Und das wäre ein großer Verlust für die Menschheit. Vielleicht sogar ihr baldiges Ende.« Sie seufzte. »Das ist der Grund, warum ich mich hierher zurückgezogen habe, Jonas. Ich wollte über all diese Dinge nachdenken. Kanthelm hat heute zwar eine weitere Niederlage erlitten, aber die Schlacht hat er noch lange nicht verloren.«

»Wie meinst du das?«

»Er wird auf Rache sinnen, Jonas. Wenn der Gorrmack sich beruhigt hat, wird er mit ihm ins Land der Malkits zurückkehren und ... und ... Ich kann es nicht sagen. Ich fühle, dass er etwas Furchtbares mit dem Wesen vorhat, aber mehr kann ich nicht sehen.«

»Können wir denn irgendetwas dagegen tun?«

»Ich glaube, nur auf eine einzige Weise kann ihm Einhalt geboten werden. Wir müssen selbst ins Land der Malkits gehen ...«

»Das meinst du doch nicht etwa im Ernst!«

Darina legte Jonas die Hand auf den Arm. »Wenn es irgendeine Möglichkeit gibt, das zu verhindern, dann werde ich den Bonkas diesen Gang ersparen.«

»Den Bonkas? Wenn *du* gehst, dann komme *ich* natürlich mit.«

»Lass uns erst den Streit zwischen Adler, Bär und Moskito schlichten, Jonas. Das ist zunächst wichtiger.«

»Aber ...« Der Junge konnte nicht so einfach vergessen, was Darina gesagt hatte. »Ist es überhaupt möglich, in das Land der Malkits zu gelangen?«

Die Wissende wurde mit einem Mal sehr ernst. Sie strich sich eine goldene Strähne aus dem Gesicht. »Es gibt einen Weg.

Aber ehe wir diesen gehen, muss unsere Verzweiflung noch viel größer werden.«

Am nächsten Morgen gingen Jonas' Vater und die beiden Flüsterer wieder zur nun fast schon Routine gewordenen Arbeit am Spiegel über. Jeder wollte wissen, was geschehen war, seit der Gorrmack sie am Blick in Keldins Spiegel gehindert hatte. Würden die Stimmen, die eine gemäßigtere Vorgehensweise anmahnten, die Oberhand gewinnen? Vor allem der Außenminister Robert McNamara schien ja auf die Einflüsterungen Ximons angesprochen zu haben.

Lange bevor sich Kennedys Krisenstab am späten Vormittag erneut zusammenfand, gelang es Ximon, einen weiteren Mann nachdenklich zu stimmen. Es handelte sich dabei um Adlai E. Stevenson, den Botschafter der USA bei den Vereinten Nationen. Im Jahre 1956 hatte sich Kennedy unter diesem gewieften Politiker um das Amt des Vizepräsidenten beworben. Obgleich die Wähler sich damals anders entschieden, bestand, wie Ximon erläuterte, seitdem ein besonderes Vertrauensverhältnis zwischen den beiden Männern.

Stevenson setzte sich an seinen Schreibtisch und begann an einem Text zu arbeiten. Er verfasste ein Memorandum an den Präsidenten, in dem er unmissverständlich darlegte, dass in den Augen der Welt die US-Stützpunkte in der Türkei mit denen der UdSSR auf Kuba gleichzusetzen waren. »Wir können nicht mit einer Pistole an der Schläfe verhandeln … Ich habe das Gefühl, Sie sollten klarstellen, dass die Existenz von nuklearen Raketenstützpunkten überall ein Verhandlungsgegenstand ist.«

Damit waren die wichtigsten Punkte von Ximons geflüstertem Rat in die Mitteilung eingeflossen. Nicht zuletzt Jonas hatte sich in seiner Empörung über die Doppelmoral seines Landes dafür eingesetzt, dass wenigstens einer von Kennedys Vertrauten ihm in dieser Angelegenheit einmal klipp und klar die Meinung sagte – Jonas' Meinung, um genau zu sein. Für einen einfachen Jungen aus Florida war es ziemlich schwer zu verstehen, weshalb im Exekutivkomitee unablässig von sowjetischen

Offensivwaffen gesprochen wurde, während man gleichzeitig die Stationierung von amerikanischen Jupiterraketen in Italien und der Türkei als rein defensive Maßnahme ausgab. Mit welchem Recht unterstellte man dem Bären Angriffslust, wo doch der Adler, als Friedenstaube getarnt, sich mindestens ebenso aggressiv verhielt?

Als Kennedy das Memorandum Stevensons am frühen Morgen des 17. Oktober las, wirkte er unentschlossen. Sein Sicherheitsberater McGeorge Bundy war bei ihm.

»Was schreibt unser Botschafter, Mr. President?«

Kennedy nahm die Lesebrille ab und blickte ernst zu Bundy auf. Er schätzte den gelernten Historiker sehr, den er einst von der Harvard-Universität weggelockt hatte, wo er an der Fakultät für Kunst und Wissenschaft als Dekan tätig gewesen war. »Adlai empfiehlt die Entsendung persönlicher Emissäre zu Fidel Castro und Chruschtschow.«

»Vielleicht sollten wir über diesen Vorschlag nachdenken, Sir, ohne unsere anderen Optionen aufzugeben. Die Fotos, die wir gestern gesehen haben, verraten noch nicht viel, zu wenig, um uns definitiv auf einen Luftangriff festzulegen.«

Zufrieden ließ Jonas' Vater das Bild des Präsidenten verschwinden. »Dein Flüstern in Stevensons Ohr war ein voller Erfolg, Ximon.«

»Freuen wir uns nicht zu früh. Wenn nachher wieder die Sitzung beginnt, werden wir wissen, wie schwer die Argumente des UN-Botschafters wirklich wiegen. Ich halte es für sinnvoll, auch noch beim Verteidigungsminister vorbeizuschauen. Vielleicht kann ich ihn etwas in seinem Beschluss bestärken, für eine weniger aggressive Vorgehensweise einzutreten.«

Jonas' Vater schob dem Flüsterer den Spiegel hin. Das Gestell, in dem der Goldrahmen so lange gehangen hatte, war zusammen mit dem ganzen Lapislazulipalast unter dem Körper des Gorrmacks zermalmt worden. Weil Keldins Spiegel zu schwer war, um ihn längere Zeit mit ausgestreckten Armen zu halten, musste ihn jeder, der ihn benutzen wollte, nun selbst in die Hände nehmen und auf der Tischplatte aufstützen oder in den Schoß stellen.

Ximon sog zischend die Luft ein, als der Rahmen sein bandagiertes Bein streifte. Mit schmerzverzerrtem Lächeln versuchte er sein eigenes kleines Problem zu überspielen und konzentrierte sich auf den Verteidigungsminister.

Robert McNamara befand sich in einem Besprechungszimmer, das Ximon schon von früheren Beobachtungen her kannte. Mit ihm am Tisch saßen der CIA-Direktor John McCone, der ehemalige Außenminister Dean Acheson und eine Reihe anderer Männer, die zu Kennedys auserwähltem Kreis gehörten. Ximon vergeudete nicht viel Zeit, sondern begann sofort auf den Verteidigungsminister einzuflüstern.

McNamara hatte gerade noch einmal das Für und Wider seiner drei Optionen zusammengefasst, als er mitten in seiner Rede stockte. Die am Tisch Sitzenden sahen ihn verwundert an.

»Alles okay, Bob?«, fragte McCone.

McNamara blickte ihn einen Augenblick lang verunsichert an. Dann nickte er und lächelte entschuldigend. »Ja, ja. Ich hatte nur gerade eben so eine Idee. Ich habe mich gefragt, was geschehen könnte, wenn wir gar nicht alles über die Stellungen auf Kuba wissen.«

»Die neuesten Luftaufnahmen von der Insel beweisen ganz eindeutig, dass die Russen noch einiges verbergen. Ist das nicht Grund genug für einen chirurgischen Luftangriff?«

»Das meine ich nicht, John. Angenommen, irgendeine Raketenstellung der Russen wäre schon einsatzbereit. Ich rede von einer Abschusseinrichtung, die unsere U-2-Aufklärer noch nicht entdeckt haben. Was würde dann wohl bei einem Luftschlag von unserer Seite aus geschehen?«

»Vermutlich würden sie ihre Atomzigarren zünden.«

McNamara nickte bedeutungsschwer. »Wir sollten alles tun, um diese Möglichkeit auszuschließen. Die vereinigten Stabschefs haben mir versichert, dass wir das Problem durch einen chirurgischen Luftangriff allein sowieso nicht lösen können. Wir müssten zumindest auch alle wesentlichen Militäreinrichtungen der Kubaner zerstören, vielleicht sogar eine Invasion der Insel in Betracht ziehen. Wenn Sie mich fragen, meine Herren, ich denke mehr und mehr, dass eine Quarantäne, also eine weit reichende Blockade, die bessere Lösung wäre.«

»Dadurch würden sich allerdings nicht die Raketen in Luft auflösen, die schon auf Kuba sind«, warf Dean Acheson ein.

»Außerdem könnten die Russen sich versucht fühlen ihrerseits in Berlin die Schotten dichtzumachen«, setzte McCone hinzu.

»Wir werden aus dieser Sache kaum herauskommen, wenn wir darauf warten, bis niemand mehr Bedenken äußert«, beharrte McNamara, und während er in die Runde der Anwesenden blickte, fügte er ernst hinzu: »Mir ist es sogar lieber, wenn später überhaupt noch jemand da ist, der Kritik vorbringen kann.«

Die Anspannung der Anwesenden in Nabins Arbeitszimmer löste sich im unergründlich tiefen Blau des Spiegels auf. Ximon lehnte sich zufrieden zurück und sagte: »Sie zögern. Das ist gut! Je länger sie über die Konsequenzen ihres Handelns nachdenken, desto eher haben wir eine Chance sie von übereilten Aktionen abzuhalten.«

Im Laufe des weiteren Tages schien sich die Situation jedoch eher zuzuspitzen. Der amerikanische Justizminister, Robert Kennedy, traf sich mit Georgij Bolschakow, einem geheimen Unterhändler aus der sowjetischen Botschaft in Washington. Der Russe beteuerte den defensiven Charakter der sowjetischen Waffenlieferungen an Kuba. Das genaue Gegenteil davon verrieten jedoch die jüngsten U-2-Flüge über der Insel. Man hatte nicht nur weitere sowjetische Anlagen sowie mindestens sechzehn, möglicherweise sogar zweiunddreißig Mittelstreckenraketen gesichtet, sondern zu allem Übel auch noch im Bau befindliche Abschussvorrichtungen für SS-5-Raketen. Diese Flugkörper konnten zweitausendzweihundert Seemeilen weit fliegen! Ihre Einsatzbereitsschaft wurde nicht vor Dezember erwartet – aber was hieß das schon, angesichts der Bedrohung weiterer Millionen von Amerikanern?

Eine Eskalation der Krise wurde immer wahrscheinlicher. Im

Kreise der azonischen Beobachter wurden Stimmen laut, man müsse nun mehr tun, als nur mit Keldins Spiegel hier und da einem Menschenkind ein schlechtes Gefühl in die Magengrube zu pflanzen.

»Aber was soll denn von unserer Seite aus noch geschehen?«, rief Numin und warf die Arme in die Luft.

»Das Problem besteht einfach darin, dass wir nicht alle Menschen kennen, die uns helfen könnten die Gefahr einzudämmen«, erklärte Lischka geduldig.

Ximon bestätigte diesen Standpunkt. »Es sind zwar nur wenige direkt mit der Krise befasst. Aber selbst diejenigen, die nicht wissen, was sich da auf der Erde zusammenbraut, könnten einen entscheidenden Beitrag zur Entspannung der Lage leisten.«

»Wie meinst du das?«, fragte Jonas.

Sein Vater legte ihm die Hand auf die Schulter. »Ximon denkt, dass auch Geheimdienstleute, die Piloten der U-2-Flugzeuge oder irgendein Analytiker in einem tiefen Keller durch eine wichtige Entdeckung den Sturzflug des Adlers bremsen könnten. Ich muss ihm und Lischka Recht geben, wir können nicht alle Rädchen in diesem großen Uhrwerk mit unserem Rat erreichen.«

»Heißt das, früher oder später wird sowieso etwas schief gehen?«

»Genau das möchten wir verhindern«, meldete sich Darinas sanfte Stimme. »Vielleicht gibt es einen Weg, den Flüsterern der Bonkas zu helfen.« Alle sahen das Mädchen erstaunt an. Sie lächelte. »Alle Bilder aus dem Zwieland sind in meinem Geist ebenso schwach wie die Erinnerung aus dem Innern der Spiegelregion. Aber ich glaube, dass wir ins Land der Bonkas zurückkehren können.«

»Wir wären dann also in der Lage alle Flüsterer in der großen Höhle für diese eine Aufgabe einzuspannen!«, freute sich Lischka.

»Vergiss nicht, dass nur wenige Personen, auf die unsere Facetten dort gerichtet sind, irgendeinen Einfluss auf die Krise nehmen können«, erinnerte ihn Ximon zweifelnd.

»Denkst du an den Weg, den Bob und ich genommen haben, als wir ins Zwieland kamen?«, wandte sich Sarah an Darina.

»Nein, Saphirah. Ich möchte nicht noch einmal daran schuld sein, dass einer von meinen Freunden in der Spiegelregion sein Leben verliert. Ich bin überzeugt, dass es noch einen anderen Weg gibt.«

»Kannst du ihn uns beschreiben?«, fragte Nabin. Der Oberälteste hatte der Sitzung seit den frühen Morgenstunden beigewohnt.

»Er muss sich irgendwo in dem Cañon befinden, den ihr die Juwelenschlucht nennt. Dort muss es eine Höhle geben, die dicht an das Herz des blauen Kristalls heranführt. Wenn ihr es euch genau überlegt, dann klingt durchaus einleuchtend, was ich in meinem Gedächtnis zu sehen glaube: Nicht nur die Heimat der Bonkas und der Malkits ist durch einen Weg miteinander verbunden, sondern auch das Zwieland mit den anderen Gebieten. Es muss einen Scheideweg geben, der in alle drei Richtungen führt.«

»Die einzige Verbindung zwischen unserem Land und dem der Malkits ist seit Urzeiten durch den Kimbaroth unterbrochen«, wandte Mangaar skeptisch ein.

Darina erwiderte seinen Blick, ohne etwas zu sagen.

»Du willst doch nicht etwa …?«

»Der ›Vorhang der ewigen Trennung‹ stellt, wie du sagst, den einzigen Weg dar.«

Jonas erinnerte sich an Darinas Worte der vergangenen Nacht. Ob sie an denselben Tunnel gedacht hatte, als sie von dem Gang ins Land der Malkits sprach, den sie ihrem Volk, wenn möglich, ersparen wollte? »Sagen eure Legenden nicht, die Hängenden Berge würden zusammenstürzen, wenn je einer versuchte den Vorhang Schamakhs zu zerreißen?«

Ein spitzbübisches Funkeln trat in Darinas Augen. »Wer behauptet denn, dass wir das Gespinst von Schamakh dem Weber *zerstören* wollen?«

Als sich am Abend der Große Rat versammelte, blickte Jonas in ausnahmslos ernste Gesichter. Der Ort des Treffens war eine riesige Halle, ganz und gar aus schillerndem Opalstein gefertigt. Von draußen schimmerte gedämpftes Licht durch die Wände und ließ das ganze Gebäude in pastellfarbenen Tönen von Hellblau über Rosa bis hin zu einem zarten Grün erstrahlen.

Die Stimmung im Innern des Versammlungshauses war auf einem Tiefpunkt angelangt. Während des Tages waren aus allen Teilen der Stadt Stimmen laut geworden, die eine »sofortige Abreise der Fremden« verlangten. Damit waren die Bonkas und die in ihrer Begleitung befindlichen Menschen gemeint. Selbst Kraarks Anwesenheit wurde von etlichen Bewohnern Kalvars als böses Omen gedeutet.

Für die meisten Ratsältesten war diese schon fast feindselige Haltung ihrer Brüder mehr als peinlich. Ohne Bergalfs mutigen Einsatz hätte es womöglich hunderte von Toten in der Stadt gegeben. Doch anstatt ihm dankbar zu sein, wollte Kalvar den Bonka davonjagen. Einige Ratsmitglieder, wenn auch in der Minderzahl, vertraten jedoch die Ansicht, diese »unvergleichliche Katastrophe« wäre nicht geschehen, wenn die Fremden »uns in Ruhe gelassen hätten«. Diese Ältesten gingen sogar so weit, Jonas die Hauptschuld an dem ganzen Unglück zuzuschieben. Ohne ihn wäre der »heilige Spiegel auf Keldins Burg niemals zerstört worden« und ohne ihn hätte es auch »nie die Rückkehr des Schläfers gegeben«.

Selbst Robin gelang es nicht, die kritischen Stimmen im Rat zu besänftigen. Jonas' Vater verwies mit Nachdruck auf Kanthelms heimtückisches Eindringen in das Zwieland. Ohne die beherzte Tat seines Sohnes hätte der Malkit den Spiegel gestohlen und bald ein sehr viel größeres Unglück angerichtet, als es der Angriff des Gorrmacks darstellte.

Aber alle wohl überlegten Einwände nützten nichts. Robin wolle nur sein eigen Fleisch und Blut verteidigen, warfen ihm die gegnerischen Ältesten vor. Das sei zwar verständlich, aber im Interesse der Stadt trotzdem nicht zu dulden. Selbstverständlich werde man auch weiterhin seinen und Saphirahs weisen Rat schätzen, aber in dieser Angelegenheit müsse man festbleiben.

Nabin war ziemlich erregt. Der Vorsitzende des Großen Rats widersprach heftig diesen Vorwürfen, aber selbst er konnte die herrschende Stimmung in der Stadt nicht einfach ignorieren.

»Willst du etwa auch, dass sie verschwinden?«, brach es unvermittelt aus Numin hervor. Der Sohn des Oberältesten hatte der Sitzung beiwohnen dürfen, weil er den Gästen in den letzten drei Tagen kaum von der Seite gewichen war.

Nabin wies seinen Sohn streng zurecht. »Es steht dir nicht zu, Numin, so mit einem Ältesten zu reden. Ich sage noch einmal, dass ich weder einen Groll gegen Bergalf, Robins Sohn und die anderen hege noch ihnen misstraue. Aber ich muss auch dem Willen des Volkes von Kalvar Rechnung tragen. Solange sich die Fremden in der Regenbogenstadt aufhalten, wird keine Ruhe mehr einkehren. Ich bin bereits gefragt worden, ob ich denn schon die dreizehn Toten vergessen hätte, um die ihre Angehörigen trauern.«

»So wie die Stadt gestern Nacht gefeiert hat, wärst du allerdings in guter Gesellschaft, Vater.«

»Genug!« Nabin war von seinem Platz aufgesprungen und hieb mit der Faust auf den runden Ratstisch. »Entweder du schweigst jetzt, Sohn, oder ich werde dich eigenhändig hier hinausschaffen.«

Numin zischte etwas Unverständliches, aber er hielt den Mund.

»Wir werden Kalvar verlassen«, sagte Darina mit einem Mal. Sie sprach den Satz so entschieden und ruhig aus, dass viele der Anwesenden später äußerten, sie hätten lieber noch eine Weile gestritten und sich dann vielleicht doch auf eine andere Lösung geeinigt.

Aber ehe es darüber zu weiteren Diskussionen kam, stellte sich Sarah an die Seite der Wissenden. »Wenn ihr unseren Sohn fortschickt, dann werden auch Robin und ich gehen, mitsamt dem Spiegel.« Sie wechselte einen Blick mit ihrem Mann, der ihr seine Zustimmung durch ein Nicken anzeigte.

Nabin wirkte erschüttert. »Das ist euer gutes Recht«, knirschte er mit bitterer Miene. Ehe er oder einer der anderen Ältesten noch etwas sagen konnte, meldete sich nun auch Numins entschlossene Stimme.

»Ich komme auch mit. Ohne Darina hätten wir vielleicht nie wieder etwas von unseren Brüdern, den Bonkas, gehört. Seht euch doch an! Jahrhundertelang haben die Keldinianer sich hier im Zwieland verkrochen, angeblich, um den Frieden nicht zu stören. Und dabei streiten sie selbst so viel, dass sie gar nicht die Zeit haben sich noch um irgendjemand anderen zu sorgen. Die Bonkas besitzen ihren Orden der Flüsterer. Sie wissen, dass Azon nicht leben kann, wenn sie nicht den Menschen helfen miteinander auszukommen …«

»Numin«, unterbrach Nabin seinen Sohn. Seine Stimme klang nun nicht mehr zornig, sondern besorgt. »Das darfst du nicht sagen. Ich habe alle meine Hoffnung in dich gesetzt. Wenn du jetzt gehst …«

»Mein Entschluss steht fest, Vater. Ich möchte ein Flüsterer werden. Ich will den Menschen helfen das Neue und Fremde zu lieben, anstatt es zu hassen und zu zerstören. Die letzten drei Tage haben mir mehr als deutlich gezeigt, wohin das führen kann.«

Das Feuer in Numins Augen brannte so heftig wie nie zuvor. Sein Vater kannte ihn wohl gut genug, um zu wissen, dass er im Augenblick nicht umzustimmen war. Der kleine alte Mann wirkte mit einem Mal sehr zerbrechlich. Er nickte und sah Darina traurig an. »Ich wünschte, ihr könntet bleiben.«

»Wir hätten Kalvar ohnehin bald verlassen«, sagte die Wissende, aber auch das konnte Nabins Schmerz nicht mehr lindern. »Eine Bitte hätte ich noch.«

»Sprich sie aus. Sie sei dir schon jetzt gewährt.«

»Wir wollen noch *einen* Tag länger bei euch bleiben. Die Menschen sind gerade dabei, einen Fehler zu begehen, der nicht nur ihre Welt, sondern auch die unsere zerstören könnte. Auf dem Rücken unserer Tiere ist es fast unmöglich, in den Spiegel zu schauen. Deshalb bitte ich dich um diesen Aufschub, damit wir, wenn möglich, das Schlimmste verhindern können.«

»Wenn es euch hilft, Zeit zu gewinnen ...«, Nabin vergewisserte sich durch Blicke der Zustimmung seiner Mitältesten, »dann sollt ihr auch noch einen Tag bleiben. Diesen Entschluss werde ich vor den Bewohnern der Stadt verteidigen, und wenn sie mich dafür in der Luft zerreißen.«

»Ich hatte nicht gewusst, dass er eine Brille trägt.«

Jonas saß vor einem großen Jadeteller und knabberte lustlos an einer Frucht, die wie eine dicke blaue Mohrrübe aussah.

Ximon lächelte listig. Der Flüsterer – das verkleinerte Modell eines in die Jahre gekommenen Zehnkämpfers – antwortete: »Das gehört zu den vielen kleinen Täuschungsmanövern des amerikanischen Präsidenten, Jonas. Kennedy zeichnet von sich in der Öffentlichkeit gerne das Bild eines jugendlichen, dynamischen Mannes, immer wie frisch seinem Ruderboot entstiegen.«

»Ist er das etwa nicht, sportlich, meine ich?«

»Abgesehen von seiner Vorliebe für den Wassersport ist er ein ziemlich kranker Mann.«

Jonas sah den Flüsterer ungläubig an. »Darina hat schon mal so etwas gesagt, aber da dachte ich, sie spräche von einer Erkältung.«

»Einer Erkältung?« Ximon schüttelte lächelnd den Kopf. »John Fitzgerald Kennedy ist ein Mann, der, wie ihr Menschen sagt, schon mehr als einmal dem Tod von der Schippe gesprungen ist. Er hat nicht nur eine Lesebrille, die er geschickt vor der Presse verbirgt, sondern er hört auf dem linken Ohr auch schlecht. Achte einmal darauf, wie er den Kopf hält, wenn man ihn von dieser Seite her anspricht. Außerdem trägt er in der Wirbelsäule wegen eines angeborenen Rückenschadens eine Metallplatte. Offiziell heißt es, die Behinderung stamme von einer Verletzung, die er sich bei einem Fußballspiel während seiner Studienzeit zugezogen habe, und sei dann später, im Krieg, schlimmer geworden.«

»Ein Präsident, der blind, taub und lahm ist – wirklich ein starkes Stück!«

»Nun, so schlimm ist es nun auch wieder nicht, Jonas. Aber

das sind noch lange nicht alle Gebrechen des Präsidenten. Wegen seines empfindlichen Magens muss er zeitweilig spezielle Diätenkuren machen; hin und wieder zieht seine Magenschwäche auch Allergien nach sich. Wirklich Besorgnis erregend ist die Tatsache, dass seine Nebennieren nicht ganz einwandfrei funktioneren. Die Menschen nennen es die Addison-Krankheit. Als du noch nicht zur Schule gegangen bist, hielt man dieses Leiden für genauso tödlich wie Krebs. 1947 hatte man ihm sogar prophezeit, er habe nur noch *ein* Jahr zu leben! Das erwies sich zwar als eine Fehldiagnose, aber den Folgen dieser Erkrankung konnte er trotzdem nicht entgehen: chronische Erschöpfung, Gewichtsverlust, Appetitlosigkeit, niedriger Blutdruck, Braunfärbung der Haut, Schwindelanfälle, Erbrechen, Schüttelfrost und Magenschmerzen. Er muss ständig Medikamente nehmen, damit er überhaupt arbeiten kann. Den Tag, an dem Chruschtschow in Wien mit seinen Wortattacken über ihn herfiel, konnte er nur überstehen, weil sein Leibarzt ihm vorher eine dicke Spritze verpasst hatte. Da sein Körper nicht genug natürliches Kortison produziert, muss man es ihm künstlich zuführen. Das hat andere negative Folgen: Manchmal läuft er mit einem geröteten Vollmondgesicht durch die Gegend, dann wieder muss er gegen Kopf- und Rückenschmerzen ankämpfen und ist kaum belastbar. Bedenklich sind die psychischen Folgeerscheinungen der Behandlung wie übersteigertes Selbstvertrauen und der Glaube unverwundbar zu sein. Wenn er wieder einmal besonders forsch und rücksichtslos auftritt, dann hat er sicher vorher Kortison bekommen.«

Jonas blickte mit offenem Mund in Ximons Gesicht. »Kommt noch mehr?«

»Ich möchte dich nicht langweilen.«

Das war einfach unglaublich! Der Junge konnte es nicht fassen. Die Bürger der Vereinigten Staaten hatten einem Mann mit einer bedenklichen Selbstüberschätzung den roten Knopf in die Hand gedrückt, mit dem er die ganze Welt in die Luft jagen konnte. Jonas warf den Rest seiner blauen Mohrrübe auf den Teller zurück. Der Appetit war ihm endgültig vergangen.

In den letzten beiden Wochen hatte er erlebt, wie das Bild von seinem Land und dem Präsidenten Stück für Stück demontiert worden war. Gerade eben hatte Ximon einen weiteren Stein aus diesem falschen Mosaik entfernt.

Jemand stieß Jonas sanft in die Seite. Als er sich umwandte, blickte er in zwei große gelbe Augen.

»Minuq!«

Der Leitwolf war seit dem Angriff des Gorrmacks immer in Jonas' Nähe gewesen, hatte sich aber scheu aus allen Gesprächen der Kleinen und der Menschen herausgehalten. Jetzt lag erneut dieser Ausdruck in seinem pelzigen Gesicht, von dem Jonas überzeugt war, dass es nur ein Lächeln sein konnte.

»Es wird Zeit für mich zu gehen, Jonas.«

»Kannst du nicht noch einen Tag bleiben? Morgen werden wir ja sowieso von hier abreisen.«

»Ich habe mein Rudel schon viel zu lange allein gelassen.«

Jonas nickte betrübt. Er wusste, dass er seinen grauen Freund nicht länger zurückhalten durfte. Traurig begleitete er ihn bis vor die Stadt. Nur Kraark war noch bei ihnen. Wie immer, wenn sich die Gelegenheit bot, ritt er auf Minuqs Rücken.

Noch einmal tauschten die ungleichen Freunde Segenswünsche aus, noch ein letztes, ein allerletztes Mal umarmte Jonas den großen Wolf. Dann drehte sich Minuq um und trabte, ohne noch irgendetwas zu sagen, in Richtung des Großen Waldes davon. Als sein zu einem Punkt geschrumpfter Körper endgültig am Horizont verschwunden war, wusste Jonas, dass er diesen Gefährten niemals wieder sehen würde.

Etwa eine Stunde später betrat Jonas mit dem Raben auf der Schulter Nabins Haus. Es herrschte rege Geschäftigkeit. Der Oberälteste wollte sich offenbar nicht vorwerfen lassen, er habe seine Gäste mit leeren Händen davonziehen lassen. Vermutlich würden sie die Hälfte von dem Proviant und der übrigen Ausrüstung hinter der Stadtgrenze fortwerfen müssen, um sich nicht unnötig mit Geschenken zu belasten, durch die Kalvar sich seine Freiheit zurückerkaufen wollte.

»Hier sieht's ja schlimmer aus als in Syrdas Schneckenhaus«, krächzte Kraark belustigt.

Ohne darauf einzugehen, fragte Jonas: »Kannst du Numin irgendwo entdecken?«

Der Rabe verneinte. Von dem Sohn des Oberältesten war nichts zu sehen. Entweder war er von seinem Vater in einen tiefen Kerker gesteckt worden, damit er seine Drohung nicht wahr machen konnte, oder er hatte sich rechtzeitig abgesetzt, um dem elterlichen Zugriff zu entgehen.

Als Jonas und sein gefiederter Freund um die Mittagszeit in Nabins Arbeitszimmer kamen, fanden sie das bekannte Bild vor: Menschen und Bonkas saßen im Halbdunkel einmütig um Keldins Spiegel herum und blickten auf eine Schar streitender Männer.

Darina ging Jonas entgegen und flüsterte ihm in sicherem Abstand vom Spiegel die neuesten Informationen zu.

Neue U-2-Luftaufnahmen hatten Experten zu dem Schluss kommen lassen, dass mindestens die Hälfte der nuklearen Sprengkraft der weit reichenden Sowjetraketen nach Kuba verlagert würde. Da nach den Fotos angeblich die Raketen auf bestimmte amerikanische Städte gerichtet werden sollten, sei im Ernstfall mit achtzig Millionen toten Amerikanern zu rechnen. Deshalb forderten die Vereinigten Stabschefs nun auch einmütig und unverzüglich militärische Aktionen gegen Kuba. Die Idee vom »chirurgischen Luftangriff« hätten sie zu Gunsten einer umfassenderen Lösung aufgegeben, die auch eine breit angelegte Invasion Kubas mit einschloss. Robin sei es gelungen, dem Bruder des Präsidenten ins Gewissen zu reden, worauf dieser alle Anwesenden bat der »moralischen Frage« ein größeres Gewicht zu geben. Das sei der Stand der Dinge, schloss Darina ihren zusammenfassenden Bericht.

Jonas nickte bedrückt und trat mit ihr an die Seite seines Vaters. Kennedys Kriegsrat tagte diesmal im Amtszimmer des Präsidenten, dem so genannten Oval Office. Auf Keldins Spiegel erläuterte gerade Arthur Lundahl, der Direktor des nationalen Zentrums für fotografische Auswertungen, einige weitere Details der neuesten Luftaufnahmen.

»Sieht aus wie ein Fußballfeld«, bemerkte Kennedy, während er nachdenklich auf das Foto blickte.

Lundahl wirkte einen Augenblick verwirrt, fasste sich aber sogleich wieder und fuhr mit seinen Darlegungen fort.

Wenig später ergriff General Curtis LeMay, der Luftwaffenstabschef, das Wort. Er legte dem Präsidenten seine Ansicht dar, ohne einen militärischen Angriff könne nichts erreicht werden. Auf die Frage Kennedys, wie man sich die unmittelbare Reaktion der Russen vorzustellen habe, versicherte ihm General LeMay, dass keinerlei Handeln von sowjetischer Seite erfolgen werde. Jonas glaubte, er höre nicht richtig. Er musste an den Armeegeneral Issa Plijew und seine Luna-Raketen denken.

Zum Glück war auch Jack Kennedy skeptisch, was den Glauben LeMays an die Schläfrigkeit des russischen Bären betraf. »Die Russen sind genauso wie wir zum Handeln gezwungen. Nach all ihren Erklärungen können sie uns nicht ihre Raketen beseitigen und zahllose Russen töten lassen, ohne etwas dagegen zu unternehmen. Wenn sie nicht in Kuba zum Gegenschlag ausholen, wird es zweifellos in Berlin sein.« Gleichwohl gab der Präsident seinem General Recht, dass die Vereinigten Staaten sich nicht an die Wand drücken lassen durften.

General David M. Shoup, der Befehlshaber des Marineinfanteriekorps, fühlte sich bewogen auszusprechen, was offenbar die meisten im Raum dachten. »Sie stecken in einer bösen Klemme, Mr. President.«

»Und Sie stecken mit drin«, antwortete Kennedy wie aus der Pistole geschossen.

Alle lachten. Doch selbst bis nach Azon war zu spüren, dass diese Heiterkeit nicht echt war. Sie sollte nur die Angst vertreiben, die jedem im Oval Office im Nacken saß.

Auch an diesem Tag brachte das Exekutivkomitee keine Entscheidung zustande. Kennedy verwies seine Recken in die Arbeitsgruppen. Er wollte genau wissen, wie man die vom Verteidigungsminister angebotenen Optionen umsetzen musste und womit man zu rechnen hatte, würde man sie wirklich in die Tat umsetzen.

Das Mittagessen wurde in Nabins Arbeitszimmer eingenommen. Längst hatte sich auf Azon ein anderer Krisenstab gebildet, der mit offenbar viel zu knapp bemessenen Mitteln um eine Beruhigung der Krise kämpfte. Niemand hatte großen Hunger. Lustlos kaute man auf schmalen Obst- oder Gemüsestreifen, die Sarah wohlweislich hatte vorbereiten lassen, und verfolgte das weitere Geschehen an wechselnden Orten. Da, wo es nötig schien, sprachen Robert und Ximon leise Worte gegen den Kristall und meistens zeigten sich Erfolg versprechende Reaktionen. Doch die Situation blieb gespannt.

Nachmittags, gegen halb vier teilte der Verteidigungsminister Robert McNamara dem Präsidenten mit, Flugzeuge, Besatzungen und Munition seien auf dem Weg in die Bereitstellungsräume, sodass am Dienstag, dem 23. Oktober, mit den nötigen Luftbombardements begonnen werden könne, falls der Präsident dies wünsche. Den Angriff einleiten sollten fünfhundert Einsätze gegen alle militärischen Ziele auf Kuba, wozu selbstverständlich die Raketenstellungen, aber auch Flugplätze, Häfen und die Küstenbatterien gehörten.

Gegen fünf Uhr nachmittags, Kennedy befand sich gerade in einer angeregten Diskussion im Weißen Haus, wurde ein Besucher gemeldet, der zur Situation passte wie ein Zylinder zum Frack: Andrej Gromyko, der sowjetische Außenminister persönlich, gab sich die Ehre.

Jonas hörte, wie Lischka mit den Zähnen knirschte. Er ahnte, dass dieser Besuch bestimmt nicht förderlich für die Stimmungslage eines Menschen war, der dazu neigte »forsch« und »rücksichtslos« zu sein.

Wie sich schnell herausstellte, war der Besuch des Außenministers schon seit langem vereinbart gewesen. Kennedy hatte es wohl für unklug gehalten, ihn abzusagen. Mit versteinerter Miene lauschte der Präsident den Beteuerungen Gromykos, die an Kuba geleistete Hilfe diene einzig und allein dem Zweck die landwirtschaftliche Entwicklung der Insel zu fördern; außerdem würden in geringfügigem Maße Defensivwaffen geliefert. Die Unterstellungen der amerikanischen Presse, die Sowjetunion würde Offensivwaffen nach Kuba verschiffen, wies er entschieden zurück. Dafür erlaubte er sich seinerseits die Drohungen der Vereinigten Staaten gegen die Zuckerinsel anzuprangern. Sowohl Kuba als auch die Sowjetunion wünschten lediglich den Frieden. Chruschtschow habe ihn ausdrücklich beauftragt Präsident Kennedy und den Vereinigten Staaten eine Entspannung der Atmosphäre in Bezug auf Kuba anzubieten.

Jack hörte dem Außenminister erstaunt zu, vielleicht bewunderte er auch die Kühnheit Gromykos. Jonas glaubte, der Präsident müsse jeden Augenblick explodieren, aber stattdessen erwiderte er bestimmt, aber in Anbetracht der Provokation äußerst beherrscht, dass nicht die Vereinigten Staaten Zwietracht schürten, sondern die Sowjetunion. Mit diplomatischer Eleganz versicherte er Gromyko, die Waffenlieferungen an Kuba beunruhigten die Bevölkerung der Vereinigten Staaten zutiefst und seien für ihn selbst Anlass zu großer Besorgnis. Gromyko betonte noch einmal, dass diese Hilfe für die Insel rein defensiven Charakter habe. Er wolle das Wort »defensiv« unterstreichen, meinte er, keine der gelieferten Waffen könnte jemals eine Bedrohung der Vereinigten Staaten darstellen.

Jonas hielt die Luft an. In Hollywood hätte Gromyko für seinen Auftritt glatt einen Oskar bekommen. Da Kennedy jedoch besser im Bilde war, als er den Außenminister wissen ließ, glaubte Jonas, der Präsident würde nun endlich die Katze aus dem Sack lassen. Doch Jack blieb beherrscht. Er entgegnete, der Herr Außenminister dürfe sich über die Position der Vereinigten Staaten keine falschen Vorstellungen machen.

Die Besprechung mit dem sowjetischen Außenminister hatte ungefähr zwei Stunden gedauert und Jonas war der festen Überzeugung, der Präsident sei nun endlich gar gekocht, bereit aus der Haut zu fahren. Doch nichts geschah.

Ximon und Robert war es nämlich gelungen, weitere Bedenken in die Köpfe von Kennedys Beratern zu pflanzen. Kurz vor neun Uhr abends saß Bobby, der Justizminister, gerade mit

CIA-Chef John McCone, General Maxwell Taylor und sechs weiteren Männern im Außenministerium zusammen. Er hatte mit Nachdruck die »moralische Frage« angesprochen: Ein Land wie die Vereinigten Staaten könne nicht über eine kleine Insel herfallen, ohne dem eigenen Ansehen in der Welt dadurch empfindlichen Schaden zuzufügen. Die meisten der Anwesenden stimmten ihm zu und wollten nun die »Quarantäne«-Option McNamaras unterstützen.

Es war schon ein komisches Bild, als neun Minister und hoch gestellte Beamte sich um Viertel nach neun zusammen mit einem verdutzten Fahrer in eine schwarze Limousine zwängten und darin die kurze Strecke zum Weißen Haus zurücklegten. Wäre jeder in seinen eigenen Dienstwagen gestiegen, dann hätte die Autokolonne den immer wachsamen Reporteraugen nur neuen Stoff für Spekulationen geliefert. Für den Weltfrieden konnte man ruhig einmal eine kleine Unbequemlichkeit in Kauf nehmen.

Als kurz darauf das Exekutivkomitee unter Vorsitz des Präsidenten seine Nachtsitzung eröffnete, atmeten die Flüsterer zunächst erleichtert auf. Kennedy vernahm, durchaus nicht unzufrieden, was sein Kriegsrat beschlossen hatte: Eine Seeblockade musste her. Sobald er dann allerdings nach Details fragte, ergaben sich wie aus dem Nichts neue Unstimmigkeiten. Ungläubig hörte Jonas mit an, wie Männer, die zuvor noch einen festen Standpunkt eingenommen hatten, jetzt gegenüber dem Präsidenten mit Nachdruck eine völlig entgegengesetzte Haltung propagierten.

Nicht nur der Präsident war über diesen Gang der Dinge mehr als unzufrieden. Er verabschiedete seinen Kriegsrat mit dem Auftrag, die verschiedenen Erwägungen fortzuführen und ihm dann einen gemeinsamen Beschluss vorzutragen. Er selbst wolle – um jedes Aufsehen zu vermeiden – seinem üblichen Programm nachgehen.

In Präsident Kennedys Kalender stand für die kommenden Tage eine Wahlkampfreise.

Die Stimmung der Bewohner von Kalvar war schwer einzuschätzen. Als Jonas zu den Häusern zurückblickte, winkten die Kleinen zwar, sie jubelten auch, aber er konnte nicht eindeutig feststellen, ob ihre Begeisterung Bergalfs Heldentat galt oder einfach dem Umstand einen unbequemen Gast endlich aus der Stadt hinausgegrault zu haben.

Numin ritt an Darinas Seite. Er war am Morgen aufgetaucht und hatte sich wie selbstverständlich zur Reisegruppe gesellt. Jonas vermutete, dass es in der vorangegangenen Nacht ein sehr langes Gespräch zwischen Vater und Sohn gegeben hatte. Jedenfalls schwankte Nabin zwischen Gefasstheit und Melancholie. Numins Mutter weinte ganze Bäche von Tränen.

Nachdenklich hielt Jonas seinen Dolch in der Hand. Er steckte in einer nagelneuen Scheide. Das war auch der Grund gewesen, weshalb Numin am vergangenen Tag nur von wenigen gesichtet worden war. Er hatte sich Größe und Form des Kristallstiletts genau eingeprägt und dafür eine wunderbare Hülle aus einem Material hergestellt, das er »Kohlefaser« nannte. Jonas konnte sich zwar nicht vorstellen, dass man aus Kohle Stoff weben konnte, aber das Material war auf jeden Fall kohlrabenschwarz (hinterließ jedoch keine dunklen Flecken auf den Fingern). Er kam zu dem Schluss, dass dieses erstaunlich leichte und zugleich widerstandsfähige Gewebe wohl nur dem Namen nach etwas mit Kohle zu tun hatte. Jedenfalls war Numin die Überraschung vollauf gelungen. Stolz betrachtete Jonas seine neueste Errungenschaft. Sie war mit zahlreichen bunten Edelsteinen verziert. Ob dieses Geschenk wohl so eine Art Friedensangebot im Hinblick auf Darina war?

Abgesehen von Kraark bestand die Karawane weiterhin aus zehn Personen und nun fünf Lastschelpins. Bergalf und Mangaar wollten unter keinen Umständen mehr Tiere mitnehmen. Darina hatte unmissverständlich dargelegt: Entweder würden alle in spätestens zwei Tagen in Laomar einziehen oder nie dort ankommen.

Während die bunten Häuser Kalvars langsam zu einem blaugrauen Strich am Horizont verschmolzen, konnte Jonas zu seiner Rechten eine andere, erheblich größere Karawane erblicken. Sie war zu weit weg, als dass man Einzelheiten hätte erkennen können. Aber Numin erklärte, dies sei ein Trauerzug, unterwegs zur Bestattung der dreizehn Toten, die der »Gorrmack-Fluch« gefordert hatte. So nannte man inzwischen den Angriff des Unwesens auf die Stadt und unter diesem Namen würde das Ereignis wohl auch in die Sagen der Keldinianer eingehen.

Alle zwei Stunden wurde eine Pause eingelegt. Das war notwendig, um weiterhin über die Ereignisse auf der Erde informiert zu sein. Doch da gab es wenig Neues.

Der Kriegsrat in Washington tagte nun ohne seinen Vorsitzenden. Dadurch konnten einige Teilnehmer freizügiger als zuvor ihren Unmut äußern oder ihre Frustration beim Tischnachbarn abladen. Sicher spielten hierbei auch Anspannung und Müdigkeit eine Rolle. Viele der Männer, die da auf ihre Weise einen heroischen Kampf führten, hatten seit drei oder vier Tagen kaum geschlafen. Sie waren ununterbrochen nur mit einer einzigen Frage befasst gewesen: Wie konnte man die Sicherheit und das Ansehen der Vereinigten Staaten bewahren, ohne dabei das Leben der gesamten Menschheit aufs Spiel zu setzen?

»Wenn du mich fragst, ist diese ganze Krise, die ihr Menschen euch da ausgedacht habt, nichts weiter als heiße Luft«, sagte Kraark mit einem Mal. Wie so oft zuvor, saß er auch jetzt vor Jonas' Sattel und reckte ihm herausfordernd den Schnabel entgegen.

Jonas reagierte nicht. Er musste an seine Großeltern denken. Ob er sie wohl jemals wieder in die Arme schließen konnte?

»Du scheinst anderer Meinung zu sein«, stichelte der Rabe weiter.

»Was?«

Kraark wiederholte seine Aussage.

»Ich bin auch ein Mensch und ich habe das weder gewollt noch es mir ausgedacht.«

»Das habe ich nicht gemeint.«

»Könntest du dich dann vielleicht etwas klarer ausdrücken?«, antwortete Jonas genervt.

»Na, da legt der Adler seine Krallen an das Revier des Bären und keiner spricht davon, dass die Welt an einem Abgrund steht. Wenn aber der Bär das Gleiche tut, ist sofort die ganze Menschheit bedroht. Findest du das normal?«

Jonas sah den Raben verwundert an. »Nein«, musste er zugeben. »Bisher habe ich nur gedacht, dass es ziemlich heuchlerisch ist, dem Nachbarn etwas zu verbieten, was man selber tut. Aber du hast Recht: Wenn der Präsident, sein Bruder und all die anderen im Stab sich einfach nur ein bisschen ärgern würden, wie es Chruschtschow ja auch getan hat, und damit basta, dann gäbe es gar keine Krise.«

»Genau das habe ich gemeint. Es hat einmal jemand gesagt, dass der ›Hinterhof Amerikas‹ sauber bleiben muss, und jetzt sind sie sogar bereit viele Millionen Menschenleben zu opfern, weil einer ihnen ein paar schimmlige Brotkrumen hineingeworfen hat.«

»Na ja, vielleicht ist das eine etwas zu starke Vereinfachung, Kraark.«

»Die großen Wahrheiten sind immer einfach, Jonas. Wenn die Menschen anfangen sie kompliziert darzustellen, kommen meistens Lügen heraus.«

Jonas dachte dann noch lange darüber nach, was Kraark gesagt hatte. Der Rabe war wirklich ein außergewöhnlicher Vogel!

Während die Karawane sich in Etappen von jeweils zwei Stunden durch die Steppe bewegte, kam der Kriegsrat auf der Erde nur langsam voran. Man prüfte, ob eine Seeblockade gegen Kuba überhaupt völkerrechtlich zulässig sei. (Jonas fragte sich, warum die Vereinigten Staaten denn plötzlich so zimperlich waren, wo sie doch vorher mit ihren U-2-Spähaktionen ganz eindeutig gegen das internationale Rechtsempfinden verstoßen hatten.) Theodore Sorensen, der von vielen als Kennedys Alter Ego angesehen wurde, weil er dessen Reden schrieb und ihn auf seinem politischen Weg schon so lange wie kaum ein Zweiter begleitet hatte, begann gegen drei Uhr nachmittags eine ganz besondere Ansprache für den Präsidenten auszuarbeiten. Jack sollte der amerikanischen Nation in einer Fernsehansprache beibringen, dass die USA sich von der Sowjetunion niemals gegen das Schienbein treten lassen würden und daher eine »Quarantäne« Kubas unabdingbar sei.

Als die Dämmerung über dem Grasland aufzog und die Karawane der Flüsterer ihr Nachtlager aufschlug, war der Trauerzug längst in der Ferne verschwunden. Jonas blickte noch lange in die Richtung, wo der Horizont die Toten verschluckt hatte. Darinas Worte kamen ihm in den Sinn. Sie alle konnten bald selbst im Haus des Todes schlafen. Doch wenn sie tief im Innern der Hängenden Berge ihr Ende fänden, dann würde niemand da sein, der sie in die Juwelenschlucht trug.

Darina weckte ihre Gefährten, als die Morgendämmerung noch kaum zu erahnen war. Die häufigen Pausen hatten die Karawane während des zurückliegenden Tages mehr aufgehalten, als es der Wissenden lieb war. Sie wollte bis zur Mittagszeit den Eingang zu dem Höhlensystem gefunden haben, das zum Kimbaroth hinabführte, dem »Vorhang der ewigen Trennung«.

Zu so früher Stunde waren aus Keldins Spiegel noch keine Neuigkeiten von Kennedys Krisenstab zu erfahren. Die »Ritter der Tafelrunde« hatten sich am vergangenen Freitag bis spät in die Nacht hinein beraten. An diesem Samstag, dem 20. Oktober, gab es nur wenige Unermüdliche, die schon wach waren oder ohnehin kaum geschlafen hatten. Als daher das Lager abgebrochen wurde und sich kurz darauf die Karawane wieder in Bewegung setzte, trugen Menschen wie Bonkas schwer an der Ungewissheit des kommenden Tages. Welche Entscheidung würde Präsident Kennedy treffen, wenn das Exekutivkomitee ihm das Ergebnis seiner Beratungen mitteilte? Die Männer hatten neben ihrem Vorschlag einer Seeblockade auch die Pläne für einen militärischen Einsatz weiter vorangetrieben. Und welche Gefahren würden die Gefährten auf Azon erwarten?

Als sie den Cañon erreichten, begann Jonas zu ahnen, welche Schwierigkeiten ihnen allen noch bevorstanden. Der breite Graben war unfassbar groß. Jonas hatte Bilder vom Grand Cañon gesehen und viel darüber gelesen, doch was er hier nun mit eigenen Augen erblickte, stellte das irdische Naturwunder bei weitem in den Schatten.

Die Juwelenschlucht erstreckte sich nach beiden Seiten, so weit das Auge reichte. Gleichzeitig war sie mindestens vier, wenn nicht gar fünf Meilen breit. Jonas erinnerte sich an die schmale Schlucht, die er beim Betreten des Zwielandes überquert hatte. Kaum vorzustellen, dass dieselbe Erdspalte sich bis hierher so enorm ausgeweitet hatte.

»Von Kanthelm und dem Gorrmack fehlt jede Spur«, bemerkte Bergalf. Er hielt seinen Bilm in der Hand. Nur Darinas goldenes Leuchten war darin zu erkennen.

»Der Höhleneingang muss irgendwo da unten sein«, sagte die Wissende. Sie saß auf ihrem weißen Hirsch und sah gelassen in die Tiefe.

Jonas folgte ihrem Blick, immer weiter hinab, bis ihm fast schwindelig wurde. Der Grund des Cañons verbarg sich unter einer Nebel- oder Wolkenschicht, aus der hier und da schmale Felsnadeln hervorragten wie Masten versunkener Schiffe aus dem Meer. Jonas riss sich von dem beängstigenden Abgrund los und schaute Darina verstört an.

»Hast du eben ›irgendwo‹ gesagt?«

»Wir werden danach suchen müssen, Jonas.«

»Aber die Wände dieser Schlucht sehen mir nicht gerade wie gemütliche Spazierpfade aus und außerdem ist da noch dieser Nebel. Wir werden wie blind in den Wolken herumstochern, Darina!«

»Im Spiegellabyrinth konnten wir auch nicht sehr weit sehen.«

»Ja, da habt ihr mich ja auch verloren.«

»Diesmal passen wir besser auf«, versprach Bergalf, der sein Schelpin zuletzt an den Rand der Schlucht gelenkt hatte.

Jonas sah ihn mürrisch an. Der Fährtensucher grinste, als freue er sich grenzenlos endlich wieder über schlüpfrige Geröllpfade reiten zu dürfen. »Wenn ich in die Tiefe stürze, mache ich dich persönlich dafür verantwortlich, Bergalf.«

»Abgemacht. Aber das wird nicht passieren. Dazu ist dein Trojan viel zu geübt im Bergsteigen.«

Bevor Jonas' treues Schelpin Gelegenheit bekam sein Geschick unter Beweis zu stellen, wurde eine Pause abgehalten. Mangaar brutzelte mit Sarahs Hilfe in der Pfanne ein zweites Frühstück. Es bestand aus gebratenen Gemüsestreifen und geröstetem Brot. Numins Vater hatte die Proviantsäcke offenbar mit allem ausgestattet, was die Speisekammern Kalvars nur hergaben.

Ximon rief währenddessen das Bild des präsidialen Kriegsrates auf den Spiegel. Es war kurz nach neun. Das Exekutivkomitee tagte bereits. Da Jack Kennedy noch immer auf Wahlkampfreise war, hatte man sich im State Department, dem Außenministerium, versammelt. Erneut beratschlagte man, ob auch nichts vergessen worden war. Man wollte Jack nicht anrufen, bevor der Plan völlig wasserdicht schien.

Theodore Sorensen überprüfte den Entwurf der Rede, mit der Kennedy vor die Nation treten wollte. Da eine Kopie der Ansprache an Chruschtschow versandt werden sollte, durfte sie keine Zweifel an der Entschlossenheit der Vereinigten Staaten lassen. Verteidigungsminister McNamara telefonierte aus dem Konferenzraum mit dem Pentagon. Sein Befehl jagte den stillen Beobachtern einen Schauer über den Rücken: Vier taktische Bombergeschwader sollten für den Fall eines Luftschlages gegen Kuba in Bereitschaft versetzt werden. Seine Erklärung war kurz und knapp: »Wenn der Präsident unsere Empfehlungen nicht akzeptiert, mag später keine Zeit mehr sein es noch zu veranlassen.«

Jonas hoffte inständig, dass dies nicht nur eine Ausrede McNamaras war, um den Mitarbeiter zu beruhigen. Darina drängte zum Aufbruch. Das Letzte, was die Flüsterer von den Geschehnissen auf der Erde mitbekamen, war Bobby Kennedys Anruf bei seinem Bruder. Es war ungefähr zehn Uhr morgens. Jack befand sich gerade im Blackstone Hotel in Chicago. Als das Telefon klingelte, nahm er selbst den Hörer ab.

»Ich bin's, Jack.«
»Was gibt's, Bobby?«
»Wir sind fertig. Jetzt musst du entscheiden.«

Als Kraark nach kurzem Erkundungsflug eine Stelle gefunden hatte, die zum Abstieg in die Schlucht geeignet war, mussten die Reiter nicht mehr tun, als sich im Sattel festzuhalten. Die Schelpins und der weiße Hirsch bewegten sich, wie Bergalf es angekündigt hatte, selbst über die haarsträubendsten Pfade mit sicheren Schritten hinweg. Manchmal glich der Weg nur einer locker hingeschütteten Fuhre Geröll. Doch die Tiere waren im Gebirge zu Hause. Sie fanden selbst da noch sicheren Tritt, wo die Reiter längst aufgegeben hätten, fest überzeugt, dass es weder ein Vor noch Zurück gebe.

Nach zwei Stunden tauchten sie in den Nebel ein. Jonas spürte, wie die Feuchtigkeit ihm in die Kleider kroch. Mit Ausnahme der von den Schelpins verursachten Geräusche auf dem Pfad war im Cañon kein Laut zu hören.

Von vorn bedeutete Darina den Gefährten hin und wieder stehen zu bleiben. Dann verharrte sie mit geschlossenen Augen vor einer Gabelung, forschte in ihrem Geist, um wenig später ihrem weißen Hirsch einen geheimen Wink zu geben. Selbst wenn einmal ein Luftzug die grauen Wolkenschleier für einen Moment vertrieb und Jonas freie Sicht auf die Wissende hatte, konnte er nicht erkennen, wie sie ihren Hirsch dirigierte. Sie sagte nichts, bewegte nicht die Beine, zog an keinem Zügel. Das schneeweiße Tier schien einfach zu wissen, wohin seine Herrin wollte.

Gut anderthalb Stunden später stoppte Darinas Hirsch unvermittelt.

»Hier ist es.« Die Stimme der Wissenden drang seltsam dumpf durch den Nebel.

Jonas konnte nichts erkennen. Zu seiner Linken ragte eine Felswand steil nach oben und fiel – was er allerdings nicht sehen konnte – einige Fuß weiter rechts in eine bodenlose Tiefe. Der Pfad war an dieser Stelle wieder einmal etwas breiter geworden, deshalb konnten die Gefährten ihre Tiere um Darina herum versammeln. Jetzt war der Eingang der Höhle deutlich auszumachen.

»Nicht gerade das Portal zur Metropolitan Opera«, knurrte Sam Chalk skeptisch.

Der Spalt, der in das Berginnere führte, war bis ungefähr fünf Fuß über dem Boden noch breit genug, um ein Schelpin durchzulassen. Darüber verengte er sich zusehends. Der Pilot würde nicht ohne gewisse Verrenkungen hindurchgehen können.

»Was haltet ihr von einer letzten kurzen Atempause im Freien?«, schlug Ximon vor. »Ich würde gerne noch einmal einen Blick in den Spiegel werfen.«

Darina sah erst in Ximons Gesicht, dann wanderte ihr Blick auf den Verband am Oberschenkel des Flüsterers und sie nickte. »Eine Viertelstunde, nicht mehr.«

Die Zügel der Tiere wurden an spitzen Felsvorsprüngen festgebunden und man versammelte sich vor dem Höhleneingang um den Spiegel.

»Den Präsidenten?« Robert ließ seinen Blick in die Runde schweifen. Mehrere Gefährten nickten.

Nur wenige Herzschläge später erschien das Bild Kennedys in dem blauen Kristall. Jack schaute gerade auf seine Armbanduhr. Es war ein Uhr vierzig mittags, als seine Limousine auf die Grundstückseinfahrt der prominentesten Adresse des Landes zurollte: 1600 Pennsylvania Avenue N.W., Washington, D. C.

Im Weißen Haus wurde er von seinem Bruder begrüßt. Bobby unterrichtete Jack knapp über den Fortgang der ExComm-Beratungen. Die Brüder hatten am vergangenen Freitag mehrmals miteinander telefoniert und so gab es nur wenig wirklich Neues zu berichten. Während Kennedy ins Schwimmbassin stieg, um seinem schmerzenden Rücken Linderung zu verschaffen, spürte Jonas' Vater ein zartes Klopfen auf seiner Schulter. Als er sich umsah, blickte er in Darinas Gesicht. Die Wissende mahnte mit stummen Gesten zum Aufbruch. Robert nickte. Augenblicklich verschwand das Bild im Spiegel.

Jonas war kein großer Freund von Höhlenwanderungen. Solange er die unterirdischen Wunder aus Büchern kennen lernen durfte, waren sie für ihn faszinierend und interessant, aber als er nun selbst in einen finsteren Schacht einsteigen sollte, legte sich Beklemmung auf seine Brust.

Die Spalte, die von der Juwelenschlucht aus gerade in den Fels hineinführte, war so niedrig, dass Robert und Sam nur mit eingezogenem Kopf reiten konnten. Selbst Jonas musste hin und wieder einem Felsen ausweichen. Der Gang tauchte immer tiefer in das Herz Azons hinein. War er am Anfang noch regelmäßig, fast wie ein Tunnel geformt, wurde er bald unberechenbar: einmal eng, dann weit und hoch, steil abfallend und wieder leicht ansteigend, unterbrochen von großen Kammern und verwirrenden Abzweigungen und wenige Schritte später so geradlinig, als hätten geschickte Hände den Pfad durch den Fels getrieben.

Nach etwa drei Stunden betraten die Freunde einen unterirdischen Saal, der so riesig war, dass die Fackeln, die Numins Volk ihnen mitgegeben hatte, nicht ausreichten, um die Decke zu erleuchten. Überall von den aufragenden Buckeln und Säulen, von den Wänden und selbst vom Fußboden wurde ein seltsames Glitzern zurückgeworfen.

»Deshalb nennen die Keldinianer das Tal die ›Juwelenschlucht‹«, sagte Numin fast schon ehrfurchtsvoll.

Jonas konnte es gar nicht glauben, aber das Glitzern stammte von Edelsteinen aller Art, von Opal und Topas, Aquamarin und Jaspis, Chrysopras und blau schimmerndem Mondstein. Er stand in einer Schatzkammer, die kein lebendes Wesen zusammengetragen hatte. Der Mutterstein selbst, der gigantische blaue Kristall, hatte sich hier eine Kinderstube für seinen Nachwuchs geschaffen.

»In der Juwelenschlucht gibt es viele solcher Höhlen«, merkte Numin an. »Aus ihnen beziehen wir das Baumaterial für unsere Häuser.«

»Kannst du schon sagen, wie weit es noch bis zum Vorhang ist, Darina?«, fragte Ximon, den die ganze Pracht scheinbar nicht sonderlich beeindruckte.

»Ich habe nur ein Gefühl, mehr nicht. Vielleicht noch ein oder zwei Stunden.«

»Dann lass uns noch einmal in Keldins Spiegel schauen.«

Darina seufzte. »Aber nur kurz.«

Diesmal wurden die Reit- und Packtiere nicht festgebunden. Allein das Licht der Fackeln reichte aus, um sie am Weglaufen zu hindern. Verwundert fragte sich Jonas, weshalb eigentlich die brennenden Stäbe der Kalvarer nicht erneuert werden mussten. Offenbar hatte auch dieser Stamm des Kleinen Volkes seine großen Geheimnisse.

Die funkelnden Edelsteine warfen ein betörendes Licht über den Kreis der stillen Beobachter, als im Spiegel das Oval Office erschien. Im Amtszimmer des amerikanischen Präsidenten herrschte geradezu Gedränge. Hinter den Stühlen am rechteckigen Tisch standen weitere an der Wand oder frei im Raum. Man ahnte sogleich, dass dies keine normale Sitzung des Exekutivkomitees war. Rabe, Bonkas und Menschen verfolgten eine Weile lang die Beratungen des Krisenstabes.

Es handelte sich um eine offizielle Sitzung des Nationalen Sicherheitsrates der Vereinigten Staaten von Amerika. McNamara hatte seine Argumente für eine Blockade dargelegt, andere die ihrigen für einen militärischen Angriff. Auch diesmal hatte es wieder den einen oder anderen Gefühlsausbruch gegeben, doch nun verlief die Diskussion größtenteils diszipliniert ab.

Umso mehr fuhr Jonas der Schrecken in die Glieder, als einer der Stabschefs sich für den Einsatz von Atomwaffen stark machte. Der Militär vertrat die Meinung, auch der Gegner würde sich nicht scheuen, so weit zu gehen.

»Was meinen Sie, John?«, fragte Jack Kennedy gerade den CIA-Direktor.

John McCone erinnerte den Präsidenten daran, dass die Außenpolitik Chruschtschows äußerst sprunghaft war. »Denken Sie doch nur daran, wie dieser Bauer bei der UN-Sitzung in New York mit seinem Schuh auf das Pult einhämmerte.« Während der Berlin-Krise hatte der Kremlchef bewiesen, dass sein Handeln sich jeglicher Logik entzog. Einige von McCones

Analytikern trauten dem temperamentvollen Russen so ziemlich alles zu.

Kennedy wandte daraufhin ein, dass er sich noch recht gut an einen Brief Chruschtschows erinnern könne, den dieser ihm Ende des letzten Jahres geschickt habe. Der »Bauer«, wie McCone den Sowjetführer genannt hatte, habe in seinem Schreiben erwähnt, dass Hinterlassenschaften vergangener Gemetzel »wie giftige Pflanzen stündlich Triebe des ›Kalten Kriegs‹ hervorbringen«. Solche Zeilen schreibe kein Mann, der um jeden Preis eine Auseinandersetzung herbeiwünsche. Kennedy, der wie immer hervorragend vorbereitet war, zog eine Profilstudie hervor, die der Geheimdienst für ihn über den Kremlchef angefertigt hatte, und zitierte aus Chruschtschows Lebenslauf. Der nun fast Siebzigjährige habe im Zweiten Weltkrieg mit eigenen Augen die Leiden seines Volkes erlebt, als Politkommissar das Schlachten bei Stalingrad gesehen. Dann las Jack direkt aus dem CIA-Bericht vor: Chruschtschow hoffe, hieß es darin, seine Raketen würden den Westen zwingen die UdSSR respektvoll zu behandeln; sie stärkten die nationale Sicherheit der Sowjetunion, förderten die Weltrevolution und trügen vielleicht sogar dazu bei, »den Weltfrieden durch Abrüstung zu sichern«.

Kennedy lächelte. »Natürlich versteht Chruschtschow etwas anderes unter dem Begriff ›Weltfrieden‹ als wir, aber wir sollten ihn nicht vorschnell als Kriegstreiber abstempeln, meine Herren.«

Jonas konnte einmal mehr beobachten, wie die sonst so streitbaren Recken von »König John« klein beigaben, sobald sie Gefahr liefen sich den Zorn ihres obersten Waffenherren zuzuziehen.

Ximon nutzte die günstige Gelegenheit und flüsterte Adlai Stevenson, der eigens zu dieser ExComm-Sitzung aus New York angereist war, etwas in den Sinn. Es waren nur wenige Worte, die Jonas nicht einmal verstehen konnte, aber er sah, wie der UN-Botschafter sich plötzlich von seinem Platz erhob und noch einmal die amerikanischen Raketenstellungen in der Türkei und in Italien aufs Tapet brachte. Die Vereinigten

Staaten sollten der Sowjetunion bedeuten, dass sie bereit seien ihre Stellungen in Europa abzubauen, wenn die Russen dies ihrerseits in Kuba täten.

Zur Enttäuschung der azonischen Beobachter wurde Stevensons Vorschlag glatt abgeschmettert. Der Grundsatz »Gleiches Recht für alle!« galt offenbar nicht für das mächtigste Land der Erde. Jack dankte Adlai für seinen Vorschlag, räumte sogar ein, dass er den Wert der Jupiter-Raketen in den besagten Ländern schon seit langem anzweifele, aber in der gegenwärtigen Situation müssten die Vereinigten Staaten Stärke beweisen.

Jonas versuchte für sich die Argumentation des Präsidenten auf einen einfachen Nenner zu bringen: Die anderen sind die Bösewichte, nicht wir, und deshalb werden wir keinen Zoll nachgeben – entweder sie ziehen ihre Raketen bedingungslos ab oder es knallt.

Es würde schrecklich knallen, wenn am Ende doch noch die Stabschefs zu ihrem Unrecht kamen, dachte Jonas. Als das Oval Office wieder aus dem Spiegel verschwand, schien sich sein Magen zu einem dicken Knoten verkrampft zu haben. Das Exekutivkomitee hatte sich zwar für eine Seeblockade entschieden und der Präsident war gewillt diesen Plan der Nation mitzuteilen, aber im Hintergrund standen schon die Generäle, in ihren Händen brennende Streichhölzer und gleich daneben ein atomares Pulverfass.

Der Abstieg in die Finsternis wurde für Jonas langsam zum Alptraum. Wie licht, wie geräumig war doch die Höhle der Flüsterer gegen dieses düstere Labyrinth gewesen! Die große Juwelenhöhle lag inzwischen weit hinter ihnen.

Anderthalb Stunden lang waren sie nun schon im unruhigen Licht der Fackeln durch Gänge und kleine Höhlen gewandert. Seit einiger Zeit konnten sie ihre Tiere nur noch an den Zügeln führen, weil die Decke des Tunnels zum Reiten zu niedrig war. Mit Ausnahme von Sarah bedeutete das für die Menschen eine besondere Belastung, weil sie nur noch gebückt vorankamen.

Ximon und Lischka sprachen in Jonas' Rücken leise über die

Beobachtungen auf der Erde. Sie diskutierten alle Möglichkeiten, wie man den amerikanischen Präsidenten davon abhalten konnte, seinen kampflustigen Beratern doch noch freie Hand zu lassen. Dabei kamen die beiden Flüsterer auf die wildesten Einfälle. Lischka erinnerte sich an Kennedys Vorliebe für das weibliche Geschlecht und fragte Ximon, ob er nicht von seinem Schützling einige pikante Geheimnisse wisse. An geeigneter Stelle herausgeflüstert, könnten solche Indiskretionen den Präsidenten womöglich ein paar Tage ordentlich ins Schwitzen bringen, wertvolle Zeit, um auf Kuba vollendete Fakten zu schaffen.

Natürlich kenne er solche Flecken auf Jacks scheinbar so weißer Weste, erwiderte Ximon, sie trugen Namen wie Inga Arvat, Judith Immermoor oder Marilyn Monroe, um nur einige zu nennen. Die Auswirkungen einer Bloßstellung des Präsidenten beurteilte der Flüsterer allerdings als unkalkulierbar und außerdem sei ein solches Vorgehen in moralischer Hinsicht höchst bedenklich.

Lischka stimmte ihm zu. »Du hast Recht, das entspricht nicht unserer Art, Ximon. Die Bonkas haben die Menschen seit eh und je beraten. Aber sie haben sie nie manipuliert. Ich glaube, wir müssen uns die Sache mit Jacks Liebschaften aus dem Kopf schlagen.«

»Das denke ich auch, mein Bruder. Der Zweck sollte nie *alle* Mittel heiligen. Zudem könnte Kennedy durch eine solche Kampagne vielleicht sogar gestürzt werden und ein Nachfolger würde uns im Augenblick mehr Scherereien machen als ein zwar rachsüchtiger, aber zumindest berechenbarer Präsident.«

»Rachsüchtig?«

»Was meinst du denn, warum er die Operation *Mongoose* befohlen hat? Jack hat es Castro nie verziehen, dass er ihn vor der Weltöffentlichkeit so in den Matsch der Schweinebucht gezogen hat. Er war sich nicht zu fein die alten Mafia-Kontakte seines Vaters wieder aufleben zu lassen, um seinen Erzfeind aus dem Weg zu räumen. Das CIA hat mit seiner Billigung mehrere Mordkomplotte gegen Castro geschmiedet. Zum Glück ohne jeden Erfolg.«

»Du hast Recht, Ximon. Kennedy als Mörder? Nein, bei allen Fehlern, die dieser Mensch hat, besitzt er doch auch viele gute Seiten. Und wir müssen ihm helfen diese Stärken einzusetzen. Es ist wirklich nützlich, dass wir mehr von diesem Mann wissen, als die Menschen im Allgemeinen aus ihren stümperhaften Facettenimitaten erfahren.«

»Woher?«

»Sinnigerweise nennen sie diese Dinger Fernsehapparate.«

Während Ximon und Lischka dann noch weitere Strategien zur Befriedung der Erde erörterten, drang plötzlich eine laute Stimme aus dem Tunnel vor Jonas. »Sieh, Darina, die Facette!«

»Ja, ich habe sie schon bemerkt, Mangaar. Wir müssen bald da sein.«

Jonas reckte den Hals, um etwas erkennen zu können. Was für eine Facette hatte der ältere der beiden Fährtensucher gemeint? Gleich darauf entdeckte er sie. Überrascht blieb der Junge stehen. An der Decke befand sich eine sechseckige Fläche aus blauem Kristall. Darin konnte er das Bild eines alten schlafenden Mannes sehen. Also gab es auch im Zwieland Facetten! Oder hatten sie jene Region Azons, die so hieß, bereits verlassen?

Trojan stieß ihn sanft mit seiner Schnauze in den Rücken. Anscheinend wollte das Schelpin nicht den Anschluss zu den Vorderleuten verlieren.

Jetzt meldete sich vom Ende des Zuges auch Bergalfs Stimme. »Wird das da vorn eine längere Sitzung? Dann suche ich mir nämlich einen anderen Weg. Ich will zum Abendessen pünktlich zu Hause sein.«

Jonas riss sich vom Anblick der Facette los und eilte seinen Eltern und den anderen Gefährten hinterher. Da er selbst keine Fackel trug, musste er einige Schritte weit durch tiefe Schatten stolpern, bis er sie wieder eingeholt hatte.

Immer mehr Facetten tauchten jetzt auf. Sie ragten nicht nur aus der Decke, sondern befanden sich auch am Boden und in den Wänden. Nicht alle zeigten Bilder von der Erde, doch die meisten waren mit Leben gefüllt. Sie vermittelten einen realistischen räumlichen Eindruck, man glaubte in ein Vivarium zu blicken, allerdings ohne Eidechsen oder Springmäuse, sondern mit leibhaftigen Menschlein bestückt.

Plötzlich prallte Jonas gegen das Hinterteil eines Schelpins. Darina war an der Spitze des Zuges wohl erneut stehen geblieben, um sich zu orientieren. Jonas versuchte an den Gestalten im Gang vorbeizuspähen. Da sah er den Wasserfall.

Nein, das war kein Wasserfall, obwohl das Ganze aus der Ferne so wirkte. Es sei denn, auf Azon gab es erstarrtes Wasser, das von innen heraus leuchtete.

Unmittelbar vor Jonas stand Sarah. Seine Mutter deutete aufgeregt in Richtung des schimmernden Objekts und bewegte stumm den Mund wie ein Fisch in einem Aquarium. Sie wollte nicht sprechen wegen all der offenen Facetten im Gang.

Jonas wusste auch so, was er da sah. Es war Kimbaroth, der »Vorhang der ewigen Trennung«. Er verschloss einen Tunnel, der – unten eben, oben rund, die Wände auffallend glatt – augenscheinlich das Werk geschickter Hände war. Als die Karawane sich nun langsam der schimmernden Erscheinung des Vorhangs näherte, musste er alle Vorstellungen revidieren, die er sich bisher von diesem Grenzschleier gemacht hatte.

Was Schamakh der Weber vor Urzeiten erschaffen hatte, war nicht mit einem herkömmlichen Vorhang zu vergleichen. Eher schon mit einem zu Eis erstarrten Platzregen. Dünne Kristallfäden waren dicht an dicht von der Decke bis zum Boden gespannt, manche fein wie ein Haar auf Darinas Haupt, andere dagegen dick wie ihr kleiner Finger. Staunend ließen Bonkas und Menschen ihre Tiere stehen und traten an die vordersten Kristallfäden heran.

Da der Vorhang an eine kleine Höhle grenzte, die frei von Facetten war, wagte Darina zu flüstern.

»Er ist prächtiger, als selbst ich es mir vorgestellt habe!«

Jonas versuchte durch den Tunnel zu blicken, den der Kimbaroth versiegelte. Das erwies sich als unerwartet schwierig. Die glitzernden Fäden des Vorhangs waren nicht nur in einer Reihe angebracht, sondern sie füllten den gesamten Gang aus. Mit den Augen bahnte sich Jonas einen Weg durch die verwirrenden Reflexe. Soweit er erkennen konnte, mündete der

Gang nach sechzig oder siebzig Fuß in eine zweite Höhle. Dieser hintere Raum musste größer sein als der, in dem sich die Gefährten zusammendrängten, um gemeinsam durch den Kimbaroth zu spähen.

Während das Fackellicht durch den Vorhang flackerte, bewegte Jonas den Oberkörper hin und her. Die einzelnen Fäden schimmerten in allen möglichen Farben. Hin und wieder glaubte er in den Reflexionen Bilder zu erkennen – Bonkas, Schelpins, wunderschöne Blumen, schreckliche Drachenwesen –, aber nie gelang es ihm, dieselbe Gestalt zweimal zu sehen. Selbst wenn er sich ganz langsam vor- und zurückbeugte, erschien doch jedes Mal ein neues Bild. Schamakh der Weber musste ein wirklich großer Künstler gewesen sein!

Allmählich gelang es den Gefährten, ihrer Verwunderung Herr zu werden und sich dem vorrangigen Problem zuzuwenden.

»Wie kommen wir da nur durch?«, fragte Bergalf.

Numin fuhr mit dem Finger an einem der Kristallfäden entlang. Vorsichtig zog er daran. Nichts geschah. Er zog noch fester. »Die Fäden lassen sich nicht einmal verbiegen«, staunte er.

»Eine ganze Armee könnte gegen den Kimbaroth anrennen und würde ihn doch nicht zerstören können«, bemerkte Darina gleichmütig.

»Äh, könntest du uns dann verraten, wie wir da durchkommen sollen?« Die zaghafte Frage kam von Sam Chalk.

Darina streckte den Arm nach Jonas aus, als wolle sie den Bühnenauftritt eines großen Künstlers ankündigen. Bergalf und Lischka mussten etwas zur Seite treten, um ihrer Geste den erforderlichen Raum zu verschaffen. »Jonas wird uns den Vorhang öffnen.«

»Ich?« Der Junge glaubte sich verhört zu haben.

Die Wissende lächelte ihm ermutigend zu. Dann sagte sie in die Runde der sprachlosen Gefährten: »Er besitzt die ›Nadel‹, mit der Schamakh einst den Vorhang ›knüpfte‹.«

Allmählich ahnte Jonas, worauf Darina hinauswollte. Unsicher tastete seine Hand unter der Jacke herum – und förderte das Stilett hervor. »Das ist Schamakhs Nadel?«

»Keldin schuf einst den Dolch. Niemand konnte den Kristall so bearbeiten wie er. Später schnitt Schamakh mit ihm die Fäden für seinen Vorhang aus Azons Herz.«

»Und wie ist er dann wieder auf Keldins Burg gekommen?«

»Das kann ich dir nicht sagen. Die Bilder in meinem Geist sind hierzu nur bruchstückhaft. Ich vermute aber, dass der Weber seinen Vorhang an der Stelle vollendete, wo wir jetzt stehen.«

»Das ist eine hervorragende Erklärung!«, begeisterte sich Numin. »Das heißt, die Keldinianer haben nicht nur einen sagenhaften Helden zum Vorvater, sondern sogar zwei.«

»Dann müsst ihr euch von heute ab wohl Schamakhaner nennen«, versetzte Bergalf grinsend.

»Ich werde nicht zurücklaufen und es meinem Vater erzählen«, beeilte sich Numin zu versichern. Dabei sah er nachdenklich den großen Raben auf Jonas' Schulter an.

»Sag ihm, das kann er vergessen«, krächzte Kraark.

»Wie soll ich den Dolch benutzen?«, wandte sich Jonas stattdessen an Darina.

Sie bückte sich und tastete mit den Händen nach der Stelle, wo einer der Fäden auf den Boden auftraf. »Hier, schau dir das an, Jonas.« Als er sich zu ihr bückte, wischte sie mit der Hand über den Staub. Darunter kam eine glatte, blau schimmernde Fläche zum Vorschein.

»Das ist ja purer Kristall!«, stieß Jonas staunend hervor.

»Ja, aber sieh mal, hier.«

Als Jonas sich auf den Boden kniete, konnte er eine Art Öse erkennen. Der Faden des Vorhangs war damit verknüpft. »Ist das nicht …? Ich kenne diesen Knoten!«

»Ein Midshipman's Hitch. Ich kann dir helfen ihn zu lösen«, dröhnte Sams Stimme an sein Ohr. Der Pilot hatte sich neben ihn hingekniet und bewunderte das filigrane Geflecht.

»Nett von dir, Sam, aber Großvater hat mir die wichtigsten Seemannsknoten beigebracht. Ich denke, ich kriege ihn allein auf.«

Die kräftigen Schultern des Piloten zuckten nur kurz. »Für meine Pranken sind diese Bonkaknoten sowieso zu klein.«

»Versuch die Spitze des Dolches dort anzusetzen, wo du den Knoten lösen musst«, riet Darina.

Jonas nickte und beugte sich wieder zu dem Faden hinab. Er setzte die Spitze an und …

»Vorsicht!«, mahnte Darina. »Wenn du den Faden zerstörst, könnte uns das später Leid tun.«

Das Stilett zuckte wieder zurück. »Weshalb …?«

Darina erwiderte ernst seinen Blick. »Ich weiß nicht, ob das Hängende Gebirge über uns zusammenstürzen würde. Mein Gefühl sagt Nein, aber willst du ausprobieren, ob es mich trügt?«

»Nein, danke. Kein Bedarf. Und du glaubst, wenn ich die Fäden öffne, ohne sie zu zerstören, dann bleibt eure Welt in einem Stück?«

Die Wissende schmunzelte. »So ungefähr stelle ich mir das vor, ja.«

»Na herrlich!« Jonas drehte sich um und blickte unglücklich in das Meer von Kristallstrippen, die so dicht gespannt waren, dass selbst die zierliche Darina sich nicht durch sie hindurchzwängen konnte. Erneut schätzte er die Entfernung bis zur Nachbarhöhle am Ende des Tunnels. Wie weit der Vorhang sich dahinter noch erstreckte, konnte er bestenfalls ahnen. Seufzend drehte er sich zu den Gefährten um und sagte: »Ihr könnt ja schon mal ein Lagerfeuer anzünden und es euch bequem machen. Wenn ich den Vorhang aufgeknüpft habe, gebe ich euch Bescheid. Das dürfte so ungefähr in drei oder vier Wochen sein.«

Jonas hatte sich etwas verschätzt. Die schiere Menge von Schnüren hatte ihm für einen Augenblick einfach den Mut geraubt. Zumindest wusste er jetzt, warum Darina ihre Schar so unermüdlich angetrieben hatte. Stunde um Stunde verstrich, während das schlanke Kristallstilett sich von Knoten zu Knoten vorarbeitete.

Sobald die Spitze des Dolches eine der Kristallschnüre berührte, wurde sie geschmeidig wie gedrehtes Schiffsgarn. War der Knoten gelöst, behielt die Kristallfaser ihre Elastizität so lange bei, wie die Klinge mit ihr in Verbindung blieb. Dadurch ließ sich der Faden mühelos nach oben oder zur Seite biegen. Trennte man Dolch und Schnur wieder, wurde der Faden erneut starr wie Glas und war jetzt widerstandsfähiger als jeder Stahl.

Bergalf kniete hinter ihm und leuchtete geduldig mit der Fackel. Nach einer Weile hallte seine Stimme durch den Gang.

»Kann ich dich für eine Weile ablösen, Jonas?«

Der Gefragte lag bäuchlings auf einer Decke, damit der kalte Höhlenboden ihm nicht den Magen verkühlte. Jetzt drehte sich Jonas auf den Rücken und blickte in Bergalfs Fackel.

»Würdest du das wirklich für mich tun?«

»Klar doch.«

»Kennst du dich denn mit Seemannsknoten aus?«

»Vielleicht ist es dir entgangen, aber die Bewohner Laomars fahren seit ungefähr sechstausend Jahren zur See und …«

»Schon gut. Knie dich hierher. Ich zeig dir, wie der Knoten aufgeht.«

Bergalf kannte ihn. Auf Azon nannte man den Knoten »des Seemanns Schwur«, weil er verstellbar und dennoch sehr zuverlässig war. Jonas dachte noch über den tieferen Sinn dieses Namens nach, als Bergalf schon mit flinken Fingern die ersten Knoten öffnete.

Während die beiden sich Faden für Faden auf die Nachbarhöhle zuarbeiteten, saßen nebenan Robert, Sarah, Lischka und Ximon über Keldins Spiegel gebeugt.

Als sie wieder einmal bei McGeorge Bundy, dem Sicherheitsberater des Präsidenten, hereinschauten, machten sie eine seltsame Entdeckung. Bundy saß mit George Ball zusammen, einem Staatssekretär des Außenministeriums. Beide sprachen gerade über den Terminplan, den Ball mit seinem Stellvertreter Alexis Johnson und mit Ed Martin, dem Unterstaatssekretär für lateinamerikanische Fragen, ausarbeiten sollte. Darin ging es unter anderem um eine Sitzung der Organisation Amerikanischer Staaten, kurz OAS genannt. Dieses Gremium sollte der beschlossenen Blockade ihren Segen geben, damit die Kritiker sie nicht als Alleingang der Vereinigten Staaten anprangern konnten. Außerdem waren Termine abzustimmen: Die verbündeten Länder mussten unterrichtet, die in Washington akkreditierten Botschafter in Kenntnis gesetzt werden … Plötzlich klingelte das Telefon.

»Ja?« Bundy schaltete schnell den Lautsprecher zum Mithören an.

»… der *New York Times.*«

»James Reston von der *Times!*«, wiederholte Bundy, nur damit sein Gesprächspartner auch den Namen des Mannes am anderen Ende der Leitung mitbekam.

»Grüßen Sie alle, die mithören, Mr. Bundy«, sagte die Stimme des Reporters.

»Mache ich, James. Was kann ich für Sie tun?«

»Ich hätte gerne gewusst, was da bei Ihnen in Washington los ist, Mr. Bundy.«

Bundy und Ball tauschten viel sagende Blicke. »Helfen Sie mir auf die Sprünge, James. Sprechen Sie davon, dass Jacky am letzten Dienstag den Empfang für den Maharadscha von Jaipur und dessen Frau abgesagt hat? Nun, die Sache ist eigentlich ganz einfach …«

»Entschuldigen Sie, wenn ich Sie unterbreche, Sir, aber ich spreche von etwas anderem. In Washington ist während der letzten Tage ziemlich viel los gewesen. Der Grund für diese plötzliche Geschäftigkeit interessiert mich brennend.«

»Wollen Sie damit etwa sagen, die Geschichte mit dem Maharadscha sei keine Story für Sie, James?«

»Für den Klatsch ist bei uns ein anderer Redakteur zuständig, Mr. Bundy.«

»Bleiben Sie bitte einen Augenblick dran, James.«

Bundy drückte einen Knopf an seinem Telefon, noch bevor sein Gesprächspartner etwas sagen konnte.

»Jetzt sitzen wir in … na, Sie wissen schon.«

»Kennen sie Reston gut?«, fragte George Ball.

»Er gehört zu den Journalisten, deren Fragen immer etwas mehr wehtun als die der Kollegen.«

»Dann blufft er also wahrscheinlich nicht?«

Bundy schüttelte den Kopf. »Hat leider nicht viel genützt,

dass die fähigsten Köpfe der Nation sich am Donnerstagabend in ein einziges Auto gequetscht haben. Wenn wir Reston keine plausible Erklärung liefern, wird er schreiben, was er vermutet. Die *New York Times* hat auch schon *vor* dem Schweinebucht-Dilemma über unsere Invasionspläne berichtet. Ich möchte nicht, dass noch einmal so etwas passiert.«

»Meinen Sie, er könnte bis Montagabend stillhalten?«

Bundy nickte. »Bleibt uns wohl nichts anderes übrig, als es auszuprobieren.« Er hieb auf die Taste am Telefon. »James, sind Sie noch da?«

»So schnell werden Sie mich nicht los, Mr. Bundy.«

»Wenn ich Ihnen von einer Angelegenheit berichte, die in hohem Maße die nationale Sicherheit tangiert, können Sie dann ein bis zwei Tage darüber Stillschweigen bewahren?«

»Wenn ich der Erste bin, der dann die Story rausbringt!«

»Sie können die komplette Titelgeschichte im Satz haben, während die anderen sich noch die Finger wund telefonieren.«

Einen Augenblick lang gab es nur ein leises Rauschen in der Leitung. »Okay, Mr. Bundy, das Geschäft geht in Ordnung.«

McGeorge Bundy gab dem Zeitungsreporter eine Zusammenfassung der Situation in Kuba. Jonas konnte sich lebhaft vorstellen, wie James Restons Bleistift am anderen Ende der Leitung über den Block flog. Als Bundy alles gesagt hatte, was er glaubte sagen zu dürfen, verpflichtete er Reston noch einmal zu absolutem Stillschweigen bis nach der Fernsehansprache des Präsidenten. Der Journalist wusste, dass er sich diese Quelle erhalten musste, und wiederholte sein Versprechen.

Mit Ximons Hilfe gelang es einige Zeit später, einen hohen Beamten des *Special National Intelligence Estimate* in den Spiegel zu rufen. Das Büro hatte gerade einen Bericht fertig gestellt, der die jüngsten Ermittlungsergebnisse des Geheimdienstes zur kubanischen Militäraufrüstung zusammenfasste. Der Mann las an diesem Samstag gerade noch einmal die Auswertung seiner Untergebenen durch. Die Vereinigten Staaten wussten nun von sechzehn SS-4-Abschussrampen. Die sowjetischen Mittelstreckenraketen konnten, wie der Bericht ausführte, innerhalb von acht Stunden nach Erteilung des Einsatzbefehls abgeschossen werden. Außerdem zählte die Studie unter dem Titel *SNIE 11-19-62* noch weit über hundert Flugzeuge verschiedenen Typs sowie Abschusseinrichtungen für Marschflugkörper auf, zwölf davon befanden sich auf Komar-Patrouillenbooten. Der Geheimdienst berichtete auch von der Entdeckung eines Bunkers für nukleare Gefechtsköpfe. Die geheimen Beobachter der Vereinigten Staaten hatten nicht mit Sicherheit feststellen können, ob sich tatsächlich schon atomare Raketenköpfe auf Kuba befanden, die stillen Zuschauer auf Azon wussten es besser: Zwanzig dieser zerstörerischen Sprengköpfe lagerten schon auf der Insel, gut versteckt vor den Objektiven der U-2-Aufklärer.

Als Jonas von den neuesten Beobachtungen der Flüsterer erfuhr, reagierte er merkwürdig. Er atmete erleichtert auf. »Jetzt wissen die Vereinigten Staaten, dass die sowjetischen Truppen auf Kuba zurückschlagen können, wenn die Insel angegriffen wird.«

Sein Vater rieb sich nachdenklich das Kinn. »Ich würde mich nicht zu früh freuen, Jonas. Die Vereinigten Stabschefs scheinen ganz versessen darauf, doch noch ihre Waffen einzusetzen. Manchmal habe ich den Eindruck, sie wollen nur Krieg anfangen, damit sie eine neue Strategie ausprobieren oder ihre jüngste Errungenschaft aus der Waffenkammer testen können.«

»Du könntest mir ruhig die Vorfreude gönnen mal eine Nacht ruhig zu schlafen, Dad.«

Robert fuhr mit den Fingern besorgt durch die Haare seines Sohnes. »Ist es wirklich so schlimm?«

Jonas seufzte. Und dann brach es jäh aus ihm heraus. »Ich sage mir immer, dass ich mir nur was vormache, dass uns hier auf Azon wahrscheinlich sowieso nichts passieren kann. Aber ich habe trotzdem Angst, Dad. Denk doch nur an Großvater und Großmutter! Sie sitzen in Muddy Creek. Viel näher an den kubanischen Raketenstellungen kann ein Amerikaner sein Haus ja kaum haben. Ich weiß noch, wie wir im Frühjahr in der Schule mit diesen Zivilschutzübungen angefangen haben. Jeden Monat hat es einen Probealarm gegeben. Wir mussten uns auf den Boden fallen lassen und unter die Tische rollen – als ob das was nützen würde! Ich wünschte wirklich, Chruschtschow oder Kennedy, einer von den beiden würde einfach nachgeben. Ist doch egal, wenn er nachher wie der Dumme dasteht. Für mich wäre er ein Held, weil er den Menschen das Leben gerettet hat.«

»Ich fürchte, diese Männer sehen das leider etwas anders.«

Jonas nickte und ließ den Kopf hängen. »Vielleicht werden sie ja doch vernünftig, jetzt, wo sie wissen, dass die Russen zurückschießen können.«

»Möglicherweise.« Robert nahm seinen Sohn in die Arme und klopfte ihm aufmunternd den Rücken. »Wie weit bist du mit Bergalf gekommen, Jonas?«

»Er ist gleich an der Einmündung zur Nachbarhöhle. Mangaar hat mich beim Halten der Fackel abgelöst.«

»Dann ruh dich jetzt ein bisschen aus. Es ist schon weit nach Mitternacht. Wir werden wohl sowieso erst morgen früh durch den Vorhang hindurch sein.«

Jonas nickte. Er fühlte sich mit einem Mal sehr erschöpft. Dankbar, nicht alle Knoten des Kimbaroth allein lösen zu müssen, setzte er sich zu seiner Mutter, die leise mit Darina sprach. Bald rollte er seinen Schlafsack aus, um es ein wenig bequemer zu haben. Und kurze Zeit später war er eingeschlafen.

Das Geräusch hatte wie das Klagen eines Wals geklungen.

Jonas fuhr erschrocken aus dem Schlaf hoch. Hatte er das nur geträumt? Es war ein tiefer, lang anhaltender Laut gewesen.

»Hast du das auch gehört?«, fragte er seine Mutter, die ebenfalls geschlafen hatte.

Sarah nickte. »Hoffentlich nicht schon wieder so ein Gorrmack.«

»Nein, das war kein Gorrmack«, meldete sich Darinas Stimme. Noch ehe sie ihre Antwort begründen konnte, eilte Bergalf aus dem Durchgang zur Nachbarhöhle herbei.

»Jonas, du bist wach. Das ist gut. Wir haben ein Problem.«

»Habt ihr auch das Geräusch gehört?«

Der Fährtensucher lächelte säuerlich. »Ich fürchte, das war meine Schuld.«

»Du …?«

Bergalf nickte. »Ich habe einen der Fäden verletzt …«

»Du hast ihn doch nicht etwa durchgeschnitten?«, fuhr Darina dazwischen.

Bergalf schüttelte schnell den Kopf. »Nein, nein. Ich bin nur mit dem Dolch abgerutscht und habe die Schnur etwas eingeritzt.«

»Du hast seit unserem Aufbruch gestern früh nicht mehr geschlafen, Bergalf. Es wäre wirklich gut, wenn Mangaar und du euch noch etwas ausruhten.«

»Nachher kann ich ja wieder an den Knoten weiterarbeiten«, fügte Jonas hinzu.

»Ich fürchte, allein an der Übermüdung liegt es nicht. Könntest du kurz mitkommen und dir die Sache ansehen, Jonas?«

»Natürlich.«

Auch die anderen Gefährten waren – sofern sie überhaupt geschlafen hatten – von dem Geräusch erwacht und hatten Bergalfs Schilderung mit sorgenvollen Mienen verfolgt.

Kraark hüpfte hinter Jonas her.

An der besagten Stelle angekommen, betrachteten sie gemeinsam den widerspenstigen Knoten. Bergalf hatte versucht mehrere der benachbarten Schnüre zu lösen, aber die saßen genauso fest.

»Ein Stück tiefer und der Faden wäre durch gewesen«, bemerkte Kraark so abgeklärt, als spräche er von einem Regenwurm.

»Ich habe alles probiert«, beteuerte Bergalf, »aber ich kriege dieses verflixte Ding nicht auf. Und die Schnüre daneben auch nicht.«

»Wenn ich an diesen schauerlichen Laut denke, dann mag ich mir gar nicht erst vorstellen, was passiert, wenn man die Fäden ganz durchschneidet.«

»Hat mir noch nie gefallen, in Höhlen rumzuspazieren«, beschwerte sich der Rabe.

Jonas nahm den Dolch aus Bergalfs Hand und drang vorsichtig mit der Spitze in den Knoten ein. »Manchmal, Kraark, muss man gewisse Dinge eben tun, auch wenn sie einem wenig Spaß machen.«

»Aber sich in Höhlen verkriechen! Sehe ich denn aus wie eine Fledermaus?«

Jonas schaute von dem Knoten auf, um den Raben eingehend zu mustern.

»Eigentlich hast du nicht sehr viel Ähnlichkeit mit einer Fledermaus, Kraark.«

Dann machte sich Jonas wieder an dem Knoten zu schaffen. Der Rabe störte ihn nun nicht mehr, nachdenklich stakste er davon.

Ein zweites Stöhnen ließ die Herzen aller einen Schlag lang aussetzen.

»Ich schaffe es auch nicht«, sagte Jonas verzweifelt. Er hatte an einer anderen Stelle in den Faden geschnitten.

»Vielleicht kannst *du* einen der Knoten daneben lösen«, schlug Bergalf vor.

Jonas nahm sich einen anderen Faden vor. Vorsichtig setzte er die spitze Klinge an. Aber es wollte ihm auch hier nicht gelingen, in den Knoten einzudringen. Obwohl es in dem Höhlengang alles andere als warm war, rann ihm der Schweiß über die Stirn. Dann ertönte wieder der klagende Laut. Erschrocken zog Jonas die Hand mit dem Dolch zurück und schüttelte resignierend den Kopf.

»So kommen wir nicht weiter. Schamakh muss irgendetwas mit den Schlingen angestellt haben, damit sie sich nicht so einfach lösen lassen wie die anderen hier.«

Bergalf erwiderte seinen Blick mit versteinerter Miene. »Dann waren die ersten Fäden wohl nur so eine Art Fingerübung für uns.«

»Ich weiß nicht«, sagte Jonas. »Schamakh scheint seinen Vorhang auf der Zwielandseite beendet zu haben. Ihm ging es aber wohl weniger darum, irgendwelche Eindringlinge von dort abzuwehren. Soweit ich eure Legenden verstanden habe, wollte er ja die zerstrittenen Parteien der Bonkas und der Malkits voneinander fern halten. Anscheinend hat er deshalb den

Vorhang da, wo es ihm notwendig erschien, mit einem zusätzlichen Trick gesichert.«

»Langsam gehen mir diese ›Tricks‹ des Webers ganz schön auf die Nerven! Ich schlage vor, wir gehen erst einmal zu den anderen zurück. Vielleicht können wir Schamakhs kleine Knobelaufgabe ja gemeinsam lösen.«

In der Höhle am Rande des Vorhangs der ewigen Trennung herrschte gedrückte Stimmung. Jeder war sich darüber im Klaren, dass sie Kimbaroth öffnen mussten, um schnell in das Land der Bonkas zu gelangen. Schon im Interesse der Menschenwelt war dies notwendig. Der einzige andere Weg, den es noch gab, führte durch die Spiegelregion. Selbst wenn sie die Höhle fanden, durch die einst Robert und Sarah ins Zwieland gekommen waren, konnten sie diese zweite Route wohl kaum nehmen, ohne das Leben aller aufs Spiel zu setzen.

Darina wiederholte noch einmal klar und deutlich, was sie davon hielt. »Ich werde euch nicht zurückführen und den Eingang zur Spiegelregion suchen.«

»Aber hier scheinen wir festzusitzen«, wandte Sarah ein. »Gerade weil wir die Hilfe der Bonka-Flüsterer brauchen, müssen wir uns *schnell* entscheiden.«

Jonas erhob sich aus dem Schneidersitz und ging auf die ersten losgelösten Kristallfäden zu, die wie starre Drähte nach oben gebogen waren. Er hatte eine Fackel in der Hand und betrachtete nachdenklich die Knoten an der Decke. Alle anderen sahen ihm schweigend zu. »Lasst uns noch etwas nachdenken«, sagte er. »Vielleicht finden wir doch noch einen Weg die Schlingen zu öffnen, ohne die Kristallfäden durchzuschneiden.«

Der Vorschlag wurde einstimmig angenommen. In den folgenden zwei Stunden versuchte man eine Lösung für das schwierige Problem zu finden. Wie konnte man die Knoten aufbekommen, ohne Schamakhs Gewebe unwiderruflich zu zerstören? Der Weber musste die Schlingen, die näher an der Nachbarhöhle lagen, regelrecht verschweißt haben. Hier und da wurde die Befürchtung geäußert, sie könnten vielleicht überhaupt nicht zu lösen sein.

Selbst Darinas Wissen musste vor diesem Geheimnis kapitulieren. Sie unterhielt sich leise mit Sarah, die einige Erfahrung im Häkeln, Stricken und sogar Weben hatte. Ximon, Lischka und Sam saßen auf ihren Schlafsäcken im Gang bei den Packtieren. Sie diskutierten leise andere Möglichkeiten anhand einer Leine, in die sie einen »Seemannsschwur« geknüpft hatten. Bergalf und Mangaar bildeten eine eigene »Arbeitsgruppe«. Numin unterhielt sich im Flüsterton mit Robert.

Jonas lag rücklings in seinem Schlafsack und starrte zur Decke. Auf einmal schob sich Kraarks Schnabel in sein Gesichtsfeld.

»Schon was gefunden, Jonas?«

»Nein, lass mich bitte in Ruhe, Kraark. Ich muss nachdenken.«

»Jonas?«

»Was denn, Kraark?«

»Sehe ich wirklich aus wie eine Fledermaus?«

Jonas sah den Raben verwundert an. »Wie kommst du denn darauf?«

»Da hast doch gesagt, ich hätte ›nicht *sehr viel* Ähnlichkeit‹ mit einem von den Piepsern? Also muss es doch irgendwas an mir geben, das dich an so einen Flattermann erinnert.«

»Du solltest nicht jedes Wort von mir auf die Goldwaage legen, Kraark.«

»Wirklich nicht?«

Jonas stützte sich auf den Ellbogen auf und sah seinem gefiederten Freund in die Augen. »Fledermäuse sind manchmal so schwarz wie Raben und beide können fliegen. Bist du jetzt zufrieden?«

»Und das ist wirklich *alles*?«

»Versprochen, Kraark. Du kannst ja nicht mal mit dem Kopf nach unten von der Höhlendecke hängen.«

»Ich wüsste nicht, wozu das gut sein sollte.«

»Na also. Du bist tausendmal schöner als eine Fledermaus, glaub mir.«

»Und du bist ein guter Freund, Jonas – kannst du mir auch glauben.«

Jonas lächelte, um sogleich wieder ernst zu werden. »Jetzt muss ich aber weiter nachdenken!«

»Ich geh ja schon, ich geh ja schon.« Kraark drehte sich um und watschelte zu den Schelpins davon.

Jonas ließ sich auf sein Lager zurücksinken, schloss die Augen und war bald schon eingeschlafen.

»Ich hab's!« Als Jonas nach einer Weile erwachte, war die Idee einfach da. Sie stand ihm so klar vor Augen wie ein Einkaufswagen in der Schlange im Supermarkt.

Bergalf kam wie ein Puma herbeigesprungen. »Hast du einen Alptraum gehabt?«

»Nein, ich weiß, wie wir die Schnüre losbekommen.«

»Na, da bin ich aber gespannt. Wir haben schon alles Mögliche überlegt. Ich habe sogar den Vorschlag gemacht die Fäden mit dem Dolch zu berühren, damit sie nachgiebig werden, und dann durch die Lücken hindurchzukriechen. Aber selbst wenn wir alle Schelpins hier ließen, ginge das nicht. Ich hab's mit Darina ausprobiert.« Er sah kopfschüttelnd zu dem Vorhang hin. »Da kommen wir niemals durch.«

»Vielleicht doch«, widersprach Jonas.

»Und wie willst du das anstellen?«

»Wir schneiden einfach die Ösen durch.«

»Du willst … *was*?«

»Mir ist wieder eingefallen, was einige von euch gesagt haben: Die Knoten könnten von Schamakh unlösbar verschweißt worden sein.« Jonas zeigte ein verschmitztes Lächeln. »Wenn wir die Schlingen nicht öffnen können, dann entfernen wir eben die Kristallschlaufen, an denen sie befestigt sind.«

»Das könnte sogar gehen«, mischte sich Darina ein, die Jonas' Vorschlag mit angehört hatte.

»Aber wird Schamakh nicht die Ösen genauso präpariert haben wie die Schnüre?«, fragte Robert.

»Nein, Robin. Die Ösen sind einfach aus dem blauen Kristall herausgeschnitten. Schamakh der Weber musste nicht befürchten, dass sein Vorhang an dieser Stelle überwunden würde. Nur Keldins Schmiedearbeiten sind fähig Azons Herz zu ritzen.«

Jonas sprang auf die Beine und eilte zu dem Vorhang hin. »Ich probiere es gleich aus.«

»Aber sei vorsichtig!«, mahnte Bergalf. »Wenn der Berg den geringsten Laut von sich gibt, dann zieh die Klinge zurück.«

»Hab schon verstanden«, echote Jonas' Stimme in dem Durchgang.

Er kniete sich zu dem verletzten Faden nieder, setzte Keldins Dolch seitlich an der Öse an und begann langsam zu schneiden. Da sowohl der Dolch als auch die kristallene Öse aus sehr glattem Material bestanden, zeigte sich zunächst kaum eine Wirkung. Nur ein dünner Kratzer war im unruhigen Licht der Fackel zu erkennen, die Bergalf schnell herbeigebracht hatte.

Allmählich zeigte das stetige Hin- und Herbewegen der Klinge Wirkung. Aus dem Kratzer wurde eine tiefe Schramme und aus dieser schließlich eine deutliche Kerbe. Mit einem Mal war die Öse durchtrennt.

»Und, bekommst du die Schnur los?« Bergalfs Stimme schwebte über Jonas.

»Nein, verflixt und zugenäht! Ich muss die Öse auch noch auf der anderen Seite durchschneiden.«

»Der Berg scheint stillzuhalten. Also tu, was du nicht lassen kannst.«

Jonas tat es. Als er auch die gegenüberliegende Seite des aus dem Boden geschnittenen Kristallrings durchtrennt hatte, war nur noch eine sanfte Berührung des Fadens notwendig und schon wurde dieser so elastisch, dass er sich mühelos aus dem Weg biegen ließ. Seltsam war nur, dass die Schnur immer sofort wieder erstarrte, sobald der Dolch sie nicht mehr berührte. Nach einer Dreiviertelstunde blickte Jonas zufrieden auf drei neue zur Seite gebogene Schnüre.

»Sieht aus wie das Fenster einer Gefängniszelle nach einem Ausbruch«, stellte er fest. »Nur dass die Gitterstäbe hier ein bisschen dünner sind.«

»So werden wir es schaffen«, stimmte ihm Bergalf zu. Obwohl das Gesicht des Fährtensuchers von Schlafmangel gezeichnet war, wirkte es nun zuversichtlich und entschlossen. »Soll ich dich ablösen, Jonas?«

»Ein paar schaffe ich noch. Ruh du dich nur noch ein wenig aus, Bergalf. Du hast es im Augenblick nötiger als ich.«

Robert löste Bergalf an der Fackel ab und Jonas sägte sich mit neuem Eifer durch weitere Ösen. Darina hatte darauf bestanden, dass der Vorhang geschlossen wurde – wenigstens notdürftig –, sobald die Karawane hindurchgezogen war. Das war mit »Jonas' Methode«, wie sie schnell von allen genannt wurde, nun wesentlich leichter möglich. Man musste nur den Dolch an die »bearbeiteten« Fäden legen, bis sie schlaff herabsanken. Wenn man dann den Dolch von den Schnüren wegnahm, wurden diese augenblicklich starr und es war kaum noch zu erkennen, dass die unteren Ösen am Boden durchtrennt waren.

Nach zweieinhalb Stunden hatte Jonas sechs weitere Fäden gelöst. Sein Handgelenk schmerzte vom ständigen »Sägen«. Bergalf übernahm wieder den Dolch.

Das Entflechten des Vorhangs hatte die unermüdlichen Arbeiter inzwischen aus dem Durchgang heraus- und in die Nachbarhöhle hineingeführt. Wie erst jetzt zu erkennen war, handelte es sich dabei gar nicht um eine Höhle im eigentlichen Sinn. Vielmehr verschloss der Kimbaroth an dieser Stelle nur einen anderen Tunnel von erheblich größerem Durchmesser, als ihn der schmale Gang aufwies, durch den sich Jonas und Bergalf gerade hindurchgearbeitet hatten. Der Nebengang, der ins Zwieland führte, stieß im rechten Winkel auf den Haupttunnel, der offenbar die Länder der Bonkas und der Malkits miteinander verband. Doch in welche Richtung sollten sie sich wenden?

Durch die verwirrenden Reflexe des Fackellichts auf den Fäden konnte man nicht weit genug voraus sehen.

»Irgendwo da hinten muss die Höhle der Flüsterer sein«, meinte Darina, als der Scheideweg erreicht war.

»Und woher willst du das wissen?«, fragte Jonas.

Darina sah ihm nur lächelnd in die Augen.

Er schüttelte den Kopf und winkte ab. »Vergiss meine Frage. Ich kann's mir schon denken. Wie weit ist es von hier bis zur Flüstererhöhle?«

»Das kann ich nicht genau sagen. Der Weg dorthin führt durch ein verwirrendes Höhlensystem. Deshalb haben die Bonkas auch vor langer Zeit schon vergessen, wo sich der Kimbaroth wirklich unter den Hängenden Bergen befindet. Sie kennen zwar den Gang, den man von der großen Höhle der Facetten aus nehmen muss, aber niemand hat sich seit Bonkagedenken mehr in das Labyrinth aus Tunneln und Schächten gewagt.«

Als sie endlich die letzten Fäden des Kimbaroth gelöst hatten, war der Vormittag des neuen Tages schon weit fortgeschritten. So schnell wie möglich wurden die Tiere durch die schmale Gasse geführt, die von Jonas und Bergalf geöffnet worden war. An einigen Stellen mussten die Schelpins sich regelrecht zwischen den Schnüren hindurchzwängen. Wollige Flocken blieben an den Kristallfäden hängen, als ihr Fell wie an einem Schermesser entlangstreifte. Das Gepäck wurde den Tieren von den Bonkas und Menschen hinterhergetragen.

Sam Chalk fiel es besonders schwer, die Engstellen des glitzernden Geflechts zu passieren. Schwitzend presste er sich zwischen den Fäden hindurch. Erst viel später sollte er bemerken, dass er dabei zwei seiner Hemdknöpfe eingebüßt hatte.

Als alle die andere Seite des Vorhangs erreicht hatten, machten Jonas und Bergalf sich an die Arbeit das Flechtwerk wieder zu verschließen. Auf der Zwielandseite knüpften sie gerade genug Knoten, um ein Durchkommen zu verhindern. Als sie dann die Fäden erreichten, an denen noch die aufgeschnittenen Ösen hingen, wurde das Schließen des Vorhangs leichter.

In der Zwischenzeit warfen Robert, Sarah und die Flüsterer noch einen Blick in den Spiegel. Es hatte sich schon oft als Vorteil erwiesen, den Sicherheitsberater des Präsidenten als Erstes dranzunehmen. Deshalb begannen die Flüsterer auch diesmal mit ihm.

McGeorge Bundy saß in seinem Büro und telefonierte. Der dicke Zeiger der Uhr auf seinem Schreibtisch hatte gerade die Zehnuhrmarkierung erreicht. Der Kalender an der Wand gewährte all jenen Amerikanern Absolution, die um diese Zeit noch am Frühstückstisch saßen.

Sonntag
21
Oktober

»Pierre Salinger bitte«, verlangte Bundy in drängendem Ton. Dann: »Pierre? Sind Sie es ... ? Ich muss Ihnen etwas erzählen, was für den Pressesprecher des Weißen Hauses wichtig sein könnte.« Bundy grinste listig. »Wir haben da in Kuba einige ... Schwierigkeiten.«

Bundy informierte Salinger zum ersten Mal über die aktuelle Raketenkrise. Auch wenn man nur die eine Hälfte des Telefongespräches mitbekam, merkte man doch deutlich, dass der Regierungssprecher nicht sehr begeistert darüber war, erst jetzt von den Vorgängen zu erfahren.

Das Gespräch zwischen dem Sicherheitsberater und dem Pressesprecher verriet zwar, dass die Beschlüsse der Regierung jetzt der Öffentlichkeit konsequent mitgeteilt werden sollten, förderte sonst aber wenig Neues ans Tageslicht. Ximon übergab daher wenig später den Spiegel an Jonas' Vater.

Jack Kennedy erschien mit Dean Rusk in dem goldenen Rahmen. Der Präsident erteilte dem Außenminister die endgültige Genehmigung zur Einrichtung der Seeblockade. Beide sprachen davon, dass anderthalb Stunden später eine Sitzung des Exekutivkomitees stattfinden sollte.

»Es könnte wichtig sein, dass wir diese Besprechung mitbekommen«, meinte Lischka, nachdem Kennedys Bild in der blauen Tiefe des Spiegels versunken war.

»Bis dahin müssen wir schon ein gutes Stück in Richtung Heimat marschiert sein«, sagte Ximon.

Die Packtiere waren schnell wieder beladen und nachdem Bergalf den letzten Faden des Vorhangs wieder in seine ursprüngliche Position gebracht hatte, wurde der Marsch durch die Dunkelheit fortgesetzt.

Bald tauchten die ersten Abzweigungen im unsteten Licht der Fackeln auf. Darina hatte sie erwähnt. Für Jonas war es mehr als beruhigend, das Mädchen an der Spitze des Zuges zu wissen. Zwar blieb Darinas Hirsch auch hier an vielen Gabelungen stehen, doch nie musste sie ihr Tier zur Umkehr bewegen. Der Kristall hatte ihr Gedächtnis mit einem Wissen gefüllt, das weder Bonkas noch Menschen in einem einzigen Leben hätten erlangen können. Wenn sie nur genug in den Kammern ihrer Erinnerung herumkramte, schien sie am Ende immer genau das Richtige hervorzuziehen. Jedenfalls fand sie zielsicher den Weg unter den Hängenden Bergen hindurch.

Während sie durch die dunklen Gänge wanderten, fragte sich Jonas, ob sich die Welt eigentlich schon wieder gedreht hatte. Seit dem Passieren der nun eingestürzten Brücke musste er das Zwieland doch gewissermaßen verkehrt herum durchquert haben. Eigentlich sollte hier, hinter dem Kimbaroth, wieder alles im rechten Lot sein – nur konnte er beim besten Willen nicht sagen, wo oder wann der neuerliche Wechsel stattgefunden haben sollte.

Nach etwa anderthalb Stunden bat Ximon um eine Pause. Darina wäre gerne noch eine Weile weitergeritten. Aber sie gewährte dem verletzten Flüsterer dann schließlich doch, worum er nachgesucht hatte.

Wie selbstverständlich wurde Keldins Spiegel im Kreis der Reisenden auf den Boden gelegt und Robert konzentrierte sich auf John F. Kennedy.

Die Sitzung des Exekutivkomitees hatte gerade erst begonnen. Es war kurz nach halb zwölf. Der Kriegsrat saß im ovalen Amtszimmer des Präsidenten und lauschte gerade den Ausführungen von General Walter C. Sweeney, der, wie Ximon flüsterte, das *Tactical Air Command* befehligte. Sweeney legte seinen Zuhörern noch einmal dar, dass die bekannten Raketenstellungen auf Kuba von der Luft aus nur dann wirklich eleminiert werden könnten, wenn auch andere Ziele wie Flughäfen und Küstenbatterien bombardiert würden. Als Jack ihn fragte, ob die Mittelstreckenraketen mit Sicherheit zerstört werden könnten, musste der General eingestehen, ein Erfolg sei zu höchstens neunzig Prozent zu garantieren. Jacks letzte Zweifel waren damit offenbar ausgeräumt. Die Kritiker der Blockade hatten reklamiert, dass durch ihre Einrichtung die vorhandenen Raketen nicht beseitigt werden konnten. Wenn dieses Ziel aber durch einen massiven Überraschungsangriff auch nicht gänzlich zu erreichen war, dann wollte der Präsident auf jeden Fall der weniger aggressiven Option den Vorzug geben.

Auf Azon atmeten einige stille Beobachter so hörbar auf, dass man im Oval Office glaubte, eine Windbö rüttele an den Fenstern.

Der Marsch durch das Höhlenlabyrinth konnte nun mit etwas mehr Zuversicht fortgesetzt werden. Darina führte die Gefährten auf einen gleichmäßig ansteigenden Pfad, ließ links und rechts diverse Gänge liegen und verkündete schließlich: »Da vorne ist die große Höhle der Flüsterer.«

Man kann sich vorstellen, welcher Jubel nun ausbrach. Selbst der sonst so zurückhaltende Mangaar stieß einen Schrei aus, der in der immer noch ein gutes Stück entfernten Höhle die Köpfe etlicher Flüsterer erschreckt hochfahren ließ. Wohl auch auf der Erde gab es hier und da Menschen, die sich mit der Hand gegen den Kopf stießen, weil sie glaubten, irgendwelche merkwürdigen Geräusche zu hören.

Naturgemäß packte die Aufregung am heftigsten die Bonkas. Aber auch Numin war außer sich, sollte er doch seine neue Wahlheimat gleich über seinen Wunscharbeitsplatz betreten. Kraark flatterte ein wenig mit seinen Schwingen, blieb aber geduldig auf Trojans Nacken sitzen. Der Tunnelausgang rückte immer näher und damit auch das Licht aus den zahllosen Facetten der Flüsterer.

Als Darina, Lischka und Ximon in den großen Höhlensaal traten, fiel die Reaktion der Flüsterer merkwürdig aus. Jedenfalls wäre es einem unbeteiligten Beobachter so erschienen. Die Ankömmlinge wurden sogleich erkannt und ein »Freudenrauschen« erhob sich in dem Felsendom. Eine der wichtigsten Ordensregeln besagte ja, dass ein Flüsterer nie, aber auch *niemals* vor einer Facette laut reden oder gar jubilieren durfte. Also jauchzten die kleinen Männer und Frauen im Stillen. Nun, nicht völlig ohne jeden Laut, das war selbst den Bonkas nicht möglich. Aber ihr Frohlocken äußerte sich bestenfalls in einem an- und abschwellenden Zischen: Viele sogen, freudig erregt, heftig die Luft ein und hielten dann den Atem an, bis ihre Lungen den eingesperrten Sauerstoff wieder entkommen ließen. Zahllose Hände winkten den Rückkehrern zu und nicht wenige Tränen rollten über gerötete Wangen.

Einige der »Kollegen« von Lischka und Ximon eilten herbei und führten mit den beiden Flüsterern einen seltsamen Tanz auf. Sie umarmten sie, hoben sie hoch (was besonders bei Lischka nur schwer möglich war), küssten und drückten sie. Leise einigte man sich darauf, die weitere Begrüßung außerhalb der Höhle fortzusetzen.

Als sie endlich genügend Abstand zwischen sich und die Höhle der Flüsterer gebracht hatten, entlud sich die Freude nun auch in hörbaren, lauten Jubelrufen. Die Umarmungen wurden wiederholt, nun bereichert durch geräuschvolles Schulterklopfen. Auch Jonas, seine Eltern und Sam Chalk wurden davon nicht ausgeschlossen.

Als die Flüsterer erste Anzeichen von Ermüdung zeigten, mahnte Darina: »Wir müssen so schnell wie möglich den Kristallrat einberufen. Könnt ihr jemanden vorausschicken, der unsere Ankunft in der Farbenstadt ankündigt und den Ältestenrat zusammenruft?«

»Schon erledigt«, sagte ein wohlbeleibter Flüsterer mit rotbraunem Haar. »Ich habe gleich Limmi losgeschickt, einen von unseren jüngeren Brüdern. Limmi hat sehr flinke Beine!«

Darina bedankte sich und Lischka versprach schon bald zurückzukehren und ausführlich die Zwieland-Geschichte zu erzählen.

Die Freude über die wohlbehaltene Rückkehr ins Land der Bonkas ließ die Gefährten einige Zeit lang all ihre Sorgen vergessen. In Begleitung zahlreicher Flüsterer legten sie den kurzen Weg zum Ausgang der Höhle zurück. Jonas atmete befreit auf, als er endlich wieder den blauen Himmel Azons über sich sah.

»Bitte entschuldige mich!«, meinte Kraark spontan und schon hatte er sich in die Luft erhoben.

»Wo willst du denn hin?«, rief Jonas zu ihm hinauf.

Der Rabe zog eine Schleife um den Kopf seines Freundes. »Ich brauche keine Facette, um nach Laomar zu finden. Wozu habe ich denn Flügel? Bis bald, Jonas.« Dann rauschte er davon wie ein schwarz gefiederter Wirbelwind.

Der Junge hatte Verständnis für den Überschwang des Raben. Kraark war nun wirklich keine Fledermaus, die sich in Höhlen herumdrückte. Er war ein Vogel, der die Freiheit brauchte, der sich am wohlsten fühlte, wenn er mindestens eine Meile Luft unter sich hatte.

Bald erreichte die Karawane das Facettentor und im Handumdrehen stand sie am Strand von Laomar. Als der weiße Hirsch und die Schelpins unter den aufgetürmten Felsen hervortraten, schlug den Reitern eine Welle der Begeisterung entgegen.

Der flinke Limmi musste die gute Nachricht auf seinem Weg zum Muschelpalast lauthals und immerfort hinausgerufen haben, eine beachtliche Leistung für einen Flüsterer.

Zahllose Bonkas säumten den Weg vom Strand zu den Hafenmolen hinauf. Sie stießen unaufhörlich Freudenschreie aus, einige winkten mit bunten Tüchern. Darina und ihre Gefährten mussten sich immer wieder von ihren Reittieren herabbeugen, um all die Hände schütteln zu können, die sich ihnen entgegenstreckten. Als die Tatzen der Schelpins die ersten Pflastersteine berührten, bildete sich vor den Rückkehrern mit einem Mal eine Gasse.

Weil Darina, Mangaar und Bergalf vor Jonas ritten, konnte er nicht erkennen, wer da so viel Autorität besaß diese freudig erregte Menge zum Platzmachen zu bewegen. Neugierig beugte er sich auf Trojans Rücken weit zur Seite – und wäre beinahe aus dem Sattel gerutscht.

»Goldan!«, brüllte er, als gelte es, einen neuen Schlachtruf auszuprobieren. Nun hielt Jonas nichts mehr auf seinem Schelpin. Er sprang von Trojans Rücken herunter und rannte auf den Wächter von Laomar zu. »Goldan! Goldan!« Immer wieder rief er seinen Namen.

Als er den athletischen kleinen Mann erreicht hatte, hob er ihn glatt vom Boden auf und wirbelte ihn wie einen kleinen

Bruder herum. Inzwischen waren auch Darina, Bergalf, Mangaar, Lischka, Ximon und Sam Chalk herangekommen. Zaghaft näherten sich Numin, Robert und Sarah, die von Goldan nur aus den Erzählungen wussten.

Die Bewohner Laomars kannten natürlich längst die abenteuerliche Geschichte von der Heimkehr ihres Wächters und sie hatten seit Tagen gebangt, ob Darina und die anderen jemals aus dem Zwieland zurückkehren würden. Die Bonkas hatten ein sehr feinfühliges Herz und wussten, was dieses Wiedersehen für die Freunde bedeutete. Deshalb waren sie auch so bereitwillig zur Seite getreten, als Goldan der Karawane entgegeneilte.

Der Wächter steckte für eine geraume Zeit tief in einem wahren Knäuel aus Armen und Leibern. Als der Knoten erste Auflösungserscheinungen zeigte, fragte Jonas: »Wie bist du nur von dieser Felsensäule heruntergekommen, Goldan?«

»Mein Sinnstein hat mich gerettet«, antwortete Goldan. »Als ihr den Hang hinabgestiegen – oder vielmehr aus eurer Sicht *hinauf*geklettert – wart, habe ich zu grübeln begonnen. Da ist mir mein Bilm eingefallen. Er zeigte mir eine Facette, die sich nur wenige Fuß unter der Säulenspitze befand. Ich kletterte hinunter und war einen Wimpernschlag später am Rande der Spiegelregion. Von dort war es ein Kinderspiel, nach Hause zurückzukehren.«

»Du musst uns deine Geschichte unbedingt ausführlich erzählen!«, verlangte Lischka.

»Das kann ich dir nicht versprechen.«

»Was? Aber wieso denn nicht, Goldan?«

»Wenn ihr mich noch lange wie eine Weintraube quetscht, dann ist bald kein Saft mehr in mir drin.«

◇ DAS TAUZIEHEN

Ein gewaltiger Triumphzug bewegte sich auf den Muschelpalast zu. Als die Gefährten den großen Gebäudekomplex im Innern der Stadt erreichten, setzte bereits die Dämmerung ein.

Am Eingang des Palastes standen händeringend Belkan, Klabbath, Arjoth, Gondik und all die anderen Mitglieder des Rates. Besonders freute sich Jonas, die alte Syrda wieder zu sehen.

»Ich habe gewusst, dass du zurückkehren würdest«, begrüßte sie Darina. »Hast du Keldins Spiegel gefunden, Kindchen?«

»Wir haben ihn mitgebracht, liebe Syrda.«

»Ha! Wusste ich's doch.« Die Alte freute sich wie ein kleines Kind. »Belkan, der alte Unheilsprophet, hat es nicht glauben wollen. Jetzt kann er dir den Platz im Kristallrat nicht mehr verweigern.«

»Es war nicht allein mein Verdienst, dass wir den Spiegel mit nach Laomar bringen konnten. Auf seine Weise hat jeder von uns etwas dazu beigetragen.«

Die buckelige Alte warf einen Blick zu Numin und Jonas' Eltern hinüber. »Wie ich sehe, habt ihr unterwegs noch ein paar andere aufgelesen? Nein, sag nichts, Kindchen. Ich will der Altherrenrunde nicht den Spaß verderben. Kommt erst mal rein, stärkt euch und dann wollen wir eure Geschichte hören.«

Laomar leuchtete bereits wie jede Nacht in tausenden von zarten Farben, als der Rat im Kristallsaal des Muschelpalastes zusammentrat.

Krem, Belkans Diener und rechte Hand, hatte allen ortsfremden Gästen geräumige Zimmer zugewiesen. Erfrischt hatte man kurz darauf ein gemeinsames Abendessen zu sich genommen. Nun blickte Jonas in zahlreiche Gesichter, die ihre Ungeduld nur schwer verbergen konnten.

Auf Wunsch Darinas, Ximons und Lischkas hatte man einige weitere Bonkas zu der außerordentlichen Sitzung eingeladen. Die meisten dieser zusätzlichen Teilnehmer waren Flüsterer. Leider war Tamakh nicht wie Goldan auf wundersame Weise in die Farbenstadt zurückgekehrt. Schweren Herzens hatte man einen neuen Flüsterer in die Aufgaben des kleinen stillen Mannes eingeführt. Die Abteilung der Moskitoinsel wurde nun von einem quirligen kleinen Wirbelwind geleitet, der auf den Namen Quitu hörte. Von der Statur her hatte Quitu viel mit seinem Vorgänger gemein, aber es sollte sich schnell herausstellen, dass er mit der Zunge mindestens ebenso flink war wie mit den Beinen. Im Verlauf der Sitzung sprang er mehrmals von seinem Stuhl auf und lief scheinbar ziellos durch den Kristallsaal. Denn wenn er redete, tat er das mit Vorliebe im Gehen. Quitu hatte braungrünes Haar und leuchtend grüne Augen. Sie funkelten beinahe ebenso intensiv wie diejenigen Numins. Der lebhafte kleine Flüsterer war ein guter Freund Tamakhs gewesen und kannte sich hervorragend mit den einflussreichen Leuten Kubas aus.

Die ersten drei Stunden waren ganz den Geschichten der Reisenden gewidmet. Alle lauschten gebannt Darinas und Jonas' Erzählungen, Roberts und Sarahs Lebensbericht, Numins Zwielandschilderung und zuletzt Goldans Abriss seiner Rückkehr nach Laomar.

»Das nenne ich einen glücklichen Zufall«, freute sich Bergalf.

»Vielleicht war es gar kein so großer Zufall«, bemerkte der Wächter. »An einem Ort, wo Azons Gestalt so stark verformt ist, dass man es mit bloßem Auge erkennen kann, müssen naturgemäß auch Facetten vorkommen. Leider ist es mir erst zu spät eingefallen, in den Bilm zu sehen. Ihr wärt sicher sehr viel beruhigter weitergezogen, wenn euch zum Abschied ein ›halbierter‹ Goldan aus der Facette heraus zugewunken hätte.«

»Du sagtest vorhin, glaube ich, du seist ›am Rande der Spiegelregion‹ herausgekommen. Was hast du damit gemeint?«

»Die Facette, durch die ich gestiegen bin, mündete in einen Außenbereich der Spiegelregion. Dort war es verhältnismäßig ruhig, sieht man einmal von einem Elefanten ab, der mich beinahe platt gewalzt hätte. Jedenfalls haben mich keine Kristallungetüme gejagt, als ich zum Ausgang der Spiegelregion wanderte.«

Nachdem nun alle auf dem gleichen Kenntnisstand waren, betonte Darina noch einmal die große Gefahr, in der sich die Menschen befanden.

»Die Moskitokrise ist ernster als zu dem Zeitpunkt, an dem wir aufgebrochen sind«, fasste Ximon abschließend zusammen. »Heute früh sahen wir im Spiegel, wie der amerikanische Präsident sich für eine weniger kriegerische Option entschieden hat. Das heißt jedoch nicht, dass wir die Krise schon überstanden haben.«

»Darf ich nach dem Grund deines Argwohns fragen?«, erkundigte sich Belkan.

»Ganz einfach«, antwortete Lischka an Ximons statt (zwischen den beiden Flüsterern war während der Reise eine enge Freundschaft entstanden). »Wenn der Präsident morgen Abend seine Fernsehansprache hält, wird in der Höhle des Bären bereits bekannt sein, was der Adler vorhat. Von diesem Moment an wächst die Anzahl der Menschen, die uns Probleme machen können, sprunghaft an. Selbst mit Keldins Spiegel wird es schwierig sein, alle Personen zu beobachten und ihnen, wenn nötig, einige mäßigende Worte zuzuflüstern.«

Belkan nickte. »Ihr denkt also, wir sollten alle Anstrengungen auf die Bewältigung dieser bedrohlichen Lage verwenden?«

Ximon, Lischka und auch alle anderen Rückkehrer waren sich in diesem Punkt einig. Die Ältesten des Rats stimmten dem Plan ebenfalls zu.

»Gut, dann sollen ab sofort sämtliche Flüsterer daran arbeiten, das Schiff ›Erde‹ wieder auf den richtigen Kurs zu bringen. Am besten, wir beraten zunächst darüber, welche …«

Ein lautes Klopfen ließ Belkan innehalten. Gleich darauf wurde die Tür zum Kristallsaal aufgerissen und der hagere Krem erschien im Rahmen.

»Verzeih bitte, Belkan, aber es ist schon wieder dieser Rabe.«

»Schon gut«, sagte Kraark und spazierte über den Boden auf

Syrda zu. »Sag dem dürren Stängel, er kann sich wieder in seine Speisekammer verziehen.«

Während die Greisin und der Rabe sich begrüßten, übersetzte Jonas: »Kraark meint, Krem habe ihm sehr geholfen. Er wolle nun aber nicht länger seine kostbare Zeit in Anspruch nehmen.«

»Ein wirklich höfliches Tier«, staunte der Älteste Gondik.

»Na ja, er hat es natürlich in der Rabensprache gesagt«, merkte Jonas an.

»Das war ja auch unüberhörbar.«

Belkan nickte Krem dankend zu: Er könne nun gehen.

Nachdem Kraark seine langjährige Vertraute begrüßt hatte, hüpfte er quer über die Kristallglasplatte zu Jonas.

»Du kannst dir gar nicht vorstellen, wie erfrischend es ist, siebzig oder achtzig Meilen durch den Abendhimmel zu rauschen!«

»Da hast du Recht, Kraark. Das kann ich mir wirklich nicht vorstellen. Schön, dass du trotzdem noch gekommen bist.«

»Ich kann euch doch nicht bei dem Versuch allein lassen die beiden Welten zu retten.«

»Ich bin dir wirklich dankbar.«

»Kann es sein, dass du mich nicht ganz ernst nimmst, Jonas?«

»Jonas«, unterbrach Belkan die leise Unterhaltung, »hat der Rabe noch etwas gesagt, was wir alle wissen sollten?«

»Nein, nein. Wir haben uns nur begrüßt. Ich bin jetzt auch ganz still.«

»Vielen Dank. Das ist sehr freundlich von dir, Jonas.«

Im Weiteren beschäftigte sich der Ältestenrat mit der Koordination des gemeinsamen Vorgehens der Flüsterer. Ermüdend viele Details wurden diskutiert und verworfen, erörtert und beschlossen. Wie sich jedenfalls bald herausstellte, gab es nicht wenige Flüsterer, deren Kontaktpersonen auf der Erde durchaus eine Rolle in dem großen Drama spielen konnten. Einige der Menschen gehörten dem Militär an, andere dem Geheimdienst, wieder andere waren Beamte oder Politiker.

Robert, Sarah, Ximon, Lischka und Darina wollten weiterhin

Keldins Spiegel als Fenster zur Menschenwelt benutzen. Um die Abstimmung mit den übrigen Flüsterern zu erleichtern, wurde beschlossen den bonkasischen Krisenstab in eine kleine Nebenkammer zu verlegen, die nur wenige Schritte von der großen Höhle der Flüsterer entfernt lag.

»Wie gut, dass wir doch noch rechtzeitig zurückgekehrt sind«, sagte Darina abschließend und ihr Gesicht wirkte dabei ernster als sonst. »Morgen wird vielleicht unser schwerster Tag. Die Flüsterer müssen vereint handeln, als wären sie ein einziger großer Organismus. Und sie müssen schnell reagieren. Ich erwarte viele Nachrichten aus der ganzen Menschenwelt. Einige Menschenkinder könnten in Panik geraten und irgendwo auf der Erde ein Feuer entzünden, das nachher nicht mehr zu löschen ist. Morgen wird der Bär erfahren, dass man ihn bei seiner Pirsch auf den Adler ertappt hat. Was dann geschieht ... Ich wünschte, ich könnte es vorhersagen.«

Jonas konnte nicht schlafen. Der Rat hatte sich schneller aufgelöst, als nach den ausführlichen Anfangsberichten zu erwarten gewesen war. Die erschöpften Rückkehrer lagen schon bald in ihren Betten. Auch Jonas. Aber schlafen konnte er trotzdem nicht.

Leise schwang er die Beine aus dem Bett und schlüpfte in seine Hose. Auf dem Flur glommen die merkwürdigen Lichtkugeln nur mit einem Bruchteil ihrer sonstigen Kraft. Jonas schlich sich am Zimmer seiner Eltern vorbei. Vielleicht würde er irgendwo auf eine Küche stoßen, deren Speisekammer sich plündern ließ.

Die Gänge im Muschelpalast lagen so still, als gäbe es kein anderes Lebewesen außer Jonas. Das matte Licht aus den Kugeln verbreitete auf den Muschelwänden einen unwirklichen Glanz. Immer wieder blieb Jonas stehen – nicht selten mit klopfendem Herzen – und musterte misstrauisch die Wände. Die zahlreichen Bilder, die ein unbekannter Künstler hier aus Muschel- und Schneckengehäusen erschaffen hatte, veränderten sich im Dämmerlicht zu manchmal erschreckenden Motiven. Einmal – Jonas bog gerade in einen Nebengang ab – sah er sich unvermittelt einem Gorrmack gegenüber. Langsam näherte er sich dem Wandbild. Diesmal war es kein täuschendes Spiel der Schatten. Das Muschelmosaik stellte tatsächlich eines dieser gewaltigen Kristallwesen dar.

Nachdenklich betrachtete Jonas das Bild. Der Gorrmack ließ ihn an Keldins Klippe denken, den zersprungenen Spiegel, an Kanthelm und den Angriff auf Kalvar. War dieses Wesen tatsächlich böse? Es sah aus wie ein Alligator. Na ja, vielleicht ein sehr drachenähnlicher, aber Jonas konnte sich trotzdem nicht vorstellen, dass dieses Geschöpf von derselben Boshaftigkeit angetrieben wurde wie Kanthelm. Darina hatte viel über die Gorrmacks erzählt. Sie vereinten in sich all die erstaunlichen Eigenschaften dieser Welt. Einzelne Schuppen ihres Körpers waren Facetten, durch die man zur Erde hinübersehen konnte. Andere konnten womöglich Tore sein, die in abgelegene Regionen Azons führten. Darina hatte nicht ausgeschlossen, dass die Gorrmacks sich gewissermaßen selbst an einen anderen Ort versetzen konnten. Vielleicht waren sie sogar in der Lage das Echo der Flüsterer nachzuahmen. All das war so phantastisch, dass Jonas mehr Bewunderung als Furcht empfand, wenn er an diese mächtigen Wesen dachte.

Steinalt im wahrsten Sinne des Wortes mussten sie über ein bewundernswertes Wissen ihrer Welt verfügen – vielleicht sogar beider Welten. Leider glich der Verstand dieser Geschöpfe dem eines kleinen Kindes. Der Gorrmack vom Grunde der Klippe hatte zudem den größten Teil seiner Existenz verschlafen und Kanthelm war das erste Lebewesen gewesen, dem er seit Jahrtausenden begegnet war. Jonas schnaubte. Das waren die besten Voraussetzungen für eine hundsgemeine Manipulation. Kein Wunder, wenn Kanthelm sich den Willen des Kristallwesens hatte leicht unterwerfen können. Nein, der Gorrmack war nicht böse.

Jonas setzte seinen nächtlichen Erkundungsgang durch den Muschelpalast fort. Sein Magen knurrte und er war durstig. Wo zauberte Krem nur immer all diese köstlichen Speisen her? Mit einem Mal stand er vor dem Kristallsaal.

Vorsichtig öffnete Jonas die schwere Holztür und steckte den

Kopf in den Raum. Die gewaltige Kristallglasplatte auf der nicht minder großen Muschel lag verwaist da. Auch hier glimmte schwaches Licht in den runden Wandkugeln.

Jonas' Blick fiel auf den Alkoven in der Wand. Hinter dem Kristallglas lag Keldins Spiegel auf ebenjenem Sockel, der zuvor Darina als Schlafstatt gedient hatte. Einer plötzlichen Eingebung folgend trat Jonas in den Saal. Auf leisen Sohlen näherte er sich der Wandnische. Er erinnerte sich sogleich an das unauffällige Schneckengehäuse an der Wand, mit dem Krem die Tür zum Alkoven vor gut zweieinhalb Wochen geöffnet hatte. Es dauerte auch nicht lange und Jonas fielen wieder die vier Muschelschalen ein, die zu drücken waren. Lautlos glitt die Kristallplatte zur Seite.

Langsam ging Jonas in die Nische hinein. Vor dem Sockel blieb er stehen und sah auf den Spiegel hinab. Der goldene Rahmen hob sich wie ein königliches Herrschaftszeichen von dem karminroten Polster ab.

Jonas blickte in die blaue Tiefe des Kristalls. Er spürte eine eigenartige Faszination von diesem Gegenstand ausgehen. Ob er noch einmal …?

Wie ein Relief, das sich aus einer dicken Staubschicht erhebt, wuchs Jonas das Bild von John F. Kennedy entgegen. Es war immer wieder erstaunlich, wie real diese Facettenbilder durch ihre Räumlichkeit wirkten. Jonas hätte am liebsten seinen Finger ausgestreckt, um dem Präsidenten der Vereinigten Staaten auf die winzige Schulter zu tippen und ihm zuzuflüstern: »He, Jack! Vergiss doch diesen Unsinn mit den Raketen …«

In diesem Moment trat ein kleines Mädchen in das blau schimmernde Kristalloval. Jonas erkannte es sofort wieder. Es war Caroline, Jacks beinahe fünfjährige Tochter. Jonas hatte eine Idee.

Jack und Caroline befanden sich in den Privatgemächern des Präsidenten. Das Zimmer war nur schwach beleuchtet. Der Vater saß im Licht einer Tischlampe in einem voluminösen Sessel und las in irgendwelchen Papieren. Caroline hatte ein Nachthemd an und beäugte still ihren Vater. Jack hatte sie noch nicht bemerkt.

Jonas näherte sich der Kristallplatte, so wie er es immer bei seinem Vater oder bei Ximon und Lischka gesehen hatte, und flüsterte: »Jack, du bist nicht allein.«

Es funktionierte. Der Präsident hob unvermittelt den Kopf und entdeckte seine Tochter.

»Was wird wohl aus ihr werden, wenn du morgen einen Fehler machst?«, flüsterte Jonas noch einmal.

Der Präsident legte spontan die Papiere zur Seite und sagte: »Caroline, komm doch mal her.«

»Darf Ted auch mitkommen?« Damit meinte Caroline wohl den Stoffbären, den sie im Schwitzkasten hielt.

»Natürlich, bring den alten Roosevelt ruhig her.«

»Er heißt Ted, nicht Rosenwelt.« Caroline machte es sich auf dem Schoß des Vaters bequem.

»Natürlich, entschuldige bitte. Hast du dir schon die Zähne geputzt, Caroline?«

Sie nickte.

»Und warum schläfst du noch nicht? Es ist schon spät.«

Caroline zuckte mit den Schultern. »Weiß nicht. Ich kann nicht einschlafen.«

»Soll ich dir eine Geschichte vorlesen?«

Sie nickte erneut.

»Dann hol schnell dein Märchenbuch.«

Caroline überließ Ted der Obhut des Präsidenten und sauste wie ein Wirbelwind aus dem Zimmer. Nur kurze Zeit später saß sie wieder auf dem Schoß ihres Vaters.

»Also dann«, begann Jack mit ruhiger Stimme. »Es war einmal ...«

Ein leises Klopfen unterbrach den Märchenerzähler.

Jonas war genauso überrascht wie Jack, als plötzlich ein anderer Mann im Zimmer stand. Offenbar kam das aber in den Privaträumen des Präsidenten öfter vor, denn Jack begrüßte den Besucher ganz ungezwungen.

»Dave, ich habe Sie gar nicht kommen hören.«

»Entschuldigen Sie, Mr. President. Hier wäre noch eine Akte ...«

»Legen Sie sie da drüben auf den Tisch, Dave. Ich sehe sie mir später an. Momentan bin ich gerade in einer wichtigen Besprechung von nationaler Bedeutung.« Jack lächelte seinem Mitarbeiter verschmitzt zu und deutete mit dem Kopf viel sagend auf seine schon ungeduldig wartende Tochter.

»Natürlich«, erwiderte Dave mit großem Ernst. Jonas konnte sehen, wie gerührt der Beamte von dem Anblick des fürsorglichen Vaters und seiner Tochter war. Dave schluckte einen Kloß hinunter und fügte entschuldigend hinzu: »Ich hörte nur Ihre Stimme und dachte, Sie würden telefonieren. Lassen Sie sich nicht stören. Ich bin schon weg.«

»Schon gut, Dave. Sie sollten auch ins Bett gehen. Uns allen steht ein schwerer Tag bevor.«

Dave verabschiedete sich mit einem Winken, das hauptsächlich für Caroline bestimmt war, und verschwand aus dem Kristalloval.

»Wo waren wir stehen geblieben, Caroline?«

»Da!«, antwortete das Mädchen und stach ihren knubbeligen Finger in das Bild eines hässlichen kleinen Entleins.

»Oh ja. Jetzt weiß ich es wieder.« Der mächtigste Mann der Welt räusperte sich und begann von neuem: »Es war einmal ...«

Am nächsten Morgen brachen die Spiegel-Gucker schon früh zum Hafenviertel auf, um von dort aus den Facettensprung zur Flüstererhöhle zu unternehmen. Jonas begleitete seine Eltern und die drei Bonkas. Etwas später stieß auch noch Goldan hinzu.

Auf dem ganzen Weg gingen Jonas ständig die Bilder der vergangenen Nacht durch den Kopf. Was er in Keldins Spiegel gesehen hatte, rührte noch jetzt an sein Herz. Sein Flüstern hatte nur aus wenigen Worten bestanden, aber die Wirkung war phänomenal gewesen! Wahrscheinlich hatte er eine Saite in Kennedy zum Klingen gebracht, die schon immer da gewesen war, aber die sonst kaum jemand spielte. Während Trojan seinen Reiter zum Hafen hinuntertrug, versuchte Jonas die Eindrücke zu verarbeiten. Es war so schwer, die Menschen zu verstehen! Im Allgemeinen neigte man dazu, eine Person als gut oder schlecht zu beurteilen. Aber so einfach war es nicht. Das hatte Jonas in der vergangenen Nacht gelernt. Nachdem sein Bild von John F. Kennedy in den letzten Tagen gründlich demontiert worden war, hatte er nun wieder eine ganz neue Seite dieses Menschen kennen gelernt, eine Seite, die ihn mit Hoffnung erfüllte.

Der Facettensprung brachte Jonas' Gedanken in andere Bahnen. Es war schon ein merkwürdiges Gefühl, am Strand in einen Felsspalt zu reiten und unter den Hängenden Bergen – zig Meilen vom Meer entfernt – wieder herauszukommen. Jonas und seine Begleiter waren nicht die Einzigen, die sich an diesem Morgen zur Höhle der Flüsterer begaben. Hunderte von anderen Flüsterern hatten sich ebenfalls auf den Weg gemacht.

»Fast wie Arbeiter, die morgens in eine Fabrik strömen«, bemerkte Jonas.

»Die Flüsterer bekommen keinen Lohn im eigentlichen Sinn für das, was sie tun«, erklärte Ximon ernst.

»Ihr seid so etwas wie ein Orden, stimmt's?«

»So könnte man sagen, ja. Jeder, der reinen Herzens ist, kann den Kristallrat darum bitten, in die Gemeinschaft der Flüsterer aufgenommen zu werden. Wird er zugelassen, dient er entweder für einige Jahre oder sogar das ganze Leben lang in der Höhle. Die Arbeit der Flüsterer wird sehr von den Bonkas geschätzt. Deshalb sorgen sie auch für den Orden. Wir Flüsterer bekommen von unseren Brüdern alles, was wir zum Leben brauchen: Essen, Trinken, Kleidung, eben alles.«

Jonas musste an die Mönche und Nonnen in den Klöstern denken. »Dürft ihr auch heiraten?«

Lischka grinste. »Mich hätte man nicht mal mit zehn Schelpins in diese Höhle schleifen können, wenn das verboten wäre.«

Jonas lachte, er konnte sich lebhaft vorstellen, wie der kräftige Bonka den wolligen Schelpins das Leben schwer machte. Wie wenig er doch über seine Freunde wirklich wusste! Während der Reise durch das Zwieland waren sie so damit beschäftigt gewesen, ihr Leben zu schützen und gleichzeitig über die Krise auf der Erde zu wachen, dass sie nur wenig über private Dinge geredet hatten.

Bald lag die große Höhle der Flüsterer hinter ihnen und Lischka führte sie in eine kleine Felsenkammer. Hier gab es sogar einen runden Tisch und acht Stühle. An der Wand hing eine Kugel, die spärliches Licht verströmte.

Der erste Blick in den Spiegel führte die stillen Beobachter in McGeorge Bundys Büro. Das Kalenderblatt verkündete:

Montag
22
Oktober

Das Telefon klingelte pausenlos. Bundy sprach kurze Anweisungen in den Hörer und legte wieder auf, antwortete manchmal nur mit einem Ja und beendete das Gespräch oder bellte ein Nein und warf den Hörer auf die Gabel.

Im State Department wurde kurz vor elf das offizielle »Go!« ausgegeben. Von nun an lief der Zeitplan, den George Ball, Alexis Johnson und Ed Martin ausgearbeitet hatten. Die Botschaften rund um den Globus wurden über die Kubakrise informiert, ebenso die führenden Köpfe der Verbündeten. In den Montagmorgenzeitungen stand zu diesem Zeitpunkt nur etwas von einer ernsten Krise und einer Rede, die der Präsident am Abend diesbezüglich halten würde.

Um elf informierte Dean Acheson den französischen Staatschef Charles de Gaulle über die Krise. De Gaulle hätte gerne das vollständige Manuskript von Kennedys Fernsehansprache gesehen, doch weil Theodore Sorensen und Jack noch daran feilten, musste Acheson ihn vertrösten. Nachdem der ehemalige Außenminister der Vereinigten Staaten seine Zusammenfassung abgeschlossen hatte, erklärte de Gaulle: »Das ist genau das, was ich auch getan hätte. Sie können ihrem Präsidenten mitteilen, dass Frankreich ihm beistehen wird.«

Etwa um dieselbe Zeit setzte der US-Botschafter in London,

David Bruce, den britischen Premier Harold Macmillan und dessen Außenminister Lord Home von der Krise in Kenntnis. Auch Bruce konnte den verbündeten Staatsmännern nicht den genauen Wortlaut von Kennedys Rede übermitteln, aber als Macmillan die Fotos von den Raketenstellungen sah, meinte er spontan: »Jetzt werden die Amerikaner wohl begreifen, was wir hier in England während so vieler Jahre durchgemacht haben.« Er beeilte sich zu versichern, dass Großbritannien die Vereinigten Staaten in jeder erdenklichen Weise unterstützen werde.

Der unermüdliche Acheson sprach später am Tag noch mit Konrad Adenauer, dem Kanzler der Bundesrepublik Deutschland. Der sechsundachtzigjährige Politiker wirkte so gar nicht wie ein alter Mann. Als Acheson ihm die Luftaufnahmen aus Kuba präsentierte, reagierte auch dieser sofort positiv. Die Vereinigten Staaten hätten völlig korrekt gehandelt, versicherte Adenauer dem Amerikaner und Jonas fragte sich, ob all diese Staatsmänner eigentlich wussten, wozu sie da gerade ihren Segen gegeben hatten. Während nämlich die Fernsehansprache den letzten Schliff erhielt, entfaltete das Militär eine beunruhigende Geschäftigkeit. Zahllose Befehle wurden erteilt. Die Marine entsandte einhundertachtzig Schiffe in die Karibik. Große Truppenkontingente wurden nach Florida und in den südöstlichen Teil der Vereinigten Staaten verlegt. Auch der amerikanische Stützpunkt Guantánamo auf Kuba wurde verstärkt. Sollte es zu einer militärischen Aktion kommen, konnte der Präsident über eine Viertelmillion US-Soldaten verfügen. Zweitausend Einsätze gegen verschiedene Ziele in Kuba waren vorbereitet worden und neunzigtausend Marineinfanteristen und Luftlandetruppen standen bereit, um – wie man allen Ernstes glaubte – die Insel im Sturm zu nehmen.

Jonas zog unwillkürlich die Jacke fester um den Leib, als er diese präzise Auflistung des Grauens mitbekam. In einem vertraulichen Bericht McNamaras wurden die zu erwartenden amerikanischen Verluste auf fünfundzwanzigtausend beziffert. In diesem Augenblick wäre Jonas am liebsten aufgesprungen und hätte in den Spiegel geschrien: »Habt ihr da nicht eine Kleinigkeit vergessen? Sie heißt Issa Plijew, ist Armeegeneral und hat den Finger am Abschussknopf für ein ganzes Bündel Luna-Atomraketen.« Aber Jonas blieb stumm sitzen. Sein Vater lächelte ihm über den Spiegel hinweg zu. Es war ein aufmunterndes Lächeln: Wir bekommen die Sache schon in den Griff, mein Sohn.

Um die Mittagszeit versetzte das strategische Luftkommando die nuklearen Bomberstaffeln in höchste Alarmbereitschaft. Maschinen vom Typ B-52 erhoben sich von nun an pausenlos in die Luft, bis ein Achtel der gesamten Streitmacht ständig am Himmel kreiste. Fast dreihundertundfünfzig weitere Bomber und andere Flugzeuge wurden auf insgesamt dreiunddreißig zivile und militärische Lufthäfen verteilt. Alle Maschinen waren mit Atomwaffen bestückt.

Die Vereinigten Stabschefs ordneten für sieben Uhr abends DEFCON 3 an. Das bedeutete erhöhte Alarmbereitschaft für die gesamten Streitkräfte der Vereinigten Staaten rund um den Erdball. Der Zeitpunkt war bewusst gewählt. Um sieben würde *eine* Bombe mit Sicherheit platzen: Kennedys Fernsehansprache vor der Nation und vor der ganzen Welt.

Um drei Uhr nachmittags rief Jack Kennedy noch einmal den Nationalen Sicherheitsrat zusammen, um alle Mitglieder auf den neuesten Stand zu bringen. Bei dieser Besprechung wurde nun auch offiziell die Gründung des *Executive Committee of the National Security Council,* des Exekutivkomitees, bekannt gegeben, das ja in Wirklichkeit schon seit sieben Tagen arbeitete.

Der Tag verging wie im Flug. Nicht nur für die Flüsterer. In Washington jagte eine Besprechung die andere. Kennedy gab Anweisungen, weihte politische Freunde und Gegner in die aktuelle Lage ein und er übte seine Fernsehrede. Es kam nicht nur darauf an, *was* er sagen würde, sondern auch *wie* er es tat.

Dean Rusk saß um sechs Uhr abends in einer weiteren seiner zahllosen Besprechungen, einer von der heiklen Art. Anatoli Dobrynin, der sowjetische Botschafter in Washington, war ins Außenministerium zitiert worden. Rusk sprach offen an, was die U-2-Aufklärer herausgefunden hatten. Er bezeichnete die sowjetischen Raketenlieferungen als einen »groben Fehler«. Die selbstgefällige Miene Dobrynins fiel in sich zusammen wie ein Kartenhaus. Als der Botschafter das State Department verlassen hatte, vertraute Rusk einem seiner Beamten an: »Der Botschafter ist vor meinen Augen um zehn Jahre gealtert.«

Dann war es Zeit für die große Rede. Sieben Uhr abends. John F. Kennedy flimmerte über die Bildschirme der Nation. Er ahnte nicht, dass er in einer gar nicht so fernen Welt sogar dreidimensional empfangen werden konnte.

Der Präsident wirkte ernst, aber nicht bedrückt, eindringlich, jedoch nicht angespannt; alles in allem ein auffallend gut aussehender Mittvierziger, der kühle Selbstsicherheit verströmte. Sein Auftritt folgte einer wohl überlegten Dramaturgie. Zuerst wirkte er wie der strahlende Detektiv, der dem auf frischer Tat ertappten Gangster verkündet, dass nun alles vorbei sei. Dann wechselte er in die traditionelle Rolle des Kriegsherren über.

»Der Kurs, den wir jetzt eingeschlagen haben«, sagte der Führer der freien Welt, »ist voller Risiken – aber es ist der Kurs, der unserem Charakter und unserem Mut als Nation sowie unseren Verpflichtungen überall in der Welt am meisten entspricht. Der Preis der Freiheit ist stets hoch – aber wir Amerikaner haben ihn immer entrichtet und ein Weg, den wir niemals wählen werden, ist der Weg der Kapitulation oder der Unterwerfung. Unser Ziel ist nicht der Sieg der Macht, sondern die Aufrechterhaltung des Rechts – nicht Frieden auf Kosten der Freiheit, hier in dieser Hemisphäre und, so hoffen wir, in der ganzen Welt. Mit Gottes Hilfe werden wir dieses Ziel erreichen.«

Was wohl Gott davon hielt, in diese Angelegenheit hineingezogen zu werden?, dachte Jonas. Da hatte der Präsident doch kurzerhand der »ganzen Welt« eine Pille verordnet, die – so meinte Jonas – unmöglich zu schlucken war. So viel jedenfalls stand für ihn fest: Jeder vernünftige Mensch musste innerhalb von fünf Minuten zu dem Schluss kommen, dass die totale Vernichtung seines irdischen Lebensraums ein Heilmittel schlimmer als jede Krankheit war. Aber dann fiel ihm wieder ein, was die anderen Großen dieser Welt im Laufe des

Tages gesagt hatten. Ihnen war der »Preis für die Freiheit«, den Kennedy beschworen hatte, anscheinend nicht zu hoch.

Auffällig an Jacks Rede war die mehrmalige Betonung der »eindeutig offensiven Waffen der plötzlichen Massenvernichtung«. Damit meinte er seltsamerweise nie die atomare Streitmacht der Vereinigten Staaten, die in diesen Minuten am Himmel schwebte und in der Türkei, in Italien, auf der ganzen Welt in den Silos lauerte, sondern immer nur die sowjetischen Raketen auf Kuba.

Auch die Offenheit, mit der er die Sowjetunion der Lüge bezichtigte, verwunderte Jonas. Nachdem Jack haarklein die geheimdienstlich ermittelten Fakten aufgezählt und mehrmals aus der verharmlosenden Stellungnahme des Kremls zitiert hatte, sagte er beeindruckend knapp: »Diese Erklärung war unwahr.«

Wie merkwürdig, dachte Jonas, dass der Präsident ganz vergessen hatte die amerikanischen Täuschungen und Falschaussagen zu erwähnen. Da war keine Rede von Adlai Stevensons Leugnung einer amerikanischen Beteiligung an der Schweinebuchtaffäre. Auch das Trommelfeuer von Lügen zur Verharmlosung des im Mai 1960 jäh über Swerdlowsk gewaltsam beendeten U-2-Fluges wurde mit keiner Silbe erwähnt.

Stattdessen sprach der Präsident Worte, die vor ihm so oder ähnlich auch schon andere politische Führer in den Mund genommen hatten, bevor sie ihre Völker in den Krieg führten. »Weder die Vereinigten Staaten von Amerika noch die Weltgemeinschaft der Nationen können eine bewusste Täuschung und offensive Drohung vonseiten irgendeiner Nation – sei sie nun groß oder klein – dulden. Wir leben nicht mehr in einer Welt, in der nur das tatsächliche Abfeuern von Waffen eine solche Bedrohung für die Sicherheit einer Nation darstellt, dass ein Höchstmaß an Gefahr gegeben ist. Nukleare Waffen haben eine derartige Zerstörungskraft und ballistische Raketen sind derart schnell, dass jede wesentlich gesteigerte Möglichkeit für ihren Einsatz oder jede plötzliche Veränderung ihrer standortmäßigen Aufstellung sehr wohl als eine definitive Bedrohung des Friedens angesehen werden kann.«

Jonas erinnerte sich an etwas, das Ximon vor kurzem gesagt hatte: Eine Blockade, ob nun zu Lande oder zur See, werde nach dem Völkerrecht eindeutig als Kriegsgrund eingestuft. Alle Mitglieder der Vereinten Nationen hatten sich durch Anerkennung ihrer Charta dazu verpflichtet, gegen die Grenzen und die politische Unabhängigkeit anderer Staaten weder durch Drohungen noch durch Anwendung von Gewalt vorzugehen.

Kennedy sagte weiter: »Unsere Nation ist gegen den Krieg.« Und vier Sätze später: »Aber nunmehr sind weitere Maßnahmen notwendig geworden – und sie sind angelaufen. Und diese Maßnahmen stellen vielleicht nur den Anfang dar. Wir werden weder voreilig noch unnötig die Folgen eines weltweiten Atomkrieges riskieren, bei dem selbst die Früchte des Sieges nur Asche auf unseren Lippen wären – aber wir werden auch niemals und zu keiner Zeit vor diesem Risiko zurückschrecken, wenn wir uns ihm stellen müssen.«

Obwohl es in der Höhle eher kühl war, schwitzte Jonas am ganzen Körper. Gerade hatte John F. Kennedy seine »Mitbürger« und die »Weltgemeinschaft der Nationen« auf einen Atomkrieg eingeschworen. So wie eine Kindergärtnerin ihre lärmenden Kleinen anweist einander an den Händen zu fassen, um gemeinsam eine gefährliche Straße zu überqueren, nahm der Präsident der Vereinigten Staaten die großen und kleinen Länder der Welt an die Hand und führte sie ... Ja, wohin denn eigentlich?

Minutenlang hörte Jonas wie betäubt die Aufzählung der »ersten Schritte«, der ersten Maßnahmen gegen eine Bedrohung der freien Welt. Kennedy sprach über die »Quarantäne«, also die Seeblockade; erwähnte die Notwendigkeit einer weiteren Überwachung Kubas; versicherte, dass »jeder Abschuss einer Atomrakete von Kuba aus« einen »umfassenden Vergeltungsschlag gegen die Sowjetunion« erforderlich machen würde; kündigte die unverzügliche Einberufung von Sondersitzungen der Organisation Amerikanischer Staaten sowie des Weltsicherheitsrates der Vereinten Nationen an und appellierte schlussendlich an Chruschtschow persönlich »diese heimliche, unbesonnene und provokatorische Bedrohung des Weltfriedens und der stabilen Beziehungen zwischen unseren beiden Ländern zu beenden«.

Chruschtschow tobte wie ein beleidigter Waldschrat. Er hielt den Text in der Hand, den sein Botschafter ihm aus Washington übermittelt hatte. Dean Rusk hatte den Wortlaut der Rede des Präsidenten schon eine Stunde vor der Fernsehansprache an Dobrynin ausgehändigt. Eine Kopie der Ansprache und einen zusätzlichen Brief Kennedys hatte freundlicherweise dann noch der US-Botschafter Foy Kohler im Kreml abgeliefert. Chruschtschow schäumte vor Wut.

Interessiert betrachtete Jonas den aufgebrachten Mann im Kristallspiegel. Nikita Sergejewitsch Chruschtschow war nicht sehr groß, dafür aber ziemlich füllig. Selbst sein Kopf unterstrich den rundlichen Gesamteindruck: Die wenigen grauen Haare, die der Kremlchef noch hatte, waren so kurz, dass man ihn vorschnell als kahl hätte abstempeln können. Wenn er schrie, glitzerten seine Goldzähne wie Sternschnuppen.

Chruschtschow fegte durch ein tennisplatzgroßes Büro, das von Plüsch und großen Telefonen beherrscht wurde. Bei ihm stand ein Mann, den Lischka als Oleg Trojanowski identifizierte. Wie der Flüsterer vermutet hatte, war die Nachricht von Kennedys Fernsehansprache in Moskau wie eine Bombe eingeschlagen.

»Mikojan und Gromyko werden sich die Hände reiben«, bemerkte Trojanowski beiläufig. Er hütete sich anzumerken, dass auch er seinen Chef vor der kubanischen *avantjura* gewarnt hatte.

»Die können mir gestohlen bleiben«, schrie Chruschtschow und unterstrich seine Bemerkung durch einige handfeste Schimpfworte. »Erinnerst du dich noch an unsere Sitzung, Oleg? Ich mich genau! Es war am 24. Mai, an einem Mittwoch. Alle waren da. Das Politbüro und auch das Sekretariat. Als Malinowski die Operation *Anadyr* erklärt hatte, haben alle das Papier unterschrieben. *Alle!* Keiner kann sich da rausreden.«

»Die Amerikaner wird das herzlich wenig interessieren«,

sagte ein anderer Mann, in dem Lischka den Diplomaten Wassili Kusnezow erkannte. Seine Stimme klang auf eine sehr kultivierte Weise abschätzig, als verurteile er irgendeinen Skandal während der letzten Vorstellung des Bolschoitheaters.

»Ich habe diesen Jungen falsch eingeschätzt«, zeterte Chruschtschow, während er vor den Augen seiner Berater das Papierbündel mit Kennedys Rede in der Faust schwenkte. »Hier!« Er suchte die Passagen, die ihn besonders erregt hatten, noch einmal heraus. »›Ich appelliere ferner an ihn‹, damit meint er *mich,* ›dieses Streben nach Weltherrschaft aufzugeben.‹ Und da: ›Wir wünschen keinen Krieg mit der Sowjetunion – denn wir sind ein friedliches Volk, das mit allen anderen Völkern in Frieden leben will.‹ Ha!« Chruschtschows Ausruf knallte wie ein Peitschenhieb durch den Saal. »Droht mir mit einem Vergeltungsschlag und sagt im gleichen Atemzug, er wolle Frieden. Die amerikanischen Politiker waren schon immer ein doppelzüngiges Gesindel.«

»Darf ich Sie daran erinnern, dass Sie einmal gesagt haben, Sie würden Dwight D. Eisenhower ihre Kinder zur Erziehung anvertrauen, Genosse Ministerpräsident?«

»Nehmen Sie sich mit Ihren Worten in Acht, Wassili!« Chruschtschows Ton war schneidend geworden. »Der General war ein guter Mensch, aber ein jämmerlicher Staatsmann. Ich verstehe überhaupt nicht, wie die Amerikaner ihm nur ihr Land überantworten konnten. Das Problem bei allen diesen westlichen Führern ist, dass man sich nicht auf sie verlassen kann. Kaum hat man sich an einen gewöhnt, wird er schon wieder abgewählt.«

»Das nennt man im Westen Demokratie.«

»Vielen Dank für die Belehrung, Wassili. Auf diese Art von Demokratie pfeife ich. Sie hat uns bisher nichts als Ärger gebracht. Nehmen Sie doch nur Churchill – ein unverbesserlicher Feind des Sozialismus, der die Sowjetunion zerstören wollte. Oder Truman – ein engstirniger Politiker, der durch Zufall an die Macht kam, als Roosevelt das Zeitliche segnete. Seine Politik gegenüber unserem Land war herausfordernd und schlicht unerträglich. Vermutlich lag es an seinem Charakter. Oder an seinen geistigen Fähigkeiten. Oder an beidem. Ein kluger Präsident wäre nicht so radikal gewesen und hätte die Sowjetunion gegen die Vereinigten Staaten aufgehetzt.«

Oleg Trojanowski neigte sich über die Sessellehne und hob einen Zettel vom Boden auf, der Chruschtschow aus der Hand gefallen war. »Es gehört zur Politik der Amerikaner, arrogant zu sein. Sie verletzten die Absprachen des Potsdamer Abkommens Deutschland betreffend. Sie haben uns ohne viel Federlesen aus Japan hinausgeworfen. Sie behandeln uns wie Kinder. Wenn sie einen Vertrag unterschreiben, dann ist er nicht einmal das Papier wert, auf dem er steht.«

»Wenn einem Vertrag nicht mit Gewalt Achtung verschafft werden kann, dann taugt er nichts«, schnaubte Chruschtschow. »Wir machten uns selbst zum Gespött. Wir würden vom Westen wie Einfaltspinsel behandelt.«

»Sollten wir jetzt nachgeben, dann werden sie uns noch für viel größere Einfaltspinsel halten«, bemerkte Kusnezow lakonisch.

Der Kremlchef funkelte den Stellvertreter Gromykos wütend an. Dann wischte er mit einer Handbewegung seinen Schreibtisch leer und brauste auf den Ausgang zu. Ohne sich noch einmal umzudrehen, rief er den beiden Männern zu: »Morgen früh um neun will ich alle Köpfe hier haben, die an der Operation *Anadyr* beteiligt sind. Nur für den Fall, dass einige von ihnen rollen müssen. Und setzen Sie Bolschakow wieder an seine Schreibmaschine. Ich will einen neuen Chefunterhändler in Washington haben.«

»Wie wär's mit Anatoli?« Trojanowskis Frage verklang im Knallen der schweren Tür. Chruschtschows Vertrauter wandte sich an Kusnezow: »Wie würden Sie seine Reaktion auf die Nachricht beurteilen?«

Der stellvertretende Außenminister zuckte mit den Schultern. »Ich würde sagen, Chruschtschow macht sich in die Hose.«

Jonas schätzte klare Verhältnisse. Wenn er durch die Everglades strich, fühlte er sich geborgen wie in einer warmen Badewanne. Die Situation auf der Erde dagegen ließ ihn sich fühlen wie nach einem Schiffbruch in einem Meer voller Haie.

»Ist das nun gut, wie Chruschtschow reagiert hat, oder nicht?«, fragte er Lischka, während er lustlos auf einem undefinierbaren Gemüsestängel herumkaute. Sie saßen beim Abendbrot im Muschelpalast und diskutierten die Beobachtungen des Tages. Auch seine Eltern waren dabei, ebenso Sam Chalk, Darina, Ximon, Quitu, Bergalf, Belkan und natürlich Kraark.

»Dem guten Nikita Sergejewitsch ist wirklich der Schreck in die Knochen gefahren«, antwortete Lischka schmunzelnd. »Es ist so, wie ich vermutet habe: Er will keinen Krieg. Seine Raketen sollten die Amerikaner nur einschüchtern, damit er ihnen die Bedingungen für seine Art des Weltfriedens diktieren konnte. Jetzt, wo ihm klar wird, wie sehr er sich verrechnet hat, bekommt er es mit der Angst zu tun.«

»Ein Bär, den man in die Enge treibt, ist gefährlicher als einer, den man laufen lässt«, merkte Bergalf an.

»Das stimmt«, sagte Darina. »Ab jetzt müssen wir rund um die Uhr an den Facetten wachen. Ich bin überzeugt, die Malkits sind nicht ganz unschuldig an der jetzigen gefährlichen Lage auf der Erde. Kanthelm hat bestimmt noch eine Überraschung für uns parat. Er ...« Darina wurde von einem leisen Klopfen an der Tür unterbrochen. Sie öffnete sich langsam und ein junger Bonka streckte den Kopf herein.

»Limmi!«, rief Lischka. »Komm rein. Hast du eine Nachricht für uns?«

Der junge Flüsterer nickte scheu. »Ich komme direkt aus der Höhle der Flüsterer. Es sind zwei Botschaften, die ich euch überbringen soll.«

»Setz dich zu uns. Was gibt's?«

Der dünne Flüsterer schob sich auf einen freien Stuhl, ohne ihn vom Tisch abzuziehen, und sagte: »Unsere nahöstliche Abteilung berichtet, dass heute eine amerikanische Jupiter-Stellung feierlich an die türkische Luftwaffe übergeben wurde.«

»Was?«, entfuhr es Robert. »Aber wir haben doch fast den ganzen Tag über am Präsidenten gehangen. Davon habe ich gar nichts gehört.«

Limmi wurde blass angesichts des aufgebrachten Menschen, gegen den er wie ein Zwerg wirkte. »Soweit wir mitbekommen haben, weiß Kennedy auch nichts davon. Es könnte allerdings sein, dass Moskau …«

»Nein!«, jammerte Lischka und raufte sich die Haare. »Das waren bestimmt die Malkits. Wenn Chruschtschow erfährt, dass die Amerikaner ihre Raketen aus der Hand gegeben haben, dann wird er ihnen noch weniger trauen. Wir müssen sofort beruhigend auf den Bären einwirken.«

»Wir haben schon damit begonnen«, erwiderte Limmi. »Aber bestimmt könnt ihr mit dem Spiegel noch mehr ausrichten als wir in der Höhle.«

»Das werden wir, Limmi. Verlass dich darauf. Und die zweite Nachricht, die du für uns hast, ist sie nun besser oder schlechter als die erste?«

Limmi zögerte.

»Nun rück schon raus damit, ich reiß dir schon nicht den Kopf ab.«

»Die Gruppe von Quitu hat in Kuba eine Beobachtung gemacht, von der ihr wissen solltet. Eigentlich war es nur ein Bauer, den wir in der Facette hatten, aber dann stellte sich heraus, dass er vom amerikanischen Geheimdienst bezahlt wird.«

»Ich ahne Schlimmes«, flüsterte der kleine Quitu und begann sogleich im Zimmer herumzulaufen. »Was habt ihr genau gesehen, Limmi?«

»Anscheinend hat unser Mann ein heimlich auf Kuba gelandetes Sabotageteam in Empfang genommen. Und es ist nicht das einzige.«

Ximon stieß zischend die Luft zwischen den Zähnen hervor, blickte in die Runde und sprach nur fünf Worte: »Die Operation *Mongoose* hat begonnen.«

Das Abendessen wurde abrupt beendet. Ximon, Lischka und Quitu eilten sofort zur Höhle der Flüsterer zurück. Der Plan war einfach: Sie mussten die Sabotageteams sabotieren. Wenn ihnen das nicht gelang, würde der kubanische oder sowjetische Geheimdienst früher oder später den Braten riechen und dann war ein Atomkrieg sicher.

Jonas konnte in dieser Nacht nur schlecht schlafen. Sein Vater hatte darauf bestanden, dass er im Muschelpalast blieb. Am nächsten Morgen dann konnte er nur mit Mühe einige Bissen hinunterbekommen. Immer wieder drängte er seine Mutter, endlich zur Facettenhöhle aufzubrechen. Seinen Vater hatte es schon irgendwann in der Nacht fortgezogen.

In der Nebenkammer der Höhle der Flüsterer trafen sich alle wieder. Ximon, Lischka und Quitu wirkten übernächtigt, aber nicht unzufrieden.

»Ich glaube, wir haben den Karren noch einmal aus dem Dreck gezogen«, begrüßte Lischka die Wachablösung.

»Was heißt das?«, wollte Robert wissen.

»Kennedy hat wirklich nichts von der Geheimoperation auf Kuba gewusst. Die hätten allen Ernstes mit ihren Sabotageakten begonnen, also brennende Streichhölzer an die Atomlunten gehalten.«

»Und ihr habt sie ausgepustet?«

Lischka nickte. »So gut wie. Der CIA und die Army haben sich diesen Streich ausgeheckt, um Castro ein Bein zu stellen. Offenbar waren die betroffenen Dienststellen aber nicht darüber informiert, was der Präsident und sein Exekutivkomitee gerade für ein Süppchen kochten. Wir haben einigen Beteiligten massiv ins Gewissen geflüstert oder ihnen einige Informationen zugesteckt, die sie eigentlich nicht kennen konnten. Derzeit sind die Sabotageteams in Wartestellung. Ich schätze, bald wird man sie ganz zurückziehen.«

Robert bedankte sich bei den drei Flüsterern und schickte sie ins Bett. Er wolle sich jetzt wieder um Jack kümmern und da er ja nun auch Nikita kennen gelernt habe, sei es auch kein Problem mehr, im Kreml nach dem Rechten zu sehen.

Jonas brauchte mindestens eine Stunde, bis er wieder einigermaßen konzentriert den Vorgängen auf der Erde folgen konnte. Es wollte nicht in seinen Kopf gehen, dass da ein paar Männer in Washington und Moskau beisammensaßen und meinten die Geschicke der Welt zu lenken, während gleichzeitig ihre Untergebenen »die Räder des Karrens abschraubten«, wie Lischka es ausgedrückt hatte. Das Schlimme war, diese mächtigen Männer glaubten anscheinend wirklich die Lage in der Hand zu haben; dabei drängte sich Jonas eher der Eindruck auf, die Situation habe die Männer fest im Griff.

McGeorge Bundys Büro sah aus wie jeden Morgen. Die einzige Ausnahme bildete das Kalenderblatt.

Dienstag
23
Oktober

Eine Woche war es nun schon her, seit das Exekutivkomitee zum ersten Mal über die kubanischen Raketen diskutiert hatte. Auch an diesem Morgen kam es wieder zusammen.

Kennedy besprach mit seinem Kriegsrat, wie und wann am besten die offizielle Unterzeichnung des Blockadebeschlusses vorgenommen werden sollte. Erst an diesem Dienstag würde die OAS, die Organisation Amerikanischer Staaten, darüber beraten und es war bei weitem nicht sicher, ob man dem Antrag der Vereinigten Staaten zustimmen würde.

Was der Präsident zu diesem Zeitpunkt noch nicht wusste, hing mit den Ereignissen im Kreml zusammen. Jonas' Vater hatte gleich zu Beginn ihrer »Beobachtungstour durch die Machtzentren der Welt« einen Blick nach Moskau geworfen. Während die sowjetische Nachrichtenagentur TASS eine Stellungnahme zur vortägigen Ansprache Kennedys verbreitete, wurde der US-Botschafter Foy Kohler ins Außenministerium gerufen. Dort übergab man ihm einen Brief Chruschtschows. Der Ministerpräsident der UdSSR brachte darin in auffallend höflicher Form zum Ausdruck, dass die sowjetischen Militärlieferungen, unbenommen ihrer Einordnung in Waffenklassen, ausschließlich der Verteidigung Kubas dienten. Diese

Sicherungsmaßnahme sei auch geboten, da es Aggressoren gäbe, die es auf die Insel abgesehen hätten. Er hoffe – und nun gewann der Ton Chruschtschows an Schärfe –, die Vereinigten Staaten würden Weisheit zeigen und auf die Aktionen verzichten, die bereits eingeleitet seien, andernfalls müsse mit »katastrophalen Konsequenzen für den Weltfrieden« gerechnet werden.

Das Exekutivkomitee würde erst am Abend dazu kommen, Chruschtschows mutige Erwiderung gebührend zu würdigen. Als es um zehn Uhr morgens zusammenkam, war man zunächst guter Dinge. Man lebte noch! Die Fernsehansprache des Präsidenten war ein eindrucksvoller Beweis, dass mit den Vereinigten Staaten nicht zu spaßen war. Doch je länger die ExComm-Sitzung dauerte, desto mehr verflog die aufgeräumte Stimmung

Der CIA-Direktor John McCone berichtete dem Kriegsrat, gegenwärtig seien noch keine ernsthaften Reaktionen aus Kuba gemeldet worden. Weder dort noch sonst irgendwo auf der Welt sei das Militär in Alarmbereitschaft versetzt worden. Dennoch habe man beobachtet, dass die Russen nun ihre Raketenanlagen zu tarnen begännen. Niemand konnte sich erklären, warum sie das erst jetzt taten.

Kennedy wollte trotzdem sichergehen und für jeden Fall gewappnet sein. Deshalb ordnete er vorbereitende Maßnahmen gegen eine mögliche Blockade Berlins durch die Sowjets an. Diese Vorsicht speiste sich aus der Vorgeschichte. Feklisow, der KGB-Chef in Washington, hatte einmal unmissverständlich mit sowjetischen Aktionen in Berlin gedroht. Dies war auch der Grund, weshalb Kennedy die Stadt im weit entfernten Deutschland namentlich erwähnt hatte, als er sich am vergangenen Abend an die Nation wandte. »Jedem feindseligen Vorgehen«, so hatte er ernst verkündet, »irgendwo in der Welt gegen die Sicherheit und die Freiheit von Völkern, für die wir Verpflichtungen eingegangen sind – einschließlich insbesondere der tapferen Bevölkerung Westberlins –, wird mit allen erforderlichen Maßnahmen begegnet werden.« Jack hoffte, dass Chruschtschow verstanden hatte, was er meinte.

Als die Sitzung des Exekutivkomitees sich ihrem Ende näherte, wies Jack darauf hin, dass ein Angriff auf die russischen Militäranlagen auf Kuba leicht eine gleich geartete Reaktion gegen den Südosten der Vereinigten Staaten nach sich ziehen könne.

Fidel Castro, der Moskitoführer, wie ihn Quitu scherzhaft genannt hatte, war einigermaßen erbost über die Verlautbarung der Vereinigten Staaten. Aber noch mehr ärgerten ihn die schleppenden Reaktionen aus Moskau. Nachmittags um fünf Uhr vierzig – Ximon, Lischka und Quitu waren inzwischen wieder zu den anderen gestoßen – kündigte er an, die kubanischen Truppen würden nun in höchste Alarmbereitschaft versetzt. Ein Heer von zweihundertsiebzigtausend Mann werde zu den Waffen greifen, und dies sei erst der Beginn des kubanischen Widerstandes.

Am Abend, ungefähr eine halbe Stunde nach acht, schwor Castro dann das kubanische Volk auf die bevorstehende Auseinandersetzung ein. Wofür Kennedy sich in seiner Fernsehansprache gerade siebzehn Minuten Zeit genommen hatte, dem widmete Castro ganze anderthalb Stunden. Danach stand fest, dass Kuba weder der Entsendung von UN-Inspektoren auf die Insel noch einer Entwaffnung zustimmen würde.

Etwas früher am Abend, so etwa gegen sechs, hatte sich noch einmal das Exekutivkomitee im Weißen Haus getroffen. Gemeinsam freute man sich über den OAS-Beschluss. Die Organisation Amerikanischer Staaten hatte sich in seltener Einmütigkeit für die Quarantänepolitik entschieden. Sogleich wurde eine Regierungsnote ausgearbeitet, damit die Seeblockade am folgenden Morgen um zehn Uhr in Kraft treten konnte. Genau um sieben Uhr sechs setzte Kennedy in einer kleinen Zeremonie seine Unterschrift unter das Dokument mit dem offiziellen Titel *Proclamation 3504*.

Im Laufe der abendlichen ExComm-Sitzung wurde auch an einem Antwortschreiben an Chruschtschow gearbeitet. Darin brachte Jack unmissverständlich zum Ausdruck, wie wichtig die Beachtung der Blockade sei. Andernfalls könne nicht ausgeschlossen werden, dass ein amerikanisches Kriegsschiff das

Feuer auf einen sowjetischen Frachter eröffnen müsse. Die abschließenden Worte in dem Schreiben ließen keinen Zweifel an der amerikanischen Entschlossenheit. »Es ist von größter Bedeutung, dass wir beide mit Besonnenheit handeln und alles unterlassen, was eine Bereinigung der Lage noch schwieriger als im jetzigen Moment schon gestalten würde.«

Nach diesem Paukenschlag widmeten sich der Präsident und seine Berater wieder Detailfragen. Es war zwar verhältnismäßig leicht, eine Seeblockade zu verkünden, aber wie sollte man im Einzelnen reagieren, wenn sich tatsächlich ein verdächtiges Schiff der unsichtbaren Grenze näherte? Man konnte es ja wohl kaum sofort und ohne angemessene Vorwarnung versenken. Während man noch über diese und ähnliche Schwierigkeiten diskutierte, überbrachte John McCone eine neue alarmierende Nachricht: Mehrere russische U-Boote seien auf dem Weg in die Karibik entdeckt worden. Die Situation wurde immer unübersichtlicher. Wie konnte man nun die eigenen Flugzeugträger und andere Schiffe ausreichend schützen, ohne die Unterseeboote des Kontrahenten zu unbedachten Reaktionen zu reizen?

Nach der Sitzung unterhielten sich Jack Kennedy, sein Bruder Bobby, sein »anderes Ich«, Ted Sorensen, und Kenny O'Donnell noch eine Weile im Oval Office miteinander. Der Präsident brachte dabei auf den Punkt, was auch Jonas immer stärker empfand.

»Die große Gefahr bei dem Ganzen ist eine falsche Beurteilung – ein Fehler im Kalkül.«

Oder ein Irrtum, weil man nicht alles weiß, was man eigentlich wissen müsste, dachte Jonas und hoffte, dass so schnell keine neuen Hiobsbotschaften von Sabotageteams oder ähnlich riskanten Unternehmen auftauchten.

Jonas wollte schon den Heimweg antreten, da rief Lischka das Bild Dobrynins in den Spiegel. Der Sowjetbotschafter betrat gerade sein Washingtoner Domizil, als ihm eine Nachricht von Generalleutnant Wladimir A. Dubovnik übergeben wurde. Dubovnik hatte früher schon auf die zahlreichen sowjetischen Schiffe hingewiesen, die Kurs auf Kuba hielten.

Im Laufe des Tages hatte TASS nun gedroht, US-Schiffe, die sowjetische Schiffe angriffen, würden versenkt werden. Dubovnik empfahl in seiner Notiz an Dobrynin die Kapitäne der eigenen Schiffe anzuweisen der amerikanischen Blockade zu trotzen. Dobrynin schüttelte verständnislos den Kopf. »Er ist der Militär, nicht ich. Er weiß, was die Navy tun wird, nicht ich.«

Als Darina am nächsten Morgen fragte, ob Jonas sie zu Syrda begleiten wolle, sagte er begeistert zu. Die zurückliegenden Tage hatten ihm mehr und mehr zugesetzt. Einerseits war es aufregend, die mächtigsten Männer der Welt bei ihrem Ringen um eine Lösung der Krise zu beobachten. Durch die Kristallfacetten war man imstande die Worte der handelnden Personen gewissermaßen von der Quelle ihres Entstehens zu schöpfen. So konnte Jonas selbst Menschen verstehen, die in Russisch, Spanisch oder einer anderen ihm fremden Sprache redeten. Andererseits offenbarten diese tiefen Einblicke auch persönliche Schwächen, die in ihm ein Gefühl der Hilflosigkeit hinterließen. Politiker und Militärs waren keine Übermenschen. Sie standen nicht wirklich über den Dingen. Auch sie waren nur ganz normale Erdenbürger, die Fehler machten. Sie lavierten durch eine Krise katastrophalen Ausmaßes und bemerkten nicht einmal, wie oft sie nur um Haaresbreite einem verhängnisvollen Fehltritt entgingen. Bei einem solchen »Ausrutscher« allerdings würden sie Millionen Unbeteiligter, Nichtgefragter in den Untergang mit hineinreißen. Diese unzähligen Kleinen hatten keine Wahl – auch nicht in den Vereinigten Staaten, dem »Land der unbegrenzten Möglichkeiten«.

»Meinst du, sie kommen ohne uns zurecht?«, fragte Jonas, während er an Darinas Seite durch die Straßen von Laomar wanderte. Auf seiner Schulter lastete Kraarks Gewicht. Zu Darinas Linken ging Numin.

»Natürlich werden sie das, Jonas. Du solltest für den Moment einmal etwas anderes tun, als unablässig in den Spiegel zu starren.«

»Ich muss zugeben, auch mich hat das Ganze sehr verwirrt«,

bemerkte Numin. Er warf bei diesen Worten die Arme in die Luft, so überschäumend wie eh und je. »All diese Menschen beobachten und dann im richtigen Augenblick den rechten Rat zu geben, ohne aus dem bereits bestehenden Problem ein noch viel größeres Unheil zu machen – irgendwie habe ich mir die Arbeit der Flüsterer einfacher vorgestellt.«

»Wenn du in die Gemeinschaft eintrittst, wirst du dich wohl oder übel daran gewöhnen müssen«, konterte die Wissende.

»Du bist hart, Darina.«

Sie lächelte verschmitzt. »Hart, aber gerecht. Du wirst sehen, Numin, es ist gar nicht so schwer, wie du jetzt denkst.«

Im Laufe des Gesprächs gingen Jonas und seine beiden Begleiter durch einige sehr außergewöhnliche Straßen. Jonas hatte bis zu diesem Tag nie viel Gelegenheit gehabt sich die Häuser der Farbenstadt in Ruhe anzusehen. Jetzt holte er dieses Versäumnis nach.

Zu seinem Erstaunen gab es Gebäude, die vier oder sogar fünf Stockwerke hoch waren und dennoch nur aus Muschel- und Schneckengehäusen zu bestehen schienen. Die meisten Häuser von Laomar fielen jedoch eher niedrig aus und hatten in der Regel nicht mehr als ein bis zwei Etagen. Jonas entdeckte die verschiedensten Formen. Einige Gebäude sahen aus wie Schiffe, nur dass ihnen die Masten fehlten, andere hielten sich streng an geometrische Grundrisse. Da gab es Würfel, längliche Quader, Pyramiden, flache Zylinder. Und sogar eine Kugel!

»Möchte mal wissen, wie man darin seine Möbel unterbringen soll«, murmelte Jonas im Vorbeigehen.

Kraark stieß ein knarrendes Lachen aus. »Du kommst vielleicht auf Ideen! Das ist ein Getreidespeicher und kein Wohnhaus.«

»Du wirst langsam schwer, Kraark. Willst du nicht mal ein bisschen herumfliegen?«

»Jetzt sei nicht beleidigt, aber ein kugelförmiges Haus ...!«

»Ich denke, du kommst aus Kanada. Hast du noch nie ein Iglu gesehen?«

»Das zählt nicht. Die sind in der Mitte durchgeschnitten.«

»Du bist wirklich ziemlich schwer, Kraark.«

»Schon gut. Der Klügere gibt nach.« Der Rabe breitete die Flügel aus und erhob sich in die Luft.

Darina sah dem schwarzen Wirbelwind lächelnd nach. »Ihr beide seid gute Freunde, nicht wahr?«

Jonas blickte sie verwundert an. Dann stahl sich auch auf seine Lippen ein schiefes Lächeln. »Na ja, irgendwie sind wir das wohl.«

Ungefähr eine Viertelstunde später erreichten sie die Stadtgrenze. Jonas hatte gar nicht bemerkt, dass sie stetig bergab gegangen waren, bis sie plötzlich am Strand standen. Von dort aus waren sie dann immer weiter vom Hafen weggelaufen, bis die Straße nur noch ein schmaler, mit Muscheln gepflasterter Weg war, der sich eine Klippe emporschlängelte. Unten brandete das Meer gewaltig gegen die Felsen an und oben … Jonas blinzelte verwirrt.

»Dort oben wohnt die gute Syrda«, verkündete Darina und deutete mit der Hand auf ein merkwürdig geformtes Objekt an der Spitze der Klippe.

Jonas beschirmte seine Augen mit der Hand; der Himmel war erstaunlich grell, wenn man bedachte, dass sich nirgendwo eine Sonne blicken ließ. Einige Atemzüge lang versuchte Jonas zu begreifen, was er da vor sich hatte. »Ist *dies* ihr Haus?«

Darina nickte. »Hübsch, nicht wahr?«

»Aber das ist ein Schneckenhaus!«

»Ich wusste, dass es dir gefallen würde.«

Staunend folgten Jonas und Numin der Wissenden, die mit einem Mal ungeduldig den Klippenpfad hinaufstürmte.

»Warum läufst du denn so schnell?«, rief Numin ihr hinterher.

»Weil ich mich so freue, hier zu sein.«

»Du kommst wohl nicht oft zu der Alten herauf?«

Darina drehte sich lachend zu ihren beiden Verfolgern um. »Es ist heute das erste Mal.«

Numin und Jonas tauschten einen verwirrten Blick.

Als der Weg endlich die Spitze der Klippe erreichte, verschlug es Jonas endgültig die Sprache. Er hatte mehr als einmal von Syrdas Schneckenhaus gehört, aber es immer für eine abfällige oder scherzhafte, in jedem Fall jedoch bildhafte Umschreibung angesehen, doch nun ... Das Heim der alten Weisen war – gemessen an den Behausungen gewöhnlicher Schnecken – gewaltig. Und es schien tatsächlich einmal ein echtes Meerestier darin gewohnt zu haben.

Im Vergleich zu den bunten Gebäuden unten in der Stadt wirkte Syrdas Schneckenhaus eher schlicht. Es war hellbraun und schraubte sich in einer enger werdenden Spirale kegelförmig nach oben, einer aufgerichteten Zipfelmütze nicht unähnlich. Der Durchmesser der runden Grundfläche des Gebäudes mochte vielleicht fünfzig Fuß betragen.

Syrda stand schon an der Tür, auf ihrem Buckel saß Kraark. Sie sah aus wie die Hexe aus dem Märchen von Hänsel und Gretel.

»Kinder!«, begrüßte sie die Ankömmlinge. »Das ist aber nett. Ich bekomme selten Besuch hier oben.« Sie umarmte das schmale Mädchen herzlich und ließ es sich auch nicht nehmen, die beiden männlichen Besucher zu drücken. Jonas glaubte vom Meer persönlich umfangen zu werden. Syrda roch nicht so komisch wie manche anderen alten Leute. Vielmehr umgab sie eine wahre Aura aus Salz, Tang und Seewind.

»Kommt nur rein«, knarzte Syrdas helle Stimme. »Ich habe vom Frühstück noch eine Kanne Tee auf dem Herd. Der wird euch gut tun, so stürmisch wie es hier oben ist.«

Der Tee schmeckte hervorragend. Staunend hatte Jonas die ersten drei Zimmer des Schneckenhauses durchmessen und saß nun in einem leicht keilförmig zulaufenden Raum mit gebogenen Außenwänden. Im Zentrum des runden Hauses befand sich eine Wendeltreppe, die in einem matten Licht schimmerte.

»Wenn du dir's ansehen möchtest, geh ruhig hinauf«, meinte Syrda, die Jonas' neugierigen Blick bemerkt hatte.

Während die Alte im Nachbarraum – der Küche – einen Teller mit Leckereien für die Gäste zusammenstellte, kletterten Jonas, Darina und Numin die Treppe hinauf.

»Das ist das Turmzimmer«, klang Syrdas krächzende Stimme von unten herauf.

Wie verzaubert blickten die drei Gäste aufs Meer hinaus. Das »Turmzimmer« befand sich in der hoch aufragenden Spitze des Schneckengehäuses. Es gab hier keine Fenster, aber die Wände waren rundherum durchsichtig. Der Ausblick auf das anbrandende Meer war atemberaubend.

»Es ist schön!«, hauchte Darina. Sie war völlig verzückt von diesem Haus.

Als Syrda ihre Gäste von unten energisch zu Tisch rief, stiegen diese nur widerwillig die gewundene Treppe hinab.

»Ich gehe nur noch selten da hinauf – mein Rücken«, gestand die Alte und pflanzte Numin eine süße Rose aus Gebäck auf den Teller.

»Ist das wirklich ein echtes Schneckenhaus?«, fragte Jonas.

Syrda nickte. »Es wurde vor langer Zeit von Limba dem Seefahrer am Strand einer weit entfernten Insel entdeckt. Er dichtete das Gehäuse ab und band es dann einfach als Beiboot an sein Segelschiff. So gelangte es nach Laomar.«

Darina legte ihre weißen Finger zärtlich auf die knöcherne Hand der Alten. »Limba ist ein Vorfahre von dir?«

Syrda kicherte, ein Geräusch, als schüttle man eine Schachtel mit Muschelschalen. »Du bist wirklich eine Wissende, Darina. Ja, stimmt. Der große Limba war mein Ururururgroßvater; ich weiß gar nicht, wie viele ›Urs‹ zurück. Leider habe ich keine Kinder. Wenn erst der Tod zu mir kommt – und er hockt schon irgendwo da draußen auf den Klippen –, dann wird niemand mehr da sein, der in diesem Schneckenhaus Geschichten erzählt.« Während die Alte dies sagte, behielt sie Darinas Gesicht genau im Auge.

Die Wissende holte tief Atem und ließ den Blick durch das Zimmer schweifen. Die Wände schimmerten von innen rosa und weiß. Überall hingen Büschel mit getrockneten Kräutern, verschiedene Werkzeuge, Krüge und Gegenstände, deren wahren Zweck wohl nur Syrda kannte. Die runden Fenster boten einen herrlichen Ausblick auf die sturmzerzauste Umgebung. »Ich könnte mir gut vorstellen hier zu leben«, sagte Darina endlich.

»Das hatte ich gehofft.«

Alle sahen Syrda erstaunt an.

Die Alte kicherte wieder. »Du besitzt die Gabe der Weisheit, Darina. Ich bin zu alt, um noch im Rat der Ältesten zu sitzen und mir ihr Gezänk anzuhören.«

»Aber Syrda!«, warf Darina erschrocken ein. »Der Kristallrat ist sich gewiss nicht immer einig. Doch am Ende hat er bisher stets zu einer Stimme gefunden.«

»Trotzdem«, beharrte die Alte. »Es ist gut, wenn diese verstockten Greise auch ab und zu auf eine junge Stimme hören müssen. Vor allem dann, wenn diese einer Frau gehört. Du bist erst vor wenigen Tagen erwacht, Darina. Von Rechts wegen hast du als Wissende natürlich Anspruch auf eine geräumige Zimmerflucht im Muschelpalast, aber ich finde, dass dieses Haus hier viel besser zu dir passt.«

Darina ließ ihre Augen erneut über die vielen Gegenstände an den Wänden wandern. Dann holte sie noch einmal tief Luft und sagte selig: »Das finde ich auch, Syrda. Ich würde dir gerne in diesem Haus zur Seite stehen, für hundert Jahre und noch länger. Allerdings gibt es vorher noch einige Dinge zu erledigen.«

Jetzt drückte Syrdas hagere Hand diejenige Darinas. »Abgemacht. Mir ist klar, in welcher Klemme die Menschen stecken und damit auch ganz Azon. Bleib nur in der Stadt, bis diese üble Sache ausgestanden ist. Dann kannst du kommen.« Sie lächelte verschmitzt. »Mein Schneckenhaus hat viele Kammern.«

Eine Weile lang unterhielten sie sich über die verschiedensten Dinge. Jonas staunte über den tiefsinnigen Humor der alten Syrda. Mit einem Mal fielen ihm wieder die Worte eines Ältesten aus dem Kristallsaal ein.

»Syrda, Gondik hat einmal gesagt, dass du dich wie ein Einsiedlerkrebs in dein Schneckenhaus zurückgezogen hättest. Ist es unhöflich, wenn ich dich frage, warum du dem Rat so lange ferngeblieben bist?«

Die Alte stieß ein scheppherndes Lachen aus. »Ich habe schon gedacht, du würdest nie darauf kommen, Kindchen. Es gab damals eine Missstimmigkeit und im Kristallrat wurde nicht mit einer Stimme gesprochen. Die Angelegenheit liegt nun schon vierzehn Jahre zurück.«

Jonas horchte auf.

»Damals meldeten die Flüsterer ebenfalls eine große Gefahr. Schon im Menschenjahr 1948 waren der Bär und der Adler nicht besonders gut aufeinander zu sprechen. Die Flüsterer warnten, der Bär wolle eine ganze Stadt aushungern. Der Westteil dieser Ansiedlung gehörte zum Revier des Adlers und seiner Verbündeten; im Osten hatte der Bär es sich bequem gemacht. Die Stadt hieß Berlin.«

»Kennedy und sein Kriegsrat haben in den letzten Tagen oft über Westberlin gesprochen«, warf Jonas ein.

Syrda nickte. »Der Kristallrat ahnte damals die Gefährlichkeit der sich abzeichnenden Entwicklung. Entweder würden zwei Millionen Westberliner dem Verhungern ausgesetzt oder es drohte ein Krieg zwischen dem Bären und dem Adler. Der Rat sprach sich dafür aus, zwei Wanderer nach Azon zu rufen, einen Mann und eine Frau. *Er* hatte sich während der Potsdamer Konferenz das Vertrauen vieler hoch gestellter Persönlichkeiten der nun streitenden Parteien erworben und *sie* war ein stiller Mensch, der nichts mehr ersehnte als Freiheit und Geborgenheit für alle. Die Sache hatte nur einen Haken, genau genommen sogar zwei.«

Jonas' Herz pochte so laut in seiner Brust, dass er befürchtete, die anderen könnten sich dadurch gestört fühlen. »Was waren das für Schwierigkeiten?«, hauchte er.

Syrda blickte ihn eindringlich an. »Die beiden hatten gerade erst einen Sohn bekommen und ich lehnte es energisch ab, sie nach Azon zu rufen und den kleinen Schreihals auf der Erde zurückzulassen.«

»Kann es sein, dass der ›Schreihals‹ gerade deinen Tee trinkt, Syrda?«

Die Alte nickte und ein seltsamer Ausdruck trat in ihre Augen. »Ich bin eine Frau. Zwar habe ich nie ein Kind gehabt, aber ich konnte mich gut in Sarah, deine Mutter, versetzen. Die Herrenrunde im Kristallrat dachte nur an das große Uhrwerk, das unsere beiden Welten in Gang hält. Aber die Männer vergaßen, dass schon ein kleines Rädchen alles zum Stillstand bringen kann.«

»Warum …« Jonas musste schlucken, sein Hals war rau wie Sandpapier. »Warum hast du nicht schon davon gesprochen, als wir vor drei Tagen in Laomar angekommen sind?«

»Der Rat hat deine Eltern mit großem Respekt begrüßt. Wenn die Ältesten gewusst hätten, dass sie genau dieselben Wanderer vor mehr als einem Dutzend Jahren fast dem Tod ausgeliefert hätten, dann wären sie kaum imstande gewesen irgendetwas zu sagen. Gute Zusammenarbeit ist wichtiger als die Begleichung alter Schulden.«

»Wieso sind denn meine Eltern überhaupt ins Zwieland … gerutscht, anstatt in die Farbenstadt zu gelangen?«

»Hier liegt der zweite Haken. Die Flüsterer hatten damals ein auffälliges Raunen vernommen, als sie den Bären und den Adler beobachteten. Die Malkits steckten dahinter. Sie haben die Berliner Blockade angezettelt. Mir war klar, dass sie mit aller Macht versuchen würden die Wanderer auf ihre Seite zu ziehen, sobald das Echo der Flüsterer erklingen würde. Am Ende bekam keiner die Wanderer, sondern sie landeten genau zwischen den zerstrittenen Parteien: im Zwieland.«

»Die Besatzung des Flugzeuges hatte leider weniger Glück.«

Syrda nickte mit grimmiger Miene. »Ich bin damals aus dem Kristallsaal gefegt und habe ihn nicht mehr betreten, bis du vor drei Wochen aufgetaucht bist, Jonas.«

»Konntet ihr das Problem in der Menschenstadt auch ohne die beiden Wanderer lösen?«, erkundigte sich Numin, während Jonas nachdenklich vor sich hin starrte.

»Mehr schlecht als recht«, antwortete Syrda. »Ich kann mich noch gut an die Meldungen der Flüsterer aus dem Menschenjahr 1948 erinnern. Am 24. Juni sperrte der Bär alle Wege in den Westteil der Stadt. Der Adler war drauf und dran, mit Gewalt zu antworten. Wie heute sprach man auch damals von einem Atomkrieg. Zum Glück gelang es den Flüsterern, dem amerikanischen Präsidenten Truman einen – wie man glaubte – verrückten Geistesblitz einzuhauchen. Er schmetterte die Pläne seiner Generäle einfach ab, die sich gewaltsamen Zugang zur Stadt verschaffen wollten, und bestand auf seiner Idee. Die Luftwaffenkommandeure hielten den Einfall für undurchführbar, aber der amerikanische Präsident ließ ihn sich – dank der Flüsterer – dennoch nicht ausreden. Fast elf Monate lang flogen tausende und abertausende von Flugzeugen Nahrungsmittel und andere Güter über die Absperrungen und hielten die Stadt so am Leben.«

»Es muss wirklich eine großartige Aufgabe sein, als Flüsterer zu dienen!«, schwärmte Numin.

Syrda blickte ihn argwöhnisch an, als sei der Keldinianer nicht ganz richtig im Kopf.

»Hattest du nicht vor kurzem noch Zweifel?«, neckte Darina den jungen Mann.

Als Numin errötete, mussten alle herzlich lachen.

Einige Zeit später – es war noch am Morgen – traten Jonas und seine Gefährten wieder auf die Klippe hinaus. Zum Abschied schenkte Syrda Darina und Jonas je eine Kette, deren Glieder aus unendlich feinen Korallen gefertigt waren. An jedem Halsband hing ein kleiner grüner Stein.

»Das ist ein Freundschaftsstein«, erklärte die Alte lächelnd. »Die Ketten sind eine Hinterlassenschaft von Limba dem Seefahrer. Ich kann damit nichts mehr anfangen. Aber euch beiden könnten sie helfen, wenn ihr einmal einander braucht.«

Jonas sah bewegt auf den grünen Stein hinab, der wie das Meer selbst schimmerte. »Wie funktioniert er?«

»Das wirst du schon merken, wenn es so weit ist.« Mit dieser kärglichen Erklärung wandte Syrda sich Numin zu. »Und damit du nicht traurig bist, nimm diesen Ring hier. Er kann dir sehr nützlich sein.«

Numin konnte sein Glück kaum fassen. Sein Gesicht strahlte. Während er den goldenen Ring mit dem rot funkelnden Stein entgegennahm, bedankte er sich überschwänglich bei Syrda. Dann wurde seine Miene plötzlich nachdenklich. »Wozu ist er denn gut?«

»Du besitzt nun einen Wahrheitsring. Wenn dich jemand anlügt, wird er zu leuchten beginnen.«

Auf dem Rückweg hielt Numin unentwegt die Hand vor das

Gesicht, an seinem rechten Ringfinger steckte Syrdas Geschenk. Darina musste ihn mehrmals auf die Unebenheiten des Weges aufmerksam machen, sonst wäre er mit Sicherheit von den Klippen gefallen. Kraark war nicht dabei. Der Rabe wollte noch eine Weile bei Syrda bleiben, um sich den Seewind um den Schnabel wehen zu lassen.

Jonas hatte Darinas Vorschlag beinahe widerwillig angenommen. Sie wollte nicht sogleich zum Muschelpalast zurückkehren, sondern zuerst noch einen Facettensprung unter die Hängenden Berge unternehmen.

In der Höhle der Flüsterer fasste Robert für die drei kurz die Ereignisse der vergangenen Stunden zusammen, bevor man sich wieder an den Kristallspiegel setzte. Er äußerte sich besorgt, dass die russischen Kapitäne anscheinend noch keine Umkehrbefehle erhalten hatten.

Um zehn Uhr an diesem Mittwoch, dem 24. Oktober, war die Seeblockade in Kraft getreten. Bevor das Exekutivkomitee wie jeden Morgen zusammentrat, fand eine private Unterredung zwischen dem Präsidenten und seinem Bruder statt.

»Es sieht schlimm aus, nicht wahr?«, fragte Jack besorgt. »Aber es hat ja wirklich keine andere Wahl gegeben. Wenn sie in dieser Sache so bösartig sind, in unserem Teil der Welt – was werden sie dann beim nächsten Anlass tun?«

Bobby antwortete: »Ich bin fest überzeugt davon, dass wir keine andere Wahl hatten, und nicht nur das, sondern wenn du nicht gehandelt hättest, wärest du als Präsident vertrauensunwürdig geworden.«

Jack sann einen Moment über das Gesagte nach, dann meinte er: »Das glaube ich auch.«

Die Männer des Exekutivkomitees waren wohl selten so angespannt gewesen wie an diesem Morgen. Die russischen Schiffe näherten sich mit unverminderter Geschwindigkeit. Man hatte das gesamte Vorgehen besprochen. Man wusste, was bei einem Einbruch in den Blockadering zu tun war. Aber man hatte keine Ahnung, wie der Gegner reagieren würde.

Auf der Insel gingen die Arbeiten an den Abschussrampen

mit Hochdruck weiter, als habe es keine Fernsehansprache des Präsidenten gegeben. Am vergangenen Mittwoch hatten erstmals auch tief fliegende Aufklärer der Navy und Air Force vom Typ F-8U und RF-101 Kuba überflogen. Offenbar arbeitete man nun verstärkt an Bunkern zur Lagerung von Atomsprengköpfen. Mehrere Abschussrampen standen kurz vor der Fertigstellung.

Kurz nach zehn meldete Verteidigungsminister McNamara zwei gegnerische Schiffe: Die *Gargarin* und die *Komiles* waren nur noch wenige Seemeilen von der Blockadezone entfernt. Er schätzte, dass erste Maßnahmen noch vor zwölf, vielleicht sogar schon um elf eingeleitet werden müssten. Obwohl diese Meldung im Exekutivkomitee bereits für genügend Aufregung sorgte, traf von der Marine wenig später eine neue Hiobsbotschaft ein: Man hatte ein russisches U-Boot ausgemacht, das genau zwischen den beiden Schiffen Kurs hielt. Wollten sich die Sowjets mit Waffengewalt Zugang zu den kubanischen Gewässern verschaffen? Niemand konnte darauf eine Antwort geben.

McNamara ließ den Flugzeugträger *Essex* Position beziehen. Hubschrauber mit Anti-U-Boot-Ausrüstung wurden für den Einsatz vorbereitet. Wenn die Sonarsignale der *Essex* das russische Unterseeboot nicht zum Abdrehen bewegen konnten, würde man beim Kapitän zunächst mit Unterwasserbomben geringerer Sprengkraft anklopfen. Und wenn das nichts nützte …

Im Kriegsrat waren die Nerven zum Zerreißen gespannt. In Kennedys Gesicht spiegelten sich Zweifel. Stand die Welt am Rande der Vernichtung? Hatte er Fehler gemacht? Konnte er noch irgendetwas tun? Er hob die Hand vor den Mund, ballte die Faust, öffnete sie wieder … Sein Gesicht wirkte in diesem Moment um Jahre gealtert, seine Augen waren fast grau, sie blickten gequält in die Runde der Ratgeber. Plötzlich sagte er: »Gibt es nicht noch irgendeine Möglichkeit, wie wir den Zusammenstoß mit dem russischen U-Boot vermeiden können?«

»Nein«, antwortete McNamara, »die Gefahr für unsere Schiffe ist zu groß. Es gibt keine Alternative. Die Marine hat Anweisung, Feindseligkeiten wenn irgend möglich zu unterlassen, aber wir müssen auf alles vorbereitet sein.«

Kennedy nickte ernst. Sein Gesicht war zerfurcht. »Wir müssen damit rechnen, dass sie Berlin abriegeln – treffen Sie die letzten Vorbereitungen für diesen Fall.«

Jonas rutschte auf seinem Stuhl in der Felsenkammer hin und her. Atemlos verfolgte er auf dem Spiegel das Geschehen im Weißen Haus. Er hatte das Gefühl, als stehe mit diesen Männern die ganze Welt am Abgrund. Und keine Lösung in Sicht!

»Gibt es schon irgendwelche neuen Meldungen?«, erkundigte sich der Präsident, um sich etwas abzulenken.

Es waren keine hereingekommen. Das quälende Warten ging weiter.

»Vielleicht sollten wir einen Blick in den Kreml werfen«, sagte Robert. Er hatte das Bild im Spiegel verblassen lassen. Lischka, der eigentlich schon längst im Bett liegen sollte, nickte. Sogleich erschien ein bombastisches Konferenzzimmer, voll mit ernsten Gesichtern.

»Bei allem Respekt, Genosse Generalsekretär, aber ich halte die Befehle, die Sie heute Nacht ausgegeben haben, für unverantwortlich«, donnerte gerade ein uniformierter Mann, den Lischka leise als Marschall Sergej Birjusow identifizierte. »Unsere restlichen Schiffe müssen unbedingt ihren Kurs fortsetzen. Wenn wir jetzt nachgeben, dann verraten wir nicht nur unsere Genossen auf Kuba, sondern auch die Revolution. Die Imperialisten werden uns nie mehr ernst nehmen. Nie mehr!«

Für Chruschtschow – vielleicht der einzige Politiker im Kreml, der wirklich noch mit Herz und Seele an die Revolution des Weltproletariats glaubte – waren die Worte des Marschalls wie ein Magenhieb. Dennoch entgegnete er: »Und wenn wir nicht nachgeben, was sollen wir Ihrer Meinung nach dann tun, Genosse Birjusow? Ich kann Ihnen genau sagen, was dann passieren wird: Die Navy wird eines unserer Schiffe stoppen, und wenn sie es versenken muss. Sollten wir dem U-Boot erlauben das Feuer zu erwidern, dann wird daraus ein Konflikt entstehen, den keiner von uns mehr eindämmen kann.«

Wassili Kusnezow, den Jonas schon am Montagabend kennen gelernt hatte, fuhr sich mit dem Finger am Innenrand des Hemdkragens entlang und meinte: »Wir haben immer noch die Berlinkarte im Ärmel. Kennedy weiß das. Genosse Feklisow hat seinem Laufburschen John Scali unmissverständlich klargemacht, dass wir diesen Trumpf auch ausspielen werden, wenn die Amerikaner uns dazu zwingen. Ich finde, wir sollten …«

Chruschtschows Faustschlag auf den Tisch unterbrach Gromykos Stellvertreter. »Wir versuchen hier aus dieser *avantjura* herauszukommen, und Sie sind drauf und dran, uns in die nächste hineinzuziehen!«

»Was ist eine *avantjura*?«, wisperte Jonas in Lischkas Ohr.

»Ein Abenteuer, ein riskantes Hasardspiel«, hauchte dieser zurück. Dann beugte er sich schnell vor und flüsterte etwas, was nicht für den Kremlchef bestimmt war.

Jonas sah gespannt in den Spiegel.

»Könnten wir nicht unsere übrigen Schiffe beidrehen lassen?«, schlug Chruschtschows Schwiegersohn Alexeij Adschubej unvermittelt vor. »Das wäre weder ein Rückzug noch eine weitere Provokation. Dadurch könnten wir Zeit gewinnen. Vielleicht machen die Amerikaner ja einen Fehler. So wie damals, als wir ihre U-2 über dem Ural herunterholten.«

»Ich glaube nicht, dass sie uns im Augenblick diesen Gefallen tun werden.«

»Aber Nikita, sie schicken pausenlos ihre Aufklärer über die Insel!«

»Das ist etwas anderes. Ich möchte im Augenblick nicht, dass auf irgendeines dieser Dinger geschossen wird.« Chruschtschow funkelte in die Runde seiner Vertrauten. »Ich hoffe, ich habe mich deutlich genug ausgedrückt. Geben Sie die erforderlichen Kommandos weiter.« Einige Männer, die vor sich servierplattengroße Hüte auf dem Tisch liegen hatten, nickten ernst. »Und jetzt wieder zu dieser Aggression, der so genannten *Quarantäne*.« Er sprach das Wort aus wie etwas, was man gewöhnlich nicht in den Mund nimmt. »Der Vorschlag von Alexeij gefällt mir. Geben Sie sofort entsprechende Funksprüche durch. Ich verlange eine abgestufte Reaktion – die Amerikaner sollen ruhig ein bisschen grübeln.«

Das Bild im Spiegel verblasste. Robert klopfte Lischka auf die Schulter. »Das war eine gute Idee, nicht den alten Trotzkopf selbst anzusprechen, sondern seinen Schwiegersohn.«

Lischka lachte wie ein Honigkuchenpferd. »Ich kenne Nikita gut. Er ist im Augenblick viel zu erregt, um auf uns zu hören. Er hat Angst, es könne ein Krieg ausbrechen.«

»Furcht kann ein sehr heilsames Gefühl sein«, bemerkte Ximon zufrieden. »Lasst uns doch mal nachsehen, wie es in Washington steht.«

Die Minuten strichen im Cabinet Room nur zäh dahin. Die angespannte Atmosphäre war bis nach Azon zu spüren. Robert wollte das Bild schon verschwinden lassen, als John McCone eine Nachricht erhielt. Der CIA-Chef blickte hoffnungsvoll von dem Zettel auf.

»Mr. President, nach dieser vorläufigen Meldung hier scheinen einige der russischen Schiffe gestoppt zu haben.«

Sofort brach im Raum ein geschäftiges Treiben aus. Welche Schiffe hatten beigedreht? Stimmte die Nachricht wirklich?

Wenig später wurde die Meldung bestätigt. Erleichtert las McCone die endgültige Mitteilung vor.

»Sechs Schiffe, die sich bisher mit Kurs auf Kuba dem Rand der Sperrzone näherten, haben gestoppt oder abgedreht und den Rückweg angetreten. Ein Offizier des Marine-Nachrichtendienstes ist mit dem detaillierten Bericht auf dem Weg.«

Es dauerte nicht lange und eine neue Meldung traf ein. Von den zwanzig russischen Schiffen, die der Blockadezone am nächsten waren, hatten fünf mit Kurs auf die Sowjetunion kehrtgemacht. Einige liefen noch mit verminderter Fahrt, aber die meisten anderen hatten beigedreht. Mit Ausnahme der *Bukarest* …

»Die *Bukarest?*«, fiel Kennedy McCone ins Wort.

Der CIA-Direktor nickte. »Ein Tanker, er hält geradewegs auf die Blockadelinie zu.«

»Ist er schon genauso weit wie die *Gargarin* und die *Komiles?*«

McCone verneinte.

Kennedy nickte nachdenklich. »Gut, die Russen haben jetzt reagiert und ich finde, nicht auf die schlechteste Art. Es werden also keine Schiffe gestoppt oder abgefangen.«

»Sollten wir nicht ausdrücklich anordnen, dass unsere Flotte sich zurückhält und die russischen Schiffe in Ruhe lässt?«, fragte der Justizminister.

Der Präsident stimmte dem Vorschlag seines Bruders zu. An McNamara gewandt ordnete er an: »Falls die Schiffe Instruktionen zum Umkehren bekommen haben, müssen wir ihnen Zeit zur Umsetzung der Befehle geben. Nehmen Sie direkte Verbindung mit der *Essex* auf und sagen Sie, den russischen Schiffen soll Gelegenheit zum Abdrehen eingeräumt werden. Wir müssen rasch handeln, wir haben keine Zeit zu verlieren.«

Jonas war schon am Nachmittag zum Muschelpalast zurückgekehrt. Auf dem Weg dorthin unterhielt er sich mit Darina über die Freundschaftssteine, die Syrda ihnen geschenkt hatte. Numin war in der Höhle der Flüsterer geblieben. Darinas scherzhafte Äußerungen vom Morgen hatten ihn wohl angespornt seinen Vorsatz in den »Flüstererorden« einzutreten mit mehr Ernst in die Tat umzusetzen.

Beim gemeinsamen Abendessen im Muschelpalast fasste Robert die Beobachtungen des Tages zusammen. Er wirkte erleichtert, weil – wie er sich ausdrückte – »ein schwieriges Hindernis in diesem gefährlichen Geländelauf genommen« war. Präsident Kennedy hatte lange gezögert, aber sich zuletzt gegen seine Berater und die Militärs durchgesetzt: Die *Bukarest* durfte den Blockadegürtel passieren. In Hinsicht auf Chruschtschow sagte er: »Wir wollen ihn nicht zu überstürzten Aktionen treiben – wir müssen ihm Bedenkzeit lassen. Ich möchte ihn nicht in eine Ecke drängen, aus der er keinen Ausweg mehr hat.«

Jonas hörte das gern. »Hast du da ein wenig nachgeholfen, Dad?«

Robert grinste. »Höchstens mit ein oder zwei Worten.«

Am Nachmittag hatte der Generalsekretär der Vereinten Nationen U Thant die beiden Staatsführer in einem gleich lautenden Schreiben aufgefordert alles zu unterlassen, was zu einem Krieg führen könnte. Nichtsdestotrotz hatte das amerikanische Militär die Alarmbereitschaft auf die Stufe DEFCON 2 angehoben. Ximon hatte einen grandiosen Einfall und flüsterte Thomas Powers, dem Kommandeur des *Strategic Air Command,* zu, er solle die diesbezügliche Benachrichtigung unverschlüsselt an die Befehlshaber der einzelnen Luftwaffeneinheiten weitergeben. Ohne einen Vorgesetzten zu fragen, ließ Powers tatsächlich die Funksprüche absetzen.

Robert lächelte. »Der sowjetische Geheimdienst war nicht sehr erbaut, als er die Nachrichten vom SAC abgefangen hat.«

Ein warmes Gefühl der Zuversicht umhüllte die Runde am Esstisch. Es sah tatsächlich so aus, als würden die sorgfältig gesäten Ratschläge der Flüsterer endlich Früchte tragen.

Wieder einmal hatte Jonas schlecht geschlafen. Alpträume waren über ihn hinweggebraust wie die Druckwellen von Atombomben. Als er am Morgen schweißgebadet aus dem Bett stieg, verspürte er das seltsame Bedürfnis, so schnell wie möglich in die Höhle der Flüsterer zu gelangen.

In der Küche – er bat um »irgendwas zum In-den-Mund-Stecken« – traf er auf Darina. Auch sie hatte in der Nacht kaum ein Auge zugetan.

»Ich spüre eine Bedrohung«, erklärte sie Jonas. »Ich weiß nicht, was es ist. Aber es lag wie ein Schatten über mir und raubte mir den Schlaf.«

»Meinst du, es hat mit der Raketenkrise zu tun?«

Darina zuckte mit den Schultern. »Wenn ich das nur wüsste. Im Augenblick ist dies jedenfalls die einzig vernünftige Erklärung, die ich für meine innere Unruhe habe.«

»Dann lass uns schnell in die Höhle der Flüsterer gehen. Vielleicht gibt es etwas Neues, was wir wissen sollten.«

»Seid ihr aus dem Bett gefallen?«, begrüßte Lischka die beiden Frühaufsteher in der Höhle der Flüsterer. Er, Ximon und Quitu sahen ziemlich übernächtigt aus.

»So ungefähr«, brummte Jonas.

»Wo sind denn deine Eltern?«

»Sie kommen bald nach. Was macht die Krise? Ist irgendwas passiert?«

»Nein, zum Glück nicht. Aber warum werft ihr nicht selbst einen Blick in den Spiegel?«

»Du meinst, ich ...?«

Lischka nickte. »Inzwischen müsstest du alle wichtigen Männer kennen. Versuch es einmal. Ich bin ja da, wenn's was zu flüstern gibt.«

Jonas erwähnte nicht, dass er Keldins Spiegel schon zweimal benutzt hatte. Er beugte sich über das blaue Oval und Lischka wunderte sich, wie schnell darin ein vertrautes Bild erschien.

Kaum etwas war so beständig wie der tägliche Wechsel auf McGeorge Bundys Abreißkalender.

Donnerstag
25
Oktober

Das Datum prangte wie ein Verkehrszeichen an der Wand, ein Warnschild: Nur noch soundso viele Tage bis zum Abgrund.

Jonas hätte gern gewusst, wie viele genau. Die Spannung war fast unerträglich. Jeden Tag trafen neue beängstigende Nachrichten ein, die belegten, wie wenig die Krisenstäbe in der Lage waren bestimmte Eventualitäten auszuschließen. Der Vorfall in der vergangenen Nacht war da nur ein Beispiel von vielen.

Kennedy und Chruschtschow tauschten währenddessen weitere Briefe aus. Jede Seite vertrat noch immer mit Nachdruck ihren Standpunkt.

In einer Mitteilung an U Thant dankte Kennedy für den »Geist«, der in dem letzten Schreiben des Generalsekretärs zum Ausdruck gekommen sei. Gleichzeitig vermied er es aber, auf dessen Vorschlag einzugehen, die Blockade für einige Wochen auszusetzen, um Raum für mehr Verhandlungen zu gewinnen. Der oberste Beamte der Vereinten Nationen reagierte mit einem zweiten Brief, in dem er die UdSSR ermahnte vorerst nicht in den Blockadering einzudringen und die USA bat für die nächsten Tage die direkte Konfrontation zu meiden.

Gegen fünf Uhr nachmittags beunruhigte CIA-Chef John McCone das Exekutivkomitee mit der Meldung, einige der nach Kuba verschifften Raketen seien nun definitiv einsatzbereit. Die stillen Beobachter in Azon hatten das unbestimmte Gefühl, dies würde nicht die letzte unangenehme Nachricht dieses Tages sein. Sie sollten Recht behalten.

Um exakt fünf Uhr dreiundvierzig erteilte Admiral Alfred Ward, der Oberkommandierende der Blockadestreitmacht, einen riskanten Befehl. Seit einiger Zeit hatte man schon den libanesischen Frachter *Marucla* beobachtet, der sich der Sperrzone näherte. Kennedy hatte entschieden, dass ein Stoppen dieses Schiffes die Russen wohl am wenigsten provozieren würde. Der Frachter lief ja nicht unter sowjetischer Flagge. Ihn aufzuhalten konnte von der Sowjetunion deshalb auch nicht als direkter Angriff gewertet werden.

Die *Marucla* wurde über Funk angewiesen die Maschinen zu stoppen und bis zum nächsten Morgen zu warten. Am Freitag früh würde ein Kommando an Bord kommen und den Frachter auf Waffen durchsuchen. Die *Marucla* befolgte die Anweisungen.

Als sich die stillen Beobachter mit Quitus Hilfe daraufhin Kuba zuwandten, ereilte sie ein neuer Schrecken. Eines der Sabotageteams war Lischka, Quitu und Ximon anscheinend durch die Lappen gegangen. Die Gruppe bereitete sich darauf vor, die Anlagen einer Kupfermine bei Matahambre lahm zu legen. Im letzten Moment konnte Ximon veranlassen, dass die Einheit zurückgehalten wurde.

Von diesem Ereignis alarmiert, rief man noch einmal verschiedene hohe Moskauer Regierungsfunktionäre in den Spiegel. Im Kreml wusste man offensichtlich nichts von den amerikanischen Kommandos auf Kuba. In diesem Moment kam Quitu eine Idee. Was wäre, wenn Chruschtschow einen falschen Geheimdienstbericht erhielte, der ihm glaubhaft versicherte, eine amerikanische Invasion auf Kuba stünde kurz bevor?

»Nicht nur eine Sabotageaktion«, vertrat der ruhelose Quitu seine Idee, während er die Felsenkammer mindestens zwanzigmal duchquerte. »Wie würde der Leitbär reagieren, wenn er glauben müsste, ein massiver Angriff der Amerikaner könne jeden Augenblick erfolgen?«

Lischka nickte nachdenklich. »So wie Chruschtschow sich seit drei Tagen aufführt, könnte es wirklich funktionieren. Bei allem Jähzorn, der ihm eigen ist, scheint er mir in diesem vertrackten Spiel doch der Einzige zu sein, der eine gesunde Furcht vor einem Krieg hat. Ich meine das durchaus positiv. Lasst es uns probieren.«

Der kräftige Flüsterer beugte sich über den Spiegel, als sei dieser eine Servierplatte mit Kaviarschnittchen. Ganz gezielt ging er eine Reihe von Angehörigen der sowjetischen Armee durch, bis er den Richtigen gefunden hatte.

Der Oberst gehörte zum militärischen Geheimdienst auf Kuba. Im Augenblick beschäftigte er sich gewissenhaft mit einer Flasche Wodka. Lischka flüsterte in den vom Alkohol geöffneten Geist einige eindringliche Worte. Mit einem Mal riss der untersetzte Mann ein Formular aus dem Schreibtisch und warf einige Zeilen darauf, die aussahen wie eine Fieberkurve. Dann sprang er auf und lief in einen Nebenraum.

»Hier, Natascha, gib das sofort an die Kommandatur weiter.«

Die dunkelhaarige Frau blickte erst auf das Formular und dann auf den Russen. »Du willst mich doch nicht verkohlen, Wassili?«

»Habe ich das je getan, meine kleine Turteltaube?«

»Willst du's verschlüsselt haben?«

»Natürlich. Aber bitte gleich. Es ist dringend.«

»Dann leg dich aber hin, Wassili. Du scheinst es nötig zu haben. Ich kabel den Text für dich nach Moskau – wenn ich ihn entziffern kann.«

Zwei Stunden später fegte ein völlig entnervter Generalsekretär durch den Kreml. Lischka lächelte. Chruschtschow hatte den Köder geschluckt. Um ihn herum standen Kusnezow und andere Mitarbeiter, die sich verzweifelt darum bemühten, nicht zur Zielscheibe von Nikitas Zorn zu werden.

»Wir müssen schnell reagieren«, forderte Chruschtschow. »Und wir müssen richtig reagieren. Wenn wir jetzt das Falsche tun, wird es Krieg geben.«

Frol Koslow, Chruschtschows Stellvertreter, sagte: »Das Beste wird sein, wir schreiben Kennedy einen Brief, in dem wir ihm ein deutliches Angebot unterbreiten: Wenn er seine Raketen aus der Türkei abzieht, werden auch wir ohne Zögern die unsrigen von Kuba entfernen.«

Der Kremlchef sah Koslow lange und eindringlich an. »Haben wir wirklich noch die Macht Forderungen zu stellen? Ich weiß nicht. Lasst uns das Ganze durchdiskutieren, und wenn es die ganze Nacht dauert.«

Freitag
26
Oktober

McGeorge Bundy flog regelrecht durch sein Büro. Von dem Kalender an der Wand nahm er keine Notiz. Ganz anders dagegen Jonas. Nach einer viel zu kurzen Nacht war er wieder in die Höhle der Flüsterer zurückgekehrt. Die dramatischen Ereignisse des vergangenen Tages hatten ihn einfach keine Ruhe finden lassen. Gespannt verfolgte er mit seinen Eltern und den Flüsterern das Geschehen im Spiegel.

Bundy hielt gerade das neueste CIA-Memorandum in der Hand. Ihm war seine Verärgerung anzusehen. Die Russen dachten gar nicht daran, ihre Raketenstellungen *ab*zubauen. Ganz im Gegenteil, der Geheimdienst meldete verstärkte Aktivitäten beim *Auf*bau der Stellungen.

Mit Befriedigung hatte Bundy zuvor den Marinebericht von der Durchsuchung der *Marucla* gelesen. Der Frachter war zwar vom sowjetischen Ostseehafen Riga gekommen, aber als um acht Uhr ein bewaffnetes Kommando das Schiff durchsuchte, wurden keine Waffen gefunden. Kurz darauf hatten die beiden Zerstörer *John Pierce* und *Joseph P. Kennedy jr.* (benannt nach dem ältesten Bruder des Präsidenten, der im Zweiten Weltkrieg als Marinepilot gefallen war) den Frachter davonziehen lassen. Die Vereinigten Staaten hatten Stärke bewiesen, das war alles, was zählte.

In Moskau war man zu dieser Zeit um anderes besorgt. Chruschtschow hatte tatsächlich mit seinen Mannen die ganze Nacht im Kreml ausgeharrt. Das Gespenst einer amerikanischen Invasion auf Kuba steckte ihm tief in den Knochen. In den frühen Morgenstunden diktierte er einen Brief an Kennedy, in dem er die Raketen in der Türkei unerwähnt ließ. Als der stellvertretende Außenminister Kusnezow Einwände erhob, sagte er nur müde: »Wir müssen die Invasion verhindern und zu einem späteren Zeitpunkt auf die Raketen in der Türkei zurückkommen. Übermitteln Sie diesen Brief so schnell wie möglich der amerikanischen Botschaft. Und«, dabei sah er den übernächtigten KGB-Chef Alexander Schelepin an, »finden Sie einen Weg, damit sich unser Angebot schon in Washington befindet, bevor noch diese lahmen Amtsschimmel von Mr. Kohler den Brief übersetzt und dem Präsidenten übermittelt haben.«

Um die Mittagszeit suchte Lischka nach »Fomin«, dem KGB-Chef in Washington, der unter diesem Decknamen firmierte. Er war nur ein wenig erstaunt, als er Alexander Feklisow, wie Fomin in Wirklichkeit hieß, bei einem Essen mit John Scali fand, dem Korrespondenten des Fernsehsenders ABC beim amerikanischen Außenministerium. Wie Lischka wusste, sahen sich die beiden nicht zum ersten Mal. An diesem Tag saßen sie im *Occidental,* einem noblen Washingtoner Restaurant, und waren in ein wichtiges Gespräch vertieft. Während die Ober sich um sie bemühten, fragte Scali, warum ihn Fomin so dringend um dieses Essen gebeten habe. Als sie ungestört sprechen konnten, erklärte der KGB-Chef die Hintergründe.

»Es sieht aus, als würde es Krieg geben.«

Scali stellte das Glas, aus dem er gerade hatte trinken wollen, wieder auf das makellose Tischtuch zurück.

»Und warum glauben Sie das?«

»Lassen Sie uns nicht lange um den heißen Brei herumreden, Mr. Scali. Können Sie einige Ihrer Freunde im State Department kontaktieren?«

»Freunde?«

»Ich rede nicht von Sekretärinnen, Mr. Scali, sondern von denen ganz oben.«

»Und was soll ich Ihrer Meinung nach diesen Freunden sagen? Etwa, dass der sowjetische KGB-Chef von Washington sie um einen Gefallen bittet?«

»Bitte«, zischte Fomin und sah sich vorsichtig nach allen Seiten um. »Ich bin nur der sowjetische Attaché für auswärtige Angelegenheiten.«

»Entschuldigen Sie, das war mir im Moment entfallen.«

Fomin funkelte den Journalisten an, fasste sich dann aber wieder und sagte eindringlich: »Fragen Sie Ihre Freunde, ob die Vereinigten Staaten an einer möglichen Lösung der Krise interessiert sind. Wir könnten unter gewissen Umständen bereit sein unsere Basen unter Aufsicht der Vereinten Nationen abzubauen. Castro könnte dazu bewegt werden, die Stationierung offensiver Waffen jedweder Art in seinem Land zu unterbinden, wenn die Vereinigten Staaten dafür im Gegenzug zusichern keine Invasion der Insel anzustreben.«

Scali sah den KGB-Chef mehrere Sekunden lang verdutzt an. »Ist das wirklich Ihr Ernst?«

Fomin nickte.

»Also gut«, sagte der Journalist. »Im State Department gibt es zufällig einen Mann, der sich für Ihr Angebot interessieren könnte. Der Name Roger Hilsman wird Ihnen sicher etwas sagen.«

»Ich wusste, dass Sie der richtige Mann für diesen Job sind, Mr. Scali.«

»Keine Schmeicheleien, Fomin. Ich gehe erst, wenn ich meine Muscheln verdrückt habe.«

Lischka ließ den KGB-Chef und seinen Gesprächspartner in der blauen Tiefe des Spiegels versinken. »Das hat sich gelohnt«, sagte er zufrieden. »Chruschtschow werden also wirklich die Knie weich.«

»Jetzt müssen wir nur dafür sorgen, dass sein gut gemeinter Vorschlag im Nest des Adlers auch auf die richtigen Ohren trifft. Die Gefahr ist damit noch nicht gebannt. Mich erinnert das Ganze an die Geschichte von den beiden Männern, die sich zum Verhandeln auf einem schwankenden Seil treffen: Macht nur einer eine falsche Bewegung, fallen beide in die Tiefe.«

Während John Scali in Washington noch über die unerwarteten Zugeständnisse der Sowjetunion nachdachte, erlitt Nikita Sergejewitsch Chruschtschow seinen nächsten Tobsuchtsanfall.

Inzwischen war durchgesickert, dass die Nachricht von der bevorstehenden Invasion Kubas nur aus heißer Luft bestand. Ein Oberst hatte aus Kuba gemeldet, dass der amerikanische Geheimdienst diese Information geschickt gestreut hätte. Er habe es als seine Pflicht angesehen, sie sofort weiterzumelden. Und jetzt fühle er sich noch weitaus mehr verpflichtet diese infame Irreführung aufzudecken. Chruschtschow schlug Oberst Wassili Koljow daraufhin für einen Orden vor und genehmigte sich einen Wutausbruch.

Als seine Atmung wieder normal war, setzte er sich an seinen Schreibtisch und diktierte einen weiteren Brief. Das heißt, diesmal gab er ihn nicht komplett selbst vor, sondern machte nur hier und da einige grundsätzliche Bemerkungen, während seine Berater aus dem Außenministerium den Text formulierten. Dieser zweite Brief sollte einiges zurechtrücken: Ein Abzug der Raketen aus Kuba war überhaupt nur denkbar, wenn die Vereinigten Staaten ihrerseits die Atomwaffen aus der Türkei entfernten.

Als der Brief fertig war und Chruschtschow noch einmal vorgelesen wurde, saß er aufrecht im Sessel und nickte wohlwollend seinen Genossen zu. Der Kreml war eine Schlangengrube. Nur wer Stärke zeigte, konnte überleben.

Um sechs Uhr abends traf Chruschtschows Morgenbrief aus Moskau ein. Genauer gesagt der erste Teil davon. Erst um neun Uhr hatte die US-Botschaft in Moskau alle vier Abschnitte des Schreibens übermittelt. Es schlug ein wie eine 50-Megatonnen-Bombe.

Anfangs war man völlig ratlos. Weshalb plötzlich dieser moderate Ton?

»Sehr lang, sehr emotional und sehr verwirrend«, murmelte Bobby Kennedy, als er den Brief überflogen hatte. Chruschtschow hatte mit starken Worten nicht gespart, um seiner Sorge Ausdruck zu verleihen.

Man dürfte sich nicht von »kleinlichen Leidenschaften« oder »vergänglichen Dingen« beeinflussen lassen, beteuerte der Kremlchef, sondern müsse sich darüber im Klaren sein, dass, »falls wirklich Krieg ausbräche, es nicht mehr in unserer Macht liegen würde, ihn zu beenden, denn das ist sein Gesetz. Ich habe zwei Kriege mitgemacht und weiß, dass er erst dann aufhört, wenn er Städte und Dörfer durchpflügt und überall Tod und Vernichtung gesät hat.« Nachdem Chruschtschow hoch und heilig versprochen hatte die Waffen auf Kuba nie gegen die Vereinigten Staaten einzusetzen und dadurch womöglich ein gegenseitiges Abschlachten in Gang zu bringen, gelangte er zu der Feststellung: »Nur Wahnsinnige oder Selbstmörder, die den Tod suchen und die ganze Welt zerstören möchten, bevor sie sterben, wären dazu imstande.« Im weiteren Verlauf des Schreibens gestand er zum ersten Mal die Existenz von sowjetischen Raketen auf Kuba ein. Aber deren Abzug stünde nichts im Wege, wenn die Vereinigten Staaten ihrerseits versprächen Kuba in Frieden zu lassen und die Seeblockade aufzuheben.

Dann zeigte der Brief noch einmal Chruschtschows ganze Verzweiflung: »Daher kann nur ein Wahnsinniger glauben, dass Waffen für das Leben der Gesellschaft das Wichtigste seien. Nein, sie bedeuten eine Verschwendung menschlicher Energie, und mehr noch, sie führen die Zerstörung der Menschen selbst herbei. Wenn die Menschen nicht einsichtig werden, wird es schließlich zu einem Zusammenstoß kommen, wie bei blinden Maulwürfen, und dann wird die gegenseitige Ausrottung beginnen.«

Jonas gefiel der Brief Chruschtschows erheblich besser als die Fernsehansprache Kennedys. Allmählich gewann er seine Hoffnung zurück, die Menschheit könne doch noch dem Absturz in den atomaren Abgrund entgehen. Beruhigter als noch am Morgen kehrte er in den Muschelpalast zurück.

Ähnlich wie Jonas beurteilten jetzt wohl auch die Zuständigen im Weißen Haus die Lage. Wie er am nächsten Tag von der »Nachtschicht« aus der Flüstererhöhle erfuhr, hatten Kennedys treue Recken bis in den frühen Morgen über dem Brief gebrütet. Stellte er nur eine Finte dar? Nein, das wäre zu plump. Außerdem gab es ja da dieses merkwürdige Gespräch, das der State-Department-Korrespondent John Scali mittags mit dem sowjetischen Botschaftsrat geführt hatte. Scali hatte sich danach am Abend mit Dean Rusk und dessen Mitarbeiter Roger Hilsman getroffen und ihnen von dem Angebot Fomins berichtet. Offenbar gab es da endlich ein Umdenken in der Höhle des Bären. Man beschloss schließlich in den frühen Morgenstunden des Samstags mit einer genauen Analyse des Briefes und mit der Ausarbeitung von Vorschlägen zu beginnen, um Chruschtschow in geeigneter Form antworten zu können.

Einige der ExComm-Mitglieder schliefen schon, als in der sowjetischen Botschaft ein geheimes Treffen stattfand. Es war nicht das erste und würde auch nicht das letzte seiner Art sein. Seit Georgij Bolschakow als Chefunterhändler durch Anatoli Dobrynin abgelöst worden war, pflegten Robert Kennedy und der Sowjetbotschafter einen regen Gedankenaustausch.

Dobrynin drang in dem nächtlichen Gespräch darauf, die Raketen in der Türkei in ein offizielles Abkommen mit einzubeziehen. Bobby dachte kurz darüber nach und bat dann telefonieren zu dürfen. Wenig später betrat er wieder den Raum und teilte dem Botschafter mit: »Der Präsident sagt, dass wir bereit sind die türkische Frage in Erwägung zu ziehen.«

Dobrynin schien hoch zufrieden. »Ich werde den Kreml sogleich darüber informieren.«

Dort, in Moskau, deutete sich inzwischen neues Chaos an. Lischka und Quitu hatten wenige Stunden zuvor aus dem Spiegel ein Besorgnis erregendes Raunen vernommen. Nun erfuhren sie den Grund dafür. Die Malkits hatten Fidel Castro persönlich für einen boshaften Plan eingespannt.

Chruschtschow und seine Berater lasen wiederholt die unglaubliche Nachricht. Castro behauptete darin, die Amerikaner planten eine Invasion. »Was denn, schon wieder?«, brüllte Nikita. Es sei nur noch eine Frage von zwei oder drei Tagen, bis der Angriff erfolgen würde, hieß es in dem Fernschreiben, das seltsamerweise nicht in Spanisch, sondern gleich in Russisch übermittelt worden war.

Offenbar nahm der Kremlführer die Nachricht aus Havanna sehr ernst. Noch in der Nacht gab er die Order aus, dem Feind – damit meinte er die Vereinigten Staaten – keine wichtigen Dokumente in die Hände fallen zu lassen. Wo immer diese Gefahr bestünde, sollten die sowjetischen Beamten alle entsprechenden Papiere vernichten.

Lischka war schon bald auf die wahre Quelle dieser Mitteilung gestoßen, die schnell zu einer Kurzschlussreaktion hätte führen können. Die Malkits hatten Castro weisgemacht, die Invasion stehe nahe bevor. Daraufhin hatte er sich umgehend und persönlich in die sowjetische Botschaft von Havanna begeben. Dort, im Bunker des Gebäudes, hatte er dem Botschafter Aleksander Aleksejew seinen Hilferuf diktiert, während der Diplomat ihn sofort ins Russische übersetzte.

»Wohl nicht ganz zufällig«, berichtete Lischka später, auf die Malkits verweisend, »sind dem Botschafter ein paar kleine Fehler unterlaufen. Castro wollte nur klarstellen, dass die sowjetischen Truppen auf Kuba sich im Falle einer Invasion notfalls auch mit nuklearen Waffen verteidigen müssten.«

Aleksejew übersetzte etwas ganz anderes. Für Chruschtschow las sich das Telegramm wie eine eindeutige Warnung des Genossen Castro: Eine Invasion stünde innerhalb weniger Stunden bevor. Der Ministerpräsident der Sowjetunion solle zum Präventivschlag ausholen; bevor die Vereinigten Staaten angreifen konnten, sollte er seine Atomraketen abschießen.

Dann brachte sich Castro erst richtig in Rage und traf eine folgenschwere Entscheidung: Kuba dürfe sich die Verletzung seines Territoriums durch amerikanische Aufklärer nicht länger bieten lassen, deshalb seien sämtliche Flugzeuge der Amerikaner, die den kubanischen Luftraum verletzten, abzuschießen. Diesmal (offenbar hatten die Malkits sich schon von ihm zurückgezogen) war dem Sowjetbotschafter sofort klar, was das bedeutete. Händeringend bat er Castro seinen Entschluss rückgängig zu machen. Doch das kubanische Staatsoberhaupt wies das Ersuchen Aleksejews schroff zurück. Die Bunkerfreundschaft der beiden Volksgenossen hatte also nicht lange gehalten.

Samstag
27
Oktober

Jonas sah das Kalenderblatt nur ganz kurz. Dann zeigte das Bild im Spiegel den Sicherheitsberater. Der stürzte gerade aus dem Raum.

Auch in dieser Nacht hatte Jonas nicht sehr gut geschlafen. Neue Alpträume hatten ihn gequält. Als er am Morgen einer besonders blassen Darina begegnet war, hatte er etwas zu ahnen begonnen.

»Glaubst du, die Freundschaftssteine haben etwas damit zu tun, dass wir beide so schlecht schlafen?«

Darina sah ihn nachdenklich an. »Das wäre durchaus möglich.«

»Fühlst du denn immer noch diese … Bedrohung?«

Die Wissende nickte ernst. »Es wird stärker und stärker, ich weiß nicht, woher es kommt.«

Danach waren beide schnell zur Flüstererhöhle gegangen.

Als Jonas McGeorge Bundy aus dem Büro laufen sah, hatten Lischka, Ximon und Quitu ihn und Darina schon über die neuesten beunruhigenden Nachrichten in Kenntnis gesetzt. Bis zehn Uhr morgens förderte der Spiegel keine wichtigen

Erkenntnisse zu Tage. Dann aber trat das Exekutivkomitee zu einer neuen Sitzung zusammen.

Robert Kennedy zeigte dem Krisenstab ein Memorandum, das er am Morgen von J. Edgar Hoover erhalten hatte. Darin berichtete der FBI-Direktor, in der Nacht Informationen über gewisse sowjetische Beamte in New York erhalten zu haben, die offensichtlich dabei waren, Geheimdokumente zu vernichten. Offenbar nehme man an, die Vereinigten Staaten würden in Kürze militärisch gegen Kuba und die sowjetischen Schiffe vorgehen, die sich dem Blockadegürtel näherten.

Die Sitzung des Exekutivkomitees dauerte gerade erst eine Viertelstunde, als Limmi in den Raum gerannt kam. Er war inzwischen so etwas wie ein Botengänger für die Flüsterer in der großen Höhle und für die Gruppe an Keldins Spiegel geworden.

»Was ist los?«, fragte ihn Lischka, der den jungen Flüsterer stets wie seinen Sohn behandelte.

»Es hat einen ›Unfall‹ gegeben. Genau so hat es Fargon ausgedrückt. Er gehört zu Ximons Flüsterergruppe.«

»Was hat Fargon beobachtet?«, fragte Ximon sofort.

»Es handelt sich um ein amerikanisches Flugzeug. Es ist in den sowjetischen Luftraum eingedrungen.«

»Es ist *was*?« Lischkas Stuhl polterte zu Boden, er war entsetzt aufgesprungen. »Haben die Sowjets schon davon Wind bekommen?«

»Noch nicht«, antwortete Limmi eingeschüchtert.

Lischkas rundes Gesicht wurde rot. »Wissen die denn nicht, dass man das als einen Angriff auffassen kann? Wenn die Russen jetzt ihre Raketen zünden, dann wundert mich gar nichts mehr.« Von gerechtem Zorn getragen stob Lischka davon, dicht gefolgt von Ximon.

Die übrigen Spiegel-Gucker trafen, geführt von Limmi, einige Augenblicke später bei den Facetten ein, die das dramatische Geschehen aufgedeckt hatten. Der Flüsterer, den Limmi Fargon genannt hatte, wisperte schon eindringlich in den Kristall. Er versuchte den Piloten auf seinen Navigationsfehler aufmerksam zu machen. An verschiedenen anderen Facetten arbeiteten mehrere Flüsterer fieberhaft daran, weitere Menschen zur Bereinigung der gefährlichen Situation zu gewinnen. Nachdem Ximon einige Anweisungen ausgegeben hatte, humpelte er, so schnell er konnte, mit den anderen wieder zum Felsenraum mit Keldins Spiegel zurück.

In atemberaubendem Tempo tauchten vor Jonas' Augen die verschiedensten Menschen auf. Die meisten ließ Ximon links liegen, nur zu wenigen sprach er direkt. Dann rief er das Bild des Piloten der verirrten U-2-Maschine in den Spiegel.

Der U-2-Aufklärer gehörte zum Strategic Air Command und war von einer Basis in Alaska aufgestiegen und über der Chukotski-Halbinsel unbeabsichtigt in den sowjetischen Luftraum eingedrungen. Es handelte sich dabei um einen reinen Routineflug. Als der Pilot – angestoßen von einem merkwürdigen Geistesblitz – seine Navigation überprüfte und den Fehler bemerkte, rief er sogleich über Funk um Hilfe. Wenig später stieg in Alaska ein Jet auf. Die F-102 sollte den verlorenen Luftaufklärer aufsammeln und über die Beringsee in sicheren Luftraum geleiten. Unglücklicherweise hatte zu diesem Zeitpunkt auch die sowjetische Luftüberwachung von der Sache Wind bekommen. Mehrere MiGs hoben von einem Stützpunkt nahe der Wrangelinsel ab, um die U-2 abzufangen. Ximon hatte nicht verhindern können, dass der aus Alaska zu Hilfe eilende Jet mit nuklearen Luftraketen bestückt war. Seit Montag war die gesamte Luftwaffe entsprechend ausgestattet worden. Bange Minuten verstrichen. Nichts war wahrscheinlicher, als dass die Sowjetunion diesen »Unfall« als einen aggressiven Akt verstehen würde. Was das bedeutete, war allen klar.

Mit knapper Not konnte die U-2 den MiG-Jägern in den internationalen Luftraum entkommen. Der ganze Vorfall hatte höchstens fünfundvierzig Minuten gedauert, vielleicht die längste Dreiviertelstunde der ganzen Krise. Einmal mehr war eine höchst bedrohliche Situation abgewendet worden, mit der vorher nie jemand gerechnet hätte.

Als Robert den Spiegel übernahm und erneut das Exekutivkomitee ins Bild rückte, traf die Nachricht von dem Beinaheunglück gerade ein. Der Verteidigungsminister las die Mitteilung, wurde kreidebleich und schrie: »Das hätte Krieg mit der Sowjetunion bedeuten können!«

Der Präsident überflog den Zettel, lachte und bemerkte lakonisch: »Es gibt immer irgendeinen Trottel, der nicht richtig aufpasst.«

Inzwischen wunderte sich das Exekutivkomitee über Chruschtschows zweiten Brief. Er war aus Moskau übermittelt worden, obwohl der Präsident noch gar nicht auf den ersten geantwortet hatte. Die beiden Sowjetspezialisten Helmut Sonnenfeldt und Joseph Neubert waren gerade erst dabei, die Zeilen des Kremlchefs zu analysieren.

Der zweite Brief unterschied sich deutlich vom ersten. Man gelangte schnell zu der Überzeugung, dass dieses Schreiben nicht aus Chruschtschows Feder stammte, sondern offenbar vom sowjetischen Außenministerium verfasst worden war. Der Ton war fordernder und deutlich kühler: »Wir werden unsere Raketen aus Kuba abziehen, Sie werden die Ihrigen aus der Türkei entfernen«, hieß es da kurz und knapp. Eindeutig, dies war nicht Chruschtschows Stil. »Die Sowjetunion wird sich verpflichten keine Invasion oder eine Einmischung in die inneren Angelegenheiten der Türkei vorzunehmen; die Vereinigten Staaten geben die entsprechenden Zusicherungen hinsichtlich Kuba ab.« So klang jemand, der noch ein Ass im Ärmel hatte. Oder war alles nur Bluff?

Als Verteidigungsminister McNamara berichtete, dass die Russen auf Kuba nun Tag und Nacht arbeiteten, um alle Raketenrampen fertig zu stellen, glaubte niemand mehr an eine Täuschungsaktion. Das beinahe reumütige erste Schreiben Chruschtschows schien mit einem Mal nur noch Makulatur zu sein.

Einige äußerten die Vermutung, der unterschiedliche Tonfall der beiden Briefe sei ein Indiz für die Konfusion, die offenbar im Kreml herrschte.

»Dann nutz diese Verwirrung aus!«, flüsterte Ximon dem Bruder des Präsidenten zu. »Antworte einfach auf Chruschtschows ersten Brief und ignoriere den zweiten.« Robert Kennedy ließ nicht erkennen, ob er den Geistesblitz des Flüsterers mitbekommen hatte. Ximon versuchte es darauf bei Theodore Sorensen, doch auch der zeigte keine Reaktion. Der Flüsterer befürchtete schon, er könne nun gar nichts mehr ausrichten, weil sich offensichtlich im Weißen Haus ein ähnliches Durcheinander wie vorher schon im Kreml auszubreiten begann.

Zu allem Übel kam nun wieder Limmi in die Felsenkammer gerannt und gestikulierte wild mit den Armen. Als Ximon den Spiegel geschlossen hatte, rief er aufgebracht: »Die Kubaner haben ein amerikanisches Flugzeug abgeschossen!«

»*Was?*« Der Ausruf erschallte aus mehreren Kehlen gleichzeitig.

»Ganz ruhig, Limmi«, sagte Lischka. »Was habt ihr genau beobachtet?«

»Es kam von Quitus Gruppe. Ich soll euch sagen, dass die Kubaner eine SAM-Rakete auf ein amerikanisches U-2-Flugzeug abgeschossen haben.«

Einige Herzschläge lang herrschte absolute Stille in dem kleinen Höhlenraum. Robert fasste sich als Erster.

»Castros Saat ist schnell aufgegangen. Wir müssen sofort zur Sitzung des Exekutivkomitees zurück und vorsorglich auf den Präsidenten und seinen Bruder einwirken. Wenn es uns gelingt, ihnen die Konsequenzen einer übereilten Reaktion deutlich zu machen, dann können wir vielleicht noch das Schlimmste verhindern.«

Wenige Augenblicke später erschien im Spiegel wieder der Kriegsrat des amerikanischen Präsidenten. Robert flüsterte sogleich beruhigend auf seinen Namensvetter, Jacks Bruder, ein. Danach wisperte er dem Präsidenten selbst einige mahnende Worte in den Sinn. Ein- oder zweimal huschte ein nachdenklicher Ausdruck über die Gesichter der Männer. Hoffentlich ein gutes Zeichen, dachte Jonas.

Während noch die Stabschefs den Präsidenten von der Notwendigkeit eines Luftschlages gegen Kuba und einer anschließenden Invasion der Insel zu überzeugen suchten, traf die Nachricht ein, die alle zutiefst erschütterte.

Major Rudolf Anderson jr. war tot.

Die Kubaner hatten seine U-2 mit einer Boden-Luft-Rakete abgeschossen. Er gehörte zu jenen Piloten, deren Bilder vor gerade anderthalb Wochen dem Präsidenten und dem Exekutivkomitee die Existenz der kubanischen Raketenstellungen bewiesen hatten.

»Wie können wir weiter U-2-Piloten über dieses Gebiet fliegen lassen, wenn wir nicht vorher alle SAM-Stellungen ausschalten?«, fragte der Präsident. Und er war erstaunlich gefasst, als er hinzufügte: »Jetzt beginnt eine neue Phase.«

Als Chruschtschow die Nachricht vom Abschuss der U-2 über Kuba erfuhr, überfiel ihn erneut die Kriegsfurcht. Irgendwo habe es einen Fehler in der Kommandokette gegeben, sagte man ihm, Castro übernähme die volle Verantwortung für den Vorfall. Den Kremlchef beruhigte das wenig.

»Die Amerikaner werden deshalb keinen Krieg anfangen«, sagte Verteidigungsminister Rodion Malinowski.

»Woher wollen Sie das wissen?«, fragte Chruschtschow.

»Dieser Major Anderson ist nur *ein* Mann. Deshalb fängt man keinen Krieg an, bei dem Millionen umkommen können.«

»Haben Sie schon vergessen, was passierte, als der österreichische Thronfolger Franz Ferdinand in Sarajevo erschossen wurde?«

»Ich glaube nicht, dass wir den Ersten Weltkrieg und seine Ursachen mit der aktuellen Krise vergleichen können«, wandte Wassili Kusnezow ein.

»So?«, fauchte Chruschtschow. »Können Sie mir das garantieren?«

Der stellvertretende Außenminister wirkte erschrocken. »Auf alle Fälle müssen wir uns den nächsten Schritt gründlich überlegen.«

»Dafür werde ich Sorge tragen«, sagte Chruschtschow und es klang wie eine Drohung. Sich an seinen persönlichen Vertrauten Trojanowski wendend, forderte er: »Oleg, ruf alle zusammen und wenn ich sage alle, dann meine ich es auch so. Sollte es einen Angriff der Amerikaner geben, bleibt keine Zeit mehr zum Nachdenken. Wir müssen jetzt festlegen, was zu tun ist.«

»Soll ich die Genossen hierher rufen?«, fragte Trojanowski, während er auf einem Block Notizen machte.

»Nein, nicht hierher. Wir ziehen uns auf meine Datscha in Nowo Ogarewo zurück und dort werden wir so lange bleiben, bis wir wieder aus diesem Schlamassel heraus sind.«

Lischka war zufrieden über das, was er im Spiegel gesehen hatte. Chruschtschow fürchtete wohl wie kein Zweiter die Konsequenzen dessen, was er selbst angezettelt hatte. Nachdem die Ereignisse im Kreml ihren Lauf genommen hatten – ganz zur Zufriedenheit der Flüsterer –, ließ Jonas' Vater erneut das Bild Kennedys und seiner tapferen Recken erscheinen.

Jonas hörte mit Besorgnis, wie man darüber beriet, schon am folgenden Tag mit Bombern und Kampfflugzeugen gegen die SAM-Stellungen vorzugehen. Eine dieser *Surface Air Missiles*, wie die Militärs sie nannten, hatte Major Anderson das Leben gekostet. In der Antwort des Präsidenten glaubte Jonas zu erkennen, dass das Flüstern seines Vaters erste Wirkung zeigte.

»Ich habe keine Bedenken den ersten Schritt betreffend«, sagte Jack, »sondern Sorge, dass beide Seiten eine Eskalation bis zum vierten und fünften Schritt zulassen könnten – zum sechsten wird es nicht kommen, niemand wird dann mehr da sein. Wir müssen uns darüber klar sein, dass wir einen sehr gefährlichen Kurs einschlagen.«

Ja!, dachte Jonas. Abgesehen vom »ersten Schritt« hätte er genau das Gleiche gesagt. Gespannt lehnte er sich weiter vor, damit ihm auch nicht die geringste Kleinigkeit entging.

Jack Kennedy ordnete eine genaue Analyse der jüngsten Vorfälle und der möglichen Konsequenzen einer amerikanischen Militäroperation an – selbst den Abschuss der U-2 wollte er noch einmal überprüft wissen. Ausdrücklich verlangte er die Entschärfung aller in der Türkei stationierten Raketen mit nuklearen Sprengköpfen. Nur auf seine persönliche Zustimmung hin dürften sie abgefeuert werden. Jonas hätte am liebsten laut aufgejubelt, doch dann wäre er wohl für immer aus der Höhle der Flüsterer geflogen. Endlich schien sich die Situation ernsthaft zu entspannen. Wie eine Erlösung empfand er die folgenden Worte des Präsidenten.

»Wir werden morgen nicht angreifen. Wir werden es noch einmal versuchen.«

Kurze Zeit später stürzte Limmi herein.

»Nein!«, rief Lischka. Er ahnte nichts Gutes.

»Doch«, keuchte Limmi, »sie schießen schon wieder auf amerikanische Flugzeuge.«

»Wenn doch dieser Tag bloß schon zu Ende wäre!«, zeterte Lischka.

Limmi machte sich mit der Gruppe von Keldins Spiegel auf den Weg zu dem Bereich der großen Höhle, in dem Quitus Gruppe arbeitete. Unterwegs fasste er zusammen, was ihm aufgetragen worden war. Sechs amerikanische Aufklärungsflugzeuge seien am Nachmittag zu einem Tiefflug über Kuba gestartet. Zwei der Maschinen mussten ihre Mission wegen technischer Probleme vorzeitig abbrechen. Gerade eben waren die verbliebenen F8U-1Ps über San Cristóbal und Sagua la Grande aufgetaucht, als die kubanischen Streitkräfte das Feuer auf sie eröffneten.

In diesem Moment erreichte die Gruppe in Limmis Schlepptau die Facetten, auf denen sich das Drama abspielte. Die Flüsterer beobachteten hier drei kubanische Soldaten, die mit Flugabwehrkanonen in den Himmel feuerten. Einer benutzte einfach sein Gewehr.

Die Flüsterer versuchten den Schützen Sand in die Augen zu streuen. Aber die Männer ließen sich weder einreden, dass sie zu müde zum Schießen seien, noch, dass ihnen ein Moskito ins Auge geflogen sei. Sie feuerten unaufhörlich weiter.

Keiner der umstehenden Beobachter konnte erkennen, ob sie ein Flugzeug abgeschossen hatten. Nach einer Weile stellten die Kubaner das Feuer ein. Jonas kehrte niedergeschlagen in die Felsenkammer zurück. Wenn tatsächlich noch ein Flugzeug getroffen worden war … Er zweifelte, ob sich Kennedys Geduld weiter strapazieren ließ.

Bereits um vier Uhr nachmittags versammelte sich das Exekutivkomitee erneut. Als General Maxwell Taylor dem Präsidenten den Abschuss von Major Andersons U-2 bestätigte, schloss Jack nun nicht mehr aus, dass bei einem weiteren Angriff auf amerikanische Aufklärer ein Bombardement der SAM-Stellungen notwendig werden könnte. Jonas begann in diesem Augenblick auf der Unterlippe herumzuknabbern. Offenbar wusste der Präsident noch gar nichts von der letzten Schießerei über Kuba.

Routinemäßig beschäftigte sich das ExComm dann mit Chruschtschows Briefen. Das Außenministerium hatte eine Antwort auf das zweite Verhandlungsangebot des sowjetischen Ministerpräsidenten vorbereitet, doch weder der Inhalt noch der Ton sagte dem Präsidenten zu. Unvermittelt meldete sich Bobby zu Wort. Er schlug vor, das zweite Schreiben Chruschtschows einfach zu ignorieren und stattdessen nur auf das erste einzugehen, in dem der Kremlchef sich erheblich entgegenkommender gezeigt hatte. Ted Sorensen unterstützte den Vorschlag Bobbys. Das Flüstern hatte sich ausgezahlt.

Während die Berater nun an einer geeigneten Antwort feilten, überprüfte Lischka ständig den Fortgang der Bemühungen auf sowjetischer Seite. In Chruschtschows Wochenendhaus rauchten die Köpfe. Hier war man überzeugt, dass die Amerikaner über kurz oder lang zuschlagen würden.

Um Viertel nach vier gelang Lischka ein Treffer. Der Journalist John Scali und der Washingtoner KGB-Chef Fomin saßen wieder beisammen. Außenminister Rusk hatte Scali gebeten das Treffen zu arrangieren. Der Ton des ABC-Korrespondenten war um einiges forscher als am Tag zuvor.

»Warum haben Sie Ihr Angebot vom 26. aufgegeben und die Jupiters in den Handel einbezogen?«

Fomin befand sich in einer Zwangslage. Es gelang ihm nicht ganz, das zu verbergen. »Der Grund dafür liegt in der armseligen Kommunikation zwischen dem Weißen Haus und dem Kreml. Als wir den ersten Brief verfassten, waren wir noch nicht im Besitz aller Fakten.«

»Und das soll ich Ihnen abnehmen?«, schrie Scali. »Ihre Erklärung ist absolut unglaubwürdig, Fomin. Nein, ich will

Ihnen sagen, was sie ist: ein falsches Spiel, das zum Himmel stinkt! Denken Sie nicht, Sie könnten uns täuschen oder gar unsere Pläne durchkreuzen. Die Invasion Kubas ist jetzt nur noch eine Angelegenheit von Stunden.«

Der KGB-Chef war blass geworden. »Ich bitte Sie, Mr. Scali, beruhigen Sie sich doch. Ich kann Ihnen versichern, Botschafter Dobrynin und ich erwarten jeden Moment eine Nachricht des Ministerpräsidenten Chruschtschow. Bitte berichten Sie Ihren Freunden im Außenministerium unbedingt, dass kein Täuschungsmanöver vorliegt.«

»Ich kann mir nicht vorstellen, dass man Ihren Versicherungen Glauben schenken wird, aber wie auch immer, ich werde Ihre Mitteilung weitergeben.«

Die beiden Männer trennten sich ohne große Herzlichkeit. Robert übernahm den Spiegel, um einen Blick ins Exekutivkomitee zu werfen. Nicht allzu lange später traf hier ein Memorandum Scalis ein, in dem er von dem Gespräch mit Fomin berichtete.

Der Präsident hatte Robert Kennedy und Theodore Sorensen in einen Nebenraum geschickt, damit sie in Ruhe ein Antwortschreiben an Chruschtschow verfassen konnten. Als sie nach einer Dreiviertelstunde zurückkehrten, wurden die Formulierungen vom Präsidenten und der ganzen Gruppe noch einmal geprüft. Jack veränderte und verbesserte nur wenig.

Der Brief drückte die Erleichterung über die Zugeständnisse Chruschtschows vom 26. Oktober in sehr verhaltener Form aus. Die signalisierte Bereitschaft zur Lösung der anstehenden Probleme sei begrüßenswert, hieß es. Doch zuerst müsse die Bedrohung durch die Raketen beseitigt werden. Hierzu habe der Präsident Vorkehrungen getroffen, damit in Zusammenarbeit mit dem Generalsekretär der Vereinten Nationen eine Übereinkunft erzielt werden könne. Kennedy brachte in dem Antwortschreiben seine Zuversicht zum Ausdruck die Vereinbarungen »der Weltöffentlichkeit innerhalb von zwei Tagen bekannt zu geben«.

Der ständige Wechsel zwischen Hoffnung und Enttäuschung hatte Jonas zermürbt. Er atmete nur sehr verhalten auf.

Immerhin schienen sich die Dinge in die richtige Richtung zu entwickeln.

Nach der Sitzung des Exekutivkomitees versammelten sich Jack und Bobby Kennedy, McNamara, Bundy, Rusk, Llewellyn Thompson und Theodore Sorensen im Oval Office. Der Präsident nannte seine Bedenken. Hatten sie wirklich alles getan, um eine Katastrophe zu verhindern? Zu Jonas' Überraschung äußerte er freimütig, was den Krieg in seinen Augen so besonders grauenhaft machte: Es war, wie er sagte, »der Gedanke an den Tod der Kinder in unserem Land und auf der ganzen Welt – dieser Jungen, die politisch keine Rolle spielen, die noch nichts von dem Konflikt wissen und deren Leben doch ausgelöscht werden soll wie das der Erwachsenen«.

Um keine Möglichkeit für eine schnelle Lösung der Krise ungenutzt zu lassen, einigten sich die Männer darauf, parallel zum Antwortschreiben mündlichen Kontakt mit Sowjetbotschafter Dobrynin aufzunehmen. Bobby sollte dem Russen klarmachen, dass ein Abzug der Raketen unbedingt erforderlich sei, andernfalls würden sich Militäraktionen gegen Kuba nicht mehr verhindern lassen. Sollten die Sowjets ihre Waffen entfernen, seien die Vereinigten Staaten bereit von einer Invasion Kubas abzusehen. Auch einen schnellen Abzug der Jupiter-Raketen aus der Türkei wollte man in Aussicht stellen, ohne sich jedoch schriftlich dazu zu verpflichten.

Lischka rief noch einmal Chruschtschow auf den Spiegel. Die Atmosphäre in seiner Datscha war weiterhin angespannt. Dreiundzwanzig Kremlfunktionäre, einschließlich der Mitglieder des Präsidiums und des Sekretariats, rangen um eine Strategie, um die drohende amerikanische Invasion auf Kuba möglichst ohne Gesichtsverlust abzuwenden.

Weil in Nowo Ogarewo für die Flüsterer kaum Handlungsbedarf bestand, übergab Lischka den Spiegel wieder an Robert.

Präsident Kennedy begrüßte gerade seinen Bruder, der sich zuvor mit dem Sowjetbotschafter Dobrynin im Justizministerium getroffen hatte. Beide waren nicht gerade optimistisch. Sie erwarteten sogar eine militärische Konfrontation für Dienstag, »vielleicht auch schon für morgen«, wie Jack sagte.

Voll unguter Gefühle verließ Jonas in der Nacht die Höhle der Flüsterer. Wie oft hatte Kennedy oder einer der beteiligten Männer das Gespenst des Krieges an die Wand gemalt? Wie oft war die Rede von nur wenigen Stunden gewesen? Der nächste Tag, das wusste er, würde eine wichtige Entscheidung bringen. Die zerstrittenen Parteien standen schon mit den Zehenspitzen über dem Abgrund.

Sonntag
28
Oktober

McGeorge Bundy wirkte erstaunlich gelassen. Obwohl es Sonntagmorgen war und er in seinem Büro saß. Auf seinem Schreibtisch lag ein Notizzettel mit einer Telefonnummer. Der Justizminister, Robert Kennedy, sei im Notfall im Washingtoner Zeughaus-Areal zu erreichen. Er sehe dort mit seinen Töchtern einem Springturnier zu.

Wie wohl auch der Sicherheitsberater des Präsidenten, glaubte Jonas in dieser Freizeitaktivität Bobbys ein gutes Zeichen zu erkennen. Wenn er schon wieder den Pferden dabei zuschauen kann, wie sie Hindernisse umrennen, dann müssen ihm die größeren Hürden in der Welt wohl nicht mehr ganz so unüberwindlich erscheinen.

Jonas selbst war am frühen Morgen mit einem eher flauen Gefühl erwacht. Er hatte höchstens zwei Stunden geschlafen. Darina war es nicht besser ergangen.

»Im Weißen Haus ist alles ruhig. Der Präsident bereitet sich auf eine neue Fernsehansprache vor«, begrüßte Ximon sie in der Felsenkammer. Jonas fragte sich, wie die Flüsterer nur mit so wenig Schlaf auskamen.

»Was will Kennedy denn heute seinem Volk erzählen?«, erkundigte er sich.

»Er wiederholt nur seine Rede vom vergangenen Montag«, antwortete Ximon mit einem Schulterzucken.

»Lasst uns mal nachsehen, was Chruschtschow und seine

dreiundzwanzig Mitstreiter machen«, schlug Lischka vor. »Mich interessiert, ob sie vielleicht über ihren Krisenplänen eingenickt sind.«

Sie waren es nicht. Als das Bild des Kremlchefs und seiner Berater im Spiegel erschien, ging gerade eine letzte große Panikwelle über die Datscha in Nowo Ogarewo hinweg. Nach wenigen Minuten war klar, worin der Grund für die Aufregung bestand.

Chruschtschow hatte von einer geplanten weiteren Fernsehansprache Kennedys gehört. Er befürchtete, der amerikanische Präsident werde seiner Nation am Mittag die Invasion Kubas ankündigen. Mit Erstaunen und Erleichterung hörte Jonas den Kremlchef ausrufen: »Geben Sie ihnen, was sie wollen. Wir ziehen unsere Raketen ab.«

»Aber Genosse Generalsekretär!«, wollte sein Verteidigungsminister, Marschall Rodion Malinowski, widersprechen, doch Chruschtschow schnitt ihm sogleich das Wort ab.

»Aus! Keine Spielchen mehr. Wir werden uns bei dieser *avantjura* alle den Hals brechen, wenn wir noch weiter zögern. Bereiten Sie umgehend eine klare Antwort auf Kennedys Angebote vor. Wir ziehen unsere Raketen ab, *ohne* Bedingungen. Bevor Kennedys Rede am Mittag in Washington ausgestrahlt wird, muss die Welt unser Friedensangebot kennen. Verfassen Sie sofort eine Nachricht für den Rundfunk. Es ist jetzt«, Chruschtschow sah auf seine Uhr, »bald drei. Bis zu Kennedys Rede sind es noch fünf Stunden. Wenn unsere Nachricht, sagen wir, um sechs Uhr Moskauer Zeit über den Äther geht, dann hat der Präsident noch zwei Stunden, um darauf zu reagieren. Lassen Sie sicherheitshalber unseren Botschafter in Washington den Beschluss vorab übermitteln.«

»Aber Genosse Generalsekretär«, wandte Sharif Raschidow, ein Mitglied des Präsidiums ein, »gleich beginnt der Berufsverkehr. Es ist unmöglich, rechtzeitig von Nowo Ogarewo bis zum staatlichen Rundfunkkomitee zu kommen.«

Chruschtschow funkelte Raschidow an und schnaubte: »Alles ist möglich. Man muss es nur versuchen.«

Jonas konnte es einfach nicht fassen. War das endlich das

Ende der Krise? Chruschtschow hatte wie ein unterlegener Wolf den Schwanz eingezogen, ohne auch noch ein einziges Mal zu knurren. Jonas erinnerte sich an ein Ereignis, das schon vier Tage zurücklag und überhaupt nichts mit der Raketenkrise zu tun hatte. Was hatte Kraark damals gesagt? *Der Klügere gibt nach.* Wer war nun in dieser katastrophalen Weltsituation der Dumme? Kennedy, der nie den Kopf eingezogen und bis an den Rand der globalen Zerstörung auf seinem Standpunkt beharrt hatte, oder war es Chruschtschow, der so ungestüm begonnen und dann im Angesicht des Todes von Millionen von Menschen einen Rückzieher gemacht hatte?

Im Bereich von Jonas' Magen machte sich eine Stimme bemerkbar, die sich ungestüm für den temperamentvollen Russen einsetzte. Es gab Menschen, die gar nichts davon hielten, wichtige Entscheidungen aus dem Bauch heraus zu treffen. Doch Jonas war sich da nicht so sicher. Vielleicht war es gerade ein wenig mehr Gefühl, das seine Welt brauchte. Er war jedenfalls unendlich erleichtert. Fast, als hätte ihm jemand einen riesigen Stein von der Brust gewälzt. Nun konnte er wieder frei atmen.

Das Bild des Kremlführers verschwand. »Hoffentlich überlegt er es sich nicht noch einmal anders«, murmelte Lischka.

»Wie meinst du das?«

»Wenn er mitbekommt, dass die neue Fernsehrede Kennedys nur die alte vom Montag ist, könnte er erneut einen Tobsuchtsanfall bekommen.«

»Zu diesem Zeitpunkt hat sein Botschafter in Washington aber wahrscheinlich schon die Nachricht übermittelt.«

Lischka nickte ernst. »Das könnte sich für den Frieden als vorteilhaft erweisen.«

Seit langem waren die stillen Beobachter nicht mehr so zuversichtlich gewesen wie in diesem Moment.

Bald darauf zeigte ein kurzer Blick nach Nowo Ogarewo einen Fahrer, der gerade den Beschluss des Ministerpräsidenten in Empfang nahm, zu seinem Wagen rannte und mit durchdrehenden Rädern in Richtung Moskau davonstob. Auf Nachfrage Lischkas konnte Limmi mitteilen, dass der Fahrer auch in der großen Höhle zu verfolgen war. Die Spiegelgruppe konnte sich also wieder dem Geschehen im übrigen Teil der Welt zuwenden, während ein anderer Flüsterer sich des russischen Boten annahm. Der sollte sich dann noch lange Zeit nach diesem Tag wundern, mit welcher Gelassenheit er, einem Formel-1-Piloten gleich, durch den Moskauer Stadtverkehr gebraust war.

Fidel Castro stand dem Genossen Chruschtschow in puncto Erregbarkeit in nichts nach. Als Quitu ihn wenig später im Spiegel erscheinen ließ, drückte er gerade wortgewaltig seinen Unwillen über den sowjetischen Schlingerkurs aus. Der Kremlchef hatte Castro nicht einmal von dem Rückzugsbeschluss in Kenntnis gesetzt. Doch was der vollbärtige Mann in Havanna da von seinen Untergebenen hörte, war ungeheuerlich. Gerade hatte man die Arbeiten an vierundzwanzig Raketenstellungen abgeschlossen, doch mit einem Mal war der Eifer der Waffenbrüder erlahmt. Man konnte fast meinen, sie würden jeden Moment damit beginnen, alles wieder *abzubauen*!

»Hurensohn! Bastard ...!« Jonas stieg die Schamröte ins Gesicht, als er all die Flüche vernahm, mit denen Castro den Kremlführer überschüttete. Einige der einfallsreicheren Wortschöpfungen konnte nicht einmal der Kristallspiegel verständlich wiedergeben.

Fidel Castro rief die militärische Spitze zusammen, um die veränderte Lage zu erörtern. Wenn die Amerikaner jetzt angriffen, dann war er ihnen schutzlos ausgeliefert. Der große Bruder in Moskau hatte die »Insel der Freiheit« schmählich verraten.

Kurz nach neun Uhr morgens erhielt Dean Rusk im Außenministerium den erlösenden Anruf: Radio Moskau sende gerade eine Erklärung der sowjetischen Regierung. Demnach, so Chruschtschow, »hat die sowjetische Regierung in Ergänzung früher ergangener Anweisungen zur Einstellung der weiteren Arbeiten an den Baustellen eine neue Anordnung zur Demontage der Waffen, von der anderen Seite als ›offensiv‹ bezeichnet, zu ihrer Verpackung und Rückführung in die Sowjetunion erlassen«.

Rusk griff zum Telefonhörer. Um zehn hatte er endlich den Justizminister bei seinem Springturnier ausfindig gemacht. Wenige Minuten später saß Robert Kennedy in seiner Limousine; seine Töcher hatten wenig Verständnis für den vorzeitigen Aufbruch des Vaters gezeigt.

Bobby fuhr umgehend ins Weiße Haus. Er war noch nicht lange dort angekommen, als ein Anruf von Anatoli Dobrynin einging. Der Sowjetbotschafter bat den Justizminister dringend um eine Unterredung. Um elf saßen die beiden in Bobbys Amtszimmer zusammen.

Dobrynins Ton war um einiges zurückhaltender als noch am Abend zuvor, als er leidenschaftlich um einen Rückzug der Jupiter-Raketen aus der Türkei gestritten hatte. An diesem Morgen richtete er dem Präsidenten und seinem Bruder die besten Grüße Chruschtschows aus. Dann wiederholte er das Angebot des Kremls: Alle Raketen würden unter angemessener Überwachung durch die Vereinten Nationen abgebaut und in die Sowjetunion verschifft.

Lischka zwinkerte Jonas über den Spiegel hinweg zu. Das sollte wohl heißen: Jetzt wird alles gut.

Nachdem Dobrynin das amerikanische Justizministerium verlassen hatte, kehrte Bobby ins Weiße Haus zurück und berichtete seinem Bruder ausführlich von dem Gespräch. Der Präsident war sichtlich erleichtert. Noch in Gegenwart seines Bruders rief er die ehemaligen Präsidenten Truman und Eisenhower an, um ihnen die gute Nachricht zu übermitteln. Anschließend verabschiedete sich Bobby.

Auf dem Weg zur Tür rief ihm Jack mit einer Anspielung auf Abraham Lincoln noch nach: »Das ist der richtige Abend, um ins Theater zu gehen.«

Bobby lächelte. »Wenn du ins Theater gehst, komme ich mit.«

FÜNFTE FACETTE

DIE ZÄHMUNG

◇ EIN BEUNRUHIGENDER TRAUM

Im Muschelpalast herrschte eine ausgelassene Stimmung. Der Kristallsaal war kurzerhand zu einem Festraum umfunktioniert worden. Nicht nur alle Ältesten waren anwesend, sondern auch all die Gefährten, die Jonas und Darina durch das Zwieland begleitet hatten. Man aß, trank und machte Pläne für die Zukunft.

Jonas konnte das Gefühl, noch einmal mit knapper Not dem tödlichen Sturz in einen Abgrund entronnen zu sein, nicht in vollen Zügen genießen. Die guten Nachrichten aus den Ländern des Moskitos, des Bären und des Adlers waren eine Sache, aber Darinas Verhalten eine andere.

Die Wissende war an diesem Abend sehr ernst. Irgendetwas bedrückte sie. Als Jonas sie danach fragte, gab sie wieder die gleiche Antwort, die er nun schon mehrmals von ihr gehört hatte: Ein Schatten liege auf ihrer Seele, etwas Bedrohliches, eine Gefahr, die sie sich nicht erklären, auf die sie auch nicht mit dem Finger zeigen könne, um dann allen zu sagen: Da, gebt Acht, duckt euch – oder was auch immer.

Im Laufe des Nachmittags hatte dieses Gefühl auch Jonas verspürt. Daraufhin waren sie zum Schneckenhaus gegangen, um Syrda die Einladung für das abendliche Fest zu überbringen und sie über die Freundschaftssteine zu befragen. Darina und Jonas glaubten, ihre Kettenanhänger seien für das gemeinsam empfundene Unbehagen verantwortlich. Syrda bestätigte diese Annahme.

»Wahre Freunde fühlen miteinander und füreinander. Es ist also ganz normal, wenn du, Jonas, genau dasselbe empfindest wie Darina.«

»Dann habe ich allen Grund mich zu fürchten und ich weiß nicht mal, warum.«

Darina legte ihre weiße Hand auf die von Jonas. »Ich wünschte, ich könnte dir sagen, was uns bedroht, mein Bruder.«

Seit dem Besuch im Schneckenhaus waren nun fünf Stunden

vergangen. Fünf Stunden, in denen Darina immer blasser geworden war.

Jonas schaute besorgt zu ihr hinüber. Die Haut ihres Gesichts wirkte beinahe durchsichtig. Sie saß an der großen Kristalltafel. Ihr Teller war noch genauso voll, wie Krem ihn ihr vorgesetzt hatte. Sie bemerkte Jonas' Blick und versuchte zu lächeln. Es gelang ihr nur schwer. Jonas' Herz verkrampfte sich. Er wünschte sich so sehr Darina helfen zu können, aber er wusste nicht, wie.

Auch Sarah war es nicht gelungen, ihren Sohn und seine zierliche Freundin aufzumuntern. Jonas' Mutter konnte deren Stimmung einfach nicht nachempfinden. Sie selbst war so glücklich! Sie hatte ihre Sohn zurückgewonnen und nun zeichnete sich auch ein baldiges Ende der Krise ab, die Azon und die Menschenwelt gleichermaßen bedroht hatte. Warum konnten nicht alle so glücklich sein wie sie?

Zu vorgerückter Stunde stießen Ximon und Lischka zur Schar der Feiernden. Sie hatten darauf bestanden, noch in der Höhle der Flüsterer zu bleiben und später nachzukommen. Limmi folgte ihnen. Als der junge Flüsterer die auf einem Nebentisch angerichteten Speisen sah, machte er große Augen und ging gleich zum Angriff auf das Buffet über. Jonas war nicht allzu sehr darüber verwundert, welche Mengen Limmi in sich hineinschaufeln konnte: Er selbst hatte ab und an ähnlich ungestüme Momente.

Ximon fasste für die Anwesenden kurz zusammen, was sich noch im Laufe des Tages zugetragen hatte. Kurz nach ein Uhr mittags hatte Außenminister Dean Rusk eine Pressekonferenz für Zeitungs- und Rundfunkjournalisten gegeben. Seine Äußerungen seien sehr zurückhaltend gewesen, meinte Ximon. Rusk sagte wörtlich: »Zu diesem Zeitpunkt schon zu behaupten, dass alles vorbei sei, ist nicht angebracht.«

Dieser Ansicht schlossen sich Lischka und Ximon an. »Das Gröbste dürften wir allerdings hinter uns haben«, bemerkte Lischka mit einem breiten Lächeln. »Hier und da schwelen noch einige Feuerchen, die ganz schnell wieder zu einem großen Brand entfacht werden können. Aber wenn wir Flüsterer auf der Hut sind, wird bald nur noch der Rauch über den Himmel ziehen.«

»Hoffentlich sieht man ihn noch möglichst lange«, knarzte Syrda. »Wäre nicht so gut, wenn die Menschen ihre Fehler allzu schnell vergäßen.«

Am Abend habe es noch ein amüsantes Treffen gegeben, berichtete Ximon weiter. Der KGB-Chef in Washington, Alexander Feklisow, den Amerikanern unter dem Decknamen Fomin bekannt, hatte sich noch einmal mit John Scali verabredet. Fomin richtete dem State-Department-Korrespondenten den Dank Chruschtschows aus. Scali habe der Sowjetunion sehr geholfen. Dann – und das war das eigentlich Lustige – bedankte sich Fomin sogar für Scalis Wutausbruch vom vergangenen Nachmittag. Das habe ihm den Ärger der Vereinigten Staaten über die Haltung der Sowjetunion deutlicher gezeigt als jede diplomatische Debatte.

»Dann scheinen die Menschen also wirklich zur Besinnung zu kommen«, stellte Belkan zufrieden fest.

»Wir werden Keldins Spiegel trotzdem rund um die Uhr besetzt halten, um, wenn nötig, schnell reagieren zu können«, sagte Ximon.

Als die Gespräche im Kristallsaal allmählich abflauten, zog sich Jonas in sein Zimmer zurück. Darina und Syrda waren schon kurz vorher mit einem Gutenachtgruß verschwunden. Die alte Weise hatte sich erboten bis zum Morgen bei Darina zu bleiben. »Nur falls du in der Nacht zu spucken anfängst oder sonst was für Sachen machst«, hatte sie Darina gegenüber erklärt.

Wenn Jonas des Nachts im Bett lag, dann konnte er erst richtig nachvollziehen, was Darina durchmachte. Er hätte die Kette mit dem Freundschaftsstein einfach abnehmen und vermutlich tief und fest schlafen können, aber irgendetwas in seinem Innern sträubte sich dagegen. Er wollte da sein, wenn Darina ihn brauchte. Damals, als Lydia in die Sümpfe gelaufen war, hatte er gezögert. Bei Darina wollte er nicht denselben Fehler begehen.

Irgendwann tief in der Nacht musste er doch eingenickt

sein. Der Traum schlich sich so hinterhältig in sein Bewusstsein, dass er ihn zunächst für Wirklichkeit hielt. Seit Stunden hatte er rücklings auf dem Bett gelegen und gegen die muschelverzierte Decke gestarrt. Mit einem Mal begannen sich die Bilder über seinem Kopf zu bewegen. Die Decke bekam eine runde Ausbuchtung. Immer weiter wölbte sie sich nach unten, wie ein Gummituch, in dem eine schwerer und schwerer werdende Eisenkugel lag.

Während Jonas noch auf die sich aufblähende Muschelblase starrte, veränderten sich auch die bunten Mosaikbilder. Sie verschwammen und ordneten sich zu einer neuen Form an, die ihm vertraut war. Er blickte nun auf einen Globus, auf die Erde.

Unvermittelt begann die Kugel auf ihn zuzufliegen. Jonas konnte sich gar nicht erklären, warum sie ihn nicht längst im Bett erdrückt hatte, bis ihm klar wurde, dass *er* fiel. Er stürzte aus großer Höhe auf die Erde zu.

Die Kontinente rasten wie die Trümmer einer Explosion heran. Er entdeckte Florida, konnte die Everglades erkennen, ein grünes Tuch, das sich deutlich von den zersiedelten Küstenregionen abhob. Dann wurde die amerikanische Westküste seinem Blick entrissen und er sah das Meer herankommen. Ein großes, schier endloses Blau. Einige Atemzüge lang gab es nur Wasser, aber dann fielen ihm ein paar Pünktchen am oberen rechten Rand seines Sichtfeldes auf. Sie wuchsen. Inseln. Jonas erkannte die Umrisse wieder. Die Bermudas! Dann verschwand auch dieser letzte Vorposten trockenen Landes und er stürzte auf die leicht gekräuselte Wasseroberfläche zu.

Plötzlich begann sich etwas Neues herauszubilden. Ein Strudel. Ein gewaltiger, sich im Uhrzeigersinn drehender Mahlstrom. Und Jonas fiel genau darauf zu. Jäh durchbrach er die Wasseroberfläche und tauchte in das Innere des Wirbels. Sein Sturz war viel zu schnell, um irgendwelche Einzelheiten wahrzunehmen. Er konnte sich ohnehin nur auf das pulsierende Blau konzentrieren, das ihm entgegenraste. Erst jetzt stellte sich die Erinnerung ein, dass er all dies schon kannte. Er wunderte sich, warum er nicht schon früher darauf gekommen war. Azons Herz pulsierte da unten. Wurde immer größer. Nahm bald sein gesamtes Blickfeld ein. Dann zerschellte er auf dem blauen Kristall.

Schreiend fuhr Jonas im Bett hoch. Sein Atem ging wie nach einem Sprint. Sein Nachthemd war klitschnass. Ängstlich blickte er zur Decke hinauf, aber da befanden sich nur die Muschelkassetten, in jeder ein anderes Bild. Es war nur ein Alptraum gewesen, dachte Jonas. Aber dann stutzte er: Er hatte das Gefühl, sein Bett würde vibrieren.

Er schwang die Beine heraus und suchte die Lampe auf dem Nachttischchen. Sie war nicht da. Verwundert tastete er sich in Richtung Tür vor. In der Dunkelheit musste er völlig die Orientierung verloren haben, denn er fand die Lichtkugel erst nach einigem Herumtasten. Schnell legte er die Handfläche auf den runden Glaskörper und ein weiches Licht ergoss sich in den Raum. Jonas' Atem stockte.

Das Bett stand nicht mehr da, wo es sich noch am Abend befunden hatte. Der kleine Tisch mit der Lesekugel war umgestürzt. Die Lampe selbst lag in einer ganz anderen Ecke des Raumes.

In diesem Moment kamen seine Eltern hereingestürzt.

»Jonas«, brach es aus Sarah hervor, »Jonas, hast du das auch mitbekommen?«

Der Junge sah seine Mutter fragend an. »Wenn du meinst, dass mein Bett zum Schlafwandler geworden ist, das ist mir allerdings schon aufgefallen.«

»Hast du denn gar nicht das Erdbeben bemerkt?«

Jetzt sah Jonas noch ratloser aus. Sein Vater nickte ihm bedeutungsvoll zu.

»Eigentlich war es nur ein einziger langer Stoß, eine Art Zittern, das schlagartig anschwoll und nach einem heftigen Ruck leise vibrierend ausklang. Als hätte jemand die Saite eines riesigen Kontrabasses gezupft.«

»Ich muss nach Darina sehen!«, stieß Jonas plötzlich hervor. Er ließ seine verdutzten Eltern stehen und rannte auf den Flur hinaus.

Dort begegnete er Krem, der aber so beschäftigt war, dass er ihn gar nicht zu bemerken schien. Belkans Diener jagte in Zipfelmütze und weißem Nachthemd an ihm vorüber wie ein Theatergespenst, das Gefahr lief seinen Auftritt zu verpassen. Andere Bonkas waren kaum weniger aufgeregt. Der ganze Muschelpalast befand sich kurz vor einer Panik.

Vorbei an orientierungslosen Kleinen und über etliche umgefallene Möbelstücke hinweg erreichte er Darinas Zimmer. Er riss die Tür auf, ohne anzuklopfen, und blieb wie angewurzelt stehen.

Auch Darinas Bett war durch das Zimmer gerutscht. Sie saß noch darin und blickte mit weit aufgerissenen Augen in Jonas' Gesicht. Syrda war bei ihr und tätschelte stumm ihre Hand. Das sonst goldene Haar der Wissenden erschien dunkel und schweißnass. Das Nachthemd klebte ihr am Leib, man konnte die Kette mit dem Freundschaftsstein durch den Stoff hindurch sehen.

»Jonas!«, hauchte sie. Ihre Stimme war kaum zu hören.

Er eilte an ihr Bett und ergriff die zitternde Hand. Nur am Rande nahm er wahr, dass hinter ihm mehrere Personen in das Zimmer eilten. »Was ist geschehen?«, fragte Jonas, ohne jeden Zweifel, dass die Wissende die Antwort kannte.

Darina sah ihn an und schüttelte den Kopf, als könne sie damit ungeschehen machen, was sie im Traum erfahren hatte. Tränen rannen ihr über die Wangen. Ihre Unterlippe bebte. Als sie endlich mit brüchiger Stimme zu reden begann, sprach aus ihren Worten tiefste Verzweiflung.

»Azon«, hauchte sie. Ihre Finger verkrampften sich um Jonas' Hand. »Mein Bruder! Die Malkits haben uns die Erde gestohlen. Der blaue Kristall … Er ist verschüttet. Azon ist verloren!«

»Azon wird erlöschen wie eine Kerzenflamme ohne Luft.«

Für eine Weile lastete die Stille so schwer im Raum, dass Jonas sogar glaubte sie greifen zu können. Darina stand im Kristallsaal, um sie herum eine Schar müder und verängstigter Gestalten, deren Gesichter grau wie Stein waren.

»Erklär uns das genauer, Kindchen. Nicht alle hier verstehen, was du meinst«, bat Syrda.

»Das ist leicht getan«, sagte Darina. Sie trug jetzt ein langes lavendelfarbenes Gewand und wirkte völlig gefasst. Jedoch die stille Heiterkeit, die Darina bei aller Würde stets wie eine Aura umgeben hatte, war völlig verschwunden. »Azon ist ein Geschöpf des Lebens, das über dem blauen Kristall pulsiert. Unsere Welt ist eine Projektion des blauen Planeten, den die Menschenkinder Erde nennen. Das heißt nun nicht, dass wir nur eine Illusion wären. Wie sonst könnten Wanderer von der Erde zu uns kommen? Es liegt eben einfach in der Natur unseres großen blauen Kristalls, dass er nicht nur ein Abbild aus Licht erschaffen kann, sondern auch eines aus Fleisch und Blut, aus Pflanzen und Tieren, aus Stein und Sand und Wasser und allem anderen, was eine funktionierende Welt ausmacht.«

»Aber«, Jonas' Vater rieb sich nachdenklich das Kinn, »würde dieses Abbild nicht einfach so bleiben, wie es ist, wenn es keine neuen – wie soll ich sagen? – Impulse mehr von der Erde empfängt?«

Darina schüttelte ernst den Kopf. »Allein das wäre schon furchtbar genug. Aber unsere Welt und die eure haben seit jeher in einer beständigen, fruchtbaren Wechselbeziehung gestanden. Das Kleine Volk und die Menschenkinder sind wie siamesische Zwillinge, sie sind miteinander verwachsen. Wir konnten nur entstehen, weil es euch Menschen gab. Und ihr? Euer Denken, eure Kultur, euer ganzes Sein ist erst durch die Flüsterer aufgeblüht.«

»Es waren nicht immer schöne Blüten«, bemerkte Robert nickend.

»Nein, allerdings nicht. Seit das Kleine Volk untereinander entzweit ist, haben die Malkits immer wieder viel von dem zerstört, was die Bonkas den Menschenkindern schenkten. Doch nun haben sie Azon von der Erde abgeschnitten. Unsere Welt wird schnell an Farbe verlieren. Sie wird einfach verblassen, bis sie nicht mehr existiert.«

»Und dann werden die Menschen keine Geistesblitze mehr haben«, sagte Robert mit grimmiger Stimme. »Das haben die Malkits geschickt angestellt: Erst streuen sie den Samen der Engstirnigkeit und Zwietracht über der Erde aus und dann schütten sie den Kristall zu, damit die Bonkas den Schaden nicht mehr gut machen können. Ich fürchte, selbst wenn die Menschheit niemals bemerken sollte, dass es die Flüsterer nicht mehr gibt, wird sie an den Folgen doch schwer zu tragen haben: Menschen, deren Aufgeschlossenheit am eigenen Hemdkragen endet und deren Weltbild in einem engen Rahmen steckt, tragen den Samen der Malkits noch in sich. Die haben ja schließlich lange genug solche Betonköpfe gesammelt, jeden engstirnigen, dekadenten Besserwisser, den sie finden konnten, alle diejenigen, die bereit waren die Wahrheit und jegliches Gut den eigenen Interessen zu opfern ...«

»Bob«, unterbrach Sarah ihren erregten Mann, damit er sich nicht noch mehr in seinen Zorn hineinsteigern konnte, »lass uns lieber darüber sprechen, was wir tun können. Vielleicht ist ja noch nicht alles verloren.«

»Ich wusste schon immer, dass die Frauen die besseren Männer sind«, knarzte Syrda. »Sarah hat Recht. Wir dürfen den Hund nicht begraben, solange er noch beißen kann.«

»Nach wem sollten wir denn schnappen?«, fragte Bergalf skeptisch.

Der Oberälteste Belkan nickte betrübt. »Mir will auch nicht einleuchten, wie wir den Kristall wieder frei machen können, sollte er von Schlamm bedeckt sein, wie Darina sagt.«

»Azon kann sich selbst reinigen, wir müssten dabei nur etwas nachhelfen«, beharrte Syrda.

Belkan schüttelte den Kopf. »Wir alle wissen, dass der blaue Kristall die *normalen* Ablagerungen am Meeresgrund allein auflösen kann. Aber Darina hat uns schon vor drei oder vier Wochen erklärt, dass der Stein für eine dicke Schmutzschicht zu viel Zeit benötigen würde und eine Schieflage noch verheerender wäre. Selbst wenn unsere Welt nicht innerhalb von drei oder vier Tagen auseinander gerissen wird, würde es Jahrzehnte dauern, bis der Schlamm abgetragen wäre. Bis dahin wird es uns alle nicht mehr geben.«

»Dann entstünde eine neue Welt aus dem Abbild der Erde über dem Kristall.«

»Was wäre das wohl für eine Welt!«, versetzte Numin. »Ich für meinen Teil würde gern den Zwischenschritt der Nichtexistenz überspringen.«

Darina sah den Keldinianer nachdenklich an. Dann hob sie das Kinn, blickte in die Runde der versammelten Männer und Frauen (Kraark inbegriffen) und verkündete: »Es gibt noch eine letzte Hoffnung.«

Alle schauten sie erwartungsvoll an.

»Wir müssen einen Weg beschreiten, den seit Äonen niemand mehr gegangen ist. Es ist ein gefährlicher Weg, aber unsere Rückkehr aus dem Zwieland hat bewiesen, dass wir ihn gehen können.«

»Du meinst doch nicht etwa ...?« Der Wächter Goldan wagte nicht weiterzusprechen.

Darina sagte ernst: »Wir müssen den Kimbaroth durchschreiten, und diesmal *ganz*. Nur die Reise ins Land der Malkits kann uns jetzt noch retten.«

Syrda nickte der Wissenden ermutigend zu. Auf ihren Lippen lag ein zufriedenes Lächeln.

»Was versprichst du dir davon?«, wollte der Älteste Gondik wissen.

»Ich kann euch nicht mit Sicherheit den Grund für meine Überzeugung nennen. Doch ich vermute, dass Kanthelm hinter allem steckt. Er hat den Schläfer ins Land der Malkits geführt, denn nur ein Wesen von der Macht eines Gorrmacks konnte den Kristall zum Kippen bringen!«

»Zum Kippen?«, hakte Sarah verwundert nach.

»Ja. Als der flüssige Meteor zum blauen Kristall erstarrte,

hatte er eine sehr unregelmäßige Form. Das ist natürlich bis heute so geblieben. Der große Kristall ruht auf mehreren Säulen, die tief in den Meeresgrund hineinreichen. Einige von ihnen, die unter seinem Schwerpunkt liegen, sind länger als die anderen. So kam es, dass der Kristall zuletzt wie der ausbalancierte Balken einer Waage zur Ruhe kam. Schon ein Gorrmack konnte ihn aus dem Gleichgewicht bringen.«

»Und jetzt ist die Wippe zugunsten der Malkits gekippt«, bemerkte Robert grimmig.

»Genau so ist es. Wenn es uns gelänge, Kanthelm die Schwere seines Fehlers klarzumachen, könnte er vielleicht den Gorrmack dazu überreden, die Waage wieder auszutarieren. Dann würde der Meeressand vielleicht zurückrutschen und eine Fläche des Kristalls frei machen, die groß genug ist, dass wir überleben können.«

»Ich kann mir nicht vorstellen, dass Kanthelm je seine Meinung ändern wird«, sagte Jonas.

Darina sah ihn offen an. Früher hätte sie in diesem Moment gelächelt, aber jetzt erwiderte sie nur ernst: »Die Malkits denken, alle Macht liege in dem Kristall. Die Erde stellt für sie nur ein Mittel zum Zweck dar, nicht mehr. Aber das ist ein Irrtum. Der Stein ist zwar ein machtvolles Gebilde, aber er besitzt kein Leben. Nur Leben bringt Leben hervor. Ich werde mit Kanthelm darüber sprechen. Vielleicht gelingt es mir, ihn von der Wahrheit zu überzeugen. Wenn er erst begreift, dass Azon seiner Vernichtung entgegengeht, kommt er womöglich doch noch zur Besinnung.«

»Und wenn nicht?«

Darina blickte auf die durchsichtige Tischplatte. »Du hast mir erzählt, mein Bruder, Kanthelm habe den Wunsch geäußert eine Dynastie zu begründen.«

»Nein!«, schrie Numin. »Das lasse ich nicht zu. Niemals werde ich dich diesem Abschaum ausliefern …«

»Numin!«, unterbrach Darina den jungen Keldinianer. In ihren Augen loderte ein tiefer Schmerz. »Wenn ich das Opfer bin, um zwei Welten zu retten, dann muss dieser Preis bezahlt werden.«

Aus der Höhle der Flüsterer waren zwischenzeitlich ernste Nachrichten eingetroffen. So gut wie alle Facetten waren erloschen und die wenigen, durch die man noch in die Menschenwelt hinübersehen konnte, zeigten nur ein verzerrtes und unscharfes Bild. Darina erklärte mit hohler Stimme, was das bedeutete: Der blaue Kristall war fast vollständig verschüttet und lag außerdem nicht mehr waagerecht auf seinen tragenden Säulen. Daraus ergab sich ein ernstes Problem. Nicht nur der Schlamm musste entfernt, sondern der Kristall selbst auch binnen weniger Tage ins Gleichgewicht gebracht werden. Das verschobene und verzerrte Bild der Erde deckte sich nicht mehr mit der Gestalt Azons. Sollte Darinas Plan scheitern, musste die Welt unter dem blauen Kristall zwangsläufig auseinander brechen.

Nach längerer Beratung hatte der erweiterte Kristallrat beschlossen die Abordnung der Bonkas erst nach einem weiteren Ruhetag abreisen zu lassen. Als man auseinander ging, setzte schon die Morgendämmerung ein und Syrda bezeichnete es als »unverantwortlich, Darina einen sofortigen Aufbruch zuzumuten«.

Die Flüsterer hatten schwere Bedenken gegen einen Aufschub der Abreise geäußert. Die Lage auf der Erde habe sich noch nicht richtig stabilisiert. Bis zu der Stunde, als die Facettenbilder verblassten, war klar zu erkennen gewesen, dass Chruschtschow seine Raketen nicht ganz ohne schriftliche Garantien der Vereinigten Staaten aus Kuba zurückziehen werde. Kennedy sollte ihm zusichern, dass es weder eine Invasion auf Kuba noch einen von den USA unterstützten Putschversuch gegen Fidel Castro geben würde. Im Weißen Haus sonnte man sich aber im Erfolg des eigenen harten Kurses. Kennedy, seine Berater und andere Politiker der USA wollten sich den errungenen politischen Vorteil partout nicht nehmen lassen. Der Triumph schien ihnen wichtiger zu sein als eine endgültige, schnelle und sichere Beilegung der Kubakrise.

Syrda hatte sich schließlich durchgesetzt. Sie zeigte mit knochigem Finger auf Darinas fahles Gesicht und sagte beinahe drohend: »Seht sie doch an! Wollt ihr sie in diesem Zustand durch den Kimbaroth und in Kanthelms Arme hetzen? Soll die Wissende so seiner Tücke und Bosheit trotzen?«

Alle hatten betreten den Blick abgewandt. Darina sah wirklich erbärmlich aus.

Darauf meldete sich die Wissende noch ein letztes Mal zu Wort: »Gebt mir die Kraft *eines* Tages.« Dieser schlichten Bitte hatte niemand etwas entgegenzusetzen.

Jonas erwachte um die Mittagszeit. Er hatte nicht ganz sechs Stunden geschlafen. Erstaunlicherweise fühlte er sich einigermaßen frisch. Es war wohl vor allem die lastende Ungewissheit der herannahenden Gefahr gewesen, die ihm, übertragen von Darina, dermaßen zugesetzt hatte. Nachdenklich ließ er den grünen Freundschaftsstein an der Halskette vor seinem Gesicht hin und her pendeln. Manchmal konnte Freundschaft schon eine schwere Bürde sein.

Und trotzdem: Er betrachtete sich gewissermaßen als Darinas Ritter. Es war seine heilige Pflicht, sie zu beschützen. So wie Lanzelot für das Wohl der schönen Guinevere eintrat, sie liebte und doch nie zur Frau gewann, so wollte er für Darina da sein, egal wann oder wo sie ihn brauchte.

Im Moment schlief sie noch. Deshalb machte Jonas allein einen Spaziergang durch die Straßen Laomars. Besorgt stellte er eine merkwürdige Veränderung fest. Erst glaubte er, seine Augen seien nur vom Schlaf verklebt, aber nachdem er sie ausgiebig gerieben hatte, verstärkte sich der Eindruck noch.

Die Stadt war farblos geworden.

Er korrigierte sich. Die Farben Laomars waren natürlich nicht über Nacht durch Schwarzweißtöne ersetzt worden, aber ein Verblassen konnte Jonas ganz deutlich feststellen. Er erinnerte sich an verschiedene Fassaden, die ihm bereits aufgefallen waren, als er das erste Mal durch diese Straßen ging. Damals hatte er leuchtendes Rot und flammendes Orange gesehen. Jetzt erschienen diese Fassaden so reizvoll wie eine ausgebleichte Fotografie.

Irgendwann fand er sich auf dem Pfad zu Syrdas Haus wieder und da er nun schon einmal so weit gekommen war, erklomm er auch die Klippe. Oben angelangt, klopfte er zaghaft an die Tür des Schneckenhauses. Keine Antwort. Er klopfte ein zweites Mal. Endlich vernahm er schlurfende Schritte.

»Jonas, wie nett!«, begrüßte ihn die Alte. Sie sah etwas durcheinander aus.

»Ich hoffe, ich habe dich nicht gestört, Syrda.«

»Ach wo, Kindchen. Ich bin nur gerade erst wach geworden. Aber das macht nichts. Wir Alten werden nicht oft von euch Jungen besucht. Da muss man jede Gelegenheit beim Schopf packen. Komm nur rein. Ich koche uns einen Muntermacher.«

Jonas folgte der gebeugten Greisin in ihr Perlmuttdomizil.

»Wo hast du Kraark gelassen?«, erkundigte sich Syrda, während sie einen Topf mit Wasser über dem Feuer aufhängte.

»Keine Ahnung. Wahrscheinlich lässt er sich mal wieder die Luft um den Schnabel wehen. Das ist eine seiner Lieblingsbeschäftigungen.«

»Wie es sich für einen Vogel gehört.«

Jonas lachte. Er mochte diese Alte und ihre bunten Flickengewänder. Dann wurde er wieder ernst.

»Hast du schon die Veränderung der Farben bemerkt?«

Syrda nickte schwer. »Azon verblasst. Der Kristall ist von der Erde abgeschnitten, wie Darina es gesagt hat.«

»Aber dass alles *so* schnell geht.«

»Es wird noch Jahre dauern, Kindchen. Dies ist nur der Anfang. Irgendwann – vorausgesetzt unsere Welt zerbricht nicht zuvor – wird es gar keine Farben mehr geben. Danach wird alles durchsichtig werden. Dann werden wir nicht einmal mehr die Konturen unserer Körper erkennen, aber immer noch existieren. Wie Geister werden wir herumirren, bis auch das ein Ende hat.«

Jonas sah die Alte entsetzt an.

»Nun schau nicht so, Kindchen.« Syrda lächelte Jonas aufmunternd zu. »Noch haben die Malkits nicht gewonnen. Wird auch nur ein kleiner Teil des Kristalls befreit, kann das Ausbleichen unserer Welt aufgehalten werden. Und wenn sich dann der blaue Stein zu reinigen beginnt, werden die Farben allmählich zurückkehren.« Sie holte so geräuschvoll Atem, dass man glauben konnte, jemand scharre in einem Keller die letzten Kohlen zusammen. »Und nun setz dich und versuch mal zur Abwechslung an etwas anderes zu denken. Der Tee ist gleich fertig.«

Sie plauderten eine Weile so ungezwungen, als hätte es das furchtbare Ereignis der letzten Nacht überhaupt nicht gegeben. Jonas kam zu der Überzeugung, dass alte Menschen wohl die Schrecknisse des Lebens aus einem ganz anderen Blickwinkel sahen als die Jungen.

Mit einem Mal erhob sich Syrda ohne ein Wort und verließ den Raum. Jonas hörte sie im Nachbarzimmer herumkramen. Kurz darauf kam sie zurück und hielt ihm einen kleinen glitzernden Gegenstand vor die Nase.

»Weißt du, was das ist, Jonas?«

»Ich würde sagen, ein Fingerhut.«

»Ein Blumentopf jedenfalls ist es nicht«, gab Syrda ihm Recht. »Mit diesem Fingerhut hat es eine besondere Bewandtnis, Kindchen.«

Sie legte Jonas das kleine glitzernde Ding in die Hand und erklärte, es sei aus einem weißen Kristall gearbeitet, der wie die Bilmsteine eine außergewöhnliche Eigenschaft besitze. Der Fingerhut könne seinem Träger sozusagen eine Maske überstülpen.

»Eine Maske?«, fragte Jonas erstaunt. Er betrachtete den Fingerhut von allen Seiten. Außen überzogen ihn winzige Pyramiden, so klein, dass sie mit dem bloßen Auge kaum zu erkennen waren. Das Licht brach sich auf der Oberfläche in allen Farben des Regenbogens.

»Du kennst wahrscheinlich die Sinnsteine von Goldan und Bergalf«, erläuterte Syrda. »Der eine faltet Azons Gestalt und der andere das Licht, sodass Bergalf beinahe jedes beliebige Trugbild entstehen lassen kann ...«

»... um damit sogar Gorrmacks in die Flucht zu schlagen«, erinnerte sich Jonas schmunzelnd, ohne die Augen von dem Fingerhut zu nehmen.

»So ähnlich funktioniert auch dieser kleine Gegenstand. Du musst ihn nur auf den Finger stecken und dir ganz fest eine bestimmte Gestalt vorstellen. Komm, ich zeige es dir.«

Syrda hievte ihren krummen Rücken wieder in die Höhe, nahm Jonas' Hand und zog ihn zwei Kammern tiefer in ihr Schneckenhaus hinein. »Hier, stell dich vor den Spiegel und verwandle dich in … in … eben in irgendjemanden.«

Jonas sah erst die Alte an, dann den Fingerhut.

»Nun mach schon, wir haben nicht den ganzen Tag Zeit«, drängte Syrda. »Du musst denken: Ich will jetzt so aussehen wie …«

»Würde es auch mit einem Teekessel funktionieren?«

»Von einem Jungen wie dir hätte ich wirklich etwas mehr Phantasie erwartet, oder hast du schon einmal einen Teekessel auf zwei Beinen gesehen?«

Jonas seufzte. Er blickte intensiv in den Spiegel und stellte sich eine Person vor, für die er im Augenblick nicht besonders viel Phantasie benötigte.

»Was soll der Unsinn?«, rief Syrda, als sie sich plötzlich doppelt sah – zuerst im Spiegel und dann leibhaftig noch ein zweites Mal anstelle des Jungen.

»Du hast gesagt, ich soll mir irgendjemanden vorstellen«, antwortete die falsche Syrda mit Jonas' Stimme.

»Ja, aber doch nicht so eine alte Vettel wie mich. Ich bitte dich!«

Ehe Jonas sich's versah, zeigte der Spiegel wieder seine vertraute Gestalt. »Das ist ja toll!«

»Alberner Kinderkram. Ich hätte das Ding fast nicht mehr gefunden.«

»Hast du ihn auch von – wie hieß er doch gleich? – diesem Seefahrer geerbt?«

»Limba?« Syrda lachte rau. »Die alte Teerjacke konnte ja nicht mal ein Segel flicken. Aber da er mein Ururgroßvater war, muss er ja wohl auch irgendwann eine Frau gehabt haben.«

»Dann stammt das Wunderding also von deiner Ururgroßmutter?«

»So ist es. Sie hat Limba um zwölf Jahre überlebt. Frauen sind eben einfach zäher als dieses wehleidige Mannsvolk.«

Jonas lächelte nachsichtig. Irgendwie fiel es ihm schwer, dieser alten Kräuterhexe böse zu sein, egal wie grob ihre Sprüche auch ausfielen. Er streckte Syrda die Hand entgegen. »Danke, dass du mir den Fingerhut gezeigt hast.«

»Behalt ihn, jedenfalls für eine Weile. Vielleicht kannst du ihn noch gut gebrauchen, wenn ihr erst den Kimbaroth durchquert habt.«

»Du meinst ... ich soll ...?« Jonas sah das glitzernde Hütchen mit großen Augen an und wusste nicht mehr, was er sagen sollte.

»Du hast dir wohl noch nicht viel Gedanken darüber gemacht, wie Kanthelm reagieren wird, wenn er dich zu Gesicht bekommt.«

Jonas schluckte. Vor lauter Sorge um Darina hatte er das wirklich nicht bedacht. »Wegen mir hat er ein Auge verloren. Den Arm hab ich ihm auch durchlöchert. Du hast Recht. Er wird wahrscheinlich nicht besonders gut auf mich zu sprechen sein.«

»Mit dem Fingerhut kannst du ihm ein Schnippchen schlagen. Du darfst in seiner Gegenwart nur nicht deine Tarnung vergessen.«

»Wie meinst du das?«

»Sobald du nicht mehr an die Person denkst, die du sein willst, wird das Trugbild verschwinden.«

»Und er würde mich sofort erkennen.« Jonas nickte. Bevor er den Fingerhut in die Hosentasche steckte, hob er ihn noch einmal vor die Augen. »Wenn wir je aus dem Land der Malkits zurückkommen, gebe ich ihn dir wieder.«

Syrda sah ihn eindringlich an. »Hast du schon einmal daran gedacht, wieder zur Erde heimzukehren?«

Jonas spürte einen Schauer über seinen Rücken laufen. »Darüber nachgedacht habe ich natürlich schon oft. Jetzt, wo ich endlich meine Eltern gefunden habe, würde ich gerne Großvater und Großmutter wieder sehen. Aber jeder, mit dem ich bisher über dieses Thema sprach, sagte, der blaue Kristall sei so etwas wie eine Einbahnstraße. Die Wanderer könnten zwar von der Erde nach Azon gelangen, aber nicht mehr zurück.«

»Ich kann dir da leider auch keine große Hoffnung machen, Kindchen. Aber ich möchte dir etwas zum Nachdenken mit auf den Weg geben: Die Gorrmacks sind die ältesten Wesen dieser Welt. Eigentlich existierten sie schon, als Azon noch gar nicht bestand, weil ihre Leiber aus dem Kristall selbst geschaffen sind. Sie verkörpern die Macht unserer Welt. Wenn jemand dir, deinen Eltern und Sam helfen kann einen Weg zurückzufinden, dann ein Gorrmack.«

Jonas' glasige Augen schienen durch Syrda hindurchzublicken, als er erwiderte: »Ich frage mich schon seit langem, ob diese glitzernden Riesenwesen wirklich so böse sind, wie alle glauben.«

»Von Anfang an ist gar nichts böse, Jonas. Behalte das immer im Sinn. Der blaue Kristall wurde erschaffen, als auch unser Universum entstand. Zu dieser Zeit war er so rein wie ein neugeborenes Kind. Denke einmal darüber nach, wenn du durch die Hängenden Berge ins Land der Malkits reist.«

Am Abend gab es einen an sich widersinnigen Streit. Es ging darum, wer zu den Verzweifelten gehören durfte, die den Marsch ins Land der Malkits antraten.

Zunächst kristallisierten sich zwei sehr gegensätzliche Positionen heraus. Darina war der Meinung, sie kenne sowieso als Einzige den Weg durch die Hängenden Berge und deshalb genüge es vollauf, wenn sie die Gefahr allein auf sich nehme von den Malkits gefangen oder gar getötet zu werden. Dieser Ansicht widersprach die versammelte Mannschaft derjenigen, die mit Darina im Zwieland gewesen waren. Sie alle wollten die Wissende begleiten. Eine erfolgreiche Truppe solle man nicht verändern oder gar aus dem Spiel nehmen, war die durchaus plausible Erklärung.

Darina gab nicht so schnell nach. Es sei weder nötig noch sinnvoll, mit elf Leuten (den Raben eingerechnet) durch die Höhlengänge zu ziehen und sich den Malkits auszuliefern.

Außerdem müssten sich Ximon und Lischka, wenn sich denn jemals die Facetten zur Menschenwelt wieder öffneten, um die Krise auf der Erde kümmern. Lischka hatte erzählt, dass die Operation *Mongoose* noch immer nicht vom Tisch war. Was würde auf der Moskitoinsel geschehen, wenn es Schwierigkeiten beim Abbau der Raketenstellungen gab und der Adler einen wie auch immer gearteten Angriff flog? Lischka und Ximon mussten die Richtigkeit von Darinas Argumentation eingestehen. Damit waren sie aus dem Rennen.

Weiterhin vertrat die Wissende die Ansicht, ein Fährtensucher nütze nichts, wo es keine Fährten zu suchen gebe. Auf die fragenden Blicke der Kristallratsmitglieder hin erinnerte sie an ihr eigenes Wissen bezüglich der Höhlenwege unter dem Hängenden Gebirge. Nur sie könne eine etwaige Gruppe führen. Das Leben von Mangaar und Bergalf müsse also nicht unnötig aufs Spiel gesetzt werden. Die beiden erfahrenen Waldläufer wehrten sich vehement. Das Zwieland sei für sie genauso unbekannt gewesen und trotzdem hätten sie der Gruppe wertvolle Dienste erwiesen. Schließlich ließ sich Darina auf einen Kompromiss ein: Bergalf als Bilmträger durfte mitkommen, Mangaar musste zurückbleiben.

Numin bekam es daraufhin mit der Angst zu tun, sprang auf und rief: »Es gibt nichts, aber auch gar nichts, was mich davon abhalten könnte, dich zu begleiten, Darina.«

»Denk daran, dass er den Wahrheitsstein am Finger trägt«, erinnerte Syrda die Wissende ruhig.

Seufzend willigte Darina ein.

Jonas musste in diesem Augenblick an Lanzelot denken und dann an Lydia Gustavson. »Ich werde dich ebenfalls begleiten, Darina. Einmal habe ich eine Freundin weggehen lassen und sie verloren. Ein zweites Mal passiert mir das nicht.«

Darina bemerkte Jonas' entschlossenen Gesichtsausdruck und nickte traurig. »Aber nur, wenn du mir eines versprichst.«

Jonas kniff misstrauisch die Augen zu schmalen Schlitzen zusammen. »Und das wäre?«

»Du wirst dich Kanthelm nicht zeigen. Er würde dich sofort töten.«

»Aber ich habe doch …«

»… Syrdas Fingerhut, ich weiß, mein Bruder. Ich bestehe trotzdem auf meiner Bedingung.«

Jonas nickte zähneknirschend. »Ich kann dir aber nicht versprechen unsichtbar zu bleiben, sollte mein Freundschaftsstein mir verraten, dass du dich in Gefahr befindest.«

»Wenn Jonas geht, werde ich ihn begleiten«, warf Sarah in die Runde. »Ich habe ihn einmal allein gelassen und beinahe verloren.«

Darina blickte erschrocken zu Jonas' aufgebrachter Mutter hin. Sie erinnerte sich gut an Sarahs Geschichte und seufzte tief. »Wenn das so weitergeht, werden wir am Ende noch mit der ganzen Farbenstadt im Schlepptau ins Malkitland ziehen.«

»Bob gehört natürlich auch dazu«, bestimmte Sarah. »Seit wir verheiratet sind, waren wir nie länger voneinander getrennt. Ich brauche ihn.«

Dann meldete sich wieder Jonas. In seinem Kopf klangen noch Syrdas Worte vom Nachmittag nach. »Sam Chalk muss ebenfalls mit.«

»Er hat Recht«, versetzte der, um dann verwundert zu fragen: »Warum denn eigentlich?«

»Weil ich denke, dass es für dein restliches Leben entscheidend sein könnte«, erwiderte Jonas.

Etwas in Jonas' Stimme ließ Darina von einem Widerspruch absehen. Sie kannte diesen Jungen zu gut. Stumm nickte sie ihre Zustimmung.

Damit war die bonkasische Verhandlungsdelegation benannt. Über Kraarks Teilnahme wurde nie diskutiert, selbst für Darina stand sie von vornherein fest. »Der Rabe ist so frei wie ein Vogel, weil er ein Vogel ist.« Nicht alle wurden aus dieser Äußerung klug, aber niemand wollte etwas einwenden.

Die Riesenmuschel unter der runden Kristallplatte war im Anschluss an die Ratssitzung noch einmal Zeuge eines gemeinsamen Abendessens. Die Stimmung allerdings hielt sich in Grenzen. Alle waren sich der Risiken des Unternehmens bewusst und nicht wenige befürchteten Darina und ihre Begleiter niemals wieder zu sehen.

In der folgenden Nacht schlief Jonas erstaunlich gut. Er spürte Darinas Sorge, doch diese erschien ihm nun wie ein steter Klang, dunkel zwar, aber Mollakkorde waren ihm durchaus nicht zuwider.

Krem warf ihn aus dem Bett, als es draußen noch dunkel war. Das Expeditionsteam hatte ohne Ausnahme im Muschelpalast übernachtet und nahm nun gemeinsam das Frühstück ein. Es wurde nicht viel gegessen. Auf allen lastete die Anspannung. Würde die Expedition der Verzweifelten jemals das Land der Malkits erreichen? Und wenn ja, was erwartete sie dort?

Jonas atmete erleichtert auf, als er wenig später vor den Muschelpalast trat und Trojan sah. Das Schelpin war gesattelt und blickte ihm erwartungsvoll entgegen.

»Wie geht's, alter Junge?«, begrüßte Jonas das Tier.

»Ook, ook, oook.«

»Das gefällt mir so an dir: Und wenn auch die ganze Welt entzweibricht, du hast immer gute Laune.«

»Du solltest ihm nicht zu viel schmeicheln«, warf Bergalf vom Rücken seines eigenen Tieres ein. »Sie denken dann immer gleich, sie könnten sich alles herausnehmen.«

Jonas grinste. »Wir beiden kommen schon miteinander klar, nicht wahr, Trojan?«

»Ook, ook, oook.«

»Siehst du, Bergalf. Keine Probleme.«

Kraark landete flatternd vor Trojans Sattel. »Nur zu dumm, dass wir wieder durch diese stinkende Höhle müssen«, beschwerte er sich mit krächzender Stimme.

»Sie stinkt? Habe ich gar nicht bemerkt.«

»Du solltest dir dringend einen längeren Schnabel wachsen lassen, Jonas.«

»Lass uns noch einmal darüber sprechen, wenn das hier alles vorbei ist.«

»Abgemacht. Ich erinnere dich daran.«

Endlich waren auch die letzten Vorbereitungen abgeschlossen. Alle saßen auf ihren Reittieren, Darina natürlich auf dem weißen Hirsch.

Der Abschied fiel verhalten aus, kein Vergleich zu ihrem Aufbruch ins Zwieland vor knapp vier Wochen.

»Ich will dich bald wieder sehen, Kindchen«, verlangte Syrda streng. In ihrem Augenwinkel funkelte eine einzelne Träne.

»Wenn Kanthelm mich lässt, dann bin ich in spätestens vier Tagen wieder zurück.«

»Dass ihr Jungen immer Versprechungen machen müsst, die ihr nicht halten könnt. Komm meinetwegen in einer Woche, aber komm. In das Schneckenhäuschen gehört ein neues, frisches Lachen. Meines klingt schon so ausgeleiert.«

Zum ersten Mal seit der Erschütterung Azons lächelte Darina, wenn es auch nur ein trauriges und sehr kurzes Lächeln war. Sie streichelte über Syrdas zerfurchte Wange und wandte sich dann Lischka und Ximon zu, die ebenfalls zum Abschiednehmen gekommen waren.

»Wenn es uns gelingt, Azons Wunde zu heilen, dann helft den Menschen ihre Dummheit endgültig wieder gutzumachen. Verliert keine Zeit. Keldins Spiegel wird sich zuerst öffnen und dann werden es die Facetten in der Höhle der Flüsterer – zumindest einige, hoffe ich.«

»Woher wissen wir, ob ihr euer Ziel erreicht habt?«

»Ihr werdet dasselbe erleben wie gestern früh bei der Katastrophe.«

Nachdem sich alle voneinander verabschiedet hatten, setzte sich die Karawane in Bewegung. Vom Kleinen Volk waren nur Darina, Numin und Bergalf dabei, außerdem die vier Menschen und ein verstimmter Rabe.

»Ich wünschte, wir könnten einfach unter dem Gebirge hindurchfliegen«, sagte Kraark nach dem Facettensprung, der sie dicht an die Höhle der Flüsterer gebracht hatte.

»Irgendwann einmal hat mir ein Rabe erzählt, dies ginge nicht. Es hat wohl was mit dem Hängenden Gebirge zu tun. Es teilt Azon in zwei … nein, in drei Teile.«

»Du solltest unbedingt auf deine Gesellschaft achten, Jonas.«

Als die Schelpins und der Hirsch das Eingangstor zur Höhle durchschritten, wurde Kraark sehr still.

Wenig später erreichten sie die große Höhle der Flüsterer. Jonas kämpfte gegen ein Schaudern an. Der riesige Raum war so gut wie leer. Nur ganz wenige Flüsterer saßen vor schwach glimmenden Facetten, in denen undeutliche Schemen zu sehen waren. Erst jetzt begriff Jonas das ganze Ausmaß der Katastrophe. Azon war wirklich abgeschnitten.

In der Haupthöhle verabschiedeten sich Lischka, Ximon und Quitu. Sie hatten die Freunde noch bis hierher begleitet. Von nun an waren die Gefährten auf sich allein gestellt.

Darina lenkte ihren Hirsch geradewegs in den dunklen Tunnel, der zum Vorhang der ewigen Trennung führte.

Jonas tauchte wieder in die stille Dunkelheit des Höhlenlabyrinths. Die Fackeln der Bonkas verbreiteten ein grünliches Licht. Bald wusste er nicht mehr zu sagen, wie lange sie schon durch die Finsternis zogen. Jedes Zeitgefühl war ihm abhanden gekommen. Ab und an mussten sie von ihren Tieren steigen, wenn sie wieder eine Stelle erreicht hatten, wo der Schacht zum Teil eingestürzt war. Doch schließlich tauchte der gefrorene Regenschauer vor ihnen auf, der glitzernde Kimbaroth.

»Jetzt bist du an der Reihe«, sagte Darina zu Jonas und deutete auf den im Fackelschein schillernden Vorhang.

Jonas stieg vom Schelpin, schnallte den Schlafsack ab und klemmte ihn sich unter den Arm. Dann zog er seinen Kristalldolch aus der dunklen Scheide und machte sich an die Arbeit.

Der Anfang war leicht. Hier gab es ja noch die Vorhangfäden, deren Bodenösen schon durchtrennt waren. Jonas musste die durchscheinenden Schnüre nur mit dem Dolch berühren und schon wurden sie so elastisch, dass er sie ohne Schwierigkeiten zur Seite biegen konnte. Dann zog er sein Kristallstilett zurück und die Stränge erstarrten zu festen Drähten.

Bald erreichte er die Abzweigung ins Zwieland, die er nun rechts liegen ließ. Jetzt begann wieder die mühsame und zeitraubende Arbeit auf dem Höhlenboden. Er breitete seinen Schlafsack aus, damit er nicht auf dem kalten Fels liegen musste, und widmete sich der ersten unversehrten Öse. Er hatte noch Übung.

Die Stunden verstrichen. Faden für Faden arbeitete Jonas sich voran. Regelmäßig wurde er von Bergalf abgelöst, der sich ja ebenfalls mit dieser ungewöhnlichen Beschäftigung auskannte. Endlich, es musste inzwischen schon weit nach Mittag sein, war der letzte Faden frei.

Auch diesmal bestand Darina auf dem Wiederverschließen des Kimbaroth, nachdem die ganze Karawane die Öffnung durchschritten hatte.

»Aber wäre es nicht besser, den Vorhang nur notdürftig zu sichern?«, fragte Bergalf. »Falls wir vielleicht aus dem Land der Malkits fliehen müssen und sie uns dicht auf den Fersen sind, dann rennen wir hier in eine Falle.«

Darina schüttelte den Kopf. »Nein. Entweder kehren wir in Frieden zurück und haben alle Zeit der Welt, oder wir werden diesen Vorhang nie mehr wieder sehen.«

Schweigend setzte die Karawane ihren Marsch fort. Nun ging es langsamer voran. Darina musste den Weg wieder aus ihrem Gedächtnis lesen.

Für Jonas sah dieses Gewirr aus Höhlen und Gängen überall gleich aus. Er zweifelte keinen Augenblick daran, dass sie ohne Darina verloren wären.

Dann bemerkten sie weit voraus einen matten Schimmer. Bergalf befahl die Lichter zu löschen.

»Da vorne könnte jemand von den Malkits sein«, flüsterte er.

»Das würde mich nicht wundern«, antwortete Darina leise. »Was ihr da seht, ist die zweite Hälfte der Flüstererhöhle.«

»Also von dort aus setzen die Malkits den Menschenkindern Flausen in den Kopf?«

»Ja. Aber wie ich Kanthelm kenne, wird er sich auf seinem Triumph ausruhen. Die Höhle ist vermutlich leer, weil er erreicht hat, was er wollte.«

»Ich werde mich trotzdem vorher davon überzeugen, nicht dass wir alle in einen Haufen übellauniger Flüsterer rennen.«

»Gut, wir warten hier auf dich.«

»Ich komme mit«, sagte Jonas. Bevor seine Mutter irgendwelche Einwände erheben konnte, huschte er schon hinter Bergalf her.

Leise schlichen sie auf das Dämmerlicht zu. Immer wieder lauschte Bergalf nach vorne, aber es war kein Geräusch außer dem Klopfen der eigenen Herzen zu vernehmen. Bergalf kratzte sich mit einem Mal an der Brust und weil sie dem Höhlenzugang schon so nahe waren, konnte Jonas erkennen, wie der Fährtensucher unwillig das Gesicht verzog.

»Was ist?«, flüsterte er.

»Weiß nicht. Ich spüre so ein komisches Brennen auf der Brust.« Bergalf griff mit der Hand in den Ausschnitt seiner Tunika und holte den Bilm hervor. Der Sinnstein leuchtete wie eine glühende Kohle.

»Der Gorrmack!«, zischte Jonas.

Bergalf nickte. »Er muss ganz in der Nähe sein.«

»Dann hat Darina also Recht. Das Riesenwesen sitzt hier irgendwo am Herzen des Kristalls und hütet vermutlich den Schaden, den es angerichtet hat.«

»Das fände ich aber mehr als merkwürdig, Jonas. Wer etwas angestellt hat, macht sich doch gewöhnlich aus dem Staub.«

»Der Gorrmack hat doch nur den Verstand eines kleinen Kindes!«

Bergalf grinste. »Na eben.«

»Zumindest kann ich mir nicht vorstellen, dass sich noch jemand in der Höhle da vorn befindet, wenn gleich nebenan so ein Riesenbaby sitzt.«

»Ich auch nicht. Aber lass uns trotzdem nachsehen.«

Wie sich herausstellte, hatte Jonas Recht. Die Höhle der Malkit-Flüsterer war leer. Sie blickten von einer Felsengalerie aus in den riesigen Raum hinab. Wie drüben, auf der Seite der Bonkas, waren auch hier die meisten Facetten erloschen. Nur wenige schimmerten im grünen Licht, Aquarien gleich, aus denen alle Fische entflohen waren. Jonas und Bergalf kehrten zu den Gefährten zurück.

»Die Höhle ist verlassen«, verkündete der Fährtensucher und ließ seine Fackel wieder aufleuchten.

»Nicht ganz«, fügte Jonas hinzu. »Der Gorrmack steckt irgendwo in diesem Labyrinth.« Seine Nachricht wurde mit Bestürzung aufgenommen.

»Werden wir denn überhaupt an diesem Ungeheuer vorbeikommen?«, fragte seine Mutter.

»Das werden wir«, antwortete Darina überzeugt. »Es gibt hier ganz in der Nähe eine Felshalle, die noch größer ist als die beiden Flüstererhöhlen zusammen. Der Gorrmack kann eigentlich nur dort sein, weil an dieser Stelle eine von Azons Säulen offen zu Tage tritt.«

»Du meinst die Streben, auf denen der blaue Kristall ruht?«

Darina wiegte den Kopf hin und her. »Es ist sehr schwierig, das Wesen Azons einem nicht aus dem Kristall Geborenen zu beschreiben. Sieh es einmal so: Alles auf dieser Welt ist ein Abbild der Erde, also auch die Säulen, von denen wir sprechen. In Wirklichkeit sind wir also nicht *unter* dem Kristall, sondern ein Teil von ihm. Doch wie das Echo der Flüsterer beweist, kann etwas von dieser Projektion auch in die Welt der Menschen zurückgeworfen werden. Und genau das ist passiert, als der Gorrmack die Säule zerbrochen hat.«

»Dann war das also auch eine Art Echo?«

»Mehr oder weniger, ja.«

»Etwa, als spüre ein Maler sein Bild, weil es ihm samt Rahmen auf den Zeh gefallen ist?«

»Der Vergleich hinkt zwar ein wenig, aber er ist nicht ganz verkehrt.«

Jonas holte hörbar Luft. »Ich glaube, das werde ich nie richtig kapieren.«

»Dann schlage ich vor, wir widmen uns nun dem Zweck unseres Hierseins und erörtern das Thema ein andermal.«

»Keine schlechte Idee«, meldete sich Kraark. »Ich bekomme hier drin schon keine Luft mehr.«

»Was hat er gesagt?«, fragte Darina.

»Kraark meint, er würde gern noch ein bisschen herumfliegen.«

»Gute Idee«, warf Numin ein. »Sogar hervorragend! Könnte unser guter Rabe nicht nach draußen fliegen und die Gegend erkunden? Hier unter den Malkits fällt doch so ein dunkler Vogel bestimmt nicht auf.«

»Was will er denn damit sagen?«, krächzte Kraark empört.

Alle sahen Jonas fragend an.

»Kraark ist überzeugt, dass ihm das einen Riesenspaß machen würde.«

Im Grunde hatte Jonas Recht und so flog Kraark in den großen Höhlenraum hinaus und von dort in den breitesten Tunnel hinein. Die Übrigen rückten bis zur Felsgalerie vor.

Darina blickte Jonas fest in die Augen und sagte: »Am besten bleibst du mit den anderen hier. Wenn Kanthelm mit sich reden lässt, dann hole ich euch. Andernfalls könnt ihr euch vielleicht in eine entlegene Gegend des Landes flüchten, wo die Malkits euch nicht finden.«

»Kommt gar nicht in Frage«, protestierte Jonas. »Ich lasse dich nicht allein zu diesem Widerling gehen.«

»Und ich komme natürlich auch mit«, setzte Numin schnell hinzu.

Darina hob beide Hände, um weitere Treuegelöbnisse zu unterbinden. »Nein, Jonas. Ich bestehe darauf, dass du dich an unsere Abmachung hältst. Außerdem trägst du den Stein unserer Freundschaft um den Hals. Du wirst erfahren, ob ich scheitere oder Erfolg habe, selbst wenn wir Meilen voneinander getrennt sind.«

»Aber ich habe den Wahrheitsstein an meinem Finger«, warf Numin ein. »Kanthelm belügt dich vielleicht. Mithilfe des Rings könnte ich dich warnen.«

»Du könntest ihn mir auch leihen«, schlug Darina vor.

»Kommt nicht in Frage. Syrda hat ihn mir gegeben. Bestimmt funktioniert er sowieso nur bei seinem rechtmäßigen Eigentümer.«

»Also gut«, schnaubte Darina. »Du darfst mich begleiten. Aber ihr anderen bleibt hier und haltet euch bereit.«

Jonas trat einen Schritt auf Darina zu und umfasste ihre zierlichen Schultern. »Ich habe schon einmal meine Schwester allein weglaufen lassen. Ich bleibe nur, weil ich es dir verprochen habe. Aber glaube mir, Darina, sobald der Stein an meiner Brust mir auch nur das leiseste Unbehagen bereitet, werde ich diesem Kanthelm den Kristalldolch ein zweites Mal in den Leib bohren und dann nicht nur seinen Arm treffen.«

◇ DER GRAUE PALAST

Hätte Jonas gewusst, was Darina in den folgenden Stunden noch durchmachen sollte, hätte er sie nie allein mit Numin gehen lassen.

Kraark war schon nach kurzer Zeit zurückgekehrt und hatte berichtet, dass sich auf dieser Seite des Hängenden Gebirges ein weites Tal befinde, das fast ganz von einer großen Malkitstadt ausgefüllt werde. Nicht weit vom Ausgang der Höhle erhob sich über der Stadt ein Hügel, auf dem ein gewaltiges Schloss thronte.

Darina und Numin machten sich unverzüglich auf den Weg dorthin. Sie durchquerten die Höhle der Malkit-Flüsterer und wanderten noch etwa eine halbe Meile durch einen gewaltigen Felstunnel. Gleich nach der großen Höhle fiel ihnen eine Abzweigung auf, nur ein schmaler Gang, in dem nicht mehr als drei oder vier Personen nebeneinander stehen konnten. Aus dem Tunnel hallte ein tiefes Dröhnen.

»Hast du das eben auch mitbekommen?«, raunte Numin, voll unguter Ahnungen.

»Es war ja kaum zu überhören«, antwortete Darina.

»Ist das der ...?«

Darina nickte. »Der Gorrmack. Der Gang muss direkt zu ihm führen. Komm, sei still und lass uns weitergehen.«

»Aber wie kann so ein Riesentier nur durch einen derart schmalen Gang dort hineingekommen sein?«, fragte Numin verwirrt.

»Wer sagt denn, dass er diesen Weg gewählt hat?«

»Es gibt also irgendwo noch einen anderen Zugang? Einen, der so groß ist wie das Felsloch bei Keldins Klippe?«

»Die Gorrmacks können Dinge tun, die wir uns nicht einmal vorzustellen vermögen, Numin. Sie tragen die Macht des Kristalls in sich. Ein Gorrmack könnte also ohne weiteres einen Facettensprung mitten in diesen Berg hinein machen. Sie verschwinden in ihrem eigenen Körper, um an jedem beliebigen Ort wieder aufzutauchen, genauso wie Keldins Spiegel jeden beliebigen Menschen zeigen kann.«

»Komm, Darina. Lass uns schneller gehen. Nicht, dass dieses Biest sich mit einem Mal direkt über uns materialisiert. Das ist eine zu erdrückende Vorstellung.«

Als Darina und Numin das Höhlensystem verließen, mussten sie feststellen, dass auch im Land der Malkits die Farben an Konsistenz verloren hatten. Vor der Höhle befand sich eine Gruppe hoher Laubbäume, deren Grün schon fast wie Grau wirkte.

»Ich verstehe nicht, wie Kanthelm so etwas machen konnte«, knurrte Numin. »Er muss nur einen Blick vor die eigene Haustür werfen, um zu erkennen, was er angerichtet hat.«

»Bald werden wir mehr wissen.«

Darina lief geradewegs den breiten Weg hinunter, der zwischen den Bäumen hindurchführte. Numin hatte Mühe mit ihr Schritt zu halten. Die Stadt der Malkits lag in einem lang gezogenen Talkessel, den beiden Wanderern blieb sie deshalb die ganze Zeit vor Augen. Aus der Ferne wirkten die Gebäude blass und fad, überhaupt nicht zu vergleichen mit den prachtvollen Bauten Laomars oder den schillernden Juwelenhäusern Kalvars. Darina und Numin schrieben diesen Umstand dem allgemeinen Schwund der Farben zu. Doch als sie näher kamen, erkannten sie den wahren Grund.

»Die Häuser bestehen ja aus gewöhnlichen Steinen!«

»Hier gibt es weder ein Meer noch eine Juwelenschlucht. Sie sind nicht in so einer glücklichen Lage wie die Bonkas oder die Keldinianer«, sagte Darina.

»Aber sie werden doch wohl Farbe haben«, entrüstete sich Numin. »Wenigstens anstreichen könnten sie ihre Häuser.«

»Vermutlich ist das Leben der Malkits nicht so bunt wie das der übrigen Azonbewohner. Wessen Gedanken trübe sind, dessen Kleider sind es meist auch.«

Numin blickte nachdenklich in Darinas Gesicht.

Schon konnten die beiden die ersten Malkits sehen. Darina und Numin aber waren für die anderen noch zu weit entfernt, als dass man ihre »Andersartigkeit« hätte erkennen können: Sie hatten Haare auf dem Kopf. Die Malkits waren ausnahmslos kahl.

Die wuchtigen Gebäude der Stadt rückten nun schnell heran. Aus der Ferne hatten sie wie Bauklötze ausgesehen, die jemand achtlos in die Landschaft geschüttet hatte. Jetzt wurde deutlich, aus welchen Materialien diese Stadt bestand. Grauer Granit, rötlicher Ton, gelber Sandstein, gesprenkelte Findlinge, schwarzgrauer Schiefer und große bleiche Kreideblöcke waren zum Bau dieser Häuser verwendet worden. Auf ihre Art war diese Stadt ebenfalls bunt, nur in sehr viel gedämpfteren Tönen.

Dann wurden Darina und Numin entdeckt. Kleine Kinder spielten auf der Straße, etwa eine halbe Meile von den ersten Häusern entfernt. Als sie die behaarten Wesen näher kommen sahen, begannen sie wie am Spieß zu schreien und rannten verängstigt nach Hause. Es dauerte daraufhin nicht lange, bis sie auch von den ersten erwachsenen Malkits gesichtet wurden. Einige Alte brachten sich mit schleppenden Schritten in Sicherheit. Doch dann kamen die Soldaten.

Numin hatte noch nie derart bewaffnete Wesen gesehen. Darina wusste zwar, was sie erwartete, aber die Erinnerungen, die ihr der Kristall ins Gedächtnis geschrieben hatte, waren längst nicht so martialisch wie die Wirklichkeit. Die Malkits trugen knielange Hemden aus Metallplatten, deren Oberflächen bunt emailliert waren. Darunter schauten die weiten Beine ihrer Pluderhosen hervor. Auf dem Kopf trugen sie Spitzhelme, die großen Zwiebeln glichen. Ihre breiten Gürtel waren mit allerlei Waffen behängt, von Krummdolchen bis zu seltsamen chromblitzenden Röhren.

»Wer beim Kristall seid ihr?«, bellte einer der Soldaten Darina zur Begrüßung an. Er war stämmig wie ein Bär und sah in seiner waffenstarrenden Rüstung sehr bedrohlich aus. Einige Metallplatten auf seiner Brust glänzten golden und silbern – offensichtlich bekleidete er einen hohen Rang und erwartete eine respektvolle Erwiderung.

»Schau uns genau an und sag dir dann selbst, wer wir wohl sind«, antwortete Darina. Obwohl sie so zierlich war, wirkte sie neben dem kräftigen Hauptmann doch sehr Ehrfurcht gebietend.

Aus den Augen des Soldaten sprach zunächst Unsicherheit, dann grenzenloses Staunen. »Malkits Zylinder, unser ältestes Geschichtsdokument, behauptet, das Kleine Volk habe früher einmal Haare auf dem Kopf gehabt. Aber ... aber ich dachte immer, das sei nur eine Legende.«

»Wie du siehst, werden Legenden manchmal lebendig.«

»Oder ihr seid ...« Die Augen des Hauptmannes quollen regelrecht aus den Höhlen hervor. »Bonkas!«, schrie er so laut, dass seine acht oder neun Untergebenen erschrocken zusammenzuckten.

»Auch das wäre möglich«, sagte Darina geheimnisvoll.

Der Malkit riss sein glänzendes Metallrohr aus dem Gürtel und hielt Darina eines der Enden entgegen. »Bleibt stehen.«

»Aber wir stehen doch schon eine ganze Weile.«

»Ruhig, ich muss nachdenken. Wenn ihr ... *Bonkas* seid, dann ... dann ...«

»Wie wär's, wenn du uns zu Kanthelm bringst, Soldat?«

»Ich bin Hauptmann Wintas. Ja, das werde ich tun. Nicht zu Kanthelm, aber zu meinem Vorgesetzten. Und der wird mit seinem Vorgesetzten sprechen, damit der danach ...«

»Nein, Wintas«, widersprach Darina auf eine Achtung gebietende Art und Weise. Das Mädchen schien regelrecht über den bewaffneten Muskelberg hinauszuwachsen. »Ich bin Darina, die Wissende der Bonkas, und das hier ist Numin, Sohn des Oberältesten des Zwielandes. Ich hoffe, dies alles sagt dir etwas. Ich habe nicht die geringste Lust deine unzähligen Vorgesetzten kennen zu lernen. Und jetzt wirst du mich zu Kanthelm bringen.«

Wintas schaute mit versteinertem Gesicht auf Darina hinab. Sie war über einen Kopf kleiner als er. Seine Augen wirkten starr, fast, als sehe er sich geradewegs einem Gorrmack gegenüber.

»Also gut«, meinte er dann. »Ihr seid zwar unsere Gefangenen, aber ich werde euch direkt zu Kanthelm bringen. Folgt mir zum Grauen Palast von Tikrar.«

»Tikrar?«, wiederholte Numin fragend.

Der Hauptmann funkelte ihn feindselig an. »Das ist der Name der Steinstadt.« Dann gab er seinen Soldaten einen Wink und stapfte voran.

Es erwies sich als glücklicher Umstand, dass Darina und Numin nun eine Eskorte hatten. Ohne diese wären sie nämlich kaum unbehelligt bis zu Kanthelms Palast gelangt. Die Bevölkerung von Tikrar reagierte mit einer Mischung aus Neugier und Feindseligkeit auf die Fremden. Sobald das Gerücht die Runde machte, die Neuankömmlinge seien Bonkas, hatten die Soldaten alle Hände voll zu tun, ihre Gefangenen heil auf den Palasthügel zu bringen. Lebensmittel aller Art – nicht immer frisch – flogen durch die Luft und gierige Hände versuchten Darinas und Numins Gewänder zu zerreißen. Plötzlich ertönte ein lautes Zischen.

Entsetzt starrte Numin auf einen am Boden liegenden Malkit. In seiner linken Hüfte klaffte ein schwarzes blutendes Loch. Einer der Soldaten hatte an seinem Metallrohr auf einen Knopf gedrückt und für die Dauer eines Wimpernschlags war ein roter Lichtblitz aus der Waffe geschossen und hatte den aufdringlichen Landsmann niedergestreckt. Numin konnte gerade noch erkennen, wie einige andere Malkits dem schwer verletzten Mann zu Hilfe eilten, dann wurde er weitergeschoben.

»Wenn sie so schon mit ihren eigenen Leuten umspringen, was werden sie dann erst mit uns anstellen?«, hauchte er Darina ins Ohr.

»Das ist der Grund, weshalb ich allein gehen wollte«, antwortete sie.

Die Menge hielt nun etwas mehr Abstand zu den verhassten

Fremden. Man beschränkte sich auf Schmähungen. Flüche und Wortgeschosse, die einem das Mark in den Knochen gefrieren ließen, hagelten auf die Unbekannten herab. Endlich erreichte die Eskorte den Anstieg zum Palast.

Der ganze Hügel war von einer Mauer umgeben. Als die Soldaten das erste Tor des Palastbezirks passiert hatten, befanden sich Darina und Numin in Sicherheit. In einer sehr trügerischen, wie sich bald herausstellen sollte.

»Kanthelm scheint seinem geliebten Volk nicht einmal bis zur Nasenspitze zu trauen«, flüsterte Numin mit Blick auf die Befestigungsanlagen. Einer der Soldaten stieß ihm das Ende seines Metallrohrs in die Rippen, dass er vor Schmerzen aufkeuchte.

»Noch einmal, und du wirst die Macht einer Wissenden kennen lernen«, fauchte Darina den Bewaffneten an.

Der Soldat fuhr erschrocken zurück.

»Valk, lass sie in Ruhe«, blaffte Wintas seinen Untergebenen an und wies mit dem Kopf den Hügel hinauf.

Der Anstieg verlief über einen gewundenen Pfad. Oben angelangt mussten Darina und Numin ein zweites Tor durchschreiten. Dann standen sie im inneren Palastbezirk.

Kanthelms Anwesen zeichnete sich nicht gerade durch Bescheidenheit aus, allerdings auch nicht durch besondere Pracht. Die einzelnen Gebäude des Palastes hatten etwas von der kantigen, trutzigen Art von Keldins Burg. Nur hier war alles um Dimensionen größer. Wintas führte seine Gefangenen auf einen riesigen Quaderbau zu, der aus grauem, nur grob behauenem Granit bestand. Am Fuße des Gebäudes erklommen sie eine Treppe, die sich über dessen gesamte Breite erstreckte. Oben befanden sich mehrere riesige Türen aus Ebenholz. Die mittlere stand offen.

Wintas lotste die bonkasischen Gesandten nun durch eine riesige Vorhalle und einen nicht minder großen Wandelgang. Numins Blick folgte verschüchtert den riesigen Säulen, die zu beiden Seiten einer himmelhoch wirkenden Decke entgegenstrebten. Endlich blieb der Hauptmann vor einer großen Flügeltür stehen.

Den Eingang bewachten vier schwer bewaffnete Soldaten, die Darina und ihren Begleiter mit finsteren Blicken musterten. Wintas nahm sich einen der hünenhaften Wächter vor. Dessen Augen schienen daraufhin zu wachsen. Er blickte misstrauisch zu Darina hinüber und öffnete dann Wintas die Tür.

»Wartet hier«, befahl der Hauptmann. »Jetzt werdet ihr gleich erfahren, ob Kanthelm euch sehen will.«

Die Tür wurde hinter dem Hauptmann geschlossen. Die stämmigen Wachen verkürzten Darina und Numin die Wartezeit, indem sie sie nach Waffen durchsuchten. Als ein grobschlächtiger Wächter bei Darina allzu gründlich zu Werke gehen wollte, zischte sie ihn an: »Wage es nicht, Soldat! Oder soll dich der Fluch einer Wissenden treffen?«

Auf dem kantigen Gesicht des Mannes zeigte sich Bestürzung. Sogleich zog er die Hände von Darinas Körper zurück. In diesem Moment öffnete sich die Tür und Wintas kam wieder zum Vorschein.

In den Augen des Hauptmanns lag ein gehetzter Ausdruck. »Kanthelm wünscht euch zu sprechen. Sofort!«, zischte er und deutete zur offenen Tür.

Darinas und Numins Blicke begegneten sich. Die himmelblauen Augen des Mädchens spiegelten Entschlossenheit wider. Dann traten beide ein.

Kanthelm war kein König, leistete sich aber den Prunk eines solchen. Er verfügte demzufolge auch nicht über einen Thronsaal, doch sein Amtszimmer hätte vom Zuschnitt her einem Monarchen alle Ehre gemacht. Groß genug, um darin die kalvarischen Reiterspiele auszutragen, dachte Numin.

»Beim Kristall, was für eine Überraschung!« Die Stimme klang kalt und eher spöttisch als erstaunt. Sie kam von einem Stuhl her, der, wenn schon kein Thron, so doch ein ziemlich bombastisches Amtsmöbel war. Kanthelm saß auf einem Block aus schwarzem Obsidian, in den ein begnadeter Steinmetz prachtvolle Verzierungen eingraviert hatte. Für die Sicherheit des Malkit-Herrschers sorgten zwei Leibwächter. Unbeweglich standen sie zu beiden Seiten hinter dem Sitzblock; nur ihre wachsam umherschweifenden Augen verrieten, dass sie tatsächlich lebendig waren.

Links vor Kanthelm befand sich nahebei ein merkwürdiges Gestell auf Rädern. Darina hielt den Atem an. Keldins Spiegel hing in der Stellage. Also hatte sie Recht gehabt. Kanthelm besaß den dritten der ovalen Spiegel, die der Schmied Keldin vor ungezählten Generationen geschaffen hatte. Doch jetzt war auch dieser Kristall nutzlos. Nur blaue Nebelschwaden drehten sich auf der polierten Facette.

»Kommt doch näher«, rief Kanthelm und winkte in Darinas und Numins Richtung.

Die beiden näherten sich dem Thron um vielleicht dreißig Schritte, dann blieben sie stehen. Kanthelm sah grauenhaft aus. Sechs violettrote Striemen zogen sich von der Glatze bis zum Kinn über sein ohnehin schon nicht sehr ansehnliches Gesicht. Eine schwarze Klappe verdeckte sein linkes Auge. Den rechten Arm hielt er seltsam steif an den Körper gepresst.

»Ich muss mit dir reden, Kanthelm«, begann Darina ohne Umschweife.

»Darina!«, schwärmte der Herrscher der Malkits, als erinnere er sich eines edlen Weins. »So wahr mir der Kristall helfe, du bist noch viel schöner, als ich jemals zu träumen wagte.«

»Was das Aussehen betrifft, sollten wir lieber keine Komplimente austauschen«, versetzte Darina. »Es könnte eine sehr einseitige Konversation werden.«

»Warum so feindselig?« Kanthelms Stimme troff vor Liebenswürdigkeit. »Wir sind beide Wissende, Darina. Es war klug von dir, hierher zu kommen, ich brenne schon darauf, deine Geschichte zu hören. Hast du den Gorrmack gezähmt, der noch in der Spiegelregion herumirrt, oder ist es dir irgendwie gelungen, durch den Kimbaroth zu schlüpfen …?«

Ehe Kanthelm noch Luft holen konnte, um seine Wissbegier weiter kundzutun, rief Darina streng: »Genug, Kanthelm! Ich weiß genau, wie du über mich denkst und was du von den Bonkas hältst …«

»Und von den Keldinianern«, unterbrach sie Kanthelm, während sein verbliebenes Auge Numin kalt anfunkelte.

»Ich bin gekommen, um mit dir über Azons Fortbestehen zu sprechen.«

»Was für ein Unsinn, Darina! Dafür brichst du das alte Tabu und dringst in unser Land ein? Ich fühle mich versucht dich und deinen Begleiter als Spione zu betrachten. Du weißt, was man in allen Welten mit Spitzeln macht.«

Darina sah unauffällig zu Numin hin. Der hatte den Ring mit dem Wahrheitsstein nach innen gedreht und zeigte ihr verdeckt die hohle Handfläche. Syrdas roter Kristall leuchtete nicht – Kanthelms Drohung war also ernst gemeint.

»Wir sind keine Spione«, widersprach sie energisch, »sondern Parlamentäre, und die werden überall mit Respekt behandelt, egal wie verfeindet zwei Parteien auch sein mögen. Außerdem hast *du* doch das größte Tabu gebrochen. Du hast Azon von der Menschenwelt abgeschnitten. Sollte diese Tat nicht rückgängig gemacht werden, wird uns das Nichts verschlingen …«

»Törichte Reden, zum Kristall noch mal!«, fiel ihr Kanthelm wütend ins Wort. »Wir brauchen die Erde nicht. Der Kristall ist die einzige schöpferische Kraft, die es gibt. Ihm verdanken wir unser Dasein und sonst niemandem.«

»Und warum ist unsere Welt dann derjenigen über dem Kristall so ähnlich?«

»Und wenn schon! Das ist eben nur ein Beweis für die Gestaltungskraft des blauen Steins. Er kann viele Welten schaffen. Wenn sie sich ähnlich sind, belegt das doch bloß ihren gemeinsamen Ursprung.«

»Aber Kanthelm! Du bist ein Wissender, wie ich eine Wissende bin. Du kannst doch nicht wirklich glauben, was du da sagst?«

»Die Malkits tun es und als ihr oberster Priester glaube ich es auch.«

Numins glühender Wahrheitsring verriet Darina das Gegenteil.

»Dieser Glaube erhält uns alle am Leben«, ereiferte sich der einäugige Herrscher. »Was ich getan habe, befreit uns endlich von dem Gift der Erde. Beim Kristall, wir brauchen ihr Leben nicht, um zu bestehen! Eine gewisse Zeit lang war uns die Menschenwelt nützlich – ich weiß, wovon ich spreche. Wir haben sie geimpft, ihnen unsere kleinen klugen Geistesblitze in den Sinn gebrannt, wir haben sie gereinigt von allem Ballast, den ihr Bonkas ihnen einzupflanzen versucht habt …«

»Wären wir nicht gewesen, dann hätte die von euch Malkits aufgestachelte Engstirnigkeit die Menschen wahrscheinlich schon längst ins Unglück gestürzt. Ihr redet ihnen ein, dass sie nichts Neues brauchen, dass sie gar das Fremde hassen müssen. So lange, bis sich die Welt irgendwann zu drehen aufhört. Und dann wird sie auseinander brechen.«

»Nur der Kristall weiß, was mit der Erde geschieht. Wir haben jetzt nur noch uns selbst.«

»Du willst sagen, *du* hast jetzt nur noch dich und deine Malkits. Was für einen Plan hast du dir ausgeheckt, um dir auch die Bonkas und das Zwieland zu unterwerfen?«

»Du bist sehr schlau, Darina. Wir beide zusammen könnten eine mächtige Dynastie begründen.«

»Vergiss es, Kanthelm.«

»Denk noch einmal darüber nach. Ich könnte dich und deinen Jungen da jederzeit töten.«

»Das würdest du nicht tun, nicht im Augenblick.«

»Oh doch, das könnte ich!«

Numins Stein sagte, dass Kanthelm log. Aber was bezweckte der Malkit wirklich?

»Ich habe es nicht eilig damit«, setzte er ruhig hinzu. »Vielleicht entscheidest du dich ja doch noch für eine hoffnungsvolle Ehe.«

»Niemals, Kanthelm.«

»Hast du dein Herz etwa schon einem anderen geschenkt? Womöglich sogar diesem Keldinianer da?« Geringschätzig deutete Kanthelm auf den errötenden Numin. »Lass ihn fallen, Darina. Er kann dir nichts bieten, was ich dir nicht tausendfach gewähren könnte.«

»Ich bin nicht hergekommen, um mit dir über meine Familienplanung zu plaudern, Kanthelm.«

»Dann wirst du eben deine Absichten ändern müssen!«,

fauchte der oberste Malkit mit einem Mal. Er hatte sich abrupt vorgebeugt und sein Speichel spritzte auf den polierten Boden. »Ich gebe dir einen Tag Bedenkzeit: Entweder du heiratest mich und ich schenke deinem Freund hier das Leben oder ihr beide werdet morgen sterben.«

Darina stand starr wie eine Salzsäule vor Kanthelms Thron. Ihre blauen Augen versprühten ein gefährliches Feuer. Sie versuchte Kanthelms wahre Absichten zu ergründen. Der Malkit war ein Kristallgeborener wie sie. Daher war sein Denken ihr nicht fremd. Ihm ging es nicht wirklich darum, sie zu heiraten. Ihre Person war in seinen Augen nur eine nette Dreingabe. Er verbarg irgendetwas vor ihr. Hätte sie ihn auf Keldins Burg abgewiesen, dann würde sie, wie Jonas erzählt hatte, schon längst nicht mehr leben. So verhielt sich kein um seine Liebste werbender Bräutigam. Dies war eher das Gebaren eines Jägers, der listig seine tödlichen Fallen aufstellte, dem das Leben der Beute überhaupt nichts bedeutete, der ohne jeden Skrupel sein Ziel verfolgte.

Darina dachte in diesem Augenblick nicht an sich selbst. Ihre Aufgabe war es, Azon zu bewahren und nicht das eigene Leben. Doch Kanthelms Drohung gegen Numin wühlte sie auf. Äußerlich jedoch völlig ruhig sagte sie: »Wenn es dir um diese Frage geht, dann kannst du uns gleich hier auf der Stelle töten.«

Die Widerborstigkeit seiner Kontrahentin verwirrte den Herrscher der Malkits. »Du hast es erstaunlich eilig zu sterben, Darina. Willst du nicht wenigstens zuerst deinen Begleiter fragen, ob *er* nicht vielleicht an seinem Leben hängt?«

»In dieser Frage sind Darina und ich uns völlig einig, Malkit«, sagte Numin mit unverhohlener Feindseligkeit.

»Dacht ich's mir«, versetzte Kanthelm amüsiert. Sein Lächeln gefror zu einer eisigen Fratze. »In meiner grenzenlosen Güte werde ich euch dennoch einen Tag Bedenkzeit geben. Meine Leibwache wird euch ins Gefangenenhaus eskortieren.«

Kanthelm neigte sich andeutungsweise nach rechts und gab dem einen Leibwächter einen Wink. Sogleich kam Leben in den Lanzenträger. Er senkte die Spitze seines Spießes und deutete mit ihm auf den Ausgang des Saals. Darina und Numin gehorchten der Aufforderung, ohne sich von Kanthelm zu verabschieden. Als sie die Tür erreicht hatten, meldete sich hinter ihnen noch einmal Kanthelms schneidende Stimme.

»Wie, Darina, sagtest du doch gleich, bist du hierher gekommen?«

Die Wissende wandte sich aufreizend langsam um und zeigte dem Malkit ein abgeklärtes Lächeln. »Dazu habe ich gar nichts gesagt, Kanthelm.«

»Schade, dann muss ich mich wohl verhört haben. Aber im Grunde spielt es ja auch keine Rolle, da ihr morgen ohnehin sterben werdet.«

»Er hat gelogen«, flüsterte Numin.

Sie befanden sich auf dem Weg ins Gefangenenhaus. Vor und hinter ihnen marschierten je zwei Soldaten der Palastwache.

»Der Wahrheitsstein?«, wisperte Darina zurück.

Numin nickte unmerklich.

»Dann geht es ihm also darum, einen Weg ins Land der Bonkas zu finden!«

Wieder nickte Numin.

»Sprechen verboten!«, blaffte einer der hinteren Wachen Darina an. In Numins Fall hätte er wohl den Schaft seiner silbernen Lichtwaffe eingesetzt, um das Schweigen zu erzwingen. Doch es schien sich herumgesprochen zu haben, dass Darina ein Kristallkind war, der Soldat beließ es bei seinem harschen Befehl.

Darina dachte über Numins Hinweis nach. Ja, das ergab einen Sinn: Kanthelm wollte ganz Azon beherrschen; dazu musste er seine Besatzungstruppen in das Land der Bonkas führen. Doch aus irgendeinem Grund konnte er den Gorrmack nicht dazu benutzen. Wenn er in den Besitz von Jonas' Kristalldolch käme, könnte er auch den Kimbaroth durchqueren. Wie gut, dass Schamakh der Weber vor langer Zeit den Vorhang der ewigen Trennung gewoben hatte!, dachte Darina. Die friedliebenden Bonkas, die keinerlei Kriegswaffen besaßen, wären den kämpferischen Malkits vollkommen unterlegen. So jedoch wurde der ewige Wettstreit auf die Flüsterer beider Seiten übertragen – und damit auf die Menschenwelt. Jetzt, wo diese Arena von Azon abgeschnitten war, suchte der Herrscher der Malkits die direkte Konfrontation. Sein Ziel, das wusste Darina nun, war die vollständige Unterwerfung der Welt unter dem blauen Kristall.

Die Eskorte verließ den riesigen grauen Palastquader und hielt direkt auf ein benachbartes Gebäude zu. Wenn man davon absah, dass auf diesem Hügel ohnehin die klobigen Formen das Bild beherrschten, dann wirkte das Haus nicht gerade wie ein Gefängnis. Es war aus dem gleichen grauen Granit errichtet wie das große Hauptgebäude. Das unterste Stockwerk war völlig fensterlos. Die darüber liegende Etage wies ein Band kleiner Lichtöffnungen auf, selbst für einen vom Kleinen Volk zu winzig, um hier entfliehen zu können. In den nächsten beiden Geschossen wurden die Fenster dann wieder größer. Das ganze Gebäude war von Wachen umstellt.

Der Anführer der Eskorte übergab seine beiden Schützlinge dem Obersten des Gefangenenhauses. Der hagere Malkit sah trotz seiner plattenbesetzten Uniform wie ein glatzköpfiger Gelehrter aus. Sein faltiges Gesicht wirkte listig, aber nicht unbedingt boshaft.

»Dem Kristall sei Dank, dass er mir wieder ein paar neue Gäste schickt!«, begrüßte er Darina und Numin. Er schien sich tatsächlich zu freuen.

»Wenn es nach Kanthelm geht, werden wir dir nicht lange zur Last fallen«, entgegnete Darina.

Der Oberaufseher wirkte enttäuscht. »Wie schade! Ich habe gehört, du bist ein Kristallkind?«

»Das ist richtig. Ich heiße Darina und mein Begleiter hier ist Numin von Kalvar.«

»Wie aufregend! Und ich bin Birmoth. Ihr müsst mir unbedingt eure Geschichte erzählen, unbedingt! Und nun kommt, meine Kinder, ich bringe euch zu den anderen.«

Während Birmoth seine »Kinder«, unterstützt von zwei Wachen, eine Steintreppe hinaufführte, musste Numin seiner Verwunderung Luft machen.

»Komischer Oberaufseher«, flüsterte er Darina zu. »Scheint mir nicht ganz richtig im Kopf zu sein.«

»Er verhält sich nur anders, als du es von einem Malkit erwartest. Wäre er ein Bonka, würdest du ihn sicher ganz liebenswürdig finden.«

Der Oberaufseher erreichte ein Treppenpodest im dritten Stockwerk und öffnete eine eisenbeschlagene Holztür.

»Hier könnt ihr euch tagsüber mit den anderen Gefangenen aufhalten. Nachts werdet ihr in eure Zellen gebracht.« Numin war völlig verwirrt und reagierte nicht sogleich. Deshalb fügte Birmoth mit einem Winken hinzu: »Rein mit euch in die gute Stube. Ich werde heute Abend nach euch sehen. Dann müsst ihr mir unbedingt eure Geschichte erzählen, hört ihr?«

Darina und Numin betraten zögernd den großen Raum. Breite Dielen bedeckten den Boden und an der Decke waren dicke Balken zu sehen. Durch die Fenster schickte die Dämmerung einen letzten Gruß des schwindenden Tages. Im Zimmer standen mehrere grob gezimmerte Tische und Bänke. Darauf saßen …

»Wanderer!«, hauchte Numin, als die Tür hinter ihm ins Schloss fiel. »Es sind Menschenkinder, Darina.«

»Ich sehe es, Numin.«

An den Tischen saßen ausnahmslos Männer. Bis auf zwei Gefangene trugen sie alle Malkit-Kleidung: dunkelblaue Tuniken und weite Pumphosen. Von einem der Tische stand ein Riese auf, jedenfalls musste es Numin und Darina so erscheinen. Er war schlank, hatte einen kurzen Vollbart und einen blonden Schopf: eine struppige, längst ausgewachsene Kurzhaarfrisur. Der Gefangene ging zielstrebig auf Darina und Numin zu und beugte sich zu ihnen herab. Seine blauen Augen leuchteten vor Freude.

»Willkommen im Club. Mein Name ist Malcolm Jeremiah Gould, und wer seid ihr?«

Darina stellte Numin und sich selbst vor.

»Und ich dachte, Kanthelm sammelt nur ›Wanderer‹, wie er uns Normalwüchsige nennt.«

Nun kamen auch die anderen Männer heran. Einer von ihnen – er war erheblich kleiner als Gould, auch deutlich runder und sein Gesicht fast ganz unter schwarzem Haar begraben – lächelte die Neuen an und sagte: »Hi, ich bin Jack, oder wie unser Dr. Gould mich vorstellen würde: Giacomo Baretti. Der Doktor mag's immer recht förmlich. Nehmt ihn nicht zu ernst. Er ist selbst erst vor vier Wochen hier angekommen, zusammen mit Frank Holloway.« Jack deutete auf einen anderen Mann. Dann wies er nacheinander auf die drei übrigen Gefangenen. »Das da ist Daniel Woolbridge, mein Captain. Und die beiden abgebrochenen Typen daneben sind Dustin Lang und Brian Dollinger ...«

»Ich weiß«, unterbrach Darina den bulligen Mann freundlich. Sie blickte in die Runde der Männer und sagte etwas, was der Besatzung der Roly-Poly nachhaltig die Sprache verschlug.

»Ihr vier stammt aus einem Menschenflugzeug, das vor vierzehn Jahren zusammen mit Robert und Sarah McKenelley über dem Bermudadreieck in einen Strudel fiel.«

◇ EIN RIESE IN DER KLEMME

Mit Jonas' Geduld war es nicht weit her. Kaum hatten Darina und Numin die Flüstererhöhle der Malkits verlassen, begann er rastlos hin und her zu laufen.

Das rötliche Leuchten in Bergalfs Bilm wollte ihm nicht mehr aus dem Sinn gehen. Irgendwo ganz in der Nähe befand sich der Gorrmack, dieses riesige unergründliche Wesen, das selbst die meisten Bonkas für böse hielten. Aber war er das wirklich?

Jonas erinnerte sich an Old Big Shadow. Auch er war auf seine Art riesig und Furcht einflößend. So jedenfalls sahen ihn die Menschen in Muddy Creek. Er dachte anders über den Alligator, nein, er *wusste,* dass die Panzerechse anders war. Zweimal hatte er das Reich Old Big Shadows betreten und zweimal hatte der Alligator ihn verschont.

Vielleicht wurde auch das wahre Wesen des Gorrmacks von allen verkannt. Möglicherweise konnte er, Jonas, mit der Kristallechse sprechen. Ja, warum eigentlich nicht? Er war ein Bilmträger und konnte das Vertrauen fast jedes Lebewesens gewinnen. Syrdas Worte hallten wieder durch seinen Geist: *Wenn jemand dir, deinen Eltern und Sam helfen kann, einen Weg zurück zu finden, dann ein Gorrmack.*

»Ich mache einen kleinen Spaziergang«, sagte Jonas unvermittelt und griff sich eine der Bonka-Fackeln.

»Wo willst du denn hin?«, erkundigte sich seine Mutter besorgt.

Jonas' Vater fügte hinzu: »Hat sich etwa dein Freundschaftsstein gemeldet?«

»Nein, hat er nicht. Aber keine Sorge, ich bleibe in der Höhle.«

»Ich komme mit«, verkündete Bergalf.

»Nein, lass mich bitte einfach eine Weile allein.«

Der Fährtensucher sah misstrauisch zu Jonas auf. »Du wirst doch nicht irgendeine Dummheit machen?«

Jonas musste an seinen Sprung in Old Big Shadows grünen Teich denken. »Ich tue nichts, was ich nicht schon früher getan habe – und schließlich lebe ich ja noch. Hört endlich auf euch um mich zu sorgen. Ich bin bald zurück.«

Er hob die Hand und ging in die große Flüstererhöhle hinaus. Plötzlich hörte er neben seinem Ohr ein Knallen. Im nächsten Moment lastete ein großes Gewicht auf seiner Schulter.

»Mich wirst du nicht so leicht los«, sagte Kraark.

Jonas seufzte. »Also gut, dann komm eben mit. Aber wehe, du verpfeifst mich bei den anderen.«

»Ich dachte mir schon, dass du was vorhast. Es hat mit dem Gorrmack zu tun, stimmt's?«

»Du bist so schlau, wie du schwarz bist, Kraark.«

»Das hat Talinka auch immer gesagt.«

Jonas durchquerte den Felssaal mit den zahllosen erloschenen Facetten. Auf einigen der planen Kristallflächen glaubte er undeutliche Schemen zu erkennen, aber er war sich nicht sicher. Auf der anderen Seite der Flüstererhöhle betrat er den großen Tunnel, in dem zuvor Darina und Numin verschwunden waren.

Schon nach wenigen Schritten stieß er auf den Seitengang. Das Loch in der Wand des riesigen Haupttunnels war verhältnismäßig klein. Aus seinem Innern drang ein vibrierender Ton. Er war so tief, dass die Felswände zu beben schienen. Jonas musste unweigerlich an die Balzlaute der Alligatoren denken. Sie waren für das menschliche Ohr praktisch nicht zu hören, aber wenn ein Männchen damit die Aufmerksamkeit seiner Auserwählten zu wecken suchte, sprudelte das Wasser rings um die Panzerechse, als würde es sieden.

»Wenn ich dieses Klagen richtig deute, dann dürften wir unseren Kristallkäfer irgendwo da unten finden«, bemerkte Kraark und deutete mit dem Schnabel in den schmalen Tunnel.

»Das werden wir bald wissen!« Entschlossen betrat Jonas den Gang.

Der Tunnel war gar nicht so schmal, wie es zunächst den Anschein gehabt hatte. Er bot mindestens vier Bonkas nebeneinander Platz – wenn sie so wie Lischka gebaut waren, vielleicht auch nur dreien.

»Warum hast du vorhin gesagt, der Gorrmack klage?«, erkundigte sich Jonas nach einer Weile. Vom Haupttunnel war schon längst nichts mehr zu sehen.

Kraark antwortete mit einer Gegenfrage: »Weshalb wissen alle Tiere im Wald, dass eine Gefahr herannaht?«

»Meinst du damit, die Laute sind für dich so verständlich wie gesprochene Sprache?«

»In etwa. Wobei es nicht nur um die Laute geht. Auch die Bewegungen eines Geschöpfes können viel über seine Absichten und Gefühle verraten.«

»Das stimmt«, sagte Jonas. Bevor es ihn nach Azon verschlagen hatte, war dies der wichtigste Anhaltspunkt bei seiner Verständigung mit den Tieren gewesen. Er wollte gerade noch etwas hinzufügen, als er vor sich ein bläuliches Funkeln entdeckte.

»Da vorn ist etwas«, flüsterte er.

»Wie schön, dass du es auch schon bemerkt hast.«

»Vielleicht der Gorrmack?«

»Da kannst du Gift drauf nehmen, Jonas.«

Vorsichtig pirschten sich die beiden näher heran, wobei Jonas die Hauptarbeit zufiel – Kraark ließ sich einfach tragen. Der Tunnel war zuletzt enger geworden, jetzt jedoch mündete er in einen Felssaal, der an Größe alles übertraf, was Jonas bisher gesehen hatte.

Die riesige Halle hätte bequem die beiden Flüstererhöhlen fassen und noch dazu als Trockendock für einen Ozeanriesen dienen können. Hier gab es nur wenige Facetten, die bläulich glimmten, aber dafür erstreckte sich quer durch den Raum eine andere Lichtquelle, kein Schiff, aber dennoch so groß wie die *Titanic*: Bewegungslos lag der Gorrmack in der Höhle. Sein ganzer Körper leuchtete von innen heraus.

Jonas war dieses Leuchten zuvor nie aufgefallen, weder in der Spiegelregion noch beim Angriff Kanthelms auf die Stadt Kalvar. Vielleicht war es an beiden Orten zu hell gewesen, um den inneren Schimmer dieses Geschöpfes sichtbar zu machen. Doch hier, wo nur Jonas' Fackel einige Tröpfchen Licht in den unermesslichen Saal träufelte, war der Glanz des Gorrmacks ein atemberaubendes Schauspiel. Er erinnerte an einen klaren Sternenhimmel, an ein funkelndes Kaleidoskop aus Blautönen, an ein Meer aus Diamanten, in dem sich Licht von jenseits des Universums brach …

Auf einmal begann die Höhle zu beben. Es war wieder dieser tiefe Laut, der irgendwo aus dem gewaltigen Leib des Kristallwesens zu entspringen schien. Staub rieselte von der Decke auf den Jungen und den Raben herab.

»Wie ist er hier nur reingekommen?«, flüsterte Jonas erschrocken. Jetzt war ihm doch mulmig geworden.

»Nach allem, was ich bisher über die Gorrmacks erfahren habe, ist er wohl einfach durch sich selbst spaziert.«

»Aber warum hockt er dann noch hier rum? Er muss sich doch vorkommen wie in einem Käfig.«

»Siehst du nicht, dass er in der Klemme steckt?« Kraark flatterte von Jonas' Schulter herunter.

»Was?«

»Wir befinden uns hier an seinem Schwanzende. Aber schau mal nach vorn. Er ist irgendwo eingeklemmt.«

Anscheinend hatte der Rabe bessere Augen als Jonas. Das Funkeln des Gorrmacks reichte nicht aus, um die Höhle ausreichend zu erhellen. Der Junge konnte nicht erkennen, wo die Kristallechse feststeckte. Auf leisen Sohlen setzte er sich deshalb in Bewegung.

»Wo willst du denn hin?«, krächzte Kraark.

»Ich möchte ihn mir mal genauer ansehen.«

»Aber wenn er dich angreift?«

»Ich denke, er hängt fest?«

»Seine Schnauze, aber doch nicht sein Schwanz! Wenn er nur einmal damit zuckt, sind wir für immer in die Felsen eingearbeitet. Da, sieh dir doch nur all die Trümmer an, die hier herumliegen.«

Kraark hatte Recht. Die Felsbrocken, die über den Höhlenboden verstreut waren, zeugten von früheren Befreiungsversuchen des Gorrmacks. Doch Jonas ließ sich nicht einschüchtern. Er stieg einen kleinen Hang hinab, bis er den Boden des Felsendoms erreicht hatte, und schritt dann den riesigen Körper des Gorrmacks ab. Der Rabe trippelte im Sicherheitsabstand hinter ihm her.

Je länger Jonas das Kristallwesen betrachtete, desto mehr ähnelte es für ihn einer Panzerechse. Der lange Schwanz, die vier Beine an den Seiten, der breite Körper und die lange Schnauze – alles stimmte. Ein irrwitziger Gedanke schoss ihm durch den Kopf: Konnte es sein, dass Old Big Shadow, der riesige Alligator, dessen Revier beim blauen Himmelsstein lag, so etwas wie ein Echo des Gorrmacks war?

Nein. Sicher nicht, sagte sich Jonas. Zumal *dieser* Gorrmack ja erst vor wenigen Tagen aus einem jahrtausendelangen Schlaf erwacht war. Auch jetzt schien er zu ruhen – wenn man einmal von dem regelmäßig einsetzenden Klagen absah.

Jonas blieb neben dem Kopf des gefangenen Geschöpfes stehen. Jetzt konnte er erkennen, was den Gorrmack hier fest hielt: der Rest einer riesigen Kristallsäule, die einmal vom Boden bis zur Decke gereicht und die Welt Azon im Gleichgewicht gehalten hatte. Jetzt war sie zerbrochen.

Atemlos starrte Jonas zu dem durchscheinenden blauen Stumpf hinauf. Der Gorrmack musste sich – vermutlich von Kanthelm dazu angestachelt – aufgebäumt und die Säule mit der Schnauze zerschmettert haben. Nur weil er selbst aus dem azonischen Kristall bestand, hatte er das harte Mineral bezwingen können. Doch dann war etwas geschehen, was wohl weder Kanthelm noch der Gorrmack bedacht hatten: Als Azon in Schieflage geriet, sackte das obere Ende der Säule auf den Gorrmack hinab und klemmte die Spitze seines Mauls am Höhlenboden fest, so als hätte jemand den Drachen dort mit einem überdimensionalen Reißnagel angeheftet. Unmittelbar daneben ragte noch der untere Säulenrest wie ein zu Stein erstarrter Riesenfinger auf.

Jonas hatte einmal gelesen, am besten schütze man sich vor Krokodilen, indem man ihnen die Schnauze zuhielt. Dank ihrer Muskulatur konnten sie zwar fest zupacken, waren aber kaum in der Lage das lange Maul wieder zu öffnen, wenn es, auch nur mit geringer Kraft, vorn zusammengepresst wurde. In einer ähnlich misslichen Lage befand sich nun der Gorrmack.

»Ist da wer?«

Ein Schauer lief über Jonas' Rücken. Die tiefe Stimme kam nicht von Kraark. Die Worte schwebten wie das zauberhafte blaue Licht in der Höhle, ohne dass er deren Quelle bestimmen konnte. Dennoch zweifelte er nicht daran, dass der Gorrmack zu ihm gesprochen hatte.

»Ja«, sagte Jonas leise, »ich bin gekommen, um dich zu besuchen.« Schnell griff er in die Tasche und nahm den Bilm heraus. In dem Sinnstein schien ein Schneesturm zu toben.

»Lass mich. Ich will niemanden sehen«, meldete sich erneut die Stimme. Sie klang verärgert.

»Aber du musst ziemlich einsam sein, so ganz allein in dieser düsteren Höhle.«

»Ich hab mein eigenes Licht. Das reicht mir. Geh jetzt!«

»Aber …«

»Soll ich dir etwa wehtun?« Der Gorrmack klang nun schon bedrohlicher.

»Dann wärst du wieder allein. Kanthelm wird ganz bestimmt nicht kommen, um dir Gesellschaft zu leisten.«

Ein weiterer Klagelaut erschütterte die Höhle. Tausende von Steinchen prasselten auf den Boden herab. »Kanthelm mag ich nicht. Er ist böse. Und dich mag ich auch nicht.«

»Ich komme aber gar nicht von Kanthelm.«

»Na und?«

»Ich will dir helfen.«

»Wo bist du denn?«

Jonas hatte angenommen, der Gorrmack habe ihn schon längst entdeckt. Er ignorierte Kraarks gekrächzte Warnungen und trat näher an das Auge der Kristallechse heran. Es war so groß wie ein Wetterballon. Jonas konnte keine Pupille erkennen, eher schon ein unruhiges Eigenleben, das ihn an seinen Bilm erinnerte. Als er in die blau schimmernde Tiefe des Gorrmackauges blickte, wurde ihm fast schwindelig. Er holte tief Atem und schüttelte die Beklommenheit ab.

»Kannst du mich jetzt erkennen?«

»Hi, hi.«

Jonas blickte das Riesenwesen verdutzt an. »Warum lachst du?«

»Du bist ja nur ein Splitter! Und *du* willst mir helfen?«

»Nicht alles hängt von der körperlichen Größe ab.«

»Was?«

»Nichts. Warum kannst du dich nicht selbst aus dieser Klemme befreien?«

»Weiß ich nicht. Mein Maul tut weh. Ich kann mich nicht bewegen.«

»Überhaupt nicht?«, fragte Jonas erstaunt.

»Fast ganz und gar nicht.«

Allmählich begriff Jonas, was geschehen war. Die Kristallsäule musste so etwas wie den empfindlichen Punkt des Gorrmacks getroffen haben, einen wichtigen Nervenstrang: Das ganze Riesenwesen war praktisch gelähmt. Jonas' Mut begann zu schwinden. Wie sollte er diesen Koloss aus seiner Klemme befreien? Er konnte doch nicht einfach die Ärmel hochkrempeln und dann die Welt Azon wieder ins rechte Lot rücken! Jonas beschloss der gefangenen Kristallechse wenigstens etwas Trost zu spenden.

»Hast du auch einen Namen?«

»Du etwa nicht?«

»Natürlich, ich heiße Jonas ... Jonas der Wanderer.«

»Ich bin Mack.«

Jonas musste sich ein Lachen verkneifen. Ein recht seltsamer Name für ein Wesen solchen Ausmaßes! Aber warum eigentlich nicht? Wenn er an die Ausdrucksweise dieser armen Kreatur dachte ...

»Darf ich dich Macky nennen?«

»Du bist lustig, Jonas.«

»Danke, Macky. Ich finde dich auch ganz nett.«

»Bist du ein Wanderer?«

»Das habe ich doch gesagt.«

»Woher kommst du denn?«

»Aus Muddy Creek. Sagt dir das was?«

»Nein.«

»Aus Florida.«

»Hm.«

»Das liegt in den Vereinigten Staaten von Amerika.«

»Oh?«

Jonas seufzte. »Ich komme von der Erde.«

»Ah! Die kenne ich. Kommst du oft hierher?«

Jonas stutzte. »Wie meinst du das?«

»Bist du *oft* hier?«

»Nein, das erste Mal. Kann man denn so einfach zwischen den beiden Welten hin- und herwechseln?«

»Hi, hi. Du stellst lauter komische Fragen.«

»Wollen wir nicht wieder gehen?«, mischte sich Kraark ein. »Der Kleine scheint nicht ganz richtig im Kopf zu sein.«

»Er ist nur etwas ... einfach, Kraark. Lass mich bitte noch etwas mit ihm sprechen.« Jonas wandte sich von neuem dem Kristallgiganten zu. Er bemühte sich streng zu klingen. »Macky! Gibt es einen Weg von Azon zur Erde?«

»Eigentlich schon.«

»Was heißt denn nun wieder ›eigentlich‹?«

»Das Echo kann es.«

»Du meinst das Echo der Flüsterer?«

»Wenn's verkehrt herum ist.«

»Was?« Jonas hatte Mühe ruhig zu bleiben. Dieser Koloss drückte sich so schrecklich unklar aus.

»Man muss es schubsen.«

Jetzt erinnerte sich Jonas wieder an den riesigen Strudel im Bermudadreieck. »Meinst du damit, etwas muss den Wirbel in Gang setzen?«

»Hm, hm. Die Flüsterer singen den Strudel herbei. Mack kann das auch.«

»Du kannst das Echo auch hervorrufen? Das heißt, du könntest jemanden von der Erde nach Azon holen?«

»Na klar.«

»Und könntest du mich auch wieder zurückschicken?«

»Nö.«

»Aber warum denn nicht?«

»Weil's nicht verkehrt herum ist.«

Jonas zermarterte sich den Kopf, was der Gorrmack nur meinte. Wie konnte ein Echo »verkehrt herum« sein? Mit einem Mal fiel es ihm wie Schuppen von den Augen. »Der Strudel dreht sich falsch herum! Hurrikane wirbeln auf der nördlichen Erdhalbkugel nach links, aber der Mahlstrom im Meer war ›verkehrt herum‹. Das hast du gemeint, Macky, stimmt's?«

»Nein, der war richtig herum. Der hat dich hergesaugt.«

»Für dich, Macky, war er das. Wenn er sich nach rechts dreht, zieht er Schiffe, Flugzeuge und Menschen nach Azon hinüber, aber – ja, jetzt verstehe ich dich! – würde er sich in die *andere* Richtung drehen, könnte man die Welt unter dem blauen Kristall wieder verlassen.«

»Habe ich doch gesagt.«

Jonas' Augen strahlten in dem Licht von Mackys Facettenkörper. »Warum bin ich nicht schon viel früher darauf gekommen? Es ist im Grunde genommen so einfach ...« Jonas stockte. Eine neue Erkenntnis drängte sich in sein Bewusstsein, obwohl er sie lieber ausgesperrt hätte. »Gar nichts ist einfach«, sprach er laut aus, was er dachte. »Wie soll ich nur auf der Erde für unsere Rückkehr einen derart riesigen Strudel ›anschubsen‹?«

»Vielleicht solltest du diesen großen Glaskopf mal fragen, wie die Flüsterer das mit ihrem Echo anstellen«, schlug Kraark vor.

»Den Vogel mag ich nicht«, brummte Macky.

»Er hat es nicht so gemeint«, versicherte ihm Jonas schnell. »Hast du verstanden, was er dir sagen wollte?«

»Ich bin ja nicht dumm.«

»Und? Wie machen es die Flüsterer?«

»Sie sprechen zusammen.«

»Ich weiß, dass sie im Chor sprechen müssen, aber ...« Allmählich konnte sich Jonas in Mackys einfache Gedankengänge hineinversetzen. »Meinst du, ihr gemeinsames Flüstern versetzt die Grenze zwischen Azon und der Erde irgendwie in Schwingung? Es schubst das Meer an, wie du sagst, damit es sich zu drehen beginnt?«

»Hm, hm.«

Jonas war nun sehr aufgeregt. Er fühlte, dass er den Schlüssel, der ihm, seinen Eltern und Sam den Rückweg zur Erde erschließen konnte, vor seiner Nase hatte. Er lag irgendwo in der Finsternis seines Unterbewusstseins, wenn er nur lange genug danach tastete, dann musste er ihn finden. »Könnte ich von hier, von Azon aus, auch einen Strudel in Gang setzen, der sich verkehrt herum dreht, Macky?«

»Nö.«

Jonas atmete hörbar aus. Dieses Gespräch strengte ihn furchtbar an.

»Frag ihn, ob er nicht den Wirbel ankurbeln kann«, meldete sich Kraark von einer Stelle unmittelbar unter Mackys Auge.

»Das kann ich nicht«, antwortete der Gorrmack sogleich.

Noch einmal seufzte Jonas. Vielleicht hatte er sich doch zu viel erhofft.

»Ich kann nur ganz kleine Sachen«, fügte Macky traurig hinzu.

»Kannst du denn auf der Erde Dinge tun?«

»Hm, hm.«

Jonas' Gedanken gerieten erneut in Bewegung. Hieß es nicht, der Schlag eines Schmetterlingsflügels in China könne in Florida einen Hurrikan auslösen? Irgendwo hatte er das einmal gelesen. Oft entwickelten sich große Dinge aus einer Kette unzähliger kleiner Ursachen und Wirkungen. Wenn man nur wüsste, wann und wo der Schmetterling mit seinem Flügel zu schlagen hätte, dann könnte man womöglich einen Wirbelsturm aus dem Zylinder zaubern wie ein Magier sein Kaninchen. Jonas holte tief Luft.

»Macky?«

»Ja?«

»Könntest du einen Wirbelsturm auf der Erde ›anschubsen‹?«

»Einen großen?«

»Egal. Irgendeinen.«

»Ja. Das ist nicht schwer.«

Jonas spürte seine Knie weich werden. »Und könnte man mit dem Wirbelsturm das Meer anschubsen, damit das Echo ›verkehrt herum‹ ist, wie du gesagt hast?«

»Hm, hm.«

»Und«, Jonas' Herz schlug wie ein Hammerwerk, »würdest du das für mich und ein paar andere Menschen tun?«

»Kann ich nicht.«

»Aber du hast doch eben gesagt ...«

»Kanthelm hat mich festgeklemmt«, jammerte Macky. »Ich mag ihn nicht.«

»Solange er mit seinem Schnabel da am Nagel hängt, sind ihm gewissermaßen die Flügel gestutzt«, erläuterte Kraark.

»Aber er kann doch nicht ewig hier liegen bleiben!«

»Muss ich auch nicht«, sagte Macky.

»Was?«

»Azon geht vorher kaputt.«

Gerade das wollte Darina vermeiden, dachte Jonas. Laut sagte er: »Willst du denn, dass Azon kaputtgeht?«

»Nö. Aber die Säulen wachsen nicht schnell genug.«

Jonas horchte auf. »Du meinst, diese Kristallsäule kann wachsen?«

»Hm, hm. Wenn sie abbricht, wächst sie wieder nach, genau wie mein Schwanz.«

»Kann man denn nichts tun, damit die Säule schneller wächst?«

»*Ich* kann's nicht.«

Jonas wechselte ungeduldig von einem Bein auf das andere. »Und wer könnte das?«

»Jeder, der mir seinen Bilm schenkt.«

Jonas erstarrte. Die Sinnsteine. Sie waren etwas Besonderes. Sie stammten aus dem Herzen des blauen Kristalls. »Ich habe einen Bilm!«, rief er zu Macky hinauf. »Was muss ich tun, damit die Säule wieder wächst?«

»Bist du verrückt?«, protestierte Kraark. »Die Sinnsteine sind so kostbar wie sonst kaum etwas. Du kannst deinen Bilm nicht einfach hergeben. Niemand auf Azon würde das tun.«

»Vielleicht keiner vom Kleinen Volk«, erwiderte Jonas entschlossen. »Aber ich bin ein Wanderer, ein Menschenkind. Ich könnte es.«

»Ich mag dich«, mischte sich Mackys tiefe Stimme ein.

»Mit einem Mal«, nörgelte Kraark.

»Schenkst du mir deinen Bilm?«, hakte Macky nach. »Dann kann ich hier weg.«

»Würdest du mich und meine Freunde ins Land der Bonkas mitnehmen?«

»Wenn ihr wollt.«

»Und würdest du auch einen Wirbelsturm auf der Erde erwecken, der meine Eltern, Sam und mich wieder dorthin zurückbringt?«

»Hm, hm.«

»Du bist ein Prachtkerl, Macky!«

»Aber so geht es nicht.«

Ein lautes Stöhnen entwand sich Jonas' Kehle. »*Was* geht nicht, Macky?«

»Einen Sturm machen dauert lang. Ich muss erst damit anfangen. Dann muss er groß werden. Und *dann* kann ich euch von hier wegbringen.«

Jonas dachte einen Moment über das Gesagte nach. Dieser Umstand konnte sich zu einem ernsten Problem auswachsen. Er konnte den Gorrmack nicht schon jetzt darum bitten, den Hurrikan zu wecken. Darina und Numin befanden sich ja noch in Kanthelms Stadt. Wann sie zurückkehren würden, war unmöglich vorherzusagen.

»Ich schlage vor, wir rücken erst einmal diese Welt gerade und dann ...« Jonas stockte. Seine Hand fuhr zur Brust. Jäh hatte ihn ein Gefühl der Angst befallen. Sein Herz raste wie verrückt. Für einen Moment wusste er nicht, was diese plötzliche Gefühlsaufwallung verursacht hatte, doch dann fiel es ihm ein.

»Darina!«, hauchte er entsetzt.

»Macht sich der Freundschaftsstein bemerkbar?«, fragte Kraark.

»Ja.« Wenn es in der Höhle auch nur etwas heller gewesen wäre, hätte der Rabe erkennen können, dass Jonas schlagartig kalkweiß geworden war.

»Was ist mit ihr?«, erkundigte sich Kraark besorgt. »Ist sie ...?«

Jonas schüttelte den Kopf. »Sie lebt, aber«, er sah mit geweiteten Augen zu dem gefesselten Giganten auf, sie steckt in großen Schwierigkeiten. Kanthelm muss ihr irgendetwas angetan haben.«

»Dachte ich mir, dass dieser Malkit nicht auf sie hören würde. Und was nun?«

»Ich muss ihr unbedingt helfen.«

»Gehst du weg?«, fragte Macky besorgt, der das Gespräch der beiden Freunde nur zum Teil verstanden hatte.

»Ich muss dich noch einmal allein lassen, Macky. Aber ich komme wieder.«

»Kanthelm ist nicht mehr gekommen.«

»Wenn wir jetzt die Welt gerade rücken, wird Kanthelm es merken. Ich war dumm, dass ich nicht vorher daran gedacht habe. Er würde sofort einen Trupp seiner Malkits hierher schicken.«

Kraark gab zu bedenken: »Sollte es dir tatsächlich gelingen, Darina aus den Fängen Kanthelms zu befreien, dann werdet ihr um euer Leben laufen müssen. Hast du dir schon überlegt, dass die abgebrochene Säule wahrscheinlich nicht mit einem Schnabelklacken nachwächst?«

Jonas raufte sich die Haare. Jetzt wurde die Situation wirklich kompliziert! Er konnte kaum noch klar denken, weil seine Füße schon halb auf dem Weg zu Darina waren.

»Wie lange dauert es, bis mit dem Bilm die Säule wieder ganz ist?«, fragte er Macky ungeduldig.

»Für mich nicht lang.«

»Und für mich?«

»Ein oder zwei Stunden.«

»Das ist leider nicht sehr genau.« Aber für ein Wesen, das ewig lebte, vermutlich nur die Zeit eines Wimpernschlags, dachte Jonas verzweifelt. »Macky.«

»Hm, hm.«

»Würdest du mit dem Bilm warten, bis ich dir ein Zeichen gebe?«

»Ich will aber gleich raus hier.«

»Das würde aber Kanthelm merken und dann tötet er mich vielleicht. Willst du, dass er mich umbringt?«

»Nö.«

»Dann warte bitte, bis der Rabe Kraark kommt und dir sagt, dass du den Stein wachsen lassen kannst.«

»Na gut.«

»Du bist ein Prachtkerl, Macky!«

»Du bist nett, Jonas.«

»Und was ist mit dem Sturm?«

»Den fang ich gleich an, wenn ich mich bewegen kann.«

»Sehr gut! Was muss ich mit dem Sinnstein tun, damit du die Säule wieder heil machen kannst?«

»Leg ihn einfach auf die kaputte.«

»Da hinauf?« Jonas legte den Kopf in den Nacken und blickte zu dem abgebrochenen Säulenstumpf empor, der neben dem Gorrmackmaul aus dem Boden ragte.

»Ich könnte das für dich tun«, sagte Kraark.

Die gepresste Stimme des Raben ließ Jonas aufhorchen. »Was ist, Kraark? Gibt es da noch etwas?«

»Wenn man davon absieht, dass du ohne den Bilm nicht mehr mit mir sprechen kannst, eigentlich nicht.«

Für einen Augenblick stockte Jonas der Atem. Die Zeit zerrann ihm zwischen den Fingern und jetzt auch noch das! Auf eine gewisse Weise musste er von seinem gefiederten Freund Abschied nehmen, von einem Moment zum anderen. Darina war in Gefahr. Ihrer aller Rettung stand auf dem Spiel.

»Ich muss es tun«, sagte er schweren Herzens. »Kraark, ich wünschte, es gäbe einen anderen Weg, aber ich *muss* es einfach tun.«

»Schon gut«, sagte der Rabe. Auch er konnte seinen Schmerz nicht ganz verhehlen.

»Was ich sage, wird für dich weiterhin einen Sinn ergeben, selbst wenn es umgekehrt nicht mehr so ist. Freunde verstehen sich auch ohne große Worte.«

»Die Gespräche mit dir werden mir fehlen.«

»Ich weiß, mein Freund.« Jonas streichelte zärtlich über Kraarks Gefieder. Dann trat ein entschlossener Ausdruck in seine Augen. »Bist du bereit, Kraark?«

»Ja. Dieser Kanthelm hätte uns nicht zweimal herausfordern dürfen. Lass uns ihm eine Lehre erteilen!«

Jonas prägte Macky noch einmal in einfachen Worten ein, was er zu tun hatte. Er sagte dem Gorrmack auch, dass er ihm seine Eltern und Sam schicken wolle; Macky sollte sie weder fressen noch sie aus Versehen zerdrücken, wenn er erst frei wäre.

Die Kristallechse versprach feierlich, sich an Jonas' Gebot zu halten.

Anschließend gab der Junge seinen letzten Auftrag an den Raben. Kraark sollte sogleich zum Palast, dem wahrscheinlichen Wohnsitz Kanthelms, fliegen und dort nach Darina und Numin Ausschau halten. Er musste es irgendwie schaffen, ihren Aufenthaltsort herauszufinden. Er selbst, Jonas, wollte mit Bergalf nachkommen. Als Jonas dem Raben sagte, woran er ihn erkennen könne, sträubte dieser missbilligend das Gefieder. In knappen Sätzen wiederholte Kraark den Plan. Jonas' Herz war unendlich schwer. Für ihn stand fest, dass er die knarrenden Worte des Raben nie wieder hören würde.

Mit dem glatten ultramarinblauen Stein im Schnabel flog Kraark zur Bruchstelle der Säule empor und legte ihn vorsichtig oben auf den Stumpf. Dann machte sich der schwarze Vogel wie eine der von ihm so verabscheuten Fledermäuse auf den Weg zum Ausgang. Mit einem tiefen Seufzer sah Jonas ihn in dem engen Tunnel verschwinden.

Als er wieder zu dem Bilm emporblickte, fuhr ihm der Schreck in die Glieder. Ein helles blaues Licht rann wie Wasser die Säule herab, bis diese ganz darin erstrahlte. Jonas konnte deutlich sehen, wie der Sinnstein nach oben hin zu wachsen begann. Bald füllte er die gesamte Breite des Stumpfes aus. Von unten konnte man den Eindruck gewinnen, ein riesiger blauer Wassertropfen läge auf der glatten Bruchstelle. Dann wuchs die Säule mit einem Mal der Decke entgegen.

»Macky!«, rief Jonas entsetzt. »Was machst du denn?«

Das Wachstum des Kristallfingers erstarb.

»Ich wollt's nur mal ausprobieren.«

»Aber jetzt ist Schluss damit! Du wartest, bis Kraark zurückkehrt und dir sagt, dass du beginnen sollst. Hast du mich verstanden?«

»Hm, hm.«

»Aber meine Eltern und den Mann lässt du auch in Frieden!«

»Ist gut.«

»Also dann bis bald, mein großer Freund.«

»Jonas!«

»Ja?«

»Du bist nett.«

◊ EINE GROSSE MASKERADE

Jonas rannte durch den Tunnel, als sei eine ganze Herde Büffel hinter ihm her. Als er den Hauptgang erreichte, stürzte er nach links in die Flüstererhöhle. Bald stand er vor Bergalf, Sam Chalk und seinen besorgten Eltern.

So kurz es ging, fasste er das, was er in Mackys Höhle erfahren, hatte, zusammen. Sarah war entsetzt. Erst war ihr Sohn zu Alligatoren ins Wasser gestiegen und jetzt plauderte er mit passagierdampfergroßen Kristallechsen. Wo sollte das alles noch enden?

»Lass uns später darüber sprechen, Mom.« Jonas wäre am liebsten ohne jedes weitere Wort losgestürmt.

»Wir sollten trotzdem alle zusammen gehen«, beharrte sein Vater.

»Nein. Wir können nicht zu viert in der Stadt herumspazieren, ohne entdeckt zu werden.«

»Dann gib mir deinen Fingerhut. Ich gehe und du bleibst hier.«

»*Ich* habe gelernt Syrdas Hütchen zu benutzen«, widersprach Jonas. »Ich habe keine Zeit mehr, es dir zu zeigen, Dad. Geht bitte vor zu Mackys Höhle. Er wird euch nichts tun. Redet ihm gut zu. Er ist wie ein verängstigtes Kind. Ich habe Angst, er könnte sich befreien, bevor Kraark das Zeichen gibt.«

In großer Eile durchquerten Jonas, seine Eltern, Sam und Bergalf zusammen mit dem weißen Hirsch und den Schelpins die große Flüstererhöhle. An der Abzweigung zu Mackys Höhle trennten sie sich.

»Deine Eltern müssen großes Vertrauen zu dir haben, dass sie dich so einfach gehen lassen«, sagte Bergalf.

»Sie haben mich ja mein Leben lang beobachtet. Vermutlich kennen sie ihren Sohn inzwischen besser als ich mich selbst.«

Als die beiden ins Freie traten, löschten sie ihre Fackeln. Die Nacht war hell und so kamen sie selbst in der Dunkelheit auf dem Pfad nach Tikrar gut voran.

Kurz vor den ersten Häusern sagte Bergalf: »Es wird Zeit, dass wir uns tarnen. Bist du bereit?«

Jonas nickte. Auf dem Weg in die Stadt hatten sie ihren Plan mehrmals durchgesprochen. Er zog Syrdas Kristallhütchen aus der Tasche und steckte es auf den linken Zeigefinger. Fast augenblicklich verwandelte sich Jonas in einen kahlköpfigen Malkit.

Bergalf schreckte zurück. »Ist *das* Kanthelm?«

Jonas, in der Maske des Herrschers, zuckte die Schultern. »Einen anderen Malkit kenne ich nicht. Aber du hast ihn doch schon einmal gesehen!«

»Ja, aber nur aus der Ferne, als er auf dem Rücken des Gorrmacks … also Mackys saß.«

»Jetzt bist du an der Reihe.«

Bergalf holte die Silberkette mit seinem Bilm aus dem Ausschnitt und umfasste den Stein mit der Rechten. Plötzlich verschwand er – genau genommen verwandelte er sich in einen dunklen Schatten.

»So könnte es klappen«, sagte Jonas zufrieden. »Bleib immer dicht bei mir, wie es sich für einen gehorsamen Schatten gehört.«

»Dein Wunsch sei mir Befehl, großer Schattenwerfer.«

In ihrer Tarnung kamen Jonas und Bergalf gut voran. Immer tiefer drangen sie in die große Stadt ein. Aus den Häusern ergoss sich gelbes Licht auf die Straßen. Ab und an war auch grölendes Lachen oder lautes Schimpfen zu vernehmen. Kanthelms Ebenbild und sein Schatten hielten sich, so gut es ging, in der Dunkelheit.

Einmal bogen sie um eine Straßenecke und wären fast mit einer Gruppe von Malkits zusammengestoßen. Jonas ging gleich weiter und ließ ein paar völlig verwirrte Männer zurück. Kanthelms Gesicht war den Bewohnern von Tikrar so vertraut wie die Form eines Quadrats. Doch sie wussten auch, dass ihr Herrscher vor einigen Tagen völlig entstellt von einer Reise nach Hause zurückgekehrt war. Einige hielten Jonas daher für einen Doppelgänger. Die abergläubischeren Naturen dagegen dachten, in dieser Nacht einem Geist begegnet zu sein. Der seltsam lebendige Schatten, der Kanthelm folgte, bestärkte sie nur in dieser Annahme.

Kurz vor den Mauern am Fuße des Palastberges hörte Jonas das Schlagen großer Flügel. Kraark landete vor ihm auf dem Pflaster und musterte ihn aus sicherem Abstand. Da fiel Jonas ein, dass seine Tarnung den Raben ja irritieren musste. Zwar hatte er Kraark in der Gorrmackhöhle gesagt, wie er ihn erkennen könne, aber der Rabe war dennoch misstrauisch. Kein Wunder, bei einer derart perfekten Illusion! Jonas zog sich tiefer in die Schatten zurück und ließ das Trugbild Kanthelms verschwinden.

»Entschuldige, Kraark. Ich weiß, dass dir mein ›Kostüm‹ nicht besonders gefällt.«

»*Kraark, kraark.*«

Jonas erschrak. Dann fiel ihm wieder sein Bilm ein und die Kristallsäule in Mackys Höhle. »Ich verstehe dich leider nicht mehr, mein Guter. Kannst du wie wir Menschen mit dem Kopf nicken oder ihn schütteln?«

Kraark bejahte diese Frage durch ein Nicken.

»Gut. Hast du Darina gefunden?«

Der Rabe senkte den Schnabel.

Wie in einem Ratespiel, in dem man nur mit Ja oder Nein antworten darf, arbeiteten sich Jonas und Bergalf an alle Informationen heran, die sie benötigten. Das Übrige würde ihnen Kraark zeigen müssen, wenn sie erst im Palastbezirk waren.

Die erste Hürde war das Tor am äußeren Mauerring. Hier kam den dreien das Glück zu Hilfe.

Aus sicherer Deckung beobachteten sie einen Hauptmann der Palastwache, der gerade seine Soldaten inspizierte. Der Malkit unterhielt sich im Licht einer Laterne mit einer Wache. Einzelne Fetzen des Gesprächs wehten zu Jonas, Bergalf und dem Raben herüber. Offenbar hatte Kanthelm erhöhte Alarmbereitschaft angeordnet. Gegen alle Gewohnheit sollten in dieser Nacht auch außerhalb der Mauern Wachen patrouillieren.

Nachdem der Hauptmann zwei Männer vor die Mauer beordert und ihnen dort letzte Anweisungen gegeben hatte, kehrte er selbst wieder durch eine Pforte in den Palastbereich zurück.

»Komm«, flüsterte Bergalf. »Ich habe eine Idee.«

Stirnrunzelnd sah Jonas, wie sein Schatten sich selbstständig machte. Eilig setzte er ihm nach und der Rabe flatterte hinterher.

»Wo willst du hin?«

»Ich suche eine kleinere Pforte. Bestimmt gibt es in diesem grauen Palast auch Nebeneingänge.«

Bergalf hatte Recht. Nachdem sie eine Zeit lang an der Mauer entlanggegangen waren, stießen sie auf eine eisenbeschlagene Holztür. Bergalf flüsterte etwas in Jonas' Ohr, dieser nickte und trat ein wenig von der Mauer zurück.

»Ho, ihr da!«, rief Jonas, wobei er die Stimme des Hauptmanns der Palastwache nachzuahmen versuchte.

Es dauerte nicht lange und eine kleine Luke neben der Tür wurde aufgerissen. Gelbes Licht aus einer Laterne flutete heraus.

»Was soll das?«, herrschte ein hässliches Gesicht den Schatten vor der Tür an.

Jonas trat einen Schritt vor, damit der Torwächter ihn im Licht seiner Laterne erkennen konnte. »Ich bin's, lass mich wieder rein.«

»Hauptmann Klimith! Bist du etwa um den ganzen Hügel gerannt, um deine Wachen aufzustellen?« Der Wachmann kicherte. »Warte, ich schließ dir auf.« Die Klappe neben der Tür knallte zu.

»Spricht man so mit seinem Hauptmann? Miserable Disziplin in diesem Haufen«, flüsterte Bergalf.

»Das geht ja leichter, als ich gedacht habe«, freute sich Jonas und lief einige Schritte von der Pforte weg.

Als die schwere Tür in der Mauer aufschwang, war der vermeintliche Hauptmann verschwunden. Der Wachposten trat vor die Pforte und blickte sich verwundert um. Plötzlich bemerkte er zu seiner Rechten einen Schatten.

»Bist du das, Hauptmann Klimith?«

»Meinst du etwa, Kanthelm persönlich würde sich hierher

bequemen und seine Wachmannschaft kontrollieren?«, antwortete die Stimme des Schatten.

»Guter Witz«, antwortete der Wachposten und schlenderte auf die dunkle Gestalt zu. Als er ihr nahe genug war, hob er seine Laterne an, um das Gesicht des Hauptmanns zu beleuchten. In diesem Moment fuhr ihm der Schreck in die Glieder. Kanthelms boshaftes Grinsen traf den Mann wie ein Keulenschlag.

Der Wachmann schrie auf, wirbelte herum und rannte zur Pforte zurück. Aus dem Rechteck der Tür fiel ein verwaschenes Licht vor die Mauer. Gerade als der flüchtende Posten den rettenden Durchgang erreichte, gab es ein hässliches Krachen und der Malkit brach zusammen. Das gelbe Rechteck der Tür löste sich auf und nahm nur zwei Schritte weiter erneut Gestalt an.

»Musstest du wirklich so hart vorgehen?«, erkundigte sich Jonas, mitleidsvoll auf den bewusstlosen Posten blickend.

»Darf ich dich an etwas erinnern? *Du* warst es doch, der ihn dermaßen erschreckt hat, dass er mit voller Wucht gegen die Stadtmauer gerannt ist!«, erwiderte Bergalf.

»Ja, aber du hast mit deinem Bilm die falsche Tür geschaffen. Was machen wir nun mit ihm?«

Bergalf öffnete einen kleinen Beutel an seinem Gürtel und holte zwei Päckchen mit getrockneten Kräutern heraus. »Das hier ist eine alte Waldläufermedizin. Genau dosiert verabreicht wird der gute Mann erst merken, dass seine Nase gebrochen ist, wenn sich Azon schon längst wieder im Lot befindet.«

Er stopfte dem Bewusstlosen die Medizin in die Backentaschen und schleifte ihn dann in das Buschwerk, das in einiger Entfernung von der Stadtmauer wucherte. Als er zurückkehrte, klopfte er sich den Staub von den Fingern und zeigte Jonas grinsend einen Schlüsselbund.

»Wir wollen doch die Tür wieder schön zumachen, damit sich keine bösen Bonkas in den Palast einschleichen.«

Jonas schüttelte den Kopf und folgte Bergalf und dem Raben durch die Mauer.

»Von jetzt ab läuft die Zeit«, sagte der Fährtensucher. »Ich weiß nicht, wann die Wachablösung unseres Schläfers erscheinen wird, aber sobald man sein Verschwinden bemerkt, wird man Alarm schlagen.«

Die drei Eindringlinge bewegten sich wie lautlose Schatten den Palasthügel hinauf. Auf dem Weg zum inneren Mauerring schlüpfte Jonas in die Maske von Hauptmann Klimith. Bergalf »faltete« das Licht, bis er sich wieder in einen Schemen verwandelt hatte, und Kraark war gegen den dunklen Hintergrund sowieso kaum zu erkennen. Die Vorsichtsmaßnahmen erwiesen sich als überflüssig. Sie gelangten ungesehen bis dicht vor das Haupttor des inneren Palastbezirks.

»Und was nun?«, fragte Jonas leise.

»Lass mich nachdenken.«

»Können wir es nicht genauso machen wie unten?«

»Ich glaube nicht, dass die Tore hier so schwach besetzt sind, und mehrere Wachen gleichzeitig zu überrumpeln dürfte ziemlich schwierig werden.«

Ein rhythmisches Stampfen drang an ihr Ohr. Bergalf reckte den Hals und sah den Hügel hinunter. »Die kommen ja wie bestellt!«, raunte er verzückt.

Als Jonas den Trupp aus elf Wachleuten entdeckte, der sich im Gleichschritt dem Haupttor näherte, ahnte er, was der Fährtensucher vorhatte.

Wenig später marschierten dreizehn Mann der Palastwache durch das geöffnete Tor und ein großer Rabe flog über die Mauer hinweg. Niemand bemerkte, dass die letzten beiden Malkits eigentlich nicht dazugehörten. Als die Einheit zu den Quartieren abbog, waren die falschen Kameraden schon wieder verschwunden, so als hätte es sie nie gegeben.

»Das geht mir alles fast zu leicht«, zischte Bergalf leise.

In diesem Moment landete Kraark zu ihren Füßen. Sein Schnabel deutete auffällig zu einem bestimmten Gebäude hin.

»Ist Darina in diesem Haus?«, wisperte Jonas.

Kraark nickte.

»Jetzt beginnt der schwierige Teil«, meinte Bergalf. »Sobald wir Darina und Numin befreit haben, muss alles schnell über die Bühne gehen.«

Auf leisen Sohlen und Krallen huschten Jonas und seine Begleiter durch die Schatten. Erst kurz vor dem Gefangenenhaus bemerkten sie die Wachen.

»Wir müssen sie irgendwie weglocken«, flüsterte Bergalf. »Komm mit.«

Sie zogen sich weiter in die Dunkelheit zurück. Mit einem Mal hob Bergalf sein Gesicht an und schnupperte.

»Was soll das werden?«, fragte Jonas.

»Ich rieche Schelpins«, antwortete der Fährtensucher. Er blickte sich suchend um und zeigte dann auf die dunklen Umrisse eines nahe gelegenen Hauses. »Das da drüben müssen Stallungen sein. Wollen doch mal sehen, ob meine Nase Recht hat.«

Wenig später standen sie in einem großen Stall, in dem sich mindestens zweihundert Schelpins befanden. Zu Bergalfs Verwunderung gab es keine Stallburschen. Die Tiere waren völlig unbeaufsichtigt.

Bergalf nickte. »Scheint, dass Kanthelm heute Nacht jeden Mann auf Patrouille geschickt hat. Wir werden uns hier ein paar Tiere ausleihen, wenn wir zur Höhle zurückkehren. Jetzt brauchen wir nur noch ein nettes Feuerchen.«

»Du willst doch nicht etwa …?«

Bergalf nickte entschlossen. »Hast du eine bessere Idee, um ein bisschen Unordnung in dieses Gemäuer zu bringen?«

Der Fährtensucher erklärte Jonas kurz seinen Plan. Dann verließen sie wieder den Stall und überquerten den Innenhof. Der Junge ging geradewegs auf das Gefangenenhaus zu. Er legte erneut die Maske des Hauptmannes an, Bergalf war sein Schatten und der Rabe hielt sich im Hintergrund.

»Neue Order«, sagte er im Ton Klimiths. »Die Situation hat sich geändert. Ihr könnt in eure Quartiere zurückkehren.«

Die beiden Soldaten hatten eine stramme Haltung eingenommen, aber die Antwort des einen ließ etwas den pflichtschuldigen Gehorsam vermissen. »Aber, Hauptmann Klimith, die Ablösung ist doch noch gar nicht da.«

Jonas zögerte. Was sollte er den Männern sagen? »Sie wird sich etwas verspäten, aus Gründen, von denen ihr nichts wissen müsst. Geht und gebt meinen Befehl an die übrigen Kameraden weiter. Ich werde solange hier bleiben und mich um die Gefangenen kümmern.«

Die Wachen blickten Jonas unschlüssig an. Einige Herzschläge lang glaubte der falsche Hauptmann, seine Nerven würden die Anspannung nicht ertragen. Wenn er jetzt das Bild des Malkit-Soldaten aus dem Gedächtnis verlor, war alles verloren.

Mit einem Mal salutierten die Wachmänner und marschierten zu ihren Kameraden.

»Das war knapp«, hörte Jonas seinen Schatten sagen.

»Hoffentlich schlucken auch die anderen den Köder, den wir ihnen hingeworfen haben.«

»Gegen etwas mehr Freizeit hat wohl niemand etwas einzuwenden«, erklärte Bergalf leichthin.

Jonas sah, wie die vier Wachen an der nächsten Gebäudeecke sich einige Zeit unterhielten. Zwei blickten zu ihm herüber. Er machte eine Geste, die, wie er hoffte, gebieterisch und unmissverständlich genug war. Tatsächlich schlossen sich die Wachposten ihren Kameraden an und sammelten auch die übrige Mannschaft ein. In einem geordneten Zug marschierten die Soldaten dann in Richtung der Quartiere davon.

Nun standen die beiden Eindringlinge vor dem Eingang des Gefangenenhauses. Als Jonas zu den erleuchteten Fenstern hinaufblickte, erstarrte er.

»Darina!«, hauchte er Bergalf zu.

»Sie kann uns nicht erkennen«, anwortete dieser.

»Aber sie scheint jemanden zu suchen.«

»Schick ihr den Raben.«

»Gute Idee. Kraark«, wandte sich Jonas an seinen gefiederten Freund. »Flieg zu Darina hoch, damit sie weiß, dass wir hier sind.«

Kraarks Flügelschlag lenkte die Aufmerksamkeit der Wissenden zum Fuß des Gebäudes hin. Für einen kurzen Moment ließ

Jonas seine Maske fallen. Darinas Hand fuhr hoch und legte sich auf ihre Brust. Sie hatte ihren Bruder erkannt.

»Und jetzt fang an zu rufen«, flüsterte Bergalf in das Ohr seines Freundes. Wie aus dem Nichts erschienen plötzlich züngelnde Flammen an der Hausmauer.

»Hoffentlich merkt niemand, dass deine Illusion kein bisschen heiß ist«, sagte Jonas zu seinem Freund. Er holte tief Luft und hoffte inständig weder zu laut noch zu leise zu rufen.

»Feuer!«

Jonas wartete einen Moment. Nichts rührte sich. Er blickte nach oben. Darina stand noch immer am Fenster, auf dem Sims vor ihr saß Kraark.

»Feuer!«, rief Jonas nun lauter.

Jetzt hatte auch Darina den Plan erfasst. Sie stürzte vom Fenster weg und gleich darauf drangen erregte Stimmen aus dem Haus.

Ein Mitglied der Wache zeigte sich kurz am Fenster. Sobald er die Gefahr erkannt hatte, riss er sich vom Anblick der lodernden Flammen los und ordnete die Evakuierung des Gefangenenhauses an.

Durch die Eingangstür drang ein lautes Poltern. Jonas trat ein paar Schritte zurück und schlüpfte wieder in die Gestalt Kanthelms.

»Ist das nicht zu gewagt?«, wollte Bergalf einwenden, aber schon flog die Tür auf.

Birmoth, der Oberaufseher des Gefangenenhauses, blieb unter der Tür stehen, als habe ihn der Blitz getroffen. Seine Augen waren vor Schrecken geweitet. Er konnte sich nicht erklären, woher sein Herr so plötzlich aufgetaucht war – und dann noch mit zwei gesunden Augen. Bevor ihm eine plausible Erklärung einfiel, traf ihn schon ein Schlag.

Ein dunkler, über Birmoth gebeugter Schatten nahm plötzlich Bergalfs Gestalt an. »Gibt es noch mehr Wachen hier?«

»Er war der Einzige im Haus«, antwortete Darina, die unter der Tür stand.

»Dann schnell, kommt heraus, wir müssen weg hier, ehe unser Schwindel auffliegt.«

Jonas sah Darina ins Freie treten, hinter ihr folgten Numin und …

»Dr. Gould?« Jonas' Herz machte einen Freudensprung. »Sie leben!«

»Du, Junge?«, entgegnete der hoch gewachsene Diplomat erstaunt. »Wie kommst du denn hierher?« Er ging auf Jonas zu und umarmte ihn – was nicht nur Frank Holloway höchst überraschend fand.

»Das ist eine lange Geschichte. Ich erzähle sie Ihnen später.«

Danach kamen noch vier weitere Männer heraus, die Jonas nicht kannte. »Das ist die Besatzung des Flugzeuges, das deine Eltern nach Azon brachte«, erklärte Darina knapp.

Jonas konnte es kaum fassen. Er freute sich, aber er machte sich auch Sorgen. »Hoffentlich kommen wir alle heil aus dieser Geschichte heraus.«

»Dann nichts wie weg hier«, sagte Bergalf. »Wir schnappen uns in den Ställen so viele Schelpins, wie wir brauchen, und mogeln uns aus dem Palast, bevor man überhaupt euer Verschwinden bemerkt.«

»Halt«, befahl Darina. »Bevor wir von hier fliehen, habe ich noch eine Bitte an euch.«

Bergalf warf verzweifelt den Kopf nach hinten. »Darina, hat das nicht Zeit bis später?«

»Wir müssen Keldins Spiegel mitnehmen«, verlangte die Wissende. »Wenn sich je wieder die Facetten zur Erde hin öffnen, dann sollte Kanthelm wenigstens dieses Werkzeug genommen sein.«

»Aber Darina! Falls wir jetzt nicht schleunigst von hier verschwinden, wird Kanthelm nicht nur den Spiegel behalten, sondern auch uns alle.«

»Darina hat Recht«, meldete sich Jonas entschlossen.

»Ihr habt euch wohl alle gegen die Vernunft verschworen«, zeterte Bergalf. »Also gut. Aber dann komme ich mit.«

»Kanthelm hat uns in den letzten paar Jahren einige Vergünstigungen zugestanden«, meldete sich Jack Baretti. »Deshalb kenne ich mich im Palast leidlich aus. Wir könnten uns schon zu den Ställen schleichen und die Tiere für die Flucht bereitmachen. Sobald ihr kommt, brechen wir auf.«

»Kennst du dich denn auch mit Schelpins aus?«, fragte der Fährtensucher verwundert.

Jack grinste. »Zu Kanthelms ›Segnungen‹ gehörte auch der Dienst in den Ställen.«

Bergalf nickte grimmig. »Dann los.«

Alsbald schlichen drei Gestalten auf den großen Hauptquader des Grauen Palastes zu. Die übrigen Entflohenen brachen zu den Ställen auf, unter ihnen auch Numin, der sich nur widerstrebend davon hatte abhalten lassen, Darina zu begleiten.

Die Wissende führte ihre beiden Gefährten zum Palasteingang.

Es war schon spät in der Nacht und nur wenige Wachen standen vor der verschlossenen Tür. Jonas und Bergalf wiederholten ihren Kanthelm-Überrumpelungstrick und schon sanken die Wachposten in tiefe Bewusstlosigkeit.

Mit einem dicken Schlüsselbund in der Hand schlichen Bergalf, Jonas und Darina durch die riesigen Palastflure. Bald lenkte Bergalf mit einer Luftspiegelung eine Wache ab, damit die Eindringlinge an ihr vorbeischleichen konnten, dann wieder schickte Jonas alias Hauptmann Klimith zwei Bewaffnete in einen anderen Teil des Gebäudes.

»Hinter dieser Tür bewahrt Kanthelm den Spiegel auf«, sagte Darina, als sie den Eingang zum Thronsaal beinahe erreicht hatten. Die drei Gefährten standen im Schatten einer Nische, von der eine Tür in einen Nebenraum führte.

»Und wie entledigen wir uns diesmal der vier Wachen?«, erkundigte sich Jonas.

»Ich glaube, jetzt wird es Zeit, ein richtiges Feuerchen zu machen«, sagte Bergalf. »Wartet einen Moment.«

Der Fährtensucher verschwand hinter der Tür, die in das Nebenzimmer führte, und war wenige Augenblicke später wieder zurück.

»Lasst uns ein anderes Versteck suchen. Hier wird es gleich ungemütlich werden.«

Bergalf erschuf vor den Wachen des Palastsaals eine verblüffende Spiegelung. Die Soldaten glaubten weiterhin, in den langen hohen Flur zu blicken, in Wirklichkeit aber war dieses Bild nur eine Illusion. Hinter dem Trugbild schlichen sich drei geduckte Gestalten heran und verschwanden dicht vor den Posten in einer weiteren Nische. Die Luftspiegelung verschwand genauso unmerklich, wie sie entstanden war.

»Da hinten qualmt es«, sagte mit einem Mal einer der bewaffneten Männer.

»Wie das?«

»Weiß ich doch nicht. Schau doch mal nach.«

»Wieso denn ich? Du willst doch Rauch gesehen haben.«

Der Wachmann stieß einen unverständlichen Fluch aus und stapfte den Säulengang hinunter. Wenig später gellte seine Stimme durch den Flur.

»Feuer! Feuer!«

Die anderen drei Posten tauschten unschlüssige Blicke. Da quoll eine dicke schwarze Rauchwolke aus der Tür des brennenden Nebenzimmers.

»Feuer!«, brüllten nun auch die übrigen Wachen und rannten in verschiedene Richtungen davon.

»Gleich wird hier alles drunter und drüber gehen«, sagte Bergalf. Er sprach ungewöhnlich schnell. »Darina, bring uns zu dem Spiegel. Wir dürfen keine Zeit verlieren.«

Darina nickte und lief voraus. Sie öffnete einen der schweren Türflügel, vor denen eben noch die vier Wächter gestanden hatten, und eilte dann nach rechts.

Im Amtssaal Kanthelms brannten nur zwei dickleibige Kerzen, die zu beiden Seiten des Obsidianthrons aufgestellt waren. Keldins Spiegel hing in seinem Gestell. In Form und Größe glich er den beiden anderen, die der sagenhafte Schmied geschaffen hatte.

»Er ist ja völlig unbewacht«, staunte Jonas.

Bergalf rüttelte an dem ovalen Goldrahmen, um ihn aus der Halterung zu befreien. »Du vergisst die vier Posten, die wir gerade zum Wasserholen geschickt haben«, sagte er mit verkniffenem Gesicht.

»Außerdem ist er für Kanthelm nichts mehr wert«, setzte

Darina hinzu, um sich dann ungeduldig an Bergalf zu wenden. »Was ist? Hängt er fest?«

»Ja, ich weiß auch nicht, wie man das Ding hier rausbekommt.«

»Warte!«, rief Jonas. Er griff in seine Jacke nach Keldins Dolch. »Wollen doch mal sehen, ob er auch was anderes als Kristall schneiden kann.« Er setzte das Stilett an die Halterung, unmittelbar neben den Goldrahmen, und drückte. Die Klinge drang durch das Metall wie durch warmes Wachs. Im Nu hatte Jonas den Spiegel aus seiner Verankerung gelöst.

»Jetzt aber nichts wie weg«, meinte Bergalf.

Jonas klemmte sich den Spiegel unter den Arm. Dann eilten die drei Freunde zur Tür zurück. Der Fährtensucher streckte seinen Kopf hinaus und zog ihn dann schnell wieder zurück.

»Das hat uns gerade noch gefehlt.«

»Was ist?«, fragte Jonas.

»Wir waren wohl zu langsam.«

Jonas lugte selbst durch den Türspalt. Weiter unten im Gang schlugen helle Flammenzungen aus dem Nebenzimmer. Zwanzig oder mehr Soldaten rannten schreiend durcheinander. Ein Hauptmann versuchte verzweifelt Ordnung in das Chaos zu bringen.

»Da durchzukommen dürfte schwierig sein«, stellte Jonas fest.

Bergalf nahm Darina bei den Schultern und blickte ihr fest in die Augen. »Gibt es noch einen anderen Ausgang?«

»Ich …« Sie stockte. Der Graue Palast musste älter sein als Kanthelm. Aus einem fernen Winkel ihres Gedächtnisses stieg eine unklare Erinnerung auf. »Unter dem Thron! Dort müssen wir nachsehen.«

Sie rannten zu dem massiven Obsidianblock zurück. Bergalf schüttelte den Kopf. »Unmöglich, das Ding von der Stelle zu rücken.«

»Du hast es doch noch gar nicht probiert«, erwiderte Darina und stemmte sich gegen den schwarzen Steinthron.

Er rührte sich nicht vom Fleck.

Jonas legte den Spiegel auf den Fussboden, um Darina zu

helfen. Auch Bergalf legte mit Hand an. Zu dritt schoben sie mit aller Kraft. Und plötzlich bewegte sich der Thron.

Bergalf wollte es zuerst gar nicht glauben. »Das ist doch ...«

»Ein raffinierter Mechanismus«, vollendete Jonas den Satz.

Unter dem Thron befand sich eine Treppe. Bergalf zog eines der Bonka-Feuerzeuge aus der Tasche und entfachte die Flamme.

»Bin gespannt, wohin dieser Tunnel führt.«

Jonas hob schnell wieder den Goldrahmen vom Boden auf und folgte Bergalf und Darina.

Der Gang unter dem Amtssaal des Palastes war aus großen Steinquadern gemauert. Im unruhigen Licht von Bergalfs Behelfsfackel hasteten die drei Spiegeldiebe die Treppe hinab und dann weiter in den Gang hinein. Sie stießen auf mehrere Abzweigungen, aber Darina lotste ihre Gefährten durch den breiteren Haupttunnel. Endlich erreichten sie eine Treppe, die nach oben führte. Bergalf wollte gerade hinaufstürmen, als ihn Jonas zurückhielt.

»Halt! Was ist, wenn da oben ebenfalls Wachen sind?«

»Du hast Recht. Wir müssen uns wieder tarnen.«

»Ich denke, die Kanthelm-Maske dürfte für diesen Anlass genau das Richtige sein«, sagte Jonas grinsend. Er dachte kurz an den Malkit.

»Jonas!«, keuchte Darina. Sie hatte diese spezielle Verwandlung zum ersten Mal miterlebt.

»Entschuldigung. Ich wollte dich nicht erschrecken.«

»Schon gut. Geh jetzt. Ich bleibe direkt hinter Bergalf.«

»Meine Tarnung kann uns beide decken«, sagte der Fährtensucher. »Aber lass Jonas und mich erst nachsehen, ob uns oben nicht irgendeine unangenehme Überraschung erwartet. Pass solange auf den Spiegel auf.«

Gemeinsam stiegen sie die Treppe hinauf. Oben stießen sie auf eine Tür. Jonas – in der Maske Kanthelms – drehte sich noch einmal um. Sein Schatten sagte: »Nun mach schon, wir haben nicht ewig Zeit.«

Jonas bedeutete Darina etwas zurückzubleiben, dann schob

er einen Riegel zurück und ließ die Tür langsam aufschwingen. Sie knarrte verräterisch. Durch den Rahmen blickte er in ein großes Zimmer, das nur schwach beleuchtet war. Die Quelle des Lichts konnte er im Rechteck der Türeinfassung nicht ausmachen. Auf dem Fußboden des Raumes lagen dicke Teppiche. Rechter Hand stand ein Himmelbett. Einer der ringsum angebrachten Vorhänge war zurückgezogen. Jonas' Blick fiel auf zerwühltes Bettzeug. Eine böse Ahnung stieg in ihm auf.

Vorsichtig trat er in den Raum und sah sich um. Das Zimmer wirkte wie gerade verlassen. Jonas spürte die Gegenwart einer Person. Eben wollte er sich umwenden und Darina warnen, als er eine eisige Stimme hörte.

»Wer bist du, dass du es wagst, hier bei mir einzudringen?«

Jonas erkannte den schneidenden Tonfall sogleich wieder. Obwohl sein Herz vor Angst hämmerte, bewahrte er äußerlich Ruhe. Er durfte das Bild in seinem Kopf nicht verlieren, sonst war seine Tarnung dahin. Langsam trat er in den Lichtkreis einer kugelförmigen Nachttischlampe und entdeckte einen undeutlichen Schemen hinter einem der Vorhänge des Himmelbetts.

»Warum zeigst du dich nicht, so wie ich?«, antwortete Jonas mit verstellter Stimme.

Der Vorhang teilte sich langsam in der Mitte. Zum Vorschein kam ein einäugiger Malkit mit Narbengesicht.

»Großer Kristall, wer bist du?«, keuchte Kanthelm, als er sein eigenes Antlitz erkannte, unversehrt, wie es einmal gewesen war, bevor …

»Ich kann mir nicht vorstellen, dass du mich nicht kennst«, erwiderte Jonas kühl. Er musste unbedingt Zeit gewinnen. Warum tat Bergalf denn nichts?

Kanthelms verbliebenes Auge stierte das eigene Ebenbild ungläubig an. Aber dann wich der Ausdruck der Verwunderung aus dem entstellten Gesicht, zurück blieb ein boshaftes Lächeln.

»Du verstehst es, mit dem Licht zu spielen, Fremder«, sagte der Malkit bedrohlich ruhig. »Vermutlich bist du ein Bilmträger.«

Kanthelms linker Arm bewegte sich hinter dem hauchdünnen Vorhang. Der Malkit führte irgendetwas im Schilde. Es fiel Jonas immer schwerer, seine Tarnung aufrechtzuerhalten. Um Kanthelm zu verunsichern, antwortete er: »Vielleicht kann ich noch mehr, als nur das Licht formen. Möglicherweise bin ich auch Teil deiner selbst. Versuch mich zu töten und du wirst sehen, was dann mit dir geschieht.«

Für einen Moment huschte ein Ausdruck der Unsicherheit über Kanthelms Gesicht, doch dann wurde sein unversehrtes Auge hart. Mit einer pfeilschnellen Bewegung brachte der Malkit ein blitzendes Rohr zum Vorschein und richtete dessen Ende auf Jonas.

»Ich kann ja damit anfangen, deinen rechten Arm zu versengen«, schlug Kanthelm mit boshaftem Grinsen vor und sein Finger näherte sich dem Auslöseknopf der Lichtwaffe. »Der meine ist seit drei Wochen kalt wie ein Eiszapfen. Ein bisschen Wärme könnte nicht schaden.«

Jonas' Herz setzte einen Schlag aus. Hatte Kanthelm ihn durchschaut? Eher unbewusst tat der Junge genau das Richtige. Die Erinnerung des unversehrten Kanthelm verschwamm in seinem Geist, an ihre Stelle trat das Bild des jetzigen, verunstalteten Malkits.

Kanthelm keuchte vor Schreck. Hatte diese furchtbare Erscheinung etwa doch Recht gehabt? War sie ein Spiegelbild seiner selbst, das auch ihn zerstören würde, wenn er es mit seinem Lichtspeer durchbohrte? Sein Zögern rettete Jonas das Leben.

Unvermittelt verdoppelte sich das Bild des falschen Kanthelm vor den Augen des echten. Aus einem wurden zwei, und gleich darauf waren es schon vier, acht, sechzehn ... Innerhalb weniger Augenblicke standen zweiunddreißig Malkits im Halbkreis um das Himmelbett und alle sahen aus wie der Herrscher des Grauen Palastes. Als sich die Spiegelbilder zu bewegen begannen, drückte Kanthelm ab.

Ein roter, hässlich zischender Lichtspeer schoss mitten durch den Bauch des sechzehnten Doppelgängers. Dessen Augen weiteten sich vor Schreck. Und mit einem Mal – als hätte jemand mit dem Schwamm ein Bild von oben nach unten weggewischt, nur um dadurch ein anderes zum Vorschein zu bringen – erschien die Gestalt von Jonas McKenelley vor Kanthelm.

»Du!«, schrie der Malkit außer sich. Zu seinem Ärger brach der durchlöcherte Kontrahent nicht zusammen, sondern erholte sich schon wieder von dem Schrecken des Angriffs. Am Leib des Jungen gab es nicht den geringsten Brandfleck. Dafür erklang von irgendwo das Knistern von Flammen. Aber Kanthelm konnte kein Feuer sehen.

Wutschnaubend richtete er die Lichtwaffe auf den am weitesten links von ihm stehenden Doppelgänger und drückte den Auslöser. Erneut schoss ein roter Lichtstrahl aus der silberglänzenden Waffe.

Kanthelms Arm beschrieb einen Bogen – jetzt war er der Sensenmann. Eines der Trugbilder war echt. Er würde es niedermähen wie eine reife Ähre.

Noch bevor er den Halbkreis vollenden konnte, tauchte links neben ihm ein dunkler Schemen auf. Kanthelms unversehrtes rechtes Auge nahm den unscharfen Schatten zu spät wahr, um noch rechtzeitig reagieren zu können. Gerade wollte der Malkit herumfahren und seine Waffe auf den Angreifer richten, als ihm diese mit einem Ruck aus der Hand gerissen wurde. Im nächsten Moment wirbelte das Rohr durch die Luft und landete mit einem dumpfen Geräusch auf dem Schädel des Narbengesichts. Das intakte Auge blickte noch einmal ungläubig auf Bergalfs Gestalt, die aus dem Schemen auftauchte, dann drehte es sich nach oben weg, bis nur noch Weiß zu sehen war. Kanthelm kippte wie ein nasser Sack nach hinten, riss den Vorhang mit, an dem er sich fest gehalten hatte, und landete federnd auf dem weichen Himmelbett.

»Manche Leute wollen einfach nie auf ihre Annehmlichkeiten verzichten«, sagte Bergalf, während er verächtlich auf den leblosen Mann im Bett herabblickte.

Jonas sah den Freund entsetzt an. »Ist er …?«

»Tot?« Bergalf schüttelte den Kopf. »Ich habe zwar schon so manches wilde Tier bezwungen, aber wir Bonkas sind keine

Mörder. Dieser Mann da wird an seinem eigenen Blutdurst ersticken.« Dabei deutete der Fährtensucher auf die brennenden Wände und Vorhänge im hinteren Teil des großen Schlafzimmers. Kanthelms Lichtwaffe hatte die von Bergalf erschaffenen Trugbilder durchdrungen und den Raum in Brand gesteckt.

Der Gedanke, Kanthelm lebendigen Leibes verbrennen zu lassen, war Jonas zuwider. »Wir müssen ihn hier rausschaffen«, stieß er hervor.

Darina, die inzwischen mit Keldins Spiegel im Arm in den Raum getreten war, schüttelte traurig den Kopf. »Dazu haben wir keine Zeit mehr, Jonas. Wie sagte doch in eurer Welt ein weiser Mann? ›Wer zum Schwert greift, wird durch das Schwert umkommen.‹«

»Los«, drängte Bergalf. Er hatte Jonas am Arm ergriffen und zog ihn von dem besinnungslosen Malkit weg.

Als Jonas mit Darina und Bergalf auf den Flur hinausstolperte, flogen noch einmal die Bilder aus dem Schlafzimmer an seinem inneren Auge vorüber. Alles war so schnell gegangen. Kaum hatte Bergalf seine Luftspiegelung erschaffen, war er zur Seite getreten. Ein Spiegelbild hatte ihn ersetzt. Im nächsten Moment hatte Kanthelm auf diesen Zwilling geschossen. Der glühend heiße Lichtstrahl war an Jonas so knapp vorbeigezischt, dass er vor Schreck vergessen hatte die Kanthelm-Tarnung aufrechtzuerhalten. In diesem Augenblick erkannte ihn der Malkit-Führer.

Jetzt herrschte in dem Schlafzimmer hinter Jonas das reinste Chaos. Durch die offene Tür leckten gelbe Flammen. Wie todbringende Raubtiere schlichen sie langsam auf den ohnmächtigen Herrscher zu.

»Hier kommen wir raus!«

Bergalfs Stimme vertrieb die schrecklichen Bilder aus Jonas' Kopf. Sie standen an der ersten einer Reihe von Türen, die auf einen begrünten Hof hinausführten. An der Außenseite des Palastes befanden sich einige Lampen, die ein mattes Licht auf die Gartenanlagen warfen. Der Fährtensucher drehte den Riegel der Tür. Sie war unverschlossen.

»Geht es dir gut?«, fragte Darina den verstörten Jonas besorgt.

Jonas nickte. »Den Umständen entsprechend.«

»Könntest du noch einmal Kanthelms jetziges Aussehen als Tarnung annehmen?«, erkundigte sich Bergalf, während er durch die geöffnete Tür in den Hof hinausspähte.

»Wird schon gehen«, antwortete Jonas und nahm Darina wieder den schweren Spiegel ab.

»Also dann los. Darina und ich sind dein Schatten.«

Jonas trat in der Gestalt Kanthelms in den Garten hinaus und lief zielstrebig den Kiesweg hinab, den Darina ihm flüsternd gewiesen hatte. Der Innenhof mündete in einen schmalen Durchgang. Dahinter lag der große gepflasterte Platz, an den auch das Gefangenenhaus stieß. Rechts von Jonas herrschte reges Treiben. Dort befand sich der Haupteingang des großen Palastbaus. Unzählige Männer rannten hin und her. Schweres Löschgerät wurde eilig in den Palast geschleppt. Das von Bergalf gelegte Feuer hatte sich mittlerweile über den ganzen Säulengang ausgebreitet, der zum Thronsaal führte.

Unbeirrt überquerte Jonas den Platz und lief auf das Gefangenenhaus zu. Niemand achtete auf ihn und seinen merkwürdig fülligen Schatten. Das Gebäude, in dem Kanthelms auserwählte Häftlinge untergebracht gewesen waren, lag vollkommen still da. Offenbar hatte noch niemand das Verschwinden der Insassen bemerkt. Jonas umrundete das Bauwerk. Die fernen Flammen ließen seinen Schatten über das Gemäuer huschen. Als ihn endlich die Dunkelheit umfing, atmete er erleichtert auf.

Kurz darauf erreichten sie die Stallungen der Palastwache.

Numin eilte sogleich auf Darina zu. Mit einem seltsamen Gefühl beobachtete Jonas, wie die beiden sich zur Begrüßung umarmten. Da spürte er das Gewicht des Raben, der sich auf seiner Schulter niedergelassen hatte.

»Noch eine Minute länger und wir wären losgelaufen, um euch zu suchen«, empfing Giacomo Baretti die Ankömmlinge. Captain Woolbridges Kopilot befand sich an der Spitze einer Reihe von Schelpins, die zum sofortigen Aufbruch bereitstanden. »Habt ihr da drinnen ein Fass aufgemacht? Der ganze Palast scheint ja auf den Beinen zu sein.«

»Später«, antwortete Bergalf knapp. »Erst einmal müssen wir hier weg.«

Der Fährtensucher zurrte den Kristallspiegel hinter Jonas' Sattel fest. Dann bestiegen Darina, der Junge und die Männer ihre Tiere. Der Rabe hatte es sich auf seinem Stammplatz bequem gemacht. Trotz der bedrohlichen Lage, in der sich alle befanden, musste Jonas grinsen, als er den langen Dr. Gould auf seinem Schelpin sah. Das Reittier war das größte, das Numin im Stall hatte auftreiben können, aber der Diplomat musste trotzdem die Beine anwinkeln, damit sie nicht auf dem Boden schleiften.

»Hat sich schon jemand überlegt, wie wir aus dem Palast herauskommen?«, fragte Daniel Woolbridge, der Kapitän der Roly-Poly.

»Wir werden direkt durch das Haupttor maschieren!«, verkündete Bergalf mit listigem Grinsen. »Jonas führt unseren Zug an. Darina, Numin und ich sind eure Bewacher. Ihr habt nur die Rolle armseliger Gefangener zu spielen, die von einem Kerker in einen anderen verlegt werden. Bekommt ihr das hin?«

Die Menschen nickten. Jonas hatte verstanden. Im nächsten Moment verwandelte er sich vor aller Augen in einen narbengesichtigen Malkit. »Keine Angst, alles nur Make-up«, beruhigte er die völlig konsternierten Männer. Die einäugige Fratze grinste. »Ich bin nicht der, für den ihr mich haltet. Aber das müssen wir den anderen ja nicht verraten, oder?«

Der Gefangenenzug bewegte sich so langsam auf das Haupttor des inneren Palastbezirks zu, dass Jonas glaubte, er müsse gleich platzen. Bergalf zischte hinter ihm: »Nur ruhig, Jonas. Du bist ein mächtiger Herrscher und musst vor niemandem fliehen.«

Der Kopfsteinpflasterweg verlief nun hangabwärts. Wenn sie erst das Tor passiert hatten, würden sie bald am Fuße des Hügels sein. Kraark hatte sich in die Luft geschwungen, um den weiteren Weg zu erkunden. Bergalf, Darina und Numin sahen aus wie bewaffnete Mitglieder der Palastwache. Es hatte den Fährtensucher große Konzentration gekostet, diese Illusion zu erschaffen, und nur mit allergrößter Anstrengung konnte er sie aufrechterhalten. Dank seines Bilms war er zwar imstande das Licht zu formen, aber derart feine Details wiederzugeben fiel ihm erheblich schwerer, als sich einen plumpen Schatten als Tarnmantel überzuwerfen.

Dann erreichte der Zug das große Gittertor.

»Exzellenz! Ihr?«

Jonas fasste sich so kurz wie nur irgend möglich. Er hoffte inständig, seine Stimme würde ihn nicht verraten. Um sicher zu gehen, wählte er einen sehr harschen Tonfall: »Was beim Kristall glaubt ihr denn, wer ich bin? Öffnet sofort das Tor!«

»Aber Exzellenz, Ihr selbst habt doch Befehl erlassen …«

»Willst du mir etwa widersprechen?«, blaffte Jonas den Wachmann an.

»N-Nein …«

»Gut, dann öffne endlich das Tor. Die Brände im Palast oben sind wahrscheinlich von Verschwörern gelegt worden, vielleicht sogar von Angehörigen meiner Leibgarde. Vermutlich wollen sie die Wanderer befreien und mich töten. Aber das wird ihnen nicht gelingen, weil ich und meine ›Gäste‹ nicht mehr da sein werden.« Jonas beugte sich von seinem Schelpin zu dem Wächter hinab und grinste ihn mit eisiger Fratze an. »Und jetzt wäre ich dir sehr verbunden, wenn du meinem Befehl Folge leisten würdest.«

Der Soldat nickte eilfertig und gab dann seinen Kameraden im Torhaus einen Wink. Gleich darauf wurde ein verborgener Mechanismus in Gang gesetzt und das schwere Eisengitter hob sich langsam in die Höhe.

Jonas passierte das Tor, wendete dahinter sein Schelpin und wartete, bis alle Gefährten an ihm vorübergeritten waren. Dann winkte er noch einmal der Torwache zu. »Schließ das Tor und lass bis zum Morgengrauen niemanden mehr durch. Im Augenblick kann ich keinem außer euch trauen. Du bist mir persönlich dafür verantwortlich, dass uns keiner folgt. Habe ich mich deutlich genug ausgedrückt?«

»Natürlich, Exzellenz. Ich werde das Tor mit meinem Leben verteidigen.«

»Dem Kristall sei Dank, dass ich solche Männer wie euch habe. Wenn ihr mich wieder seht, werdet ihr den euch gebührenden Lohn empfangen.«

Der Soldat salutierte. Dann verschwand seine Gestalt hinter dem sich senkenden Gitter.

»Findest du nicht, dass du ein bisschen dick aufgetragen hast?«, fragte Bergalf, als sie den Hang hinabritten.

»Er hat seine Sache sehr gut gemacht«, verteidigte Darina ihren Retter.

»Ja, aber diese zweideutige Formulierung am Schluss. Sollte der echte Kanthelm je aus seinem brennenden Zimmer gerettet werden, wird er seinen Torwächtern eine herbe Enttäuschung bereiten. Der Lohn, den sie dann erhalten, wird ihnen ganz und gar nicht gefallen.«

»Jeder bekommt das, was er verdient«, versetzte der falsche Kanthelm zufrieden.

Die Wachposten am unteren Tor ließen sich genauso leicht beeindrucken wie ihre Kameraden oben. Jonas erzählte ihnen von der Verbringung der Gefangenen an einen sicheren Ort. »Ihr wisst schon«, fügte er mit verschwörerischem Augenzwinkern hinzu. Er spekulierte darauf, dass Kanthelm nicht nur einen Palast hatte.

Die plumpe Vertraulichkeit ihres obersten Befehlshabers kam den Wachen zwar etwas merkwürdig vor, aber keiner zweifelte an Kanthelms Identität. Bald darauf tauchte der Zug mit den Gefangenen unbehelligt in den Straßen Tikrars unter.

Als Jonas sich noch ein letztes Mal umsah, stand ein helles Glühen am Himmel. Der Graue Palast brannte lichterloh. Ob Kanthelm wohl noch am Leben war?

◇ DER STURM

Die Schelpins gaben ihr Letztes. In einer enormen Kraftanstrengung schleppten die wolligen Tiere ihre schwere Menschenlast die Straße zu den Hängenden Bergen empor. Dr. Gould stöhnte hin und wieder laut auf, wenn seine angewinkelten Beine die Kraft verließ und seine Zweihundert-Dollar-Schuhe über das Pflaster schabten.

Jonas wartete ungeduldig auf die Rückkehr Kraarks. Der Rabe war sofort in Richtung der Gorrmack-Höhle aufgebrochen, nachdem sie das äußere Tor des Palastbezirks sicher passiert hatten. Sobald Macky, der kindliche »Kristall-Alligator«, seine Nachricht erhielt, würde er den Bilm wachsen lassen. Wie ein Wagenheber würde die Kristallsäule in die Höhe streben. Zuerst würde sie die Höhlendecke emporstemmen und mit ihr den oberen Säulenstumpf, der den Gorrmack gefangen hielt, und zuletzt würde sie Azon selbst wieder ins rechte Lot rücken. Gleichzeitig wollte der Gorrmack den Keim für einen mächtigen Wirbelsturm säen.

Zum ersten Mal seit Stunden konnte sich Jonas eingehender mit der Rückkehr zur Erde beschäftigen. Der Hurrikan musste genau über die Stelle des Bermudadreiecks hinwegziehen, an der er, seine Eltern und die Besatzungen zweier Flugzeuge …

Wie ein gleißender Blitz schoss ihm ein neuer Gedanke durch den Sinn. Wie sollten sie eigentlich zur Erde zurückkehren? Besser gesagt: *Womit*? Schmerzhaft erinnerte er sich an Sam Chalks Worte an jenem frühen Morgen, als dieser im Muschelpalast aufgetaucht war. Er hatte den Tank der *Wild Goose* praktisch bis zum letzten Tropfen leergeflogen. Mit diesem Flugzeug würden sie weder zu den Bermudainseln noch ans Festland der Vereinigten Staaten gelangen können. Plötzlich kam ihm eine Idee.

Jonas lenkte sein Schelpin an die Seite von Daniel Woolbridge. Darina hatte ihm in kurzen Worten von den Männern erzählt, die neben Dr. Gould und Frank Holloway befreit worden waren.

»Kann Ihr Flugzeug noch fliegen?«

Seine Frage kam so überraschend, dass der Captain der Roly-Poly zunächst stutzte. »Ich fürchte, mir ist nicht ganz klar, wovon …«

»Ich möchte wissen, ob die B-24, mit der Sie in der Spiegelregion gelandet sind, noch flugfähig ist«, präzisierte Jonas ungeduldig seine Frage.

»Du weißt von unserer Maschine?«

»Ich habe sie vor einiger Zeit gesehen. Äußerlich sah sie noch heil aus.«

»Sie steckt vielleicht ein bisschen tief im Sand fest, aber das dürfte kein ernsthaftes Problem sein. Unser Dickerchen kann dich hinfliegen, wo immer du hinwillst«, schaltete sich Jack ein. Der Kopilot ritt unmittelbar neben Daniel Woolbridge.

»Haben Sie auch noch genügend Treibstoff?«

»Wir waren gerade erst von den Bermudas aufgebrochen, als wir vor vierzehn Jahren durch den Strudel gezogen wurden. Hier auf Azon sind wir nicht mehr weit geflogen. Wir könnten also bis nach Cape Hatteras oder sogar noch weiter kommen.«

»Gut«, sagte Jonas. Mehr nicht. Er setzte sich wieder an die Spitze des Zuges, wo Darina und Numin waren. Nachdem er ihr seinen geänderten Plan mitgeteilt hatte, fragte er: »Glaubst du, wir könnten das schaffen?«

Darina überlegte nur einen Moment. »Es kann funktionieren, mein Bruder. Die einzige Schwierigkeit besteht darin, den Gorrmack zu überreden in die Spiegelregion zu springen. Heißt er wirklich Macky?«

»Er nannte sich Mack. Aber so wie er sich aufführt, passt Macky viel besser zu ihm.«

In diesem Moment schoss ein schwarzer Schatten heran. Kraarks Flügel knallten beim Landeanflug wie die Segel eines Schiffes in steifer Brise. Der Rabe wippte aufgeregt mit dem Kopf. *»Kraark, kraark.«*

»Was ist?«, erkundigte sich Jonas besorgt. »Ist was schief gegangen?«

Kraark ließ den Schnabel kreisen, keine sehr klare Antwort.

Jonas fiel ein, dass er Fragen stellen musste, auf die der Rabe entweder mit Ja oder mit Nein antworten konnte.

»Hast du Macky Bescheid gesagt, dass er anfangen kann?«

Kraark senkte den Schnabel: *Ja.*

»Und lässt der Bilm die Säule wachsen?«

Ja.

»Hat er auch begonnen den Wirbelsturm zu schaffen?«

Ja.

»Aber was regt dich dann so auf?«

Wieder beschrieb Kraarks Schnabel einen Kreis. Dazu hüpfte der Rabe ungeduldig auf dem Nacken des Schelpins auf und ab.

»Schon gut, schon gut«, beruhigte ihn Jonas. Er überlegte, was Kraark ihm wohl mitteilen wollte. »Geht's meinen Eltern und Sam gut?«

Der Rabe nickte.

»Frag ihn, ob er von der Höhle direkt zu uns zurückgeflogen ist«, schlug Bergalf vor.

Kraark schwang den Schnabel hin und her. Das war ein *Nein*!

»Bist du noch einmal nach Tikrar zurückgekehrt?«, erkundigte sich Jonas schnell.

Ja.

»Werden wir verfolgt?«

Ja. Kraark wippte nun mit dem ganzen Körper.

Jonas' Augen weiteten sich. Mit einem Mal wusste er, welche Frage er stellen musste. »Ist Kanthelm hinter uns her?«

Kraark nickte.

»Also ist er nicht verbrannt!«, sagte Bergalf fast schon enttäuscht.

»Sein Bilm ... Besitzt er Gaben, die uns gefährlich werden könnten?«, wandte sich Jonas erregt an Darina.

»Er hat den Gorrmack schon einmal seinem Willen unterworfen. Ich kann nicht sagen, ob ihm das nicht auch ein zweites Mal gelingen würde.«

»Dann müssen wir unbedingt den Facettensprung ausführen, bevor Kanthelm uns eingeholt hat.«

Die Fliehenden trieben ihre Schelpins nun zu noch größerer

Eile an. Die Tiere keuchten vor Anstrengung. Schaum troff von ihren Mäulern. Aus dem wolligen Fell stieg ein unangenehmer Schweißgeruch auf. Aber das kümmerte die Reiter nicht. Sie wussten, dass sie noch nicht gewonnen hatten.

Kanthelm verkörperte in sich alles, was die Malkits auszeichnete: Bosheit ebenso wie Zähigkeit, Rücksichtslosigkeit genauso wie eisernen Willen. Ihn zu besiegen war wirklich nicht leicht. Er war von Kraark halb geblendet worden und hatte sich trotzdem den Gorrmack unterworfen. Bergalf hatte ihn niedergeschlagen und den Flammen überlassen, aber schon wieder war der verbissene Malkit auf den Beinen und jagte ihnen nach.

Als der bogenförmige Eingang zur Höhle aus den Schatten der Nacht auftauchte, begann der Erdboden plötzlich zu beben. Es war ein tiefes Vibrieren, das sich von der gepflasterten Straße über die Beine des Schelpins in Jonas' Zwerchfell fortpflanzte. Die Tiere gerieten in Panik. Ein paar bange Momente kämpfte Jonas wie ein Rodeoreiter um sein Gleichgewicht. Links und rechts von ihm fielen Gefährten zu Boden. Andere stiegen freiwillig ab.

»Jonas, der Spiegel!«, rief Darina zu ihm hinüber.

Der Junge verstand sofort, was sie meinte. Wenn sein Schelpin ihn abwarf und in die Nacht stürmte, war es nur eine Frage der Zeit, bis Kanthelm wieder in den Besitz des machtvollen Gegenstandes käme.

Jonas' Rechte fuhr zum Gürtel, während er sich mit der linken Hand am Sattel festklammerte. Keldins Dolch blitzte in der Dunkelheit auf, das Licht schien aus ihm selbst zu quellen. Jonas drehte den Oberkörper herum und zielte nach dem Riemen, der den Spiegel fest hielt. Doch die Klinge drang durch das dichte Fell des bockenden Schelpins und brachte dem Tier eine tiefe Schnittwunde bei.

Mit einem gellenden Schrei stieg das Schelpin vorne auf und warf Jonas ab. Dann rannte es davon. Der Spiegel hing noch immer hinter dem Sattel. Die Verzweiflung wollte ihn gerade übermannen, als der goldene Rahmen scheppernd zu Boden stürzte. Er hatte den Riemen offenbar nur mit der Klinge gestreift, aber durch die heftigen Bewegungen des aufgeregten Tieres war er dann endgültig gerissen.

Azon bebte weiter. Auf schwankenden Beinen liefen die Gefährten zu dem am Boden liegenden Jonas. Darina war zuerst bei ihm. »Alles in Ordnung?«

»Es geht so.«

»Ich habe den Spiegel«, rief Bergalf aus der Dunkelheit. Gleich darauf war er wieder bei den anderen.

Ein letzter starker Ruck ging durch die Welt unter dem blauen Kristall. Dann war alles still.

Numin entzündete eine Bonka-Fackel. In dem unsteten Licht blickte Jonas zu Darinas Gesicht auf. Es wirkte erstaunlich entspannt. »Ist sie …?« Er wagte kaum, die Frage zu stellen. »Ist eure Welt wie … wie früher?«

Darina schüttelte den Kopf, aber sie lächelte. »Es wird noch lange dauern, bis sie wieder zu dem wird, was sie vor Kanthelms boshaftem Anschlag war. Aber jetzt gibt es Hoffnung. Lasst uns in die Höhle gehen, dann werden wir mehr wissen.«

»Wir sollten besser laufen als gehen«, meldete sich Numin. Seine Augen waren hangabwärts auf die Straße gerichtet und sein Arm deutete zu einem Lichterband hin. »Seht, dort. Das muss Kanthelm mit seinen Truppen sein. Sie sind uns dicht auf den Fersen.«

»Dann nichts wie los!«, trieb Bergalf die Gefährten an.

Zu Fuß hasteten die Fliehenden zum Eingang der Höhle und stürzten in den weiten Tunnel. Jonas nahm Bergalf den Spiegel ab und der Fährtensucher entzündete zwei weitere Fackeln.

Nach kurzer Zeit entdeckten sie vor sich einen langen Schatten. Aus dem Licht der Fackeln tauchte Jonas' Vater auf. Erst sah er seinen Sohn, lief ihm entgegen und drückte ihn an sich. Über Jonas' Schulter hinweg erkannte er daraufhin die Gesichter der Roly-Poly-Besatzung.

»Captain Woolbridge! Sie leben!« Er ließ von Jonas ab, lief zu den vier Männern aus der B-24 und schüttelte ihnen heftig die Hände. »Sie ahnen ja nicht, wie ich mich freue!«

»Dad, wir müssen weiter!«, mahnte Jonas. »Kanthelm ist hinter uns her.«

Robert nickte. Gemeinsam drangen sie weiter in die Finsternis des Höhlensystems vor.

Im Laufen erzählte Jonas' Vater: »Als die Säule Azons Dach nach oben drückte, habe ich es in der Höhle nicht mehr ausgehalten. Sarah und Sam warten in dem schmalen Tunnel, gleich bei dem Gorrmack. Aber ich musste euch einfach entgegenkommen.«

»Hast du einen Blick in die große Flüstererhöhle geworfen?«, fragte Darina zwischen zwei schnellen Atemzügen.

Robert nickte im Fackellicht. »Alle Facetten leuchten wieder. Aber nicht jede zeigt ein klares Bild.«

»Das habe ich befürchtet. Ich muss unbedingt selbst nachsehen.«

»Nein, Darina!«, widersprach Numin. »Kanthelm kann jeden Moment den Eingang der Höhle erreichen. Wir müssen zu dem Gorrmack, um von hier wegzukommen.«

»Ein einziger Blick reicht, Numin«, antwortete Darina. Der Ton ihrer Stimme verriet, dass sie in diesem Punkt nicht zum Nachgeben bereit war.

Als die Flüchtenden den Seitengang erreichten, der zu Mackys Höhle führte, schickte die Wissende ihre Gefährten voraus. Gemeinsam mit Numin lief sie das kurze Stück zur großen Höhle der Malkit-Flüsterer.

Jonas und seine Begleiter erreichten wenig später Mackys mächtige Behausung. Seine Mutter begrüßte ihn überschwänglich. Während ihre Arme Jonas fest umschlungen hielten, klopfte ihm Sam Chalk unentwegt auf die Schulter. Der Pilot der *Wild Goose* konnte es gar nicht fassen, dass Dr. Gould und Frank Holloway am Leben waren. Seine Kollegen, die Besatzung der Roly-Poly, begrüßte er wie alte Kumpanen.

Jonas führte die Gruppe durch die große Höhle zu Mackys Kopf hin, wo schon Darinas Hirsch und ein paar verängstigte Schelpins warteten. Als Erstes verstaute Jonas den Kristallspiegel in Trojans Gepäck. Danach lehnte er sich erleichtert gegen die wieder intakte Kristallsäule und lächelte seinem riesenhaften Freund zu.

Der Gorrmack sah ihn aus glitzernden Kristallaugen an. »Jonas, ich mag dich!«

»Habe ich dir nicht versprochen, dass du hier wieder herauskommst? Jetzt bist du an der Reihe, mein Freund. Wir müssen schleunigst weg. Der böse Kanthelm ist uns auf den Fersen.«

»Den mag ich nicht.«

»Ich weiß, Macky. Aber da ist noch was. Kannst du meine Eltern, die Freunde hier und mich in der Spiegelregion absetzen, bevor du Darina und die anderen ins Land der Bonkas bringst?«

»Da ist *Kamorrg*! Den mag ich auch nicht.«

Jonas kämpfte um einen ruhigen Atem. »Ist das der andere Gorrmack?«

»Hm, hm.«

»Ich möchte nur, dass du uns in der Spiegelregion zu einer Facette bringst, die zum Zwieland hinüberführt. Anschließend kannst du gleich weiterspringen. Kennst du die Stelle?«

»Hm, hm.«

»Macky, ich *bitte* dich! Wenn du mich wirklich magst, wie du gesagt hast, dann setz uns dort ab, bevor du meine anderen Freunde ins Bonka-Land bringst. Würdest du das für mich tun?«

»Na ja, kann ich ja.«

»Das klingt nicht sehr begeistert«, mäkelte Bergalf.

Jonas ließ sich nicht beirren. »Dauert es noch lange, bis wir von hier verschwinden können?«, fragte er die Kristallechse.

»Für mich nicht lang. Für dich – auch nicht viel mehr.«

Was hieß das nun schon wieder? Jonas konnte nur mühsam Ruhe bewahren. »Macky, mein Guter. Kannst du irgendetwas tun, um unsere Abreise vorzubereiten, solange Darina und Numin noch nicht hier sind?«

»Ja, ich muss in mich gehen.«

»Gut, was immer das auch bedeutet, tu es! Aber hau nicht ohne uns ab!«

»Ich mag dich doch, Jonas.«

»Schön. Du bist ein braver Gorrmack, Macky!«

Darinas Stimme hallte plötzlich durch die Höhle. »Jonas, ist alles in Ordnung?« Sie und Numin liefen den Geröllabhang zum Höhlenboden hinab und von dort zu den anderen Gefährten hinüber. Beim »Geraderücken« Azons hatten sich etliche große Felsbrocken aus der Decke gelöst. Während die beiden näher kamen, begann Mackys riesiger Leib zu funkeln und zu glitzern, fast wie bei einem fernen Wetterleuchten.

»Wie sieht's in der Flüstererhöhle aus?«, fragte Jonas, als die Wissende ihn erreicht hatte.

»Azon wird überleben«, sagte Darina. Aber irgendetwas stimmte nicht.

»Was meinst du damit?«

Darina atmete tief durch. »Viele Facetten sind noch immer blind. Und es wird Jahre dauern, bis der Kristall sich ganz vom Schlamm befreit hat. Durch Mackys Eingreifen kann das Echo wieder wirken, doch wir werden den Menschen lange nicht mehr so gut beistehen können wie früher. Ist der Gorrmack für den Facettensprung bereit?«

»Gleich, Darina. Werden die Flüsterer nun schweigen?«

»Sie werden sich auf die wenigen konzentrieren, deren Herz und Verstand dem Flüstern offen steht. Ich fürchte, deine Welt wird für eine ganze Zeit vom Schlimmen zum Schlimmeren voranschreiten. Die Jünger der Malkits könnten sogar die Oberhand gewinnen.«

»Wie meinst du das?«

»Sehr viele Menschen werden nur noch an sich denken. Die Gemeinschaft wird ihnen nicht mehr viel bedeuten. Alles Fremde werden sie hassen und bekämpfen. Die einen werden tatenlos zusehen, wie die anderen gequält werden – im Nachbarland, auf der anderen Straßenseite, sogar in der Wohnung oder im Haus nebenan. Die Brutalität der Menschen wird ausufern. Sie werden sich keine Zeit mehr nehmen, um das Schöne kennen zu lernen. Es wird ihnen nur noch um das schnelle Vergnügen, das schnelle Geld, den schnellen Sieg gehen …«

»Malst du die Zukunft der Menschenwelt nicht allzu schwarz?«, unterbrach Sarah entsetzt die Wissende.

»Ich wünschte, es gäbe mehr Menschen wie deinen Sohn oder dich, Sarah. Ich wünschte es wirklich! Und die ungeborenen Kinder eurer Welt täten es auch. Über ihr Erbe wird *heute* entschieden. Von euch! Wird euer Vermächtnis an sie Liebe oder Hass sein, Leben oder Tod? Letztendlich kann auch ich nicht in die Zukunft sehen …«

»Kanthelm!« Diesmal war es eine andere, krächzende Stimme, die Darina unterbrach.

Als Jonas sie vernahm, traute er zuerst seinen Ohren nicht. »Kraark! Ich kann dich ja wieder verstehen!«

»Aber nur weil du mit dem Rücken an der Säule stehst, die aus deinem Bilm erwachsen ist«, antwortete der Rabe eilig. »Ihr müsst schnellstens weg. Jeden Moment wird Kanthelm hier sein.«

»Macky!«, rief Jonas zu dem Gorrmack empor. »Dauert es noch lang?«

Durch den Körper der Kristallechse zuckte eine wirre Folge von Blitzen. »Ich kann jetzt anfangen«, erklärte Macky, als spräche er vom Bauklotzstapeln.

»Was müssen wir tun?«

»Klettert in mein Maul.«

»Das ist doch nicht dein Ernst, Macky?«

»Keine Angst«, sagte Darina. »Im Rachen des Gorrmacks befinden sich die Facetten, die uns von hier fortbringen können.«

Jonas atmete tief durch. »Na, dann los. Macky, kannst du uns ein bisschen entgegenkommen?«

Der Gorrmack drehte den Kopf zur Seite und legte den Unterkiefer auf den Höhlenboden. Um den anderen Mut zu machen, stieg Darina mit ihrem Hirsch als Erste über die kristallscharfen Zähne hinweg. Der Rachen des Gorrmacks war eine dunkle bodenlose Tiefe. Die Wissende stapfte über die durchscheinende Zunge und löste sich jäh in Luft auf.

Gleich darauf erschien sie ohne ihr Reittier wieder und rief: »Alles in Ordnung. Mack hat genau den richtigen Zielort in der Spiegelregion anvisiert. Ich kann sogar das Flugzeug sehen.« Mit diesen Worten drehte sie sich um und verschwand endgültig.

Zögernd wagten sich nun auch die anderen in den Schlund

des Gorrmacks. Zuerst folgte Numin. Er zog zwei sich sträubende Schelpins hinter sich her. Dann unternahm Sam Chalk den Facettensprung. Ihm schlossen sich Dr. Gould und Frank Holloway an. Robert und Sarah halfen Jonas, die Besatzung der Roly-Poly ins scheinbare Nichts zu schicken: Captain Daniel Woolbridge, seinen Kopiloten Giacomo Baretti, den Bordingenieur Dustin Lang und den Funker Brian Dollinger.

»Jetzt du«, forderte Robert seinen Sohn auf.

»Nein, ihr geht zuerst«, widersprach dieser fest. »Bergalf und ich wissen, wie wir mit Kanthelm umspringen müssen. Nehmt die übrigen Tiere mit. Vor allem Trojan. Er trägt Keldins Spiegel.«

»Beeilt euch! Ich kann sie schon sehen«, rief Bergalf herüber. Er war ein Stück auf den Höhleneingang zugelaufen und reckte den Hals. Kraark schlug aufgeregt mit den Flügeln.

Widerstrebend folgten Jonas' Eltern den anderen. Bergalf kam zum Kopfende der Kristallechse zurück.

»Der Rabe und wir beide sind die Letzten, Jonas.«

»Dann los.«

Der Leib des Gorrmacks erleuchtete jetzt die ganze Höhle. Die Luft vor dem Rachen der Kristallechse schien zu verschwimmen.

»Schnell!«, lispelte Macky mit geöffnetem Maul. »Ich kann bald nicht mehr. Wenn ich springen muss, kann ich euch nicht mitnehmen.«

Mit lautem Geschrei stürzten Kanthelm und sein Gefolge in den hinteren Teil der Höhle. Entsetzt fuhr Jonas herum und erblickte den Malkit. Kanthelm flog auf einer schwarzen Raubkatze heran, deren gebogene Hauer wie bei einem Säbelzahntiger weit aus dem Maul ragten.

Für Jonas schien sich die Zeit in zähflüssigen Sirup zu verwandeln. Obwohl eigentlich alles rasend schnell ablief, kamen ihm sämtliche Bewegungen doch seltsam verlangsamt vor. Fassungslos sah er den kahlköpfigen Mann auf seinem geschmeidigen Tier heranschweben, die beiden wirkten wie ein einziges todbringendes Wesen. Der Anblick erschien Jonas so unwirklich, jede Flucht kam ihm mit einem Mal so sinnlos vor …

»Mack, lass sie nicht gehen«, rief der Malkit-Herrscher dem Gorrmack zu.

Die Worte klangen seltsam dumpf in Jonas' Ohren. Er spürte, wie eine eisige Kälte in seine Glieder kroch. Nur mit Mühe konnte er sich dem glitzernden Kristallwesen zuwenden und sagen: »Hör nicht auf ihn, Macky. Es ist Kanthelm.«

»Ich mag ihn nicht«, ließ der Gorrmack seinen Freund wissen.

Bergalf stand schon im Maul des glitzernden Drachenwesens. Mit der Hand hielt er sich oben an einem riesigen Zahn fest und beugte sich weit vor, um die Verfolger zu beobachten. »Nun komm doch endlich!«, rief er Jonas zu, der noch immer neben Mackys Kopf stand und wie gelähmt auf den Malkit starrte.

»Mack«, schrie Kanthelm, während seine Katze mit weiten Sätzen heranflog. »Denk daran, was ich für dich getan habe. Hör auf mich. Lass die beiden nicht entkommen.«

Jonas sah verunsichert zu Macky auf. »Was ... *was* hat er für dich getan?«

»Er hat mich wach gemacht«, antwortete der Gorrmack zögernd.

Bergalf sprang wieder aus dem Rachen der Kristallechse in die Höhle zurück. Er eilte zu Jonas und zog ihn am Arm. »Was ist denn mit dir los, Jonas? Nun komm endlich. Mack wird sich jeden Moment in Luft auflösen.«

Der Junge blickte in Bergalfs Gesicht, als sähe er es zum ersten Mal. Doch dann erkannte er den flehenden Ausdruck im Antlitz des Freundes. Langsam fiel die Starre von ihm ab und er ließ sich wie ein Betrunkener zum Maul führen. Der Rabe flatterte aufgeregt um die beiden herum.

Kanthelm war nur noch wenige Sätze von ihnen entfernt. Der Malkit zog ein silbernes Rohr aus einem Sattelhalfter und zielte auf die beiden Fliehenden. Ein hässlich zischender Lichtstrahl schoss aus der Waffe.

Doch Bergalf hatte den Angriff vorausgeahnt. Mit seinem Bilm erschuf er eine Spiegelung. Der gleißende Lichtspeer wurde zurückgeworfen und traf Kanthelms Katze mitten in die

Brust. Das schwarz glänzende Tier schrie laut auf und überschlug sich. Der Malkit wirbelte herum und schlug hart auf dem Felsboden auf.

»Kanthelm ist böse«, kommentierte der Gorrmack den Angriff. Die offene Aggressivität des Malkits hatte bei dem zart besaiteten Kristallriesen genau das Gegenteil von dem bewirkt, was Kanthelm bezwecken wollte. Mackys Zaudern hatte nun ein Ende. Der Zorn des Gorrmacks flammte auf wie eine tödliche Feuersbrunst.

Mackys Schwanz wischte über den Höhlenboden. Zwei Dutzend Malkits wurden wie trockene Binsen weggefegt. Körper flogen durch die Luft. Als die Soldaten und ihre Tiere gegen die Felswände krachten, drehte sich Jonas der Magen um.

Dann kehrte noch einmal trügerische Ruhe ein. Jonas sah entsetzt zu Macky auf. Was hatte Kanthelm nur angerichtet, dass aus diesem friedlichen Geschöpf eine solche Furie geworden war? Der riesige Kopf der Kristallechse wirkte eigenartig verschwommen, wie ein Bild aus Wasserfarben, über das jemand einen nassen Lappen gewischt hatte. Mackys Zorn war noch nicht verraucht, das spürte Jonas. Da hörte er ein Ächzen.

Kanthelm richtete sich schwerfällig auf. Der Schwanz des Gorrmacks hatte ihn nicht mehr erreicht. Kanthelm stöhnte. Über sein zernarbtes Gesicht zog sich ein Rinnsal aus Blut. Er taumelte. Aber er stand. Jonas konnte es nicht fassen. Gab es denn gar nichts, was diesen Malkit beeindrucken konnte? Wieder spürte er die lähmende Kälte. War das Kanthelms Gabe, mit der er sich jeden Willen unterwarf?

Aus Mackys Kehle stieg in diesem Augenblick ein markerschütterndes Brüllen auf. Nein, der Gorrmack wollte sich seinen Zorn nicht nehmen lassen, nicht, bevor er sein Werk vollendet hatte. Mit unbeschreiblicher Gewalt warf die Kristallechse ihren Kopf in die Höhe, dann sogar den ganzen vorderen Teil des Körpers.

Jonas hörte ein Krachen. Macky musste die Decke oder einen Felsvorsprung getroffen haben. Eine wahre Geröllllawine ergoss sich aus der Höhe. Bestürzt sah er, wie die graue Gesteinsmasse auf ihn, Bergalf und den Raben zuraste. Sein Herz blieb stehen. Seine Lungen verweigerten einen letzten Atemzug. Jetzt war alles vorbei.

Unvermutet flog ein blaues Feuerschwert durch die Luft. Es war Mackys breite Schnauze, die sie vor den herabfallenden Geröllmassen abschirmte. Starr vor Schreck sah Jonas, wie neben diesem schützenden Dach die Steine niederprasselten.

Kanthelm wurde unter einem Berg von grauem Fels begraben. Als der Steinregen endlich versiegte, war der Schutthügel mindestens fünfzehn Fuß hoch.

»Das dürfte ihm den Rest geben«, sagte Bergalf ohne jedes Mitgefühl.

»Ich kann ihn nicht leiden«, war Mackys Kommentar.

Vom Höhleneingang her drang lautes Geschrei herüber. Neue Malkits strömten in den Felsendom.

»Jetzt aber nichts wie weg hier«, drängte Bergalf. Er fasste Jonas am Ellenbogen und zog ihn zu Mackys Maul hin, das wieder auf dem Höhlenboden lag. Rings um den Gorrmack-Kopf wirkte alles seltsam verzerrt, als würde die ganze Höhle in den Schlund des riesigen Drachen gesaugt.

Ohne noch zu zögern, kletterten die beiden Gefährten über die spitzen Zähne in das funkelnde Maul. Kraarks dunkler Körper rauschte über ihre Köpfe hinweg. Bergalf stützte seinen Freund, der noch immer etwas benommen war. Jonas wunderte sich, wie weich eine Kristallzunge sein konnte. Um sie herum blitzte und funkelte Mackys ganzer Leib, doch unmittelbar vor den Freunden tat sich schwarze Finsternis auf. Der Rachen des Gorrmacks war so dunkel wie Kanthelms Seele.

Der Facettensprung brachte Jonas und Bergalf in ein anderes Chaos. Die Spiegelregion war so verwirrend wie eh und je. Überall standen und schwebten Kristallflächen. Auf den spiegelnden Tafeln konnte man undeutliche Schemen erkennen.

»Wo seid ihr nur so lange gewesen?«, begrüßte Sarah ihren Sohn. »Captain Woolbridge ist schon beim Flugzeug, um es startklar zu machen. Sieh nur!«

Jonas folgte dem nach oben deutenden Finger seiner Mutter.

Der blaue Kristallbaldachin der Spiegelregion bewegte sich, langsam zwar, aber unübersehbar. Es war, als würde jemand mit einem riesigen Rührlöffel Kreise in einen blauen Griespudding ziehen.

»Der Sturm«, sagte Jonas. »Macky hat es wirklich geschafft! Der Wirbel zur Erde tut sich auf.« Als er wieder in die Augen seiner Mutter blickte, bemerkte er ihre Sorge. Jonas versuchte zu lächeln. »Jetzt wird alles gut, Mom. Wir hatten noch ein kleines Problem mit Kanthelm. Er ist plötzlich aufgetaucht und hat uns ein paar Schwierigkeiten bereitet.«

»Aber Macky hat ihm ein für alle Mal den Garaus gemacht«, fügte Bergalf hinzu. »Jetzt liegt der Malkit-Herrscher unter einem hohen Geröllberg, ein beeindruckendes Hügelgrab, finde ich.«

Darina sah fragend zu Jonas auf. »Gibt es unter den Menschenkindern nicht die Sitte, Mörder zu steinigen?«

»Im Orient vielleicht. In den Vereinigten Staaten verwendet man weniger staubige Methoden.«

»Kanthelm hat sicher seine Strafe verdient.«

Ein lautes Knistern und Fauchen zog die Aufmerksamkeit der Gefährten auf sich. Für einen Moment schien ein pfeifender Sturm aufzubranden, dann breitete sich in unmittelbarer Nähe plötzlich ein bläulicher Funkenwirbel in der Luft aus, dem Bild einer sich drehenden spiralförmigen Galaxis nicht unähnlich. Schließlich schob sich Mackys riesiger Körper aus dem glitzernden Nebel und nahm feste Gestalt an.

Jonas sah zu dem nun immer schneller kreisenden Dach der Spiegelregion empor. »Wie lange wird es noch dauern, bis sich das Tor zur Erde öffnet?«, rief er Macky zu.

Der Gorrmack schwang den gewaltigen Oberkörper herum. »Nicht mehr lang. Fühlst du nicht die Leichtigkeit?«

Jonas überlegte, was Macky wohl meinte. Im Zentrum der Spiegelregion herrschte schließlich immer eine geringere Schwerkraft. Doch dann spürte er es. Ein Ziehen, als würde ihn jemand in die Höhe heben wollen, aber es nicht ganz schaffen.

»Wir müssen schnell zum Flugzeug«, sagte er zu seinen

Eltern. Dann wandte er sich noch einmal an Macky. »Du bringst meine Freunde ins Land der Bonkas, ja?«

»Hab ich doch versprochen!«

»Und vergiss mir ja den Raben nicht!«

»Der ist aber frech.«

»Trotzdem, Macky. Kraark ist mein Freund, so wie du auch mein Freund bist. Tu es bitte für mich.«

»Na gut.«

»Dann los«, sagte Jonas zu den anderen.

»Wir bringen euch noch zum Flugzeug«, meinte Darina.

Mit schnellen Schritten liefen sie los. Der riesige blaue Strudel über ihren Köpfen kreiste immer schneller. Plötzlich erzitterte der Boden.

Jonas blickte sich erschrocken um. Er hatte es geahnt. Kamorrg kam heran! So hatte Macky den Gorrmack aus der Spiegelregion genannt. Mit fließenden Bewegungen tauchte sein langer schlangenartiger Körper immer wieder in den Boden ein, um jedes Mal ein Stück näher in einer gewaltigen Staubwolke aufzutauchen. Dieser Riesenwurm unterschied sich in vielem von Macky, nicht nur durch die unzähligen Beine, die er wie Flossen zu gebrauchen schien.

Auch Macky hatte den Angreifer entdeckt. Die Kristallechse wirbelte herum und stieß ein dröhnendes Brüllen aus. Der Boden vor ihm schien zu kochen. Feine Kristallsplitter, Sand und Staub stiegen wie Dampf in die Höhe. Jonas konnte gerade noch erkennen, wie der andere Gorrmack auf- und wieder in den Boden eintauchte, dann war ihm jede Sicht genommen.

»Lauft!«, schrie Bergalf, während er selbst stehen blieb.

Auch Jonas verharrte. Er dachte gar nicht daran, seinen Freund im Stich zu lassen. »Was hast du vor?«

»Ich habe schon einmal einen Gorrmack in die Flucht geschlagen. Vielleicht gelingt es mir auch jetzt.«

Plötzlich begann die Erde zu zittern, fast, als gerate Azon ein zweites Mal aus dem Gleichgewicht. Doch dann gab es ein gewaltiges Krachen. Kamorrg war direkt unter Macky aus dem Grund geschossen und mit seinem Artgenossen zusammengeprallt. Ein heftiger Kampf entbrannte.

Jonas schauderte. Wenn Macky unterlag, waren seine Freunde in der Spiegelregion gefangen. Natürlich, es gab eine Route ins Land der Bonkas, aber ohne Goldans Sinnstein war es fast unmöglich, diesen Weg unbeschadet zu meistern. Wahrscheinlich würde Kamorrg sie ohnehin alle niederwalzen, wenn er erst mit Macky fertig war. Bergalf hatte Recht. Sie mussten ihrem Riesenbaby helfen.

Ohne auf die sorgenvollen Rufe seiner Mutter zu achten, rückte Jonas mit Bergalf gegen die kämpfenden Giganten vor.

»Du stellst am besten gleich ein paar Kamorrgs in Reihe auf«, schlug Jonas vor. »Möglichst so, dass sie sich in Mackys Rücken befinden.«

»Leichter gesagt als getan«, antwortete Bergalf. »Ich habe das Licht noch nie in diesem Ausmaß gefaltet. Als ich Mackys Spiegelbild in Kalvar schuf, überstieg es schon fast meine Kräfte.«

»Du *musst* es schaffen, Bergalf. Ich weiß, dass du es kannst. Versuch es!«

Gerade in diesem Augenblick kam Kraark herbeigeflogen. Er setzte sich auf Jonas' Schulter und krakeelte für den Fährtensucher einen unmissverständlichen Anfeuerungsruf.

Bergalf sah den Raben verwundert an. Dann schlich sich ein Lächeln auf seine Lippen. Er nickte kurz und schloss die Augen. Über ihm rotierte ein funkelnder Kristallbaldachin. Allmählich bildete sich zwischen dem Strudel und den kämpfenden Gorrmacks ein flaches durchscheinendes Bild. Es wurde immer deutlicher und gewann an Tiefe. Sieben riesige Kristallwürmer ragten vor den kämpfenden Giganten auf.

»Ja, du schaffst es!«, rief Jonas seinem Freund zu. Als Bergalf zu schwanken begann, stützte er ihn. Der Bonka war nicht größer als ein Zwölfjähriger. Jonas hatte keine Mühe ihn zu halten. »Ich kann sie schon ganz deutlich sehen«, feuerte er Bergalf weiter an. »Halte das Bild fest. Du wirst den Gorrmack genauso täuschen wie Kanthelm. Mach jetzt nicht schlapp, Bergalf!« Ohne Jonas' ständige Aufmunterung hätte der Fährtensucher vielleicht aufgegeben, aber so hielt er durch.

Ab und zu tauchten aus der Staubwolke für wenige Augenblicke die kolossalen Leiber der verbissen kämpfenden Riesen auf. Macky hatte den anderen Gorrmack an der Schnauze gepackt und drehte sich mit einer solchen Geschwindigkeit um die eigene Achse, als stecke sein Schwanz in einem Küchenmixer. Genau wie ein Alligator!, schoss es Jonas durch den Kopf. Er hatte diese Kampfart schon oft bei Männchen beobachtet, die in den Sümpfen gegen Rivalen antraten.

Die beiden Kontrahenten verschwanden erneut im Staub. Nur das Krachen und Brüllen war noch zu hören. Bergalfs ganze Anstrengung würde umsonst sein, wenn Kamorrg nicht endlich einen Blick auf seine Ebenbilder warf. Der Bonka würde nicht mehr lange die Kraft haben das gewaltige Trugbild aufrechtzuerhalten.

»Macky!«, schrie Jonas mit einem Mal. Der Ruf brach einfach aus ihm hervor. Er glaubte nicht einmal den Lärm der kämpfenden Giganten übertönen zu können, doch unvermittelt trat Ruhe ein.

Macky hatte den Ruf gehört. Vielleicht lag es an der besonderen Verbundenheit des Menschenkindes mit allem Lebenden, Jonas würde es nie erfahren. Jedenfalls hatte Macky, sobald er den Schrei seines Freundes vernahm, von dem anderen Gorrmack abgelassen und war schnell einige Schritte zurückgewichen. Jetzt stand er in einer Reihe mit den sieben Trugbildern, die Bergalf schwitzend und stöhnend in die Luft projizierte.

Kamorrg schien zu stutzen. Der große Lindwurm glotzte einfach nur auf die Schlachtreihe seiner Widersacher. Er sah arg ramponiert aus. Eines der kleinen spitzen Ohren fehlte. Etliche seiner Kristallschuppen hatte er verloren. Hätten Gorrmacks aus ihren Wunden bluten können, hätte er wohl in diesem Augenblick wie ein grotesker Riesenspringbrunnen ausgesehen. Mit einem Mal warf der Gorrmack seinen Kopf zurück, stieß ein ebenso verzweifeltes wie empörtes Brüllen aus und machte sich im wahrsten Sinne des Wortes aus dem Staub.

Erst nach einer halben Meile tauchte Kamorrg wieder aus dem Grund auf. Er drehte sich nicht einmal mehr um, sondern verschwand sofort wieder im schützenden Erdreich.

Bergalf ließ die Illusion der sieben Gorrmacks schlagartig fallen. Macky hatte nicht einmal mitbekommen, welche Helfer ihm da beigestanden hatten. Er verspürte nur das erhebende Gefühl einen furchtbaren Gegner in die Flucht geschlagen zu haben.

Während Jonas den völlig entkräfteten Freund stützte, rief er zu dem Gorrmack hinauf: »Das hast du prima gemacht, Macky!«

»Ich kann ihn nicht leiden«, antwortete der, ohne den Blick von dem in der Ferne auf- und abtauchenden Gegner zu wenden.

Jonas sah zum Gewölbe der Spiegelregion empor und zuckte unwillkürlich zusammen. Glitzernde Kreise. Der Strudel drehte sich inzwischen mit rasender Geschwindigkeit. In der Mitte schien er sich nach oben zu wölben wie ein umgekehrter Trichter.

»Gleich macht er auf«, kommentierte Macky das atemberaubende Schauspiel.

»Geh endlich zum Flugzeug«, schimpfte Bergalf. Auch Kraark krächzte aufgeregt.

Jonas sah den Fährtensucher mit großen Augen an. Erst jetzt wurde ihm richtig bewusst, was diese Aufforderung bedeutete. Er musste Hals über Kopf Azon verlassen und konnte sich nicht einmal richtig von seinen Freunden verabschieden.

Bergalf mehr tragend als stützend setzte er sich in Bewegung. Die B-24 stand nur eine Drittelmeile entfernt. Der Sand rings um das Fahrwerk war nur notdürftig zur Seite geschaufelt worden und Captain Woolbridge hatte bereits die Motoren angeworfen. Robert kam ihnen entgegen. Obwohl Jonas' Vater nicht besonders stark aussah, hob er doch den geschwächten Bonka wie eine Strohpuppe vom Boden auf und trug ihn zu den anderen Gefährten, die vor der Roly-Poly warteten.

Darina kam auf Jonas zu und ergriff seine Hände. »Wir müssen jetzt Abschied voneinander nehmen, mein Bruder.«

»Warum kann ich euch nicht einmal in der Woche besuchen?«, klagte Jonas.

Darina lächelte. »Ich werde immer bei dir sein. Wir haben doch unsere Freundschaftssteine.«

Jonas' Hand fuhr zur Brust, dorthin, wo unter der Kleidung die Halskette hing. Dann fiel ihm etwas ein. »Warte.« Er löste die Scheide mit dem Kristalldolch vom Gürtel und reichte sie Numin, der neben Darina stand. »Ich nehme an, du wirst ab heute auf meine kleine Schwester aufpassen? Nimm das hier. Es könnte dir bei deiner Aufgabe helfen.«

Numin ergriff das blaue Kristallstilett und lächelte verlegen. »Danke, Jonas. Ich dachte eigentlich, du seist wegen mir und Darina eifersüchtig.«

»Ich wollte nur sichergehen, dass sie nicht auf irgendeinen Taugenichts hereinfällt. Aber bei dir ist sie bestens aufgehoben, das weiß ich jetzt.«

Numin legte seinen Arm um Darina und die Wissende lächelte ihn zärtlich an. Dann streckte sie ihren freien Arm nach Jonas aus. »Komm!«

Die drei waren für einen langen Moment vereint. Die Zeit schien für sie stillzustehen. Eine dicke Träne kullerte über Jonas' Wange. Er küsste Darina auf die Stirn.

»Jetzt muss ich schon wieder meine kleine Schwester allein lassen.«

Darina schob ihn sachte von sich und schenkte ihm ein Lächeln, Zeichen einer tiefen, liebevollen Verbundenheit, die selbst Numin niemals in dieser Art erfahren würde. »Du bist mein Retter, Jonas. Ohne dich wäre ich nicht erwacht. Ich werde immer bei dir sein. Wir haben unsere Freundschaftssteine und ich habe Keldins Spiegel. Wenn du mich auch nicht jede Woche besuchen kannst, werde ich doch regelmäßig nach dir schauen. Solltest du je die Hilfe der Flüsterer brauchen, wird sie da sein.«

Darauf löste sich Jonas von seiner zarten, goldhaarigen Freundin. Er musste sich beeilen, Macky drängte. Bergalf war inzwischen bereits so weit wieder hergestellt, dass er ihm bei der Verabschiedung fast den Brustkorb eindrückte. Der kleine Bonka besaß wirklich eine erstaunliche Kraft.

»Vergiss mich nicht, Jonas.«

»Niemals«, versprach der mit belegter Stimme. Er fasste in seine Hosentasche und zog ein kleines glitzerndes Hütchen hervor. »Gib das bitte Syrda. Ich habe es mir nur von ihr geliehen. Richte ihr meinen Dank aus und natürlich meine herzlichen Grüße. Sag dies auch den anderen: Goldan, Lischka, Ximon, Quitu, den Ältesten, allen, die uns kennen.«

Bergalf nickte tief bewegt

Jonas' Augen wurden plötzlich groß. »Warte, fast hätte ich's vergessen: Ich habe noch etwas für dich – *nur* für dich, Bergalf.« Jonas wühlte einen Moment in der Hosentasche. Dann zog er eine blau glitzernde Scherbe hervor und reichte sie dem Fährtensucher.

»Ist das nicht die Schuppe von diesem Kamorrg, die du damals beim Betreten des Zwielandes gefunden hattest?«, staunte Bergalf. »Aber die kann ich nicht annehmen!«

»Doch, du kannst, mein Freund. Sie soll dich immer an mich erinnern.«

Bergalfs Faust schloss sich um den flachen Kristall. Er kämpfte gegen die Tränen an. »Lebe wohl, Jonas.«

»Lebe wohl, du alter Waldläufer.« Schweren Herzens löste sich Jonas von seinem Freund und sah nun zu dem Gorrmack auf.

»Auch dir möchte ich danken, Macky.«

»Ich hab dich lieb.«

Jonas musste einen dicken Kloß hinunterschlucken, bevor er antworten konnte. »Bring meine Freunde gut nach Hause, bitte.«

»Hm, hm.«

Noch einmal strich Jonas über das flauschige Fell seines Schelpins. Zuletzt verabschiedete er sich von Kraark.

»Wenn ich doch nur noch einmal deine Stimme hören könnte.«

»*Kraark, kraark.*«

Jonas streichelte sanft über das schwarz glänzende Gefieder des großen Raben. »Ich verspreche dir bis an mein Lebensende die Tiere zu achten und wenn sie mir zuhören, werde ich ihnen deine Geschichte erzählen. Lebe wohl, mein Freund.«

Vorsichtig zog Robert seinen Sohn von dem Vogel weg. »Wir müssen einsteigen, Jonas. Ich spüre schon den Sog. Jeden Moment kann's losgehen.«

Jonas nickte. Noch einmal ließ er den Blick in die Runde seiner Freunde schweifen. Er gab sich keine Mühe seine Tränen zurückzuhalten.

»Fliegt einfach in den Strudel«, rief Macky. »Er bringt euch nach Hause.«

Von seinem Vater ließ sich Jonas in den silbernen Bauch der Transportmaschine schieben. Er bemerkte gar nicht, wie er auf einem der wenigen Passagiersitze festgeschnallt wurde. Sein Blick war durch eines der Fenster gerichtet. Draußen winkten Darina und die anderen.

»Alle Mann an Bord?«, drang Captain Woolbridges Stimme aus dem offenen Cockpit.

»Alles klar«, antwortete Robert.

Die vier kraftvollen Motoren der Roly-Poly brüllten auf wie zornige Bestien. Ein Ruck ging durch das Flugzeug. Sonst geschah nichts.

»Warum rollt sie nicht?«, stieß Sarah bestürzt hervor.

»Ihr Fahrwerk steckt immer noch im Sand fest«, ertönte Captain Woolbridges Stimme von vorn. Die Motoren waren wieder in den Leerlauf zurückgefallen.

Jonas Mutter stöhnte entsetzt auf. »Ich *hasse* diese fliegenden Büchsen. Und dieses ›Dickerchen‹ ganz besonders.«

»Sagen Sie so was nicht«, rief Jack über die Schulter. »Ich habe vor vierzehn Jahren nur geflunkert. Unser Pummelchen ist das beste Flugzeug der Welt.« Damit übernahm er selbst den Gashebel und die übrigen Kontrollinstrumente.

Wieder ging ein Ruck durch die Maschine. Die Triebwerke beschleunigten auf ihre volle Drehzahl. Ein Ächzen ging durch das ganze Flugzeug. Es schien unverrückbar im Sand festzustecken. Doch da wuchs noch einmal die »Leichtigkeit«, wie Macky den Sog des Wirbels genannt hatte. Mit einem metallischen Knirschen befreite sich das Flugzeug aus dem weichen Untergrund.

Jonas hatte die dramatische Situation erstaunlich ruhig zur

Kenntnis genommen. Seine Gedanken waren bei den Freunden draußen. Während sich die Roly-Poly langsam in Bewegung setzte, konnte er sehen, wie sie dort mit den Reittieren auf das Maul der Kristallechse zuliefen. Numin führte die Schelpins hinein. Ihm folgte Bergalf. Zuletzt schickte Darina ihren weißen Hirsch in Mackys dunklen Rachen und drehte sich noch einmal um. Sie winkte, auf ihrer Schulter saß ein verloren wirkender Kraark. Dann wandte sie sich um und verschwand.

Die vier Motoren der B-24 zerrten das bullige Propellerflugzeug nun mit unbändiger Kraft voran. Nach vierzehn Jahren liefen sie so rund, als wären sie erst am Vortag frisch gewartet worden. Als die Roly-Poly vom Boden abhob, sah Jonas durch das Bullauge das schlierige Flimmern rund um Mackys Kopf. Captain Woolbridge stellte das Höhenruder am Leitwerk nach unten und die Nase des Flugzeuges hob sich willig an. Wie an einer Schnur gezogen, stieg die Maschine in die Luft.

Als die Roly-Poly eine Schleife über dem Gorrmack zog, konnte Jonas gerade noch erkennen, wie die Kristallechse sich in einer glitzernden Wolke auflöste.

»Ich gehe jetzt in den Steigflug über«, informierte der Captain seine Passagiere.

Jack drehte sich auf dem Kopilotensessel nach hinten um, zeigte mit dem Daumen nach oben und grinste. »Haltet euch gut fest, Freunde. Jetzt fliegen wir nach Hause.«

SECHSTE FACETTE

DIE RÜCKKEHR

Jonas drückte die Knie durch. Er presste sich in den Sessel und war dankbar, dass die Navy im letzten Krieg wenig Wert auf Bequemlichkeit gelegt hatte. Das harte Polster machte ihm bewusst, dass er noch lebte.

Alles war so unwirklich. Fast wie in dem Traum jener Nacht, als die Welt unter dem blauen Kristall aus dem Lot geraten war. Der Wirbel über der Spiegelregion raste förmlich auf ihn zu. Für einen Augenblick hatte er den Eindruck, wie eine Fliege am Gewölbe der Welt Azon zu kleben und auf sie herabzublicken.

Dann nahm ihm der Strudel die Sicht.

Die Besatzung der Roly-Poly hatte die Kontrolle über das Flugzeug verloren. Sogar die Motoren waren stehen geblieben. Wie Strandgut wurde die B-24 in den Kern des Strudels hineingezogen, immer weiter, bis Jonas schon glaubte, diese Reise würde nie ein Ende nehmen. Doch endlich schoss die Propellermaschine in einer weiten Kurve über die Oberfläche des Meeres hinaus. Auf dem Bermudadreieck lag die Finsternis der schwindenden Nacht.

Noch gehorchte das Flugzeug dem Captain nicht. Es schwenkte in eine immer größer werdende Kreisbahn ein. Mit einem Mal drehten sich die Propeller wieder. Die Transportmaschine lag jetzt genau waagerecht in der Luft, obwohl sie immer noch mit dramatischer Geschwindigkeit eine große Kurve beschrieb.

»Hoffentlich ist das Ding genauso stabil wie meine Wildgans«, knurrte Sam Chalk. Der Pilot fühlte sich auf einem Passagiersessel ungefähr so wohl wie eine Ente auf einem Surfbrett.

Je weiter das Flugzeug in dem Wirbel nach außen driftete, desto langsamer wurde es. Der Sturm beruhigte sich ungewöhnlich schnell. Plötzlich brach die Wolkendecke auf und Jonas konnte die Sterne sehen.

»Ich habe die Kontrolle wieder!«, rief Captain Woolbridge von vorn.

Lauter Jubel brandete auf. Es war geschafft! Die Roly-Poly drehte auf Westkurs. In Abwesenheit von Jonas war man übereingekommen, nicht die Bermudas anzufliegen, sondern direkten Kurs auf Norfolk, Virginia, zu nehmen.

Jonas' Mutter kam zu ihm herüber und setzte sich.

»Woran denkst du gerade, Schatz?«

»An Darina.«

»Ihr geht es gut. Du brauchst dir um sie keine Sorgen zu machen.«

Seine Hand wanderte zur Brust, wo sich der Freundschaftsstein befand. »Das weiß ich, Mom. Ob sie wohl Numin heiraten wird?«

»Also *ich* könnte mir keinen besseren Schwiegersohn denken. Dein Vater und ich haben ihm viel beigebracht. Er wäre bestimmt der Richtige für deine kleine Schwester.«

»Das hoffe ich. Ich mag Numin.« Jonas musste lächeln. »Jetzt höre ich mich schon wie Macky an.«

Während in der Roly-Poly ausgelassene Stimmung herrschte und man schon wieder Pläne für die Zukunft schmiedete, blickte Jonas still zu den Sternen empor. Es waren nicht mehr viele da, als hinter dem Flugzeug das erste Grau des Morgens aufzog.

»Wird Zeit, dass wir uns anmelden«, sagte Jack vorn im Cockpit. Captain Woolbridge nickte. »Brian«, rief Jack über die Schulter, »frag doch mal in Norfolk an, ob sie uns eine Landebahn freimachen können.«

Der Bordfunker drehte an seinen Knöpfen. Zuletzt hatte er das vor vierzehn Jahren getan, damals ohne Erfolg. Ob man ihn wohl diesmal hören würde?

Jacob Lausnitzer war das, was man gemeinhin einen alten Hasen nannte. Ihn konnte so schnell nichts erschüttern. Während des Zweiten Weltkriegs hatte er bei den Marinefliegern gedient. Eine Kriegsverletzung nagelte ihn dann am Boden fest. Später wechselte er zur zivilen Luftfahrtbehörde über. Inzwischen war er zu alt, um aktiv als Fluglotse arbeiten zu können. Seine vorgesetzte Stelle hatte ihn in die Sicherheit eines leitenden Postens befördert. Seitdem war er für die Überwachung des zivilen Luftverkehrs im Südosten von Virginia verantwortlich.

Wie jeden Morgen, so trat er auch an diesem 31. Oktober 1962 seinen Dienst mit einem Rundgang durch den Kontrollraum an. Das gehörte zu den alten Gewohnheiten des alten Hasen. Er hatte in der Nacht nicht besonders gut geschlafen und deshalb war er an diesem Mittwoch etwas früher als sonst dran.

Gerade lehnte er an dem Pult von Hank Gelder, in der Rechten eine dampfende Tasse Kaffee, auf den Lippen ein Lachen nach Hanks letztem Scherz, als plötzlich aus dem Lautsprecher eine Stimme plärrte.

»Rumba Tango 90133 ruft Norfolk-Flugkontrolle. Können Sie mich hören? Over.«

Hank sah seinen Vorgesetzten verwundert an. Er war Anfang dreißig, hatte dunkles gescheiteltes Haar und wirkte immer wie ein Falke auf Beuteflug. Jetzt suchte er hektisch die kleinen Täfelchen durch, die fein säuberlich auf einem Brett übereinander gestapelt waren. Auf jeder der länglichen Tafeln war ein Pappstreifen angebracht, auf dem die Nummern und weitere Daten der angemeldeten Flüge standen.

»Es gibt keine RT 90133«, sagte er empört.

»Vielleicht wieder so ein Privatflieger, der auf dem falschen Kanal funkt«, meinte Jacob.

Hank drückte den Sprechknopf am Mikrofon. »Roger, Rumba Tango 90133, hier spricht Norfolk-Flugüberwachung. Ich kann Sie laut und auch einigermaßen klar empfangen, aber Sie funken auf einer reservierten Frequenz. Was soll der Unsinn? Over.«

»Und ich dachte immer, das ist ein Navy-Kanal. Over.«

»Sie Witzbold, darum geht es doch gerade. Räumen Sie endlich die Frequenz. Over.«

»Wir *sind* aber rein zufällig eine Navy-Maschine«, beharrte die knarzende Stimme. »Rumba Tango 90133 ist vielleicht etwas überfällig, aber deshalb müssen Sie uns nicht gleich so ungastlich empfangen, Kumpel. Over.«

Irgendetwas an dem Funkgespräch kam Jacob Lausnitzer seltsam vor. Er wusste nicht, was. Aus einem fernen Winkel seines Unterbewusstseins stieg eine Ahnung auf.

Er nahm das Mikrofon selbst in die Hand und drückte den Sprechknopf.

»Hier spricht Jacob Lausnitzer, der Leiter der Norfolk-Flugüberwachung. Uns ist kein Flug mit Ihrer Kennung gemeldet. Sie nähern sich dem Luftraum der Vereinigten Staaten. Ihnen dürfte nicht entgangen sein, dass wir ein paar unruhige Tage hinter uns haben. Ich muss sie also bitten sich eindeutig zu identifizieren. Over.«

Einige Sekunden lang drang nur ein undeutliches Rauschen und Knistern aus dem Lautsprecher. Dann ertönte plötzlich eine andere Stimme. »Lausy, bist du das?«

Jacob Lausnitzer stutzte. Die Stimme kam ihm irgendwie bekannt vor. Aber der Mann, den er mit ihr in Verbindung brachte, war kurz nach dem Krieg gestorben. Doch woher kannte der andere dann seinen Spitznamen aus der Navy-Zeit? Jacob war mehr als nur verwirrt. Er ärgerte sich, weil er nicht wusste, was er mit diesem mysteriösen Funkdialog anfangen sollte. »Was soll der Unsinn?«, knurrte er deshalb in das Mikrofon. »Identifizieren Sie sich. *Sofort!* Over.«

»Du warst schon immer ein Spielverderber, Lausy. Hier spricht Jack Baretti. Der alte Giacomo. Sag bloß, du erinnerst dich nicht mehr an mich?«

Jacob erstarrte. Sein Gesicht wurde kreidebleich.

»Was ist mit Ihnen?«, fragte Hank besorgt.

Lausnitzer sah ihn mit großen Augen an. »Wenn ich nicht genau wüsste, dass es Unsinn ist, würde ich sagen, eben hat eine Stimme aus dem Jenseits zu mir gesprochen. Der Mann, der sich da Giacomo Baretti nennt, ist vor vierzehn Jahren mit seinem Captain über dem Bermudadreieck verschollen.«

Jetzt trat auch auf Hanks Gesicht ein ungläubiger Ausdruck. Bevor er noch seinen Zweifel in Worte fassen konnte, meldete sich wieder der schnarrende Lautsprecher.

»He! Lausy, was ist denn mit dir, alter Knabe? Willst du uns jetzt die Jungs von der Air Force auf den Hals schicken oder bist du schon auf der Landebahn, um für einen alten Kameraden den roten Teppich auszurollen? Over.«

»Ganz schön frech, der Kerl«, bemerkte Hank.

Ein grimmiges Lächeln umspielte Jacobs Lippen. »Wenn es der Giacomo ist, für den er sich ausgibt, dann macht er gerade höfliche Konversation.« Er drückte erneut die Sprechtaste. »Mister, wenn Sie wirklich Baretti sind, dann geben Sie mir einen kleinen Hinweis, einen Beweis für Ihre Behauptung. Over.«

»Klar doch, Lausy. Erinnerst du dich noch an unseren Einsatz im Juni '44 vor der Normandie? Als uns damals die deutsche Flugabwehr westlich von Barfleur erwischte, hast du dir einen bildschönen Splitter eingefangen, mitten in deinen Allerwertesten. Wenn Dan und ich dich damals nicht aus dem Kanal gefischt hätten, würdest du heute immer noch durch die Weltmeere dümpeln. Beweis genug? Over.«

Hank sah in das blasse Gesicht seines Vorgesetzten. »Das mit Ihrem Hinterteil haben Sie uns nie erzählt, Sir.«

In Jacobs Augen kehrte Leben zurück. Ein rötlicher Schleier huschte über seine Wangen. Er drückte den Sprechknopf am Mikrofon. »Giacomo, du alter Spaghettifresser, bist du noch dran? Over.«

»Klar doch, Lausy. Over.«

»Du kennst ja den Weg nach Norfolk. Was immer du auch für eine Mühle fliegst, bring sie her, aber heil! Ich werde dich für deine kleine Indiskretion nämlich vierteilen. Anschließend gehen wir ein Bier trinken. Over.«

Die Akte landete in einem tiefen Keller im Pentagon. Dort war sie in guter Gesellschaft. Hier bewahrte man auch die Aufzeichnungen des UFO-Zwischenfalls von Roswell auf. Hier lagerten die verschwommenen Porträtaufnahmen einer Anzahl Außerirdischer. Hier waren die Namenslisten all jener abgeheftet, deren außergewöhnliche Fähigkeiten und Erfahrungen zu abstrus schienen, um sie der Öffentlichkeit zu präsentieren, aber zu interessant, um sie einfach in Vergessenheit geraten zu lassen.

Die Geschichte von den zwei Flugzeugbesatzungen, die über dem Bermudadreieck verschwanden und später – eine nach achtundzwanzig Tagen, die andere nach vierzehn Jahren – wieder auftauchten, passte sehr gut in das geheime Archiv des amerikanischen Verteidigungsministeriums.

Fünf Tage lang hatte man die Insassen der Roly-Poly verhört. Einige Militärs äußerten anfangs den Verdacht, es hier mit einem besonders raffinierten Coup des KGB zu tun zu haben. Die kubanische Raketenkrise war noch nicht überstanden – auch wenn die Bevölkerung der Vereinigten Staaten anscheinend davon ausging.

Am 2. November 1962 war nämlich John F. Kennedy vor die Linse einer Fernsehkamera getreten und hatte seinen amerikanischen Mitbürgern anvertraut, er wolle »diese Gelegenheit nutzen, um Ihnen über die Folgerungen zu berichten, zu denen meine Regierung aufgrund der gestrigen Luftaufnahmen gekommen ist, die morgen zugänglich gemacht werden, sowie aufgrund anderer Hinweise, nämlich dass die sowjetischen Raketenanlagen auf Kuba verpackt und die festen Anlagen der Rampen zerstört werden«.

Die vielen Einzelheiten, die Robert und Sarah McKenelley sowie die Besatzung der Roly-Poly den Ermittlern berichteten, das scheinbar spurlose Vorübergehen von vierzehn Jahren an ihren Gesichtern, der erstaunlich gute Zustand der B-24 – all das brachte den ranghohen Offizier, der die Untersuchung leitete, einerseits an den Rand des Wahnsinns und andererseits dazu, die Akte zu schließen und die auf wundersame Weise Wiederaufgetauchten mit einem strengen Schweigegelübde nach Hause zu entlassen.

Während der Tage als Gäste der Army fanden die Heimkehrer dennoch ausreichend Gelegenheit sich gegenseitig ihre Geschichten zu erzählen. Die Besatzung der Roly-Poly berichtete, wie es ihr während der Jahre in Kanthelms Palast ergangen war. Der Malkit hatte die Männer am Leben gelassen, sie sogar ausgesprochen gut behandelt, weil er sich wichtige Informationen für seine Intrigen von ihnen erhoffte. Daniel Woolbridge erzählte ausführlich, was er von Darina und Numin erfahren hatte. So konnte Jonas sein Bild von der ganzen Geschichte vervollständigen.

Endlich teilte man den Rückkehrern mit, dass jeder Verdacht gegen sie fallen gelassen worden sei. Man entschuldigte sich sogar für die langwierigen und nicht immer in freundlichem Ton geführten Verhöre.

Am 5. November, einem Montag, stiegen Jonas, seine Eltern und Sam Chalk auf der Homestead Air Force Base aus einer Militärmaschine – eine kleine Entschädigung für die Unannehmlichkeiten, die das Pentagon seinen Gästen bereitet hatte. Die McKenelleys verabschiedeten sich herzlich von dem Piloten der *Wild Goose* und man versprach, sich bald wieder einmal zu treffen.

Von Homestead war es nur ein Katzensprung bis nach Muddy Creek. Die Army bezahlte das Taxi. Als der ausladende Chevy auf den Hof der Alligatorenfarm rollte, erhob sich Großmutter Rose neugierig von ihrem Stuhl auf der Veranda. Sie wusste nichts von der Ankunft ihrer Kinder, weil deren letztwöchiger Gastgeber auf strikte Geheimhaltung bestanden hatte. Mit zusammengekniffenen Augen schaute sie auf das Taxi. Großmutter sah nicht mehr so gut. Wer da im Auto saß, musste für sie kaum zu erkennen sein. Ihr Gesicht war gezeichnet von der Sorge um den seit Wochen vermissten Enkel.

Dann öffnete Robert die Wagentür und stieg aus. Rose rührte sich nicht. Sie stand einfach nur da, unbeweglich, blickte völlig starr. Schließlich begann ihre Unterlippe zu zittern und eine brüchige Stimme formte ein einziges Wort: »Bob?«

»Ja, ich bin es, Mutter. Wir sind wieder da.«

Robert lief zu ihr hin. Auch Sarah und Jonas waren nun ausgestiegen und folgten ihm. Von der plötzlichen Hektik angelockt trat der General auf den Plan. Das Fliegengitter der Verandatür flog knallend auf und der stattliche alte Mann brüllte Roberts Namen. Dann sah er auch Sarah und Jonas.

Jonas konnte nicht sagen, ob er seinen Großvater je vorher einmal hatte weinen sehen. An diesem Novembertag jedenfalls ließen sich die Tränen nicht verbergen. Die fünf Menschen umarmten einander auf der Veranda. Sie ließen den Tränen freien Lauf. Sie wiederholten unaufhörlich ihre Namen. Sie sagten lauter sinnlose Dinge und niemand störte sich daran.

Der November konnte auch in den Everglades ein unberechenbarer Monat sein. Mal regnete es, mal schien die Sonne. Richtig kalt wurde es hier nur selten, aber dieser Sonntag war wirklich etwas Besonderes.

Jonas wanderte allein durch den Sumpf. Er hatte ein bestimmtes Ziel. Während er mit langen Schritten durch die verzauberte Landschaft der Everglades marschierte, musste er an die vergangenen Tage denken.

Vor knapp zwei Wochen war überraschend Mat Barwinkle, der »sprechende Kaktus«, auf Großvaters Alligatorenfarm aufgetaucht. Als der bärtige Alte seinen ehemaligen Mitfahrer Jonas wieder sah, lächelte er geheimnisvoll, so als wollte er sagen: »Siehste, hab ich doch gleich gesagt, dass wir uns bald wieder sehen.« Dabei beließ er es aber auch schon. Es wurde ein sehr lebendiger Abend, an dem der General und sein alter Weggefährte alte Erinnerungen auffrischten und Jonas Geschichten zu hören bekam, wie sie alte Seebären nicht haarsträubender hätten erfinden können.

Erst am zurückliegenden Dienstag, es war der 20. November gewesen, hatte Präsident Kennedy während einer Pressekonferenz eine Kuba-Erklärung abgegeben. »Die uns bis heute vorliegenden Beweise lassen erkennen, dass alle bekannten offensiven Raketenbasen auf Kuba abgebaut worden sind«, hieß es darin. Jonas schlug mit einem Stock spielerisch einen im Wege hängenden Zweig zur Seite und lächelte. Lischka, Ximon, Quitu und all die anderen Flüsterer waren fleißig gewesen. Die Situation auf der Insel des Moskitos schien sich wirklich entspannt zu haben.

Irgendwie fühlte er sich wie ein neuer Mensch. Er hatte nur einen knappen Monat in der Welt Azon verbracht, aber in dieser Zeit war er ein anderer Jonas geworden. Schon früher hatte er sich immer gegen die Mitläufer gesträubt, die ohne viel nachzudenken das taten, was alle machten. Bequemlichkeit und Selbstüberschätzung konnten eine sehr gefährliche Mischung ergeben, das hatte er gelernt. Auf Azon hatte er begriffen, dass man ein Problem von vielen Seiten her betrachten musste, um sich ein ausgeglichenes Urteil bilden zu können. Das wollte er nun auch in Zukunft tun. Jonas hatte es sich ganz fest vorgenommen.

Sein Großvater konnte ihm zunächst die Geschichte vom Echo der Flüsterer nur mit Mühe abnehmen. Aber zuletzt hatte er versöhnlich gelacht und bemerkt: »Hauptsache, du bist wieder da. Irgendwie erinnert mich das alles an den Jonas aus der Bibel. Er befand sich drei Tage im Herzen des Meeres, im Bauch eines großen Fisches. Dann wurde er wieder ausgespuckt und war ein völlig anderer Mensch.« Dieser Vergleich gefiel Jonas. Er klang so ganz anders als das, was Kanthelm einmal zu ihm gesagt hatte.

Inzwischen hatte er sein Ziel erreicht. Schnell kletterte er auf den blauen Himmelsstein, der am Rand des smaragdgrünen Teiches aufragte, in dem sich die Alligatoren so gerne aufhielten. Von Old Big Shadow war an diesem Sonntag nichts zu sehen, aber sechs oder sieben andere Panzerechsen rekelten sich in der warmen Sonne.

Jonas' Gedanken kamen ins Treiben. Er musste daran denken, wie Kennedy und sein Exekutivkomitee im Fernsehen gelobt worden waren. Einige Journalisten hatten sich sogar dazu aufgeschwungen, ihr Handeln als Paradebeispiel für besonnenes Krisenmanagement herauszustellen. Jonas lächelte still vor sich hin. Er wusste wirklich, was in jenen Tagen geschehen war, als die Welt an einem Abgrund stand. All diese dummen Zufälle! Ein Flugzeug, das sich in den sowjetischen Luftraum verirrte. Ein Sabotageteam, das auf Kuba eindrang. Kriegslüsterne Militärs, die selbst dann noch eine Invasion der Insel verlangten, als Chruschtschow längst eingelenkt hatte. An jeder dieser Klippen hätte die Sache der Flüsterer scheitern können, mit der Folge eines schrecklichen Atomkrieges. Nein, es war wohl eher Glück oder, wie Großvater sagte, Gottes Hand gewesen, die das Schlimmste verhindert hatte.

Einer der Alligatoren ließ sich langsam in das Wasser gleiten. Bald waren nur noch seine Augen und die Nasenlöcher zu erkennen. Er beobachtete Jonas, aber nicht wie ein Jäger, eher schon wie jemand, der einen alten Nachbarn beäugt, der für längere Zeit weg gewesen ist.

Was wohl Macky, der Gorrmack, jetzt machte? Ob er im Land der Bonkas lebte? Jonas zog seine Kette mit dem Freundschaftsstein unter dem Hemd hervor, gerade so weit, dass er sie im Ausschnitt betrachten konnte. In dem grünen Kristall brach sich glitzernd das Sonnenlicht. Ein paarmal in den letzten Tagen hatte Jonas eine Welle warmer Gefühle gespürt und sich gefragt, ob es Darina war, die ihm diese Botschaft sandte. Sicher ging es ihr gut. Nein, er wusste, dass es ihr gut ging.

Völlig überraschend legten sich von hinten zwei kühle Hände über Jonas' Augen und eine glockenhelle Stimme fragte: »Bist du der Prinz, der gekommen ist, um seine Prinzessin vor dem Drachen zu retten?«

Der Kristall entglitt seinen Fingern und rutschte in den Hemdausschnitt zurück. Ein Prickeln lief über Jonas' Rücken. Er wagte sich nicht zu bewegen. Diese zarte Berührung, diese weiche Stimme – das alles war wie ein wunderschöner Traum.

»Ich … ich k-kenne dich«, stotterte er unbeholfen.

»Das will ich doch hoffen«, sagte das Mädchen ernst. Aber es war ihm anzuhören, dass es viel lieber gekichert hätte.

Jonas war wie gelähmt. Einen Moment überlegte er, ob der Himmelsstein ihm einen Streich spielte. War er flugs zurück nach Azon versetzt worden? Nein, Unsinn. Aber diese kühlen trockenen Hände waren auch keine Illusion. Er beschloss zu wagen, wozu sein Herz ihm riet. Langsam öffnete Jonas wieder den Mund. Seine Zunge war trocken wie eine Alligatorschuppe in der Sonne. Doch das eine Wort brachte er trotzdem über die Lippen.

»Lydia?«

Ein herrliches Lachen erhob sich wie ein bunter Vogel in den Wald. »Erraten, du hast mich also nicht vergessen!« Die Hände lösten sich und ein Vorhang aus goldenem Haar fiel über Jonas' Gesicht.

Das war nun wirklich zu viel für ihn. Der Junge drehte sich um und starrte ungläubig in Lydia Gustavsons ebenmäßiges Gesicht. Ihre himmelblauen Augen strahlten ihn an, so lebendig, als hätten sie nie einen Tag der Trauer gesehen.

»Lydia, Lydia.« Endlich funktionierte Jonas' Stimme wieder. »Wo bist du nur all die Jahre gewesen? Ich habe dir geschrieben, dich gesucht. Du warst einfach wie vom Erdboden verschluckt.«

Das Mädchen balancierte auf dem Himmelsstein um Jonas herum und setzte sich schließlich neben ihn. Jonas stellte fest, dass sie gewachsen war. Obwohl noch immer anmutig wie eine Elfe, befanden sich ihre Augen nun beinahe gleichauf mit den seinen.

»Ich war sehr krank, Jonas«, erklärte sie leise. »Nachdem meine Mutter gestorben war, ist mit mir etwas Merkwürdiges passiert. Alles erschien mir wie ein langer dunkler Traum. Ich kann mich kaum mehr an irgendetwas erinnern. Mein Vater suchte lange nach einem Arzt, den er mit dem wenigen Geld, das ihm nach Mutters Tod noch geblieben war, bezahlen konnte. Dann, es war Anfang Oktober, erwachte ich plötzlich – eben wie aus einem langen, tiefen Schlaf.«

»So wie Darina«, murmelte Jonas, mit glasigen Augen in das grüne Wasser blickend.

»Was hast du eben gesagt?«

»Ich wünschte, *ich* hätte dich geweckt.«

»Aber hast du das denn nicht?«

Jonas sah verwundert in Lydias strahlende Augen. »Wie meinst du das?«

»Als ich wieder zu mir kam, warst du mein erster Gedanke. Ich habe seither oft darüber nachgedacht. Ständig habe ich mich gefragt, warum es nicht meine Mutter gewesen ist, die mir zuerst in den Sinn kam, oder mein Vater. Zuletzt bin ich zu dem Schluss gekommen, dass es unsere Freundschaft gewesen sein muss – deine Liebe –, die mich in das Leben zurückholte.«

Jonas' Finger lösten sich von dem Kristall unter seinem Hemd und wanderten zu ihrer Hand.

»Ja, Lydia. Ich glaube, du hast Recht. Wir beide werden immer zusammenbleiben, egal was auch passiert.«

◇ NACHWORT

Es ist schon seltsam. Als die Idee zum *Echo der Flüsterer* im Frühjahr 1997 in meinem Kopf zu reifen begann, hatte ich noch keine Ahnung, wie brisant der geschichtliche Hintergrund des Romans war. Im Untertitel seines Buches *Dreizehn Tage* erinnert Robert Kennedy an die Kubakrise 1962 als an eine Zeit, in der »die Welt beinahe unterging«. Am 4. Februar 1998 warnte der russische Präsident Boris Nikolaijewitsch Jelzin erneut vor einem dritten Weltkrieg. Er spielte damit auf die starre Haltung der Vereinigten Staaten im Irak-Konflikt an und erwähnte, heute könnten bereits äußerst unberechenbare Gruppen im Besitz von Atomwaffen sein. Drei Monate später zündete Indien einen nuklearen Sprengsatz. Pakistan folgte dem Beispiel des ungeliebten Nachbarn nur wenige Tage danach. Wie wenig sich doch seit dem Herbst 1962 geändert hat!

Schon im Januar 1998 berichteten die Medien ausgiebig von US-Präsidenten William (»Bill«) Jefferson Clinton und dessen Leidenschaft für ihm nicht angetraute Frauen. Angesichts all dieser verblüffenden Parallelen zu JFK stellte ein deutsches Boulevardblatt sinnigerweise die Frage, ob Clinton nicht eine Reinkarnation John F. Kennedys sein könnte.

Natürlich wissen es die Leser meines Buches besser: Die Malkits schlafen nicht. Obwohl deren Flüstererhöhle noch immer nicht wieder voll funktionsfähig ist, haben sie die Menschen doch lange genug mit ihren intriganten Parolen beschwatzt. Das Resultat können wir täglich sehen: Fremdenhass und Nationalismus, Ignoranz und Intoleranz, leichtfertiger Glaube an die Allwissenheit der Medien und der fatale Hang, lieber mit dem Strom zu schwimmen als dagegen anzukämpfen, sind nur einige der Blüten, die heute greller wuchern als zu irgendeiner anderen Zeit in der Geschichte.

Mit dem vorliegenden Roman möchte ich ein wenig mehr zum Nachdenken über das Drumherum unseres Lebens anregen und damit der nur allzu menschlichen Neigung entgegenwirken, einfach immer nur die bequemste Erklärung zu favorisieren. Menschen, die ab und zu innehalten, um sich ihres eigenen Willens bewusst zu werden, ecken zwar hier und da an … Aber wie sagte doch Christian Friedrich Hebbel so schön: »Es ist jedenfalls besser, ein eckiges Etwas zu sein als ein rundes Nichts.«

Das Echo der Flüsterer soll kein Geschichtsbuch zum Thema »Kubakrise« sein. Wäre das mein Ziel gewesen, hätte ich auf zahlreiche weitere Einzelheiten eingehen müssen, auf die ich im Laufe meiner Recherchen gestoßen bin. So aber dominiert die fiktive Handlung. Dennoch habe ich mich bemüht sowohl die historischen als auch die übrigen Details so genau wie möglich darzustellen. Das war nicht ohne Unterstützung möglich. Als Jonas in meinem Kopf Gestalt annahm, hatte ich nicht die geringste Ahnung, wie man einen Alligator bei Laune hält. Mein Dank gebührt deshalb Prof. F. Wayne King, dem Kurator für Herpetologie am Florida Museum of Natural History, und ganz besonders auch Dr. Kent Vliet von der Zoologischen Fakultät der University of Florida. Dr. Vliet gehört zu den wenigen Menschen, die zu den Alligatoren ins Wasser steigen, ohne gleich von ihnen gefressen zu werden. Es war sehr nett von ihm, mir sein Geheimnis zu verraten. Casie Regan vom Everglades National Park danke ich für ihren informativen Aufsatz: *Swimming with Alligators – in Florida Bay.*

Die historischen Dokumente um die kubanische Raketenkrise von 1962 sind der Öffentlichkeit bis heute noch nicht vollständig zugänglich. Zahlreiche Unterlagen werden unter Hinweis auf die nationale Sicherheit der Vereinigten Staaten immer noch geheim gehalten. Dennoch hat sich viel getan, seit die ersten dreißig Jahre nach der Kubakrise verstrichen sind. Mit Dankbarkeit möchte ich die Arbeit des National Security Archive, der John F. Kennedy Presidential Library, der Gelman Library und der George Washington University erwähnen, die es mir durch die Veröffentlichung zahlreicher Fakten und vieler ehemals als geheim klassifizierter Dokumente ermöglichten, ein klareres Bild der ganzen Geschichte zu gewinnen. Erst in den letzten Jahren sind auch mehrere russische Archive dem Forscher geöffnet worden, somit konnte ich in meinem Buch auch die Seite des »Bären« gebührend darstellen.

Die heute verfügbaren Dokumente beleuchten einige Aspekte des Herbstes 1962 vollkommen neu. In meinen Schilderungen ging es mir natürlich darum, der Wahrheit so nahe wie möglich zu kommen. Das mag nicht unbedingt zur Stützung der Legende vom strahlenden Helden Kennedy und vom abgrundtief bösen Chruschtschow beitragen. Vielmehr drängte sich mir im Laufe der Recherchen der Eindruck auf, dass solche Legenden sehr bewusst konstruiert und lanciert wurden. Beide Männer, JFK und Nikita Chruschtschow, hatten ihre hellen und dunklen Seiten. Auch dies zu zeigen war mir wichtig. Fast alle historischen Episoden haben sich so, wie von mir geschildert, oder zumindest doch in ähnlicher Weise zugetragen – dies schließt auch Jack Kennedys Gespräche mit seiner kleinen Tochter Caroline ein, die ihm vielleicht geholfen hat den Finger vom roten Knopf zu lassen.

Einen wesentlichen Beitrag zur Authentizität des Romans liefern auch die verschiedenen Zitate von Kennedy, Chruschtschow, Castro und ihren Beratern. Nur am Rande bin ich auf die Bemühungen des Generalsekretärs der Vereinten Nationen Sithu U Thant, im Konflikt zu vermitteln, eingegangen. Auch die wirkliche Dauer der Krise habe ich nur umrissen. Sie geht weit über die fiktive Handlung hinaus. Am 8. November 1962, also noch in der heißen Phase der Krise, führte ein Sabotageteam auf Kuba eine Aktion durch. Wieder war es Glück oder göttliche Fügung, dass eine Katastrophe verhindert wurde. Im weiteren Verlauf der Verhandlungen verlangte Chruschtschow von den USA wiederholt eine Garantie weder eine Invasion auf Kuba noch einen Putschversuch gegen Fidel Castro durchzuführen oder zu unterstützen. Kennedy und andere US-Offizielle wollten sich diese Optionen aber partout nicht nehmen lassen. Sie waren ihnen wichtiger als eine schnelle und sichere Beilegung der Kubakrise. So zog sich der Abtransport der nuklearen Gefechtsköpfe aus Kuba – jener todbringenden Komponenten also, von denen die Amerikaner lange Zeit überhaupt nichts wussten – noch bis zum 1. Dezember 1962 hin. Danach setzte der CIA seine Bemühungen fort den Störfaktor Castro durch Mordkomplotte aus dem Weg zu räumen. Alle Versuche schlugen fehl. Der »Teufel in der kubanischen Uniform« blieb unversehrt und empfing, als ich gerade an meinem Buch arbeitete, den Papst in Havanna.

Im Jahre 1975 soll bekannt geworden sein, dass schon am 16. Oktober 1962 – also dem Tag der allerersten ExComm-Sitzung – vier von sechs sowjetischen Raketenstellungen einsatzbereit waren. JFK soll davon gewusst haben. Alle anderen von mir untersuchten Dokumente gehen von einem späteren Zeitpunkt für die Einsatzbereitschaft der Abschusseinrichtungen aus. Ich habe beide Möglichkeiten eingeräumt, indem ich JFK am Morgen des 16. Oktober 1962 zu seinem Bruder sagen lasse, er, Bobby, wisse, was diese Nachricht bedeute.

Unbestritten ist die erst 1992 an die Öffentlichkeit gebrachte Tatsache, dass zusätzlich zu den von den USA so gefürchteten Mittelstreckenraketen auf Kuba neun einsatzbereite taktische Raketen mit Atomsprengköpfen stationiert waren, die Chruschtschow dem unmittelbaren Befehl sowjetischer Offiziere unterstellt hatte. Im Falle eines Invasionsversuches der USA hätten diese Raketen ohne weitere Abstimmung mit dem Kreml abgefeuert werden können. Robert McNamara schrieb einmal, dass die USA auf einen Atomschlag der UdSSR ebenfalls nur mit nuklearen Waffen hätten antworten können. Es liegt wohl auf der Hand, wie dies ausgegangen wäre.

Chruschtschow schrieb nach der Krise in einem Brief an John F. Kennedy: »Meine Aufgabe war einfacher als die Ihre, weil es in meiner Umgebung keine Leute gab, die einen Krieg vom Zaun brechen wollten.«

Ich finde diese Bemerkung höchst interessant. Die Frage, die sich mir (und nach der Lektüre meines Buches vielleicht auch anderen) stellt, ist letztlich diese: Kann man Waffen konstruieren, ohne sie auch irgendwann einzusetzen?

Die Deutsche Bibliothek – CIP-Einheitsaufnahme

Isau, Ralf:
Das Echo der Flüsterer/Ralf Isau. –
Stuttgart; Wien; Bern: Thienemann, 1998
ISBN 3-522-17193-4

Umschlagillustration: Claudia Seeger
Umschlagtypografie: Michael Kimmerle
Texttypografie: Marlis Killermann
Satz: KCS GmbH, Buchholz/Hamburg
Schrift: Stone serif, Stone sans und Delphian
Reproduktion: Die Repro, Tamm
Druck und Bindung: Friedrich Pustet, Regensburg

7 6 5 4 3 2 1*   98 99 00 01 02

Ralf Isau

Die Neschan-Trilogie

Die Träume des Jonathan Jabbok

464 Seiten, ISBN 3 522 16896 8

Jonathan Jabbok, ein 13-jähriger schottischer Junge, sitzt seit seinem achten Lebensjahr im Rollstuhl. Seine Träume führen ihn in die fremde Welt Neschan, wo er als kräftiger gesunder Junge mit Namen Yonathan eine sich ständig fortsetzende Geschichte erlebt. Als sich die Ereignisse in Neschan überschlagen, bemerkt Jonathan, dass die Zeit, in der er träumt, ihm in seinem »wirklichen« Leben fehlt.

Das Geheimnis des siebten Richters

560 Seiten, ISBN 3 522 16901 8

Yonathan ist auserwählt, einen lange verschollen geglaubten Stab in den Garten der Weisheit zu bringen. Einer Prophezeiung nach braucht das Land sieben Richter, deren Amtszeichen der Stab ist, um von seinen bösen Mächten befreit zu werden. Nicht zuletzt die übernatürlichen Kräfte, die der Stab Haschevet in Yonathan weckt, deuten an, dass er zu einer entscheidenden Figur im Kampf gewaltiger Mächte geworden ist.

Das Lied der Befreiung Neschans

496 Seiten, ISBN 3 522 16945 X

Yonathan erwarten neue Schwierigkeiten. Bar-Hazzat, der Herrscher Témánahs, schickt sich an, ganz Neschan in seine Gewalt zu bringen. Nur der siebte Richter, so sagt eine uralte Prophezeiung, kann diesem Treiben der finsteren Mächte Einhalt gebieten. Und Yonathan ist dieser siebte Richter, der jüngste, den es je gegeben hat.

THIENEMANN